Tote Pracht
Sharon McCone, Detektivin bei der Anwaltskanzlei *All Souls* in San Francisco, ermittelt in einem verwirrenden Fall, dessen Wurzeln weit in der Vergangenheit liegen: Das Opfer eines Heckenschützen hat kurz vor seinem Tod vier Fremde mit mehr als einer Million Dollar bedacht. Warum? Als einer der vier Erben, ein zwielichtiger Rechtsanwalt, ermordet und zudem Sharons Freund und Chef bei *All Souls* bedroht wird, versucht die clevere Detektivin, eine Verbindung zwischen den beiden Fällen nachzuweisen – gegen den heftigen Widerstand des ermittelnden Polizisten …

Mord ohne Leiche
Im Gefängnis von San Quentin hofft ein zwanzigjähriger Schwarzer auf die Wiederaufnahme seines Verfahrens. Bobby Foster ist wegen Mordes zum Tode verurteilt worden, in einem ›Prozeß ohne Leiche‹: Vor zwei Jahren ist die junge Tracy Kostakos, der Star des Comedy Club in South Park, San Francisco, spurlos verschwunden. Bobby arbeitete dort als Parkwächter. Zeugen hatten einen Streit zwischen den beiden beobachtet. Bobby hatte schließlich ein Geständnis abgelegt, dieses aber wenig später widerrufen. Die Detektivin Sharon McCone soll herausfinden, was wirklich passiert ist an jenem Tag.

Marcia Muller, 1944 in Detroit geboren, gilt in Amerika mit ihren Kriminalromanen um die Ermittlerin Sharon McCone als Schöpferin der modernen Privatdetektivin. Ihr Roman ›Wölfe und Kojoten‹ (Fischer Taschenbuch 14545) wurde 1994 für den *Best Crime Novel Award* nominiert. Sie lebt mit ihrem Ehemann, dem Krimiautor Bill Pronzini, in Nordkalifornien.

Lieferbare Titel von Marcia Muller im Fischer Taschenbuch Verlag: ›Am Ende der Nacht‹ (Bd. 14352), ›Mord ohne Leiche‹ (Bd. 14541), ›Tote Pracht‹ (Bd. 14542), ›Niemandsland‹ (Bd. 14543), ›Wölfe und Kojoten‹ (Bd. 14545), ›Wenn alle anderen schlafen‹ (Bd. 14537), ›Feinde kann man sich nicht aussuchen‹ (Bd. 14714), ›Spiel mit dem Feuer‹ (Bd. 14775), ›Das gebrochene Verbrechen‹ (Bd. 14889), ›Gefährliche Stille‹ (Bd. 15284) und ›Dunkle Schatten‹ (Bd. 15594).

Unsere Adresse im Internet: www.fischerverlage.de

Marcia Muller

Tote Pracht

Mord ohne Leiche

2 Romane

Aus dem Amerikanischen
von Gabriele Graf sowie
Monika Blaich und Klaus Kamberger

Fischer Taschenbuch Verlag

Limitierte Sonderausgabe
Veröffentlicht im Fischer Taschenbuch Verlag,
einem Unternehmen der S. Fischer Verlag GmbH,
Frankfurt am Main, April 2005

Tote Pracht
Die amerikanische Originalausgabe erschien 1990
unter dem Titel »Trophies And Dead Things«
im Verlag The Mysterious Press, New York

Mord ohne Leiche
Die amerikanische Originalausgabe erschien 1989
unter dem Titel »The Shape of Dread«
im Verlag The Mysterious Press, New York

Gesamtherstellung: Clausen & Bosse, Leck
Printed in Germany
ISBN 3-596-50831-2

Band 1

Tote Pracht

Für Liz Alexander

Vergeblich das Streben der Macht,
durch Trophäen und tote Pracht
ewige Unsterblichkeit zu erlangen,
es sind doch nur Netze, den Wind einzufangen.

John Webster

1

Im Sommer liegt morgens oft dichter Nebel über San Francisco. Er wogt über die Golden-Gate-Brücke herein, zieht schleichend durch die Stadt, verleiht vertrauten Orten und alltäglichen Dingen den Hauch von Schönheit, Rätselhaftigkeit oder – in manchen Fällen – den Hauch des Bösen. Er hängt als dichter Vorhang vor den Fenstern, kriecht unter den Türen hindurch und dringt in das Bewußtsein derer, die noch im Halbschlaf liegen. Dann werden friedliche Schläfer unruhig, angenehme Träume werden zu Alpträumen. Und wenn die Opfer des Nebels die Augen öffnen, befällt sie ein ungutes Gefühl, noch bevor sie dem grauen Tag ins Auge sehen.

An einem Samstagmorgen im Juli gehörte auch ich zu diesen Opfern. Lange bevor mein Wecker zu unchristlicher Zeit um sieben Uhr früh läuten sollte, lag ich wach und betrachtete die Schatten in den Ecken meines Schlafzimmers. Schließlich griff ich nach der Kurbel und zog die Minijalousien am Fenster über meinem Kopf hoch. Das einfallende Licht war trübe; ich setzte mich auf und sah den Nebel, der wie Engelshaar auf den Kiefern in meinem Garten lag.

Ich seufzte, stellte den Wecker ab, bevor er läutete, und ließ mich auf mein Kissen zurückplumpsen. Das flaue, dumpfe Gefühl, mit dem ich erwacht war, verstärkte sich. Ich hatte geträumt – aber wovon? Ich konnte mich nicht erinnern, doch der Eindruck lastete noch auf mir und bedrückte mich. Ich konzentrierte mich auf den vor mir liegenden Tag, aber die Aussichten waren auch nicht gerade erfreulich. Hank Zahn, Seniorchef der Anwaltskanzlei All Souls, wo ich als Detektivin arbeitete, hatte mich um einen Gefallen gebeten: Ich sollte ihm helfen, die Wohnung eines Klienten auszuräumen, der das vierte Opfer eines unbekannten Heckenschützen geworden war. Nicht gerade meine Lieblingsbeschäftigung an einem Samstag, aber ich hatte zugesagt, weil ich wußte, daß Hank – einem meiner ältesten und engsten Freunde – an meiner Anwesenheit lag. Und es gab auch einen erfreulichen Aspekt dabei: er hatte mich mit der

Aussicht auf ein Mittagessen bestochen; dieses Versprechen und der Gedanke an Hanks angenehme Gesellschaft hatten mich überzeugt.

Und angenehme Gesellschaft konnte ich wirklich brauchen. Meine trübe Stimmung an diesem Morgen mochte zwar von dem Nebel herrühren, aber den ganzen letzten Monat – ebenso wie die fünf davor – hatte ich mich recht einsam und trostlos gefühlt. Ich mußte irgendwie aus diesem seelischen Tief herauskommen.

An der Tür klingelte es.

Ein ungutes Gefühl beschlich mich, wie immer, wenn die Türglocke oder das Telefon zu ungewöhnlicher Zeit läutet. Ich stand auf, angelte nach meinem Bademantel und band den Gürtel fest, während ich über den Flur ging. Ich schaute durch den Spion.

Jim Addison, der Mann, mit dem ich bis vor einem Monat zusammengewesen war, stand auf der Treppe – und er war betrunken. Er war ganz offensichtlich betrunken, kurz nach sieben Uhr morgens.

Ich öffnete die Tür und starrte ihn an. Jim lehnte am Geländer, seine Augen blitzten listig, sein blondes Haar war zerzaust, die Klamotten zerknittert, und er stank nach Zigarettenrauch.

»Wir haben die ganze Nacht durch improvisiert.« Jim war Klavierspieler und trat am Wochenende mit einer Jazzgruppe in einem kleinen Klub in der Nähe vom Strand auf. »Kann ich reinkommen?«

Ich zögerte und überlegte, wie schnell und unkompliziert ich ihn wieder loswerden könnte, und kam zu dem Schluß, daß es wohl am besten sei, ihm seinen Willen zu lassen. (Ihn loswerden... ihm seinen Willen lassen – was war aus unserer einst guten Beziehung bloß geworden.)

»Ein paar Minuten.« Ich ließ ihn ein und führte ihn durch den Flur in die Küche, wo ich sofort die Kaffeemaschine in Gang setzte. Er ging direkt zum Kühlschrank und schaute hinein.

»Hast du Wein im Haus?«

»Im Regal in der Tür steht eine halbe Flasche Riesling.« Während ich mit einer Hand die Kaffeebohnen mahlte, griff ich mit der anderen in den Schrank und reichte ihm ein Glas. Ich war daran gewöhnt, daß Jims Tag erst zu Ende ging, wenn meiner begann, aber selten endete er mit einem solchen Exzeß.

Als der Kaffee anfing durchzulaufen, drehte ich mich um und stellte fest, daß er mit dem leeren Weinglas in der Hand dastand und die Stirn runzelte.

»Du haßt mich, stimmt's?« sagte er.

Ich seufzte. »Natürlich nicht.« Er hatte die gleiche Frage gestellt, als ich ihm sagte, daß ich ihn nicht mehr sehen wollte. Und er stellte sie danach auch in allen seinen zahlreichen, hartnäckigen Telefonanrufen. Meine Antwort entsprach der Wahrheit, wenngleich ich es leid war, immer wieder das gleiche zu beteuern. Jim war ein netter Mann mit Sinn für Humor, ein begabter und begeisterter Musiker, und ich mochte ihn sehr. Deshalb hatte ich die Beziehung zu ihm auch abgebrochen. Es ist nicht fair, jemanden, den man mag, zu benutzen, um einen anderen, den man zu lieben glaubt, vergessen zu können.

Er betrachtete mich einen Moment, dann zuckten seine Lippen verächtlich. »Wie immer die Vernunft in Person.«

»Was soll das...«

»Du hast immer recht, du weißt immer, was das Beste ist für mich, für dich und die ganze verdammte Welt!«

»Das stimmt nicht.« Wenn ich so vernünftig wäre, würde ich dann zulassen, daß ein Mann, von dem ich mehr als sechs Monate lang nichts gehört habe, mir immer noch fehlt? Hätte ich mich dann in diesen Mann überhaupt verliebt?

Jim knallte das Weinglas mit solcher Wucht auf den Tisch, daß es zerbrach. Mein Blick sprang zu den glitzernden Scherben und dann zu seinem vor Wut verfärbten Gesicht. Es war das erste Mal, daß ich ihn wütend sah.

»Was muß ich denn noch sagen, um zu dir durchzudringen?« wollte er wissen.

»Das haben wir alles schon einmal besprochen.«

»Nein, da bin ich anderer Meinung. Noch nicht!« Er drehte sich auf dem Absatz um und ging den Flur hinunter; die Haustür wurde geöffnet und fiel dann krachend hinter ihm ins Schloß.

»Großartig«, sagte ich. »Einfach großartig. Was kann denn heute sonst noch schiefgehen?«

Ich atmete tief durch und lehnte mich gegen die Anrichte; hinter mir pfiff und gurgelte die Kaffeemaschine. Einen Augenblick lang überlegte ich, ob Jim – dieser neue, zornige Jim, den ich nicht kannte – zu Gewalttätigkeit neigte. Aber taten wir das nicht alle? Ich mußte abwarten und sehen, wie die Sache weiterging. Mit diesen wenig ermutigenden Gedanken machte ich mich auf den Weg zur Dusche.

Während ich mir die Haare wusch, fiel mir der Traum wieder ein. Ich war losgefahren, um Hank in der Wohnung seines Klienten im Bezirk von Inner Richmond zu treffen. Aber nachdem ich die Buena Vista Heights hinauf- und nach Haight-Ashbury hinuntergefahren war, stellte ich fest, daß die Stanyan, die Straße, die in nördlicher Richtung am Golden-Gate-Park entlang verlief, verschwunden war. In meiner Verwirrung bog ich einige Male ab, fuhr durch mir unbekannte Gegenden und landete schließlich wieder oben an meinem Ausgangspunkt. Immer wieder fuhr ich nach Haight hinunter. Immer wieder fand ich keine Spur von der Stanyan Street.

Solch frustrierende Träume – ständiges Verwählen beim Telefonieren; ein Flugzeug verpassen, weil man mit dem Packen nicht fertig wird – waren mir nicht neu. Ich hatte vor kurzem ein Taschenbuch über dieses Thema gelesen und erfahren, daß dies ein Zeichen von Unentschlossenheit ist, daß der Träumer sich nicht sicher ist, ob er sein Ziel erreichen, den Telefonanruf machen oder die Reise unternehmen will. Wenngleich die vor mir liegende Aufgabe nicht gerade erfreulich war, verstand ich in diesem Fall meine gemischten Gefühle nicht so recht. Auch war mir nicht klar, warum mir der Traum auf so unangenehme Weise nachging.

Abergläubisch drückte ich mir selbst meine vom Shampoo glitschigen Daumen und hoffte, der Traum möge kein schlechtes Omen sein.

Bis neun Uhr – nach drei Tassen Kaffee und dem Kreuzworträtsel im *Chronicle* – hatte sich meine Laune etwas gebessert. Als ich gegen halb zehn Inner Richmond erreichte (und die Stanyan Street immer noch da war), war ich ganz guter Dinge.

Richmond ist ein solides Viertel der Mittelschicht auf der Nordwestseite des Golden-Gate-Parks. Es besteht hauptsächlich aus Einfamilienhäusern und eng beieinanderliegenden Wohnblocks. Einst lebten hier zahlreiche Mitglieder der russischen und irischen Gemeinden der Stadt, aber in den letzten Jahrzehnten ist es zu einer beliebten Wohngegend für aufstrebende Asiaten geworden. Noch gibt es zwar die katholischen Kirchen, die irischen Pubs und die russisch-orthodoxe Kirche am Geary Boulevard, doch die neuen Bewohner haben überall ihre Spuren hinterlassen.

Während ich die Clement Street, die belebte Einkaufsstraße des Viertels, hinunterfuhr, entdeckte ich zwischen zwei Querstraßen acht asiatische Restaurants: zwei thailändische, ein japanisches, ein burmesisches, zwei vietnamesische und drei verschiedene Arten von chinesischen Gaststätten. Gemüsestände mit Kisten voller Bok Choy und Daikon-Rettichen, Lebensmittelläden mit geräucherten Enten und gegrillten Schweinerippchen in der Auslage, Banken und Versicherungen, deren Schilder neben englischen Lettern auch verschiedene asiatische Schriftzeichen trugen – all dies fand sich neben solch althergebrachten Einrichtungen wie dem Green-Apple-Buchladen, Churchill's Pub, Woolworth und den Busvan-Billigmöbeln. Acht von zehn Gesichtern – die gleiche ethnische Mischung wie bei den Restaurants – gehörten Asiaten aller Altersgruppen – von gebeugten Alten mit Einkaufswagen bis zu jungen Paaren, die japanischen Sportwagen entstiegen. Clement Street war in meinen Augen die vollkommene Verkörperung der sich wandelnden Kulturenmischung in San Francisco.

Leider ist diese Straße aber auch eines der schlimmsten Beispiele für die Verkehrs- und Parkprobleme der Stadt. Die Gegend wurde zu einer Zeit bebaut, als niemand ahnen konnte, wie viele Menschen und Autos es hier einmal geben würde. Und so fehlt es an Parkplätzen und Garagen. Selbst zu dieser verhältnismäßig frühen Stunde waren alle Parkuhren besetzt, Lieferwagen standen in zweiter Reihe. Die Autos fuhren langsam, weil die Fahrer mit einem Auge nach eventuellen Parkmöglichkeiten am Straßenrand Ausschau hielten; andere Fahrer drehten wutentbrannt um, überfuhren Stoppschilder und gefährdeten Fußgänger auf den Zebrastreifen. Ich atmete die Abgase eines Stadtbusses ein, der seine Fahrgäste aussteigen ließ, und trommelte mit meinen Fingern ungeduldig auf das Lenkrad. Im

Geiste dankte ich Hank dafür, daß er daran gedacht hatte, mir zu sagen, ich könne in der Einfahrt des Hauses an der Third Avenue parken – falls ich jemals dort ankommen sollte.

Fünf Minuten brauchte ich, um die Clement Street entlangzukriechen, dann bog ich an der Ecke auf die Third ab und fand die Adresse, die Hank mir genannt hatte: eines jener Zweifamilienhäuser mit Garage und einer illegalen Einliegerwohnung im Souterrain. Die Fassade im nachgemachten viktorianischen Stil, minzegrün mit einer Verzierung in Lila und Orange jagte selbst dem ästhetisch anspruchslosesten Zeitgenossen Schauer über den Rücken. In der Einfahrt stand Hanks Honda und versperrte den Bürgersteig. Ich sah mich um und stellte fest, daß die meisten Anwohner ihre Autos ähnlich parkten. Außerdem war da noch ein ganz Erfinderischer, der seinen Wagen auf dem Bürgersteig parallel zum Randstein abgestellt hatte. Zum Teufel mit den Parkregeln, dachte ich, und parkte neben dem Honda.

Als Hank die Tür zur Erdgeschoßwohnung öffnete, war ich froh, daß ich versprochen hatte, ihm zu helfen. Er hatte Kummerfalten um den Mund, und seine Augen blickten trübe, als er die Hornbrille abnahm, um die dicken Gläser mit einem Zipfel seines braunen Cordsamthemds zu putzen. Hank setzt sich für seine Mandanten so sehr ein, daß ihm oft die nötige Distanz zu ihren Problemen fehlt. Nicht daß dies seine Tüchtigkeit beeinträchtigte; es belastet ihn nur mehr, als ihm guttut.

Ich lächelte ihm aufmunternd zu und trat ein. Es war kalt in der Wohnung. Hank hatte wahrscheinlich die Heizung nicht eingeschaltet, um das Geld der Erben zu sparen. Am Ende eines langen Ganges stand eine Tür halb offen; ich sah einen Küchentisch und einen Kühlschrank. Links von mir lag ein kleines Wohnzimmer mit einem Erkerfenster zur Straße hinaus. Ich ging dort hinein, um meine Wildlederjacke auszuziehen. Aber dann überlegte ich. Die Jacke würde vielleicht schmutzig werden, wenn ich Kisten und Möbel wuchtete, aber ohne sie wäre mir sicher zu kalt.

Hank schien meine Gedanken zu erraten. »Ich habe Kaffee aufgesetzt«, sagte er, »und du kannst einen von Perrys Pullovern anziehen.«

»Danke.« Ich folgte ihm den Flur hinunter in ein Schlafzimmer, das noch kleiner war als das Wohnzimmer. Er wühlte in einem Kleiderhaufen, der auf dem Bett lag, und warf mir eine schwere grüne Strickjacke mit einem Loch am Ellbogen und einem zerrissenen rechten Ärmel zu. Sie reichte mir bis zu den Knien; ich krempelte die Ärmel bis zu den Handgelenken hoch. Der verstorbene Perry Hilderly muß ein großer Mann gewesen sein.

Hank war schon in die Küche gegangen. Als ich nachkam, hielt er mir einen Becher mit heißem Kaffee hin. Ich nahm ihn entgegen und blickte durch eine Tür links von mir. Sie führte in ein Eßzimmer mit einem Kamin und eingebauten Bleiglasschränken – die typische Ausstattung für Wohnungen dieser Art und Bauzeit. Das Zimmer war nicht möbliert; nur ein paar Kartons mit der Aufschrift BEKINS standen herum.

Ich warf Hank einen fragenden Blick zu.

»Das sind die Sachen, die Perry nach seiner Scheidung hierhergebracht hat«, erklärte er. »Er war nicht viel zu Hause. Das ist bei Wirtschaftsprüfern wohl oft so.«

Solche Verallgemeinerungen sind typisch für Hank. Kühne Behauptungen, die auf keinen oder nur wenigen Tatsachen gründen. Ich bin jedesmal wieder überrascht, vor allem in Anbetracht der verschrobenen Käuze, die ihm Jahr für Jahr in der Kanzlei begegnen. Diese Kategorisierung seiner Mitmenschen muß ein Relikt seiner Erziehung sein – seine Mutter ist in ihren Urteilen über andere Menschen ziemlich unerbittlich. Aber da solche Sätze nie wirklich sein Urteilsvermögen beeinflussen, übergehe ich sie meist kommentarlos.

Ich betrachtete das Farbfoto, das am Kühlschrank mit einem Magneten befestigt war. Es zeigte einen großen, schlaksigen Mann mit blonden Locken und altmodischer Brille; er trug ein Giants-Sweatshirt und wurde von zwei ähnlich gekleideten blonden Jungen flankiert, die ihm gerade bis zur Taille reichten. »Das ist Hilderly, oder?«

»Hm. Das ist ein altes Foto; seine Jungs sind inzwischen Teenager.«

»Er sieht noch genauso aus wie auf dem Bild von neunzehnhundertfünfundsechzig, das am Morgen nach seinem Tod im *Chronicle* war. Nur sein Haar war damals länger und wuscheliger.«

Perry Hilderly hatte in den sechziger Jahren zu den Gründern der Gruppe ›Free Speech Movement‹ an der Universität von Berkeley gehört. Ich ging damals noch zur Schule, aber ich habe mich sehr für das, was an den Universitäten passierte, interessiert – wahrscheinlich weil ich das weiße Schaf in einer Familie von lauter Rebellen war und meine Geschwister und ihre Kommilitonen um den Mut beneidete, Autorität in Frage zu stellen. Ich erinnere mich noch an Fernsehsendungen über die Unruhen auf dem Campus, bei denen Hilderly die große Show abzog.

»Du erinnerst dich an ihn?« fragte Hank.

»Ein bißchen.«

»Das überrascht mich.«

Ich setzte mich zu ihm an den Küchentisch. »Warum?«

»Du warst damals ja noch ein Kind.«

Ich lächelte. Hank ist nur sechs Jahre älter als ich, aber er hat mir gegenüber schon immer eine väterliche Rolle herausgekehrt. Das liegt wohl mit daran, daß er damals, als wir uns in Berkeley kennenlernten – Jahre, nachdem Hilderly von der Bildfläche verschwunden war –, schon ein lebenserfahrener Jurastudent war, hinter dem die Schrecken von Vietnam lagen, und ich eine Studienanfängerin, die ihre härtesten Kämpfe in der Sicherheitsabteilung eines Kaufhauses geführt hatte, wo ich arbeitete, bevor ich mich zum Studium entschloß. Im Laufe der Jahre hat sich meine Lebenserfahrung deutlich vermehrt, aber Hank glaubt immer noch, mich beschützen und leiten zu müssen. Wir haben nie darüber gesprochen, aber ich weiß, daß er an dieser Vaterrolle auch deshalb so hartnäckig festhält, weil unsere Freundschaft nie durch romantische Bande gefährdet war. Und Hanks väterliche Art trägt dazu bei, diesen Status quo zu erhalten.

»Ich erinnere mich trotzdem an ihn«, sagte ich, »obwohl er von den Medien nicht so herausgestellt wurde wie Mario Savio.«

»Marios Charisma hatten nur wenige. Perry erinnerte mit seiner komischen Art ein wenig an Abbie Hoffman, aber Perry war bei weitem nicht so unverschämt. Es gab viele weniger bedeutende Leuchten, die sich damals im Rampenlicht der Öffentlichkeit sonnten.« Hank dachte mit einem schiefen Lächeln an jene Zeit zurück.

Ich wußte, was er dachte. Einer meiner Freunde meinte einmal, daß kaum jemand aus der Protestbewegung der sechziger Jahre noch ›die alten Ideale hochhielte‹; nur wenige waren so erfolgreich beim ›Marsch durch die Institutionen‹, wie ihre Anhänger es erhofft hatten. Aber eine Zeitlang war es Visionären wie Mario Savio gelungen, die Phantasie einer ganzen Generation zu fesseln. Mario, der an einem Herbsttag im Jahre 1964 respektvoll seine Schuhe auszog, bevor er auf ein Polizeiauto kletterte, das von etwa dreitausend Studenten umzingelt war, die gegen die Verhaftung eines Bürgerrechtlers auf dem Universitätscampus protestierten. Mario griff zu einem Mikrophon und zog einzelne aus der Menge in einen spontanen dreißigstündigen öffentlichen Dialog, der die Universität, die amerikanische Jugend, die ganze Nation für immer veränderte. Nein, Perry Hilderly war kein Sicherheitsventil für Mario Savios Heftigkeit, aber er hatte Humor in eine eigentlich humorlose Bewegung gebracht und potentiell gefährliche Situationen durch seinen Witz entschärft.

Ich erinnerte mich, daß Hilderly Ende der sechziger Jahre plötzlich von der Bildfläche in Berkeley verschwand. Als ich mein Studium in Berkeley begann, waren auch die meisten seiner Mitstreiter verschwunden. Ich habe einmal eine Reportage über ehemalige Aktivisten der ›Bewegung für Redefreiheit‹ gehört, die sich, enttäuscht durch den Mangel an greifbaren Erfolgen, der militanten Weatherman-Gruppe angeschlossen hatten und in den Untergrund gegangen waren. Hilderly war Wirtschaftsprüfer geworden, wie sich jetzt herausstellte, und viele Jahre später am Geary Boulevard, zwei Ecken von seiner Wohnung entfernt, anscheinend sinnlos erschossen worden.

»Du hast doch in den Sechzigern in Stanford studiert. Woher kennst du Hilderly eigentlich? Oder hast du ihn erst später kennengelernt?« fragte ich Hank.

»Ich bin ihm neunundsechzig in Vietnam begegnet. Perry hatte die Universität verlassen müssen und arbeitete für eine linke Zeitschrift. Er ging nach Vietnam im Auftrag der Zeitschrift, um über den Krieg zu berichten, aber sie machten Pleite, kurz nachdem er dort angekommen war. Als ich ihn kennenlernte, lebte er bei einer Familie in der Nähe von Cam Ranh Bay. Er hatte mit einer der Töchter einen kleinen Sohn. Aber er sehnte sich nach der Gesellschaft von Amerikanern und hing oft mit einigen von uns Liberalen von der Militärbasis in einer der Bars herum. Wir haben über den Krieg geredet und darüber, was zu Hause so passierte. Dann kamen seine Frau und sein Sohn bei einem Granatfeuer ums Leben. Gleich danach flog Perry nach Kalifornien zurück.«

»Und dann?«

Hank zuckte die Achseln. »Er schrieb sich bei der San Francisco State Universität ein und machte seinen Abschluß als Betriebswirt. Er heiratete und bekam zwei Söhne. Vor etwa zehn Jahren wurde er geschieden. Seitdem lebte er allein hier in dieser Wohnung. Er arbeitete für eine eher mittelmäßige Wirtschaftsprüfungs- und Steuerberatungsfirma zwischen dem Geary Boulevard und der Twenty-Second Street.«

»Und wie bist du sein Anwalt geworden?«

»Ich habe ihn zufällig wieder getroffen, vor etwa fünf Jahren, im Churchill's Pub. Ich erkannte ihn sofort wieder – du hast recht, bis auf die kurzen Haare hatte er sich kaum verändert. Dann kam er mit einem kleinen juristischen Problem zu mir, und von da an trafen wir uns ziemlich regelmäßig im Churchill's Pub.«

»Wart ihr eng befreundet?«

»Eigentlich nicht. Warum?«

»Ich habe mich nur gefragt, warum er ausgerechnet Wirtschaftsprüfer geworden ist und solch ein Leben führte.« Ich zeigte auf die schlichte, biedere Küche, in der wir standen. »Das paßt doch nicht zu seiner Vergangenheit.«

»Ich habe ein paarmal versucht, darüber mit ihm zu sprechen, aber er wechselte immer prompt das Thema.«

»Und worüber habt ihr geredet?«

»Über meine Arbeit. Über die Kanzlei. Es interessierte ihn, wie eine kostengünstige juristische Sozietät funktioniert. Außerdem interessierte er sich für Sport; er war ein Giants-Fan. Und für alte Filme; er hat sich viele alte Filme angesehen, meistens welche aus den dreißiger und vierziger Jahren. Aber ich hatte das Gefühl, daß persönlichere Themen für ihn tabu waren.«

»Was glaubst du, wodurch ist er so geworden?«

»Ich weiß es nicht, ich spürte es schon in Vietnam. Er war damals noch nicht ganz so zugeknöpft, aber wenn jemand die alten Zeiten in Berkeley aufs Tapet brachte, mußte Perry immer ganz schnell irgendwohin.«

Hank sah auf die Uhr. »Genug jetzt. Wir müssen uns beeilen. Ich habe nur heute Zeit, die Wohnung auszuräumen. Die Vermieterin möchte sie ab Montag potentiellen neuen Mietern zeigen.«

Ich leerte meinen Kaffeebecher und stand auf. »Was soll ich tun?«

»Du könntest die Bücher und Videokassetten und die anderen Sachen im Wohnzimmer in Kisten verstauen. Die Heilsarmee holt am Montag alles ab.«

»Und Hilderlys Söhne? Wollen die denn nichts von den Sachen?«

»Ihre Mutter sagte nein. Anscheinend hatte er keine sehr enge Beziehung zu den Jungs. Ihre Mutter hat vor langer Zeit wieder geheiratet, und sie leben alle drüben in Blackhawk – in der schicken neuen Siedlung bei Danville. Aber die Kinder sind in seinem Testament bedacht. Perry hat einige Jahre nach seiner Scheidung eine beträchtliche Summe von seiner Mutter geerbt. Das Vermögen soll zwischen den beiden Söhnen aufgeteilt werden.«

»Ich verstehe. Dann werde ich mich an die Arbeit machen.« Ich ging zur Tür.

»Shar«, sagte Hank.

Ich drehte mich um.

»Danke für deine Hilfe. Das ist sicherlich der schlimmste Teil einer Testamentsvollstreckung.«

»Ich tu's gern.«

»Auch wenn Perry und ich uns nicht sehr nahestanden – sein Tod hat mich doch ziemlich getroffen. Verstehst du?«

Ich nickte. »Wahrscheinlich schon wegen der Umstände seines Todes. Diese Schüsse aus dem Hinterhalt. Wenn die einzelnen Fälle sich nicht auf mehr als drei Monate verteilt hätten, würde wahrscheinlich jetzt Panik in der Stadt herrschen – ganz so wie damals, als der Zebra-Mörder umging.«

»Wahrscheinlich hast du recht. Ich bin selbst schon ganz irr. Letzte Woche habe ich manchmal länger gearbeitet, und beim Verlassen des Büros hätte ich schwören mögen, daß jemand sich vor der Kanzlei herumdrückte.«

»Reine Nervensache.«

»Typische Großstadtkrankheit.«

Ich ging über den Flur in das vordere Zimmer und schleppte einen Karton zu dem Bücherschrank aus Ziegeln und Brettern, der dem Erkerfenster gegenüber stand. Perry Hilderlys Bücher behandelten Themen wie Buchhaltung, Steuergesetze, Mathematik, Statistik und Investitionen. Es überraschte mich nicht, wie viele Fachbücher er besaß, aber ich war erstaunt, daß ich überhaupt keinen leichten Lesestoff, keine Zeitschriften, Romane oder Sachbücher zu anderen Themen fand. Unten im Regal stieß ich schließlich auf ein paar Filmbücher: Bücher über den *film noir*, Krimis und einige Bände zu alten Fernsehserien wie *Perry Mason*. Ich verstaute sie alle in der Kiste und wandte mich den Videokassetten zu.

Davon gab es Hunderte, die hinter dem Fernseher an der Wand aufgestapelt waren: Bogart, Tracy und Hepburn, Barbara Stanwyck, William Powell, Cary Grant; eine vollständige Serie der Charlie-Chang-und-Mr. Moto- und der Topper-Filme; Western, Komödien, Dramen. Keiner dieser Filme war später als Mitte der fünfziger Jahre entstanden. Es war, als ob Hilderly versucht hatte, die sechziger, siebziger und achtziger Jahre bewußt zu ignorieren.

Nachdem ich die Kassetten eingepackt hatte, sah ich mich nach dem »anderen Kram«, den Hank erwähnt hatte, um. Viel war es nicht. Ein Kinobild zu einem Bogart-Film mit dem Titel *Agenten der Nacht* – fleckig und mit einem Sprung im Glasrahmen. Eine mit Schnitzereien verzierte Holzschachtel, wie man sie bei Cost Plus findet, die zwei Packen abgegriffener Spielkarten enthielt. Ein Satz Untersetzer. Ein versilbertes Tischfeuerzeug, das nicht mehr funktionierte. Eine Messingschale, auch in Cost-Plus-Qualität, in der sich lediglich eine Papierklammer und etwas Staub befanden. Die kleineren Sachen legte ich in einen Karton, den ich zusammen mit dem Poster auf dem zerschlissenen Lehnstuhl gegenüber dem Fernseher liegenließ. Dann zog ich die Stecker vom Fernseher und vom Videorecorder heraus und schob die Apparate zu dem häßlichen karierten Sofa hinüber. Das alles hatte etwas schrecklich Endgültiges.

Ich fand Hank im Schlafzimmer. Er faltete die Kleidungsstücke, die auf dem Bett lagen, ordentlich zusammen und stopfte sie in eine große Mülltüte, wo sie sich sofort wieder zu einem kunterbunten Durcheinander ›ent-falteten‹. Nach einem Blick in sein vergrämtes Gesicht sagte ich: »Laß mich das machen. Fang du schon mal in der Küche an.«

Er nickte, anscheinend erleichtert, und legte den Pullover, den er in der Hand hielt, vorsichtig zurück.

Ich hatte mich noch nie um die Sachen eines toten Freundes kümmern müssen, aber ich nahm an, daß das Wegräumen der Kleidung am schlimmsten war. Obwohl ich Hilderly nicht persönlich gekannt hatte, ertappte ich mich dabei, wie auch ich jedes Stück glättete und faltete, bevor ich es in die Tüte legte; irgendwie wäre es mir wie eine Verletzung der Würde des Toten vorgekommen, wenn ich seine Kleidungsstücke wie Lumpen behandelt hätte.

Während ich arbeitete, hörte ich Hank in der Küche mit Geschirr klappern, aber nach einer Weile blieben die Geräusche aus, und ich fürchtete, daß er wieder den Mut verloren habe. Ich räumte noch den Rest der Kleidung weg, zog das Bett ab und vergewisserte mich, daß der Schreibtisch und das Nachtkästchen leer waren. Dann ging ich in die Küche.

Hank saß am Tisch. Vor ihm lag ein Stoß Papiere. In seinem Gesicht las ich Entsetzen und Verwirrung.

»Was ist los?« fragte ich.

»Die waren in einer Plastiktüte im Gefrierfach.« Er deutete auf die Papiere. »Perry hatte mir gesagt, daß ich dort nach seinen wichtigen Dokumenten schauen sollte – das sei ein guter feuersicherer Ort und billiger als ein Tresorfach.«

Ich schaute mir die Sachen, die vor ihm lagen, genauer an: ein Fahrzeugschein, ein paar Sparbücher und einige andere Papiere. »Also was ist?«

»Dies«, sagte er und deutete auf ein hellblaues Deckblatt, »ist eine Kopie des Testaments, das ich vor vier Jahren für ihn aufgesetzt habe. Ich hatte das Original im Tresor in der Kanzlei, und ich habe es bereits zur Bestätigung vorgelegt. Aber dies« – er hielt ein Blatt hoch, das mit einer verkrampften Handschrift bedeckt war – »ist ein zweites Testament, das das erste aufhebt.«

»Ist es rechtsgültig?«

»Ja. Es ist eigenhändig erstellt und erfüllt alle formalen Anforderungen. Es ist vor drei Wochen datiert.«

»Und?«

»Es unterscheidet sich vollkommen vom ersten. Seine Kinder werden ohne ein Wort der Erklärung überhaupt nicht mehr berücksichtigt. Er vererbt sein Geld zu gleichen Teilen an vier Leute – und ich habe nicht die geringste Ahnung, wer sie sind und was sie ihm bedeuteten.«

2

Hank reichte mir das Papier, und ich überflog es. Der juristischen Terminologie entnahm ich, daß Hilderly es von dem ursprünglichen Testament abgeschrieben und nur die Namen im Abschnitt ›Einzelvermächtnisse‹ geändert hatte. Die Bedingungen für den Testamentsvollstrecker und die Verwendung der persönlichen Gebrauchsgegenstände waren unverändert übernommen worden. Aber statt zwischen Hilderlys Söhnen sollte ›das gesamte Bargeld, die Wertpapiere und anderen Vermögenswerte‹ zu gleichen Teilen zwischen folgenden vier Personen aufgeteilt werden: Jess Goodhue, Thomas Y. Grant, Libby Heikkinen und David Arlen Taylor. Hilderly erwähnte nicht, in welcher Beziehung sie zu ihm standen, aber er sagte ausdrücklich, daß seine geschiedene Frau und seine Kinder nicht im Testament berücksichtigt seien. Das Testament sah nicht so offiziell aus wie das getippte Exemplar von der Kanzlei, aber wenn Hank sagte, daß es rechtsgültig sei, stimmte das auch.

Meine Finger berührten etwas auf der Rückseite. Ich drehte das Blatt um und fand einen von diesen gelben Haftzetteln. Darauf hatte Hilderly vermerkt: »Hank, wie Du Goodhue und Grant erreichst, weißt Du, aber Heikkinen und Taylor mußt Du aufstöbern. Es tut mir leid, wenn ich Dir Umstände mache.« Ich löste den Zettel ab und reichte ihn Hank.

Er las ihn und verzog verärgert das Gesicht. »Aber sicher, Perry. Ich hab' noch nie etwas von diesen Leuten gehört!«

»Du mußt wissen, wer Jess Goodhue ist.«

»Warum zum Teufel sollte ich?«

»Sie ist Nachrichtensprecherin beim Sender KSTS.«

»Du vergißt – ich schaue keine Fernsehnachrichten an.«

»O ja, richtig.« Seit ich Hank kennenlernte, war er ein Nachrichtensnob. Er zieht Informationen in geschriebener Form vor – umfassend und umfangreich. Jeden Tag liest er mindestens fünf Zeitungen:

San Francisco Chronicle und *Examiner*, die *New York Times*, das *Wall Street Journal* und die *Los Angeles Times*. Jede Woche brütet er über den Nachrichtenmagazinen aller möglichen politischen Richtungen. Wenn ihm diese schließlich ausgehen, steckt er seine Nase meist in die *Businessweek*, *Sports Illustrated* oder eine juristische Fachzeitschrift. Aber mit Sicherheit findet man ihn weder um sechs noch um elf Uhr vor dem Fernseher.

»Das ist also Jess Goodhue«, sagte ich.

»Was weißt du noch über sie?«

»Sie ist ein aufsteigender Stern am Medienhimmel. Jung, Anfang oder Mitte Zwanzig. Ich möchte wetten, daß sie mit Dreißig Nachrichtensprecherin bei einer der großen Fernsehstationen sein wird. Du kennst den Typ: gutaussehend, selbstsicher, superprofessionell.«

»Ich kann mir nicht vorstellen, daß Perry so jemanden überhaupt kannte.«

»Anscheinend doch. Bist du sicher, daß du diesen Thomas Y. Grant nicht kennst? Hilderly nahm offensichtlich an, daß er dir ein Begriff ist.«

Hank dachte einen Augenblick lang nach, dann schnippte er mit den Fingern.

»Der Hurensohn«, sagte er leise.

»Wer?«

»Ein Anwalt hier in der Gegend.« Er verzog etwas den Mund, sagte aber nichts weiter.

Ich entdeckte ein Telefonbuch auf der Ablage neben dem Wandtelefon. »Heikkinen ist kein alltäglicher Name.« Ich legte das Testament weg und schaute unter *H* nach. »Keine Eintragung«, sagte ich nach ein paar Sekunden, »aber das überrascht mich nicht. Nur weil die ersten beiden aus der Gegend sind, heißt das nicht, daß die anderen auch hier leben. Außerdem hat sie vielleicht geheiratet und ihren Namen geändert.« Ich schlug die *T*s auf. Es gab mehr als eine Seite Taylors, von denen zwei nur mit dem Anfangsbuchstaben *D* eingetragen waren. Ferner fanden sich noch zwei Davids, bei denen kein zweiter Vorname angegeben war. »Auch kein David Arlen Taylor.«

»Das kann schwierig werden.«

»Nein, eigentlich nicht – der zweite Name ist ziemlich ungewöhnlich.« Ich ging zum Tisch zurück. »Ich nehme an, dies wird auf meinem Schreibtisch landen.«

»Es sei denn, du willst es Rae übergeben.« Rae Kelleher war meine immer unersetzlicher werdende Assistentin.

»Nein, ich habe ihr in der letzten Zeit etwas viel aufgeladen. Vielleicht übertrage ich ihr einige der Vorarbeiten, aber um den Rest kümmere ich mich selbst.« Ich wollte Hank nicht sagen, daß Rae ihre Arbeit mittlerweile so gut machte, daß ich in letzter Zeit nicht mehr besonders viel zu tun hatte. Es hatte lange Jahre gedauert, bis man mir eine Assistentin genehmigt hatte. Ich wollte auf keinen Fall Zweifel über die Richtigkeit dieser Entscheidung aufkommen lassen. Ich wollte auch nicht eingestehen, daß ich zur Zeit viele leere Stunden hatte, die ich mit Arbeit füllen wollte; ich fürchtete, daß ein solches Geständnis besorgte – und unerwünschte – Fragen über mein Privatleben nach sich ziehen würde.

»Mach, was du für richtig hältst. In der Zwischenzeit muß ich die Vollstreckung des anderen Testaments stoppen. Und Perrys geschiedener Frau sagen, daß die Kinder nichts erben werden.« Hank nahm seine Brille ab und rieb sich die Augen. »Es gibt Augenblicke, in denen ich meine Arbeit hasse, und dies ist so einer.« Dann stand er abrupt auf und setzte die Brille wieder auf. »Komm, laß uns hier für eine Weile verschwinden und etwas zu Mittag essen. Wir müssen die Spinnweben abschütteln.«

Ich folgte ihm zur Haustür, schälte mich aus Hilderlys großem Pullover und griff nach Jacke und Tasche. Auf der Straße glich ich meinen Gang Hanks langen Schritten an. Er steckte den Kopf zwischen die Schultern und die Hände in die Taschen und marschierte, offensichtlich in Gedanken versunken, dahin. Ich steuerte ihn in Richtung Clement Street. Ich hatte dort ein *Dim Sum*-Restaurant mit dem schönen Namen Fook entdeckt, und die Vorstellung von Dampfklößen und mit Schweinefleisch gefüllten Teigtaschen war sehr verlockend.

Als wir in die Clement Street einbogen, lichtete sich der Nebel, und es war wieder ein Phänomen zu sehen, das mich schon immer interessiert hatte: die Grenze zwischen dem blauen und dem grauen Himmel verlief genau in der Mitte über dem Arguello Boulevard und teilte die Stadt von Norden nach Süden. Im Westen, wo die Straßen sanft zum Meer hin abfielen, würde der Himmel bedeckt bleiben; im Osten, in so unterschiedlichen Stadtteilen wie North Beach, der Stadtmitte, Noe Valley, Hunters Point und dem kleinen Stadtviertel nahe dem Glen Park, wo ich wohnte, würde es ein sonniger Tag werden. Fremden will dieses Phänomen, das typisch ist für San Francisco, nicht so ganz eingehen. Einer meiner New Yorker Freunde formulierte es folgendermaßen: »Es muß schon eine sehr eigenartige Stadt sein, in der die Leute nur in ein anderes Stadtviertel ziehen, wenn sie schöneres Wetter haben wollen.«

Da Hank gar nicht wahrzunehmen schien, wohin wir gingen, lenkte ich unsere Schritte in das Restaurant. Es war laut und voll, aber wir wurden schnell zu einem Tisch an der Wand gebracht. Er blinzelte und schaute sich um wie ein Schlafwandler, den man brutal aus seinen Träumen gerissen hatte. Ich bestellte Jasmintee. An den umliegenden Tischen, die rund waren, mit einem drehbaren Tablett in der Mitte, saßen hauptsächlich asiatische Familien; Kellner schoben ihre mit Spezialitäten beladenen Edelstahlwagen langsam von Tisch zu Tisch und priesen auf Chinesisch ihre Waren an. Als der erste Wagen zu unserem Tisch kam, deutete ich auf Teller mit gefüllten Teigtaschen und gegrillten Rippchen. Hank wachte aus seiner Versunkenheit auf und wählte Shrimps in Reisblättern.

Ich nahm die Stäbchen in die Hand und fragte: »Wird Hilderlys geschiedene Frau sich aufregen, wenn sie erfährt, daß die Kinder nichts erben?«

»Schwer zu sagen.«

»Wieviel ist der Nachlaß wert?«

»Ziemlich viel. Perry erbte vor etwa sieben oder acht Jahren ungefähr eine Viertelmillion Dollar. Von Zeit zu Zeit erwähnte er mir gegenüber Investitionen – hauptsächlich sichere Anlagen wie Kommunalobligationen, Schatzanweisungen, Standardwerte. Ab und zu spekulierte er aber auch mit Risikoaktien wie Genentech. Ich würde sagen, er hatte mindestens eine Million.«

»Er lebte nicht gerade wie ein Millionär.«

»Perry lag nichts am Geld. Die Investitionen waren ein Spiel für ihn, ein Kräftemessen mit dem Markt. Wenn er einen Gewinn erzielte, so freute ihn das, weil er den Jungs dann mehr Geld hinterlassen konnte. Für ihn selbst bedeutete Geld nichts, und er verbrauchte nur sehr wenig.«

»Und die vier Leute in seinem Testament? Was *bedeuteten* sie ihm? Ihretwillen enterbte er seine Kinder.«

»Wenn ich das nur wüßte! Er hat mir gegenüber niemals einen von ihnen erwähnt. Von zweien wußte er selbst nicht, wie sie zu erreichen sind.«

»Du sagst, Thomas Grant ist Rechtsanwalt?«

Hank nickte und biß in die Teighülle eines seiner Shrimps. Er schluckte und sagte dann: »Ein richtiger Widerling. Etwa fünfzig würde ich sagen. Er tauchte hier Mitte der siebziger Jahre auf und konzentrierte sich auf Ehescheidungen – seine Mandanten sind nur Männer, und er vertritt einen sehr aggressiven Standpunkt, nach dem Motto ›zum Teufel mit Frau und Kindern‹. Er berät seine Mandanten, wie sie die gesetzliche Gütergemeinschaft umgehen können, und das nicht immer auf die legale Art.«

»Scheint ein schönes Herzchen zu sein.«

»Skrupel oder menschliche Gefühle sind ihm ziemlich fremd. Grant hat eine Einstellung, die leider zeitgemäß ist, ausgenutzt – eine Art Gegenbewegung zu den emanzipatorischen Bemühungen. Jetzt hat er überall an der Bucht Zweigstellen – oder besser gesagt Franchise-Betriebe – und versucht, noch weiter zu expandieren.«

»Eine Fast-food-Kette der Scheidungsanwälte.«

»Genau.«

Ich warf einen Blick auf den Wagen, der vor unserem Tisch haltgemacht hatte. Auf einem Teller lagen eigenartige Formen mit einer goldbraunen Kruste. Ich deutete mit meinen Stäbchen darauf. »Was ist das?«

»Entenfüße.«

»Entenfüße?«

Die Kellnerin lächelte über meine Reaktion und nickte.

»Ich nehme noch ein bißchen von dem Huhn und von den Fleischbällchen.«

Sie stellte die Teller ab, vermerkte es auf unserer Rechnung und zog weiter.

Hank grinste. »Du behauptest doch immer, daß du beim Essen keine Vorurteile hast.«

»Hab' ich auch nicht.«

»Warum versuchst du dann keine Entenfüße?«

»Nun, weil... weil da wahrscheinlich nicht viel Fleisch dran ist.«

»Aha.«

»Das stimmt doch, du hast sie gesehen. Und ich *habe* keine Vorurteile; ich esse alles, was man mir vorsetzt. Leute, die heikel sind oder keine neuen Sachen probieren wollen, machen mich wahnsinnig.«

»Darum hast du auch letzte Woche Larrys Tofu in Chilisauce nicht gegessen.« Larry Koslowski, Mitinhaber bei All Souls, ist ein Gesundheitsapostel, wenn es um Essen geht.

»Ich konnte mir nicht helfen. Das sah aus wie... Ich glaube, darüber sollten wir nicht während des Essens sprechen. Zurück zu Hilderly. Er hat dir gegenüber nie erwähnt, daß er sein Testament ändern will?«

»Nein.«

»Warum er es wohl eigenhändig geschrieben hat? Er hätte es sich ja auch von dir neu aufsetzen lassen können.«

»Ich nehme an, er fürchtete, daß ich versuchen würde, es ihm auszureden. Oder wissen wollte, was diese Leute ihm bedeuteten und warum er sie als seine Erben einsetzte.«

Wir aßen einige Minuten schweigend. Ein Wagen mit Nachspeisen fuhr vorbei, und ich entdeckte die kleinen gelben Puddingtörtchen, die ich so liebe. Ich hatte viel zuviel gegessen, um überhaupt an einen Nachtisch zu denken. Aber ich wußte, daß man im Vorraum des Restaurants Speisen zum Mitnehmen kaufen konnte; ich würde mir ein paar Törtchen für später mitnehmen.

Hank spielte geistesabwesend mit seinen Stäbchen.

»Was ist los?« fragte ich.

»Ach, ich brüte nur. Das sieht Perry so gar nicht ähnlich. Er hatte keine enge Beziehung zu seinen Kindern, aber er liebte sie und drückte sich nie vor seiner Verantwortung.«

»Dann muß er einen guten Grund gehabt haben, sie zu enterben. Wenn wir die Begünstigten finden, können sie uns vielleicht eine Erklärung geben.«

»Es geht uns eigentlich nichts an«, sagte Hank. »Als Perrys Testamentsvollstrecker muß ich seine Wünsche ausführen und nicht herumschnüffeln, um herauszufinden, was er mir offensichtlich nicht erklären wollte.«

»Es geht uns zwar nichts an, aber ich frage mich...«

»Was fragst du dich?«

Ich schob meinen Teller zu den anderen, die sich auf dem Tisch türmten, nahm meine Teetasse in beide Hände und starrte hinein. Ich versuchte das ungute Gefühl, das ich empfand, in Worte zu fassen. »Wenn jemand sein Testament in einem wesentlichen Punkt abändert und dies vor seinem Anwalt verheimlicht, kann das nicht auf ungebührliche Beeinflussung oder Nötigung zurückzuführen sein?«

»Die Möglichkeit besteht.«

»Und wenn diese Person gewaltsam zu Tode kommt, so wie Perry...«

»Shar«, sagte Hank geduldig, »du hast die Zeitungen gelesen. Er wurde willkürlich erschossen. Die Kugel entsprach denen, die man in den anderen Leichen gefunden hatte. Es gab keine Beziehung zwischen den Toten.«

Das war richtig. Dennoch... »Hank, hast du auch das Gefühl, daß da irgend etwas nicht stimmt?«

»...Ja.«

»Dann wollen wir sehen, ob wir nicht eine Erklärung für Perrys Handlungen finden.«

Ich konnte an einem Samstag unmöglich versuchen, Heikkinen oder Taylor aufzuspüren. Als wir in Hilderlys Wohnung zurückkamen, schlug ich wieder das Telefonbuch auf. Weder Grants noch Goodhues private Telefonnummer war eingetragen. In Grants Anwaltskanzlei erreichte ich nur seinen Anrufbeantworter; bei der Fernsehstation KSTS sagte man mir, daß Goodhue bis Montag frei hätte. Schließlich beschloß ich, in den Kisten in Hilderlys Eßzimmer herumzustöbern, die nach Hanks Worten unberührt geblieben waren seit Hilderlys Einzug in diese Wohnung vor fast zehn Jahren; vielleicht würde ich etwas finden, das die Verbindung zu seinen vier Erben erklärte.

Die Kisten enthielten recht alltägliche Gegenstände: Haushaltsgeräte, wie einen Fonduetopf und ein Joghurtgerät – Dinge, für die Hilderly offenbar keine Verwendung hatte; Jahrbücher von der High-School einer Stadt, von der ich noch nie gehört hatte; ein Bilderalbum mit Fotos von seinen Jungen und einer pummeligen braunhaarigen Frau sowie vom jungen Hilderly und einem Paar, das ich für seine Eltern hielt; Singleschallplatten mit Hits aus den fünfziger Jahren; eine Sammlung von Baseballkarten, die jetzt wahrscheinlich schon recht wertvoll war; einen Baseballhandschuh; eine Reihe von Krimis der Hardy Boys; ein High-School-Zeugnis. Wie in der Wohnung selbst fand sich auch in den Kisten kein Hinweis auf seine Studentenzeit; es war, als ob er nie Student an der Cal oder Mitglied der Gruppe ›Free Speech Movement‹ gewesen wäre. Ich stieß weder auf Zeitschriften noch auf Briefe oder Adreßbücher, die interessante Informationen hätten enthalten können.

Ich war nah daran aufzugeben, als ich am Boden des letzten Kartons unter einer zusammengelegten Sportjacke, einen Beweis, daß Hilderly an der High-School Baseball gespielt hatte, einen schweren Lederbeutel mit Schnurzug fand. Der Gegenstand darin hatte die Form eines Revolvers.

Ich hob den Beutel aus dem Karton heraus und zog ihn auf. Ich griff hinein und spürte Metall. Als ich die Waffe herausnahm, stellte ich fest, daß es sich um eine 38er Spezial handelte, einen Revolver deutscher Herstellung mit einem Zwei-Zoll-Lauf. Diese Waffe war recht zweckdienlich und konnte unauffällig am Körper getragen werden. Ich untersuchte sie genauer und stellte fest, daß jemand versucht hatte, die Seriennummer zu entfernen, vermutlich mit Hilfe von Säure. Die Nummer war unleserlich, aber ein gerichtsmedizinisches Labor würde in der Lage sein, sie mit Hilfe von Chemikalien zu rekonstruieren.

Noch etwas war in dem Beutel, etwas Leichteres. Ich vermutete Munition. Doch es war eine Art Anhänger – eine graue Metallkette, an der zwei Buchstaben hingen, ein *K* und ein *A*. Ein Bogen faßte das *A* ein, aber das *K* war zackig, als ob es von etwas Größerem abgebrochen worden sei. Auf seiner Rückseite befand sich ein klammerartiges Stück Metall.

Ramsch, der zufällig in diesem Beutel gelandet war? Oder

etwas, das Hilderly so viel bedeutete, daß er es getrennt von seinen anderen Erinnerungsstücken aufbewahrte?

Ich stand vom Boden auf und trug die Waffe und den Anhänger in die Küche, wo Hank dabei war, den Schrank auszuleeren. »Ich habe ein paar komische Sachen gefunden«, sagte ich.

Er drehte sich um, sah den Revolver und runzelte die Stirn. »Gehört das Perry?«

»Ich nehme an. Der Revolver war in einer der Kisten im Eßzimmer. Jemand hat die Seriennummer entfernt.«

»Das ist komisch.«

»Es könnte ein früherer Besitzer gewesen sein, und Perry könnte die Waffe illegal erstanden haben – auf der Straße zum Beispiel. Oder vielleicht hat er die Nummer selbst entfernt, weil er – oder jemand, den er kannte – der eingetragene Eigentümer war und er nicht wollte, daß das herauskam.«

Hank schaute die blaue Keramikschale an, die er in der Hand hielt, dann setzte er sie vorsichtig auf die Anrichte, als ob er Angst habe, sie fallen zu lassen. »Das würde bedeuten, daß er die Waffe für einen illegalen Zweck verwandte oder zu verwenden gedachte.«

Ich nickte.

»Mein Gott. Als ich heute morgen hier ankam, hatte ich eine bestimmte Vorstellung von Perry. Und jetzt gehe ich mit einem völlig anderen Bild heim.«

»Zieh keine voreiligen Schlüsse«, warnte ich ihn. »Es gibt auch noch andere Möglichkeiten. Vielleicht hat er die Pistole jemandem abgenommen und sie sicher aufbewahrt. Vielleicht hat er sie auch gefunden. Das kann man nie wissen.«

»Ich weiß überhaupt nicht mehr, *was* ich weiß.« Er warf einen Blick auf den Anhänger. »Was ist das an der Kette?«

»Zwei Buchstaben.« Ich reichte sie ihm.

Er untersuchte sie und befingerte wie ich die rauhen Kanten. »Jeder Wochenend-Hippie hatte eine solche Kette, aber normalerweise hing das Friedenssymbol daran.«

Ich lächelte und nahm es aus seiner ausgestreckten Hand. »Sogar *ich* hatte eine. Wir durften sie in der Schule nicht tragen, aber am Wochenende zogen wir unsere weiten Hosen an, hüllten uns in wallende, bunte Gewänder und legten die farbigen Glasperlenketten um. In Laguna Beach gab es einen Laden, der Glasperlen verkaufte – ganz tolle, handbemalte, in allen Größen, Farben und Formen. Wir fuhren den ganzen Weg von San Diego dorthin, um welche zu kaufen.« Ich hatte die schönsten Perlen aufgehoben. Sie lagen jetzt lose in meinem Schmuckkästchen.

»Du warst ein richtiges Blumenkind, stimmt's?« sagte Hank. »Das hätte ich nie vermutet. Als wir uns in Berkeley kennenlernten, hielt ich dich für so eine... Sportskanone.«

»Das war ich auch. In meinem letzten Jahr an der High-School war ich Kapitän der Schulmannschaft. Das ganze Hippiegetue war nur Maskerade; es gab uns ein gewisses Gefühl der Zusammengehörigkeit und Verruchtheit. Bevor ich an die Uni kam, hatte ich fast nie Hasch geraucht und war nur bei einem kleineren Friedensmarsch dabeigewesen. Als ich ins College ging, hatte die Bewegung ihre Kraft verloren, und außerdem hatte ich vor lauter Studieren und Arbeiten auch keine Zeit.« Ich hatte mein Studium finanziert, indem ich nachts und an Wochenenden als Wachposten arbeitete. In den frühen Morgenstunden hockte ich dann über meinen Büchern.

Hank nickte, sein Blick war weit weg. Was sah er wohl? Den jungen Mann und die junge Frau, die wir einst gewesen waren? Verglich er die Idealisten von früher mit dem, was aus uns geworden war?: in seinem Fall ein desillusionierter, aber immer noch hoffnungsvoller Träumer; in meinem eine Realistin, deren Zynismus noch immer nicht in Bitterkeit umgeschlagen war?

»Kann ich den Revolver und das andere Ding behalten?«

Er wachte auf aus seinen Träumen. »Natürlich. Ich glaube nicht, daß die Heilsarmee daran Interesse hat. Den Revolver behalten wir lieber noch eine Weile, bis...« Nicht wissend, welche Eventualitäten noch auf uns zukommen könnten, führte er den Satz nicht zu Ende.

»Ich leg' ihn in den Tresor, wo ich auch meinen eigenen Revolver aufbewahre. Dort ist er gut aufgehoben. Bevor die Möbel und die Kisten abgeholt werden, solltest du die, die ich im Eßzimmer zur Seite gestellt habe, nochmals durchsehen. Da sind viele persönliche Dinge dabei und eine recht wertvolle Sammlung von Baseballkarten. Es wäre ganz nett, wenn Hilderlys Kinder die Baseballkarten und ein paar andere Sachen zur Erinnerung an ihren Vater hätten.«

»Das ist eine gute Idee. Ich werde dafür sorgen, daß sie sie bekommen.«

Ich half Hank beim Ausräumen der restlichen Schränke und bot ihm an, die Schlüssel bei der Vermieterin abzugeben, die ganz in meiner Nähe wohnte. Doch er wollte das selbst erledigen und meinte dann: »Was ich dir noch sagen wollte: Am Montag abend koche ich bei mir ein Chili, zu Ehren von Anne-Maries Geburtstag. Jack und Ted, Rae und Willie kommen auch. Ich würde mich freuen, wenn du es einrichten könntest.«

»Rae und Willie – das scheint eine recht ernste Sache zu sein?«

»Scheint so. Hast du etwas dagegen?«

Seit meine Assistentin vor ein paar Monaten diese Beziehung mit Willie Whelan angefangen hatte, hatte ich so meine Zweifel an dieser neuen Liebe, vor allem weil mir Willies zahllose Schwächen nur allzu vertraut waren. Er ist ein Freund von Hank aus Vietnam-Zeiten, ein ehemaliger Hehler, der – wie er es formuliert – ›auf den rechten Weg zurückgefunden hat‹. Aus einem kleinen Laden für billigen Schmuck auf der Market Street hatte er eine Goldgrube gemacht. Überall in der Bay Area gab es jetzt Filialen. Er ist sehr stolz darauf, daß er – wie sein Erzrivale im wohlbekannten Diamond Center – seine eigenen Werbespots im Fernsehen macht. Spätabends kann man auf der Mattscheibe beobachten, wie er die Jungen und Leichtgläubigen dazu verlockt, Schmuckstücke zu kaufen, die sie gar nicht brauchen, die Käufe mit Krediten zu finanzieren, die ewig auf ihnen lasten werden, und – wenn sie erstaunlicherweise nicht in Zahlungsverzug geraten – einen guten Teil ihrer Einkünfte für den Rest ihres Lebens an Willie Whelan zu zahlen.

Willie ist in vieler Hinsicht ein großartiger Kerl – vorausgesetzt man kauft ihm nichts ab und nimmt ihn nicht allzu ernst. Aber ich konnte beim besten Willen nicht verstehen, was meine kluge, junge, vor kurzem geschiedene Assistentin an ihm fand.

»Ich kann mir da kein Urteil anmaßen. Ich hoffe nur, daß er ihr nicht weh tut«, sagte ich zu Hank.

»Das wäre schlimm, so kurz nachdem sie Doug-das-Arschloch, wie sie ihren Exmann gerne nennt, losgeworden ist. Aber wie steht es nun – kommst du zum Abendessen?«

Ich warf einen Blick in meinen geistigen Kalender. Ich hatte vorgehabt, Anne-Marie Altman, Hanks Frau, an ihrem Geburtstag zum Essen einzuladen, aber angesichts des neuen Falles würde ich vielleicht gar keine Zeit haben. »In Ordnung«, sagte ich, »du kannst auf mich zählen.«

»Wenn du Jim mitbringen willst...«

Beim Gedanken an Jim wurde mir mulmig. Ich hatte seinen unerwünschten Besuch am frühen Morgen fast vergessen.

»Nein, ich komme allein.« Ich hatte Hank noch nicht gesagt, daß ich Schluß gemacht hatte, und mir war nicht danach, jetzt darüber zu sprechen. Ich drehte mich um und versuchte mich zu erinnern, wo ich meine Tasche und Jacke abgelegt hatte.

Hank folgte mir. »Shar, ist etwas nicht in Ordnung zwischen...«

»Alles bestens«, log ich. »Und jetzt muß ich mich sputen, ich habe nämlich heute abend eine Verabredung.«

Hank schien erleichtert und erfreut zu sein. Jedesmal, wenn ich mich über seine Neugierde ärgerte, sagte ich zu mir, daß es schließlich nicht seine Schuld war, daß er mich mochte und wollte, daß ich glücklich war.

Ich hatte mich auf einen ruhigen Abend zu Hause gefreut. Aber als ich dort ankam, erschien mir mein Erdbebenhäuschen mit seinem braunen Schindeldach – eines der etwa viertausend Häuser, die nach dem Erdbeben und dem Feuer von 1906 als Notunterkünfte errichtet und seitdem von den verschiedenen Eigentümern liebevoll verschönert worden waren – weniger paradiesisch als sonst. Das lag sicher an Jims beunruhigendem Besuch und auch daran, daß mein fetter, schwarz-weiß gefleckter Kater Watney vor zwei Monaten im Schlaf gestorben war. Ich hatte mir kein neues Tier zugelegt; Watney war unersetzlich. Aber vor allem lag es daran, daß der Mann, der meine große Liebe hätte werden können, in Palo Alto lebte. In der Nähe seiner ihm fremd gewordenen, psychisch kranken Frau, deren mühsam bewahrte seelische Ruhe durch mein schlechtes Urteilsvermögen während besonders komplizierter Ermittlungen aus dem Gleichgewicht geraten war. Mein Geliebter, George Kostakos, ist selbst Psychologe. Er gab mir keine Schuld an ihrem Zusammenbruch. Er sagte, daß man schon lange damit hatte rechnen müssen. Aber *ich* klagte mich selbst an und hüllte mich in das sprichwörtlich härene Hemd, das Enttäuschung und Einsamkeit von mir fernhalten sollte.

Aber auch ein selbstfabriziertes Nessushemd juckt und reibt manchmal. Und manchmal stieg Ärger in mir auf gegen den früheren Geliebten, der so gerecht, so liebevoll und ehrenwert war.

Nach all den Jahren, in denen mir Wat griesgrämig Gesellschaft geleistet hatte, war ein Haus ohne Katze einfach kein richtiges Heim.

Ich verstaute den Beutel mit Hilderlys Revolver im Tresor und legte dann die kleinen Puddingtörtchen, die ich im Restaurant gekauft hatte, in den Kühlschrank. Einen Augenblick überlegte ich, ob ich mir ein Glas Wein einschenken sollte, aber in meiner gegenwärtigen Verfassung würde der allein genossene Alkohol wohl zu gefährlicher Selbstprüfung führen. Im Northpoint lief eine neue Komödie, die ich gerne sehen wollte, und wenn ich mich beeilte, würde ich die Frühvorstellung noch schaffen. Ich duschte, um den Staub aus Hilderlys Apartment wegzuwaschen, und zog dann meine weichen, alten, ausgebleichten Jeans und einen Pullover an.

Bevor ich das Haus verließ, warf ich aber noch einen Blick in mein Schmuckkästchen, auf die Perlen, die ich seit mehr als zwanzig Jahren aufbewahrte. Sie glitzerten im Abendlicht – schillernde blaue und rosafarbene und grüne und gelbe Symbole einer Zeit, die vielleicht niemals so freudenreich und unschuldig gewesen war, wie manche von uns sie in Erinnerung haben.

3

Montag früh rief ich als erstes Rae Kelleher in der Kanzlei an und berichtete ihr kurz von den Nachforschungen im Fall Hilderly. Sie wollte sofort versuchen, etwas über Heikkinen und Taylor herauszufinden.

»Ich nehme an, du kommst erst später ins Büro«, fügte sie hinzu.

»Ja. Ich will sehen, was ich von Grant und Goodhue erfahren kann, und dann gehe ich bei der Kripo vorbei und spreche mit dem Beamten, der für diese mysteriöse Mordserie zuständig ist, über Hilderlys Tod.«

»Mit dem Beamten?« Ihre Stimme klang leicht verschmitzt.

Ich seufzte. »Also gut – mit Greg Marcus.«

»Du hast erzählt, du warst vor ein paar Wochen mit ihm essen. Triffst du dich wieder mit ihm?«

»Seit wir unsere Verbitterung über die Trennung verwunden haben, gehen wir ab und zu miteinander essen. Da ist doch nichts dabei.«

»Es ist erstaunlich, wie es dir gelingt, mit deinen ehemaligen Freunden ein gutes Verhältnis zu bewahren.«

Ich hätte beinahe gesagt: »Außer mit Jim«, aber dann überlegte ich es mir doch anders. Rae hatte ihn mir im letzten Winter vorgestellt und war enttäuscht gewesen, als ich Schluß machte. Statt dessen sagte ich: »Ein gutes Verhältnis mit Greg fällt unter den Begriff ›gute Beziehungen mit der Polizei‹. Ich melde mich später.«

Als nächstes rief ich die örtliche Filiale von Thomas Y. Grant Associates an; die Auskunft teilte mir mit, daß Mr. Grant zu Hause arbeite, und gab mir die Nummer. Als ich dort anrief und um einen Termin bat, machte mich seine Sekretärin gleich darauf aufmerksam, daß er nur Männern juristischen Beistand leiste. Ich erklärte, daß es sich um eine Privatangelegenheit handle, um die beträchtliche Erbschaft eines Mandanten der Kanzlei All Souls. Daraufhin bat sie mich, am Apparat zu bleiben. Als sie sich wieder meldete, teilte sie mir mit, daß Mr. Grant mich um zehn Uhr dreißig empfangen könne, und gab mir eine Adresse in Pacific Heights, in der Lyon Street, beim Presidio-Park.

Auf meiner geistigen Liste stand als letztes ein Anruf bei Jess Goodhue beim Sender KSTS. Man teilte mir mit, daß die Nachrichtensprecherin erst gegen fünfzehn Uhr oder fünfzehn Uhr dreißig ins Studio käme. Ich hinterließ meinen Namen und meine Telefonnummer und sagte, falls ich nichts von ihr hörte, würde ich mich später nochmals melden. Dann legte ich auf und starrte unentschlossen den Apparat an: Sollte ich mit Greg einen Termin vereinbaren oder einfach vorbeigehen? Schließlich entschloß ich mich, ihn vorzuwarnen, und wählte seine Nummer beim Morddezernat. Er schien sich über meinen Anruf zu freuen und lud mich zum Mittagessen ein.

»Wir könnten das South-Park-Café probieren«, schlug er vor.

»Nein«, sagte ich etwas zu schnell. South Park, eine ulkige, kleine Straße im In-Viertel SoMa (South of Market) nahe dem Justizpalast, hatte in dem Fall, bei dem ich George Kostakos kennengelernt und wieder verloren hatte, eine Rolle gespielt; die Gegend weckte immer noch schmerzliche Erinnerungen.

»...Na gut«, sagte Greg. »Wir können ja immer noch in Max's Diner gehen.«

»Treffen wir uns doch in deinem Büro und entscheiden uns dann.«

Damit war er einverstanden.

Ich begann mich für meinen Termin bei Thomas Grant umzuziehen. Nach einiger Überlegung wählte ich ein graues Wollkostüm mit einem kurzen Rock und einer zweireihigen Jacke – ein Chanel-Modell, das auch reduziert immer noch verdammt teuer gewesen war. Aber es war sein Geld wert. Anne-Marie nennt diese Kombination »schizoid«, weil sie beides ist, seriös und sexy.

Der Nebel hatte sich das ganze Wochenende über nicht verzogen und hielt auch an diesem Morgen noch an. Selbst in den ruhigen Straßen von Pacific Heights – deren Bewohner nicht nur mit Wohlstand, sondern normalerweise auch mit schönem Wetter gesegnet sind – lag ein leichter Dunst. Ich parkte meinen MG vor dem Haus, dessen Adresse Grants Sekretärin mir gegeben hatte. Beim Aussteigen überlief mich ein Kälteschauer.

Es war ein großes Haus – eines der wenigen, die an den dichtbewachsenen Presidio-Park angrenzen. Die braunen Schindeln, die Bleiglasfenster und die glänzende schwarze Verzierung waren typisch für den Stil des frühen zwanzigsten Jahrhunderts, den man in diesem Teil der Stadt häufig sieht. Ein hölzerner Torbogen führte in einen geziegelten Vorgarten, der von einem Akazienbaum überschattet wurde. Der Ziegelboden war von Blättern freigefegt worden. Blumenbeete begrenzten den kleinen Garten entlang eines hohen Holzzaunes. In gleichmäßigen Abständen wuchsen dort Geranien, so pedantisch, ordentlich und steif, als ob sie strammstünden.

Pedantisch, ordentlich und steif sah auch Grants Sekretärin aus, die mich an der Tür empfing und sich als Angela Curtis vorstellte. Ihre blonde Frisur ließ mich sofort an den Begriff »tüchtig« denken; sie trug ein einfaches graues Kostüm, schlichten Goldschmuck und vernünftige flache Schuhe. Sie mußte etwa in meinem Alter sein, wirkte aber um Jahre älter. Während ich ihr nachsah, wie sie durch die eichengetäfelte Eingangshalle schritt, um Grant über mein Kommen zu unterrichten, versuchte ich mir vorzustellen, wie sie am Strand entlanglief, mit Freunden lachte, aß und trank, mit einem Mann schlief oder irgend etwas anderes tat, was normale, lebenslustige Frauen gerne tun – es gelang mir nicht.

Als Ms. Curtis durch eine geschlossene Tür rechts von der breiten Mitteltreppe verschwand, drehte ich mich um und begutachtete meine Umgebung. Die anderen Türen in dieser Halle waren ebenfalls geschlossen, so als ob Grant versuchte, Beruf und Privatleben voneinander zu trennen. Auf dem Parkett lag ein chinesischer Teppich, in der Mitte unter dem Messingkandelaber stand ein großer, ovaler Tisch, aber sonst gab es keine Möbel, keinen Schmuck, keine Bilder an den mit goldenem Eichenholz getäfelten Wänden. Ein nüchterner Mann, dieser Thomas Y. Grant.

Ms. Curtis kam zurück und winkte mir zu. »Mr. Grant telefoniert gerade«, sagte sie. »Gehen Sie doch einfach hinein und setzen Sie sich. Er wird gleich für Sie dasein.«

Ich dankte ihr und betrat das Büro. Auf den ersten Blick vermittelte es den Eindruck eines typischen Rechtsanwaltsbüros; an den Wänden die obligatorischen dicken Wälzer, der übliche Mahagonischreibtisch und die Ledergarnitur. Grant wandte mir den Rücken zu und war hinter der hohen Lehne seines Schreibtischstuhles nicht zu sehen. Er sprach mit leiser Stimme in das Telefon. Ms. Curtis schloß die Tür hinter mir.

Dann bemerkte ich, daß der Raum im Gegensatz zu den meisten Rechtsanwaltsbüros keine gerahmten Diplome und Zeugnisse und keine Bilder enthielt, die den Anwalt mit prominenten Mandanten oder Politikern zeigten. Lächelnd dachte ich, wie sehr sich dieses Büro doch von Hanks Arbeitsraum unterschied, in dem sich unter anderem ein Indianer aus dem Zigarrenladen und ein Poster von Uncle Sam befindet mit der Aufschrift: »Ich will DICH für die Armee der USA.« Dann fiel mir auf, daß es auch bei Grant ein paar merkwürdige Sachen gab. Ich ging zu den Regalen, die den Kamin flankierten, und besah sie mir genauer.

Es schienen bizarre Skulpturen zu sein: eigentümlich verbogene, unkenntliche Formen aus Holz und Metall, bespickt mit Federn, Fellstückchen und Knochenteilchen. Ich schaute mir eines der Objekte genauer an: zwei vergilbte Reißzähne ragten aus einem Stück Reptilienhaut heraus; bei einem anderen entdeckte ich schartige, abgebrochene Klauen. Eine Spielart primitiver Kunst? Auf jeden Fall beunruhigend und irgendwie abstoßend.

Hinter mir sprach Grant immer noch ins Telefon. Ich ging zur anderen Seite des Kamins hinüber und betrachtete ein Objekt, das etwas entfernt auf einem separaten Regal stand. Ein Gerüst aus rostigen Speichen war mit den Federn einer Spottdrossel geschmückt. Zwischen den Speichen war etwas gespannt, das aussah – aber das konnte wohl nicht wahr sein! – wie getrocknete Menschenhaut.

Mich schauderte, und mir fielen die Worte *Trophäen und tote Pracht* ein. Eine komische Wortkombination. Ich wußte nicht mehr, wo ich sie gehört oder gelesen hatte.

Ich hörte Schritte und wandte mich um. Thomas Grant kam auf mich zu und streckte mir die Hand entgegen. Einen Moment lang war ich unsicher, ob ich dem Besitzer so widerlicher Kunstwerke die Hand geben sollte.

Grant war nach den üblichen Maßstäben ein gutaussehender Mann, schlank und muskulös, in einem teuren dunkelblauen Anzug; vermutlich kostete es ihn keine große Mühe, in Form zu bleiben. Sein volles, eisengraues Haar war tadellos geschnitten, jede einzelne Strähne saß am richtigen Platz. Sein markantes Gesicht war nicht mehr völlig faltenlos, wirkte aber jugendlich straff; den einzigen Makel bildete eine gezackte Narbe auf seiner linken Wange, die ihm das Aussehen eines romantischen Helden in einem Melodram verlieh. Sonst schien nichts in seinem Leben ihn so tief berührt zu haben, daß er Spuren von Schmerz, Trauer oder auch Glück davongetragen hätte. Als er meine Hand schüttelte, stieg ein Gefühl der Abneigung in mir hoch.

»Ich sehe, Sie haben sich meine Fetische angeschaut«, sagte er.

»Das sind also Fetische!«

»Nicht im engeren Sinne. Aber ein Fetisch ist ein Zaubergegenstand, er hat magische Kräfte. Und er hat sicherlich auch etwas Beunruhigendes.« Seine Augen – grau wie sein Haar – hielten meinen Blick fest, während er meine Hand losließ. Ihr Ausdruck war schlau, wissend; er freute sich, daß mich die Fetische verwirrt hatten.

Ich ging zu den Besucherstühlen vor seinem Schreibtisch und stellte meinen Aktenkoffer ab. »Ist das eine Art Ethnokunst?« fragte ich.

»Ich mache sie selbst.«

Ich hielt beim Öffnen meines Aktenkoffers inne. »Sie...?«

»Ja, ich habe hinten auf dem Grundstück ein Atelier. Vielleicht möchten Sie es einmal sehen, da Sie sich für die Stücke zu interessieren scheinen.«

»... Vielleicht. Wo bekommen Sie das Material her?«

Er ging um den Schreibtisch herum, setzte sich und wies mich auf einen der Besucherstühle. »Da und dort. Man könnte mich wohl als Aasfresser bezeichnen. Ich sammle Dinge am Strand oder im Park.«

Dinge. Das hieß tote Vögel und Tiere oder Teile davon. Der Himmel mochte wissen, was er mit ihnen anstellen mußte, bevor sie sich für seine Zwecke eigneten. Ich hatte im Zahnarztwartezimmer vor kurzem angefangen – und gleich wieder aufgehört –, einen Artikel zu lesen über eine Texanerin, die »Verkehrsopferkunst«, wie sie es nannte, schuf; ich hatte den Artikel auf der Stelle zur Seite gelegt, als sie den Gestank in der Höhle beschrieb, in der sie ihre »Kunstmaterialien« aufbewahrte, bis fleischfressende Käfer die Tierleichen gesäubert hatten. Anstatt noch ein weiteres Wort über Grants Hobby zu verlieren, setzte ich mich und beschäftigte mich mit dem Ordner, den ich meinem Aktenkoffer entnommen hatte. »Mr. Grant...« setzte ich an.

»Bitte... Tom.«

»Tom. Sagt Ihnen der Name Perry Hilderly etwas?«

Ich glaubte, einen Schimmer des Erkennens in seinen Augen gesehen zu haben; vielleicht war es eine Einbildung. »Nein, das kann ich eigentlich nicht sagen. Angela – Miss Curtis – sagte etwas von einer Erbschaft. Ist dieser Hilderman...«

»Hilderly.«

»Ist er der Erblasser?«

»Ja.«

»Warum vermacht er mir etwas?«

»Wir wissen nicht sicher, ob Sie der Richtige sind. Hilderly bedachte einen Thomas Y. Grant in seinem Testament, ohne anzugeben, in welcher Beziehung er zu ihm stand. In einer Notiz für seinen Anwalt hieß es, daß er – der Anwalt, Hank Zahn – schon wüßte, wie er Grant erreichen kann. Sie sind der einzige Thomas Y. Grant, den Mr. Zahn kennt.«

Grant schaute verwundert drein. »Ich kenne Hank Zahn dem Namen nach. Es überrascht mich, daß er ein Testament ausfertigt, ohne zuerst festzustellen, in welchem Verhältnis der Mandant zu dem Begünstigten steht.«

»Er hat dieses spezielle Testament nicht ausgefertigt. Es handelt sich um ein handschriftliches Dokument, das ein früheres Testament ungültig macht. Es wurde drei Wochen vor Hilderlys Tod geschrieben.«

»Wann war das? Sein Tod, meine ich.«

»Letzte Woche. Er wurde auf dem Geary Boulevard von einem Unbekannten erschossen.«

»Von einem dieser Heckenschützen? Ich erinnere mich, im Fernsehen davon gehört zu haben, aber ich kenne die Einzelheiten nicht.« Grant schloß die Augen, als versuchte er, sich an die Nachrichten zu erinnern. Als er sie wieder öffnete, war sein Blick erstaunt. »Miss ... darf ich Sie Sharon nennen?«

Ich nickte.

»Sharon. Ich habe nicht den blassesten Schimmer, worum es hier geht.«

»Kann es sein, daß Hilderly einer Ihrer Mandanten war?«

»Ich habe ein gutes Gedächtnis für meine Mandanten. Nein.«

»Haben Sie ihn vielleicht einmal als Buchhalter beschäftigt?«

»War das sein Beruf? Nein, ich arbeite immer mit dem gleichen Mann von der Big-Eight-Gesellschaft.«

»Wo kommen Sie her, Tom?«

»Aus Durango, Colorado.«

»Und Sie studierten wo?«

»Die ersten Jahre in Boulder, dann Jura in Illinois.«

»Waren Sie viel in Berkeley?«

»Ich war in meinem ganzen Leben höchstens ein dutzendmal dort. Kam Hilderly von da?«

»Er ging dort zur Uni, bis er wegen seines Engagements in der Bewegung für Redefreiheit ausgeschlossen wurde.«

»Leider weiß ich darüber nur sehr wenig, nicht mehr, als was früher in den Zeitungen stand.«

Ich beobachtete ihn einen Moment. Seine Augen schienen ehrlich, und er wirkte entspannt. Dennoch hatte der Mann etwas Falsches an sich. Nach einer Weile fragte ich: »Wie steht es mit dem Namen Libby Heikkinen? Kennen Sie diese Frau?«

Er schüttelte den Kopf – zu schnell, für meinen Geschmack.

»Jess Goodhue? David Arlen Taylor?«

»Weder noch. Wer sind diese Leute?«

»Die anderen Begünstigten. Sagt Ihnen wirklich keiner der Namen etwas?«

»Goodhue kommt mir irgendwie bekannt vor.«

»Sie ist Nachrichtensprecherin beim Sender KSTS.«

»Genau. Ich glaube, sie hat mich einmal interviewt.«

Immer noch lag diese Unaufrichtigkeit in der Luft. »Wollen Sie nicht wissen, wieviel Ihr Anteil an Hilderlys Hinterlassenschaft wert ist?«

»Es interessiert mich mehr, warum er mich in seinem Testament bedacht hat. Aber, ja, wieviel ist mein Anteil wert?«

»Etwa eine Viertelmillion Dollar – vorausgesetzt, Sie können beweisen, daß Sie der Thomas Y. Grant sind, den Hilderly in seinem Testament meinte.«

Grants Blick wanderte zu dem Fenster, zu dem geziegelten Hof draußen und zu den Eukalyptushainen im Presidio-Park, die hinter einer Mauer aufragten. Er schwieg lange. Dann schaute er mich an. »Ich fürchte, das kann ich nicht. Und ehrlich gesagt, es ist zwar eine Menge, aber ich brauche das Geld eigentlich nicht. Ich verstehe, wie schwierig diese Situation für Hank Zahn ist; er muß natürlich alles tun, um die Wünsche seiner Mandanten auszuführen. Deshalb schlage ich vor, daß ich ein Dokument unterzeichne, in dem ich auf alle Ansprüche aus dieser Erbschaft ein für allemal verzichte.«

Das war eine unerwartete Geste – und völlig unnötig obendrein. Nun stieg in mir der Verdacht auf, daß Tom Grant – trotz seines scheinbar kühlen Gebarens – Perry Hilderly gekannt hatte und nicht wollte, daß ich etwas über die Art der Beziehung erfahren könnte.

»Sind Sie sicher, daß Sie das wirklich wollen?«

»Ja. Würden Sie Mr. Zahn bitten, die Papiere vorzubereiten?«

»Selbstverständlich. Ich werde mir einen Termin geben lassen, wenn die Unterlagen fertig sind.« Ich schloß den Ordner und legte ihn in meine Aktentasche zurück.

Grant stand auf. »Bitten Sie doch Angela, Ihnen einen Nachmittagstermin zu geben, ich möchte Ihnen dann gern mein Atelier zeigen.«

Unwillkürlich blickte ich zu dem Regal neben dem Kamin hinüber, wo die Federn der Spottdrossel das Stück trockene, gespannte Haut verzierten. Mein Abscheu war noch größer geworden.

»Da Sie sich ja anscheinend für mein Hobby interessieren«, fügte Grant hinzu.

Während ich durch den makellosen Vorgarten zurückging, fiel mir plötzlich die Quelle jener eigentümlichen Worte wieder ein, an die ich in Grants Büro gedacht hatte: sie entstammten der letzten Stanze eines Liedes aus dem 17. Jahrhundert. Der englische Dichter John Webster hatte es geschrieben, und ich hatte es während eines Literaturkurses in der High-School auswendig gelernt. Ich konnte mich noch mehr oder weniger genau an den ganzen Vierzeiler erinnern.

Vergeblich das Streben der Macht,
durch Trophäen und tote Pracht
ewige Unsterblichkeit zu erlangen,
es sind doch nur Netze, den Wind einzufangen.

4

Es stellte sich heraus, daß Greg unser Mittagessen platzen lassen mußte, was ich mit gemischten Gefühlen zur Kenntnis nahm. Als ich beim Morddezernat eintraf, gab mir einer der Inspektoren, ein Mann namens Wallace, den ich vom Sehen kannte, einen Berg Akten und führte mich in Gregs Kabine. »Der Lieutenant meinte, Sie können sie auf dem Tisch liegenlassen, wenn Sie fertig sind«, sagte er zu mir.

So verbrachte ich meine eigentliche Mittagspause damit, Akten über die Serie scheinbar unmotivierter Morde durchzulesen. Es waren vier Fälle, der erste vom April, der letzte, nämlich Hilderlys Ermordung, vom 6. Juli. Das erste Opfer, Angestellter in einer Gaststätte, war spät am Abend auf dem Heimweg in seine Pension im Outer Mission-Viertel. Das nächste war eine Krankenschwester auf dem Weg zu ihrer Spätschicht im Kinderkrankenhaus in Laurel Heights. Das dritte Opfer, ein Kriegsinvalide, hatte nicht schlafen können und war in Outer Sunset vors Haus getreten, um etwas Luft zu schnappen. Minuten später wurde er erschossen. Und dann kam Hilderly. Die Morde waren mit einer 357er Magnum ausgeführt worden. Die Kugeln, die man in den Leichen gefunden hatte, waren ballistisch gesehen identisch. All diese Morde waren nach zweiundzwanzig Uhr auf relativ ruhigen Straßen geschehen; auch Hilderlys Fall war keine Ausnahme: der normalerweise recht belebte Geary Boulevard lag um ein Uhr fünfzig morgens, als Hilderly an der Ecke zur Third Avenue aus einem leeren städtischen Bus gestiegen war, wie ausgestorben da.

Bei keinem der Morde hatte es Augenzeugen gegeben: In Hilderlys Fall war der städtische Bus bereits weitergefahren. Familienangehörige, Freunde und Arbeitskollegen der Opfer waren verhört worden. Aber die ermittelnden Beamten stießen weder auf Feinde noch auf andere mögliche Mordmotive. Die Informationen in den Akten ergaben, daß die Opfer mehr oder weniger aufrechte Bürger waren, normale Menschen, die normalen Geschäften nachgingen. Ganz normale Leute, die nur zufälligerweise zur falschen Zeit am falschen Ort gewesen waren.

Wie in solchen Fällen üblich, hatte das Büro des Bürgermeisters für Informationen, die zur Ergreifung des Täters führten, eine Belohnung ausgesetzt. Wie immer hatte es falsche Fährten gegeben, waren Erpressungsversuche und Anrufe von Spinnern (darunter der Anruf einer Frau, die behauptete, daß die Morde auf das Konto ihres Mannes gingen, der dann mit einem UFO weggeflogen wäre) auf dem Notruftelefon der Polizei eingegangen. Im Gegensatz zu anderen Serienmördern, wie dem Zodiac, war der Täter weder mit der Presse noch mit der Polizei in Kontakt getreten. Falls er weiter mordete, würde die Presse wohl bald lauter protestieren und Panik ausbrechen; der ohnehin schon beträchtliche politische Druck auf das Morddezernat würde sich noch verstärken.

Ich überflog die Akten der anderen Opfer und wandte mich dann Hilderlys Fall zu, um herauszufinden, wo er am Abend seines Todes gewesen war. Sein Arbeitgeber, ein Gene Carver von der Tax Management Corporation, hatte ausgesagt, daß Hilderly an jenem Abend lange gearbeitet hätte. Ich runzelte die Stirn: er war erst vorletzte Woche erschossen worden, als die arbeitsreiche Zeit im Anschluß an die Steuertermine schon längst vorbei war. Warum hatte er so lange gearbeitet? Dann las ich weiter: Hilderly und sein Chef hatten die Bilanzunterlagen für einen ihrer wichtigsten Mandanten vorbereitet. Carver sagte aus, er selbst habe das Büro um ein Uhr morgens verlassen und Hilderly angeboten, ihn heimzufahren; Hilderly habe abgelehnt, weil er noch etwas fertigmachen wollte.

Ich seufzte und lehnte mich in Gregs Stuhl zurück. Ich konnte verstehen, warum man bei der Polizei mit dem bisherigen Verlauf der Ermittlungen unzufrieden war. Die einzigen Verbindungen zwischen den Opfern, die bis jetzt festgestellt werden konnten, waren die Todesumstände und die identischen Kugeln. Offensichtlich hatten die Opfer einander nicht gekannt, und sie hatten auch nur wenige Gemeinsamkeiten. Über den Gaststättenangestellten, der offenbar noch zurückgezogener gelebt hatte als Hilderly, war am wenigsten bekannt. Im Gegensatz zu den anderen Opfern war er nie lange am gleichen Ort gewesen, und seine Vergangenheit wies große Lücken auf. Alles sah danach aus, als ob der Mörder seine Opfer wahllos traf. Ich beneidete Greg nicht um diesen Fall.

Nach einer Weile schaute ich auf die Uhr und stellte fest, daß es fast zwei war. Greg – der in einer Besprechung mit dem stellvertretenden Leiter seiner Einheit war – würde offensichtlich nicht so bald zurückkommen. Ich benutzte sein Telefon und rief in der Kanzlei an. Es lagen keine wichtigen Nachrichten vor, und ich beschloß, mir noch schnell einen Hamburger einzuverleiben, bevor ich beim Fernsehsender KSTS vorbeischaute. Auf dem Weg zu den Fahrstühlen durchquerte ich den Mannschaftsraum, in dem hektischer Betrieb herrschte. Im Vorbeigehen warf ich Inspektor Wallace einen Gruß zu. Er wollte mich zu sich heranwinken, aber ich schüttelte den Kopf und deutete auf meine Uhr. Mein Magen knurrte ganz erbärmlich; wenn ich noch etwas zu Mittag essen wollte, mußte ich mich beeilen.

Kurz vor drei erreichte ich das Fernsehstudio am Embarcadero im Schatten der Bay Bridge, nur wenige Häuserblocks von dem geplanten neuen Sportstadion im Stadtzentrum entfernt. Das Haus war ein unförmiges Ziegelmonster, von dessen Flachdach ein Antennenwald aufragte. Früher hatte es als Fabrikgebäude einer Bäckerei gedient, die in den sechziger Jahren Pleite gemacht hatte. Das Pflaster war von Bahngleisen durchzogen. Auf der anderen Seite des Boulevards, der die Stadt hier an der Bucht entlang abschloß, befanden sich drei Kais. Sie dienten aber nicht mehr der Schiffahrt, hier hatten Architekten und Immobilienmakler ihre Büros. Rechts davon befand sich die Bootsstation der Feuerwehr von San Francisco.

Der Lärm der Autos und Laster, die auf der Brücke und ihren Zubringern unterwegs waren, übertönte alle anderen Geräusche; die massiven Betonwände der Kais versperrten mir fast völlig den Blick auf das Wasser. Zumindest in diesem Teil der Stadt herrschte warmes und sonniges Wetter. Auf der breiten Promenade hinter der Feuerwehr-Bootsstation saßen die Leute auf Bänken oder lehnten an der Kaimauer und genossen den Blick auf Treasure Island; Jogger trampelten daher und schienen die Schönheit ihrer Umgebung überhaupt nicht wahrzunehmen. Nachdem ich aus dem Auto gestiegen war, sah ich ein Boot der Küstenwache vorbeifahren. Dann drehte ich mich um und betrat die Eingangshalle des Fernsehstudios.

Die Halle war in modernen Grau- und Schwarztönen gehalten. An den Wänden hingen Fotos irgendwelcher Fernsehgrößen. Während ich wartete, bis der Mann an der Rezeption – der Telefonanrufe beantwortete, Leute weiterverband, um etwas Geduld bat, bis er sie schließlich vermitteln konnte – Zeit für mich hatte, studierte ich das Bild von Jess Goodhue. Die Nachrichtensprecherin hatte ein lebhaftes, fast elfenhaftes Gesicht mit glatten dunkelbraunen Haaren, die Stirn und Ohren frei ließen und fast bis auf die Schultern herabfielen. Trotz ihrer jugendlichen Schönheit – die sie wahrscheinlich als störend empfand – hatte ihr Bild eine starke Ausstrahlung. Ihre Augen schauten geradewegs in die Kamera; ihr direkter Blick und die Haltung ihres Mundes zeigten Entschlossenheit und Intelligenz. Obwohl ich sie noch nicht persönlich kannte, spürte ich, daß sie eine Frau war, die Respekt verlangte und auch bekam.

Der Mann am Empfang hatte schließlich alle wartenden Anrufer abgefertigt und fragte nun, was er für mich tun könne.

Ich erklärte ihm, daß ich mit Goodhue sprechen wollte, und gab ihm meine Visitenkarte. Er wählte eine Nebenstelle und sprach ins Telefon. Dann wandte er sich wieder mir zu: »Sie möchte wissen, um was es geht.«

Ich sagte, daß es um eine Erbschaft gehe, die ihr ein Mandant unserer Kanzlei hinterlassen habe.

Er sprach wieder ins Telefon und legte dann auf. »Sie sagt, sie muß noch ein paar Skripten durchsehen. Aber es sei ihr recht, wenn Sie anschließend mit ihr sprechen wollen, während sie sich schminkt.«

»Das ist mir auch recht.«

»Gut, warum...« Er brach ab und winkte einer jungen Frau zu, die von der Straße hereinkam und eine fettige Tüte in der Hand hielt, in der sich, dem Aussehen und dem Geruch nach zu urteilen, chinesisches Essen zum Mitnehmen befand. »Heh, Marge, könnten Sie dieser Dame den Weg ins Nachrichtenzimmer zeigen und ihr sagen, wo sie Jess findet?«

Marge nickte, und ich folgte ihr. Der Mann am Empfang drückte auf einen Knopf, und wir traten durch eine Innentür in der Nähe seines Schreibtisches. Der Nachrichtenraum lag an einem langen Gang hinter der ersten Tür auf der linken Seite.

Mein erster Eindruck: Lärm, Stimmen, das Läuten von Telefonen, das Geklapper von Schreibmaschinen, das Rauschen und Krachen des Polizeifunks. An einer Wand flirrten tonlose Bilder über ein halbes Dutzend Fernsehmonitore. Schweigende Spektralbilder, die über Bildschirme huschten: Woody Woodpecker, eine händeringende Serienheldin, Oprah Winfrey, ernsthafte Erwachsene, die die Vorzüge von Babywindeln, Wachssprays und Deodorants lobten.

»Die erste Kabine rechts von der Regieanweisung«, sagte Marge und ging wieder auf den Gang hinaus.

Direkt vor mir befand sich ein langer Schreibtisch auf einer Plattform. Drei Männer und eine Frau saßen dort – sie telefonierten, kritzelten Notizen und studierten die Monitore. Ich schaute nach rechts und entdeckte eine Reihe gleichförmiger Kabinen. Auf meinem Weg dorthin mußte ich einer Frau ausweichen, die hinter mir durch die Tür stürmte. Sie zog eine riesige Tasche an einem Riemen hinter sich her und warf den Leuten an der Regieanweisung eine Siegergeste zu. In der ersten Kabine waren zwei Leute: eine dunkelhaarige Frau, die auf einem Drehstuhl am Schreibtisch saß, und ein großer, eckiger Mann, der über ihr aufragte und mit dem Finger erregt auf eine Schreibmaschinenseite deutete. Ich konnte das Gesicht der Frau nicht sehen, aber ich nahm an, daß es Jess Goodhue sei. Ich entfernte mich von der Kabinenöffnung, lehnte mich an die Wand und betrachtete in aller Ruhe das turbulente Treiben im Nachrichtenraum. Die Frau, mit der ich bei der Regieanweisung fast zusammengestoßen wäre, sprach mit einem kahlköpfigen Mann. Einen Augenblick später eilte sie zu einer Reihe kleinerer Schreibtische auf der anderen Seite des Raumes, knallte ihre Tasche auf den Boden und zog im Stehen Papier in eine Schreibmaschine ein. Der kahle Mann stand auf und ging zu einer Tafel, die an der hinter ihm liegenden Wand angebracht war und mich an die Anzeigetafel für Abflüge und Ankünfte auf Flugplätzen erinnerte. Er rieb mit der Hand ein paar Notizen weg und schrieb dann mit einem blauen Farbstift neue an.

Eine Stimme drang aus der Kabine – es war die von Goodhue, nicht so sorgfältig moduliert wie während der Nachrichtensendungen. »Nein, Marv, das muß noch mal geschrieben werden. Es ist mir völlig schleierhaft, wie wir Barbara Bush mit Mutter Teresa vergleichen können.«

Marv sagte etwas, das ich nicht ganz verstehen konnte.

»Nein, ich drücke damit *keine* politische Meinung aus. Hier wäre sogar Babs meiner Meinung.«

Der Mann verließ ohne ein weiteres Wort die Kabine und stolzierte zu den Schreibtischen auf der anderen Seite des Raumes.

»Das ist mir vielleicht ein Republikaner«, sagte Goodhue. Ich warf einen Blick in die Kabine, stellte fest, daß sie in einem Skript blätterte, und trat zurück.

Ein paar Minuten später näherte sich eine dünne, blondhaarige Frau mit vorsichtigen Schritten und bangem Gesichtsausdruck. Sie blieb einen halben Meter vor der Kabine stehen, als ob sie Angst hätte weiterzugehen. »Jess? Die Reihenfolge dieser Nachrichten – sollen wir den Gnadentod wirklich vor die Drogenrazzia und den neuen Umweltplan stellen?«

»Ja. An der ursprünglichen Stelle könnt ihr ihn vergessen.«

»Aber...«

»Das ist eine wichtige Sache, Linda. Da geht es um... ach, stell die Reihenfolge einfach um.«

Linda blieb, wo sie war, schweigend und unentschlossen.

Goodhue fügte hinzu: »Und wenn du Roberta siehst, sag ihr, daß die Einführung in die Drogenrazzia mehr Schwung braucht. Ich möchte die neue Fassung vor halb fünf sehen.«

Linda drehte sich schnell um und ging weg.

Goodhue sagte leise zu sich selbst: »Du bist an Tagen wie heute zu schroff zu ihnen. Du mußt dich zusammenreißen.«

Ich trat in den Eingang zur Kabine und sah, daß sie sich etwas nach hinten gelehnt hatte und ihre Arme streckte. »Miss Goodhue?«

Sie blickte auf und schnippte dann mit den Fingern. »Sie sind die Frau von der Anwaltskanzlei... wie war noch der Name?«

»All Souls.«

»Richtig. Ich kenne Ihre Firma. Als ich noch im Außendienst tätig war, schrieb ich eine Serie über alternative juristische Dienstleistungsbetriebe. Ihr Name ist McCone, stimmt's?«

»Sharon McCone.«

Sie stand auf, trat auf mich zu und drückte mir fest die Hand. »Nennen Sie mich Jess, wie alle. Lassen Sie uns nach oben gehen! Ich muß mich für den Kurzspot um drei Uhr fünfundfünfzig schminken.«

»Den...?«

Sie ging durch den hektischen Nachrichtenraum in Richtung Flur. »Ein einminütiger Spot. Haben Sie wahrscheinlich schon hundertemal gesehen: ›In den Sechs-Uhr-Nachrichten sehen Sie.‹«

»Natürlich.« Ich folgte ihr den Flur hinunter. Goodhue war nicht sehr groß – etwa 1,60 verglichen mit meinen 1,67 –, aber ihr schneller Gang machte ihre kürzeren Schritte wett. Während sie auf ihren hochhackigen Schuhen in ihrem türkisfarbenem Kleid den Gang hinunterklapperte, redete sie wie ein Maschinengewehr.

»Es tut mir leid, daß Sie warten mußten, aber es geht hier ziemlich hektisch zu, und ab jetzt wird es dann wirklich haarig. Ich muß mich schminken, den Spot machen, die Skripte nochmals mit meinem Partner durchgehen. Sie sind aber zur rechten Zeit gekommen; niemand, absolut niemand wagt es, mich in meiner Garderobe zu stören.«

Am Ende des Flurs war eine Wendeltreppe. Goodhue führte mich hinauf und dann noch mal einen langen Flur hinunter, vorbei an anderen Räumen, in denen ein geschäftiges Treiben herrschte. »Sport und Wetter«, sagte sie und fuchtelte mit der Hand. »Sie sind ziemlich unabhängig von der Nachrichtenredaktion.« Fast am Ende des Flures angelangt, öffnete sie eine Tür und winkte mich hinein. »Und dies«, sagte sie, »ist der Ort, wo ich ungestört bin.«

Es war kein richtiges Ankleidezimmer: ein langes Regal unter einem von Glühbirnen umgebenen Spiegel; zwei in Auflösung begriffene Rohrstühle; ein Ständer, an dem Kleider zum Wechseln hingen; daneben ein kleines Badezimmer. Das Regal war mit Kosmetikartikeln übersät. Dazwischen stand eine Vase mit gelben Rosen, die auch schon bessere Zeiten gesehen hatten.

Goodhue schloß die Tür und grinste mich schief an. »Es ist nicht gerade der Broadway, aber es gehört mir.«

»Am Broadway ist es sicher auch nicht so toll.«

»Wahrscheinlich nicht. Für den wahren Glitzerkram muß man schon nach Hollywood gehen.« Beim Anblick der braunen

Rosen runzelte sie die Stirn. Sie holte sie aus der Vase und stopfte sie in einen Abfalleimer unter dem Regal. »Setzen Sie sich, während ich mich schminke«, sagte sie und plumpste auf einen Stuhl vor dem Spiegel. »Was habe ich da von einer Erbschaft gehört?«

Ich setzte mich in einen der Rohrstühle – vorerst ganz vorsichtig. »Einer unserer Mandanten hat Sie in seinem Testament bedacht. Perry Hilderly. Kennen Sie ihn?«

Sie dachte nach, während sie eine Flasche mit Grundierung in die Hand nahm und das Make-up mit geschickten Strichen auftrug. »Der Name kommt mir bekannt vor. Wer ist... war er?«

»Ein Steuerbuchhalter. Er arbeitete für eine kleine Firma auf den Avenues.«

»Einen Moment!« Sie schnippte mit den Fingern. »War er nicht das letzte Opfer dieses Heckenschützen?«

»Richtig.«

»Komisch. Warum sollte er *mir* Geld vermachen?«

»Ich weiß es nicht. Er machte ein handschriftliches Testament ohne Hilfe eines Anwalts – und ohne jegliche Erklärung.«

»Das verstehe ich nicht. Wäre es geschmacklos zu fragen, wieviel er mir hinterlassen hat?«

»So etwa eine Viertelmillion Dollar.« Sogar noch mehr, erinnerte ich mich, wenn Grant wirklich auf seinen Anteil verzichten will, nachdem das Erbe zu gleichen Teilen aufgeteilt werden sollte.

Goodhues Hand hielt mitten in der Bewegung in der Nähe ihres Haaransatzes inne.

»Du lieber Himmel. Warum um alles in der Welt...?«

»Ich hatte gehofft, Sie wüßten die Antwort.«

Sie schüttelte den Kopf, setzte die Make-up-Flasche ab und öffnete eine Dose mit Rouge. Nachdem sie das Regal nach einem Pinsel abgesucht hatte, legte sie Farbe auf ihre Backenknochen. »Soviel ich weiß, bin ich dem Mann nie begegnet. Erzählen Sie mir mehr von ihm.«

»Bevor ich damit anfange, habe ich noch ein paar Fragen. Sagt Ihnen der Name Thomas Y. Grant etwas?«

»Grant... Tom Grant, der Rechtsanwalt?«

»Richtig.«

»Ich habe auch ihn für die Serie über alternative juristische Dienstleistungsbetriebe interviewt. Nicht daß ich seine spezielle Alternative besonders gut finde, aber sie paßte zum Thema. Zu meiner eigenen Überraschung fand ich ihn sogar recht charmant.«

Ich war versucht zu fragen, was sie von Grants Fetischen hielt, aber ich fragte nur: »Wie steht es mit dem Namen Libby Heikkinen?«

»Nein.«

»David Arlen Taylor?«

»Auch nicht. Wer *sind* diese Leute?«

»Die anderen Begünstigten. Hilderly teilte sein Vermögen in vier Teile.«

»Dieser Hilderly muß ein wohlhabender Mann gewesen sein.«

»Nein, nicht im üblichen Sinn. Er erbte etwas Geld, legte es gut an und hatte keine kostspieligen Gewohnheiten.«

»Und er lebte hier in der Stadt? Natürlich; ich kann mich ja erinnern, daß er auf dem Geary, in der Nähe seiner Wohnung, erschossen wurde. Stammt er von hier?«

»Ich weiß nicht sehr viel über seine Vergangenheit, nur daß er während der Vietnam-Zeit zu den Radikalen gehörte, er war einer der Gründer der Bewegung für Redefreiheit in Berkeley.«

»Berkeley!« Sie wirbelte auf ihrem Stuhl herum, der Puderpinsel fiel ihr aus den Fingern.

»Ist das von Bedeutung?«

Sie überhörte die Frage. »Was können Sie mir noch von ihm erzählen?«

»Er flog aus dem College, arbeitete eine Weile für eine Zeitung, bis sie ihn dann als Korrespondenten nach Vietnam schickten. Er blieb eine Weile dort, hatte mit einer Vietnamesin zusammen einen Sohn. Sie und das Kind kamen in einem Geschützfeuer ums Leben, und Hilderly kehrte in die Staaten zurück. Heiratete, bekam zwei weitere Söhne, wurde geschieden und führte bis zu seiner Ermordung ein unauffälliges Leben in Inner Richmond.«

Goodhue saß nun sehr still, ihre Hände hatte sie im Schoß verschränkt, der Schminkpinsel lag vergessen zu ihren Füßen. »Denken Sie nur«, sagte sie nach einer kurzen Weile. »Ich habe über seine Ermordung berichtet.« In ihrer Stimme lag ein eigenartiges Zittern, eine Gefühlsäußerung, die ich nicht zu deuten wußte.

»Sind Sie sicher, daß Sie ihn nicht kennen?«

»Ganz sicher. ›Free Speech Movement‹ – das war etwa zu der Zeit, als ich auf die Welt kam.«

»Sie begann im Herbst 1964.«

Goodhues suchender Blick war nach innen gerichtet. Kurz darauf sagte sie mit sanfter Stimme: »Ich bin 1965 geboren worden.«

Ich wartete, als sie aber keine weiteren Erklärungen gab, sagte ich: »Es tut mir leid, aber ich kann Ihnen nicht folgen.«

»Was ich sagen will, ist... dieser Perry Hilderly könnte mein Vater gewesen sein.«

5

Das kam so überraschend, daß ich einen Moment brauchte, um eine Antwort zu formulieren. »Wie kommen Sie auf diese Idee?« fragte ich schließlich.

»Weil meine Mutter zu dieser Zeit in Berkeley war.«

»Zusammen mit Tausenden von anderen Leuten.«

»Aber nicht...« Sie brach ab und schaute auf die Uhr. »Verdammt! Das ist eine lange Geschichte, und ich habe nicht viel Zeit.«

»Warum fangen Sie nicht jetzt mit Ihrer Erzählung an. Ich kann auf den Rest so lange wie nötig warten.«

»In Ordnung.« Sie wandte sich wieder dem Spiegel zu und zupfte nervös an ihrem Haar herum. »Wie ich schon sagte, wurde ich im Januar 1965 geboren. Unehelich.« Sie machte eine Pause, schaute mich im Spiegel an, als warte sie auf eine Reaktion. Als keine kam, fuhr sie fort: »Meine Mutter hieß Jenny Ruhl. Sie gehörte zu den Radikalen, sie war aktiv in der Campus-Protestbewegung. Ich fand das später heraus.«

»Sie kannten sie gar nicht?«

Goodhue wandte sich wieder mir zu. Sie wurde von hinten von den nackten, matten Glühbirnen, die den Spiegel umgaben, angeleuchtet. Dieses Licht ließ die Flächen und Kurven ihres Gesichtes weicher und sie noch jünger erscheinen. Als sie zu sprechen begann, war ihre Stimme nicht mehr so fest und selbstsicher wie zuvor.

»Oh, doch, ich kannte sie. Ich erinnere mich sogar noch ein bißchen an sie. Aber ich eile voraus. Also, meine Mutter brachte mich am siebzehnten Januar zur Welt. Mein Vater ist in der Geburtsurkunde als ›unbekannt‹ eingetragen. Meine Mutter kam aus einer wohlhabenden Familie aus Orange County; ich glaube, viele der sogenannten Revolutionäre kamen aus einem reichen, konservativen Elternhaus. Aus irgendeinem Grund erzählte sie ihrer Familie nie von mir. Statt dessen benutzte sie den Zuschuß, den sie von ihnen bekam, dazu, mich zu einem älteren Ehepaar hier in San Francisco abzuschieben. Diese Leute hatten einen kleinen Hort und nahmen Kinder auf, deren Eltern sich nicht um sie kümmern konnten – Pflegekinder vom Wohlfahrtsamt und andere, so wie mich. Ben und Nilla Goodhue. Sie…«

Es klopfte an der Tür. Eine Frauenstimme rief: »Jess, du bist als nächste dran. Beeil dich!«

Goodhue fuhr in die Höhe. »Oh, Gott, ich hätte fast den Spot verpaßt! Ich muß meinen Hintern nach oben schwingen. Macht es Ihnen etwas aus, hier zu warten – Fremde sind auf der Szene nicht gerne gesehen.«

»Sicher. Ich warte.«

Nachdem sie gegangen war, vergingen die Minuten langsam. Ich rutschte auf dem Flechtstuhl – der unbequem geworden war – herum und versuchte, Goodhues Behauptung, daß Hilderly vielleicht ihr Vater war, in Einklang zu bringen mit dem, was ich schon wußte. Ich nahm an, daß die Möglichkeit bestand, daß Hilderly ihr Vater war und sie in einem verspäteten Anfall von Schuldgefühlen in seinem Testament bedacht hatte. Aber das erklärte das Vermächtnis an Tom Grant nicht. Und was war mit Heikkinen und Taylor? Weitere Kinder, zu denen er sich nicht bekannt hatte? Konnte ein junger Mann derart fruchtbar gewesen sein – das schien mir selbst bei der sexuellen Freizügigkeit in den sechziger Jahren recht unwahrscheinlich.

Als Goodhue zurückkam, standen Schweißperlen auf ihrer Stirn. Sie wischte sie mit einem Taschentuch ab und begann, ihr Make-up auszubessern. »Ich bin noch nie so spät gekommen«, sagte sie. »Nie. Ich saß erst fünf Sekunden vor Beginn auf meinem Stuhl.«

»Ich hätte nicht zulassen dürfen, daß Sie die Zeit vergessen.«

»Das ist nicht Ihre Schuld. Also, ich habe noch etwa zehn Minuten Zeit, dann muß ich ins Nachrichtenzimmer hinunter und die Skripten mit meinem Partner durchgehen. Wo war ich?«

»Ben und Nilla Goodhue.«

»Richtig.« Als sie diese Namen hörte, vergaß sie ihren Zeitmangel. Ein Ausdruck zärtlicher Erinnerung huschte über ihr Gesicht, und sie setzte die Wimperntusche, die sie gerade benutzte, ab.

»Ben und Nilla. Wunderbare Menschen. Liebevolle Menschen. Er war Engländer, ein vollkommen korrekter Mensch, außer wenn er mit uns Kindern auf dem Teppich herumtollte. Sie war Schwedin – Nilla war die Kurzform von Gunnilla –, und sie konnte mit ihrem Lächeln ein ganzes Zimmer erwärmen. Sie lebten im Portola-Viertel. Damals war es schön dort – ein solides Arbeiterviertel mit einer gesunden ethnischen Mischung. Viele italienische Delikatessengeschäfte und Läden, wo Farbige ihre Lebensmittel kauften, und kleine Märkte an der Ecke. Die Leute hatten Gemüsegärten; der Mann neben uns hielt sich Hühner. Die Gegend hat sich sehr verändert; jetzt gibt es da sehr viel Bandenkriminalität, die von Bayview und Visitación Valley herüberschwappt...« Sie brach ab und nahm die Wimperntusche wieder auf, so als ob ihr plötzlich wieder eingefallen sei, wie wenig Zeit sie hatte.

»Jedenfalls«, fuhr sie fort, »wuchs ich da auf, in diesem großen Haus an der Ecke zusammen mit zwei bis zu sechs anderen Kindern. Sie kamen und gingen. Ich blieb.«

»Besuchte Ihre Mutter Sie?«

»Gelegentlich, bis zu meinem vierten Lebensjahr. Ich habe sie als hübsch, aber nicht sehr herzlich in Erinnerung. Wenn sie mich im Arm hielt, hatte ich immer das Gefühl, daß sie Angst habe, mich fallen zu lassen und zu zerbrechen. Wenn sie gegangen war, saß ich immer lange auf Bens oder Nillas Schoß. Ich konnte nicht verstehen, warum sie mich, wenn sie meine Mutter war, nicht so im Arm halten konnte wie die beiden.«

»Und Ihr Vater? Hat Ihre Mutter je von ihm gesprochen?«

»Nein, aber er besuchte mich einmal. Ich war etwa dreieinhalb, fast vier. Ich hoffte – oder vielleicht bilde ich es mir auch nur ein –, daß sie mich bald zu sich holen würden, aber er kam nie wieder.«

»Können Sie ihn beschreiben?«

Sie schüttelte den Kopf. »Nein. Im Laufe der Jahre habe ich immer wieder versucht, ihn mir vorzustellen, aber es ist alles ganz verschwommen. Ich hatte den Eindruck, daß er vielleicht aus dem Südwesten kam, denn er trug eine von diesen Krawatten aus geflochtenen Bändern. Ich weiß noch, daß ich auf seinem Schoß saß und mit diesen Schnüren spielte; wenn die Metallenden der Bänder aufeinanderschlugen, gab es ein klikkendes Geräusch.«

Ich notierte im Geist, daß ich herausfinden mußte, woher Hilderly ursprünglich kam. »Sie sagen, Ihre Mutter besuchte Sie, bis Sie vier Jahre alt waren. Was passierte dann?«

Während Goodhue von ihrer Kindheit gesprochen hatte, war ihr Gesicht lebhaft geworden. Nun war es, als ob jemand einen Schalter betätigt und das Licht gelöscht hätte. Sie legte die Wimperntusche weg und kauerte am Rand ihres Stuhles.

»Sie... starb.«

»Wie?«

»Sie... Ich erfuhr das erst viel später. Nilla und Ben sagten mir nur, daß sie weggehen mußte, aber daß ich mir keine Sorgen machen sollte, weil sie mich liebte und immer an mich denken würde. Dann schienen sie nicht mehr über sie sprechen zu wollen, und ehrlich gesagt, nachdem sie in meinem Leben nur eine so kleine Rolle gespielt hatte, vergaß ich sie mehr oder weniger. Aber als ich in der sechsten Klasse war, hörte ich, wie ein paar Nachbarskinder über sie sprachen – ältere Kinder, die ihr ganzes Leben in der Gegend verbracht hatten. Sie war in Schwierigkeiten geraten – irgendwas mit den Protestaktionen gegen den Krieg –, und dann beging sie Selbstmord.«

Ich verspürte ein heftiges Mitleid mit der Sechskläßlerin, die auf unerfreuliche Weise so etwas Häßliches erfahren hatte. »Was für Schwierigkeiten?«

Goodhue schüttelte den Kopf. »Die Kinder hatten nur einen Teil der Geschichte gehört – sie hatten, wie Kinder das so tun, Fetzen von einer Unterhaltung aufgeschnappt. Sie erzählten mir, daß meine Mutter eines Nachts ans Meer gegangen sei und sich in den Kopf geschossen habe. Ben und Nilla flippten aus, als sie es in den Nachrichten sahen. Ich kam mit der Geschichte zu ihnen, in der Hoffnung, daß alles nicht stimmte. Aber sie wollten nicht darüber sprechen. Das war das einzige Mal, daß sie mich enttäuschten. Jahre später, nachdem sie beide tot waren und ich nicht mehr das Gefühl hatte, einen von ihnen zu verraten, beauftragte ich einen Detektiv, die ganze Geschichte herauszufinden. Er bestätigte mündlich, daß die Sache so passiert war, wie die Kinder sie erzählt hatten, und schrieb einen Bericht. Aber – das ist das Komische daran – wissen Sie, was ich tat?«

»Was?«

»Ich verbrannte das ganze Ding, ohne es je zu lesen. Nach all den Jahren der Ungewißheit und bei all dem Geld, das ich für den Detektiv ausgegeben hatte, wollte ich es nun plötzlich nicht mehr wissen.«

Seriöse Detektive heben sich jedoch Kopien ihrer Berichte eine ganze Weile lang auf. »Erinnern Sie sich noch an den Namen des Detektivs, den Sie beauftragten?«

»Nicht auswendig. Aber ich bin sicher, ich habe den Namen irgendwo in meinen Unterlagen.«

»Ich hätte ihn ganz gerne, wenn es Ihnen nicht zu große Umstände bereitet.«

Goodhue schaute etwas ängstlich. »Warum? Brauchen Sie ihn, um meinen Anspruch auf die Erbschaft sicherzustellen?«

Da Hilderly angenommen hatte, Hank wisse, wer sie war, und aufgrund ihres ungewöhnlichen Namens war ich ziemlich sicher, daß ich die richtige Jess Goodhue vor mir hatte. Dennoch blieb ich vorsichtig: »Es würde mir helfen. Und es würde mir auch helfen zu verstehen, warum Hilderly dieses Testament schrieb.«

»Warum ist Ihnen das so wichtig?«

Ich zögerte, dann wählte ich eine Antwort, von der ich glaubte, daß Goodhue – als Nachrichtensprecherin – sie verstehen würde. »Ich suche nach der Wahrheit. Ich muß es wissen.«

Sie nickte. »Das kenne ich von mir. Ich schaue morgen, daß ich den Namen finde, und lasse von mir hören.«

Sie schien sich immer noch nicht bewußt zu sein, wie schnell die Zeit verging, und ich fragte weiter, solange ich noch die Möglichkeit dazu hatte.

»Nachdem Ihre Mutter... gestorben war, was passierte dann mit Ihnen?«

»Nichts. Ich bin bei Ben und Nilla geblieben. Inoffiziell; das Jugendamt wußte nicht, daß es mich gab – ebensowenig wie die Familie meiner Mutter. Und meinem Vater war es offensichtlich gleichgültig. Ben und Nilla zogen mich als ihr eigenes Kind auf. Ich nahm ihren Namen an. Ben starb, als ich fünfzehn war, er wurde am Frühstückstisch vom Schlag getroffen. Das brachte auch Nilla fast um. Sie zog sich zurück, schloß den Hort und nahm keine Kinder mehr auf. Schließlich hatte sie nur noch mich.

Geld war immer ein Problem gewesen. Ohne die Zahlungen, die das Wohlfahrtsamt für die Pflegekinder leistete, wurde es schwer. Mit sechzehn ging ich von der Schule ab, um Nilla zu unterstützen. Ich fing bei einer Firma für Bürobedarf als Mädchen für alles an und wurde dann zur Sekretärin ausgebildet. Nilla starb, als ich achtzehn war – es war das Herz, in jeder Beziehung. Ich gab die Arbeit bei der Schreibwarenfirma auf und ging aus Portola weg. Ich zog in die Stadt und fing als Sekretärin bei KSTS an. Nach eineinhalb Jahren überredete ich sie, mir eine Chance als Reporterin zu geben. Im Außendienst hatte ich schnell Erfolg. Und jetzt bin ich hier.« Sie breitete die Arme aus, als ob sie das schäbige Ankleidezimmer, das gesamte Studio, ihr erfolgreiches Leben umarmen wollte. Mir aber kam sie immer noch wie das kleine Mädchen vor, dessen Mutter hübsch, aber nicht herzlich war, und das sich zu den Pflegeeltern flüchtete, die wußten, wie man ein Kind im Arm hält.

»Jess, beantworten Sie mir eine Frage: *Wollen* Sie wissen, ob Perry Hilderly Ihr Vater war?«

Sie verschränkte wieder die Finger und preßte die Lippen aufeinander. Nach einer Weile sagte sie: »Sie wissen, daß ich es wissen will. Nachdem Nilla gestorben war, war ich zuerst ganz erpicht darauf, etwas über meine Eltern zu erfahren. Ich habe mich an die Familie meiner Mutter im Süden Kaliforniens gewandt, aber sie wollten nichts mit mir zu tun haben, sie glaubten nicht einmal, daß ich Jenny Ruhls Tochter sei, sie behaupteten, die Geburtsurkunde sei eine Fälschung. Danach beauftragte ich die Detektei. Aber dann – nun, ich sagte Ihnen ja schon, was ich mit dem Bericht gemacht habe.«

»Was ist jetzt auf einmal anders?«

»Perry Hilderly hat mir Geld hinterlassen. Eine Menge Geld. Das muß etwas bedeuten.«

Da war ich nicht sicher. Zumindest nicht, daß es etwas Gutes bedeutete, wie sie sich offenbar vorstellte. Schuldgefühle wegen versäumter Taten, habe ich festgestellt, sind nicht gleichbedeutend mit Liebe für den Geschädigten.

Goodhue muß meine Zweifel gespürt haben, denn sie stand abrupt auf. »Ich muß jetzt wirklich in den Nachrichtenraum hinunter. Ich suche nach dem Namen des Detektivs und ruf Sie dann an.«

Ich gab ihr meine Visitenkarte. Sie steckte sie ein, warf einen letzten Blick auf ihr Make-up und führte mich aus dem Ankleidezimmer. Auf dem Weg nach unten fragte ich, wo ich telefonieren könnte, und Goodhue deutete auf einen unbesetzten Schreibtisch im Nachrichtenraum. Ich rief die Kanzlei an, erreichte Hank und berichtete ihm, was ich an diesem Tag alles erfahren hatte.

»Verdammt komisch«, sagte er, als ich fertig war. »Das paßt nicht recht zu dem, was ich von Perry weiß. Ich kann mir nicht vorstellen, daß er sein eigenes Kind im Stich läßt.«

»Hast du seiner Exfrau erzählt, daß ihre Söhne nun doch nicht erben?«

»Ja. Das schien sie nicht sehr aufzuregen. Offensichtlich sind sie und ihr neuer Ehemann recht wohlhabend. Sie freute sich aber über die persönlichen Sachen – sie sagte, daß es nett sei, daß die Jungs ein paar Erinnerungen an Perry hätten.«

»Ich würde gerne mit ihr reden. Wenn jemand etwas über Hilderlys Vergangenheit weiß, dann sie. Gibst du mir ihren neuen Namen und die Nummer?«

»Sicher.« Nach einer Pause las er mir vor, was ich wissen wollte. »Du fährst doch heute nicht mehr nach Danville hinaus?«

»Wenn sie mich empfängt.«

Hank schwieg.

»Oh, Gott, dein Abendessen für Anne-Marie! Das hätte ich fast vergessen.«

»Mach dir keine Gedanken. Besuch Judy Fleming und komm später vorbei. Aber komm sicher.«

»Ja natürlich, das verspreche ich. Ist Rae in der Nähe?«

»Sie ist vor etwa fünfzehn Minuten gegangen. Sie bat mich, dir zu sagen, daß sie etwas über Heikkinen erfahren hat; sie will dir heute abend Genaueres erzählen.«

»Fein. Stell' mir ein bißchen Chili warm.« Ich legte auf und rief Judy Fleming, die ehemalige Mrs. Hilderly, in der vornehmen Blackhawk-Siedlung am East Bay an. Sie war herzlich und bereit, mich zu empfangen, wenn es mir nichts ausmachte, während des Berufsverkehrs zu ihr rüber zu fahren. Ich sagte, ich sei so bald wie möglich bei ihr.

Während ich den Nachrichtenraum in Richtung Flur durchquerte, warf ich einen Blick auf Goodhues Kabine. Die Nachrichtensprecherin saß wieder an ihrem Schreibtisch neben ihrem Partner, Les Gates. Gates, den ich von zahllosen Nachrichtensendungen her kannte, erläuterte das vor ihnen liegende Skript. Goodhue nickte und antwortete, aber sie schien nicht ganz bei der Sache zu sein. Als ich an ihrer Kabine vorbeiging, schaute sie auf, und ich fühlte, daß mir ihr Blick bis zur Tür folgte.

6

Blackhawk, die Wohnanlage, wo Hilderlys frühere Frau und seine Söhne jetzt lebten, war für mich schon immer ein Phänomen, das nur die letzten Jahrzehnte des zwanzigsten Jahrhunderts hatten hervorbringen können. Es ist eine exklusive Enklave aus maßgefertigten Häusern, die sich an die Ausläufer des Mount Diablo schmiegen und durch hohe Mauern, eine private Sicherheitstruppe und alle vorstellbaren Erholungsmöglichkeiten, die sicherstellen, daß kein Bewohner sein Vergnügen außerhalb der Anlage suchen muß, von der Welt abgeschnitten sind. Alles ist auf das Wohlbehagen und die Bequemlichkeit der vielbeschäftigten Immobilienbesitzer ausgerichtet, von denen die meisten Unsummen von Geld in den Gewerbegebieten auf dem ehemaligen Ackerland nahe San Ramon verdienen. Ein Käufer kann ein vollständig möbliertes und ausgestattetes Haus erwerben, in dem vom Teelöffel bis zum Gästehandtuch alles vorhanden ist; der örtliche Supermarkt rühmt sich seiner Uhren, die die Zeit in den Weltstädten wie London, New York und Tokio anzeigen – vermutlich, damit die Käufer nach Hause eilen und ihre Makler noch vor Börsenschluß anrufen können. Auch wenn die Blackhawkianer diese Finessen vielleicht schätzen oder gar benötigen, finde ich einen Ort, wo das Leben keine Ecken und Kanten mehr hat, ziemlich deprimierend.

Nachdem ich die Wache an einem der Tore passiert hatte, fuhr ich durch einen Irrgarten mit großen Häusern auf weitläufigen Grundstücken zum Heim der Flemings, einer Tudorimitation mit einer großen echten Eiche im Vorgarten. Ich parkte am Straßenrand und ging den gefliesten Fußweg hinauf, der den ordentlich gestutzten Rasen in zwei Hälften teilte.

Als Judy Fleming die Tür öffnete, erkannte ich sie als ältere Version der Frau aus Hilderlys Fotoalbum; ihr kurzes braunes Haar war jetzt von grauen Strähnen durchzogen, und sie war nicht mehr so rundlich. Ihr Gesicht hatte vielmehr das hagere Aussehen, das von zahlreichen Hungerkuren herrührt. Sie begrüßte mich freundlich und führte mich in den hinteren Teil des klimatisierten Hauses, wo ein zwangloses Wohnzimmer auf einen Swimmingpool hinausführte, in dem es von lärmenden Jugendlichen nur so wimmelte. Zimmer, Eßbereich und Küche waren miteinander verbunden und wirkten bewohnt, anders als die offizielleren Räume, an denen wir vorbeigegangen waren.

Mrs. Fleming bat mich, auf dem Sofa Platz zu nehmen, und bot mir Kaffee an. Nach einem kurzen Zögern füllte sie eine zweite Tasse für sich selbst. »Ich sollte eigentlich nicht«, sagte sie. »Ich trinke zuviel davon. Aber ich bin auf Diät, und der Kaffee hält mich auf den Beinen.«

Sie sah wirklich erschöpft aus, dachte ich, als sie sich mir gegenüber in den Schaukelstuhl setzte. Das Licht der Spätsonne, das durch die Glastüren hinter ihr ins Zimmer drang, unterstrich die dunklen Ringe unter ihren Augen, und ihre Bewegungen waren müde, fast bleiern. Ich vermutete, daß ihre Müdigkeit wohl weniger auf eine übertriebene Hungerkur als vielmehr auf den Tod ihres Exgatten und auf sein geändertes Testament zurückzuführen war.

Lautes Lachen – von den geschlossenen Türen etwas gedämpft – erscholl am Schwimmbad, und die Kinder fingen an zu klatschen; zwei Jungs hatte gerade ein heftig sich wehrendes Mädchen ins Wasser geworfen. Mrs. Fleming lächelte und sagte: »Es tut gut, hier wieder Lachen zu hören. Die letzten eineinhalb Wochen waren recht hart. Meine Söhne hatten keine enge Beziehung zu Perry – das war seine Entscheidung, nicht meine oder ihre –, aber sein Tod und nun das neue Testament haben sie doch sehr bestürzt.«

»Warum hat er sich von seinen Söhnen so distanziert?«

»So war er eben. Das war einer der Gründe, warum ich mich scheiden ließ. Eigentlich der Hauptgrund.« Sie hielt inne. »Ich habe Perry aber immer geliebt. Darum trifft mich seine Entscheidung, die Jungs zu enterben, auch so schwer.«

»Hank Zahn hatte den Eindruck, daß es Ihnen nicht um das Geld geht.«

»Um das Geld, nein. Es ist Perrys mangelnde Fürsorge und die... Unerklärlichkeit seiner Handlungen, die mich beunruhigen.«

»Bis jetzt ist es mir gelungen, zwei von Perrys neuen Erben aufzuspüren – Thomas Y. Grant und Jess Goodhue. Hat er je von diesen Personen gesprochen?«

Sie schüttelte den Kopf.

»Wie steht es mit David Arlen Taylor, Libby Heikkinen oder Jenny Ruhl?«

»Keiner dieser Namen kommt mir bekannt vor. Ich bin sicher, daß ich mich erinnern würde, wenn ich sie kennen würde oder von ihnen gehört hätte.«

»Keine von den beiden Personen, mit denen ich bisher gesprochen habe, behauptet, Perry gekannt zu haben, oder versteht, warum er sie in seinem Testament bedacht hat. Vielleicht können Taylor oder Heikkinen, wenn ich sie finde, etwas mehr Licht in die Sache bringen. Die andere Person, die ich erwähnte, Jenny Ruhl, war die Mutter von Jess Goodhue. Goodhue glaubte, daß ihre Mutter Perry von Berkeley her gekannt haben könnte.«

»Das war lange, bevor ich ihn kennenlernte.«

»Wann und wo haben Sie ihn kennengelernt?«

»An der Hochschule von San Francisco, nachdem er aus Vietnam zurückgekommen war. Ich war erst neunzehn; er war einige Jahre älter und übte eine große Faszination auf mich aus. Ein distanzierter, schweigsamer Mann mit einer tragischen Vergangenheit; ein Mann, der schon eine Frau und ein Kind verloren hatte. Ich dachte, ich könne ihm helfen, ihn aus der Reserve locken. Wie naiv ich doch war!«

»Ich nehme an, er blieb distanziert.«

»Ja. Es wurde mir erst nach der Geburt meines ersten Sohnes, Kurt, bewußt, wie distanziert er war. Ich weiß noch, wie ich Kurt anschaute und mich fragte, wem er wohl mehr ähneln würde – Perry oder mir. Damals wurde mir klar, daß ich praktisch nichts wußte von dem Mann, der ihn gezeugt hatte.«

»Meinen Sie, von seinen Gedanken und Gefühlen oder von seiner Vergangenheit?«

»Beides. Als wir uns kennenlernten, hat er mir so eine Art Lebensgeschichte erzählt, aber das war wie ein Rahmen ohne Inhalt.«

»Wo kam Perry ursprünglich her?«

»Aus Albuquerque.«

Ich dachte an den Vater mit der Krawatte aus verknoteten Bändern, der Jess Goodhue besucht hatte. »Sprach er manchmal von seiner Kindheit?«

»Mehr als über andere Abschnitte seines Lebens. Es klang ziemlich normal. Ich habe seinen Vater nie kennengelernt; er starb, als Perry in der High-School war. Seine Mutter hat wieder geheiratet und ist dann viel gereist; ich bin ihr einmal begegnet. Sie war sehr lebhaft; von ihr hatte er seine Verschlossenheit sicher nicht.«

»Sie haben sich vor zehn Jahren von Perry scheiden lassen?«

»Nächsten Monat sind es zehn Jahre. Gegen Ende wohnten wir in Pacifica. Wir hatten ein Haus gekauft. Perry pendelte zur Arbeit. Er arbeitete lange – absichtlich, wie ich dachte. Nicht, daß er die Jungs oder mich nicht liebte; er kam nur mit der Intimität des Familienlebens nicht zurecht. Er erinnerte mich immer an den Nebel, der kam und ging, und nicht an einen Ehemann und Vater. Ich hatte das Gefühl, ihn zu verraten, als ich mich scheiden ließ, aber er schien eher erleichtert zu sein. Ich nehme an, er war durch die Ehe und die Familie einfach gefühlsmäßig überfordert.«

Dieser unbeteiligte Mann, den Mrs. Fleming da beschrieb, paßte so gar nicht zu dem jungen Mann, der die Menschen während der stürmischen Zeiten in Berkeley durch seine Späße zum Lachen gebracht hatte. Selbst der Mann, den Hank von Vietnam her kannte, schien zugänglicher gewesen zu sein. Ich fragte mich, ob der Tod von Frau und Kind dort drüben ihn so verändert hatte. Aber selbst als sie noch am Leben gewesen waren, schien Hilderly in mancher Beziehung verschlossen gewesen zu sein.

»Haben Sie Perry nach der Scheidung noch gesehen?«

»Gelegentlich. Er holte die Jungs an ihrem Geburtstag ab und ging mit ihnen in die Stadt, in den Zoo oder zu einem Ballspiel. Zu Weihnachten schickte er Geschenke – meist welche, die für ihr Alter nicht paßten – und rief an. Aber das war auch alles.«

Ich hatte mich geirrt, als ich annahm, daß Judy Fleming etwas Wichtiges über die Vergangenheit ihres Mannes wissen könnte. »Ich verstehe, daß Sie keine Erklärung dafür haben, warum Perry sein Testament änderte«, sagte ich, »aber ich möchte Sie dennoch bitten, die Begegnungen, die Sie und Ihre Söhne etwa im letzten Jahr mit ihm hatten, zu überdenken. Wies irgend etwas in seinem Verhalten darauf hin, daß er so etwas tun könnte?«

Sie dachte nach und strich mit den Fingern den Stoff ihres Rockes glatt. »Eine Begegnung fällt mir ein. Perry verhielt sich eigentümlich... aber am besten sprechen Sie mit Kurt darüber. Er war dabei, nicht ich.« Sie ging zur Glastür, öffnete sie und rief einen der Jungen am Pool zu sich. Er kam ins Haus, wobei er sich unterwegs noch abtrocknete.

Kurt war etwa sechzehn und sah den frühen Fotos von seinem Vater sehr ähnlich. Er war groß und schlaksig, aber er besaß natürliche Anmut; sein Haar war blond, lockig und etwas lang. Er schüttelte mir die Hand und begrüßte mich mit einer Direktheit, die für sein Alter ziemlich ungewöhnlich war.

Nach der Vorstellung setzte sich Kurt auf die Fliesen des erhöhten Kamins und schlang seine langen Arme um die nackten Knie. Seine Mutter sagte: »Erzähl Miss McCone von der Geburtstagsfeier mit Perry.« Zu mir gewandt, fügte sie hinzu: »Die Jungen standen ihm nicht so nah, als daß sie ›Papa‹ zu ihm sagen wollten. So nennen sie meinen Mann.«

Kurt fragte: »Du meinst, ich soll ihr von den komischen Sachen erzählen?«

Judy Fleming nickte.

»In Ordnung. Das war Mitte Juni, an einem Samstag. Ich fuhr mit dem Zug in die Stadt, und wir schauten uns das Spiel der Giants an. Perry war ziemlich ruhig. Ich dachte, das läge daran, daß ich mich über sein Geschenk, ein Videospiel, das eigentlich für kleine Kinder gedacht war, nicht so recht freuen konnte.« Kurt hielt inne und schaute seine Mutter an. »Das war typisch für ihn. Weißt du noch, als er mir den großen Koalabären aus Stoff zu Weihnachten schenkte – da war ich dreizehn und scharf auf Indiana Jones.«

Mrs. Fleming lächelte nur.

»Also gut«, fuhr Kurt fort. »Nach dem Spiel machten wir uns auf den Rückweg und kehrten in einem mexikanischen Restaurant in Walnut Creek ein. Perry trank Margaritas. Die machen sie dort recht stark...« Wieder warf er seiner Mutter einen Blick zu. »Sagt man wenigstens. Perry trank vier. Nach dem zweiten Drink fing er an zu... labern.« Er schien das Wort zu genießen; sein Mund schien jede einzelne Silbe schmecken zu wollen.

»Worüber?« fragte ich.

»Alles mögliche. Zuerst fragte er mich, ob ich mich schon entschlossen hätte, aufs College zu gehen. Aber bevor ich noch antworten konnte, sagte er schon, daß die Entscheidungen, die Menschen früh im Leben treffen, wichtig seien, daß eine falsche Entscheidung das ganze Leben verändern könne, aber auch eine richtige Entscheidung könne sich später als nachteilig erweisen, selbst wenn man wisse, daß man das Richtige getan habe.«

»Das klingt nach ganz normalen Vater-Sohn-Ratschlägen.«

»Sie kannten Perry nicht. Er hielt nicht viel von Ratschlägen. Dann begann er von dem Seminar zu erzählen, das er aus beruflichen Gründen vor einigen Wochen hatte besuchen müssen. Er sagte, daß er gar nicht daran habe teilnehmen wollen, aber es sei eines der besten Dinge gewesen, die ihm je passiert seien. ›Es hat mein ganzes Leben verändert‹, hat er gesagt. ›Ich weiß, was ich tun muß, um wieder zu meinem früheren Ich zurückzufinden.‹«

»Das waren seine genauen Worte?«

»Mehr oder weniger.«

»Was für ein Seminar war das denn?«

»Das hat er nicht gesagt, und ich konnte nicht fragen; dann wurde er *wirklich* komisch. Dann begann er mit... also, er sagte: ›Du kannst dich nicht deswegen verrückt machen, weil du die Folgen deiner Handlungen nicht kontrollieren kannst.‹ Und andere Dinge in der Art.«

Ich hatte den Eindruck, daß Hilderly versucht hatte, seinem Sohn die Lehren eines Mode-Psychologen verständlich zu machen – und nicht recht erfolgreich gewesen war. »Sonst noch etwas?«

»Ja, da war noch etwas über Ideale. Daß man an ihnen festhalten solle, aber daß man manchmal welche aufgeben müsse, um den wichtigsten treu bleiben zu können. Und dann redete er von Schuld und Sühne. Während ich meine Enchiladas essen wollte, schüttete er Margaritas in sich hinein und quatschte ununterbrochen wie ein Wiedergeborener.«

»Vielleicht *hatte* er sich tatsächlich mit irgendeiner Religion beschäftigt; das kommt oft vor.«

Kurt schaute zweifelnd drein. Seine Mutter sagte: »Das kann ich mir nicht vorstellen. Perry war sein Leben lang Atheist.«

»Was sagte er sonst noch?« fragte ich Kurt.

»Nicht viel, womit ich etwas anfangen konnte. Ich machte mir Sorgen; ich hatte ihn noch nie so erlebt. Wie Mama schon sagte, ich hatte kein besonders enges Verhältnis zu Perry, aber ich wollte nicht, daß er so... zu spinnen anfing. Glauben Sie, daß er vielleicht verrückt geworden ist, und deshalb so ein komisches Testament gemacht hat?«

»Vielleicht.« Ich machte mir im Geiste eine Notiz, Hilderlys ehemaligen Arbeitgeber zu fragen, an welchem Seminar er Ende Mai teilgenommen hatte.

»Na ja«, sagte Kurt. »Was ihn auch immer bewogen hat, sein Testament zu ändern, es muß ihm ganz schön wichtig gewesen sein. Ich weiß, daß er meinen Bruder und mich liebte, auch wenn er die meiste Zeit auf einem anderen Stern lebte.« Bis jetzt hatte Kurts Beschreibung vom letzten Abendessen mit seinem Vater fast hochmütig geklungen, aber nun zitterte seine Stimme. Er wandte sich seiner Mutter zu. »Ich wünschte, ich hätte etwas tun oder sagen können – weißt du, ihm zeigen können, daß ich ihn mochte.«

»Kurt, er wußte, daß du ihn mochtest«, sagte Judy Fleming.

»Aber *etwas* fehlte. Nun tut es mir leid, daß ich ihm all die Jahre kein besserer Sohn war.«

Rasch ging sie zu ihm hin und legte ihren Arm um seine Schultern. »Du *warst* ein guter Sohn. Du warst der beste, der du unter den gegebenen Umständen sein konntest.«

Sie hätte Kurts Schuldgefühle leicht besänftigen können, indem sie darauf hinwies, daß Perry kein richtiger Vater gewesen war. Um aber die Erinnerung an ihren früheren Mann nicht zu besudeln, hatte sie sich für den schwereren Weg entschieden. Vielleicht hatte sie, wie sie meinte, Hilderly enttäuscht, als sie sich scheiden ließ, aber nun, am Ende, hatte sie ihn doch nicht verraten.

7

Auf dem Weg zurück in die Stadt legte ich einen Zwischenstopp ein, um für Anne-Marie eine Geburtstagskarte und eine Hängefuchsie zu erstehen. Als ich vor dem Haus, das sie und Hank an der Twenty-sixth Street in Noe Valley besitzen, ankam, war es fast zehn Uhr, und wieder war San Francisco von kühlem Nebel eingehüllt. Mit der Fuchsie in der Hand stieg ich zur Veranda hinauf und schaute mir die Pflanzenhaken an, die Anne-Marie über der Tür zu ihrer Wohnung im Erdgeschoß angebracht hatte, einer war noch frei, und der Platz hatte genau die richtige Größe für mein Geschenk. Befriedigt wandte ich mich ab, als ein Geräusch auf der anderen Straßenseite meine Aufmerksamkeit erregte. Ich schaute mich um. Es war niemand zu sehen, zumindest konnte ich niemanden erkennen, und ich hörte nichts als fernen Verkehrslärm und entfernte Stimmen.

Das Gespräch, das ich mit Hank am Samstag geführt hatte, fiel mir wieder ein, als er von seinem komischen Gefühl erzählt hatte, jemand habe sich vor der Kanzlei herumgetrieben. »Die

Nerven«, hatte ich gesagt. »Eine typische Großstadtkrankheit«, meinte er. Wir hatten wohl recht. Ich ging rasch weiter zu der Tür, die zur oberen Wohnung führte, und läutete.

Anne-Marie und Hank gehörten zu den Paaren, die, sobald sie verheiratet waren, feststellten, daß sie nicht zusammenleben konnten. Sie ist sehr ordentlich, er ein richtiger Schlamper. Sie schätzt einen geregelten Tagesablauf, er läuft im Chaos zur Hochform auf. Schließlich lösten sie das Problem, indem sie zwei getrennte Wohnungen im gleichen Gebäude bezogen – weit genug voneinander entfernt, und doch füreinander nie unerreichbar.

Der Türöffner summte, und ich trat ein und stieg die schmale Treppe hinauf. Die Luft war von Chiligeruch erfüllt – ein Geruch, der mir in der Vergangenheit Übelkeit verursacht hätte, denn Hank hätte sein Geheimrezept lieber mit ins Grab nehmen sollen, ohne es vorher auszuprobieren. Letzten Winter hatte Anne-Marie es wutgeladen kritisiert, und ich hatte ihrem vernichtenden Urteil zugestimmt. Seitdem hatte sich Hank – wenn auch mit nur mäßigem Erfolg – bemüht, es zu verbessern. Aber das war eigentlich unwichtig: niemand besuchte Hank wegen des Essens, sondern wegen der guten Gespräche und seiner netten Gesellschaft.

Ich hängte meinen Mantel und meine Tasche auf den Kleiderständer im Flur und ging nach hinten. Hank hatte die übliche Raumordnung umgekehrt und benutzte das vordere Zimmer als Schlafzimmer, während die übrigen Räume, die sich zur Küche hin öffneten, als Wohnzimmer dienten. Dort fand ich ihn und seine drei übriggebliebenen Gäste, die sich mit Weinglas oder Kaffeetasse in der Hand auf dem Sofa verteilt hatten.

Anne-Marie saß am nächsten zur Tür. Ich legte ihr die Fuchsie und die Karte auf den Schoß. »Alles Gute zum Geburtstag.«

»Danke! Schön, daß du noch kommst.« Sie untersuchte die Pflanze und riß dann das Kuvert auf. Seit wir uns das letzte Mal gesehen hatten, hatte sie sich ihre langen blonden Haare abschneiden lassen, und die hübsche neue Frisur betonte ihre zarte, edle Nase und ihre schön geformten Backenknochen. Vor dem neuen Haarschnitt hatte sie noch eine Reihe anderer Veränderungen in ihrem Leben vorgenommen. Am überraschendsten war wohl, daß sie sich für längere Zeit von der Kanzlei hatte beurlauben lassen, um als Rechtsberaterin für einen großen Umweltschutzverband zu arbeiten. Ich fragte mich, was diese Änderungen wohl ausgelöst hatte, aber bis jetzt hatte ich noch keine Gelegenheit gefunden, sie zu fragen.

Anne-Marie lachte über die Karte – die unser Leben mit der Schlange an der Kasse für Eilige im Supermarkt verglich – und reichte sie Hank weiter. Er nickte zustimmend und reichte sie Rae. Willie Whelan, der seine übliche Lederweste und Westernkleidung trug, lümmelte neben ihr. Sein Kopf lehnte an ihrer Schulter. Irgend etwas schien mit seinem Gesicht nicht zu stimmen – es sah aufgedunsen aus. Er winkte mir lustlos zu und ließ seine Hand auf die Couch zurücksinken.

Bevor ich fragen konnte, was denn los sei, stand Hank auf und drängte mich, mit ihm in die Küche zu gehen, um mir eine Portion Chili zu holen. Ich folgte ihm dorthin, wo ein riesiger Topf immer noch vor sich hin köchelte. Während er eine Schale füllte, holte ich ein Weinglas aus dem Schrank und schaute in den Kühlschrank. Seufzend registrierte ich den Container mit mittelmäßigem Wein, den Hank gerne kauft, weil er so praktisch ist. Während ich auf den Gummihahn drückte und wartete, bis sich mein Glas füllte, sagte ich: »Ich muß den Hilderly-Fall mit dir besprechen.«

»Jetzt?«

»Nein, morgen früh tut es auch.«

»Ich bin bis mittag bei Gericht.«

»Dann eben danach...« Ich brach ab, als Rae hereinkam.

Wenn ich mir meine Assistentin an diesem Abend so ansah, mußte ich sagen, daß ihr die Beziehung mit Willie guttat. Ihr rundes, sommersprossiges Gesicht glühte, und sie war locker und entspannt. Als sie im vergangenen Jahr angefangen hatte, für mich zu arbeiten, war sie völlig verunsichert; die Trennung von ihrem unreifen, fordernden Ehemann, eine Therapie und eine neue Liebe hatten sie aufblühen lassen. Sie fing sogar an, sich besser zu kleiden – auch wenn ihre Alltagsgarderobe immer noch aus billigen Jeans und schäbigen Pullovern bestand. An diesem Abend trug sie Cordhosen, deren Farbe genau zu ihrem kastanienbraunen Haar paßte, und ihre Bluse war von Liz Claiborne.

Sie bemerkte meinen bewundernden Blick. »Macy's. Ich habe sie auf Pump gekauft. Willie hat mich davon überzeugt, daß es praktisch ist, auf Kredit zu leben.«

»Solange er dich nicht überzeugt, daß es praktisch ist, bankrott zu gehen. Aber du siehst wirklich toll aus.«

»Danke. Hör mal. Ich habe die ersten Spuren gefunden.«

»Hank sagte, du hättest etwas über Heikkinen herausgefunden.«

»Ja. Ich habe noch keine Antwort von deiner Freundin bei der Zulassungsstelle – sie konnte sich vor Arbeit nicht retten, und die Computer waren eine Zeitlang ausgefallen. Aber ich bin bei der Meldebehörde vorbeigegangen, und dort lag die Eintragung einer Eheschließung zwischen Heikkinen und Glen A. Ross im Jahre 1978 vor. Ich habe den Namen an deine Freundin weitergegeben, und sie sagte, sie würde versuchen, die Informationen bis morgen mittag zu bekommen.«

»Gut. Nichts von David Arlen Taylor?«

»Nein. Wenn die Akten bei der Zulassungsstelle nichts ergeben, soll ich es dann bei den Meldebehörden in anderen Bezirken versuchen?«

»Ja. Versuch es für den Anfang mal in Alameda, Marin, Contra Costa und San Mateo. Ich weiß, daß du damit viel unterwegs sein wirst, aber ich übernehm' dann deine Büroarbeit.«

»Das wird nicht nötig sein. Ich habe alles aufgearbeitet, und es ist gerade sowieso nicht viel los. Aber du mußt mir vielleicht Willie abnehmen.«

Hank gab mir eine Schale mit Chili und grinste boshaft – ich war nicht sicher, ob wegen des besonders scharfen Chili oder wegen Raes Bemerkung. »Was soll das heißen? Was fehlt Willie überhaupt? Er sieht komisch aus.«

Nun grinste auch Rae. »Willie mußte sich heute morgen vier Weisheitszähne ziehen lassen. Er hat mich jede Stunde angerufen, um mir zu erzählen, wie schlecht es ihm ging, und morgen wird das wohl nicht anders sein. Er ist heute abend nicht sehr gesprächig; weil er nichts essen konnte, hat er statt dessen getrunken.«

»Heißt das, daß er uns nicht einmal die neuesten Werbespots aus der Juwelenbranche vorspielen kann?«

»Genau.«

»Gott sei Dank.« Willie ist sein Fernsehruhm ein bißchen zu Kopf gestiegen, und er spielt vor aufmerksamem Publikum gerne seine eigenen Werbespots nach.

Wir gingen zurück ins Wohnzimmer, und ich nahm meinen Lieblingsplatz am Boden neben dem Kaffeetisch ein. Die Schale mit Chili (Hank hatte wieder irgend etwas Schreckliches damit angestellt – zuviel Tabasco, nahm ich an) und mein Weinglas stellte ich vor mich hin. Ich bemerkte eine leere Espressotasse, und mir fiel ein, daß Jack Stuart, unser Fachmann für Strafrecht, dieses widerwärtige Gebräu liebt. »Warum ist Jack schon so früh gegangen?«

»Er mußte zum Justizpalast«, sagte Hank. »Sein iranischer Mandant hat auf einen Jugendlichen geschossen; er behauptet, er wollte in seinem Laden Bier stehlen. Zum Glück hat er nicht getroffen.«

»Der arme Jack. Und was ist mit Ted? Sagtest du nicht, daß er auch käme?«

Alle vier Gesichter überschatteten sich. »Ted hat es nicht geschafft. Sein Freund Harry ist gestorben«, sagte Anne-Marie.

»Oh, nein!« Ich legte meinen Löffel ab. Das bißchen Appetit, das ich gehabt hatte, war mir vergangen. Harry war ein Jugendfreund unseres Sekretärs gewesen; er war schwul wie Ted. Er ist an Aids gestorben. Jedesmal, wenn ich mit dieser schrecklichen Krankheit konfrontiert werde, überwältigen mich Ohnmacht und Zorn. »Wie wird Ted damit fertig?«

»Er hat es heute nachmittag erfahren. Ich habe mich dann zu ihm gesetzt und etwas mit ihm getrunken«, sagte Rae. »Er ist tapfer; es kam ja nicht unerwartet. Aber dennoch... Weißt du, was er gesagt hat? Er hat gesagt, er fühle sich irgendwie abgeschnitten; Harrys Tod sei der erste große Bruch mit seiner Jugend. Er sagte, er habe das Gefühl, als müsse er die Kluft zwischen Anfang und Ende seines Lebens überwinden.«

»Ich weiß, was er meint«, sagte Hank. »Der Tod dieses Mandanten, dessen Erben Shar ausfindig zu machen versucht, hat bei mir das gleiche Gefühl ausgelöst. Dabei war Perry kein so enger Freund, aber für mich war er das Symbol einer Ära.«

»Wie Abbie Hoffmann«, warf Anne-Marie ein. »Ich konnte es nicht fassen, als er sich umbrachte. Der Politclown der Studentenrevolution stirbt im mittleren Alter durch Alkohol und eine

Überdosis Antidepressiva. Als ich von Abbies Tod erfuhr, habe ich begriffen, daß die sechziger Jahre endgültig vorbei waren.«

Wehmütig murmelte Willie: »Ich hab' die sechziger Jahre verpaßt. Da war ich in Vietnam und hab' ums Überleben gekämpft. Die siebziger Jahre hab' ich auch verpaßt. Da war ich vollauf beschäftigt, nicht im Knast zu landen. Und wenn ich's recht bedenke, hab' ich wohl auch die achtziger Jahre verpaßt.«

»Ich auch – ich meine die sechziger«, sagte Rae. »Es sei denn, es zählt, damals geboren worden zu sein. Das muß 'ne tolle Zeit gewesen sein, hm?«

Hank zuckte die Achseln. »Wenn man nach den nostalgischen Gefühlen urteilt, in denen man in letzter Zeit so schwelgt. Letzten Mai haben sich in Stanford alternde Militante getroffen. Die Leute, die 1969 im Seminar für angewandte Elektronik saßen, haben sich mit den radikalen Studenten von heute zusammengesetzt, um über die alten Zeiten zu reden.«

»Um Himmels willen!« entfuhr es mir. »Warst du auch da?«

»Quatsch. Ich saß 1969 mit Willie in einem Armeeversorgungslager in Cam Ranh Bay, nachdem ich idiotischerweise in ein Ausbildungskorps für Reserveoffiziere eingetreten war – in der Annahme, daß der Krieg bis zu meinem Studienabschluß zu Ende wäre. Aber selbst wenn ich damals an den Protestaktionen teilgenommen hätte, fände ich die Vorstellung, mit wohlsituierten Bürgern, die sich um ihre Falten und ihren Haarausfall sorgen, Weißwein zu trinken und Rohkost zu knabbern, zum Kotzen.«

»Wo sind deine Ideale geblieben?«

»Oh, die gibt's immer noch irgendwo. Das Problem ist, daß ich heute oft gar nicht mehr mitkriege, *welche* Ideale gerade gefragt sind.«

»Ja, es ist schon schwierig für einen alternden Linken, die richtige politische Richtung zu finden«, sagte Anne-Marie.

»Mach du dich nur lustig. Du bist auch nicht besser als ich. Wißt ihr, was sie letzte Woche gemacht hat?«

»Erzähl ja nicht die Geschichte mit den Trauben!«

»Wir waren im Bell-Markt und standen vor den Trauben, als dieser Blödmann, der sich für das soziale Gewissen von Noe Valley hält, sich an sie heranmachte und sie warnte, die Trauben stünden noch immer auf der Boykottliste. Sie wußte nicht, ob das nur für die Kernlosen von Thompson oder für alle Traubensorten galt, und traute sich nicht zu fragen. Also kauften wir eben gar keine. Aber etwa eine Stunde später schlich sie sich aus dem Haus zu dem kleinen Obststand an der Ecke.«

»Ich wollte Trauben.«

»Ja, aber das Zeug von dem Kerl stammt nicht mal aus biologisch-dynamischem Anbau.«

»Und biologisch-dynamisch«, sagte Rae, »ist angesagt. Wie Haferkleie, Sojaprodukte, Recycling und öffentliche Verkehrsmittel.«

»Großartig«, sagte Hank, »gerade jetzt, wo ich mir endlich ein anständiges Auto gekauft habe. Ich glaube, ich bin ein ziemlich hoffnungsloser Fall. Bis vor drei Monaten habe ich Asiaten immer noch ›Orientalen‹ genannt. Ausgerechnet ein Mädchen von der High-School mußte mich korrigieren. Das habe ich jetzt zwar intus, aber ich vergesse immer noch, daß man Schwarze heute ›Afro-Amerikaner‹ nennt.«

»Eine *Frau* von der High-School«, sagte Anne-Marie.

»Was?«

»Eine Frau, nicht ein Mädchen.«

»Oh, Gott!«

Allmählich ärgerte mich das Thema. »Wißt ihr, was das alles ist? Augenwischerei. Der Egoismus der Reagan-Ära ist passé, man möchte wieder sozial verantwortlich handeln, weiß aber nicht, wie. Und wißt ihr, was ich noch glaube? Alle die Leute, die so bestrebt sind, politisch auf der richtigen Linie zu liegen, sind genau dieselben, die mit Begeisterung zu joggen anfingen, die kreolische Küche für sich entdeckten und im BMW herumfahren. Das macht man eben, und es verringert die Schuldgefühle.«

»Gute Predigt, McCone«, sagte Willie.

»Danke.«

»Und war das in den sechziger Jahren nicht genauso?« fragte Rae. »Nein, wohl nicht. In den Sechzigern ging es um Frieden, um Liebe und Freiheit...«

Ich unterbrach sie: »In den Sechzigern ging es um Wut.«

Sie starrte mich entgeistert an.

»Denk mal drüber nach«, sagte ich. »Die Gruppe ›Studenten für eine demokratische Gesellschaft‹ wurde gegründet, weil die Studenten wütend darüber waren, was ihre Eltern mit der Welt anstellten, wütend vor allem über den Krieg in Asien. Und die Bombenattentate der Weatherman-Gruppe: das war Wut, weil die Revolution nicht das ersehnte Ziel erreicht hatte. Du hältst vermutlich die Beatles für das flotte Aushängeschild der Sechziger, aber hast du dir den Text von *Happiness Is A Warm Gun* oder *Piggies* je genau angehört? Die blanke Wut über das Establishment.«

»Shar hat recht«, meinte Hank. »Unsere Generation wurde aufgezogen in der Erwartung eines sorgenfreien Lebens. Und was erwartete uns dann? Die Angst vor den Atomwaffen. Die Ermordung der Kennedys und Martin Luther Kings. Und ein unerklärter Krieg, dessen Ursachen so kompliziert waren, daß die meisten von uns erst einen Geschichtskurs belegen mußten, um sie zu verstehen. Wir wurden eingezogen und sollten kämpfen, während die ältere Generation ihre Nester mit den Einkünften aus den Verteidigungsabkommen polsterte. Kein Wunder, daß die Leute die Schnauze voll hatten.«

Rae runzelte die Stirn. Sie wollte sich ihre Illusionen nicht rauben lassen. »Aber was ist mit dem *Summer of Love*? Den Hippies?«

»Die Hippies hatten auch die Schnauze voll. Es gibt kaum einen besseren Weg, sich am Establishment zu rächen, als sich die Haare bis zum Hintern wachsen zu lassen, Drogen zu nehmen und in einer Kommune zu leben.«

Raes romantische Illusionen waren zerstört. Sie tat mir ein bißchen leid.

Offenbar ging es Hank ebenso, denn er sagte: »Wißt ihr, ich glaube, ich habe das Weiße Album der Beatles hier irgendwo. Laßt es uns ein letztes Mal anhören. Und dann verabschieden wir uns von den Sechzigern. Ich hab' sie, ehrlich gesagt, ziemlich satt.«

Er arbeitete sich durch einen großen Stapel LPs und legte das Doppelalbum auf. Es war zerkratzt und klang blechern, aber wehmütig vertraut. Für eine kurze Weile schien sich die Zeit zurückzudrehen, zu den Tagen von Rocky Raccoon, Sexy Sadie und Bungalow Bill. Und zu *Helter Skelter*, dem Lied, das Charles Mansons perverse Phantasie beflügelt hatte. Als ich schließlich die eigenartig atonalen Klänge von *Revolution 9* hörte, dachte ich: *Ja, das ist Wut, und darum geht es.*

Ich schaute auf. Hank beobachtete mich und las in meinem Gesichtsausdruck. Er nickte zustimmend, und ich wußte, daß auch er überlegte, was diese Wut wohl bei Perry Hilderly angerichtet hatte.

Sobald die Platte zu Ende war, verkündete Rae, daß sie und Willie jetzt wohl besser gingen. Er war vor fünf oder sechs Liedern eingeschlafen, mit dem Kopf auf ihrem Schoß, und sie mußte ihn wachrütteln. Sie dankten Hank und gingen hinunter. Willie stützte sich mit seinem ganzen Gewicht auf sie.

Ich trug meine halbvolle Schale Chili in die Küche, leerte den Inhalt in den Müll und spülte sie, bevor Hank meine mangelnde Wertschätzung entdecken konnte. Ich überlegte, ob ich noch ein weiteres Glas Wein trinken sollte, entschloß mich dann aber zum Gehen. Hank folgte mir in den Flur und griff gerade nach meinem Mantel, als wir auf der Straße ein explosionsartiges Geräusch hörten.

Es klang wie ein Schuß.

Er erstarrte mitten in der Bewegung. Dann ertönte der Schrei einer Frau – Rae? – von draußen.

Ich wirbelte herum und rannte die Treppe hinunter. Ich riß die Tür auf und sah hinaus.

Willie lag mit dem Gesicht zum Boden auf dem Bürgersteig vor den Stufen zum Eingang. Er hatte seine Arme über den Kopf geworfen und lag beängstigend ruhig da.

8

Von der Ecke, wo sie ihren alten Rambler American geparkt hatte, rannte Rae zu Willie hin. Im Licht der Straßenlaterne war ihr Gesicht kalkweiß; ihr Atem kam stoßweise. Ich suchte mit den Augen die Straße ab, aber ich sah niemanden außer ein paar Leuten, die vorsichtig durch die Türen und Fenster der umliegenden Häuser lugten. Dann eilte ich die Stufen hinunter, wo sich Rae gerade über Willie beugte.

Als ich neben ihr niederkniete, stöhnte er und nahm die Arme von seinem Kopf. Erleichtert stellte ich fest, daß er weder verwundet noch verletzt war. Als er sich dann hochkämpfte, merkte ich, daß er vor Schreck nüchtern geworden war. »Gott sei Dank, daß dir nichts passiert ist!« sagte Rae und brach in Tränen aus.

»Zum Glück wird man alte Gewohnheiten so schnell nicht los«, sagte Willie mit unsicherer Stimme. »Ich hörte die Kugel vorbeipfeifen und warf mich blitzschnell auf den Boden, so wie ich das in Vietnam gelernt habe.«

Hinter mir ertönten Schritte. Hank. »Anne-Marie ruft die Polizei«, sagte er. »Bist du in Ordnung, Willie?«

Er nickte. »Helft ihr mir auf die Beine?«

Inzwischen waren andere Anwohner – manche in Schlafanzügen – aus ihren Häusern herausgekommen. Sie sahen sich, weitere Gewalttätigkeiten befürchtend, ängstlich um. Ein leises Murmeln schwoll bald zu einem Durcheinander von Fragen und Ausrufen an. Ich hörte einen Mann mit zittriger Stimme sagen: »Mein Gott, schon wieder dieser Heckenschütze!« Während Hank und Rae Willie auf die Beine halfen, fragte ich die Leute um mich herum, ob sie etwas gesehen hätten. Die meisten hatten nur den Schuß gehört. Nur ein Mann hatte aus dem Fenster gesehen, wie eine Gestalt in Richtung Church Street, wo die Straßenbahnen der Linie J die ganze Nacht hindurch fahren, davongelaufen war.

Anne-Marie drängelte sich durch die Menge. »Ist jemand verletzt?«

»Willies Reflexe haben ihm das Leben gerettet«, sagte Hank.

»Reflexe, von wegen! Wenn ich nicht stockbesoffen gewesen wäre, wäre ich jetzt tot. Das ist das erste Mal, daß ich *davon* profitiere. Ich war so wackelig auf den Beinen, daß Rae ihr Auto holen ging. Ich muß genau in dem Augenblick geschwankt haben, als der Typ abdrückte. Ich hörte die Kugel ganz in meiner Nähe, bevor ich mich auf den Boden warf; das Mistding verfehlte meinen Kopf nur um wenige Zentimeter.«

»*Wer* hat auf dich geschossen?« fragte ich. »Hast du ihn gesehen?«

Willie schüttelte den Kopf, dann warf er einen Blick auf Rae und sagte: »Komm jetzt, Schatz, hör auf zu weinen.«

Rae wischte sich die Augen mit ihrem Ärmel ab und griff nach seinem Arm. Er tätschelte geistesabwesend ihre Hand.

»Hast *du* jemanden gesehen?« fragte ich sie.

Sie schüttelte den Kopf. »Nein, nichts.«

»Willie, wo war er?«

Er deutete vage auf die andere Straßenseite.

»Kannst du die Stelle nicht genauer bestimmen?«

»Mein Gott, McCone, ich war stockbesoffen!«

Ich schaute dort hinüber und dachte an die anderen Fälle in der letzten Zeit – und daß ich früher am Abend das Gefühl gehabt hatte, beobachtet zu werden. Und daran, daß Hank in der vergangenen Woche vor der Kanzlei das gleiche Gefühl gehabt hatte.

Anne-Marie schlug vor, in ihrer Wohnung auf die Polizei zu warten. Wir bahnten uns einen Weg durch die Menge, während sie in ihrer Jeanstasche nach dem Schlüssel angelte. In der Ferne waren jetzt Sirenen zu hören.

Ich folgte Willie auf den Fersen. »Fällt dir jemand ein, der auf dich schießen wollte?«

»Nein. Vielleicht. Ich weiß nicht. Vielleicht gibt es Leute, denen meine Werbespots nicht gefallen.« Die Bemerkung war witzig gemeint, klang aber recht schwach.

»Nun, du bist ja schließlich so was wie eine Figur des öffentlichen Lebens.«

Anne-Marie öffnete die Tür, und wir stapften hinein.

»Willie«, sagte ich, »denk nach...«

»McCone, laß mich in Ruhe. Mein Mund tut mir weh, mein Kopf tut mir weh, und nun muß ich auch noch mit den Bullen reden. Du weißt, was ich von Bullen halte.«

»Aber...«

»Laß mich endlich in Ruhe!«

Wir gingen in Anne-Maries Wohnzimmer. Willie sank auf das hellgelbe Sofa und pflanzte seine gestiefelten Füße auf den weißen Kaffeetisch im französischen Provinzstil. Sie protestierte nicht. Rae stand schützend hinter dem Sofa.

Ich sah Willie an. Er hatte einen eigenartigen Gesichtsausdruck, als ob ihm etwas Beunruhigendes einfiele. »McCone«, sagte er, »wenn ich es mir recht überlege, hatte ich in letzter Zeit das Gefühl, daß mich jemand verfolgt.«

»Hast du jemanden gesehen?«

»Nein. Ich hatte irgendwie das Gefühl, daß da jemand sei, aber wenn ich schaute, sah ich niemanden.«

»Wann? Wie oft?«

»Seit ein paar Wochen. Vielleicht sechs-, siebenmal. Immer abends.«

»Wo?«

»Vor meinem Haus oder vor der Kanzlei, wenn ich Rae besuchte. Ich...«

Auf der Veranda waren Schritte zu hören. Hank und zwei uniformierte Polizisten traten ein. Widerwillig machte ich Platz, damit sie mit Willie sprechen konnten.

Bis sie uns alle vorläufig befragt hatten, waren auch die Beamten in Zivil eingetroffen. Ich war nicht überrascht, Greg Marcus zu sehen. Er leitete die Untersuchung im Heckenschützenfall und hatte mir am Morgen erzählt, er habe Spätdienst. Er hatte einen gewissen Inspektor Bridges im Schlepptau und sah so frisch und munter aus, als hätte sein Tag erst angefangen. Bridges wirkte verschlafen und mürrisch. Grimmig guckte auch Greg, als er ins Zimmer trat, doch als er uns der Reihe nach anschaute, zuckte ein amüsiertes Lächeln um seine Mundwinkel.

»Ich habe diesen Haufen noch nie in einem solch erbarmungswürdigen Zustand gesehen«, sagte er. »Könnt ihr denn nicht einmal zusammen feiern, ohne in Schwierigkeiten zu geraten?«

Willie runzelte die Stirn und überlegte – nahm ich an –, ob er über Gregs Leichtfertigkeit verärgert sein sollte. Rae hatte in dieser Hinsicht keine Zweifel: Aus ihren Augen schossen Blitze. Nach ihrem Gesichtsausdruck zu schließen, schienen Anne-Marie und Hank meine Erleichterung zu teilen; Gregs Bemerkung hatte die angsterfüllte Spannung ein wenig gelokkert.

Er bat die uniformierten Polizisten, nach draußen zu gehen und nach der Kugel zu suchen. Dann fragte er Anne-Marie: »Kann Inspektor Bridges euch irgendwo befragen, während ich allein mit Willie spreche?«

Sie nickte und winkte Bridges zu sich. Hank und Rae verließen hinter ihm das Zimmer. Rae schaute über die Schulter zurück zu Willie, als ob sie Angst habe, er könnte in ihrer Abwesenheit verschwinden. Ich drückte mich an der Tür herum.

»Du auch«, sagte Greg zu mir.

»Kann ich nicht…«

»Nein.«

Entschlossen verschränkte ich meine Arme.

»Schau mich nicht so an«, sagte er. »Du weißt, daß ich es nicht mag, wenn du mich so anschaust.«

Ich blieb, wo ich war.

»Verdammt noch mal, dann bleib eben da. Aber unterbrich uns nicht. Eine Unterbrechung und du fliegst raus.«

Ich nickte und setzte mich auf einen klappigen Stuhl am Fenster.

Greg setzte sich neben Willie und begann mit seiner Befragung. Im Grunde stellte er die gleichen Fragen wie vorher ich, und er erhielt auch ähnliche Antworten. Aber als er darauf zu sprechen kam, ob es Leute gäbe, die ihm schaden wollten, zuckte Willie nur mit den Achseln und schwieg. Das lag, dachte ich, nicht daran, weil er etwas gegen Greg persönlich hatte. Als alter Freund von Hank war er von Willies Mißtrauen der Polizei gegenüber ausgenommen. Wahrscheinlich war es ihm peinlich, etwas so Intuitives, wie das Gefühl, verfolgt zu werden, zu erwähnen. Das vertrug sich wohl nicht mit seinem Machoimage.

Schließlich sagte ich: »Willie, erzähl ihm, was du mir gesagt hast.«

Greg warf mir einen Blick zu, seine Augen verengten sich.

»Ich habe versprochen, euch nicht zu unterbrechen, und das tue ich auch nicht – keiner von euch hat gerade gesprochen. Außerdem ist es wichtig. Sag es ihm, Willie.«

Willie seufzte und wiederholte, was er mir erzählt hatte.

Greg spielte nachdenklich mit seinem Kugelschreiber. Es war ein goldener Cross-Kugelschreiber, den ich ihm zu unserem ersten gemeinsamen Weihnachtsfest geschenkt hatte. Die Tatsache, daß er ihn immer noch benutzte, rührte mich.

Schließlich sagte er: »Unseres Wissens ist es das erste Mal, daß der Schütze sein Ziel verfehlt hat. *Sofern* die Person, die auf Willie geschossen hat, auch die anderen Morde verübt hat. Ich frage mich, ob die vier anderen Opfer sich auch verfolgt fühlten.«

»Wenn jemand sie tatsächlich verfolgt hat«, sagte ich, »was wird dann aus der Theorie, daß der Schütze seine Opfer willkürlich auswählt?«

Er zuckte die Achseln. »Kann sein, daß er sich sein Opfer aussucht und dann auf eine günstige Gelegenheit wartet.«

»Und vielleicht hat er auch ein Motiv – wie irrational auch immer – für die Wahl seiner Opfer.«

»Das wäre mir lieber. Dann hätten wir es leichter.«

Willie sah ihn finster an. »Und wenn er es noch mal versucht?«

»Wir stellen einen Wachposten vor Ihre Wohnung.«

»Ich kann nicht den Rest meines Lebens zu Hause verbringen!«

»Willie, wir tun, was wir können. Aber im Augenblick kann ich Ihnen auch nicht mehr versprechen.«

Willie nickte und stand auf, immer noch mit finsterer Miene. Die Art, wie er aus dem Zimmer schritt, machte deutlich, daß er Gregs Einstellung als zu lässig empfand.

»Wo warst du, als der Schuß fiel?« fragte Greg.

»Oben, im Gang.«

»Und du warst als erste auf der Straße, nehme ich an.«

»Wenn du Rae nicht mitzählst. Sie war an der Ecke, als es passierte. Sie holte gerade ihr Auto. Sie hat nichts gesehen. Sagt sie.«

»Und du?«

»Ich auch nicht. Aber als ich gegen zehn Uhr hier ankam, hatte ich das gleiche Gefühl wie Willie; als ob ich beobachtet würde. Und Hank sagt, er habe letzte Woche vor der Kanzlei denselben Eindruck gehabt. Und zwischen Hank und einem der anderen Opfer gibt es eine Verbindung.« Ich erzählte ihm von dem Fall Hilderly.

Greg machte sich Notizen, während ich redete, und sagte dann: »Ich werde das mit Hank besprechen.«

Ich blieb sitzen und betrachtete ihn. Er sah müde aus, jetzt, da die Befragung zu Ende war. Er zerzauste sich sein graublondes Haar und streckte seine Füße unter dem Kaffeetisch aus. Ich stellte fest, daß ich merkwürdigerweise nicht über den Mordversuch und seine Auswirkungen nachdachte, sondern überlegte, wie sehr sich unsere Beziehung im Laufe der Jahre verändert hatte – anfangs waren Greg und ich Gegner, dann ein Liebespaar und jetzt Freunde. Von den drei Stadien paßte das dritte am besten zu uns.

Ich sagte: »Es tut mir leid, wenn ich dich zu sehr gedrängt habe, mich dabeisein zu lassen.«

Er zuckte die Achseln. »Ich bin es ja mittlerweile gewöhnt. Und wie üblich, hast du mir sogar einen Gefallen getan. Willie hätte nicht offen geredet, wenn du nicht nachgehakt hättest.« Er rieb sich die Augen und fügte hinzu: »Schick doch bitte Hank herein.«

Ich nickte und stand auf.

»Und wenn dir später noch etwas einfällt, was du mir nicht gesagt hast, dann ruf mich sofort an.«

Ich nickte wieder.

»Und auch wenn Willie dir etwas erzählt, was er vor mir nicht hatte sagen wollen.«

Wieder nickte ich – langsam fühlte ich mich wie eine der Figuren, die man am Armaturenbrett festklemmt, deren Kopf auf einer Feder sitzt – und ging aus dem Zimmer.

Als ich am nächsten Tag um acht Uhr in der Kanzlei ankam, saß Ted Smalley an seinem Schreibtisch und hämmerte auf die Tastatur seines Computers ein. Ich sah nach, ob auf der Tafel irgendwelche Nachrichten für mich waren, und sagte dann: »Weißt du, du hättest dir heute frei nehmen können.«

Ohne seine Arbeit zu unterbrechen, antwortete er: »Ich brauche Beschäftigung. Außerdem habe ich eine Anwaltskanzlei zu leiten. Jetzt, wo alle Leute ganz aufgeregt sind über den Mordversuch gestern abend, habe ich alle Hände voll zu tun.«

Ted ist überzeugt, daß der Betrieb bei All Souls ohne seine ständige Betreuung zusammenbrechen würde; und meistens kann ich mich des Eindrucks nicht erwehren, daß er recht hat.

Ich blieb an seinem Schreibtisch stehen. Nach einer Weile nahm Ted seine langen Finger von den Tasten und ließ sie in den Schoß sinken. »Also gut, was ist?«

»Das mit Harry tut mir leid, und ich bin für dich da, wenn du mich brauchst.«

Er nickte, schloß für einen Augenblick die Augen und preßte die Lippen aufeinander. Trotz der anglisierten Version seines Namens ist Ted ein schlanker junger Mann russisch-jüdischer Herkunft, mit kurzen schwarzen Haaren und einem Spitzbart. Seine asketischen Züge erinnern mich eher an einen Dichter oder einen Komponisten als an einen tüchtigen und engagierten Anwaltssekretär. An diesem Morgen war sein feines Gesicht vom Schmerz geprägt; seine Haut wirkte wächsern und durchsichtig, so als ob er nicht genug geschlafen habe.

Ich ging um seinen Schreibtisch herum und wollte ihn eigentlich nur kurz umarmen, doch plötzlich ergriff mich Panik, und ich klammerte mich an seine Schultern. Was wäre, wenn Ted sich auch mit Aids infizierte? Wie könnten wir das ertragen?

Er schien meine Angst zu spüren, denn er tätschelte meinen Arm – der Trauernde spendet dem Tröster Trost – und sagte: »Mach' dir keine Sorgen. Ich werde deine telefonischen Nachrichten noch verstümmeln, wenn wir beide alt und grau sind.«

»Wenigstens wirst du dann eine gute Ausrede haben.« Ich ließ ihn los und eilte nach oben.

Mein Büro liegt im vorderen Teil des ersten Stockes – ein großer Raum mit einem Kamin und einem Erkerfenster, aus dem man auf das gleichförmige Häusermeer von Outer Mission hinunterschaut. Ich setzte meine Tasche und meinen Aktenkoffer auf dem neuen rosafarbenen Sofa ab, das vor kurzem meinen schäbigen alten Lehnstuhl ersetzt hatte. Dann zog ich meine Jacke aus und warf sie auch dorthin. Eigentlich war das Sofa angeschafft worden, damit ich mich hinlegen und entspannen konnte, wenn ich über schwierige Fälle nachzudenken hatte. Meistens stapelte ich dort aber Sachen. Im Augenblick lagen noch eine Aktenkiste, ein Kassettenrecorder und meine Kamera auf dem Sofa.

Ich ging zum Schreibtisch, der im Erker stand, und wollte gerade Hank anrufen, als mir einfiel, daß er bis mittag bei Gericht war. »Mist!« murmelte ich. Ich wollte so dringend mit ihm sprechen.

Am Abend, bevor ich seine Wohnung verlassen hatte, hatte ich Hank gefragt, ob er glaube, der Mordversuch habe ihm als Hilderlys Anwalt gegolten, daß man Willie in der Dunkelheit mit ihm verwechselt habe. Vielleicht gab es doch eine Verbindung zwischen Hilderlys Ermordung und seiner Testamentsänderung; vielleicht glaubte der Schütze, daß Hank mehr über Hilderlys Motive wußte, als es tatsächlich der Fall war.

Aber Hank hatte eine solche Möglichkeit energisch bestritten. Es sei Zufall, daß der Schütze gerade bei ihm zugeschlagen habe. Welche Verbindung sollte denn zwischen den anderen Opfern und Hilderly bestehen.

Mit diesem Einwand hatte er recht, aber er überzeugte mich nicht. Ich vermutete, daß Hank nur deshalb darauf beharrte, alles wäre blinder Zufall, um nicht über die furchterregenden Aspekte eines Falles nachdenken zu müssen, der als einfache Testamentsvollstreckung angefangen hatte. Ich hätte ihn gerne gefragt, ob er im klaren Morgenlicht immer noch von der Richtigkeit seiner Ansicht überzeugt war.

Nach einer Weile hörte ich mit der Grübelei auf und kramte ein paar Akten heraus, die seit Freitag in meinem Eingangskorb gelandet waren: Überprüfungen von zwei Stellenbewerbern für eine kleine Firma für Personen- und Sachschutz, die von Larry Koslowski, unserem Gesundheitsapostel, vertreten wurde; ein Beschattungsauftrag von einem Spirituosenvertrieb, wo ein Angestellter im Verdacht stand, Waren gestohlen und weiterverkauft zu haben, eine Liste mit noch zu klärenden Fragen zu einem Betriebsunfall in einer chemischen Reinigung. Ich legte den Beschattungsauftrag für Rae zur Seite. Sie kam gern mal raus, aber die meisten ihrer Routineaufgaben ließen dies nicht zu; hier hatte sie Gelegenheit, einmal die Flügel auszubreiten. Dann versuchte ich, Gene Carver, Hilderlys ehemaligen Chef bei der Tax Management Corporation, anzurufen, um ihm einige Fragen zu stellen zu dem Seminar, an dem Hilderly im Mai teilgenommen hatte und das, laut Aussage seines Sohnes, sein Leben so vollkommen verändert hatte. Carver war jedoch nicht in der Stadt; seine Sekretärin versprach, daß er Ende der Woche zurückrufen werde.

Um nicht über die Vorgänge der vergangenen Nacht nachzugrübeln, beschäftigte ich mich mit den anderen Akten: ich führte Telefonate, überprüfte Angaben von allen Seiten. Als mein Telefon zum ersten Mal an diesem Morgen läutete, stellte ich mit Erstaunen fest, daß es schon fast zehn war.

»Tracy Miller auf drei«, sagte Ted.

»Danke.« Tracy ist meine Freundin bei der Zulassungsstelle, die – als Gegenleistung für Einladungen zum Mittag- oder Abendessen und zu gelegentlichen Theater- oder Konzertbesuchen – den Amtsschimmel umgeht, indem sie für mich Namen durch ihren Computer laufen läßt. Ich drückte auf den leuchtenden Knopf.

»Hallo, wie geht's?«

»Besser als dir, da bin ich sicher. Da bist du gestern abend ja in ganz schön was reingeraten.«

Der *Chronicle* war an diesem Morgen voll von Berichten über die wahrscheinlich fünfte Tat des Heckenschützen. Willies Bild sprang den Lesern schon auf der ersten Seite ins Auge. »Das kann man wohl sagen. Ich erzähl' dir alles, wenn wir uns das nächste Mal sehen.«

»Gut. Hör zu, deine Assistentin spricht gerade auf der anderen Leitung, und da ich weiß, daß diese Information für dich bestimmt ist, wollte ich sie dir gleich direkt durchgeben. Wir haben keine Eintragung für David Arlen Taylor, weder Führerschein noch Fahrzeugzulassung. Aber ich habe die Adresse von Libby Heikkinen Ross gefunden. Eine Postleitzahl in Inverness drüben in West Marin, und eine Adresse in der dortigen Pierce Point Road.«

Ich notierte mir beides und erinnerte Tracy, daß ich ihr noch ein Abendessen schuldete. Sie versprach, einen Blick auf ihren Kalender zu werfen und mich am Wochenende zurückzurufen. Nachdem ich aufgelegt hatte, drehte ich mich zum Fenster und blickte auf graue Nebelschwaden, die alles einhüllten.

Ich kannte Inverness, mehr oder weniger. Es war ein pittoreskes Städtchen mit nicht mehr als ein paar Hundert Einwohnern. Der Ort lag zwischen den bewaldeten Hügeln und dem Moor von Tomales Bay, unweit vom Point Reyes National Seashore. Eine seiner Hauptattraktionen war ein tschechisches Restaurant, in dem ein früherer Freund und ich während eines Regengusses an einem längst vergangenen Oktoberabend Zuflucht gesucht hatten. Wir wärmten uns am Holzofen und tranken mit dem Besitzer Sliwowitz. In einem Ort wie Inverness konnte es nicht schwer sein, Libby Heikkinen Ross zu finden.

Ich drehte mich wieder um und wählte Raes Nebenstelle. Als sie abhob, fragte ich: »Wie geht es Willie heute?«

»Ich habe gerade mit ihm gesprochen. Er ist so begeistert von seinem neuen Ruhm, daß er sogar vergessen hat, daß ihm sein Kiefer weh tut. Der Sender KPIX schickt jemanden vorbei, um ihn für die Sechs-Uhr-Nachrichten zu interviewen. Ich glaube, er rechnet damit, fürs Fernsehen entdeckt zu werden.«

»Hoffentlich schwillt ihm der Kamm nicht noch mehr. Hör mal, ich habe eine Adresse von Ross in West Marin, ich werde also den größten Teil des Tages unterwegs sein. Über Taylor hatten sie nichts, aber du brauchst vorerst die anderen Meldebehörden noch nicht zu überprüfen; es kann ja sein, daß Ross weiß, wo er sich aufhält.«

»Das heißt, ich halte dann hier die Stellung.« Rae schien enttäuscht zu sein.

»Nur eine Weile. Du mußt noch die Vergangenheit von einem von Larrys Mandanten überprüfen. Ich habe schon damit angefangen. Und dann haben wir einen Beschattungsauftrag; das geht gegen mittag los, wenn der Betreffende seine Schicht in Lloyd's Spirituosenhandlung antritt. Ich leg dir die Akten auf den Tisch, wenn ich weggehe.«

»Einen Beschattungsauftrag? Für *mich*?« Nun klang sie hocherfreut.

Ich wußte, was sie fühlte. Die Aussicht, nach West Marin zu fahren, hatte auch meine Laune beträchtlich gehoben.

9

Der Westen von Marin County ist eine eigene Welt, ein phantastisch schöner Küstenstreifen und eine herrliche Landschaft, die bisher von den Verheerungen durch Industriewachstum, Überbevölkerung und Fremdenverkehr noch unberührt geblieben ist. Das liegt größtenteils am Wetter, das hier oft neblig und kalt ist. Aber auch die Wirtschaftsflaute, der Mangel an Arbeitsplätzen und die lange, beschwerliche Fahrt über die Berghügel, die West Marin vom restlichen Verwaltungsbezirk trennen, sind für die relative Unberührtheit verantwortlich. Etwa sechzig große Bauernhöfe mit Milchwirtschaft stellen sicher, daß ein guter Teil des Landes auch weiterhin landwirtschaftlich genutzt wird. Der Point Reyes National Seashore-Naturpark und das Golden-Gate-Erholungsgebiet sind eine weitere Gewähr dafür, daß große Gebiete so bleiben wie zu jener Zeit im frühen neunzehnten Jahrhundert, als die Miwok-Indianer vor den Übergriffen der Spanier über diese Ebenen zogen.

Bis jetzt kenne ich West Marin nur aus touristischer Perspektive: Picknicks am Strand, eine Besichtigung des Leuchtturms von Point Reyes, Austern in Nick's Cove, sonntägliche Fahrten auf ländlichen Straßen durch die bäuerliche Landschaft und – natürlich – das tschechische Restaurant. Ich habe sogar einmal im Olema Inn übernachtet, einer ehemaligen Postkutschenstation in einem Dorf mit weniger als einhundert Einwohnern. Aber im großen und ganzen stammte mein Wissen über die Gegend aus Zeitungsberichten und dem Kurs in kalifornischer Geschichte, den alle Schüler an öffentlichen Schulen vor ihrem Abschluß über sich ergehen lassen müssen. Ich hatte zwar Erzählungen über Engstirnigkeit und gelegentliche Feindseligkeit gegenüber Fremden aus dem Osten gehört, aber noch keine eigenen Erfahrungen gemacht oder wirklichen persönlichen Kontakt mit den Bewohnern gehabt.

An diesem Tag fuhr ich also auf der Landstraße, die sich am White's Hill bis über Fairfax hinaus entlangzieht. Die Landschaft bestand aus sanften Hügeln, auf denen sich in Abständen graue Felsen wie Grenzmale über dem sonnengebleichten Gras erhoben. Knorrige Eichen drängten sich in den Senken oder standen allein an den Hügeln, vom Wind gebeugt. Bei Olema kreuzte die Straße die Autobahn, die entlang der Küste verlief, und ging weiter in Richtung Inverness.

Die Autobahn führte an den Sümpfen am südöstlichen Ende der Tomales Bay vorbei. Während es im eigentlichen Marin sonnig und warm gewesen war, hing hier noch dichter Nebel über dem Seegras; er lauerte in den Senken der bewaldeten Hügel, und ich roch den Holzrauch von den Kaminen der Häuser, die ab und zu durch das Blattwerk zu sehen waren. Die Roßkastanien standen in voller rosa Blüte, und entlang der Straße wuchsen Wildblumen und weißer Anis. Hier und dort waren Gebäude sichtbar – ein Lebensmittelgeschäft, ein Töpferladen, die allgegenwärtigen Antiquitätengeschäfte und Immobilienmakler. Ein Schild zeigte ein Naturschutzgebiet für Salzsumpflebewesen an; als ich hinüberschaute, entdeckte ich drei weiße, langhalsige Kraniche, die regungslos im Schilf standen.

Nach einigen Kilometern erreichte ich das eigentliche Inverness: ein Postamt, das sich ein hellblaues viktorianisches Gebäude mit einer Pizzeria teilte; das tschechische Restaurant und ein paar andere Gaststätten; einige Läden, die hauptsächlich die Bedürfnisse der Touristen befriedigen sollten; eine Chevron-Tankstelle. Ich fuhr an die Tankstelle heran, stieg aus und entdeckte einen Mann in einer schweren, karierten Jacke, der ratlos unter die Motorhaube eines verbeulten Hondas starrte. An die Batterie des Autos waren zwar Kabel angelegt, aber auf der Anzeige des Ladegerätes passierte nichts. Der Mann wandte sich mit einem entmutigten Achselzucken ab und sah mich.

»Kann ich etwas für Sie tun?«

»Ich denke schon.« Ich hielt ihm ein Stück Papier hin, auf dem ich die Adresse von Libby Ross notiert hatte. »Können Sie mir sagen, wie ich da hinkomme?«

Er studierte es mit gerunzelter Stirn. »Wir gehen hier nicht so sehr nach Hausnummern. Wen suchen Sie denn?«

»Libby Ross.«

Er lächelte; nach dem Leuchten in seinen Augen zu urteilen, mochte er die Frau. »Sie suchen den Moon-Ridge-Stall. Bleiben Sie hier auf der Hauptstraße, folgen Sie ihr am Meer entlang und den Hügel hinauf, über den Wegweiser zum Strand hinaus. Ein Stück danach gabelt sich die Straße; Sie halten sich rechts – das ist Pierce Point. Libbys Haus ist gleich auf dieser Seite von Abbotts Lagune – sechs, vielleicht sieben Kilometer. Es ist ein großes Anwesen in einer Senke, ganz umgeben mit Zypressen.«

»Was ist es denn – ein Reitstall?«

»So was in der Art. Libby vermietet Pferde an Touristen und macht Strandausflüge mit Reitergruppen.« Auf seinem Gesicht zeigte sich kleinstädtische Neugier. »Sie kennen sie nicht persönlich?«

»Noch nicht. Vielen Dank für die Wegbeschreibung.« Ich lächelte ihm zu und ging zu meinem MG zurück.

Ich fuhr die Straße nach seinen Anweisungen hinunter. Ich hielt mich nahe am Ufer, wo Hütten mit langen Docks standen, die in das graue, bewegte Wasser hineinreichten. Ich sah ein Motel, einen Yachtclub, ein Grillrestaurant und ein eigenartiges Haus mit Türmchen, die mich an eine griechisch-orthodoxe Kirche erinnerten. Dann begann sich die Straße durch einen Nadelwald in die Höhe zu schlängeln; als ich aus einer Kurve herausfuhr, mußte ich um zwei Jogger einen Haken schlagen. Kurz darauf, nach dem Hinweisschild auf den Point Reyes National Seashore, gabelte sich die Straße; Pierce Point schwenkte nach rechts, in Richtung McClure's Strand.

Innerhalb weniger Kilometer gingen die Berge in ebenes Weideland über. Kühe standen in Gruppen zusammen oder starrten durch den Zaun dumm auf die Straße. Die Vegetation wurde karger – gelber Stechginster und blühende Disteln herrschten vor. Das Land erstreckte sich zu den Klippen hin, die über das ferne Meer und die Bucht hinwegsahen. Die Öde wurde nur von ein paar Bauernhöfen unterbrochen. Wenngleich ich einigen Radfahrern und mehreren anderen Autos begegnet war, war die Trostlosigkeit überwältigend und drückte auf meine Stimmung; ich fragte mich, wie es hier wohl in einer dunklen, mondlosen Nacht aussehen mochte.

Nachdem ich knapp sechs Kilometer zurückgelegt hatte, erreichte ich eine scharfe Kurve und hatte zum ersten Mal einen offenen Blick auf den Pazifik, wo die Wellen sich am Sandstrand brachen. Ein Altwasser, das jetzt zur Zeit der Ebbe vom Meer abgeschnitten war, zog sich ins Land hinein. In seiner regungslosen Oberfläche spiegelte sich der düstere Himmel. Abbotts Lagune, nahm ich an.

Ich kam aus der Haarnadelkurve heraus und fuhr auf einen Aussichtsplatz. Unter mir brach das Land zuerst steil, dann sanfter zur Lagune hin ab. In einer Senke zwischen zwei mit Zypressen bestandenen Hügeln lagen ein paar Gebäude – weiß und von meinem Blickwinkel aus klein wie Spielzeug. Ich fuhr noch ein paar Meter weiter, bis ich auf ein verwittertes Schild mit der Aufschrift ›Moon-Ridge-Stall‹ stieß. Ein ausgefahrener Schotterweg führte durch das Weideland.

Ich folgte ihm, wobei ich mich bemühte, die großen Schlaglöcher zu umfahren. Als ich mich dem ersten Zypressenhain näherte, sah ich ein langes, niedriges Gebäude, das sich unter den Bäumen duckte und dessen Anstrich den Naturgewalten nicht standgehalten hatte. Der Weg führte weiter durch Weideland und erreichte dann eine Koppel, wo ein halbes Dutzend schekkige Pferde dicht zusammengedrängt vor einem leeren Trog stand; dahinter befand sich eine verwitterte Scheune und verschiedene andere Nebengebäude. Zwei warm eingepackte Reiter bestiegen vor der Scheunentür gerade zwei Schecken. Neben einem kauerte eine Frau und überprüfte den Sitz des Sattelgurts. Als sie mein Auto hörte, schaute sie kurz über die Schulter und setzte dann ihre Arbeit fort. Ich konnte nur ihr langes, lockiges, dunkelblondes Haar erkennen.

Ich parkte den MG neben dem Koppelzaun. Als ich ausstieg, schlug mir selbst an dieser geschützten Stelle ein heftiger, bitterkalter Wind entgegen. Die Frau richtete sich auf und wischte sich die Handflächen an den Schenkeln ihrer verwaschenen Jeans ab. Nachdem sie noch ein paar Worte mit ihr gewechselt hatten, machten sich die Reiter auf zu einem Weg, der sich unter den Bäumen in Richtung Lagune schlängelte.

Die Frau wandte sich um und kam mit langen, athletischen Schritten auf mich zu. Sie war groß und schlank, mit einem üppigen Mund und auffallend violetten Augen. Obwohl sie erst um die Vierzig war, war ihre Haut so verwittert wie der Anstrich der Scheune. Aber die Linien und Furchen machten ihr sonst eher langweiliges Gesicht auf eine eigenartige Weise anziehend.

»Hallo«, rief sie mit rauher Stimme. »Was kann ich für Sie tun?«

Ich ging um den MG herum. »Ich suche Libby Heikkinen Ross.«

Ihr Schritt verlangsamte sich, sie war auf der Hut. »Das bin ich.«

»Sind Sie die Besitzerin?« Ich deutete auf die Umgebung.

»Besitzerin und einzige Angestellte, es sei denn, Sie zählen meinen nutzlosen Stiefsohn und den Helfer, der die Ställe saubermacht.« Ihr Ton war freundlich, aber vorsichtig. Sie blieb stehen und verschränkte die Arme über ihrer blauen Daunenjacke.

Ich ging zu ihr hin und gab ihr eine meiner Visitenkarten. Sie studierte sie und fragte mit tonloser Stimme: »Geht es um Dick?«

»Dick?«

»Meinen Stiefsohn, diesen elenden Halunken.«

»Nein.« Plötzlich fegte ein kalter Windstoß von dem Hügel

hinter uns herunter und riß meine Jacke auf. »Können wir irgendwo reden, wo es wärmer ist?«

Sie nickte kurz und führte mich zur Scheune. An einem Ende gab es einen Schuppen – einen Sattelraum. An drei Seiten waren Sättel an Pflöcken aufgehängt, Halfter und Zaumzeug hingen an darüber angebrachten Haken. Jeder war mit dem Namen eines Pferdes beschriftet: Chaucer, Shakespeare, Dickens, Molière. Ross hatte offensichtlich eine literarische Ader.

Entlang der Wand neben der Tür verlief eine Bank; in die Ecke hatte man einen Schreibtisch gepfropft. Ross schob einen Haufen Satteldecken von der Bank, so daß ich mich setzen konnte. Eine Schildpattkatze, die hinter den Decken geschlafen hatte, schaute etwas verärgert auf.

Während ich mich setzte, nahm sich Ross den Schreibtischstuhl und legte die Füße, die in Turnschuhen steckten, auf die Schreibtischunterlage. Die Katze erkannte die Katzenliebhaberin und sprang auf meinen Schoß. Sie rollte sich zu einer Kugel zusammen, und sofort sprang der Schnurrmotor an. Ich streichelte sie, wobei ich mich nicht ganz wohl fühlte – ich wollte das tröstliche Gefühl, eine Katze auf dem Schoß zu haben, nicht wieder erwachen lassen.

»Also, um was geht es?« fragte Ross.

»Kennen Sie einen Mann namens Perry Hilderly?«

Ihre Reaktion war ganz anders als die von Goodhue oder Grant. Ihr Gesicht drückte Überraschung und eine bittersüße Freude aus. »Ja«, sagte sie lebhaft. »Was ist mit ihm?«

»Er starb letzten Monat.«

Der erfreute Ausdruck verschwand. »... Das wußte ich nicht. Wie?«

»Er wurde in San Francisco von einem Heckenschützen getötet. Haben Sie denn über diese Mordserie nichts in der Zeitung gelesen oder im Fernsehen gesehen?«

Sie schüttelte den Kopf. »Ich habe keinen Fernseher und auch keine Zeitung. Das klingt heutzutage wahrscheinlich komisch, aber als ich hierherkam, wollte ich mir die übrige Welt vom Leib halten. Bisher ist mir das ganz gut gelungen.«

»Warum?«

Sie sagte nichts und betrachtete nur ihre kurz geschnittenen Fingernägel. Schließlich zuckte sie die Achseln. »Es ist nichts als Leid in der Welt. Mein Mann und ich haben uns hier auf der Ranch ein sicheres Nest gebaut. Nun, da er nicht mehr ist, schätzte ich es um so mehr.«

Ich fragte mich, was sie wohl so verletzt haben mochte, aber fürchtete, daß sie sich zurückziehen würde, wenn ich sie fragte. »Ich verstehe. Nun, der Grund für meinen Besuch ist folgender: Kurz bevor Perry Hilderly starb, hat er ihnen ein Viertel seines Vermögens vermacht – etwa eine viertel Million Dollar.«

Sie schaute auf, ihre violetten Augen weiteten sich. »Warum?«

»Ich weiß es nicht. Können Sie diese Frage nicht beantworten?«

Sie schüttelte den Kopf.

»Miss Ross, kennen Sie Thomas Y. Grant?«

»Wen? Nein, der Name sagt mir nichts.«

»Und Jess Goodhue?«

»Nein.«

»Jenny Ruhl?«

Sie nahm die Füße vom Tisch und umklammerte die Armlehnen, als ob sie sich selbst am Aufspringen hindern müsse. »Jenny... Jenny ist schon seit Jahren tot.«

»Ja, aber ihre Tochter lebt – Jess Goodhue.«

»Ich erinnere mich, daß sie ein Kind hatte, Jessica. Woher hat sie diesen Familiennamen?«

»Sie wurde adoptiert. Jess Goodhue wurde auch in Hilderlys Testament bedacht, ebenso wie Tom Grant. Goodhue glaubt, daß Hilderly vielleicht ihr Vater war.«

Ross' Lippen verzogen sich zu einem eigenartigen Lächeln – verzerrt und bitter. »Ich kann Ihnen versichern, daß er es nicht war. *Ganz* sicher nicht.«

»Wer war es dann?«

Sie zögerte. »Ich kann nur sagen, daß es nicht Perry war.«

»Aber Sie wollen nicht sagen, warum Sie so sicher sind?«

»Nein.«

»In welcher Beziehung standen Sie zu Hilderly und Jenny Ruhl?«

Wieder langes Schweigen. »Jenny und ich gingen miteinander zur Schule. Perry und ich – das ist auch eine alte Geschichte. Aber ich habe seit Jahren nichts mehr von ihm gehört, und es überrascht mich, daß er mich in seinem Testament bedachte.« Sie sah sich in dem schäbigen, zugigen Sattelraum um. »Nicht, daß ich es nicht brauchen könnte. Seit Glens Tod kann ich mich gerade so über Wasser halten.«

»Glen war ihr Mann?«

Sie nickte. »Vielleicht haben Sie von ihm gehört – er spielte früher für die Rams Football?«

Ich schüttelte den Kopf.

Ross seufzte. »Na ja, das ist lange her. Als er jung war, lebte Glen in Saus und Braus – er machte einige Leute unglücklich, verlor viel Geld und verpatzte seine Karriere. Dann packte er, was ihm noch blieb, und suchte hier in der Gegend ein Grundstück. Ich lernte ihn kennen, als ich in einem Immobilienbüro in Tomales arbeitete. Wir haben uns hier draußen unsere eigene Welt geschaffen – und keine schlechte.«

»Miss Ross«, sagte ich nach einem Moment, »bitte erzählen Sie mir etwas über Ihre Beziehung zu Hilderly. Es ist wichtig –«

»Muß ich das, um meinen Anspruch auf die Erbschaft zu beweisen?«

»Nein. Es ist klar, daß sie die Libby Heikkinen sind, die er in seinem Testament genannt hat, und seine Wünsche werden ausgeführt.«

»In dem Fall möchte ich nicht darüber sprechen. Das ist lange vorbei – sehr lange, – und viel zu traurig.«

Ich schlug ein anderes Thema an. »Da ist noch ein vierter Begünstigter, den ich noch nicht gefunden habe – David Arlen Taylor. Können Sie mir sagen, wo...«

»D. A.?« Wieder dieser Ausdruck von Überraschung in ihrem Gesicht; dann kehrte das bittere Lächeln zurück. »Sicher kann ich Ihnen das sagen. Er ist da, wo er die letzten fünfzehn Jahre gelebt hat, wo er bis zu seinem Tod leben wird – drüben auf der anderen Seite der Bucht.«

»Der Tomales-Bucht?«

»Ja. Seine Familie besitzt ein Restaurant und eine Austernzucht, zwei oder drei Kilometer oberhalb von Nick's Cove.«

»Ist er ein Freund von Ihnen?«

Sie schien nachzudenken. »Wir sind... so etwas in der Art. Ich kam ursprünglich hierher, weil ich glaubte, ich könnte D. A. helfen. Ich brauchte vier verdammte Jahre, um zu erkennen, daß ihm nicht zu helfen war. Dann heiratete ich Glen in San Francisco, der dort wartete, bis ich mich entschieden hatte. Seit Jahren lebe ich nun schon so. Aber ich bin immer noch für D. A. da. Er weiß, wo er mich finden kann, wenn er mich braucht.«

»Was ist mit ihm los, daß er Hilfe braucht?«

Sie zog die untere Schublade des Schreibtisches heraus und stellte ihre Füße darauf. Offensichtlich war ihr beim Thema Taylor wohler als bei Hilderly oder Ruhl. »D. A. ist drogenabhängig«, sagte sie. »Er nimmt alles, was die Wirklichkeit verschwimmen läßt. Meistens Alkohol, Hasch, Tabletten oder Crack, wenn er etwas in die Finger bekommt. Koks und anderen Stoff, wenn er es sich leisten kann.«

»Wissen Sie warum?«

»Ich weiß es, aber es lohnt nicht, darüber zu reden. In gewisser Weise sind es die gleichen Gründe, die mich dazu bewogen haben, hier draußen allein mit dem Wind und meinen Erinnerungen zu leben. Aber ich habe zumindest versucht, in die Welt zurückzukehren – wenigstens eine Zeitlang. D. A. hat es nicht einmal probiert.«

»Was meinen Sie mit ›in die Welt zurückkehren?‹«

»Das ist nur so eine Redensart. Es ist komisch mit D. A.: Er hat vor etwa sechs Jahren geheiratet. Eine nette Frau. Viel jünger als er. Sie ist eine Miwok – wie er auch, zum Teil. Hier in der Gegend leben viele Indianer.« Sie hielt inne und musterte mein Gesicht. »Jetzt, da wir drüber reden, fällt mir auf, daß Sie auch etwas Indianerblut in sich zu haben scheinen.«

»Nur ein Achtel. Schoschonenblut. Und was wollten Sie über D. A. erzählen?«

»Er und seine Frau haben einen kleinen Jungen und ein Mädchen. Süße Kinder. Man sollte meinen, das habe etwas für ihn verändert, aber nein. Er ist immer noch der gleiche.«

»Er muß Ihnen viel bedeuten, daß Sie hierhergezogen sind, um ihm zu helfen.«

»Ja, aber vielleicht brauchte ich auch selbst Hilfe.«

Ich schwieg, weil ich spürte, daß ich, wenn ich nachfragte, nur wieder ein Achselzucken ernten würde. Draußen fegte der Wind um das Haus. Über unseren Köpfen klapperten die losen Dachschindeln. Die Katze bewegte sich, stand auf, machte einen Buckel, um sich zu strecken, drehte sich um ihre eigene Achse und ließ sich wieder nieder.

Schließlich fragte ich: »Sind Sie sicher, daß Sie Thomas Y. Grant nicht kennen?«

»Wie ich schon sagte, der Name ist mir unbekannt. Aber er ist ziemlich häufig; vielleicht habe ich ihn vergessen. Wer ist er?«

»Ein Rechtsanwalt in San Francisco. Hat sich auf Scheidungen nur für Männer spezialisiert.«

»Ach, einer von denen. Wie sieht er denn aus?«

»Er ist angeblich Anfang Fünfzig, wirkt aber jünger. Groß, gutgebaut, dichtes, graues Haar, gutaussehend – bis auf eine Narbe auf der linken Wange, die mich an irgend etwas aus dem *Bettelstudenten* erinnert.«

Als ich die Narbe erwähnte, reagierte Ross zwar nicht so dramatisch wie auf den Namen Jenny Ruhl, aber die Falten um ihren Mund vertieften sich. »Lebt dieser Mann in San Francisco?«

»Ja.«

»Wo? Ist er wohlhabend?«

Die Frage erstaunte mich, aber ich sagte: »Es scheint so. Er hat ein Haus an der Lyon Street in Pacific Heights. Und seine Kanzlei ist groß, er hat auch in anderen Städten Niederlassungen.«

»Und zudem erbt er das Geld von Perry. Eulen nach Athen tragen, kann ich da nur sagen.«

Ich beobachtete sie und fragte mich, ob ich mir ihre Reaktion auf Grants Beschreibung nur eingebildet hatte. Nach einer Weile fügte sie hinzu: »Nicht, daß das Geld für D. A. zu irgend etwas gut sein wird. Wenn Mia es nicht gleich in die Finger bekommt, bringt er es in Windeseile durch.«

»Ist Mia seine Frau?«

»Ja. Wollen Sie rüberfahren?«

»Ja, gleich, wenn ich von hier wegfahre.«

»Versuchen Sie, zuerst mit Mia zu sprechen, wenn sie da ist. Man weiß bei D. A. von einem Tag auf den anderen nicht, in welchem Zustand er ist.«

Ich nickte, blieb aber sitzen, zumal ich verständlicherweise nicht zu begierig war, mich in die bevorstehende unerfreuliche Situation zu stürzen. Außerdem war ich nicht sicher, ob ich von

Ross alles erfahren hatte, was sie wußte. Vielleicht würde sie – wenn ich das Thema Hilderly und Ruhl vermied – ein bißchen zugänglicher werden. Ich fragte: »Gehört Ihr Land hier zum National Seashore?«

»Ja, ich habe einen langfristigen Pachtvertrag. Die Regierung fördert die Milchwirtschaft aus ästhetischen und wirtschaftlichen Gründen.«

»Die Milchwirtschaft? Ich dachte...«

»Der Reitstall wirft keinen Gewinn ab; ich behalte ihn nur, weil ich Pferde liebe. Für die Milchwirtschaft habe ich mit meinem Nachbarn im Osten einen Unterpachtvertrag geschlossen. Auf diese Weise habe ich ein Dach über dem Kopf und etwas zu essen auf dem Tisch. Aber das ist auch alles. Glen fühlte sich hier so wohl; manchmal glaube ich, daß ich deswegen bleibe.«
Obwohl Ross sich eigentlich freuen müßte, einmal Gesellschaft zu haben, schien sie sich nicht weiter unterhalten zu wollen. Sie stand auf, streckte ihren schlanken Körper, ganz so wie die Katze ihren pelzigen Leib gestreckt hatte.

»Wenn Sie D. A. besuchen, nehmen Sie nicht zu ernst, was er sagt.«

»Was glauben Sie, könnte er sagen?«

»Das weiß der Himmel. Der Mann lebt schon seit Jahren in einer anderen Welt. Er... nun Sie wissen ja selbst, welche Auswirkungen Drogen auf einen Menschen haben.« Sie bückte sich und nahm die Katze von meinem Schoß – ein deutlicher Hinweis.

Während wir zum Auto gingen, fragte Ross: »Was muß ich tun, um an das Geld zu kommen?«

»Nichts. Hilderlys Anwalt wird das Testament vollstrecken und sich mit Ihnen in Verbindung setzen.«

»Gut. Wie gesagt, ich kann es verdammt gut brauchen.«

Als wir an meinem MG ankamen, schien Ross mich jedoch plötzlich nicht gehen lassen zu wollen. Sie lehnte sich an den Wagen, drückte die Katze an ihre Daunenjacke und starrte über die Vorberge in Richtung Lagune. Die zwei Reiter, die vorher hier waren, hatten das Ende des Pfades erreicht und saßen auf ihren Tieren neben dem ruhigen Gewässer. Das scheckige Fell der Pferde spiegelte sich auf der Oberfläche.

»Die Lagune«, sagte Ross, »wurde nach einem Mann benannt,

der Mitte des achtzehnten Jahrhunderts hier sein Vieh weidete, Carlyle Abbott. Es heißt, daß Abbott ein richtiger Held war. 1861 erlitt ein Schiff – die *Meeresnymphe* – hier vor der Küste Schiffbruch. Abbott band sich mit einem Seil an den Umstehenden fest und suchte in der Brandung nach der Besatzung. Rettete sie alle, außer dem Steward. Der Steward war der erste Mensch, von dessen Ertrinken bei Point Reyes berichtet wird.«

Sie hielt inne, ihr Blick war in die Ferne gerichtet. »Ich bin in Geschichte nicht besonders beschlagen, aber diese Erzählung habe ich nie vergessen. Sie hat wohl Symbolwert für mich. Ich kam hierher, um D. A. zu retten, aber es gelang mir nicht. Nun ertrinkt *er* auf gewisse Weise.«

10

Während ich zur Autobahn zurückfuhr, überdachte ich mein Gespräch mit Libby Ross. Je mehr ich darüber nachdachte, um so überzeugter war ich, daß sie Tom Grant nach meiner Beschreibung erkannt hatte. Wenn es gelänge, D. A. Taylor geschickt anzupacken, würde er mir vielleicht nicht nur mehr über die Verbindung zwischen Ross, Hilderly, Ruhl und sich selbst sagen, sondern mir auch etwas über Grant erzählen – vorausgesetzt, daß er nicht zu sehr abgedriftet war.

Auf der Autobahn fuhr ich nach Norden in Richtung Point Reyes Station, einst Haltestelle der vor langer Zeit eingestellten North Pacific Coast-Eisenbahn, die vom Ende des 19. Jahrhunderts bis zur Großen Depression zwischen Duncan's Mill und Sausalito verkehrte. Die meisten Gebäude entlang der Hauptstraße stammen aus der Zeit der Jahrhundertwende, und die Stadt vermittelt einen bäuerlichen Eindruck, den allerdings die hier ansässige Zeitung, *The Point Reyes Light*, Lügen straft. Beim Durchfahren stellte ich fest, daß seit meinem letzten Besuch auch hier Zeichen eines gewissen Fortschritts zu sehen waren – herausgeputzte ältere Häuser und ein paar neue sowie ein kleines Einkaufszentrum, wo die *Light* ihr Büro hinverlegt hatte. Es drängte sich mir die Frage auf, wie lange es noch dauern würde, bis auch hier die Hügel mit Straßen bepflastert werden. Die Milchbauern, an deren Höfen ich auf der anderen Seite vorbeigefahren war, schienen jedoch gute Erträge zu erwirtschaften; vielleicht würde die Nachfrage nach ihren Produkten sogar über die Gier der Immobilienmakler siegen und den Zustrom der Großstadtflüchtlinge stoppen.

Die kurvige Straße führte mich ins Landesinnere, dann zurück an die Bucht, in die schlammige Ebene. Austernzuchtanlagen waren zu sehen – geometrisch angeordnete Stangen, die aus dem Wasser ragten. Hier wurden die Saatmollusken gefüttert und wuchsen, vor Feinden geschützt, heran. Die Austernzucht, so wußte ich, war neben der Milchwirtschaft die einzige wirkliche Industrie in der Gegend von Tomales Bay, und alle Zeichen deuteten darauf hin, daß sie nicht gerade florierte. Ich fuhr an einer Austernfarm vorbei, die zum Verkauf stand; eine mittelgroße Bootswerft mit Fischerkähnen im Trockendock machte einen seltsam verlassenen Eindruck. In dem kleinen Dörfchen Marshall war das Austernrestaurant geschlossen, seine zerbrochenen Fensterscheiben waren mit Brettern vernagelt. Auf einem schmalen Streifen Land zwischen der Straße und dem Abhang zur Bucht standen Hütten – die meisten mit Schindeln verkleidet und einige komisch verwinkelte Bauten mit Fenstern an eigenartigen Stellen, wie man sie oft am Meer findet. Hinter Nick's Cove, meinem Lieblingsrestaurant für gebratene Austern, begann die Straße, flankiert von windgepeitschten Zypressen, aufzusteigen. Ich warf einen Blick auf meinen Tacho.

Nach weniger als drei Kilometern erschien ein verblaßtes Schild auf zwei hohen Masten: ›Taylor's Austern.‹ Eine Einfahrt aus Muschelbruch zweigte von der Straße ab, führte einen Abhang hinunter und endete auf einem Parkplatz. Ich holperte über Furchen und Schlaglöcher.

Der Parkplatz ähnelte einer Alteisenhandlung: kaputte Autos verrotteten auf einem Feld mit wild wucherndem Aniskraut neben einem Berg von Austernschalen, die sich wie Erzabfälle aus einer verlassenen Mine über den Hang ergossen. Zwischen ein paar rostige Anhänger hatte man Wäscheleinen gespannt. Alte Maschinen lagen herum, Lkw-Achsen, ein verrosteter Automotor und zwei verfaulte Ruderboote. Dazwischen lagen drei der räudigsten Köter, die mir je unter die Augen gekommen waren. Direkt vor mir am Ufer lag das Restaurant.

Ich parkte vor dem schiefen grau-weißen Holzgebäude zwischen einem alten, roten Kleinlaster, der aussah wie ein Gefährt aus *Früchte des Zorns*, und einem recht neuen Camper mit einem Nummernschild aus Oregon. Die Fenster des Restaurants waren von einem solchen Dreckfilm überzogen, daß die Leuchtreklamen für Coors und Oly matt wirkten. Ich stieg aus und schaute mich um und mußte gegen die heftige Meeresbrise ankämpfen.

Links vom Restaurant führte ein Weg zu einer Reihe winziger Häuschen – möglicherweise ehemalige Ferienhütten. Ihre Dächer sackten durch, die Metallkamine waren verbogen, und viele Fenster waren mit Sperrholz vernagelt oder mit Pappe und Klebestreifen geflickt. Auf dem Weg lungerten Hunde herum, deren verfilztes Fell von Windböen zerzaust wurde. Ein kleiner Junge und ein noch kleineres Mädchen spielten am Fuß eines Muschelberges; der Wind trug den Klang ihrer Stimmen zu mir herüber – fröhliche Laute in der trostlosen Umgebung.

Ich ging zu den Kindern hin und bückte mich lächelnd zu ihnen hinunter. Sie schauten mich ehrfürchtig an. Beide hatten schwarzes Haar und dunkle Knopfaugen; ihre Kleidung war alt und geflickt, aber sauber. Sie waren höchstens fünf oder sechs Jahre alt. Ich sagte: »Hallo, wie heißt ihr denn?«

Das Mädchen steckte den Finger in den Mund und starrte mich nur an. Der Junge – der ältere von beiden – sagte schließlich: »Das ist Mia. Ich bin Davey.«

D. A. Taylors Kinder. Leute, die ihre Kinder nach sich selbst nennen, geben mir immer Rätsel auf. Zu viel Ego oder zu wenig? In Taylors Fall glaubte ich die Antwort zu wissen.

Ich dachte an Ross' Rat, erst mit Mia Taylor zu sprechen, bevor ich mich an ihren Ehemann wandte, und fragte: »Ist eure Mama in der Nähe?«

Davey schüttelte den Kopf. Die kleine Mia nahm den Finger aus dem Mund und sagte: »Sie ist mit Tante Chrissy nach Petaluma gefahren. Tante Chrissy bekommt ein Baby, vielleicht in diesem Augenblick.«

»Oh, das ist aber schön«, log ich. Dabei verspürte ich heftiges Mitleid für das Neugeborene, das hier zu Hause sein würde. »Ist euer Papa denn da?«

Sie wechselten einen Blick, der besagte: *Papa, oje!*

»Das ist in Ordnung. Kennt ihr Miss Ross?«

Davey nickte. »Libby.«

»Ich bin eine Freundin von Libby. Sie bat mich, euren Papa zu besuchen.« Mein Beruf erfordert eine ziemliche Erfindungsgabe, aber ich fühle mich immer etwas unwohl, wenn ich meine Notlügen bei Kindern einsetze.

Mia und Davey wechselten wieder einen Blick, der diesmal zu besagen schien: ›Können wir der Erwachsenen trauen?‹ Schließlich deutete Davey zu den Hütten. »Unser Haus ist das letzte.«

»Danke.« Ich stand auf.

Ich hatte kaum ein paar Meter zurückgelegt, als zwei Männer aus der ersten Hütte auftauchten. Kräftige Männer mit struppigen schwarzen Haaren, die wie Fischer in Ölzeug gekleidet waren. Sie standen zusammen und versperrten mir den Weg.

»Was wollen Sie denn?« fragte der Kräftigere.

»Ich suche D. A. Taylor. Sind Sie das?«

Schweigend schüttelten sie den Kopf und blieben vor mir stehen.

»Hören Sie mal, Libby Ross schickt mich.«

»Natürlich«, sagte der Mann.

»Rufen Sie sie an und fragen Sie sie, wenn Sie mir nicht glauben.«

»Warum sollte die alte Hexe jemanden schicken?« fragte der andere Mann, dessen Oberlippe ein Schnurrbart zierte. »Spioniert sie wieder hinter D. A. her?«

»Nein. Ich glaube, sie hat momentan kein großes Interesse an ihm. Aber sie hat mir gesagt, wo ich ihn finden kann.«

»Was wollen Sie von ihm?«

»Das ist eine Privatangelegenheit.«

»Wir sind D. A.s Familie. Seine Angelegenheiten sind auch unsere.«

Ich zögerte und warf einen Blick zurück auf die Taylor-Kinder. Sie spielten nicht, sondern beobachteten uns gespannt. Ich glaubte nicht, daß die Männer – ihre Onkel vermutlich – vor den Kindern gewalttätig werden würden, und sagte schließlich: »Wenn das so ist, können Sie ja mitkommen und zuhören.«

Sie wechselten einen Blick. Das schien hier draußen die Verständigungsmethode zu sein. Diesmal konnte ich ihren Blick nicht so leicht deuten, aber sie wirkten irgendwie entspannt. Nach ein paar Sekunden trat der schwere Mann zur Seite. »Ja, dann gehen Sie schon. Die letzte Hütte. Er ist wahrscheinlich auf seinem Dock und starrt auf seine Insel.«

»Seine Insel?«

Er grinste fies. »Hog Island. Sie gehört D. A. nicht wirklich, aber er hat es sich in den Kopf gesetzt, daß sie sein Eigentum ist. Ihm hat nie etwas gehört – alles Einbildung. Und das ist so ungefähr alles, was er noch im Kopf hat.«

Eine schöne Familie, dachte ich, während ich an den Männern vorbei den mit Muschelbruch übersäten Weg hinunterging. Ich hörte die zwei lachen, als ob sie ihre Bemerkung furchtbar witzig fänden, aber ich ignorierte sie. Und die Hunde ignorierten mich, als ich um sie herum- und über sie hinwegstieg.

Der Weg endete an einem öden Punkt, an einem Schotterabhang, der zum windgepeitschten, grauen Wasser hinabführte. Ich konnte die Insel von hier aus sehen – felsig, mit Zypressen und Eukalyptusbäumen bestanden, die Baumspitzen waren vom Nebel umhüllt. Hog Island – das angeblich seinen Namen von einer Barke mit Schweinen erhalten hatte, die in grauer Vorzeit einmal dort ausgesetzt worden waren – gehörte nun der Audubon-Gesellschaft, die die Insel in ihrem natürlichen Zustand beließ. Niemand lebte dort, der einzige Eingriff des Menschen zeigte sich in der Ruine eines Hauses, das im 19. Jahrhundert von einer deutschen Familie erbaut worden war. Ich fragte mich, warum D. A. Taylor einen solchen Besitzanspruch auf das abgelegene Naturschutzgebiet erhob.

Taylors winziges Häuschen war das schäbigste von den sieben, an denen ich vorbeigekommen war. Zerbrochene und geflickte Fensterscheiben und kaum mehr Farbe, aber neben der Tür stand eine Wanne mit rosa Geranien. Neben den Blumen lag ein altes Dreirad. Ich klopfte an die zerfledderte Gittertür, erhielt keine Antwort und ging um die Hütte herum zu einem wackeligen Anlegesteg, der auf den Pfählen der Austernbänke lag.

Ganz am Ende des Anlegestegs saß ein Mann – groß, dünn, mit schwarzem Haar, das bis auf die Schultern seiner ausgewaschenen Drillichjacke herunterfiel – und schaute über die

Bucht in Richtung Hog Island. Ich näherte mich ihm, wobei ich die Stellen vermied, wo die Bretter morsch waren oder ganz fehlten. Der Steg schwankte unter der Last meines Gewichts. Der Mann wandte den Kopf und beobachtete mich.

Auf den ersten Blick wirkte er völlig normal, aber als ich näher kam, sah ich seine Augen. Sie waren schwarz und wie tot – Höhlen, in denen kein Feuer mehr brannte und nur noch Asche lag. Er blieb stumm, als ich vor ihm stand, beobachtete mich ohne Interesse oder Neugier. Ich fragte: »Sind Sie D. A. Taylor?« Er nickte und schaute wieder auf die Bucht hinaus.

Der Mann lebte in einer anderen Welt, wie Ross richtig gesagt hatte. Ich weiß nicht, ob andere zu jener Welt Zutritt hatten, aber ich mußte versuchen, an ihn heranzukommen. Ich setzte mich an den Rand des Stegs, zog die Knie an und legte die Arme um sie herum. Taylor würdigte mich keines Blickes.

»Das ist eine schöne Insel dort drüben.«

Keine Antwort.

»Ich frage mich, wie es wäre, dort zu leben.«

Nun wandte er mir seine eigenartigen Augen zu. Ich glaubte, tief unten ein Flackern wahrzunehmen, aber es konnte auch nur das einfallende Licht sein. »Irgendwann werde ich es wissen«, sagte er. Seine Stimme war sanft, die Silben klangen weich.

»Tatsächlich? Wollen Sie dort hinziehen?«

Wieder schaute er zur Insel hinaus. Nach einer langen Weile fragte er: »Wer sind Sie?«

»Mein Name ist Sharon McCone. Ich komme gerade von Libby Ross.«

»Libby. Libby mit den schönen veilchenblauen Augen.« Er hielt inne und fügte dann hinzu: »Libby mit der bösen Zunge.«

»Nach dem, was sie mir erzählt hat, sind Sie Freunde.«

»Freunde können grausam sein, wenn sie die Wahrheit sagen.« Nach meiner Begegnung mit seinen Verwandten überraschte mich seine gebildete, etwas förmliche Sprechweise mehr als seine plötzliche Klarheit. Ich hatte andere Leute wie Taylor gekannt: Drogenabhängige, die in einem Moment völlig vernünftig waren und dann plötzlich in unzusammenhängendes Gefasel und langes Schweigen verfielen.

»Worüber sagt Libby die Wahrheit?« fragte ich.

Schweigen.

Ich brach es nicht sofort und beobachtete ein Fischerboot, das gerade die Insel umschiffte. Gerüche stiegen von den Austernbänken auf – brackig, fischig – und wurden von der kühlen Brise davongetragen. Schließlich fragte ich: »Und was ist mit Perry Hilderly – hat auch er die Wahrheit gesagt?«

Taylor wandte langsam den Kopf. Dieses Mal sah ich das Flackern in seinen Augen ganz deutlich. »Perry glaubte bedingungslos an die Wahrheit. Er hatte hohe Ideale. Die Unverletzlichkeit des Lebens ging für ihn über alles. Ich habe zu ihm aufgeschaut und ihn geliebt wie einen Bruder. Er war ein besserer Mensch als ich, als wir alle.«

»Und Jenny Ruhl?«

Ich hatte gedacht, daß nichts etwas ändern könne an seinem tranceähnlichen Zustand, aber als ich diesen Namen nannte, ging eine Welle des Schmerzes über sein Gesicht. »Jenny. So viele Jahre schon tot. Es war so unnötig. Alles war so unnötig.«

»Was alles?«

Er schaute auf seine Finger, die auf den Oberschenkeln seiner Jeans ausgebreitet lagen.

»Wie steht es mit Tom Grant?« fragte ich.

»Wer ist das?«

»Erinnern Sie sich nicht mehr an ihn? Thomas Y. Grant?«

»Nein. Aber es gibt vieles, an das ich mich nicht mehr erinnere. Nur die falschen Sachen gehen mir nicht aus dem Kopf. Nur die falschen nicht.«

»Schlimme Sachen?«

»Sehr schlimme. Ich kann sie einfach nicht abschütteln.«

»Erzählen Sie mir davon.«

Er schüttelte heftig den Kopf; Strähnen seiner langen, glatten Haare wirbelten durch die Luft und fielen wieder auf seine Schultern.

Bevor er sich völlig in sich zurückzog, kam ich auf das Thema Hog Island zurück. »Wann wollen Sie dort hingehen?« fragte ich und deutete in Richtung Insel.

Sein Blick folgte meiner Hand. »Wenn es mir hier zuviel wird. Bis jetzt geht es noch. Sie wissen, daß ich trinke?«

»Ja.«

»Libby hat es Ihnen natürlich erzählt. Sie hat Ihnen auch von den Drogen erzählt. Das stimmt schon alles. Sie ist an mir verzweifelt, aber sie versteht. Meine Frau versteht es nicht; ihre Verzweiflung mit anzusehen, tut weh. Wenn es zu schmerzlich wird, gehe ich.«

»Und was wollen Sie dort tun?«

»Frieden haben.«

Es wurde mir klar, daß der Mann nicht davon sprach, Einsiedler zu werden. Oder *überhaupt* auf der Insel zu leben. Er hatte die Absicht, sich dort drüben zu töten. Obwohl ich ihn kaum kannte, erschauderte ich. Ich sah seine Kinder, ihre alten jungen Gesichter, ihre verschwörerischen Blicke. Was würde sein Selbstmord für sie bedeuten, für die Frau, die ich noch nicht kannte? Für Libby Ross, die vorgab, sich von D. A. Taylor gelöst zu haben, aber in Wirklichkeit so sehr an ihm hing?

Ich betrachtete ihn einen Augenblick wortlos, musterte sein zerfurchtes Profil mit der Habichtsnase und fragte mich, wie er so geworden war. Als ob er meine unausgesprochene Frage gehört hätte, sagte er: »Ich war nie ein starker Mensch. Aber ich bin nicht geisteskrank, zumindest nicht im klassischen Sinn. Ich stehle mich nur oft aus der Wirklichkeit davon. Das tut mir gut.«

»Warum, D. A.?«

»Warum nicht?«

Darauf wußte ich auch keine Antwort.

Nach einer Weile sagte er: »Ich nehme an, Sie haben Harley und Jake auf dem Weg hierher getroffen.«

»Die Männer aus der ersten Hütte?«

»Das sind meine Cousins. Meine selbsternannten Hüter. Wenn Mia weg ist, haben sie die Aufgabe, den alten D. A. zu bewachen, damit er nichts Verrücktes anstellt. Es hat Ärger mit dem Sheriff gegeben, wissen Sie. Ärger mit den Gästen im Restaurant. Haben sie versucht, Sie am Kommen zu hindern?«

»Ja.«

»Wie ist es Ihnen gelungen, sie zu überreden?«

»Ich habe nicht den geringsten Schimmer.«

Taylor lächelte wirklich – eine kurze Aufwärtsbewegung seiner Mundwinkel. »Sie meinten vermutlich, daß Sie so aussehen, als ob Sie auf sich selbst aufpassen könnten. Und sie wissen, daß ich nicht gewalttätig bin, nur seltsam und unberechenbar. Ich behaupte Harley und Jake gegenüber steif und fest, daß mir Hog Island gehört. Sie glauben, daß ich es glaube. Ich war schon immer ein bißchen pervers, wenn es um meine Cousins ging. Das hat mit ihrer Dummheit zu tun.«

»Sind Sie dumm?«

»Ja, ziemlich. Mit meiner Familie väterlicherseits war nie viel los. Ihr Überleben verdanken sie nur der Fähigkeit, kluge, starke Frauen zu finden.« Wieder flackerte das kleine Lächeln auf. »Na ja. Ich behaupte, klug zu sein, und dabei war die einzige kluge Tat meines Lebens, daß ich Mia geheiratet habe. Und jetzt zerstöre ich sie nach und nach.«

Ich beschloß, es vorerst dabei bewenden zu lassen. »Sie sind gebildet. Wo haben Sie studiert?«

»Universität von Kalifornien, Berkeley – noch im Goldenen Zeitalter.« Sein schiefes Lächeln erinnerte mich an Hank, wenn er von jener Zeit sprach.

»Ich war auch in Berkeley, aber ein paar Jahre später. Haben Sie dort Perry Hilderly und Jenny Ruhl getroffen?«

Er nickte.

»Libby auch?«

»Ja.«

»Aber Sie erinnern sich immer noch nicht an Tom Grant.«

Er dachte nach. »Nein, auch jetzt nicht, und ich bin jetzt viel klarer als bei Ihrer Ankunft.«

»Lassen Sie mich ihn beschreiben: Er ist ein großer Mann, gut gebaut. Dichtes, graues Haar, damals war es vermutlich braun. Gutaussehend, aber er hat eine Narbe auf der linken Wange. Ich sagte zu Libby, daß es wie eine Duellverletzung aussieht...«

Taylors Gesicht wurde ganz blaß, dann lief er rot an. In seine Augen kam Leben, das Feuer flackerte in den vorher toten Höhlen auf. Er legte seine Hände auf meinen Vorderarm und drückte so fest zu, daß es schmerzte.

Er sagte etwas, das klang wie: »Right man.«

Ich packte seine Finger und versuchte den Druck zu verringern.

»Was?«

»Right man!«

»Was soll das heißen, ›right man‹?«

»The right man«, sagte er zum dritten Mal. Er lachte bitter, es klang rauh, als ob seine Stimmbänder schon lange nicht mehr zum Lachen benutzt worden seien. »›The right man‹ war der falsche Mann.«

»Ich verstehe Sie nicht.«

Abrupt ließ er meinen Arm los und fiel in sich zusammen. Er starrte auf das Brackwasser der Austernbänke. »Ich auch nicht«, sagte er.

»Wer war ›the right man‹?« fragte ich erneut.

Er antwortete nicht; sein Atem kam schnell und stoßweise.

Ich berührte seinen Arm. »D. A.?«

Er schwieg einige Minuten lang, sein Atem normalisierte sich allmählich wieder. Als er den Kopf hob und mich anschaute, waren seine Augen so tot wie zuvor.

Höflich sagte er: »Danke, daß Sie gekommen sind. Bitte sagen Sie Libby schöne Grüße.« Dann kehrte sein Blick wieder zu der fernen Insel zurück.

11

Taylor hatte sich hinter eine undurchdringbare psychische Wand zurückgezogen. Ich verließ ihn und machte mich auf den Weg zurück zum Restaurant. Weder seine Kinder noch seine Cousins waren irgendwo zu sehen. Nur die Hunde lagen immer noch auf dem Weg und ignorierten mich immer noch. Der rote Kleinlaster und der Camper mit dem Nummernschild aus Oregon waren weg. Mein Auto schien das einzige Fahrzeug auf dem Parkplatz zu sein, das noch fahrtüchtig war.

Ich ging zum Restaurant und trat ein. Es bestand aus einem einzigen großen Raum mit verschmierten, salzverkrusteten Fenstern, die auf einen baufälligen Anlegesteg hinaussahen. Vor den Fenstern standen vier Tische, und weitere Tische waren zwischen den Fenstern und der Tür aufgestellt. Die Tischdecken aus Wachstuch sahen nicht besonders sauber aus, auf einer schlief eine große schwarze Katze. An der Bar rechts an der Wand saß der Cousin mit dem Schnurrbart und las ein Rennblatt. Eine dürre, rothaarige Kellnerin hing auf einem

Barhocker und trank ein Bier aus der Flasche. Keiner schien mich zu bemerken.

Ich setzte mich auf den Hocker neben dem Mann. Er schaute nicht auf, aber er fragte: »Haben Sie D. A. gefunden?«

»Ja.«

»Verstehen Sie jetzt, warum wir uns Sorgen um ihn machen?«

»Es scheint ihm nicht schlecht zu gehen.«

Er hob den Kopf und runzelte die Stirn. »Sie haben keine Ahnung. Sie kannten ihn vorher nicht.« Er lachte zynisch. »Der große Intellektuelle, der Klassenbeste, Hochschulstipendium, während wir anderen nicht einmal die High-School abschließen konnten. Schauen Sie ihn sich jetzt an – fix und fertig.«

»Was ist mit ihm passiert?«

»Das bleibt in der Familie.«

»Wie Sie wollen.« Ich nahm eine meiner Visitenkarten heraus. »Sind Sie Jake oder Harley?«

Er schien verblüfft zu sein, daß ich Namen wußte. »Harley«, sagte er nach einem Augenblick.

»Wann kommt Mia zurück?«

»Sobald meine Frau entbunden hat.«

»Ihre Frau entbindet, und Sie sind nicht bei ihr?«

Er zuckte die Achseln. »Das ist schon das dritte; Chrissy wird ohne mich fertig.«

Mein früheres Mitgefühl mit dem Neugeborenen war offensichtlich vollkommen gerechtfertigt. Ich schob die Karte über die klebrige Bartheke und sagte: »Wenn Mia zurückkommt, dann sagen Sie ihr doch, sie soll mich anrufen – sie kann ein R-Gespräch anmelden.«

Harley warf einen Blick auf die Karte, und seine Augen verengten sich etwas. »Was haben Sie mit D. A. und Mia zu tun?«

»Ich sagte Ihnen schon, das ist eine Privatangelegenheit.«

»Und ich sagte Ihnen schon, daß wir eine Familie sind.«

»Wenn einer von den beiden mit Ihnen darüber sprechen will, dann wird er es schon tun.«

Er nahm die Karte und zerriß sie. »Wenn Sie mir nichts sagen, ruft Mia Sie nicht an.«

Ich zügelte meinen Zorn, nahm eine andere Karte aus meiner Tasche und legte sie auf die Bar. »Wenn Mia mich nicht anruft, werden Sie nie erfahren, was ich von den beiden will, oder?«

Harley schob seinen Kiefer angriffslustig nach vorne und warf einen unentschlossenen Blick auf die Karte. Dann wandte er sich wieder seinem Rennblatt zu und ließ die Karte unangetastet liegen.

Als ich hinausging, winkte mir die Kellnerin zu und bildete mit Daumen und Zeigefinger einen Kreis.

Die Fahrt zurück in die Stadt schien kein Ende nehmen zu wollen – vielleicht, weil die Fragen, die mir durch den Kopf gingen, auch kein Ende nehmen wollten. Etwas war vor langer Zeit passiert, vermutlich in den Sechzigern in Berkeley, etwas, das Hilderly, Ross, Taylor und Jenny Ruhl aneinanderschmiedete mit Ketten, die über Jahre, Entfernung und Tod hinaus währten. Jess Goodhue hatte mir gesagt, daß ihre Mutter wegen einer Sache im Zusammenhang mit den Studentenprotesten in Schwierigkeiten geraten sei und kurz danach Selbstmord begangen habe. Was war das? Hatte es auch Hilderly, Taylor oder Ross betroffen? Das konnte nicht stimmen; Ruhl war 1969 gestorben, und Hilderly war zu der Zeit wohl in Vietnam gewesen. Und was hatte Grant mit all dem zu tun – ein Mann, den sowohl Ross als auch Taylor zu kennen schienen, aber um nichts in der Welt kennen wollten? Und was sollte das Gerede von dem ›right man‹. Wofür ›right‹?

Als ich mich der Golden-Gate-Brücke näherte, kam der Verkehr aus der Stadt fast zum Erliegen. Auch auf meiner Seite verlangsamte sich das Tempo, was zum Teil daran lag, daß zwei Spuren während des Berufsverkehrs geschlossen waren, und zum Teil daran, daß es südlich des Waldo-Tunnels eine Mautstation gab. Ich stellte das Grübeln ein und paßte auf, daß ich nicht auf meinen Vordermann auffuhr. Als ich endlich die Mautstelle passiert hatte und den Doyle Drive hinaufdüste, bereute ich, kein Autotelefon zu haben, um nachzufragen, ob irgendwelche Nachrichten für mich da waren. Eine Freundin, die eines besaß, hatte mich vor kurzem von den Vorteilen überzeugt, aber als ich Hank auf die mögliche Anschaffung ansprach, meinte er nur, daß ich froh sein solle, eine Telefonkreditkarte von der Kanzlei bekommen zu haben.

Auch in der Stadt herrschte reger Verkehr, und zappelnd vor Ungeduld erreichte ich schließlich Bernal Heights. Als ich in der Kanzlei ankam, war es nach fünf, und Ted war nicht mehr an seinem Schreibtisch. Ich schaute auf die Schiefertafel, ob es etwas Dringendes gäbe, und sah dann nach dem Posteingang in meinem Büro. Nichts.

Ich hatte gehofft, daß Jess Goodhue mir den Namen der Detektei durchgeben würde, die Nachforschungen über ihre Mutter angestellt hatte. Ich rief beim Sender an. Goodhue schien in Eile zu sein. Nein, sagte sie, sie habe noch keine Zeit gehabt, nach dem Namen der Detektei zu suchen, und sei nicht sicher, wann sie Zeit dazu fände.

»Ich wäre Ihnen dankbar, wenn Sie es versuchen könnten«, sagte ich. »Nachdem ich mit den zwei anderen Erben gesprochen habe, bin ich überzeugt, daß Tom Grant in dieser Sache eine viel wichtigere Rolle spielt, als er zugibt.«

Goodhue sagte etwas, das ich nicht verstand.

»Was?«

»Entschuldigung. Ich habe mit einem unserer Berichterstatter gesprochen. Warum glauben Sie das mit Grant?«

»Die beiden anderen Erben schienen ihn an der Personenbeschreibung zu erkennen, obgleich ihnen der Name nichts sagte. Einer von ihnen war sehr verstört und sagte so etwas wie, daß Grant der rechte Mann sei.«

»Der rechte Mann?«

»Ja. Ich nehme an, daß...«

»Bleiben Sie dran.« Da war ein Klonkton, und dann hörte ich, wie in Papieren gewühlt wurde. Als sie wieder an den Apparat kam, sagte sie: »Sharon, ich muß gehen – eine dringende Konferenz mit meinem Produzenten. Ich versuch, Sie morgen früh anzurufen. In Ordnung?«

Ich schaute den Hörer ein paar Sekunden lang wütend an. Es verdroß mich, daß Goodhue mich so schnell abgefertigt hatte. Dann legte ich ihn auf und stand an meinem Schreibtisch. Ich fühlte mich ausgebrannt und entnervt. Mein Blick fiel auf das neue Sofa, das ich zu meiner Entspannung gekauft hatte, und ich ärgerte mich noch mehr über mich selbst. Es war wirklich dumm, ein schönes Möbelstück zu kaufen, und es dann nicht wie beabsichtigt zu benutzen.

Ich schälte mich aus meiner Jacke, stapfte zum Sofa und setzte Aktenkiste, Kamera und Kassettenrecorder unsanft auf den Boden. Dann legte ich mich hin und betrachtete die Decke. Sie hatte Risse und Wasserflecken, und von der Rosette über der kannelierten Leuchte hingen Spinnweben. Ich konzentrierte mich auf die Wand neben dem Kamin. Das war noch schlimmer.

Seit etwas mehr als einem Jahr arbeitete ich in diesem Zimmer, und es hatte sechs Monate gedauert, bis ich die Tapete wirklich wahrnahm. In den Jahren zuvor hatte Hank in diesem Raum gewohnt. (Weil man sich hier bei All Souls keine goldene Nase verdienen kann, bietet die Kanzlei, wenn möglich, zumindest eine billige Bleibe an.) Und ich hatte kaum Gelegenheit gehabt, das Zimmer zu besichtigen oder gar die Ausstattung zu begutachten. Zweifellos hätte keiner von uns die Tapete ausgewählt: verblichenes Rosa, Grau und Cremefarben mit Blumen, Girlanden und Engeln, die abwechselnd in den eiförmigen Mustern auftauchen. Nach meinem Einzug hatte ich ihr vermutlich so wenig Aufmerksamkeit geschenkt wie Hank.

Als sie mir dann eines Tages ins Auge fiel, stellte ich fest, daß sie eine unheimliche Ähnlichkeit mit den Abbildungen hat, die das weibliche Reproduktionssystem darstellen, und die man meist an den Wänden in den Untersuchungszimmern von Gynäkologen findet. Als ich dies Hank gegenüber erwähnte, gab er zu, daß ihm das schon vor langem aufgefallen sei, ihn aber nur amüsiert habe. *Mich* amüsierte es nicht; jedesmal wenn ich von da an die Wände genauer betrachtete, mußte ich an einen gynäkologischen Stuhl und an ein kaltes Spekulum denken.

Ich schloß die Augen, aber das Muster der Tapete stand immer noch vor meinem geistigen Auge und störte meine Konzentration. Ein Auto raste auf der Straße vorbei, und unten im Wohnzimmer, das auch als Wartezimmer dient, hatte jemand den Fernseher angestellt. Kurz darauf war ein dumpfer Schlag und die Geräusche einer Verfolgungsjagd aus Teds Zimmer nebenan zu hören. Dann folgte ein zweiter Plumps und ein lauter Fluch.

Ich seufzte, stand auf und ging auf den Flur hinaus. Als ich an Teds Tür klopfte, rief er mit gequälter Stimme: »Komm rein, aber schnell.«

Ich öffnete die Tür, und ein gelbes, pelziges Geschoß prallte gegen mein Schienbein. Automatisch griff ich nach unten, packte es und hielt eine zappelnde kleine Katze in der Hand.

»Mach die Tür zu!« schrie Ted.

Ich gehorchte. Er saß auf seinem roten viktorianischen Samtsofa und schaute denkbar erbarmungswürdig drein. An seine Brust drückte er ein ebenso zappeliges schwarz-gelb-weißes Fellknäuel.

»Du lieber Himmel«, sagte ich und packte das kleine Wesen fester. »Was ist denn das?«

»Harrys Katzen.« Die Katze hatte sich aus seinem Griff befreit und sprang auf den Boden, wobei sie leicht ins Schleudern geriet. Ted verdrehte resigniert die Augen, während sie schnurstracks auf die Leiter zur Schlafkoje zusteuerte.

»Harrys Katzen? Das sind Kätzchen; die können höchstens zwölf Wochen alt sein.«

»Genau zwölf Wochen. Das unkluge Geschenk eines wohlmeinenden Freundes, der glaubte, sie würden ihn aufheitern. Seine Vermieterin hat sie versorgt, seit er im Krankenhaus war. Und nun hat sie sie mir gegeben. Ich habe Harry versprochen, ein gutes Zuhause für sie zu finden.«

»Oh.« Das Kätzchen, das ich in der Hand hielt, hatte aufgehört zu zappeln und begann zu schnurren. Es streckte eine Pfote aus und tätschelte meine Backe. Schnell setzte ich es ab. »Willst du sie behalten?«

»Hier? Du machst wohl Scherze.«

Er hatte recht. Teds Zimmer ist wirklich ein winziges Kabuff – früher war es das Badezimmer für den Raum, der nun mir als Büro dient. Ein barockes Plüschnest mit einer roten, flockigen Tapete und einer der häßlichsten Lampen, die ich diesseits von Denver je gesehen habe. Aber Ted ist sehr stolz darauf. Und ich muß zugeben, daß er das Beste aus dem kleinen Raum gemacht hat: die Schlafkoje schwebt in einer Aufhängung über Waschbecken und Toilette aus Marmor mit Messingarmaturen und wird von roten Vorhängen abgetrennt; die Badewanne wurde entfernt und durch ein Sofa und einen antiken Lehnstuhl ersetzt; ein japanischer Wandschirm teilt beide Räume diskret ab. Für mich sieht es aus wie ein winziges Zimmer in einem Bordell aus den 90er Jahren des vorigen Jahrhunderts, aber zu Ted paßt es – es ist gleichzeitig karg und opulent.

Ich setzte mich neben ihn aufs Sofa. Beide Katzen waren nun in der Schlafkoje; es klang, als ob etwas zerreiße, und Ted jaulte. »Meine Vorhänge – schon wieder.«

»Was ist mit Hank?« fragte ich. »Vielleicht würde er sie nehmen.«

»Er würde vergessen, sie zu füttern.«

»Anne-Marie?«

»Anne-Marie ist allergisch gegen Katzen.«

Im Geiste ging ich kurz alle anderen Teilhaber und Angestellten von All Souls durch. Aber bei jedem fand ich einen Grund, der gegen ihn sprach. »Müssen sie zusammenbleiben?«

»Es sind Geschwister, und sie verstehen sich gut. Es wäre schade, sie zu trennen.« Nun schaute Ted mich hoffnungsvoll an. »Shar, vielleicht könntest du ...«

»Nein«, sagte ich schnell. »Ich will keine Katze mehr.«

Er schwieg einen Augenblick und sagte dann: »Kann ich dir eine persönliche Frage stellen?«

»Sicher.«

»Sonderst du dich irgendwie ab, seit George zurück nach Palo Alto gezogen ist?«

»Wie kommst du auf diese Idee?«

»Oh, ich weiß es nicht. Es geht mich ja auch nichts an. Vergiß, daß ich gefragt habe.«

»Ted, der einzige Grund, warum ich keine Katze mehr will, ist, daß ich nicht viel zu Hause bin. Ich kann mich nicht richtig um eine Katze kümmern. Wat war anders – er war alt und sehr unabhängig. Diese Kätzchen brauchen viel Aufmerksamkeit.«

Und wieder zerriß etwas. »Ich weiß«, sagte Ted niedergeschlagen.

»Ich werde mich umhören, ob ich jemanden finde, der sie nimmt.«

»Das wäre nett von dir.«

Ich stand auf. Bevor ich die Tür öffnete, fragte ich: »Wie heißen sie?«

»Ralph und Alice.«

»Die Flitterwöchner.«

Sein Gesicht hellte sich etwas auf. »Ich bin froh, daß du das weißt. Viele Leute, denen ich davon erzähle, verstehen die Anspielung nicht. Ich fühle mich dann uralt. Manchmal glaube ich, daß ich der einzige Mensch bin, der sich an alte Fernsehserien erinnert.«

»Ich erinnere mich noch«, sagte ich, verließ das Zimmer und schloß schnell die Tür, bevor die Kätzchen neuerlich zuschlagen konnten.

Nachdem es offensichtlich unmöglich war, weiter in Ruhe nachzudenken, ging ich hinunter und schaute in Raes Büro – das ehemals mir gehört hatte und eigentlich ein umgebauter Schrank unter der Treppe war. Das Licht war aus. Auf ihrem Schreibtisch sah es zwar nach Arbeit aus, aber ihr Mantel war weg. Dann fiel mir ein, daß sie wohl noch mit dem Beschattungsauftrag für die Spirituosenhandlung beschäftigt war.

Als ich wieder nach oben gehen wollte, kam gerade Hank zur Tür herein. Er hatte eine Tüte von der Tacqueria auf der Mission Street in der Hand. Sein Anblick erinnerte mich daran, wie unzulänglich mein Mittagessen gewesen war, ein Schokoladenriegel, den ich auf der Fahrt nach Point Reyes zu mir genommen hatte. »Arbeitest du lange?« fragte ich ihn.

»Ja. Und du?«

Ich schüttelte den Kopf. »Nein, ich will bald heimgehen. Hast du das Dokument schon fertig, das Tom Grant unterschreiben soll?«

»Du hast es morgen früh auf dem Schreibtisch.«

»Gut. Ich möchte noch mal mit ihm sprechen, und dann habe ich einen guten Vorwand.« Hank schien schnell in sein Büro zurückkehren zu wollen, aber ich hing im Flur herum, in der Hoffnung, daß er mir Fragen zum Fall Hilderly stellen würde und ich noch nicht in mein leeres, einsames Zuhause heimkehren mußte.

Er merkte, daß ich nicht gehen wollte und daß ich seine Tacqueria-Tüte sehnsüchtig beäugte, und fragte: »Möchtest du etwas davon? Es reicht für zwei.«

»Ich glaube nicht, daß ich mexikanisches Essen jetzt vertragen könnte. Und ich will dich nicht von der Arbeit abhalten.«

»Komm doch mit mir in die Küche. Du kannst dich ja ein bißchen zu mir setzen und zumindest ein Glas Wein trinken. Du kannst mir von Hilderly berichten, während ich esse.«

Ich folgte ihm, etwas betreten, weil er erkannt hatte, wie sehr ich Gesellschaft nötig hatte.

Er fühlte sich jedoch zum Glück nicht berufen, meine Gefühle zu sezieren. Während ich an meinem Chablis nippte und in groben Zügen erzählte, was ich über Hilderly und Konsorten herausgefunden hatte, aß er zwei Burritos, tropfte den ganzen Tisch mit Salsasoße und Fett voll, zerknüllte dann die Verpakkung und warf sie in Richtung des Abfalleimers, der unter dem Spülbecken stand. Er traf aber nicht, und das Papier landete neben dem Eimer. Hank zuckte die Achseln und holte sich etwas Kaffee.

»Kein Wunder, daß Anne-Marie nicht mit dir leben kann«, sagte ich.

Er grinste, offensichtlich stolz auf seine Schlamperei.

»Weil du gerade Anne-Marie erwähnst, wußtest du, daß die Polizei die Kugel des Schützen aus einem ihrer Blumenkästen auf unserer Veranda geholt hat?«

»Nein. Wann war das?«

»Heute morgen. Ich habe es vor ein paar Stunden im *Brand Ex* gelesen.« *Brand Ex* ist der Spitzname für die Abendzeitung, der *Examiner*. »Sieht aus wie eine 357er Magnum. Jetzt wird sie von den Ballistikern untersucht. Wetten, daß es die gleiche ist wie die anderen?«

»Dich scheint das recht kaltzulassen. Bist du immer noch überzeugt, daß der Mordversuch reiner Zufall war?«

»Ich kann mir keinen vernünftigen Zusammenhang vorstellen.« Aber sein Gesichtsausdruck zeigte Sorge, als er mit seinem Kaffee zur Tür ging.

»Heh«, sagte ich, »du hast mir nicht gesagt, was du von der Hilderly-Sache hältst.«

Ich stellte ihm die gleichen Fragen, die ich mir auf der Rückfahrt in die Stadt gestellt hatte.

Aber Hanks Gedanken waren jetzt eindeutig woanders. »Ich habe sowenig Ahnung wie du. Grab weiter.« Dann hob er zum Abschied die Hand und ging den Flur hinunter.

Ich seufzte und schaute mein leeres Weinglas an. Auch wenn Hank dringendere Sachen auf seinem Schreibtisch hatte, hätte er... was? Wollte ich mit ihm den Fall besprechen, Erklärungen finden? Oder wollte ich, daß er mir Gesellschaft leistete, meine Hand hielte? Zum Teufel, was war bloß mit mir los? Ich war mir immer selbst genug gewesen, war gerne allein und auf gewisse

Weise sogar eine Einzelgängerin. Warum hatte ich dann in letzter Zeit das dringende Bedürfnis, immer Menschen um mich zu haben? Ich kannte das Gefühl von früher überhaupt nicht.

Aber das war, bevor du George Kostakos kennengelernt hast, sagte meine innere Stimme. Das war, bevor du dich in ihn verliebt hast.

»Halt die Klappe!« sagte ich zu ihr und holte mir noch ein Glas Wein.

Nach einiger Zeit kam Larry Koslowski mit Pam Ogata herein. Sie ist unsere neueste Teilhaberin und wie Larry auf Wirtschaftsrecht spezialisiert. Wir redeten ein bißchen über Pams Schwierigkeiten bei der Wohnungssuche, und bald durchstöberten wir zusammen den Kühlschrank und machten uns aus verschiedenen Resten belegte Brote – Larry begleitete unsere Vorbereitungen mit unheilvollen Warnungen über mögliche Gesundheitsrisiken. Dann fiel Pam – die bei Freunden mit kleinen Kindern wohnte und möglichst wenig Zeit zu Hause verbrachte – ein, daß *Funeral in Berlin* auf Kanal 44 lief, und wir schauten uns den Film im Wohnzimmer zusammen an. Es war nach zehn, als ich schließlich ging. Rae war noch nicht zurück, und in Hanks Büro brannte noch Licht.

Es herrschte wieder dichter Nebel, der die Lichter aus den Fenstern der anderen Häuser an dem kleinen dreieckigen Park vor dem schäbigen, viktorianischen Haus der Kanzlei dämpfte. Ich hielt auf den Stufen inne, knöpfte meine Jacke zu und stellte den Kragen auf. Unterdessen beschlich mich das heftige ungute Gefühl, daß mich im nebligen Dunkel jemand beobachtete.

Also los, McCone, dachte ich. Schon wieder Großstadtneurose?

Aber nach den Vorfällen der vergangenen Nacht würde wohl jeder Gespenster sehen.

Ich trat in den Hauseingang zurück, schaute mich um und lauschte eine Weile. Die kleinen Straßen, die auf dieser Seite des Hügels zusammenliefen, waren recht ruhig. Verkehrslärm und Salsa-Musik drangen von der Mission Street herauf, und ab und zu fuhr ein Auto vorbei. Jemand hatte die Stereoanlage zu laut aufgedreht, und hinter mir hörte ich das Gemurmel vom Fernseher der Kanzlei. Ein Mann zog einen Handkarren mit

Lebensmitteln aus dem Safeway-Supermarkt, der rund um die Uhr geöffnet war, den Berg hinauf. Ein Pärchen ging händchenhaltend vorbei. Ein ganz normaler Abend an einem Werktag in Bernal Heights, an dem die meist friedliebenden, gesetzestreuen Bürger ihren Tag beenden und sich auf die Nacht vorbereiten.

Als ich schließlich losging, eilte ich trotzdem die Stufen hinab. Auf dem Weg zu der Ecke, wo ich meinen MG geparkt hatte, hielt ich mich im schützenden Schatten der Häuser.

12

Bis zum Morgen war der Nebel auf das Meer hinausgezogen und hatte einen von jenen herrlichen Sonnentagen zurückgelassen, an denen mir immer bewußt wird, warum ich mich entschlossen habe, in San Francisco zu leben. Der blaue Himmel und die sanfte Brise beflügelten mich, und ich arbeitete den ganzen Vormittag lang an Routineaufgaben und übte mich in meiner Funktion als Vorgesetzte, indem ich mir Raes begeisterten und oftmals wiederholten Bericht über die Ereignisse des Vortages anhörte.

Sie hatte offenbar bereits am ersten Tag Glück gehabt und konnte dem Mandanten Fotos vorlegen, die bewiesen, daß der Angestellte die Spirituosenhandlung bestohlen hatte. Der Mandant hatte die Sache daraufhin der Polizei übergeben. Nach Raes Erzählung war dieser Coup allein ihrer Klugheit und ihrem Talent zu verdanken (sie erwähnte mit keinem Wort, daß auch Anfängerglück im Spiel gewesen war), und sie rechnete jeden Augenblick damit, in die Ruhmeshalle der Detektive aufgenommen zu werden. Da ich guter Laune war und mich noch daran erinnerte, wie aufgeregt ich über meinen ersten Erfolg in diesem Beruf gewesen war, hörte ich geduldig zu und gab angemessene Laute der Bewunderung von mir. Dann lud ich sie zum Mittagessen in ihr Lieblingsbistro auf der Twenty-fourth Street ein. Erst als wir gegen halb zwei zu All Souls zurückkehrten, konnte ich meine Aufmerksamkeit wieder dem Fall Hilderly zuwenden.

Jess Goodhue war noch nicht beim Sender eingetroffen, und man war natürlich nicht bereit, mir ihre private Telefonnummer zu geben. Als ich die Auskunft anrief, um die Nummer von Taylors Austernbar zu erfahren, sagte man mir, daß der Anschluß nicht mehr bestehe. Schließlich rief ich das Büro von Tom Grant an und bat Ms. Curtis um einen Termin, damit Grant das Dokument unterzeichnen konnte, mit dem er auf seinen Anteil an Hilderlys Hinterlassenschaft verzichtete. Sie bat mich dranzubleiben, und dann kam Grant ans Telefon. Er war während des Tages ausgebucht, aber er sagte, daß er mich am Abend treffen könnte.

»Wann?« fragte ich.

»Ich esse mit einem Mandanten zu Abend, und dann habe ich einen Termin für ein Interview. Kommen Sie gegen neun, dann kann ich Ihnen einen Drink anbieten und Ihnen mein Studio zeigen.«

Ich zögerte. Die Einladung hatte eine verführerische Note, die mir nicht gefiel. Dann fand ich, daß ich mich zu sehr wie eine Tennessee-Williams-Heldin benahm, wenn ich hinter jedem Baum einen Lustmolch witterte, und erklärte mich einverstanden.

Als ich aufhängte, kam Ted ins Büro und legte einen rosaroten Zettel auf meinen Schreibtisch. Gene Carver, Hilderlys ehemaliger Chef bei der Steuerkanzlei, hatte während der Mittagszeit angerufen. Als ich zurückrief, erklärte Carver sich bereit, ein paar Fragen zu beantworten.

»Ich interessiere mich für ein Seminar, an dem Perry auf Ihr Drängen hin Ende Mai teilnahm; es hatte vielleicht mit Mitarbeitermotivation zu tun.«

»Mitarbeitermotivation?« Carver schien belustigt. »Das glaube ich nicht. Das einzige Seminar, an das ich mich im letzten Frühling erinnere, beschäftigte sich mit Steuerproblemen, die sich bei Ehescheidungen ergeben. Das war eine große Veranstaltung, die von der Rechtsanwaltskammer und der Stiftung kalifornischer Rechtsanwälte gesponsert wurde und am letzten Wochenende des Monats im Cathedral Hill-Hotel stattfand. Ich nahm zusammen mit Perry und zwei anderen Buchhaltern meiner Firma daran teil.«

Das sollte Hilderlys Leben geändert haben, wie er seinem

Sohn Kurt erzählte? Das schien nicht wahrscheinlich. Es sei denn… »Wissen Sie, ob ein Scheidungsanwalt namens Thomas Y. Grant unter den Teilnehmern war?«

»Ja, sicher. Ein alter Freund von Perry, wie sich herausstellte. Er leitete einen der Workshops.«

»Grant und Perry waren Freunde?«

»Das war offenbar schon lange her. Zuerst erkannten sie sich nicht; dann schienen sie beide überrascht und verwirrt zu sein. Aber Perry sprach während der Pause mit Grant, und dann sah ich sie noch, wie sie in Tommy's Joynt gemeinsam zu Mittag aßen.«

»Hat Perry Ihnen gegenüber von Grant gesprochen?«

»Ja. Lassen Sie mich überlegen, ob es mir noch genau einfällt.« Carver hielt inne. »Es war während der Pause in der Nachmittagssitzung. Er sagte, daß Grant ein Mann sei, der aus einem im Grunde kaputten Leben eine Menge gemacht habe. Diese Beurteilung erschien mir angesichts des Vermögens dieses Mannes recht eigentümlich. Ich fragte Perry, was er meinte, aber er sagte nur, daß ihm Grant leid tue, denn er könne sich selbst in ihm sehen.«

»Und mehr sagte er nicht?«

»Ich habe nicht weitergefragt; die Sitzung ging weiter. Und, ehrlich gesagt, ist es mir erst jetzt wieder eingefallen.«

Ich dankte Carver und machte mir, nachdem ich aufgehängt hatte, auf meinem Block ein paar Notizen. Ich konnte mir beim besten Willen nicht vorstellen, warum Hilderly Grants Leben als »kaputt« bezeichnet hatte. Ich konnte auch nicht verstehen, inwiefern er sich mit diesem Winkeladvokaten identifizieren konnte, dessen Hobby darin bestand, Dinge aus Teilen von toten Tieren herzustellen. Natürlich hatte ich Hilderly nicht gekannt und wußte nicht, was in seinem Gehirn vorgegangen war; selbst Menschen, die mit ihm zusammengelebt hatten, war dies nicht gelungen.

Nach ein paar Minuten stand ich auf und ging in Hanks Büro hinunter. Ich blieb im Türrahmen stehen und fragte: »Ist ein Anruf von D. A. Taylors Frau zufällig bei dir statt bei mir gelandet?«

Er schüttelte den Kopf. »Ich muß auch mit ihr reden, wenn sie sich meldet. Stell den Anruf auf jeden Fall zu mir durch.«

»*Wenn* sie anruft. Der verdammte Harley hat ihr die Nachricht vermutlich nicht gegeben. Das heißt, daß ich nochmals dort hinausfahren muß.«

»Du klingst sauer. Was ist los?«

Ich zuckte die Achseln. »Nachmittagsunlust, nehme ich an. Weißt du, was ich gerade erfahren habe? Hilderly und Grant waren alte Freunde.« Ich erzählte ihm, was Gene Carver gesagt hatte.

»Also hat Grant gelogen«, sagte Hank. »Er muß die Verbindung um jeden Preis verheimlichen wollen, wenn er bereit ist, auf eine viertel Million Dollar zu verzichten.«

»Ja – und ich werde ihn nach dem Grund fragen, wenn ich ihm heute abend dieses Dokument zum Unterschreiben bringe.« Ich hielt inne und warf einen Blick auf den Stapel von Magazinen, die sich auf einem von Hanks Aktenschränken türmten. »Nur noch eine Frage, dann lasse ich dich weiterarbeiten. Wie war der Name der Zeitschrift, in deren Auftrag Hilderly nach Vietnam reiste?«

Er runzelte die Stirn. »*New*... irgendwas. Ein relativ konservativer Name für eine Zeitschrift der Studentenbewegung. *New*... verdammt, ich hasse es, wenn mir etwas auf der Zunge liegt!« Er schloß die Augen und konzentrierte sich heftig. Als er sie wieder öffnete, sagte er: »Ich hab's! *New Liberty*.«

»Und das Büro war hier in der Stadt?«

»Ich glaube schon.«

»Danke.« Ich eilte in mein Büro zurück.

Der Mann in der Auskunftsabteilung der Stadtbibliothek hatte noch nie von *New Liberty* gehört; er bat mich, ein paar Minuten Geduld zu haben, während er ein Nachschlagewerk konsultierte. Die Zeitschrift war für ein alternatives Magazin recht alt geworden: Sie hatte von 1965 bis 1970 bestanden. Die Auflage war nie sehr hoch gewesen und hatte in ihrer Blütezeit zehntausend Exemplare erreicht. Der Name des Chefredakteurs bis 1969 war Luke Widdows. Seine Nachfolger hatten ihren Posten dann nie mehr als ein oder zwei Monate innegehabt.

»Haben Sie eine Ahnung, was Widdows jetzt macht?« fragte ich.

»Ich glaube, ich habe seinen Namen irgendwo gelesen. Er arbeitet möglicherweise freiberuflich als Journalist.«

Ich legte auf und rief meinen Freund J. D. Smith beim *Chronicle* an. J. D. kam der Name auch bekannt vor, und er versprach, sich umzuhören und sich wieder bei mir zu melden. Ich hatte um drei Uhr bei einer Kanzlei in der Stadt einen Termin, um der Niederschrift einer eidlichen Aussage für einen von Larrys Mandanten beizuwohnen. Also räumte ich meinen Schreibtisch auf und verließ das Büro. Die Niederschrift dauerte wie üblich immer wesentlich länger als geplant, und als ich in die Kanzlei zurückkam, war es fast fünf. Ted saß an seinem Schreibtisch. Das getigerte Kätzchen, Alice, lag auf seinen Schultern.

»Was macht denn sie hier?« fragte ich.

Er wollte gerade die Achsel zucken, hielt aber noch rechtzeitig inne; eine etwas heftigere Bewegung seiner Schultern hätte das farbige Fellknäuel durch die Luft segeln lassen. »So verhält sie sich wenigstens ruhig und zerlegt mir nicht die ganze Wohnung. Aus irgendeinem Grund gefällt ihr das.«

»Wo ist die andere?«

Er deutete unter den Schreibtisch. Ich bückte mich und entdeckte Ralph, der sich auf Teds Füßen zusammengerollt hatte. »Ein berufstätiger Vater hat es schwer«, sagte ich.

Er funkelte mich an und wandte sich wieder dem Memorandum zu, das er gerade korrigierte.

In meinem Eingangskorb lag eine Nachricht von J. D. mit der Adresse und Telefonnummer von Luke Widdows in Berkeley sowie eine Notiz von Hank, die besagte, daß er mit Mia Taylor gesprochen und die Erbschaftsangelegenheit geklärt hatte. Ich ärgerte mich, daß ich ihren Anruf versäumt hatte; ich hätte Mrs. Taylor gerne über die Vergangenheit ihres Mannes ausgefragt. Nun mußte ich wohl doch wieder nach West Marin hinausfahren.

Jess Goodhue hatte immer noch nicht angerufen, um mir den Namen der Detektei mitzuteilen. Ich wählte die Nummer von KSTS-TV, wo man mir sagte, daß die Redakteurin nicht zu sprechen sei. Die Ergebnisse meines anschließenden Telefongesprächs waren ein wenig erfreulicher: Luke Widdows war gerne bereit, mit mir über Hilderly zu sprechen, aber er war gerade am Gehen. Ob ich ihn wohl am nächsten Tag um neun Uhr morgens aufsuchen könne? Ich war einverstanden und ließ mir den Weg erklären.

Was soll ich nun machen? dachte ich verärgert. Ich mußte vor meiner Verabredung mit Tom Grant noch vier Stunden totschlagen. Ich hatte eigentlich keine Lust, heimzugehen oder meinen Papierkram aufzuarbeiten. Schließlich ging ich nach unten und überredete Rae, ihren Spesenbericht ein andermal auszufüllen. Wir gingen hügelabwärts in die Remedy Lounge auf der Mission Street.

Das Remedy ist schon lange bei den Mitarbeitern von All Souls beliebt. Hank entdeckte es, soviel ich weiß, nur wenige Stunden nachdem er den Mietvertrag für das viktorianische Haus unterschrieben hatte. Seit vielen Jahren feierten wir dort unsere Erfolge und beklagten unsere Mißerfolge. Das dunkle und schmierige Lokal mit seiner meist kaputten Musikbox und der häßlichen Einrichtung war eigentlich ein Ort, den man auf den ersten Blick eher meiden würde. Aber seine Atmosphäre läßt einen das schäbige Aussehen vergessen. Manchmal habe ich in seinen vier schmuddeligen Wänden das Gefühl, daß seine toleranten – aber nicht übermäßig kontaktfreudigen – Gäste und ich auf einem gemütlichen Schiff, geschützt vor den tobenden Naturgewalten, über die stürmische See fahren. Freilich ist das Schiff ein müdes altes Wrack, und die felsigen Klippen liegen direkt vor uns, aber das kurze Gefühl der Geborgenheit ist doch beruhigend.

Rae und ich nahmen einen von den Tischen im hinteren Teil des Lokals, und Brian, der Barkeeper, brachte ihr sofort ein Bier und mir ein Glas Weißwein. Das war einer der Vorteile, wenn ich meine Assistentin mitnahm: soweit ich weiß, ist ihr Tisch der einzige, an den Brian während seiner dreißigjährigen Tätigkeit in diesem Lokal ein Getränk gebracht hat. Vielleicht erinnert sie ihn an eine Liebste, die er vor langer Zeit in Irland gehabt hatte; vielleicht bewundert er sie, weil sie einfach davon ausgegangen war, daß ihr als Gast eine solche Behandlung zustehe. Aus irgendeinem Grund steht Rae bei Brian hoch im Kurs – wesentlich höher als wir alte Stammkunden, die wir seit Jahren ins Remedy kommen.

Sie wollte ihre Geschichte von der Spirituosenhandlung noch mal erzählen. Die Tatsache, daß sie als Zeuge vor Gericht erscheinen mußte, machte die Sache noch dramatischer. Aber ich unterbrach sie und erzählte ihr die Neuigkeiten im Fall Hilderly. Wir drehten und wendeten die Fakten zwei Stunden lang bei Bier beziehungsweise Wein und Nüssen, kamen einer Lösung aber nicht näher.

Rae fragte: »Wirst du Grant heute abend auf seine Freundschaft mit Hilderly ansprechen?«

»Das ist die einzige Möglichkeit, um die ganze Geschichte von ihm zu erfahren.«

»Nach dem, was du erzählt hast, scheint der Kerl merkwürdig zu sein. Was machst du, wenn er handgreiflich wird?«

»Ich werde schon mit ihm fertig. Aber ich glaube das sowieso nicht. Er ist nicht der Typ dazu, und außerdem hat er einen Ruf zu verlieren. Er wird mir nichts tun, wenn andere Leute wissen, daß ich bei ihm bin. Ich habe die Absicht, die Kanzlei anzurufen, wenn ich bei ihm eintreffe. Ich werde sicherstellen, daß er es hört, wenn ich jemandem genau sage, wo ich bin.«

Rae dachte darüber nach und nickte dann gedankenvoll. Ich konnte förmlich sehen, wie sie sich diese Technik für eine spätere Verwendung merkte.

»Ich wollte dich fragen – hast du gehört, ob die Kugel, die die Polizei bei Hank und Anne-Marie gefunden hat, identisch ist mit denen, durch die die anderen Opfer starben?«

»Ja. Willie hat heute nachmittag Greg Marcus angerufen. Sie sind identisch.«

Das hatte ich schon erwartet, aber ich hatte wohl trotzdem gehofft, daß es nicht die gleichen Kugeln wären. Es hätte meine Nachforschungen erleichtert, wenn der Mordanschlag zum Beispiel von jemandem durchgeführt worden wäre, den Willie beim Kauf eines Diamantringes übers Ohr gehauen hatte. Rae beobachtete mich, als erwarte sie einen klugen Kommentar, aber ich mußte passen.

Als ich stumm blieb, fragte sie: »Wie steht es mit Hank? Glaubt er immer noch, daß er nicht in Gefahr ist?«

»Das sagt er jedenfalls. Aber ich bin nicht davon überzeugt – und ich glaube, er auch nicht. Wie geht es Willie?«

»Er hockt zu Hause und hat Klaustrophobie. Sie haben einen Bullen vor das Haus gestellt, aber er hat Angst, nach Einbruch der Dunkelheit rauszugehen.« Sie schaute auf die Uhr. »Jetzt fällt mir wieder ein, daß ich eigentlich schon bei ihm sein sollte.«

Nachdem sie gegangen war, trank ich meinen Wein aus und ging heim. Die einzige Nachricht auf meinem Anrufbeantworter war von Jim, der mit kläglicher Stimme fragte, ob wir uns treffen könnten, um alles zu besprechen. Nein, beschloß ich, ich wollte nichts mit ihm besprechen. Ich versuchte erneut, Jess Goodhue zu erreichen, aber die Telefonzentrale konnte sie nicht finden. Die Mikrowelle verbrannte den Mittelteil meiner gefrorenen Lasagne, während oben noch kleine Eisklumpen waren. Ich aß sie trotzdem. Danach ging ich zum Tresor, wo ich meine 38er aufbewahre, und holte den Beutel heraus, den ich in einer von Hilderlys Kisten gefunden hatte. Die Waffe lag schwer in meiner Hand. Ich fühlte die rauhe Stelle, wo die Seriennummer entfernt worden war, dann legte ich sie in den Beutel zurück. Den Beutel verstaute ich wieder im Tresor und behielt nur die Kette mit den Metallbuchstaben *K* und *A*. Ich betrachtete sie einen Augenblick und legte sie dann in das mit einem Reißverschluß versehene Seitenfach meiner Handtasche.

Es war jetzt acht Uhr dreißig und an der Zeit, mich auf den Weg zu meiner Verabredung mit Tom Grant zu machen. Vorher rief ich nochmals bei KSTS-TV an; jetzt ruhte sich Goodhue bis zu ihrer Sendung um elf Uhr aus und durfte nicht gestört werden. Mir fielen wieder ihre Worte ein. »Niemand, absolut niemand, wagt es, mich in meiner Garderobe zu stören.« Auch wenn ich verstehen konnte, daß sie ein paar Minuten Ruhe brauchte, wurmte es mich doch, daß sie mich nicht, wie versprochen, angerufen hatte. Mein Ärger hielt den ganzen Weg nach Pacific Heights an.

Die Nacht war klar und ungewöhnlich warm; auf den Straßen von Pacific Heights herrschte jene Ruhe, die privilegierte Wohngegenden vom Rest der Stadt zu unterscheiden pflegt. Jenseits der Golden Gate Bridge ertönte ein Nebelhorn und erinnerte mit seinen schmerzlichen Klagelauten daran, daß der Nebel nicht für immer abgezogen war, sondern auf dem Meer draußen lauerte. Als ich den Bürgersteig zwischen meinem Auto und Grants Haus überquerte, hörte ich andere Geräusche: Irgendwo oben auf dem Hügel rauften Katzen; der Wind raschelte durch die Blätter der Eukalyptusbäume auf dem riesigen Militärgelände, das hinter dem Wohngebiet lag; in der Nähe der Lombard Street heulte eine Sirene.

Dann hörte ich noch andere Geräusche: schnelle stolpernde Schritte. Als sie näher kamen, vernahm ich heftiges Keuchen und Schluchzen, und ich erkannte, daß die Laute von Grants Grundstück kamen. Ich erreichte das Tor in dem Augenblick, in dem seine Sekretärin, Ms. Curtis, herausrannte und einen wilden gellenden Schrei ausstieß, der immer schriller wurde und mir Schauer über den Rücken jagte.

Sie war mehr oder weniger so gekleidet wie vor zwei Tagen, aber sie wirkte überhaupt nicht mehr ordentlich und steif. Sie war aschfahl im Gesicht; ihre Züge waren verzerrt, ihre Augen blickten glasig und gehetzt. Ich packte sie am Arm, und sie schaute mich kurz an, schien mich aber nicht zu erkennen. Dann verdrehte sie sich den Knöchel und fiel mit einem Aufschrei vornüber. Während ich sie auffing und sie wieder aufrichtete, stieß sie keuchend hervor: »Die Polizei! Rufen Sie die Polizei!«

Ich schaute mich um. Auf der anderen Straßenseite schauten Leute durchs Fenster, aber sie wagten sich nicht auf die Straße, wenn jemand schrie – genau wie in Hanks und Anne-Maries Viertel. Ich führte Ms. Curtis durch das Tor. Sie zuckte zusammen und schüttelte den Kopf. »Ich kann da nicht wieder reingehen!«

»Setzen Sie sich hierhin.« Ich führte sie zu einer Mauer, die um ein Blumenbeet verlief, dann schloß ich das Tor. Als ich mich umdrehte, hatte sie sich nach vorne gebeugt und die Arme um die Taille gelegt. »Sagen Sie mir, was passiert ist«, sagte ich angespannt.

Sie stöhnte. »Tom. Er ist im Studio. Er... ich glaube, sie haben ihn ermordet.«

Ich bemerkte, daß sie im Plural sprach, aber jetzt war nicht der richtige Moment, um ihr Fragen zu stellen. »Wie kommt man ins Studio?«

»Da ist ein Weg um das Haus.« Sie deutete hinter sich nach links.

»Sie gehen hinein. Rufen Sie die Polizei.«

Sie blieb gebückt sitzen.

»Können Sie das tun?«

Sie nickte.

Ich eilte über den Hof und folgte dem gepflasterten Weg zum hinteren Teil des Grundstücks, wo ein zweiter Hof, der auch von einer Akazie überschattet wurde, zwischen dem Haus und der Mauer, die an den Presidio-Park grenzte, lag. Dort hinten war es sehr dunkel, auch wenn der Mond die Ziegel mit einem silbrigen Schein überzog. In der rechten hinteren Ecke des Grundstücks sah ich ein kleines Gebäude, das ebenso wie das Haus mit braunen Schindeln verkleidet und von breitblättrigem Efeu überwachsen war. Ein schwacher Lichtstrahl fiel durch das einzige enge Fenster.

Ich ging langsam darauf zu, wobei mir das Klappern meiner Absätze auf den Ziegeln deutlich in den Ohren klang. Um mich herum schien alles stillzustehen; selbst die leichte Brise hatte sich gelegt, und die Eukalyptusblätter raschelten nicht mehr. Aus dem kleinen Gebäude drang kein Geräusch.

Die Tür stand einen Spaltbreit offen; ein schmaler Lichtstreifen fiel auf die Ziegel. Vorsichtig stieß ich die Tür ganz auf. Das leichte Quietschen ihrer Angeln erschreckte mich.

Vor mir lag ein Raum mit einem großen Arbeitstisch in der Mitte; an der dahinterliegenden Wand standen unten Kästen mit Schubfächern, oben hingen Regalbretter mit Haken. Die anderen Wände waren kahl und mit weißer Farbe gestrichen. Ein Geruch erfüllte den Raum: metallisch, ekelhaft süß. Der Geruch, den ich mit dem Tod assoziierte.

Ich trat ein und ging um den vollbeladenen Arbeitstisch herum. Grant lag dahinter auf dem Boden. Er lag auf dem Rükken, sein linker Arm war zur Seite hin ausgestreckt, der rechte über dem Kopf erhoben, als ob er versuchte, einen Angreifer abzuwehren. Blut bedeckte sein Gesicht, seine Hände und seine hellbraune Freizeitkleidung. Auch die Kästen und die Regalbretter waren mit Blut besudelt. Als ich näher trat, sah ich, daß sein Schädel eingeschlagen und weißer Knochen sichtbar war.

Ich wollte mich auf den Arbeitstisch stützen, aber ich wußte, daß ich den Tatort nicht verändern durfte; Ms. Curtis hatte wahrscheinlich schon ziemlichen Schaden angerichtet. Ich wandte mich kurz ab und atmete flach durch den Mund. Als ich mich wieder sicherer fühlte, ging ich zu Grant hinüber und prüfte seinen Puls. Natürlich war nichts mehr zu spüren.

Als ich mich aufrichtete, fiel mein Blick auf einen Gegenstand, der einen halben Meter vor mir auf dem Boden lag. Er sah wie ein teilweise fertiggestellter Fetisch aus – ein schweres Metallgitter mit Federn, die in die Spalten zwischen den Stangen hineingesteckt waren. Er war mit angetrocknetem Blut überzogen. Grant war mit einer seiner widerlichen Kreationen erschlagen worden.

Trophäen und tote Pracht...

Diese Gedichtzeile schien in diesem Arbeitszimmer, das zum Schlachthaus geworden war, auf unheimliche Weise zuzutreffen. Hier hatte Grant seine ekelerregenden Fetische aus Tier- und Vogelleichen hergestellt, und hier hatte ihn sein Mörder ereilt.

Und dann fiel mir eine andere Zeile des Vierzeilers ein: *Netze, den Wind einzufangen.* Auch Grant hatte solche Netze gewebt, hatte seinen Ehrgeiz befriedigt, indem er die Habsucht seiner Kunden gefördert und sie gegen die einst geliebten Frauen und Kinder verwandt hatte. Und jetzt?

Nichts, dachte ich, während ich zum Haus zurückeilte. Nichts außer leeren Netzen – ein Mensch, der in seinem Leben nichts Wertvolles geschaffen hat; ein Mensch, der bald nach seiner Todesanzeige vergessen sein würde.

Ich fand Ms. Curtis auf einem der Klientenstühle in Grants Büro. Sie starrte auf das Telefon auf dem Schreibtisch. »Haben Sie die Polizei gerufen?« fragte ich sie.

Sie schaute auf, als ob sie erstaunt sei, mich hier zu sehen. »Ich... konnte nicht.«

»Dann tue ich es jetzt.« Ich wählte die drei Zahlen und gab der Notrufzentrale die notwendigen Informationen. Dann setzte ich mich in den anderen Stuhl.

Angela Curtis hatte geweint. Die Tränen hatten auf ihren Wangen hellbraune Spuren von ihrer Wimperntusche hinterlassen. Ich wühlte in meiner Handtasche und reichte ihr ein sauberes Taschentuch. »Wann haben Sie ihn gefunden?«

Sie rieb sich über das Gesicht und gestikulierte müde. »Kurz bevor Sie eintrafen. Ich war im Kino an der Union Street. Tom hatte mir gesagt, ich solle gehen; er erwartete jemand und wollte offenbar nicht, daß ich im Haus war.«

Als ich mit ihm telefoniert hatte, hatte Grant ein Interview erwähnt, das er nach seiner Verabredung zum Abendessen noch hatte. Aber warum schickte er sie ins Kino? Warum schickte er sie nicht einfach nach Hause?

»Warum kamen Sie zurück?« fragte ich.

»Ich wohne hier.«

Wie praktisch für ihn, dachte ich. Eine Sekretärin, die bei ihm wohnte; keine Frau, die vielleicht einmal ihren Anteil am Besitz verlangen könnte. Und er hatte sich sicher auch nicht auf Versprechen und Aussagen eingelassen, die ihr irgendeinen Anspruch auf sein Eigentum gegeben hätten.

Sie konnte meine Gedanken lesen, denn sie sagte: »Es war nicht so, wie Sie denken. Es war nur... einfacher, wenn ich hier lebte.«

Dann rieb sie nochmals ihre Wangen, zerknüllte das Taschentuch und warf es in den Papierkorb. »O Gott, wen glaube ich denn täuschen zu können? Natürlich war es so. Welcher Idiot könnte denn etwas anderes glauben?«

Ich fragte: »Miss Curtis, was passierte, als Sie nach Hause kamen?«

»Ich ging ins Studio, und Tom war...« Sie schüttelte den Kopf und schluckte.

»Sie sagten vorher, daß ›sie‹ Tom getötet hätten. Wen meinen Sie?«

Sie schüttelte verwirrt den Kopf. »Das habe ich gesagt?«

»Ja. Haben Sie Grund zu glauben, daß es sich um mehr als eine Person handelt? Haben Sie jemand im Verdacht?«

»Ich meinte wohl seine Mandanten. Sie nahmen und nahmen, und dann waren sie nicht zufrieden.«

»Hat Tom Ihnen gegenüber je einen alten Freund namens Perry Hilderly erwähnt?«

Sie schüttelte den Kopf.

»Tom hat am letzten Wochenende im Mai an einem Seminar im Cathedral Hill Hotel teilgenommen. Sind Sie sicher, daß Hilderlys Name nicht in diesem Zusammenhang gefallen ist?«

»Ganz sicher.«

»Und verdächtigen Sie einen bestimmten von seinen Mandanten?«

»Ich verdächtige sie alle. Jeden einzelnen. Ich weiß sehr wohl, was für ein Mensch Tom war, Miss McCone. Der Grund, warum seine Mandanten nicht zufrieden waren, war der, daß er sie zu Selbstsucht und Grausamkeit angehalten hatte. Ein einfacher Fall von Aktion und Reaktion. Jemand versucht, Ihnen etwas wegzunehmen – etwas, das dem anderen rechtmäßig gehört –, und Sie schlagen nach ihm, holen es zurück und verletzen den anderen dabei. Danach wandten sie sich gegen Tom; oft wollten sie nicht einmal sein Honorar bezahlen.« Sie hielt inne, dann sagte sie, während ihr wieder Tränen in die Augen stiegen: »Ich weiß genau, was er für ein Mensch war, aber ich habe ihn trotzdem geliebt.«

13

»Und dann kam die Polizei«, sagte ich zu Hank.

Wir saßen bei All Souls in der Küche an dem runden Eichentisch. Dort hatten wir im Laufe der Jahre schon viele Stunden verbracht, über seine oder meine Fälle diskutiert, Wein oder Kaffee getrunken, geplaudert oder ernsthafte Gespräche geführt. Heute abend war die Stimmung eher gedrückt. Ich hatte sofort, nachdem ich den Tatort verlassen hatte, bei Hank zu Hause angerufen, aber nur seinen Anrufbeantworter erreicht; dann hatte ich es in der Kanzlei versucht und festgestellt, daß er mal wieder Überstunden machte. Nun, nachdem ich ihm erzählt hatte, was ich von dem Mord an Grant wußte, überfiel mich bleierne Müdigkeit. Ich hatte das Gefühl, seit Tagen nicht mehr geschlafen zu haben.

»Wer untersucht den Fall?« fragte Hank.

»Leo McFate. Erinnerst du dich noch an ihn – der auch den Fall mit Willie...«

»Ich erinnere mich. Ein Arschloch. Ich dachte, er wäre zum Geheimdienst versetzt worden.«

»Das war er auch, aber jetzt ist er wieder im Morddezernat. Er wäre besser beim Geheimdienst geblieben – er ist ein hinterhältiger Mistkerl, und das ist ein hinterhältiges Geschäft.« Die Geheimdienstabteilung der Polizei in San Francisco war unter Beschuß geraten, weil ihre Mitarbeiter Umweltschutzverbände, Schwulengruppen und die Friedensbewegung ausspionierten, die in keiner Weise eine Bedrohung für die staatliche Ordnung oder die öffentliche Sicherheit darstellten. In den sechziger Jahren hatten Geheimpolizisten Versammlungen von Bürgerrechtlern und Antikriegsdemonstranten infiltriert; vor einem Jahr stellte man fest, daß – trotz Verbots solcher Aktivitäten durch ein 1975 erlassenes Gesetz – während des Demokratischen Kongresses im Jahre 1984 so unterschiedliche Gruppen wie »Solidarität mit den Menschen in El Salvador«, der Nationalverband der Rechtsanwälte und ein unabhängiger Taxifahrerverband – der zu dem Zeitpunkt, an dem die Delegierten in der Stadt eintrafen, mit einem Streik gedroht hatte – bespitzelt worden waren. Meiner Meinung nach paßte McFate ausgezeichnet in diese Abteilung.

»Ich bin überrascht, daß er nicht längst in Sacramento ist, mit ›wichtigeren Aufgaben‹ betraut.« McFate war ein Aufsteiger mit politischen Ambitionen.

»Ja, und ich weiß nicht, was mir lieber wäre: daß er dort den Staat zerstört oder daß er mir hier auf den Wecker fällt.«

»Ich nehme an, er hat dich nicht lange in Grants Haus geduldet.«

»Er hat mich förmlich hinausgedrängt. Hat meine Aussage aufgenommen und gesagt, ich solle mich morgen früh im Justizpalast einfinden und das Protokoll unterschreiben. Für die Beziehung zwischen Grant und Hilderly oder die Tatsache, daß Hilderly ein Opfer des Heckenschützenmörders war, schien er sich nicht besonders zu interessieren. Als ich ihm anbot, ihn zu informieren, falls sich bei den Gesprächen mit den anderen Erben eine Spur ergäbe, meinte er, das werde nicht nötig sein.«

»Wo liegt denn sein Problem?«

Ich lächelte. »Ich habe ihn einmal abblitzen lassen, als er sich an mich heranmachen wollte. Aber sein eigentliches Problem ist, daß er – obwohl er sich mit sehr attraktiven Frauen umgibt – Frauen nicht wirklich mag und unserem Geschlecht einfach nicht traut.«

Hank grunzte unwillig. Ob ihn die Vorstellung, daß McFate versucht hatte, mich anzumachen, mehr empörte oder der Gedanke, daß McFate Frauen nicht mochte, konnte ich nicht erkennen.

»Ich habe noch eine Frage zu Hilderlys Testament«, sagte ich. »Was passiert nun mit Grants Anteil, nachdem er starb, bevor er die Verzichtserklärung unterschreiben konnte?«

»Eine Klausel in der Erstfassung besagte: Wenn einer der Begünstigten die Verteilung des Vermögens nicht erlebt, wird dieser Teil unter den verbleibenden Begünstigten aufgeteilt. Zum Glück hat Hilderly diesen Absatz in seiner Abschrift übernommen, so daß Grants Anteil nicht in sein Vermögen übergeht.«

»Das vermutlich sowieso schon beachtlich ist. Ich hoffe, er hat Angela Curtis etwas hinterlassen. Sie hat ihn zwar geliebt, aber es war sicher nicht leicht, mit ihm auszukommen. Sie verdient eine Entschädigung.«

»Du konntest ihn nicht ausstehen, stimmt's?«

»Er war nicht gerade liebenswert. Diese Fetische...« Schaudernd und gähnend brach ich ab.

Hank schaute auf die Uhr. »Fast halb zwei. Möchtest du noch Wein?«

»Ein halbes Glas. Ich bin immer noch zu aufgedreht, um schlafen zu können.« Ich starrte durch das Fenster auf die Lichter der Innenstadt, während Hank zum Kühlschrank ging und Wein nachschenkte. »Hank, welche Verbindung gibt es zwischen diesen Schüssen aus dem Hinterhalt und Grants Ermordung? Daß der Heckenschütze bei dir zu Hause zuschlägt, schien mir schon mehr als zufällig zu sein, und nun ist einer von Hilderlys Erben erschlagen worden.«

»Da liegt aber das Problem.« Er kam zum Tisch zurück und stellte unsere Gläser ab. »Die ballistischen Untersuchungen haben gezeigt, daß alle Taten des Heckenschützen mit der gleichen Waffe ausgeführt wurden. Und Grant wurde nicht erschossen. Es sieht eher nach einem Totschlag im Affekt aus als nach vorsätzlichem Mord.«

»Ich weiß. Ich hatte das Gefühl, daß McFate Angela Curtis verdächtigte, aber ich denke, er wird gar nicht erst den Versuch machen, ihr die Sache anzuhängen. Sie hatte keine Blutspuren an sich; wenn sie es getan hätte, dann wäre sie von oben bis unten besudelt gewesen.«

»Du sagtest, es habe so ausgesehen, als ob Grant schon eine Weile vor deiner Ankunft getötet worden sei. Sie könnte geduscht und die Kleidung gewechselt haben.«

»Und dann hat sie auf mich gewartet, da sie wußte, daß ich um neun Uhr dasein sollte, und einen hysterischen Anfall vorgetäuscht.« Einen Augenblick lang dachte ich an die Szene bei meinem Eintreffen zurück. »Nein, das glaube ich nicht. Ihre gefühlsmäßige Reaktion schien echt zu sein. Ich hoffe nur, daß sich jemand aus dem Kino an sie erinnert.«

Wir nippten ein paar Minuten lang schweigend an unserem Wein. Ich dachte immer noch an die anderen Morde. Irgend etwas war mir entgangen – irgendeine Verbindung, die ich hätte herstellen müssen. Aber ich konnte nichts erzwingen. Es würde sich von selbst zusammenfügen oder nicht.

Nach einer Weile stand Hank auf und trug unsere leeren Gläser zum Ausguß. »Wir sollten uns allmählich auf den Weg machen. Es ist schon Morgen, und ich habe einen vollen Terminkalender.«

Ich stand auf und streckte mich. »Ich auch, ich muß um neun in Berkeley sein, das heißt, daß ich spätestens um halb acht im Justizpalast meine Aussage unterschreiben muß.«

»Was machst du in Berkeley?«

»Ich will mit dem Mann reden, der die Zeitschrift herausgab, für die Hilderly arbeitete. Ich hoffe, daß er mir etwas über Perrys Vergangenheit, seine Beziehung mit Grant sagen kann.«

»Shar, du hast die Erben bereits ausfindig gemacht...«

»Ich dachte, wir hätten uns geeinigt, daß ich diesen Fall bearbeite, bis wir sicher sind, daß Hilderly nicht unter Zwang oder unrechtmäßiger Einflußnahme stand, als er das handschriftliche Testament ausfertigte. McFate scheint entschlossen zu sein, diesen Aspekt bei Grants Ermordung völlig außer acht zu lassen.«

Hank zögerte und nickte dann. »Bleib noch eine Weile dran.« Als wir den Flur hinuntergingen und ich meine Jacke von Teds Stuhl aufhob, fügte er hinzu: »Du engagierst dich bei deinen Fällen immer so persönlich.«

»Und du nicht?«

»Du hast ja recht. Aber sei vorsichtig. Tritt im Justizpalast niemandem auf die Zehen. Du hast eine Lizenz zu verlieren, und außerdem würdest du mir fehlen.«

Als wir die Treppe hinuntergingen, lächelte ich Hank zu.

»Ich werde so vorsichtig auftreten wie Ralph und Alice – ohne auch nur eine halb so große Verwüstung anzurichten.«

Ich schlief weder gut noch lange. Federn, Knochen und Blutspritzer verfolgten mich in meine Träume. Um zwanzig nach sieben war ich im Justizpalast und setzte meine Unterschrift unter meine maschinengeschriebene Aussage über die Entdekkung von Grants Leiche. Leo McFate war nirgends zu sehen; der Beamte, mit dem ich zu tun hatte, sagte, er sei die ganze Nacht hier gewesen und erst wenige Minuten vor meiner Ankunft zu den Kollegen von der Geheimpolizei, seiner alten Abteilung, hinübergegangen. Aber Greg war in seinem Kabuff und kämpfte sich durch einen Berg von Papieren und Dokumenten. Ich klopfte an die Scheibe. Er schaute auf und winkte mich herein.

»Du bist aber früh hier«, sagte er, während ich mich auf seinem Besucherstuhl niederließ.

»Das gleiche könnte man von dir sagen.«

»Ich arbeite schon seit sechs. Wir bekommen wirklich Druck wegen dieser Heckenschützenmorde. Ich habe gehört, bei dir war auch ganz schön was los.«

»Hat dir McFate schon vom Fall Grant erzählt?«

Er nickte. »Und er hat sich ziemlich aufgeregt darüber, daß meine ehemalige Freundin es fertiggebracht hat, seinen Tatort durcheinanderzubringen.«

Mir wurde vor Zorn ganz heiß. »Der Teufel soll ihn holen!«

»Du weißt doch, von wem es kommt.« Greg mochte McFate genausowenig wie ich.

»Ja, leider.« Ich wühlte in meiner Tasche, in die ich vorhin den Beutel mit der Pistole aus Hilderlys Wohnung gesteckt hatte. Greg hob die Augenbrauen, als ich sie auf seine Schreibtischunterlage legte. Ich erklärte ihm, wie ich zu der Waffe gekommen war. »Könntest du das Labor bitten, die Seriennummer herauszufinden?«

»Warum?«

»Wenn wir wissen, woher sie kommt, könnte das vielleicht ein bißchen Licht in die Sache mit Grant bringen oder sogar in den Mord an Hilderly.«

Greg schaute zweifelnd, aber er nickte. »In Ordnung, ich

schicke sie hinunter. Ich kann aber nicht verlangen, daß sie die Sache vorrangig bearbeiten.«

»Das habe ich auch nicht erwartet. Noch etwas: Könnte ich die Akten über die Heckenschützenmorde nochmals durchsehen?«

»Nochmals, warum?«

»Ich habe das Gefühl, daß mir beim ersten Mal etwas entgangen ist.«

Sein Blick richtete sich plötzlich nach innen; eine Erinnerung schien in ihm wach zu werden. »Weißt du noch, als wir uns das erste Mal trafen, warf ich dir in meiner sexistischen Art vor, daß du dich auf deine weibliche Intuition verläßt?«

Ich nickte.

»Du hast mit deinem Haarband gespielt, und ohne zu wissen, was du machtest, hast du es zu einer kleinen Schleife verwikkelt.«

»Richtig. Das hatte ich vollkommen vergessen.«

»Im Laufe der Zeit habe ich erkannt, daß du dich einfach auf deinen guten Detektivinstinkt verläßt. Allmählich vertraue auch ich darauf. Du kannst die Akten noch mal durchsehen.«

Er griff zum Telefon und forderte die Akten an. Dann veranlaßte er, daß die Pistole ins Labor gebracht wurde. »Du kannst meinen Schreibtisch wieder benutzen«, sagte er, als er aufgelegt hatte. »Ich muß in fünfzehn Minuten in einer Besprechung sein und werde vermutlich erst am Nachmittag zurückkommen. Wenn du mir irgend etwas sagen möchtest, kannst du mich ja dann anrufen.«

Ich betrachtete ihn, während er die Kabine verließ, und dachte, daß er sich äußerlich kaum von dem Mann unterschied, den ich früher hätte erwürgen können. Im Innern jedoch hatte er sich verändert – er war reifer geworden, aber auch erheblich trauriger und zynischer.

Doch das galt wohl für uns alle, dachte ich, als ich um den Schreibtisch herumging und mich auf seinen Stuhl setzte.

Nachdem ein Mitarbeiter die Akten hereingebracht hatte, begann ich, sie wesentlich genauer durchzusehen als das erste Mal. Besondere Aufmerksamkeit schenkte ich diesmal den anderen Opfern des Heckenschützen.

Das erste Opfer – der Restaurantangestellte – war Bob Smith.

Ein häufiger Name – vielleicht war er falsch. Ich notierte ihn auf meinem Notizblock und versah ihn mit einem Fragezeichen. Die Angaben über Smiths berufliche Tätigkeit waren lückenhaft; die letzten neun Monate vor seiner Ermordung hatte er in der Küche einer kleinen Pizzeria auf der Market Street gearbeitet; in den fünfzehn Jahren davor war er in Gastronomiebetrieben in Seattle, Portland, Salt Lake City und Phoenix beschäftigt gewesen. Die einzige Firma, bei der er lange gearbeitet hatte – von 1967 bis 1973 –, war American Consolidated Services in Fort Worth, Texas. Ich machte mir eine Notiz, daß ich über diesen Betrieb Genaueres erfahren mußte. Smith hatte allein gelebt, in einer Pension in Outer Mission; aus den Gesprächen, die die Polizei mit dem Hauswirt und anderen Mietern geführt hatte, gewann man den Eindruck, daß Smith ein Einzelgänger war, ein Mensch ohne Familie und Freunde. Das, was ich in den Akten übersehen zu haben schien, hatte nichts mit ihm zu tun.

Das zweite Opfer war eine Krankenschwester, Mary Davis, geborene Johnson. Schon wieder ein häufiger Name. Davis hatte weniger als zwei Monate im Kinderkrankenhaus in Laurel Heights gearbeitet, bevor sie auf einer ruhigen Straße in der Nähe der Notfallklinik, wo sie Nachtschicht hatte, erschossen worden war. Zuvor hatte sie in der psychiatrischen Abteilung beim Letterman-Armeekrankenhaus im Presidio-Park und im Krankenhaus von San Francisco gearbeitet. Nach ihrer Eheschließung im Jahre 1975 war sie acht Jahre lang nicht berufstätig gewesen, und 1983 hatte sie im City College an einem psychiatrischen Fortbildungskurs für Pflegepersonal teilgenommen. Vor ihrer Heirat hatte sie von 1968 bis 1974 für das Amerikanische Rote Kreuz gearbeitet. Ihre Familie und ihre Freunde beschrieben Mary Davis als liebevolle Frau und Mutter, gute Nachbarin und engagierte freiwillige Helferin in einer Organisation zur Beratung von Aidspatienten.

Ich notierte mir einige Details über Mary Davis. Allmählich kam mir eine Idee.

Das dritte Opfer, John Owens, war ein Veteran, der in Outer Sunset von seiner Invalidenrente lebte, in einem kleinen Haus in der Nähe vom Strand. Seine Frau und seine Freunde beschrieben ihn als jemanden, der alles reparierte, was in der

Nachbarschaft so anfiel. Er hatte in der Garage seine Werkstatt und für störrische Geräte eine geschickte Hand. Die Tatsache, daß er aufgrund der Verletzungen, die er 1972 in einem Granatfeuer nahe Saigon erlitten hatte, an den Rollstuhl gefesselt war, beeinträchtigte seine Begabung, nahezu alles reparieren zu können, nicht im geringsten.

Schon wieder Vietnam.

Hilderly war dort gewesen. Auch Hank und Willie. Und John Owens. Alle so ungefähr im gleichen Zeitraum. Ich überprüfte meine Notizen über Mary Davis: Amerikanisches Rotes Kreuz von 1968 bis 1973. War sie auch in Vietnam gewesen? Vielleicht auch Bob Smith?

Verbitterter Kriegsgegner erschießt Veteranen mehr als achtzehn Jahre nach Kriegsende? Nein. Das klang zu sehr nach einem schlechten Fernsehfilm. Außerdem waren Hilderly und Davis nicht beim Militär gewesen. Und Hank konnte man auch nicht als den typischen Veteran bezeichnen. Auch Willie entsprach diesem Bild nicht.

Ich wünschte, Greg wäre hier, so daß wir darüber sprechen könnten; er hatte eine Begabung dafür, Wahrscheinliches von Unwahrscheinlichem zu trennen. Aber er würde erst am Nachmittag zurückkommen, und ich mußte in weniger als einer Stunde in Berkeley sein.

Ich brauchte mehr Informationen. Ich griff nach Gregs Telefon und rief bei Hank zu Hause an; der Anrufbeantworter schaltete sich ein. Das gleiche bei Willie. Ich rief die Auskunft an, um die Nummer seines Hauptgeschäftes in der Market Street zu erfahren. Willie war auch da nicht, aber ich spürte ihn schließlich in seinem Daly-City-Laden auf, wo er eine Besprechung mit dem Geschäftsführer hatte.

»Wann hast du Feierabend?«

»Du lieber Himmel, McCone, das weiß ich nicht. Ich habe heute einen vollen Terminplan und besuche alle meine Läden.«

»Sag mir, wann du wieder in der Market Street bist.«

»Fünf? Halb sechs?«

»Gut. Ich komme dann vorbei.« Ich hängte auf, bevor er antworten konnte, und rief Ted in der Kanzlei an. »Wie sieht Hanks Terminkalender heute aus?«

»Laß mich – verdammt, komm da runter!«

»Ted?«

»Ich meinte Alice. Sie ist gerade über die Tastatur marschiert, und jetzt spinnt der Computer. Geh weg, du Ungeheuer!« Man hörte einen Plumps und ein kleines verärgertes Maunzen. »Also was?« fragte er. »Hanks Terminkalender?«

»Wenn es dich nicht zu sehr bei der Ausübung deiner väterlichen Pflichten stört.«

»Sei nicht ironisch. Du hättest sie mir ja schließlich abnehmen können.«

»Der Terminkalender...?«

»Vormittags ist er bei Gericht. Kommt gegen zwei zurück. Sagte, daß er ein paar Sachen fertigmachen und dann zur Abwechslung einmal früh nach Hause gehen will.«

»In Ordnung, kannst du ihm bitte folgende Nachricht ausrichten und sagen, daß es dringend ist? Ich möchte ihn zwischen fünf und halb sechs in Willies Laden an der Market Street treffen. Beton bitte, daß es dringend ist.«

»Bei Willie, Market Street, halb fünf. Damit er rechtzeitig kommt; wie du weißt, kommt Hank immer zu spät. Ich werde es ihm ausrichten und zusehen, daß er kommt.«

Es gibt Zeiten, da möchte ich mich bei irgendeiner göttlichen Macht für Teds Gelassenheit und Tüchtigkeit bedanken. »Großartig«, sagte ich. »Noch etwas – ist Rae schon in ihrem Büro?«

»Ich glaube, ich habe sie vor etwa fünf Minuten reinstolpern hören. Bleib dran.«

Als Rae ihren Hörer abhob, klang sie nicht besonders fröhlich. »Ich habe die Sache mit Tom Grant gerade in der Zeitung gelesen«, sagte sie. »Warst du dabei?«

»Ich traf dort ein, kurz nachdem seine Sekretärin seine Leiche fand.«

»Sie haben dich nicht erwähnt.«

»Gut. Ich bin schon bekannt genug. Hör mal, ich erzähle dir später mehr davon. Hast du Zeit, heute morgen etwas für mich herauszufinden?«

»Wenn es nicht zu kompliziert ist. Mein Gehirn scheint noch nicht zu arbeiten. Also, schieß los.«

»Ich muß etwas über eine Firma in Fort Worth, Texas, erfahren, und zwar American Consolidated Services. Ich muß wissen, welche Dienstleistungen der Betrieb anbietet. Wenn du einen hilfsbereiten Mitarbeiter antriffst, dann fragst du ihn über Bob Smith aus. Smith hat von 1967 bis 1973 dort gearbeitet.«

»Welchen Grund soll ich für meine Fragen angeben?«

»Sag einfach, es handele sich um eine Mitarbeiterprüfung. Nein, das geht nicht – die Polizei war schon da, und man weiß vermutlich, daß er tot ist. Denk dir irgend etwas aus.«

»Aber sicher«, meinte sie etwas mürrisch.

Ich kritzelte eine Nachricht für Greg und sagte ihm, daß ich eine Spur gefunden hatte, die möglicherweise zu dem Heckenschützen führte, und daß ich mich später bei ihm melden würde. Dann machte ich mich auf den Weg in die Stadt, wo meine Alma mater zu Hause ist.

14

Ich kam nur noch selten nach Berkeley – nicht weil ich die Stadt nicht mochte, sondern weil meine alten Freunde schon vor langer Zeit weggezogen waren und ich keinen Grund mehr hatte, hierherzukommen. Als ich an diesem Morgen die University Avenue zum Campus hinauffuhr, überkamen mich nostalgische Gefühle. Diese dunkelhaarige Frau in Jeans, die vor mir über die Straße ging, hätte auch ich sein können, unwillig auf dem Weg zu meiner Soziologievorlesung um neun Uhr, in Gedanken damit beschäftigt, wie ich die nächste Stunde ohne eine dritte Tasse Kaffee überleben sollte. In dem Sandwichladen an der Ecke hatte ich mir mittags oft etwas zum Essen gekauft, und ich wollte wetten, daß das Brot dort immer noch hart und trocken war. Als ich über die Milvia-Kreuzung fuhr, fühlte ich ein leichtes Ziehen in der Brust; etwa zwei Häuserblocks weiter unten lag an einer kleinen Seitenstraße das Apartment, wo ich Glück, Enttäuschung und Leid meiner einzigen länger währenden Lebensgemeinschaft mit einem Mann erfahren hatte. Äußerlich und innerlich war ich heute eine andere, und doch auch wieder nicht.

Komisch, dachte ich, daß ein Teil von mir sich nicht älter

fühlte als zu der Zeit, als ich dort mein Diplom gemacht hatte. Inzwischen arbeitete ich in einem Beruf, an den ich damals nicht einmal im Traum gedacht hatte; ich hatte mit Menschen und Situationen zu tun, die mir als Studentin Gänsehaut verursacht hätten; ich war oft in Lebensgefahr; wurde, so gut es ging, mit Gewalt und Tod fertig; war sogar einmal gezwungen gewesen, einen Menschen zu töten. Ich war heute zynischer, schneller in meinem Urteil und zorniger. Aber tief in meinem Inneren waren noch Wehmut und Sehnsucht, wie ich sie mit dreiundzwanzig verspürt hatte.

Auch Berkeley hatte sich verändert. Die alten Wahrzeichen standen zwar immer noch, aber dazwischen gab es eine stattliche Zahl von modischen Geschäften und Restaurants. Die ruhige, etwas ausgeflippte Stadt meiner Erinnerung war schick geworden: Hier befand sich das Gourmet-Ghetto, der Vorposten der neuen kalifornischen Küche. Die Universität war zwar immer noch ein wichtiger Bestandteil, aber nicht mehr die einzige Attraktion in der Stadt. Auf den Straßen, wo man einst vorwiegend Studenten auf Rädern oder in verbeulten Fahrzeugen sah, traf man jetzt auch betuchte Führungskräfte in BMWs. Die Entwicklung war natürlich nicht nur aufwärts gegangen: als ich das Ende des Campus erreichte und nach links auf die Shattuck abbog, überraschte mich der Anblick eines riesigen McDonald-Restaurants. Offenbar war nicht jedermann in Berkeley ein Gourmet.

Luke Widdows hatte mir gesagt, daß sein Haus an der Walnut Street liege, einen Block von einem Einkaufszentrum mit dem Namen Walnut Square entfernt. Ich fand es – ein zweistöckiges Haus, das mit weißen Schindeln verschalt war, von einer breiten Veranda umgeben – und parkte nach seiner Anweisung in der Einfahrt. Das Büro war nach seinen Worten hinten im Kutschhaus. Ich folgte einem verwinkelten Pfad durch einen Gemüsegarten zu einem kleineren Gebäude; es sah schäbiger aus als das Haupthaus, das Dach fiel steil nach unten ab. Als ich an die Fliegentür klopfte, öffnete mir Widdows sofort.

Er war ein schlanker Mann mit lockigen braunen Haaren und einem Wuschelbart, in khakifarbenen Hosen und einem blauen T-Shirt. Er hatte eine offene Art, die mir gefiel, und er schien so erfreut, mich zu sehen, daß ich vermutete, daß ihn meine Ankunft von einer unangenehmen Arbeit abhielt. Er führte mich in einen Raum mit einem Schreibtisch, auf dem Papiere verstreut lagen, und zwei bequemen alten Lehnstühlen, bot mir Kaffee an und ging ihn holen.

»Das Schöne an diesem Büro ist«, rief er aus dem nächsten Zimmer, »daß eine kleine Küche dabei ist. Ich muß nicht ins Haupthaus hinüber, wenn ich nicht will. Das ist ein Segen, denn ich vermiete ein paar Zimmer an Studenten, die gerne laute Musik hören. – Milch oder Zucker in den Kaffee?«

»Einfach schwarz.«

»Ich auch.«

Widdows kam zurück und reichte mir eine große Tasse. Dann ließ er sich mir gegenüber in den Lehnstuhl fallen und betrachtete mich neugierig.

»Sie sind also Privatdetektivin«, sagte er. »Wie kommt man denn zu diesem Beruf?«

»Ich habe ein Soziologiediplom von Cal.«

Er lachte wissend. »Ich habe ein Diplom in Journalismus.«

»Das scheint mir doch ein bißchen praxisnäher.«

»Kaum. Den Journalistenberuf lernt man auch nur in der Praxis.«

»Nun, die haben Sie ja offensichtlich.«

»Ich habe alles auf die schwierige Art gelernt.« Er sprach ohne Bitterkeit oder Selbstmitleid; seine wie auch immer gearteten Prüfungen schienen ihn zu belustigen. Während er mit einem Bein über dem Stuhlarm in seinem Sessel lümmelte und seinen nackten Fuß schlenkern ließ, warf ich einen Blick auf seinen chaotischen Schreibtisch und den Computer – Zeugen der Arbeit, bei der ich ihn vermutlich unterbrochen hatte.

»Ich will Sie nicht von etwas Dringendem abhalten.«

»Das tun Sie aber – und ich bin hoch erfreut. Heute morgen ist es mir nicht gelungen, das Wortpuzzle in der Zeitung zu lösen, und deshalb weiß ich, daß heute so ein Tag ist, an dem ich keinen vernünftigen Satz schreiben werde. Sie wollten etwas über Perry Hilderly wissen?«

»Ja. Soviel ich weiß, hat er für Sie bei der *New Liberty* gearbeitet.«

»Sofern man das Arbeit nennen kann, was wir damals machten. Perry war Reporter. Er stellte Nachforschungen an, so könnte man das wohl nennen. Er konnte überhaupt nicht schreiben – ich mußte die meisten seiner Artikel umschreiben –, aber er war eine wichtige Figur in der Bewegung, kannte Leute, die normalerweise nicht mit Reportern gesprochen hätten.«

»Wie lange war er bei Ihrer Zeitschrift?«

»Er fing achtundsechzig an, nachdem er Berkeley verlassen hatte.«

»Lebte er da in San Francisco?«

»Irgendwo im Fillmore-Viertel, glaube ich. Viele Leute aus der Bewegung lebten damals dort – es war billig, und sie kamen mit den ›wirklichen Menschen‹, wie wir die Minderheiten gerne nannten, in Kontakt.«

»Und neunundsechzig ging er dann nach Vietnam?«

»Im Frühjahr. Er kam zu mir und sagte, daß er ausgebrannt sei, daß er von der Bewegung desillusioniert sei. Er wollte aus erster Hand erfahren, wie der Krieg wirklich war. Wir konnten ihn nicht bezahlen, aber wir kamen überein, daß wir ihm Presspapiere besorgen würden, wenn er die Reise selbst finanzierte. Und er machte sich auf den Weg.«

»Worüber hat er berichtet?«

»Er hatte noch keine Zeile abgeliefert, als das Magazin die Segel strich.« Einen Augenblick lang schaute Widdows traurig drein. »Das war meine Schuld. Die Einberufungsbehörde war hinter mir her – das war so etwa einen Monat, nachdem Perry abgereist war –, und ich entschied mich für den, wie ich dachte, leichteren Weg und haute ab nach Vancouver. Nach meinem Abgang fehlte der Zeitschrift die straffe Leitung.«

Nun betrachtete ich ihn neugierig. Eigenartigerweise war ich noch nie jemandem begegnet, der nach Kanada gegangen war, um der Einberufung zu entgehen. »Nach Ihrer Formulierung zu schließen, war ›der leichtere Weg‹ dann doch nicht so leicht?«

»Nein, eigentlich nicht. Fahnenflüchtige waren dort nicht besonders willkommen. Es gab einfach zu viele und nicht genug Arbeit. Uns war an dem Land nicht genug gelegen, als daß uns die Kanadier hätten akzeptieren können. Und viele von uns hatten Heimweh – *ich* litt besonders darunter. Ich kam im Rahmen eines Amnestieprogramms zurück, schrieb ein Buch über meine Erfahrungen, und mein Erfolg reichte für den Kauf dieses Hauses. Heute bin ich ziemlich unpolitisch; ich schreibe hauptsächlich Bücher und Artikel über Gartenbau. Haben Sie mein Gemüse gesehen?«

Ich nickte und dachte mir, daß Luke Widdows ebenso ein Opfer der Kriegswirren geworden war wie die, die in Asien gekämpft hatten.

»Wo haben Sie Perry kennengelernt?« fragte ich.

»Hier in Berkeley. Ich habe ihn für einige Artikel im *Daily Cal* interviewt.«

»Können Sie mir etwas über die Leute sagen, die ihm nahestanden?«

»Sie meinen die anderen Studentenführer?«

»Ich nenne Ihnen ein paar Namen, und Sie sagen mir, ob sie zu seinen Freunden gehörten. Thomas Y. Grant?«

»Wo habe ich – ist das nicht der Rechtsanwalt, der gestern abend in der Stadt ermordet wurde?«

»Ja.«

Widdows' Augen weiteten sich. »Bearbeiten Sie den Fall?«

»Da besteht eine gewisse Verbindung.«

»Ich verstehe.« Er schien von meiner Zurückhaltung fasziniert zu sein. »Nun, soweit ich mich erinnern kann, habe ich den Namen Grant zum ersten Mal gehört, als ich heute morgen die Zeitung aufschlug.«

»Wie steht es mit David Arlen Taylor – D. A. Taylor?«

»Ja, sicher. Er war ein enger Freund von Perry, vermutlich sein engster.«

»Und Libby Heikkinen?«

»Taylors Freundin.«

»Und Jenny Ruhl?«

»Ruhl. Ruhl. Ja, ich erinnere mich an sie. Zierliches Mädchen mit langen schwarzen Haaren.«

»Hatte sie vielleicht ein Liebesverhältnis mit Perry?«

»O nein, das glaube ich nicht. Perry mochte Frauen, aber er war ziemlich schüchtern. Er hätte mit jemandem wie Jenny nichts angefangen.«

»Warum nicht?«

»Wie soll ich das sagen, ohne – Jenny mochte Männer, und zwar viele. Um vierundsechzig, fünfundsechzig lebte sie eine Weile mit einem Typen zusammen, einem schmierigen Trittbrettfahrer. Einer von den Kerlen, die nur wegen *Sex and*

Drugs and Rock and Roll in Berkeley waren, wie sie zu sagen pflegten. Etwa zu der Zeit, als sie schwanger wurde, verschwand er von der Bildfläche. Sie bekam das Kind, und ich glaube, sie gab es zur Adoption frei. Danach hatte sie verschiedene Freunde, aber bei keinem blieb sie sehr lange.«

»Welche Verbindung gab es dann zwischen ihr und Hilderly?«

»Sie war eben eine aus der Gruppe, die ständig zusammenhockte und sich sehr engagierte bei den Protestaktionen.«

»Dieser... Typ, mit dem Ruhl zusammenlebte – wissen Sie, wie er hieß?«

»Ich glaube, ich habe den Namen nie gewußt.«

»Können Sie ihn beschreiben?«

»Nicht so recht – er sah aus wie so ein typischer Gammler. Sie erinnern sich vielleicht noch an den Typ – langer, ungepflegter Bart, ebenso das Haar, recht schmuddelige Erscheinung, etwas älter als die meisten Studenten.«

»Keine auffälligen Kennzeichen?«

»Nicht, daß ich mich erinnern könnte. Diese Leute waren alle irgendwie gleich, und die meisten von uns trauten ihnen nicht. Ihre Motive waren nicht rein, wissen Sie.« Widdows lachte belustigt; er schien sich über sich selbst zu amüsieren. »Wir hatten eine lange Liste von Leuten, denen wir nicht trauten. Jeder über dreißig, natürlich. Die Universitätsverwaltung und die meisten Fakultätsmitglieder. Politiker, wenn sie einer großen Partei angehörten. Industrie und Militärs, einschließlich dem verängstigten zweiten Leutnant in der Nationalgarde. Hinter jedem Baum lauerten Spione: die Bullen von Berkeley, die Rauschgiftfahnder, das FBI, die Campuspolizei und – als sich die ersten Bombenattentate ereigneten – das ATF, die Behörde für Alkohol, Tabak und Feuerwaffen.«

»Eine Brutstätte der Paranoia?«

»Richtig. Aber das lag nicht nur an den Drogen. Ich möchte noch etwas zu den Spitzeln sagen; nicht viele von ihnen hatten Erfolg, ganz gleich von welcher Behörde sie auch kamen. Zugeknöpfte Hemdkragen und Schuhe aus Saffianleder kamen bei den Studentenversammlungen einfach nicht gut an. Und wem es gelang, in die Subkultur einzudringen, wurde meist zum Überläufer – blieb an Drogen oder Frauen hängen. Ich habe gehört, daß sie vom FBI in regelmäßigen Abständen zu so einer Art Umerziehungsprogramm zurückgeholt wurden. Das war schon eine eigenartige Zeit.«

»Wissen Sie, was aus Perrys Freunden geworden ist?«

»Sie wurden entweder von der Uni geworfen, oder sie gingen freiwillig. Ich glaube, er erzählte mir, daß einige von ihnen in die Stadt gezogen seien und eine Kommune gegründet hätten. Gegen achtundsechzig, neunundsechzig verlagerten sich die politischen Aktivitäten zur Universität von San Francisco. Perry stand, soviel ich weiß, mit ihnen in Kontakt. Er meinte einmal, man könnte einen guten Artikel darüber schreiben, aber dann wurde doch nichts draus.«

»Was für einen Artikel?«

»Wer weiß? Perry arbeitete völlig unabhängig; ich wußte nie, was er mir vorlegen würde, bis ich es auf dem Schreibtisch hatte. Aber damals konnte man mit Kommunen schon die Straßen pflastern, und als er darüber nachdachte, stellte er fest, daß es für den Artikel wohl schon zu spät sei.«

Ich schwieg und dachte darüber nach, was Widdows mir erzählt hatte. Schließlich fragte er: »Habe ich Ihnen geholfen?«

»Ja, das haben Sie. Ich bin erst Jahre später nach Berkeley gekommen. Sie haben mir ein Gefühl für diese Zeit vermittelt. Und jetzt will ich Sie nicht länger von der Arbeit abhalten.«

»Ich bin mir nicht sicher, ob Sie mir damit einen Gefallen erweisen.«

Auf dem Weg zum Auto zeigte mir Widdows in seinem Gemüsegarten die preisgekrönte Tomate. Ich gestand ihm, daß ich bei Hauspflanzen keine sehr glückliche Hand hatte, und er meinte lächelnd, daß Gießen manchmal helfe. Nachdem ich eingestiegen war, lehnte er sich an den Türrahmen meines MGs und schaute durch das offene Fenster auf mich herab.

»Haben Sie Lust, mal mit mir auszugehen?« fragte er.

Ich zögerte und dachte, daß mir eigentlich Männer lieber waren, die ein bißchen mehr auf dem Boden der Tatsachen standen als er. Aber dann dachte ich, was soll's. »Ja, gerne.«

»Großartig. Ich ruf' Sie bald an, oder Sie rufen mich an. Wir könnten ins Theater oder ins Konzert gehen. Oder zum Picknick. Oder«, fügte er hinzu, »ich könnte Ihren Pflanzen einen Hausbesuch abstatten.«

15

Als ich Berkeley verließ, hatte ich keine Lust, ins Büro zurückzufahren; dort warteten nur Routinearbeiten auf mich, und mir stand der Sinn nach interessanteren Aufgaben. Also beschloß ich, über die Richmond Bridge nach Marin County zu fahren und Mia Taylor einen Besuch abzustatten.

Der Nebel lauerte immer noch auf dem Meer, der Wind fegte in Böen über die Landzunge von West Marin hinweg, und das gekräuselte Wasser in der Tomales-Bucht spiegelte den leuchtendblauen Himmel wider. Die Sonne ließ die Zypressen- und Eukalyptushaine grüner erscheinen, und die sonnenverbrannten Hügel leuchteten in warmen Brauntönen. Auf meiner Fahrt registrierte ich die Schönheit der Natur, aber ich konnte ihr nur geringe Aufmerksamkeit schenken. Meine Gedanken waren mit der Vergangenheit und ihren möglichen Auswirkungen auf die Gegenwart beschäftigt.

Als ich bei Taylors Austernbar eintraf, parkten ein paar fahrtüchtig aussehende Fahrzeuge mehr auf dem Parkplatz, aber im Restaurant waren wieder keine Gäste. Eine schlanke, in blaue Jeans gekleidete junge Frau mit hüftlangem schwarzen Haar schrubbte mit einem Lumpen einen der mit Wachstuch überzogenen Tische. Als sie hörte, wie die Tür hinter mir ins Schloß fiel, wandte sie sich mit wehendem Haar um. Ihr Gesicht war bronzefarben, sie hatte auffallende, schöne Gesichtszüge.

Ich fragte: »Sind Sie Mia Taylor?«

Sie nickte und musterte mich mit gerunzelter Stirn. Einen Augenblick lang überraschte mich ihr fragender Blick; dann wurde mir klar, daß sie vermutlich versuchte, mich irgendwo in ihrer großen Familie einzuordnen. Wie ich Libby Ross schon am Vortag erzählt hatte, habe ich zwar nur ein Achtel Schoschonenblut in meinen Adern, aber es verrät sich doch in meiner Haarfarbe und den hohen Backenknochen. Ich mache mir selten über meine indianische Herkunft oder das schottisch-irische Blut meiner genetischen Mischung Gedanken. Diese Einstellung ist typisch für das Schicksal der ethnischen Gruppen in den Vereinigten Staaten. Ich nehme an, dieses Verwischen von Unterschieden ist im Grunde ganz gut. Andererseits ist es aber auch schade, daß wir das Bewußtsein unserer Wurzeln, die Beziehung zu der Geschichte und den Traditionen, die uns prägten, verloren haben.

Um Mrs. Taylor weiteres Grübeln zu ersparen, sagte ich: »Ich bin Sharon McCone, Ermittlerin vom Anwaltsbüro All Souls. Ist Ihr Mann zu sprechen?«

»Nein«, sagte sie schnell. »D. A. ist krank.« Ihre Nasenflügel zitterten verächtlich. »Völlig hinüber, wenn Sie es genau wissen wollen.« Sie ging hinter die Theke und warf den Lumpen in den Ausguß. Ihr Körper war steif vor Anspannung; sie griff nach der Ecke des Tresens und bemühte sich, ihr seelisches Gleichgewicht wiederzufinden. Nach einem Moment war der Ton ihrer Stimme freundlicher. »Möchten Sie einen Kaffee ?«

»Das ist eine gute Idee. Gerne.«

Sie zuckte die Achseln und schenkte zwei Tassen aus der Kanne auf der Wärmeplatte ein. »Schwarz?«

»Ja, bitte.«

Sie trug den Kaffee zu dem Tisch, den sie geputzt hatte, und winkte mir, Platz zu nehmen. Mit ausdruckslosem Gesicht setzte sie sich mir gegenüber; sie hatte sich wieder in der Gewalt.

Ich fragte: »Hat D. A. viel getrunken?«

»Ja. Er ist seit ein paar Tagen furchtbar aufgeregt. Gestern hat er Jakes Laster genommen«, sie deutete durch die Fensterscheibe auf den uralten roten Kombi, den ich schon bei meinem ersten Besuch gesehen hatte, »und fuhr los, um Libby Ross zu besuchen. Als er zurückkam, hat er Bier getrunken. Es fängt immer mit Bier an. Jake nahm ihm die Autoschlüssel weg, aber irgendwann hat er sie wohl einmal nachmachen lassen, denn plötzlich war er wieder weg.«

»Wo?«

»Wie immer auf Sauftour. Als wir ihn schließlich fanden, war es nach ein Uhr morgens, und er war in Wiley's Taverne bei Two Rock. Stockbesoffen. Er war in eine Schlägerei verwickelt gewesen, hatte seine Jacke verloren und war kaum zu bändigen. Nur zu dritt konnten wir ihn heimzerren.«

»Macht er das oft?«

»Oft genug. Er soll nicht fahren. Hat seit Jahren schon keinen Führerschein mehr. Es hat mit dem Sheriff schon jede Menge

Ärger gegeben. Ich habe schreckliche Angst, daß ihn irgendeiner von den Stellvertretern des Sheriffs einmal erschießen wird, und das wäre dann das Ende von D. A.« Ihre Finger umklammerten die Kaffeetasse; ihre Nägel wurden ganz weiß.

»Kann man denn nichts für ihn tun?«

»Denken Sie an einen Psychiater oder ein Krankenhaus für Drogenabhängige?«

»Das wären doch Möglichkeiten.«

Sie lachte bitter. »Und wie soll ich das bezahlen? Schauen Sie sich doch um.« Sie deutete auf den Raum. »Sehen Sie irgendwelche Gäste? Wir haben nicht einmal mehr ein Telefon. Sie haben es letzten Monat abgestellt, weil wir die Rechnung nicht zahlen konnten.«

»Aber wenn D. A. seine Erbschaft bekommt...«

»Jake und Harley haben das Geld schon verplant, und ihre Pläne berücksichtigen D. A.s Wohlbefinden in keiner Weise.« Ihre Stimme war lauter geworden. Sie warf einen Blick über ihre Schulter in Richtung Tür und senkte sie wieder. »Außerdem ist D. A. sowieso nicht zu helfen. Irgendwas in diesem Mann ist zerbrochen. Das muß passiert sein, als er im Gefängnis war. Wußten Sie, daß er im Gefängnis war?«

Ich wußte es selbstverständlich nicht, aber ihre Enthüllung überraschte mich nicht. Gefängnisse tun den meisten Menschen Schreckliches an, und vor allem denen, die weder stark noch unsensibel sind. Taylor hatte selbst zugegeben, daß er kein starker Mensch sei; von meinen eigenen Beobachtungen wußte ich, daß er nicht oberflächlich und nicht abgebrüht war. Anstatt Mias Frage direkt zu beantworten, sagte ich: »Ich weiß nicht, aus welchem Grund man ihn ins Gefängnis steckte.«

»Ich auch nicht. Ich war damals noch nicht einmal auf der Welt. D. A. spricht nicht davon, oder zumindest sagt er nichts, was irgendwelchen Sinn ergibt. Jake und Harley *wollen* nicht davon sprechen. Ich weiß nur, daß es mit Vietnam zu tun hatte und damit, daß D. A. und seine Freunde gegen den Krieg waren. Die ganze Sache war dumm, wenn Sie mich fragen. D. A. hatte die Möglichkeit, aufs College zu gehen und im Leben etwas zu erreichen, und statt dessen hat er sein ganzes Leben ruiniert.« Sie hielt inne. »Was passiert ist, ist jetzt wohl gleichgültig. Nun ist nur noch wichtig, daß er mein Mann und der Vater meiner Kinder ist und ich mich um ihn kümmern muß.«

Ich schwieg einen Augenblick lang und dachte über die Leute auf dieser Welt nach, die immer jemanden finden, der sich um sie kümmert. Während einige von ihnen wirklich hilflos sind, sind andere wiederum äußerst geschickt, wenn es gilt, Freunden oder Angehörigen die Verantwortung für ihr Leben aufzubürden. Ich spürte, daß sich bei D. A. Taylor diese beiden Typen auf eigenartige Weise vermischten, und ich fragte mich, ob seine junge Frau sich dessen bewußt war. Es war jedoch nicht an mir, sie auf diesen Wesenszug ihres Mannes aufmerksam zu machen.

»Mrs. Taylor...«

»Mia. Ich mag dieses Mrs. nicht. Da fühle ich mich so alt.«

»Mia, hat D. A. Ihnen gegenüber je einen Mann namens Tom Grant erwähnt?«

»... Nicht, daß ich wüßte.«

»Und eine Jenny Ruhl?«

»Wer ist das?« Aus ihrer schnellen und reflexartigen Antwort klang Mißtrauen. Ich spürte, daß sie von Natur aus eifersüchtig war und daß ihr ihr Mann vielleicht auch Grund dazu gegeben hatte.

»Sie ist schon seit langem tot.«

»Oh. Nein, den Namen habe ich noch nie gehört.«

Ich griff in das mit einem Reißverschluß versehene Fach meiner Tasche und holte das Medaillon heraus, das ich zusammen mit dem Revolver in Hilderlys Beutel gefunden hatte. »Kommt Ihnen dies bekannt vor?«

Ihr Gesicht verriet Anspannung. »D. A. hat auch so etwas. Aber mit anderen Buchstaben.«

»Kann ich es sehen?«

»... Ich denke, das ginge schon.« Sie fröstelte und zog ihre Arme um die Brust. »Es ist unheimlich – soviel ich weiß, hat er es nie getragen, aber manchmal überrasche ich ihn dabei, wie er es aus der Schublade holt und es anschaut wie eine Art... ich weiß nicht, wie einen magischen Gegenstand vielleicht. Als ob es Macht über ihn habe. Ich glaube, es hat mit all dem etwas zu tun.«

»All dem?«

»Was früher passiert ist, Sie wissen schon.« Sie stand unvermittelt auf und ging zur Tür. »Ich hole es. Sie warten am besten hier.«

Während sie weg war, trat ich ans Fenster und spähte durch die salzverkrusteten Scheiben auf die Bucht hinaus. Hog Island war heute deutlich zu erkennen; seine felsigen Erhebungen ragten über die dichten Bäume hinaus. Ich dachte daran, welche Anziehungskraft diese Insel auf D. A. ausübte, wenn er Tag für Tag am Ende seines Docks saß; ich erinnerte mich wieder an seine Absicht, dorthin zu gehen, wenn alles zuviel für ihn würde, und meine unheimliche Gewißheit, daß er seinem Leben ein Ende setzen wollte. Ein Leben, das er vor langem einer Sache geopfert hatte, die seine junge Frau als dumm bezeichnete.

Ich war in diesem Punkt anderer Ansicht als Mia. Erstens war die Antikriegsbewegung nicht dumm gewesen; sie hatte Leben gerettet, unsere Truppen aus einem Land zurückgeholt, in dem wir nichts zu suchen hatten, und uns – zumindest eine Zeitlang – die Hoffnung auf eine Zukunft gegeben. Außerdem lag der Grund für D. A.s verpfuschtes Leben weniger in seinen Antikriegsaktivitäten als vielmehr in seiner eigenen Natur. Er wäre seinen Schwächen vielleicht ebenso zum Opfer gefallen, wenn er seine Ausbildung abgeschlossen und eine Professur angenommen hätte oder Teilhaber in einer bekannten Rechtsanwaltskanzlei oder Aufsichtsrat in einer großen Firma geworden wäre.

Für mich war D. A. Taylor eine pathetische und gleichzeitig eine heldenhafte Gestalt. Pathetisch wegen seiner Drogenabhängigkeit und seiner Unfähigkeit, die Vergangenheit loszulassen, aber gerade diese Vergangenheit machte ihn zum Helden. Zumindest hatte sich dieser Mensch einmal leidenschaftlich für etwas eingesetzt, das über eigensüchtige Interessen hinausging, hatte für seine Ideale gekämpft. Vielleicht wurde dieses Bild von meinen negativen Gefühlen angesichts der gegenwärtigen Entwicklungen in Amerika beeinflußt: mangelndes Mitgefühl, Angst, Risiken einzugehen, Unfähigkeit, an selbstlose Ideale zu glauben und an ihnen festzuhalten. Taylor war ein Mensch, der versucht hatte, etwas zu ändern, und dabei sein eigenes Leben aufs Spiel gesetzt hatte.

Nach einer Weile legte ein Motorschiff mit Harley am Steuer an dem baufälligen Dock hinter dem Restaurant an. Die räudigen Hunde, die in der Sonne geschlafen hatten – es schienen Dutzende zu sein –, sprangen auf und liefen los, um ihn zu begrüßen. In der Küche, die von der Bar abging, klapperte irgend etwas. Ein Motor – der des Kühlschranks? – surrte, knirschte und verstummte. Ich wandte mich vom Fenster ab und schaute auf das leere, trostlose Lokal.

Kein Geld der Welt, nicht einmal Hilderlys Vermächtnis an D. A., konnte diesen Ort vor dem Niedergang bewahren. Weder Reparaturen noch finanzielles Geschick – über das in der Familie vermutlich sowieso niemand verfügte – würden das Geschäft wieder in Gang bringen. Es fiel mir wieder ein, daß Mia gesagt hatte, Harley und Jake hätten D. A.s Erbschaft bereits verplant. Ich machte mir im Geiste eine Notiz, daß ich mit Hank sprechen und ihn drängen mußte, Mia davon zu überzeugen, das Geld in einen Fonds für D. A., sie und ihre Kinder zu legen.

Das Geräusch der Tür riß mich aus meinen Gedanken. Mia kam herein mit verzerrtem Gesicht und aufeinandergepreßten Lippen, so als ob sie gegen die Tränen anzukämpfen versuchte.

»Ist irgendwas los?« fragte ich.

»Es ist immer irgendwas los. D. A. ist aufgewacht und hat sich wieder aus dem Staub gemacht. Ich weiß nicht wohin – die Laster und Autos sind noch alle da. Und wissen Sie was? Vielleicht ist es mir egal. Vielleicht wäre es am besten für mich und meine Kinder, wenn er auf die Straße hinausstolpert und von einem Auto überfahren wird oder wenn er in die Bucht fällt, das Bewußtsein verliert und ertrinkt.«

Ihre Augen flackerten jetzt zornig. Sie schüttelte trotzig den Kopf.

Ich spürte, daß ihr der Zorn half, ihr Leben zu ertragen – dies und ihr Einsatz für ihre Familie ließen mich ihr verzeihen, daß sie D. A.s ehemaliges Engagement gegen den Vietnamkrieg nicht verstehen konnte. Ich sagte: »Sie wissen selbst, daß Sie das nicht ernst meinen.«

Sie zuckte die Achseln und setzte sich wieder an den Tisch.

»Sie haben recht«, sagte sie nach einem Moment. »Ich meine es nicht ernst. Aber ich bin so verdammt müde. Schauen Sie mich an: Für wie alt halten Sie mich?«

»Das kann ich nicht sagen. Ich kann das Alter von Menschen nicht schätzen.«

»Sie wollen nur nett sein. Ich bin zwanzig Jahre alt.« Sie lächelte bitter. »Zwanzig. Nicht einmal alt genug, um hier Alkohol ausschenken zu dürfen, obgleich ich es tue, wenn ein Gast welchen möchte. Ich war vierzehn, als D. A. mich schwängerte. Meine Mutter mußte unterschreiben, damit wir heiraten durften. Ich arbeitete nach der Schule auf einem Markt in Point Reyes, und er kam vorbei, um sich mit mir zu unterhalten. Ich war so jung und dumm, daß ich nicht merkte, wie kaputt er war. Und dann kam Davey, und mein Kind brauchte schließlich einen Vater, nicht wahr?«

»Ja, das ist wohl so.«

»Jake und Harley kamen vorbei, nachdem ich D. A. gesagt hatte, daß ich schwanger sei. Sie wollten mich zu einer Abtreibung überreden. Sie wollten sie bezahlen. Vielleicht war es dumm, ihr Angebot nicht anzunehmen. Glauben Sie, es war dumm von mir?«

»Glauben *Sie* es denn?«

»Ich weiß es nicht. Ich liebe meine Kinder. Sie gehören mir; wenigstens habe ich *etwas*. Ich habe keine Ahnung, ob mein Leben besser wäre, wenn ich sie nicht bekommen hätte. Aber manchmal frage ich mich, ob ich etwas aus meinem Leben hätte machen können, wenn ich eine Chance gehabt hätte.«

Das ist eine uralte Frage, auf die es keine Antwort gibt. »Haben Ihnen Jake und Harley gesagt, warum sie Ihnen dieses Angebot machten?«

»Ja, sicher. Sie erzählten mir unaufhörlich, wie verkorkst D. A. sei. Aber ich war so jung und dumm, daß ich ihnen nicht glauben wollte. Vierzehn Jahre alt, mein Gott. Ich glaubte, ich könne ihm helfen.« Sie lachte freudlos. »Können Sie sich das vorstellen? Ihm helfen! Ich kann mir nicht einmal selbst helfen.«

»Mia, das Geld wird alles leichter machen.«

»Nicht, wenn es nach Jake und Harley geht.«

»Hank Zahn kann da schon etwas machen – das verspreche ich Ihnen.«

Ein paar Sekunden lang schaute sie mir fest in die Augen. Ich glaubte, einen Hoffnungsschimmer zu entdecken, aber dann zuckte sie die Achseln, als ob sie sagen wollte, daß man ihr nichts mehr vormachen könne.

»Jedenfalls«, sagte sie nach einem Augenblick, »habe ich hier die Kette, die Sie wollten.« Sie schob eine Handvoll graues Metall über den Tisch.

Ich hob die Kette auf, die von der gleichen Art war wie die, die ich bei Hilderly gefunden hatte, und ließ die Buchstaben baumeln. Da waren ein A und ein M; das A hatte die gleiche runde Einfassung wie das an der anderen Kette; am M befand sich hinten eine klippartige Ausstülpung. Ich nahm die andere Kette aus meiner Tasche und legte sie nebeneinander auf den Tisch. Allmählich konnte ich mir das Ganze vorstellen. Es war wohl ein fünf Zentimeter breites und sieben Zentimeter hohes Oval gewesen. Ich fragte mich, in wie viele Teile es wohl zerbrochen worden war.

»Darf ich sie ausleihen?« fragte ich und deutete auf die Kette, die ihrem Mann gehörte.

Sie zögerte, dann zuckte sie die Achseln. »Wenn Sie sie bald zurückbringen. D. A. wird eine Weile weggetreten sein und nicht merken, daß sie verschwunden ist.«

»Danke.« Ich steckte beide Ketten in meine Tasche.

»Wissen Sie, was das ist?« fragte Mia.

»Ich glaube ja.«

»Hat die Kette vielleicht irgend etwas mit dem Teufel zu tun?«

»Nein, sicher nicht.«

»Aber warum hat sie dann so eine... Macht über D. A.? Was bedeutet sie?«

»Heutzutage nicht mehr viel. Aber sie ist nichts Schlechtes. Machen Sie sich keine Sorgen. Sie ist...« Ich zögerte und suchte nach den richtigen Worten. »Sie ist nur ein Symbol für etwas, das lange vorbei ist.«

16

Als ich mit dem MG neben dem Zaun bei den Moon Ridge-Ställen hielt, kam Libby Ross gerade aus dem Schuppen heraus, wieder in ausgewaschenen Jeans und einer Daunenjacke, und in der Hand trug sie einen Plastikeimer mit Bürsten und Striegeln. Sie sah das Auto und beschattete ihre Augen mit dem Arm, um im Gegenlicht etwas erkennen zu können.

Ich stieg aus und rief ihr einen Gruß zu. Sie winkte und ging zu dem Balken hinüber, wo einer der Schecken stand. Als ich auf sie zuging, holte sie einen Plastikstriegel aus dem Eimer und begann das Pferd mit kreisförmigen Bewegungen zu striegeln.

»Ich habe nicht erwartet, Sie nochmals hier zu sehen«, sagte sie über die Schulter. »Ich habe mit Ihrem Chef gesprochen; er sagte, daß mit meiner Erbschaft alles in Ordnung sei.«

»Ja, das stimmt. Ich schaue nur vorbei, um zu sehen, ob es Ihnen gutgeht.«

Sie sah mich prüfend an; die Fältchen um ihre Augen vertieften sich. »Warum sollte es mir nicht gutgehen?«

Es fiel mir wieder ein, daß Libby Ross weder einen Fernseher besaß noch eine Zeitung abonnierte.

»Dann haben Sie es also noch nicht gehört?«

»Was gehört?«

»Einer der anderen Begünstigten in Hilderlys Testament, Tom Grant, wurde gestern abend ermordet.«

Sie drehte sich langsam um. »Ermordet? Von wem?«

»Ich weiß es nicht. Der Mörder konnte ungesehen entkommen.«

»Gestern abend, sagen Sie?«

»Ja.«

»Wie?«

»Er wurde in seinem Studio hinter dem Haus erschlagen.«

Sie schüttelte den Kopf. »Und... glauben Sie, das hat etwas damit zu tun, daß er in Perrys Testament genannt wurde?«

»Vielleicht, vielleicht auch nicht.«

Ihr Gesicht nahm einen eigenartigen Ausdruck an – eine Mischung aus Angst und Verstehen. Einen Augenblick lang schien sie in Gedanken zu versinken. »Sie glauben also, daß wir anderen vielleicht auch in Gefahr sind.«

»Das ist gut möglich.«

Libby Ross schaute um sich – auf den mit Zypressen bewachsenen Hügel, die Koppel und das kahle Land zwischen den Ranchgebäuden und Abbotts Lagune. Ich wußte, was sie dachte: Hier wäre sie eine leichte Beute für einen Mörder.

»Sind Sie hier allein?« fragte ich.

»Der Junge, der die Boxen reinigt, ist im Moment da.« Sie deutete auf die Scheune. »Aber meistens bin ich allein. Mein Stiefsohn Dick kommt und geht, aber selbst wenn er mal da ist, kann man nicht auf ihn zählen.«

»Könnten Sie eine Weile bei jemandem wohnen? Bei Freunden oder Verwandten?«

»Nein.« Sie schaute noch einen Moment auf die Lagune, dann zuckte sie die Achseln und fuhr fort, den Schecken zu striegeln. »Machen Sie sich um mich keine Sorgen«, sagte sie. »Ich habe ein Gewehr und ein paar 22er im Haus. Wenn es darauf ankommt, bin ich eine verdammt gute Schützin.«

Ich lehnte mich an den Balken und beobachtete sie, wie sie das Pferd bürstete. Der Wind blies ihr die dunkelblonden Lokken übers Gesicht, so daß ich ihren Ausdruck nicht erkennen konnte. »Ich habe gerade mit Mia gesprochen. Sie hat mir erzählt, daß D. A. im Gefängnis war.«

Ihre Hand verlangsamte die Kreisbewegung, dann nahm sie den Rhythmus wieder auf. »So? Das ist nicht gerade ein Geheimnis.«

»Was hat er getan?«

Einen Augenblick lang dachte ich, sie würde nicht antworten. Dann sagte sie: »Ein Bombenattentat auf das Waffenlager der Marine in Antioch, Port Chicago.«

»Wann?«

»Im August neunundsechzig.«

»Wer war bei Port Chicago noch dabei?«

»Warum fragen Sie?«

»Ein Bombenattentat auf eine Militäreinrichtung des Bundes macht man schließlich nicht alleine.«

»Die Gruppe...«

»Welche Gruppe?«

Schweigen.

»Welche Gruppe, Libby?«

Sie warf den Striegel abrupt in den Eimer zurück und wandte sich ab, als ob sie zur Scheune gehen wollte.

Ich trat vor sie hin, griff nach den zwei Medaillons in meiner Tasche und hielt sie in Augenhöhe. »Erinnern Sie sich noch an die hier?«

Ihre blauen Augen weiteten sich. Dann schaute sie weg und versuchte, um mich herumzugehen. »Sie reden heute ziemlichen Unsinn. Zuerst erzählen Sie mir, daß man mich vielleicht ermorden will. Dann halten Sie mir irgendeinen billigen Schmuck vor die Nase...«

»Hören Sie auf mit dem Unfug, Libby. Ein Mann ist getötet worden.«

Sie schwieg und biß sich auf die Unterlippe, die trocken und rissig war; als ihre Zähne sie losließen, trat Blut aus einem feinen Spalt.

Ich hielt die Medaillons weiter in die Höhe. Das graue Metall glänzte matt in der Sonne. Ross weigerte sich stur, einen Blick darauf zu werfen.

»Wie hat das Ganze ausgesehen, Libby?« fragte ich.

Keine Antwort.

Ich schaute mich um, entdeckte einen Stock auf dem Boden und hob ihn auf. Dann hockte ich mich vor ihr hin und zeichnete mit dem scharfen Ende des Stockes auf dem Boden. »Es war ein Oval. Etwa so. Auf dieser Seite waren die Buchstaben A und M. Auf dieser Seite K und A.«

Ich schaute zu ihr hoch. Ihr Blick ruhte auf dem Stock, und sie beobachtete seine Bewegungen genau.

»Ich nehme an, es gab noch andere Buchstaben dazwischen«, fuhr ich fort. »Vermutlich – E, R und I. Habe ich recht, Libby?«

Sie machte eine Handbewegung, als wolle sie die Buchstaben, die ich gerade gezeichnet hatte, wegwischen.

Als sie schwieg, sagte ich: »Amerika. So wie die Leute aus der Protestbewegung es schrieben – nach dem Kafka-Roman –, die die Vereinigten Staaten als imperialistisches, faschistisches, rassistisches und militaristisches Land anprangerten.«

Ross sank zu Boden und starrte auf die Zeichnung. Dann nahm sie den Stock und fügte ein Friedenssymbol hinzu, bei dem sich die Äste eines umgekehrten Ys im R von »Amerika« trafen.

»Ich habe schon seit Jahren nicht mehr an diese Medaillons gedacht. Ich weiß nicht einmal, was aus meinem geworden ist. Unser Talisman.« Sie lachte bitter. »Aus heutiger Sicht betrachtet, erscheint es wie ein albernes Kinderspiel – so wie Kinder sich in den Finger schneiden, um Blutsbrüderschaft zu schließen. Aber damals war es uns sehr wichtig: Jeder von uns hatte einen Teil dieses Dings, es war ein Symbol für das, woran wir glaubten und was uns für immer verbinden sollte.«

»Es hat Sie in gewisser Weise für immer miteinander verbunden.«

»Ja. Ja, vielleicht haben Sie recht.« Sie seufzte, nahm mir die Anhänger dann aus der Hand und betrachtete sie, wie sie so auf ihrer Handfläche lagen.

»Woher haben Sie die beiden?«

»Ein Medaillon haben wir in Hilderlys Wohnung gefunden. Das andere hat mir Mia Taylor gegeben.«

»Also hat D. A. seines tatsächlich aufgehoben.«

»Mia sagt, daß er es manchmal herausnimmt und betrachtet. Sie glaubt, es habe Macht über ihn, sie hält es für eine Art bösen Zauber.«

Ich erwartete, daß Ross darüber lachen würde, aber sie sagte nur: »Vielleicht hat sie sogar recht.«

»Ich nehme an, diesen... Talisman, wie Sie es nennen, teilten Sie mit den anderen Leuten, die mit dem Bombenattentat von Port Chicago zu tun hatten.«

»Sie glauben, über uns Bescheid zu wissen. Aber nicht alle aus der Gruppe waren an der Sache in Port Chicago beteiligt.«

»Was war das für eine Gruppe?«

Sie setzte sich nun und schlang die Arme um die Knie. »Wir waren ein politisches Kollektiv mit lockeren Verbindungen zur Weatherman-Gruppe. Das Weather-Büro – die Führung der Organisation – war zwar für die politischen Strategien zuständig, aber es gab ständig ideologische Kämpfe, und die ganze Organisation war nur locker strukturiert.«

»Wann war das?«

»Achtundsechzig, neunundsechzig. Es sah schlecht aus: Die Bewegung verlor an Durchsetzungskraft, und die Bullen waren hinter uns her. Viele Leute stiegen aus und planten direkte Gewaltaktionen. Auf dem Campus hatte sich die Szene von Berkeley zur S.F. State University verlagert. Also zogen einige von uns in die Stadt.«

»Und?«

»Wie gesagt, die Weatherman-Gruppe war nur locker strukturiert. Wir kümmerten uns selbst um unsere Angelegenheiten.«

»Und welche?«

Sie zuckte die Achseln. »Wir debattierten über Ideologie, politische Erziehung. Trainierten unsere Fertigkeiten für den Kampf.«

»Fertigkeiten?«

»...Na ja, Selbstverteidigung, Propaganda, Schießen, Waffenkunde.«

»Bombenbasteln?«

Sie nickte. »Aber vor allem redeten wir – wir führten endlose intensive Gespräche. Wir waren durch und durch politisiert – und romantisch. Wir hielten es für so verdammt romantisch, in einer schmuddeligen Wohnung in Fillmore zu leben und alles zu teilen – Kleider, Essen, Geld, Drogen, Sexualpartner. Wenn ich daran denke, wie naiv wir waren! Wir wollten die Welt verändern und verstanden davon doch nicht mehr als... als der alte Chaucer dort drüben.« Sie deutete auf einen Schecken.

»Die einzelnen Weather-Kollektive waren eher klein, oder?«

»Ja, das war notwendig, um Vertrauen zwischen den Mitgliedern aufzubauen und Infiltration zu verhindern.«

»Wie groß war Ihre Gruppe?«

»...Die Leute kamen und gingen, aber wir waren nie mehr als sechs oder sieben gleichzeitig.«

»Sie und D. A. und Jenny Ruhl?«

Sie nickte.

»Was war mit Perry?«

»Er – gehörte dazu. Er arbeitete für eine Zeitschrift und sollte durch seine Artikel für uns werben. Bei dem Bombenattentat war er *nicht* dabei. Er ging als Reporter nach Vietnam, als die Sache noch in der Planung war.«

Hilderly hatte seinen Kameraden offensichtlich verschwiegen, daß er die Bewegung satt hatte und deshalb bereit war, auf eigene Kosten nach Südostasien zu reisen. Er hatte ihnen offenbar auch verschwiegen, daß er einen Artikel über die Kollektive schreiben wollte. »Wer sonst noch?«

»Niemand.«

»Sie sagten doch, bis zu sieben.«

»Die Leute kamen und gingen.«

»Wer war außer D. A. noch in Port Chicago dabei?«

Sie stand auf und bürstete sich den Schmutz vom Hinterteil ihrer Jeans.

»Sie, Libby? Jenny Ruhl?«

Sie drehte sich um und ging zum Schuppen. Ich folgte ihr.

»Was war mit Tom Grant?«

An der Tür drehte sie sich zu mir um. »Wie oft muß ich Ihnen noch sagen, daß ich Tom Grant nicht kenne?«

Etwas in ihrer Stimme – ein fast erleichterter Unterton – ließ mich innehalten. Ich beobachtete sie, wie sie den Raum betrat, die Medaillons, die sie immer noch in der Hand hielt, auf den Schreibtisch legte und nach Zaumzeug und Sattel griff. Als sie an mir vorbei nach draußen ging, fragte ich: »Was ist mit ›right man‹?«

Auf halbem Weg zu dem Pferd blieb sie stehen. »Sprechen Sie von Andy?«

Ich ließ mir meine Überraschung nicht anmerken. »War er auch in Port Chicago dabei?«

»Sie spaßen wohl?« Sie ging weiter in Richtung Balken, legte den Sattel ab und begann, den Schecken aufzuzäumen.

»Warum war er nicht dabei?«

»Weil Andy Wrightman zu dem Zeitpunkt schon lange verschwunden war. Es war... als ob es ihn nie gegeben hätte.« Ihre Finger fummelten ungeschickt an dem Zaumzeug herum, ihre Hände zitterten leicht; sie hatte Schwierigkeiten, die Zunge des Gurtes durch das Loch zu ziehen.

»Er war Jenny Ruhls Liebhaber in Berkeley, oder?«

»Einer von ihren Liebhabern.«

»War er Jessicas Vater?«

»Das weiß der Himmel. Eine Zeitlang trieb es Jenny mit vielen Männern. Aber wahrscheinlich war er es. Vom Zeitpunkt her kommt es hin.«

»Verschwand Andy Wrightman, als Jenny schwanger wurde?«

»Ja.«

»Was wissen Sie von ihm?«

Ross wuchtete den Sattel auf den Schecken, paßte ihn an und bückte sich, um den Gurt festzuziehen. Ihre Stimme klang gedämpft, als sie sagte: »Praktisch nichts. Er war ein... Niemand.«

»Haben Sie eine Ahnung, wo er herkam?«

»Nein.«

»Ich vermute, er kam aus dem Südwesten und ist neunundsechzig noch mal zu Jenny zurückgekehrt – zumindest für eine Weile.«

Ross richtete sich auf, ihr Gesicht war rot, ob vor Anstrengung oder Wut, konnte ich nicht sagen. »Um Gottes willen, wie kommen Sie darauf?«

»Jennys Tochter hat mir erzählt, daß ihr Vater sie zusammen mit ihrer Mutter einmal besuchte, als sie vier Jahre alt war. Das muß neunundsechzig gewesen sein. Und der Mann trug eine Krawatte aus Lederschnüren, wie viele Leute aus dem Südwesten.«

Ross schien das lustig zu finden. Sie kicherte und sagte: »Alle möglichen Leute tragen solche Krawatten – und Touristen kaufen sie im Urlaub. Über Jennys Tochter weiß ich nur, daß es sie gibt.«

»Und über Andy Wrightman wissen Sie nichts?«

»Ich sagte Ihnen doch schon, er spielte keine Rolle.«

»Das ist komisch: Als ich D. A. vor ein paar Tagen besuchte, beschrieb ich ihm Tom Grant, so wie ich ihn Ihnen beschrieben habe. Wissen Sie, was er sagte?«

»Wenn es um D. A. geht, weiß ich überhaupt nichts.«

»Er wurde sehr aufgeregt und sagte: ›Wrightman!‹«

Ross biß sich schon wieder auf die Lippe, und dann warf sie mir einen langen, berechnenden Blick zu. »Ich muß jetzt zu dem Nachbarn hinüberreiten, der sein Vieh auf meinem Land weiden läßt. Wenn ich zurückkomme, will ich Sie hier nicht mehr sehen. Und kommen Sie ja nicht wieder.«

»Ich muß fragen...«

»Nein. Keine weiteren Fragen. Ich habe Ihnen schon einmal gesagt, das ist eine alte und traurige Geschichte, und ich will nicht darüber sprechen. Ich habe schon viel zuviel gesagt.«

»D. A. hat Sie gestern nachmittag besucht. Warum?«

Ihre Augen verengten sich, während sie den Schecken bestieg. »Ich nehme an, Mia hat Ihnen das erzählt?«

»Ja.«

»Das ist typisch. Mia ist jung und unsicher. Sie versteht nicht, was zwischen D. A. und mir ist... war. Also legt sie sich die einfachste Erklärung zurecht und ist eifersüchtig. Jedesmal, wenn D. A. irgendwo hingeht, glaubt sie, er käme hierher. Aber das stimmt nicht. Ich habe ihn schon lange nicht mehr gesehen, und ich erwarte ihn auch nicht in absehbarer Zeit.«

Sie drehte abrupt ab und ließ das Pferd traben. Ich sah zu, wie sie den Pfad unter den Bäumen einschlug; sie ritt nicht in Richtung des Nachbarn, der sein Vieh auf ihrem Land weiden ließ, davon, sondern in Richtung Abbotts Lagune und Meer.

Als sie ein gutes Stück entfernt war, ging ich zum Stall hinüber. Drinnen hörte ich geschäftige Geräusche – der Junge, den sie erwähnt hatte, mistete die Boxen aus. Ross hatte den Schuppen nicht abgeschlossen; ich ging hinein und nahm die Medaillons, die sie auf den Tisch gelegt hatte, wieder an mich. Dann schaute ich mich um.

Auf dem Tisch lag eine Schreibtischunterlage in Kalenderform, in die Termine für Reitausflüge und Reservierungen eingetragen waren. Es gab ein Telefon und einen beachtlichen Stapel Zeitschriften mit Titeln wie *Pferd und Reiter*. In der Mittelschublade vom Schreibtisch herrschte das übliche Durcheinander: Kugelschreiber, Bleistifte und Heftklammern; in der untersten Seitenschublade lagen Ordner, im Fach darüber Blankoschecks, Umschläge, ein Buchhaltungsheft, eine Schachtel mit Visitenkarten. In einem separaten Fach im hintersten Winkel fand ich ein gerahmtes Bild; es lag mit der Vorderseite nach unten.

Es war eine Farbfotografie von Libby Ross, Hilderly, D. A. Taylor und einer Frau, die ich auf den ersten Blick für Jess Goodhue hielt. Sie standen auf den breiten Steinstufen eines Gebäudes, anscheinend die Sproul Hall in Berkeley. Ross, Hilderly und die andere Frau saßen, während D. A. hinter ihnen stand, die Hand zur Faust geballt. Ross sah nicht viel anders aus als jetzt; Hilderly erkannte ich wieder nach den alten Fotos, die ich in seinen Alben gesehen hatte. Aber Taylor schien ein völlig anderer Mensch zu sein – aggressiv und stolz blickte er mit feurigen Augen in die Kamera. Als ich ihn so, in seiner ganzen Intensität, die das Foto sicherlich nur unzureichend wiedergab, sah, begriff ich, wie in dem bitteren Nachgeschmack von Niederlagen und Gefängnis sein inneres Feuer hatte außer Kontrolle geraten und verlodern können.

Die andere Frau hatte eine solche verblüffende Ähnlichkeit mit Jess Goodhue, daß es nur Jenny Ruhl sein konnte. Sie hatte die gleichen elfenbeinzarten Gesichtszüge, und ihr langes glattes Haar hatte den gleichen dunklen Glanz. Im Vergleich zu den schlaksigen Gestalten von Libby Ross und Hilderly wirkte sie ebenso klein und kompakt wie ihre Tochter. Aber obgleich sie offen in die Kamera lächelte, blickte sie nicht so entschieden wie Jess Goodhue. Während man bei den Bildern ihrer Tochter den Eindruck hatte, daß sie einem direkt in die Augen schaute, wirkte Jenny Ruhl nur frech und trotzig. Ich vermutete, daß das an ihrer unterschiedlichen Erziehung lag: Jenny Ruhl kam aus einer wohlhabenden Familie, und ihr war wohl alles in den Schoß gefallen; Jess Goodhue hatte sich mit Hilfe ihrer angeborenen Stärke durchkämpfen müssen.

Ich fragte mich, wer wohl hinter der Kamera gestanden hatte, warum Ross es gerahmt und all die Jahre aufgehoben hatte. Und ich dachte darüber nach, wie unterschiedlich diese vier Menschen auf die Umwälzungen in den späten sechziger Jahren reagiert hatten.

Luke Widdows zufolge war Hilderly, während die anderen noch für ihre Sache kämpften, so desillusioniert gewesen, daß er um die halbe Welt reiste, auf der Suche nach der Wahrheit – und sich dann für den Rest seines Lebens in ein gefühlsmäßiges Vakuum verkroch. Ross' Schweigen über Port Chicago ließ mich vermuten, daß sie an dem Bombenattentat beteiligt gewesen war und selbst einige Zeit im Gefängnis gesessen hatte. Aber danach hatte sie sich ein neues Leben aufgebaut, auch wenn es nur »so eine Art Leben« war. Taylor hatte das Gefängnis als gebrochener Mann verlassen, als ein Mensch, der nicht mehr lebensfähig war. Und Ruhl? Jenny Ruhl hatte sich erschossen.

Welch grundlegender Fehler hatte die Zusammenbrüche von Ruhl und Taylor verursacht? Warum hatten Ross und Hilderly, wie angeschlagen auch immer, überleben können? Taylor hatte gesagt, daß er kein starker Mensch gewesen sei, aber ich vermutete, der grundlegende Unterschied lag weniger in der Stärke als in der Flexibilität. Die Eukalyptusbäume, die auf dieser Landzunge als Windbrecher dienten, sahen stark aus, aber ein heftiger Sturm konnte sie leicht zerfetzen oder entwurzeln. Die zart wirkenden Zypressen dagegen bogen sich bis zum Boden und lebten weiter – wenn auch gebeugt und verkrüppelt.

Schließlich legte ich das Foto in die Schublade zurück und verließ den Schuppen. Die Luft war kühl geworden; hoch am Himmel trieben Wolkenfetzen vom Meer herein. Ich schaute zur Küste, meine Augen folgten dem Weg, den Ross genommen hatte. Und dann sah ich sie beide am Rand der Lagune.

Ross saß auf dem Schecken, und ein Mann im Drillich mit langen schwarzen Haaren – es konnte nur D. A. Taylor sein – stand neben ihr. Ross beugte sich zu ihm hinunter; Taylor hatte eine Hand auf ihre Schulter gelegt. Sie sprachen miteinander; ihre Gesichter waren sich sehr nah. Dann hob Taylor die andere Hand und zog ihren Kopf noch näher zu sich. Trotz der Entfernung sah ich, daß Ross nicht auszuweichen versuchte, als sich ihre Lippen trafen.

17

In einem Laden in Inverness kaufte ich mir ein Sandwich und eine Flasche Calistoga-Wasser. Dann fuhr ich die Straße hinunter und parkte in dem Salzsumpfnaturschutzgebiet, um ein spätes Mittagessen einzunehmen und nachzudenken. Die Kraniche waren wieder da – ein halbes Dutzend diesmal –, und der Anblick der friedlich im Schilf stehenden Vögel dämpfte meinen Zorn über Ross' Lügen und beruhigte mein erhitztes Gemüt.

Eigentlich war ich weniger auf Ross zornig als auf mich selbst. In meinem Beruf lügen die Leute mich oft an – manchmal einfach nur, weil sie glauben, eine Privatdetektivin müßte man belügen. Ich hätte mehr auf der Hut sein, Ross genauer nach ihrem, wie es schien, immer noch bestehenden Verhältnis mit D. A. Taylor befragen sollen. Aber das Gespräch war dennoch nützlich gewesen: Ich hatte immerhin von dem Bombenattentat in Port Chicago erfahren – ein Anschlag, über den damals bestimmt in den örtlichen Zeitungen berichtet worden war. Und ich wußte auch ein wenig mehr über einen Mann namens Andy Wrightman.

Als ich um vier Uhr dreißig beim Sender KSTS-TV eintraf, sah ich Goodhue in einem kleinen gelben Datsun auf den Parkplatz fahren. Ich hupte, folgte ihr und parkte direkt hinter ihrem Wagen. Sie stieg aus und winkte mir zu.

»Ich weiß, was Sie wollen«, rief sie, »aber ich habe die Information noch nicht. Ich bin gestern lange unterwegs gewesen, heute habe ich schon sehr früh mit den Organisatoren eines Wohlfahrtsprojekts, das wir mit sponsern, gefrühstückt, und dann mußte ich mittags eine Rede über Frauen in den Medien halten. Ich bin schon viel zu spät dran und völlig erledigt. Ich hoffe nur, daß ich bis zur Pause zwischen meinen beiden Sendungen durchhalten werde.«

Sie sah wirklich müde aus – nicht völlig erschöpft, aber ihre Augen waren gerötet und ihre Wangen hohl. Als ich ihr Stakkatogeschnatter hörte, fragte ich mich, ob sie wohl Aufputschmittel nahm. »Jess, ich würde Sie nicht belästigen, wenn es nicht wichtig wäre«, sagte ich.

Ihre Lippen wurden schmal, erinnerten mich an die Gereiztheit, die sie am Montag nachmittag ihren Mitarbeitern gegenüber an den Tag gelegt hatte. »Wir haben alle unsere Prioritäten«, sagte sie, »und meine ist, den Tag über die Runden zu bringen, ohne die Nachrichtensendungen zu vermasseln.«

»Ich dachte, Sie wollten etwas über Ihren Vater erfahren und herausfinden, warum Perry Hilderly Sie in seinem Testament bedacht hat.«

Sie zuckte die Achseln und ging auf die Hintertür des Studios zu. »Ehrlich gesagt, habe ich festgestellt, daß das alles nicht so wichtig ist. Ich hatte recht, als ich den Bericht des Privatdetektivs verbrannte; die Vergangenheit ist tot, und ich muß mich um meine Zukunft kümmern.«

»Heißt das, daß Sie den Namen des Detektivs nicht suchen werden?«

»Du lieber Himmel!« Sie wandte sich zu mir um, ihr Ärger

war nun deutlich spürbar. »Ich habe Ihnen schon gesagt, daß ich den Namen suchen werde, wenn ich Zeit habe. Ich habe aber heute keine Zeit. Außerdem war der Bericht vermutlich sowieso nutzlos; es war irgendein fetter Italiener mit einem schmierigen Zweimannbüro am Rand von Tenderloin. Soweit ich das beurteilen kann, war er sowieso unfähig.«

Ohne es zu merken, hatte sie mir einen Hinweis gegeben. Abgesehen von dem Adjektiv »unfähig«, erinnerte mich der Mann, den sie beschrieb, stark an einen Kollegen und Freund, den ich den Wolf nenne. Aber es war merkwürdig, daß eine Nachrichtensprecherin seinen Namen vergaß; ich hatte ihm vor langer Zeit diesen Spitznamen gegeben, weil er in einem Pressebericht als »letzter der einsamen Wölfe unter den Detektiven« bezeichnet worden war; er hatte erst vor kurzem wieder im Blickpunkt des öffentlichen Interesses gestanden.

Aus diesem Grund – und weil ich an diesem Nachmittag schon einmal von einer Erbin belogen worden war – versteckte ich meine Befriedigung und sagte nur: »Ich rufe Sie an.«

Willie Whelans Hauptgeschäft lag auf der Südseite der Market Street zwischen der Seventh und Eighth Street, in einer recht zweifelhaften Gegend, die von dem, was die Stadtplaner gerne »die Renaissance der Market Street« nennen, nur sehr wenig profitiert hat. Die wirkliche Wiedergeburt findet weiter im Stadtzentrum statt, wo Hochhäuser wie Pilze aus dem Boden schießen und Einkaufslustige sich nun vorsichtig in das ehemalige Minenfeld im Krieg zwischen den Besitzenden und den Habenichtsen wagen. Der Häuserblock, in dem sich Willies Juwelierladen befand, hatte sich kaum verändert: Obdachlose schoben Einkaufswagen mit ihrem ganzen Hab und Gut durch die Gegend; Penner lagen auf den Bänken, die Teil der Verschönerungsbemühungen waren; Händler verscherbelten ihre Billigwaren am Bürgersteig; vor den meisten Eingängen standen private Wachposten.

Als ich den Laden wenige Minuten nach fünf betrat, war Willie schon da und pries einem jungen asiatischen Paar die Vorzüge eines Ringes mit dem kleinsten Diamanten der Welt an. Er deutete auf den Ring und gestikulierte dann heftig; das Pärchen schaute sich an und nickte zweifelnd. Dann beschwatzte er sie weiter, sie nickten wieder – und dieses Mal ein bißchen überzeugter. Als sie beide entschlossen nickten, lächelte er ihnen hocherfreut zu, beglückwünschte sie zu ihrem Entschluß und zog unter der Ladentheke einen Kreditantrag hervor. Während das Pärchen sich ans Ausfüllen machte, winkte er mir siegesgewiß zu.

»Ist Hank schon da?« fragte ich und lächelte den jüngsten Opfern von Willies Verkaufskünsten mitleidig zu.

»Er hat angerufen, daß er ein paar Minuten später kommt.«

»Ich muß sowieso noch mal telefonieren.«

»Benutz doch mein Büro – du weißt ja, wo es ist.«

»Danke.« Ich ging die Haupttheke, an der er stand, entlang und durch eine Öffnung in dem kleineren Ladentisch, der an drei Seiten des Verkaufsraums verlief. Zahlreiche Kunden – von denen keiner besonders liquide aussah – beugten sich über die ausgestellten Uhren, Glücksbringer und Ringe mit Geburtssteinen. Hinter dem Ladentisch war eine Tür; dahinter befanden sich das Lager und Willies Büro.

Als erstes rief ich den Wolf an, aber ich erreichte nur seinen Anrufbeantworter. Das überraschte mich nicht; er und sein Geschäftspartner verbringen mehr Zeit im Außendienst als im Büro. Ich hinterließ eine kurze Nachricht. Dann rief ich bei All Souls an und erreichte Rae, die gerade nach Hause gehen wollte.

»Oh, gut«, sagte sie. »Ich habe die Informationen über American Consolidated Services. Das ist ein staatlich konzessionierter Betrieb, der Gaststätten und Kantinen auf Militärbasen überall in der Welt unterhält.«

»So etwas dachte ich mir schon. Hast du etwas über Bob Smith erfahren können?«

»Leider nicht. Die Leute wissen, daß er tot ist, und die Person, mit der ich sprach, wurde mißtrauisch, als ich nach ihm fragte.«

»Das macht nichts. Ich weiß jetzt genug, und wenn die Polizei öffentliche Nachforschungen betreiben will, wird das nur meine Vermutung bestätigen.«

»Shar, worum geht es denn eigentlich?«

»Das erzähle ich dir später.«

»Das sagst du immer, aber ich bin nie auf dem laufenden.«

»Hab Geduld. Ich muß jetzt aufhören.« Als ich den Hörer auflegte, öffnete sich die Tür zum Büro, und Willie und Hank traten ein.

Hank schaute sich in dem engen Kabuff um und setzte sich dann auf den Klappstuhl unter dem Fenster. Willie hockte sich auf den Rand des Schreibtisches und ließ seinen Fuß, der in einem Cowboystiefel steckte, baumeln. Er sagte: »Ich hoffe nur, daß es um etwas Wichtiges geht, McCone. Ich mußte den Besuch in meinem Laden in Oakland abkürzen, um pünktlich wieder hier zu sein.«

»Das ist es.« Ich öffnete meinen Aktenkoffer und nahm den Notizblock heraus, den ich morgens bei der Polizei für meine Aufzeichnungen benutzt hatte.

»Na, willst du uns nicht endlich aufklären?« fragte Hank. »Ich wollte früher heimgehen, aber deine Nachricht hat mich so lange bei All Souls aufgehalten, daß mich noch ein Mandant mit einem Notfall angerufen hat, und nun muß ich heute abend wieder arbeiten.«

Ich versuchte, ihnen das Leben zu retten, und sie beklagten sich, daß ich ihnen die Zeit stahl! »Habe ich euch je gesagt, was für entsetzliche Nervensägen ihr seid?« Diese Worte und mein Ton waren ungewöhnlich barsch für mich; Hank und Willie sahen beide überrascht aus. Sie wechselten einen Blick, aber keiner sagte etwas.

»Als erstes muß ich euch einige Fragen über Vietnam im Jahre neunzehnhundertsiebzig stellen. Ihr wart beide zur gleichen Zeit wie Perry Hilderly in Cam Ranh Bay?«

Hank nickte.

»Und Hilderly hat sich mit einigen von euch getroffen?«

»Ja, in einer Bar außerhalb des Militärgeländes... Wie hieß das Lokal noch mal, Willie?«

»Irgend etwas Französisches.«

»Moulin Rouge? Rouge et Noir?«

»Rouge et Noir«, sagte Willie.

»Gutes Gedächtnis.«

»Wer war sonst noch mit euch zusammen?«

Hank sah ratlos aus und warf Willie einen fragenden Blick zu. Willie zuckte die Achseln. »Nun, die Leute kamen und gingen«, sagte Hank. »An einem Ort wie Cam Ranh war die Fluktuation groß.«

»Es handelte sich also um einen großen Armeestützpunkt?«

»Cam Ranh selbst war ein Hafen. Der Stützpunkt war von den USA für den Fall errichtet worden, daß Saigon fiel. Es gab ein Armeedepot für Nachschub, wo Willie und ich stationiert waren; Basen für Marine und Luftwaffe, einen Fliegerhorst, der den Umkreis bediente, und ein Krankenhaus. Etwa zwanzigtausend Militärs waren dort stationiert und weiß der Himmel wie viele Zivilisten.« Er grinste ironisch. »Die Regierung hat Milliarden an Steuergeldern bei Cam Ranh in den Sand gesetzt; nach dem Rückzug wurde es zur Geisterstadt. Heute ist Cam Ranh ein Anlaufhafen für sowjetische Schiffe.«

»Das heißt also, ihr könnt euch kaum an einzelne Personen erinnern, mit denen ihr eure Freizeit verbracht habt.«

»An einige kann ich mich vermutlich erinnern, an Leute, die länger da waren. Aber wie gesagt, das war ein Kommen und Gehen.«

Ich lehnte mich in dem Schreibtischstuhl zurück und dachte darüber nach, was ich über das Militär so wußte. Da kam einiges zusammen; mein Vater war Unteroffizier in der Marine gewesen, als Zeitsoldat für dreißig Jahre. »Laßt uns einen Augenblick lang über die Leute sprechen, von denen wir wissen, daß sie dort waren. Du« – ich deutete auf Hank – »wurdest durch den Krieg politisch aktiv, gingst als Liberaler nach Vietnam und kamst als Radikaler zurück. Hilderly war Kriegsgegner, Reporter und Zivilist. Und du« – ich schaute Willie an – »warst wohl auch nicht der Soldat, von dem die Armee träumt. Außerdem war Hank Offizier. Es ist doch ziemlich ungewöhnlich, daß Offiziere und gewöhnliche Soldaten miteinander verkehren.«

»Na ja«, sagte Hank, »in einem Kampfgebiet ist das vielleicht etwas anders. Aber im Grunde hast du recht, wir Liberalen paßten nicht so recht dazu.«

»Ich nehme also an, daß eure Gruppe Aufmerksamkeit erregte, bei den Falken auf Ablehnung stieß?«

»Ja, das stimmt«, sagte Willie. »Es war immer, als ob alle in unserer Ecke des Lokals Lepra hätten, es sei denn, irgend so ein Arschloch suchte Streit.« Zu Hank gewandt fügte er hinzu: »Erinnerst du dich noch an den Abend, als ich den Streit mit dem faschistischen Leutnant hatte? Wenn du nicht eingegriffen hättest, wäre ich sicherlich vors Kriegsgericht gekommen.«

Ich setzte mich auf. »Kannst du dich noch an den Namen des Leutnants erinnern?«

»... Nein. Und du, Hank?«

Hank schüttelte den Kopf.

»Kannst du dich noch an etwas erinnern, das dir an ihm auffiel?«

»Nein, nur noch an seine Einstellung.«

»Könnt ihr euch noch an andere erinnern, die Streit mit euch suchten oder sich sonst mit euch anlegen wollten?« fragte ich.

»Da gab es jede Menge, aber nach der langen Zeit sind die Namen und die Gesichter recht verschwommen.«

»Hank?«

Er schüttelte den Kopf. »Ehrlich gesagt, habe ich versucht, die damalige Zeit schleunigst zu vergessen.«

»Versetzt euch doch in das ›Rouge et Noir‹ zurück. Stellt euch vor, wie ihr da in der Ecke saßt. Wer war da sonst noch?«

Beide schlossen die Augen. Nach einem Augenblick sagte Willie: »Dieser Funker, der bei dem Patrouillenflug ums Leben kam.«

»Verzeiht mir. Ich hätte euch sagen sollen, daß ich nur an Leuten interessiert bin, die eures Wissens nach noch leben.«

Wieder Schweigen. Dann sagte Hank zu Willie: »Der Typ aus Atlanta – der, der Martin Luther King getroffen hatte.«

»Bernie – der biß bei Da Nang ins Gras.«

»Mike, der immer den tollen Stoff hatte?«

»Auch tot.«

»Und was ist mit Chris aus Philadelphia?«

»Hubschrauberabsturz.«

Wenn sie so weitermachten, würde das wie die Lesung des Vietnamdenkmals klingen. »Wie steht es mit John Owens?« fragte ich.

»Owens?« fragte Hank.

Willie runzelte die Stirn und schnippte dann mit den Fingern. »Johnny Owens. Ich hätte an ihn denken müssen. Das war ein Verrückter, der wollte den faschistischen Leutnant tatsächlich umbringen. Er hätte es vermutlich auch getan, wenn sie ihn nicht nach Saigon versetzt hätten. Es würde mich interessieren, was aus dem Spinner geworden ist.«

»Er war das dritte Opfer des Heckenschützen.«

Willies Kinnlade klappte herunter. Hanks Gesicht wurde ganz starr und ruhig – so sah er immer aus, wenn ihm bei Gericht etwas Unerwartetes passierte.

»Gehörten eigentlich Frauen zu eurer Gruppe?«

»Ein paar. Vor allem Krankenschwestern«, sagte Hank.

»Eine Rotkreuzschwester namens Mary Johnson?«

»...Das ist so ein häufiger Name.«

»Ich kann mich an sie erinnern«, sagte Willie. »Sie war nicht lange da. Eine Blondine mit einem Verlobten bei den Marines. Ich war hinter ihr her, aber sie wollte nichts von mir.«

Hank schaute mich an. »Mary auch?«

»Das zweite Opfer.«

»Warum ist mir das nicht klargeworden, als ich den Artikel in der Zeitung gelesen habe? Oder die Geschichte mit Johnny?«

»Mary Johnson hatte geheiratet und trug den Namen Davis. Aber selbst wenn sie ihren Namen nicht geändert hätte und Owens' Name ausgefallener gewesen wäre, hättest du keinen Grund gehabt, sie mit Leuten in Verbindung zu bringen, die du in einem Lokal in Vietnam zufällig kennengelernt hattest. Das ist einfach schon zu lange her.«

Sie schwiegen einen Augenblick. Schließlich fragte Willie: »Was ist mit dem ersten Opfer?«

»Er war der einzige, der ursprünglich nicht in das Bild paßte. Bob Smith. Ein Herumtreiber, der vorwiegend in Gaststätten arbeitete. Aber ich habe da eine Erklärung. Das Militär wurde meist von zivilen Unternehmern mit Lebensmitteln versorgt. Wie hieß die Firma, die eure Base betreute?«

Hank schüttelte den Kopf. Willie sagte: »Das muß mir jetzt wirklich einfallen. Nachdem ich immer so über das Essen gelästert habe. Welchen Spitznamen hatten wir ihnen doch noch gegeben?«

Hank lächelte schwach. »American Kotzigated.«

»American Consolidated Service«, sagte ich.

»Richtig!«

»Dann haben wir die Verbindung. Ihr erinnert euch vielleicht nicht mehr an Bob Smith, aber er arbeitete im fraglichen Zeitraum für American Consolidated, und ich traue mich zu wetten, daß er auch mit euch im ›Rouge et Noir‹ war.«

»In Ordnung«, sagte Hank. »Ich verstehe, worauf du hinauswillst. Jemand, dem unsere politischen Ansichten und unsere Mißachtung der Konventionen nicht gefiel, spürt jetzt – nach fast zwanzig Jahren – Leute aus unserer Gruppe auf und tötet sie. Aber warum erst jetzt? Und wie findet er uns?«

»In Willies Fall ist das recht einfach – die Werbesendungen im Fernsehen. Und du benimmst dich auch nicht gerade unauffällig. Auf die anderen ist er vielleicht zufällig oder umständehalber gestoßen.«

Willie schüttelte den Kopf. »McCone, das ist verdammt verrückt. Der Kerl muß wahnsinnig sein.«

»Wann hast du je gehört, daß ein normaler Mensch andere mit einer Waffe verfolgt hat?«

Sie schwiegen wieder. Ich kaute an einem Gedanken herum, den ich mit Greg besprechen wollte. Nach einer Weile sagte ich: »Es ist im Moment das wichtigste, daß ihr beide euch schützt. Ihr werdet ganz besonders vorsichtig sein – auch bei Tageslicht. Er hat einmal daneben geschossen, und das hat ihn vielleicht ungeduldig gemacht.«

»Mach dir um mich keine Sorgen«, antwortete Willie. »Ich gehe heim und sperre mich ein, bis alles vorbei ist.«

»Und du«, sagte ich zu Hank, »gehst in die Kanzlei zurück?«

»Ich muß. Wie ich schon sagte, habe ich da einen dringenden Fall.«

»Warum übernachtest du nicht dort?«

»Wo? Auf dem Sofa? Ich habe das letzten Winter versucht, als Anne-Marie und ich uns getrennt hatten, und ich habe nächtelang nicht geschlafen; ich brauche meinen Schlaf.«

»In Ordnung – dann geh eben in die Kanzlei. Aber rühr dich nicht von dort weg, bevor ich komme.«

»Und was willst du dann tun?«

»Ich werde auf dem Nachhauseweg dein Leibwächter sein.«

»Shar, da fühle ich mich ja wie ein alter Mann, dem eine Pfadfinderin über die Straße hilft.«

»So machen wir es, ob es dir paßt oder nicht.«

Hank nickte nur; mein offensichtlicher Ärger schüchterte ihn ein.

Ich stand auf und stopfte den Notizblock in meine Aktentasche. »Da ist noch etwas, was ihr tun könnt: Denkt über die Kriegstreiber in der Bar nach. Versucht euch an Auseinandersetzungen und Drohungen zu erinnern. Versucht euch an Namen zu erinnern. Ich komme später darauf zurück.«

Als ich zur Tür ging, fragte Hank: »Wo gehst du denn jetzt hin?«

»Zu Greg Marcus. Mir ist da etwas eingefallen, das ihm helfen könnte, den Heckenschützen zu finden.«

18

Greg sagte: »Verdammt, da bist du vielleicht auf etwas gestoßen.«

Ich griff nach der Kaffeetasse, die ich am Rand seines Schreibtisches abgestellt hatte, und wartete ab, was er weiter sagen würde.

Nach einer Weile fügte er hinzu: »Das Motiv klingt vielleicht weit hergeholt, aber ich bin schon komischeren begegnet. Sag mir, wen du in Verdacht hast.«

Ich stellte die Tasse zurück und begann die einzelnen Punkte aufzuzählen. »Erstens nehme ich an, daß wir uns einig sind, daß wir es mit einem ernsthaft gestörten Menschen zu tun haben.«

Er nickte.

»Zweitens muß, angesichts der langen Zeitspanne, irgendein Ereignis diese Mordserie ausgelöst haben.«

»Da bin ich mir nicht so sicher. Manchmal brüten Leute Jahre oder sogar Jahrzehnte vor sich hin, und dann rasten sie plötzlich aus.«

»Aber meistens gibt es irgendeinen Auslöser, oft einen ganz unbedeutenden.«

»Ich gebe dir recht, wenn du die Betonung auf unbedeutend legst.«

»In Ordnung.« Ich stand auf und begann in dem Kabuff auf und ab zu gehen. Die regelmäßige Bewegung half mir, Ordnung in meine Gedanken zu bringen.

»Nehmen wir einmal an, diese Person ist ein Mann. Er ist geistig gestört, vermutlich ein Vietnam-Veteran.«

»Nicht unbedingt; zwei seiner Opfer waren keine Veteranen, aber sie waren zur gleichen Zeit in Cam Ranh wie er.«

»Laß uns in diesem Fall einmal annehmen, daß er einer ist. Und angenommen, daß er in ambulanter psychiatrischer Behandlung ist – wo würde er hier in der Gegend hingehen?«

»Ins Letterman-Krankenhaus.«

»Wo Mary Johnson Davis als psychiatrische Beraterin arbeitete, bevor sie ins Kinderkrankenhaus überwechselte. Und wo John Owens vermutlich wegen seiner Kriegsverletzungen behandelt wurde.«

Greg nickte. »Unser Täter ist also im Letterman und begegnet Davis. Vielleicht ist sie ihm sogar als Beraterin zugewiesen. Ungeachtet der Umstände war dies wohl der Auslöser.«

»Und dann entdeckt er Owens. Nun weiß er, daß sie beide in San Francisco leben. Von da an ist es ein leichtes, hinter ihnen herzuspionieren, ihre Gewohnheiten zu studieren und den richtigen Moment abzuwarten.«

»Soweit schön und gut. Ich verstehe auch, wie er auf Hank und Willie stoßen konnte – aber was war mit Hilderly?«

»Hilderly war Hanks Freund. Sie haben sich regelmäßig auf ein Glas Bier getroffen.«

»Und Bob Smith?«

Ich setzte mich wieder. »Smith schien anfangs nicht so ganz ins Bild zu passen, und oberflächlich betrachtet tut er es auch heute noch nicht. Aber die Pizzeria, wo er vor seinem Tod arbeitete, ist nur ein paar Häuserblocks von Willies Laden entfernt, und ich habe auf dem Weg dorthin einen Blick hineingeworfen. Die Küche ist nur durch einen Tresen vom Eßbereich abgetrennt; man kann zusehen, wie die Leute das Essen zubereiten. Unser Mann ist vielleicht ganz zufällig auf Smith gestoßen. Wenn es passiert ist, nachdem er Davis und Owens in der Letterman-Klinik sah, hat er möglicherweise sowieso Ausschau gehalten nach bekannten Gesichtern.«

»Aber warum war er dann als erstes hinter Smith her?«

Ich zuckte die Achseln. »Eine günstige Gelegenheit. Smith war ein Einzelgänger, er konnte ihn leichter verfolgen.«

»In Ordnung.« Greg lehnte sich in seinem Stuhl zurück, rieb sich das Kinn und richtete den Blick auf einen Punkt über meinem Kopf. Wieder wartete ich.

Schließlich sagte er: »Seither ist so viel Zeit vergangen, das gefällt mir nicht. Ich weiß, wir meinten, daß ihn die Begegnung mit Davis oder Owens oder mit beiden zusammen hat ausrasten lassen, aber in zwanzig Jahren müßte es doch andere Auslöser gegeben haben. Warum hat er seine Opfer nicht schon früher verfolgt?«

»Darüber habe ich auch schon nachgedacht. Da ist noch ein anderer Faktor – einer, der die Identifikation beschleunigen könnte. Ich glaube, daß er einen großen Teil dieser Zeit in einer Nervenheilanstalt zugebracht haben könnte. Vielleicht ist er erst vor kurzem entlassen worden.«

»Das wäre ein guter Grund.« Gregs Blick war immer noch in die Ferne gerichtet. »Wir haben hier eine Menge Vermutungen, wenn wir ehrlich sind. Aber es ist immer noch besser als die Spuren, denen ich nachgegangen bin. Offensichtlich müssen wir mit unseren Nachforschungen bei Letterman beginnen. Ich habe zufällig einen Bekannten beim Nachrichtendienst im Presidio. Der wird uns schnell Auskunft geben können.« Er griff nach seinem Telefonverzeichnis und blätterte es durch.

Ich fragte: »Bewacht einer deiner Leute immer noch Willies Haus?«

»Nein. Wir sind so schrecklich unterbesetzt. Aber ich werde versuchen, wieder jemanden abzustellen, und auch jemanden für Hank.«

»Ich glaube, du brauchst dir um Willie keine großen Sorgen zu machen; er sagte mir, daß er heimginge und nicht mehr herauskäme, bis alles vorbei sei. Und ich werde mich um Hank kümmern, zumindest heute abend.«

»Bist du sicher, daß du dir diese Verantwortung aufladen willst?«

»Es macht mir nichts aus. Außerdem ist das eine berechenbare Gefahr. Der Schütze hat immer nur abgedrückt, wenn das Opfer allein war. Auch als er auf Willie schoß, war Rae weit weg von ihm an der Straßenecke.«

»Sei aber vorsichtig. Ich will keinen von euch verlieren.«

»Das wirst du nicht.«

Greg nahm den Hörer ab und wählte eine Nummer. »Belegt, Mist.«

Ich stand auf und zog meine Jacke an. »Ich mach' mich besser auf den Weg in die Kanzlei.«

»Ich rufe dich dort an, sobald ich etwas erfahre.« Greg kam

um den Schreibtisch herum und begleitete mich zur Tür. Dann hielt er inne. Seine Hand lag schon auf dem Türknauf. »Und Sharon – danke für deine Hilfe. Seit Willie angeschossen wurde, steigt mir mein Chef auf die Füße, weil ihm der Bürgermeister Druck macht. Und gerade jetzt könnte die Ergreifung des Heckenschützen meiner Karriere zuträglich sein; wenn ich ihn nicht kriege, könnte mir das ziemlich schaden.«

Ich schaute in sein Gesicht, das im Neonlicht der Deckenleuchten recht trübsinnig aussah. »Warum?«

»Eine leitende Position wird frei – in der Drogenfahndung. Ich bin der aussichtsreichste Bewerber.«

»Greg! Ich gratuliere!«

Er reagierte mit einem wehmütigen Lächeln, und ich wußte warum. Die Stelle war ein Schreibtischposten, ein Jonglierakt von Papierkrieg, Strategie und Politik. Da gab es keinen Außendienst mehr, und die Befriedigung, die man spürt, wenn man einen Fall Stück für Stück aufklärt, würde ihm fehlen. Und doch war es an der Zeit...

»Du *willst* diese Stelle doch, oder?«

Er seufzte. »Ja und nein. Aber ich weiß, daß es der richtige Schritt ist. Und ich bin müde, Sharon. Ich habe es satt, mitten in der Nacht zu irgendeinem Tatort gerufen zu werden. Ich habe genug von gewaltsamen Todesfällen. Ich habe es satt, mit dem Abschaum der Menschheit zu tun zu haben, pausenlos daran erinnert zu werden, wie gemein die Menschen sein können.«

»Und du glaubst, bei der Drogenfahndung ist das anders?«

»Vielleicht brauche ich auch nur eine andere Art von Gemeinheit.« Er hielt inne, seine Lippen zuckten schelmisch. »Außerdem würde meine Ernennung McFate unglaublich stinken. Er wurde erst vor kurzem bei einer Beförderung übergangen.«

»Wenn das so ist, hoffe ich, daß es schnell geht. Apropos McFate...?«

»Der ist vermutlich wieder beim Nachrichtendienst. Er scheint seine alten Kameraden dort drüben den Kollegen vom Morddezernat vorzuziehen.«

Greg schaute durch die Tür. »Oh, was für eine Überraschung. Vielleicht bekomme ich jetzt tatsächlich noch meinen Bericht über den Fall Grant.« Er deutete auf einen Schreibtisch am anderen Ende des Mannschaftsraumes. Ein perlgraues Anzugjakkett war sorgfältig über einen komisch aussehenden Garderobenständer aus Messing gehängt, der eher in ein Schlafzimmer gepaßt hätte. Und ich konnte McFates Hinterkopf sehen.

»Weißt du«, sagte ich, »obgleich ich mit ihm sprechen muß, hatte ich irgendwie doch gehofft, daß er nicht da wäre.«

»Das Gefühl kenne ich. Viel Glück.«

Ich durchquerte den lauten, vollgestellten Raum, wobei ich Kisten mit Akten, wahllos abgestellten Stühlen und sogar einer Bowlingtasche ausweichen mußte. Als ich neben McFates Schreibtisch stehenblieb, hielt er seinen Blick weiterhin auf den vor ihm liegenden Bericht geheftet. Ein paar Augenblicke später schaute er auf; als er mich sah, wurde sein Gesichtsausdruck eisig.

»Miss McCone«, sagte er, »was kann ich für Sie tun?«

McFate bot mir keinen Platz an, also blieb ich, wo ich war. Sein Blick wanderte fast verächtlich über meinen Körper, über Jeans, Pullover und Lederjacke. Ich spürte Zorn in mir aufsteigen, aber ich antwortete ihm in sachlichem Ton.

»Ich habe Informationen, die den Fall Grant betreffen.«

Er strich sich mit dem Zeigefinger über seinen üppigen Schnurrbart – der konnte gar nicht echt sein; ob man diese Dinger wohl wie Haarteile kaufen konnte? »Ja?«

»Ich habe Beweise, daß Grants wirklicher Name möglicherweise Andy Wrightman war.«

»Welche Beweise?«

»Einer von Perry Hilderlys Erben erwähnte den Namen, als ich ihm Grant beschrieb.«

»Oh, ich verstehe – *hieb- und stichfeste* Beweise.«

Ich bemühte mich, ruhig zu bleiben. »Sie sollten das vielleicht untersuchen. Wrightman war Ende der sechziger Jahre mit Hilderly befreundet; er war ein Trittbrettfahrer an der Uni von Kalifornien, ein Hippie und Herumtreiber...«

Nun lächelte McFate von oben herab. »Ich kann Ihnen versichern, daß Thomas Grant niemals ein Hippie oder ein Herumtreiber war – ganz im Gegenteil. Offen gestanden habe ich das Gefühl, daß der Fall Hilderly bei Ihnen zur fixen Idee wird.«

»Und offen gestanden glaube ich, daß es nur logisch ist, daß da eine Verbindung besteht.«

»Miss McCone, ich habe die Vergangenheit des Opfers genauestens untersucht.«

»Wären Sie so liebenswürdig, mir zu sagen, was Ihre Untersuchungen ergeben haben?«

»Nein, das werde ich nicht. Ich pflege Zivilisten nicht über die Einzelheiten meiner Untersuchungen in Kenntnis zu setzen. Ich habe auch kein Interesse, über Ihre Ansichten informiert zu werden.«

Ich blitzte ihn an. McFate blieb ungerührt. »Haben Sie vor, Lieutenant Marcus über die Einzelheiten Ihrer Untersuchungen in Kenntnis zu setzen? Er erwähnte vor ein paar Minuten mir gegenüber, daß er auf Ihren Bericht warte.«

McFate streckte sein Kinn mit dem Grübchen nach vorne. »Ich habe die Absicht, in Kürze mit ihm zu sprechen.« Der ungeduldige Blick, den er in Richtung des Büros seines Vorgesetzten warf, zeigte mir, daß ihn nur meine lästige Gegenwart noch davon abhielt. Er ergriff eine Akte, stand auf und winkte mich aus dem Mannschaftsraum hinaus.

Ich blieb vor ihm stehen und blockierte ihm den Weg. »Wissen Sie, Leo«, sagte ich, »ich habe das Gefühl, daß jemand, der eine Rechtsberatung im Stile Grants durchführte, keine recht erfreuliche Vergangenheit hinter sich haben kann.«

McFate grinste dünn. »Und das, Miss McCone, zeigt genau, wieviel Sie wissen.« Er schob mich zur Seite und ging zu Gregs Bürozelle. Greg stand immer noch im Türrahmen; offensichtlich hatte er das ganze Gespräch verfolgt. Als McFate eintrat und sich setzte, lächelte mir Greg zu und zuckte mitfühlend die Achseln.

Ein unwiderstehliches Bedürfnis überkam mich: Ich zeigte McFates sorgfältig frisiertem Hinterkopf den sprichwörtlichen Finger. An den Schreibtischen um mich herum fingen die Leute an zu kichern. Greg rollte mit den Augen und ging in sein Büro zurück.

Ich verließ den Mannschaftsraum. Mein Gefühlsausbruch hatte mich in eine eigenartige Hochstimmung versetzt. Ich war immer das brave Kind unter den Privatdetektiven gewesen: kooperativ, professionell, wenig streitsüchtig. Aber auch brave Kinder haben ihre Grenzen. Ich war der Ansicht, daß ich auch das Recht hatte, ab und zu Dampf abzulassen.

Während ich auf den Abwärts-Knopf am Lift drückte, fragte ich mich, warum ich es zuließ, daß Leo McFate mich in Rage versetzte. Der Mann war kleinlich und fies; warum konnte ich ihn nicht einfach ignorieren?

Weil, so sagte ich mir selbst, während ich den Knopf weiter traktierte, der Kerl ein Arschloch ist. Wenn man mit jemandem umgeht, der an dieser allzu häufigen Krankheit leidet, steckt man sich am Ende noch selbst an.

Ich machte zwei Umwege auf dem Weg zu All Souls: Zuerst holte ich mir eine Pizza, damit ich nicht bei den anderen schmarotzen mußte (und vermutlich gezwungen war, ekelhafte Vollwertkost zu verspeisen); und dann hielt ich noch bei mir zu Hause, um meinen Revolver abzuholen.

Der Safe, in dem ich meine 38er aufbewahre, war ursprünglich eine Munitionskiste, die mein Vater vor Jahren bei der Marine geklaut hatte. Die Kiste steht auf dem Boden meines Wäscheschrankes im Badezimmer. Das ist nicht gerade ein originelles Versteck, und ein geschickter Dieb würde es innerhalb von zwei Minuten entdeckt haben. Aber das Schloß ist gut, und als ich den Schrank während der Renovierung des Häuschens hatte einbauen lassen, hatte der kluge Schreiner einen Bolzen durch den Boden der Kiste in die Dielenbalken getrieben. Ein Dieb, der sich mit seiner Beute aus dem Staub machen will, müßte schon einen Teil des Häuschens mitnehmen.

Ich ging ins Badezimmer, schob einen Vorrat an Reinigungsmitteln zur Seite und legte mich auf den Boden, damit ich das Schloß aufsperren konnte. Ich hatte die 38er so lange schon nicht mehr herausgenommen, daß sie unter dem Samtbeutel lag, in dem ich die Granatohrringe meiner Großmutter aufbewahrte. Die hatte ich Neujahr das letzte Mal getragen. Ihr Anblick ließ bittersüße Erinnerungen wach werden. Am 30. Dezember hatte ich George Kostakos kennengelernt; er hatte mich Silvester ein paar Minuten nach Mitternacht zum ersten Mal angerufen.

Seitdem war soviel passiert: Wir waren uns so nahe gekommen, um uns dann wieder voneinander zu entfernen. George hatte gesagt, daß er mich sehr mochte, daß er, wenn sich der psychische Zustand seiner Frau, von der er sich entfremdet hatte, stabilisiert habe, sich wieder bei mir melden würde, um zu sehen, ob ich ihn noch haben wollte. Aber Monate waren vergangen, und ich hatte nichts von ihm gehört; nun wußte ich nicht einmal mehr, ob ich ihn noch wollte. Vielleicht ist es besser, allein durchs Leben zu gehen, dadurch bleiben einem viele Schmerzen und Enttäuschungen erspart. Leute, die nur oberflächliche Kurzzeitbeziehungen pflegen, sind möglicherweise am glücklichsten.

Aber oberflächliche Kurzzeitbeziehungen hatten mir noch nie gelegen. Und ich war mir nicht sicher, ob Glück überhaupt ein erreichbares Ziel ist. Manchmal erschien es mir wie ein Mythos – etwas, das die Werbeindustrie erfunden hatte, um mehr Zahnpasta zu verkaufen.

»Das reicht!« sagte ich laut. »Es gibt schließlich Wichtigeres.« Ich nahm den Revolver heraus, verschloß die Kiste und stand auf.

Ich stellte fest, daß ich in der letzten Zeit immer mehr Selbstgespräche führte. Die meisten Leute reden mit sich selbst, vor allem, wenn sie allein leben. Aber bei mir hatte ich das Gefühl, daß der vernünftige, autarke Teil meiner selbst dem verletzlichen Teil befahl, sich zusammenzureißen. Und ich vermutete, daß die vernünftige McCone in dieser Debatte unterlag.

Bevor ich das Haus verließ, hörte ich noch meinen Anrufbeantworter ab, für den Fall, daß der Wolf versucht hatte, mich daheim zu erreichen. Die erste Nachricht war von Jim Addison. Er klang wütend, daß ich nicht zurückgerufen hatte. Ich spulte schnell vor, da ich nicht wollte, daß meine Furcht vor seinem Jähzorn meine Nervosität im Fall des Heckenschützen noch verstärkte. Die einzige andere Nachricht kam von meiner Mutter, die sich beklagte, daß ich letzte Woche nicht angerufen hatte. Ich hätte mich wirklich bei ihr melden sollen, aber ich hatte ihr eigentlich nichts zu sagen. Und nun konnte ich nicht, denn meine Mutter hört die feinen Untertöne in meiner Stimme und würde sehr schnell herausfinden, daß etwas nicht stimmte. Dann würde sie so lange bohren, bis ich ihr vom Heckenschützen und der Gefahr, in der sich meine Freunde befanden, erzählte. Und schließlich würde sie sich Sorgen machen, da sie ja schließlich in San Diego unten wohnt und mir auch dann nicht helfen könnte, wenn sie hier wäre. Wenn Mama sich um eines ihrer Kinder sorgt, ruft sie die anderen vier an und erzählt ihnen davon. Und bald ist das reinste Sorgenfest im Gange. Das einzige Familienmitglied, das sich daran nicht beteiligt, ist mein Vater; Papa bleibt in seiner Werkstatt in der Garage, spielt Gitarre und singt schmutzige Volkslieder, und zwar so laut – denn er wird allmählich taub –, daß die ganze Nachbarschaft schockiert ist.

Nein, beschloß ich, ich kann Mama erst zurückrufen, wenn die ganze Sache ausgestanden ist.

Um Viertel nach elf saßen Rae und ich mit gekreuzten Beinen auf ihrem Messingbett und spielten die, wie es schien, tausendste Runde Gin Rummy; wir zockten schon seit neun Uhr. Anfangs hatten wir über die Morde des Heckenschützen und über den Fall Hilderly gesprochen, aber dann waren wir verstummt. Nun hörte man nur das Aufschlagen der Karten, das ferne Klagen des Nebelhorns und leises Maunzen und zufriedene Seufzer aus dem Schrankkoffer unter dem Erkerfenster, wo Ralph und Alice sich im Schlaf zusammengekuschelt hatten. Rae war heute ihr Babysitter, da Ted zu einem Gottesdienst für ihren ehemaligen Besitzer gegangen war.

Ich mußte zugeben, daß die Anwesenheit der schlafenden Katzen beruhigend war. Und Raes Zimmer – das sie selbst im hinteren Bereich des nur teilweise fertigen Speichers ausgebaut hatte, nachdem sie monatelang in ihrem Büro gewohnt hatte und keines der anderen Zimmer freigeworden war – war bezaubernd. Der gemütliche Raum mit vielen Pflanzen und weißen Korbmöbeln, dessen Wände in Gelb-, Gold- und Grüntönen gehalten waren, zeigte, daß sie in der Lage war, mit wenig Geld ein Meisterwerk der Innenarchitektur zu schaffen.

Ich nahm den König und legte eine Drei ab. »Gin.«

Sie blitzte mich an. »Ich habe seit dem Geben auf diese Karte gewartet.«

»Pech.« Ich schrieb das Ergebnis nicht einmal auf, sondern ließ meine Hand nur in Richtung der Edelstahlschüssel wandern, in der die Reste einer Portion Popcorn lagen. Trostessen nenne ich Dinge wie Popcorn, Makkaroni mit Käse, Milchshakes und Buttertoffees – Essen, das einen an die Kindheit erinnert und die Welt, immer wenn sie unerträglich kompliziert zu werden droht, auf einfache Begriffe reduziert.

Rae sagte: »Was ist los – bist du miesepetrig?«

Ich lächelte über das Wort, das für mich zu einem Raeismus geworden war. »Ja. Ich habe Gin Rummy satt, obgleich ich gewinne. Ob Hank wohl je nach Hause geht?«

»Er entwickelt eine richtige Arbeitswut. Ich glaube, damit lenkt er sich von der Gefahr ab, die ihn bedroht.« Rae hob die Karten und den Notizblock auf und legte sie auf den Nachttisch. Sie trug einen alten grau-rot karierten Flanellbademantel und hatte Festiger im Haar; ihre Haarspitzen standen in fettigen Büscheln in die Höhe. Als sie sich auf die Kissen fallen ließ, stellte ich fest, daß sie gespannt und etwas deprimiert zu sein schien.

»Du siehst auch etwas miesepetrig aus«, sagte ich.

Sie zuckte die Achseln.

»Machst du dir Sorgen um Willie?«

»Nein, eigentlich nicht. Er hatte es sich für den Abend bequem gemacht, als ich ging. Er hatte einen Western für Erwachsene – du weißt schon, mit Sex – und einen Zwölferpack Bud. Das reicht ihm.«

»Habt ihr beide Probleme?«

»Nein. Unsere Beziehung ist nicht so komplex, als daß es Schwierigkeiten geben könnte. Nein, das ist es nicht. Aber ich muß mit dir über meine Arbeit sprechen.«

Oh, oh, dachte ich. »Schieß los!« Ich lehnte mich zurück und stieß mir den Kopf an dem Messingpfosten des Bettes an. Rae bemerkte es und warf mir ein Kissen zu.

»Also«, sagte sie. »Ich beklage mich nicht, damit du mich recht verstehst. Du bist eine prima Chefin. Es ist nur... als ich vor ein paar Tagen im Außendienst war, fühlte ich mich richtig gut. Und da wurde mir klar, daß ich mich nicht an meine ursprünglichen Pläne halte. Shar, ich möchte mehr Arbeit übernehmen, meine Stundenzahl erhöhen, damit ich meine eigene Lizenz bekommen kann. Und ich will mich für den Umgang mit Handfeuerwaffen qualifizieren. Ich glaube, es ist an der Zeit.«

Ich fühlte ein schmerzliches Ziehen in der Brust: Das Küken verläßt das Nest. Rae würde nach dem Erhalt ihrer Lizenz sicher nicht bei *All Souls* bleiben. Erstens war sie zu klug und talentiert, um auf ewig meine Zuarbeiterin zu bleiben; zweitens war das der Plan gewesen, von dem sie sprach. Ich konnte ihr nicht verdenken, daß sie mehr wollte als ihr recht kleines Gehalt, einen Haufen Schulden, ein Zimmer, das keine wirkliche Wohnung war, und ein eine Etage tiefer gelegenes Bad, das sie mit mehreren Leuten teilte. Und ich wollte ihr sicherlich nicht im Weg stehen.

»Ich glaube,. du hast recht«, sagte ich. »Ich habe dir nicht die Verantwortung übertragen, die du übernehmen kannst. Morgen schauen wir durch, was so anliegt, und ich übergebe dir dann mehr.«

Sie lächelte, erfreut und erleichtert. Dann schaute sie mich über ihre hochgezogenen Knie hinweg an. »Du scheinst darüber nicht recht glücklich zu sein.«

»Ich bin froh, daß du in kurzer Zeit soviel geschafft hast. Irgendwie ist das ja auch ein Kompliment für mich. Aber du wirst mir fehlen. Ich verlasse mich auf dich. Mit wem soll ich außerdem dann Gin Rummy spielen oder lange Mittagspausen machen?«

»Mich vermissen? Aber ich gehe doch gar nicht weg.«

»Ich dachte, du wolltest zu einer besseren Firma.«

»Shar, das war einmal; damals als Doug in allem von mir abhängig war. Aber ich brauche nicht mehr soviel Geld. Und ich fühle mich hier so wohl wie du. Irgendwie ist es die Familie, die ich nie hatte.« Rae war bei ihrer Großmutter aufgewachsen, nachdem ihre Eltern früh gestorben waren, und diese Großmutter hatte selbst zugegeben, daß sie diese Verantwortung nicht gerne trug.

Ich sagte: »Hast du gemerkt, daß du zum ersten Mal deinen Exmann nicht als ›Doug das Arschloch‹ bezeichnet hast?«

»Ja, vielleicht werde ich doch noch erwachsen.« Es klopfte. Sie rief: »Herein.«

Hank trat ein. Er sah hohlwangig und müde aus. Er warf einen Blick auf Raes Haare und meinte: »Du lieber Himmel, wen willst du denn erschrecken?«

»Im Moment ist es vielleicht häßlich, aber morgen werde ich glänzende, kastanienbraune Locken haben, und du wirst immer noch so aussehen, als trügest du einen gebrauchten Scheuerlappen.«

Er mußte lachen. »Eins zu null für dich.« Zu mir gewandt fügte er hinzu: »Ich wäre jetzt bereit zum Heimgehen, wenn meine Leibwächterin so freundlich wäre, mich zu begleiten.« Trotz der leicht dahingesagten Worte klang er nervös.

Ich packte die Popcornschüssel und stand auf. »Laß uns gehen.«

Rae stand auch auf und nahm mir die Schüssel aus der Hand. »Ich nehme das schon. Ich möchte sehen, ob es irgendeinen guten Spätfilm im Fernsehen gibt.«

Wir trotteten gemeinsam die zwei Treppen hinunter. Ralph und Alice stolperten hinter uns her. Nach ihrem Nickerchen waren sie wieder zu neuen Schandtaten bereit. Im Gang wünschte uns Rae eine gute Nacht und scheuchte sie in die Küche.

Hank hatte seinen Mantel bereits an. Ich holte meine Tasche und meine Jacke aus Raes Büro. Als ich herauskam, stand er an der Tür. »Warte einen Moment«, sagte ich und nahm die 38er heraus.

Hanks Blick richtete sich auf den Revolver, und er schluckte. Er konnte sich nun gut vorstellen, daß der Heckenschütze draußen auf ihn lauerte. Ich fragte: »Bist du sicher, daß du nicht lieber hierbleiben willst?«

»...kann nicht. Der Fall, den ich bearbeite, ist wichtig. Ich brauche meinen Schlaf.«

»Also dann. Bleib hier, während ich mich umsehe.«

Ich öffnete die Tür und trat auf die Stufen hinaus. Der Nebel hing dicht und reglos über der Stadt. Ich konnte die verschwommenen Lichter in den Häusern auf der anderen Seite des kleinen Parks kaum sehen; die wenigen schattigen Bäume der Anlage und die Abfallkörbe lagen in nebelverhangener Dunkelheit. Ich hielt mich mehr als eine Minute lang still, schaute mich um und lauschte. Nichts bewegte sich, und die einzigen Geräusche, die ich hörte, waren die eines normalen Abends in einer ruhigen Gegend.

Schließlich trat ich zurück und sagte zu Hank: »Es scheint alles in Ordnung zu sein, aber wir werden klar zu erkennen geben, daß wir zu zweit sind. Mein Auto steht in der Einfahrt, und die Beifahrertür ist nicht verschlossen. Zögere nicht, und schau dich nicht um, steig einfach ein, und duck dich. Bei deiner Wohnung fahren wir gleich in die Garage.«

»Und mein Auto?«

»Das lassen wir hier. Ich hole dich morgen früh ab, so daß du es holen kannst, bevor du zum Gericht mußt. Hoffentlich hat sich der Nebel bis morgen abend verzogen.« Ich öffnete die Tür erneut und trat auf die Veranda hinaus.

Hank zögerte einen Moment, bevor er mir folgte. Hinter ihm sah ich Rae, die uns beobachtete. Vor der Küchentür zeichnete sich ihr Schatten ab.

Draußen war noch immer alles ruhig. Ich warf nochmals einen prüfenden Blick auf den Park. Hank schloß die Tür hinter uns. Ich begann die Treppe hinunterzugehen und gab ihm mit meinem Körper Deckung. Aus irgendeinem Grund wollte er links an mir vorbei. »Heh! ...«

Und dann bewegten sich die Zweige eines Baumes am Rande des Parks. Sie raschelten, obwohl kein Lüftchen zu spüren war. Ich schob mich wieder vor Hank und brüllte ihn an, er solle sich ducken.

Dann hörte ich einen Pfeifton. Die Säule neben mir splitterte. Ein Holzteilchen ritzte meine Wange, als ich den Schuß hörte.

Hank erstarrte.

Ich warf mich mit meinem ganzen Körpergewicht gegen ihn. Er polterte gegen das Geländer auf der anderen Seite.

Wieder ein Pfeifton. Wieder ein Einschlag. Hank grunzte und taumelte die Treppen hinunter.

Ich folgte ihm. Preßte meinen Körper gegen das Pflaster. Keine weiteren Schüsse mehr. Nichts.

Ich schob meine Hand zu Hank hin. Berührte etwas Warmes, Nasses. Hielt mir die Finger vor die Augen. Blut.

Ich hob den Kopf, um ihn anzuschauen. Er lag ganz ruhig, und das Pflaster um ihn herum färbte sich rot.

19

Von Panik ergriffen fühlte ich Hanks Puls in seinem Nacken. Ich spürte ihn nur noch schwach und unregelmäßig.

Jemand am oberen Ende der Treppe rief irgend etwas von Notruf. Dann kniete Rae neben mir und umklammerte meinen Arm. »Um Gottes willen – lebt er noch?«

»Ja, gerade noch.« Ich schüttelte ihre Hand ab und richtete mich auf. Meine Augen flogen über das Parkgelände. Eine Gestalt, die im dichten Nebel nur schemenhaft erkennbar war, rannte am oberen Ende des Parks den Berg hinauf.

Der Schweinehund hatte gewartet, um zu sehen, ob er Hank getroffen hatte!

Wut stieg in mir hoch – kalte, kontrollierte, zielgerichtete Wut. Ich warf einen Blick auf Hank, sah, daß sich Jack und Larry um ihn kümmerten und mehr für ihn taten, als ich tun konnte. Mehr als ich getan hatte. Ich hatte das Gefühl, die Szene wie durch eine polierte Glasscheibe zu sehen; und ich hatte den verzweifelten Wunsch, sie in lauter kleine Splitter zerbersten zu lassen.

Meine Finger klammerten sich so fest um meinen Revolver, daß es weh tat. Dann begann ich auch bergaufwärts zu laufen; im gleichen Moment verschwand der Schütze im Nebel.

Der Bürgersteig war uneben und steil. Ich stolperte und rannte in ein Auto, das quer auf dem Gehweg stand. Ein Paar, das sich vorsichtig dem Tohuwabohu bei All Souls näherte, sah mein Gesicht, dann meinen Revolver und machte einen weiten Bogen um mich herum. Ich rannte hinauf zu dem begrünten Dreieck, wo ich die fliehende Gestalt zuletzt gesehen hatte.

Weiter oben war der Nebel noch dichter. Er ließ die Lichter der umstehenden Häuser verschwimmen und das vertraute Terrain fremd und verwirrend erscheinen. Ich blieb stehen, um mich zu orientieren.

Einige schmale Straßen liefen am oberen Ende des Parkes zusammen und verzweigten sich dann wieder. Er konnte jede dieser Straßen wie ein gewöhnlicher Fußgänger entlanggeschlendert sein; vielleicht wollte er sogar als unschuldiger Passant zum Tatort zurückkehren. Dieser Gedanke steigerte die Wut, die in mir brodelte, noch mehr. Mein lodernder Zorn richtete sich nicht nur nach außen gegen den Schützen, sondern auch gegen mich, weil es mir nicht gelungen war, Hank zu schützen. Ich zögerte, versuchte meinen Zorn zu zügeln und spähte durch die grauen Nebelschwaden.

Schräg gegenüber befand sich ein Waldstück, wie es überall in Bernal Heights zu finden ist – eine unbebaute, von Fichten bestandene Fläche. Ich studierte den Fleck und überquerte die Kreuzung langsam mit erhobenem Revolver.

Eine große Gestalt tauchte aus dem schützenden Dunkel der Bäume auf. Ich schrie ihn an, er solle stehenbleiben. Ich wollte schon abdrücken, aber da verschwand er wieder. In einem nahe gelegenen Haus gingen die Lichter an; in ihrem Strahl sah ich ihn bergauf flüchten; er wählte den steilsten Teil der Coso Avenue. Ich folgte ihm.

Der Mann – er rannte wie ein Mann – nahm drei der in den abschüssigen Bürgersteig eingelassenen Stufen auf einmal. Ich rannte daneben die geteerte Straße hinauf. Ich konnte nur seinen keuchenden, gehetzten Atem hören. Seine Füße schlugen im Wechsel zu meinen auf dem Beton auf. Hinter mir erklangen aufgeregte Stimmen und ferne Sirenen.

Er überquerte die Kreuzung an der Prospekt Avenue und rannte weiter. Jenseits des Eisengeländers, das entlang der Stufen verlief, standen Häuser; auf der anderen Seite der Coso war ein längliches, von einem hohen Holzzaun umgebenes Grundstück, und dann kam eine steile Klippe – fünfzehn oder zwanzig Meter blanker Fels. Er lief weiter die Stufen hinauf, aber dann erschienen oben am Gipfel des Hügels zwei Gestalten, ihre Konturen waren im Nebel nur schemenhaft zu erkennen. Ihre Stimmen aber drangen bis zu uns hinunter – jung, kräftig, männlich. Ich brüllte ihnen zu, sie sollten den laufenden Mann aufhalten.

Er wirbelte herum. Zögerte einen Moment und schoß dann über die Straße. Er blickte sich nach allen Seiten um und verschwand dann durch einen etwa einen Meter breiten Spalt zwischen dem hohen Zaun und der Klippe. Die jungen Männer wirbelten auch herum – und verschwanden über den Hügel.

Feiglinge!

Ich sprintete über die Coso. Blieb stehen und preßte meinen Körper neben der Öffnung gegen den Zaun. Ich atmete schwer; das Blut rauschte in meinen Ohren. Ich versuchte zu lauschen, aber aus dem Spalt hinter dem Zaun war nichts zu hören.

Eine Falle? Hatte er sein Gewehr auf die Öffnung gerichtet?

Nach einem Augenblick schob ich mich langsam weiter und spähte hinein. Der Nebel hatte sich in dem engen Spalt gefangen – hüfthoch und so dicht wie der Rauch eines Buschfeuers. Er schlängelte sich von mir weg und verzog sich in der Dunkelheit.

Ich konnte nichts hören, nicht einmal ein verräterisches Keuchen oder Schnaufen. Schließlich bewegte ich mich, eng an den Zaun gepreßt, um die Ecke. Der Boden war felsig und uneben; ich prüfte ihn vor jedem Schritt vorsichtig mit dem Fuß. Vor mir lag vollständige Dunkelheit. Ich hatte das Gefühl, einen endlosen Tunnel zu betreten.

Und dann hörte ich etwas: das Knacken eines Zweiges. Ich ging schneller, und mein Fuß traf auf einen schweren Gegenstand. Er rollte davon und knallte gegen den Zaun.

Nun knackten wieder Zweige. Dann hörte ich schlagende Geräusche und stolpernde Schritte.

Mit der linken Hand tastete ich mich an der Klippe entlang und ging schnell in die Richtung, aus der die Geräusche kamen. Nun konnte ich einen Busch erkennen, dessen oberste Zweige sich gegen den Himmel abhoben. Als ich mich ihm näherte, roch ich den scharfen Duft von Anis.

Die Geräusche entfernten sich nun. Ich nahm meine Hand von der Klippe und bog ein paar Zweige zurück. Das Gebüsch war dicht und undurchsichtig. Auf der anderen Seite ertönten Schritte auf freiem Gelände. Er rannte wieder.

Ich warf mich in das Gebüsch, schlug Zweige zur Seite und kämpfte mich durch hohes Unkraut. Kletterpflanzen verhakten sich an meinen Beinen und Knöcheln; Brombeerdornen zerkratzten meine bloßen Hände. Ich stolperte über einen Felsen, hielt mich am Stamm einer Fichte fest und bekam von ihrem Saft klebrige Finger. Dann durchbrach ich die wilde Vegetation und landete auf einem Betonweg.

Zu meiner Rechten befand sich nur eine über einen Meter hohe Betonmauer. Hinter ihr ragten Dächer in die Höhe. Ein paar Häuser weiter sprang die Klippe hervor und bildete eine Sackgasse. Der Mann kletterte gerade dort die Mauer hoch.

Ich konnte ihn nicht deutlich genug sehen, um einen Schuß zu riskieren. Während ich den Pfad entlangrannte, verschwand er über die Mauer. Dann hörte ich lautes Metallgeklapper.

Ich schob die Pistole in meinen Gürtel, packte das obere Ende der Mauer und zog mich hoch. Ein paar Sekunden lang schwankte ich oben; dann sprang ich hinunter und landete auf den Fußballen. Der Aufprall jagte mir einen heftigen Schmerz durch den Körper. Ich taumelte und fiel gegen die Mülltonne, die er umgeworfen hatte.

In den Häusern vor mir gingen die Lichter an; sie erleuchteten die dazwischen gelegene Allee. Der Mann fummelte an dem Riegel eines Zaunes, der das Ende der Straße abschloß, herum. Ich schrie, er solle stehenbleiben. Es gelang ihm, das Tor zu öffnen, und er verschwand vom Gehsteig.

Mit dem Revolver in der Hand folgte ich ihm. Über mir öffnete sich ein Fenster, und ein Mann schrie irgend etwas heraus. Ich lief weiter. Als ich das Tor erreichte, schwang es immer noch so heftig, daß es mir schmerzhaft gegen den Unterleib schlug; ich drückte es auf und lief, wie ich annahm, auf die Prospekt Avenue hinaus. Mein Blick flog nach rechts und links.

Er rannte auf der linken Seite wieder hügelaufwärts. Das Gebell der Hunde und das Geschrei der Leute markierten seinen Weg.

Auf der anderen Seite der Prospekt Avenue war wieder ein kleines Waldstück. Der Schütze lief darauf zu. Das Eingangslicht des danebenstehenden Hauses schien auf ihn herab; kurz erkannte ich Jeans, eine dunkle Windjacke und eine Baseballkappe. Dann verschwand er in den Nebelschwaden.

Ich beschleunigte das Tempo; bei jedem Schritt brannte mein Hals; auf der rechten Seite verspürte ich einen stechenden Schmerz. Als ich den kleinen Hain erreichte, erfüllte der Duft von Eukalyptus und Nadelhölzern meine Nase. Den Bäumen ausweichend, folgte ich dem Klang seiner Schritte.

Jenseits des Hains lag ein vollgeparkter, gepflasterter Parkplatz und eine der Treppen, wie man sie in Bernal Heights oft findet – breite Stufen, von einem hüfthohen Eisengeländer eingefaßt. Diese Treppe führte zur Coleridge Street hinab. Der Schütze lief sie hinunter, seine Baseballkappe flog ihm vom Kopf, und lange, graue Haare wurden sichtbar. Wenn ich ihn hier verlor, dann war er nur noch einen Häuserblock von der belebten Mission Street entfernt, wo rund um die Uhr Busse fuhren.

Ich begann die Stufen hinabzueilen, wobei ich ihm mit heiserer Stimme drohte, daß ich auf ihn schießen würde. Er schaute über die Schulter zurück. Wandte sich um und hob die Waffe.

Ich drückte ab. Der Schuß verfehlte ihn zwar, aber er stolperte und fiel gegen das Eisengeländer. Er ließ seinen Revolver fallen. Er klapperte über die Stufen und landete seitlich im Buschwerk. Er richtete sich auf, warf einen Blick in Richtung seiner Waffe, drehte sich um und floh.

Ich schrie wieder. Er rannte weiter, sprang die letzten Stufen hinunter und hechtete auf den Gehsteig. Der Aufprall brachte ihn ins Wanken; er landete auf einem Knie.

Ich blieb stehen und konzentrierte mich. Hob meinen Revolver mit beiden Händen hoch und drückte wieder ab.

Der Schuß warf ihn auf das Pflaster. Er landete mit dem Gesicht nach unten und versuchte dann weiterzukriechen. Ich sprang die Stufen hinunter, packte seinen Arm, drückte ihn auf seinen Rücken und setzte mich auf ihn.

Entlang der ganzen Straße bellten Hunde, und die Leute spähten aus ihren Fenstern oder von ihren Veranden. Stimmen plapperten. Ich schaute schnaufend die Straße hinunter und erkannte, daß wir in etwa einen Kreis gemacht hatten und nun auf der anderen Seite des Parks gegenüber von All Souls waren. Ich konnte das Haus durch die Bäume nur undeutlich sehen, aber es wurde von den roten und blauen Lichtern der Polizeiautos erhellt. Das Gemurmel und Geknackse der Radios war deutlich hörbar.

Der Mann unter mir wehrte sich. Ich setzte mich fester auf seinen Arm, und er lag wieder ruhig. Eine Frau starrte uns vom Vorgarten eines nahe gelegenen Hauses aus an; sie schien sprachlos zu sein.

Ich schrie ihr zu: »Laufen Sie zur Coso hinunter, sagen Sie der Polizei, daß ich den Heckenschützen habe!«

Wortlos rannte sie davon.

Der Mann unter mir wehrte sich wieder. Ich hob meinen Revolver und drückte ihn gegen die weiche Stelle am unteren Teil seines Schädels. »Halten Sie sich, verdammt noch mal, still!«

Er fügte sich.

Meine Wut war nun verflogen. Ich verspürte nur Enttäuschung, so als ob ich ein erbittertes Wettrennen gelaufen wäre und dann festgestellt hätte, daß die anderen Teilnehmer gar nicht mitgelaufen waren. Das und eine leichte Neugier.

Ich preßte die Waffe fester gegen den Schädel des Mannes.

Nahm meine andere Hand von seinen Armen und packte sein langes, dünnes Haar. Ich riß seinen Kopf in die Höhe, so daß ich sein Gesicht sehen konnte.

Es war ein Durchschnittsgesicht. Zarter Knochenbau, gleichmäßige Züge und ein buschiger, ungepflegter Schnurrbart. Als sein Blick dem meinen begegnete, rollten seine blauen Augen panisch; sein Mund verzog sich zu einer unausgesprochenen Bitte. Nachdem ich ihn einen Augenblick lang betrachtet hatte, ließ ich sein Haar los, und seine Stirn schlug gegen das Pflaster. Schauer des Schmerzes und der Angst jagten durch seinen Körper.

Dann bemerkte ich die Leute, die sich um mich herum versammelt hatten. Sie schwiegen und beobachteten mich vorsichtig; in den Augen einiger konnte ich eine Anklage lesen. Ich und nicht der Heckenschütze schien ihnen Angst einzujagen.

Ich wandte meinen Blick zum Ende der Straße, wo die Lichter der Polizeiwagen die Nacht rot und blau erleuchteten. Sollten die Leute doch denken, was sie wollten; es war mir egal.

Ich wollte jetzt nur wissen, ob Hank noch lebte.

20

Anne-Marie und ich saßen im grellen Licht des fast leeren Wartesaals im Traumacenter des San Francisco General Hospitals. Ihr Gesicht war blaß und gespannt; ihre Finger, die meine Hand umklammerten, zuckten nervös. Hank war schon seit geraumer Zeit im Operationssaal. Die Kugel war in seine rechte Brustseite eingedrungen; der Arzt hatte uns gesagt, daß man die inneren Verletzungen vor Abschluß der Untersuchungen nicht absehen könne.

Greg hatte mich von All Souls hierhergefahren und meine Aussage im Auto auf Band aufgenommen. Er war zwar mitgekommen, um den Heckenschützen, John Weldon, dem ich eine Schulterverletzung zugefügt hatte, zu vernehmen. Aber seine wirkliche Sorge galt Hank. Journalisten waren gleichzeitig mit uns eingetroffen; Greg hatte ihnen gegenüber einen kurzen Kommentar abgegeben, aber ich hatte mich geweigert, irgend etwas zu sagen. Nun waren sie weg, und Greg und Hank waren beide irgendwo hinter den Schwingtüren, durch die man ins eigentliche Krankenhaus gelangt. Anne-Marie und ich warteten allein.

Nun fühlte ich mich wie betäubt. Mein Schuldgefühl, daß es mir nicht gelungen war, Hank zu beschützen, war abgeflaut; niemand – weder die Kollegen bei All Souls noch Greg oder Anne-Marie selbst – gab mir irgendwelche Schuld. Selbst meine Furcht vor dem Ergebnis der Operation war eigentümlicherweise abgeklungen. Trotz der Leute um uns herum und der gelegentlichen Einlieferung von anderen Verkehrs- oder Verbrechensopfern war es, als befänden wir uns in einem emotionalen Vakuum, in dem wir unsere Umwelt kaum wahrnahmen.

Gegen Viertel nach drei kam Greg durch die Schwingtüren. Er sah nicht viel besser aus als Anne-Marie; seine unerschütterliche Polizistenfassade war brüchig geworden; er sah bleich und besorgt aus. Er setzte sich neben mich und nahm meine andere Hand, die Anne-Marie nicht hielt. Dann legte er den Arm um mich, so daß er ihre Schulter tätscheln konnte.

»Irgendwas Neues?«

Ich schüttelte den Kopf.

»Brustwunden – sehen manchmal schlimmer aus, als sie sind.«

»Er ist schon lange drinnen.«

Anne-Maries Finger verkrampften sich wieder, und mir wurde bewußt, daß ihr meine Worte nicht halfen. »Aber ich bin sicher, daß es ihm bald wieder gutgeht«, fügte ich hinzu. »Da war nur soviel Blut, und Hank – nun, Bewußtlosigkeit paßt einfach nicht zu ihm.« (Oh, Gott, ich machte es nur noch schlimmer!) *Halt den Mund!* sagte ich zu mir.

Anne-Marie erwiderte: »Hör auf, dich um mich zu sorgen, Shar. Ich weiß, daß es schlimm ist, aber ich werde damit fertig. Du hast allen Grund, durcheinander zu sein. Du hast Hank auch sehr gern.«

Dann schwiegen wir. Weiter hinten begann ein Säugling zu schreien. Sein Gebrüll steigerte sich bis zu einem Crescendo, das auch mich fast zum Brüllen brachte. Schließlich ging die Mutter mit dem Kind nach draußen.

Mir fiel auf, daß Greg den Heckenschützen nicht erwähnt hatte. »Konntest du mit ihm sprechen?«

Er fragte nicht, wen ich meinte. »Kurz. Er war bei Bewußtsein und klar im Kopf; dein Schuß traf ihn oben in der Schulter; keine ernsthafte Verletzung. Was er zugegeben hat, entspricht so ziemlich deiner Theorie, und was er mir nicht sagen wollte, wußte ich schon von Letterman.« Greg hatte die Informationen über John Weldon gerade erhalten, als der Anruf einging, daß auf Hank geschossen worden war.

Es war eigenartig, daß ich mich so wenig für den Mann interessierte, den ich verfolgt und verwundet hatte. Es kostete mich Anstrengung, zu sagen: »Erzähl mir von ihm.«

»Er ist ein Superpatriot. War Spionageoffizier der Armee in Vietnam. Offensichtlich entwickelte er einen James-Bond-Komplex und bespitzelte Leute, die er für subversiv oder unloyal hielt. Mir gegenüber sagte er, daß er besessen – oder wie er es ausdrückte ›berechtigtermaßen besorgt‹ – war wegen der ›Friedensspinner‹, die sich im ›Rouge et Noir‹ trafen. Er folgte ihnen und notierte ihre ›Verfehlungen‹.«

»Aber das hat er nicht offiziell getan?«

»Nein. Als er die Informationen an seinen Vorgesetzten weitergeben wollte, sagte der ihm, daß er sich nur um seine Arbeit zu kümmern habe. Das ließ ihn noch fanatischer werden, und schließlich beschloß man, ihn in die Staaten zurückzuschicken. Er wurde zweiundsiebzig aus dem Dienst entlassen, und kurz danach hatte er seinen ersten Nervenzusammenbruch, dem noch weitere folgten. Seitdem hat er den größten Teil seines Lebens in Nervenheilanstalten verbracht, aber vor sechs Monaten schien er geheilt zu sein, und man entließ ihn unter der Bedingung, daß er sich im Letterman Hospital einer ambulanten Beratungstherapie unterziehe. Von da an lief alles in etwa so ab, wie du es vermutet hattest.«

Eine Weile lang sagte ich nichts und starrte auf das karierte Linoleum zu meinen Füßen. Anne-Maries Hand war schlaff; soweit ich es beurteilen konnte, hatte sie möglicherweise gar nicht zugehört, als Greg den Mann beschrieb, der ihren Ehemann angeschossen hatte.

Schließlich sagte ich: »Wir fangen erst jetzt an zu erkennen, was uns der Krieg angetan hat. Er hat so viele Leute kaputtgemacht; nicht nur die, die in Asien starben. Und es hat alle gleichermaßen getroffen – Kriegsgegner, Kriegstreiber, Zivilist, Militär, Amerikaner, Vietnamese. Wir sind alle auf die eine oder andere Weise verwundet worden…«

Plötzlich umklammerten Anne-Maries Finger die meinen. Ich schaute sie an und merkte, daß sie einen Chirurgen in einem blutverspritzten Kittel anstarrte, der durch die Tür getreten war und mit der Krankenschwester an ihrem Schreibtisch sprach. Sie deutete auf uns, und er wollte zu uns herüberkommen, aber Anne-Marie stand auf und eilte auf ihn zu. Sie sprachen kurz miteinander, dann wandte sie sich zu Greg und mir; ihr Gesicht war noch fahler geworden.

»Die Operation ist vorbei«, sagte sie. »Ich darf ihn jetzt sehen.«

Ich fragte: »Wird er…«

»Das wissen sie noch nicht. Es kann noch Stunden dauern. Warum geht ihr beide nicht heim und ruht euch ein wenig aus.«

»Nein, wir…«

»Bitte, Shar. Wenn ich ihn gesehen habe, möchte ich sowieso eine Weile allein sein.«

Ich nickte; ich fühlte mich irgendwie ausgeschlossen und zurückgewiesen. Anne-Marie verließ mit dem Chirurgen zusammen den Wartesaal.

Sie macht mir doch Vorwürfe, dachte ich.

Nach einer Weile fragte Greg: »Bist du in Ordnung?«

Ich machte eine Handbewegung, die ein Ja ausdrücken sollte. Aber ich sagte: »Nicht so recht.«

»Komm.« Er stand auf und zog an meiner anderen Hand. »Ich fahr' dich heim.«

»Nein, in die Kanzlei. Mein Auto steht noch dort.«

Er zog mich aus dem Stuhl hoch, legte mir die Hände auf die Schultern und schaute mir lange in die Augen. Was er dort sah, schien ihn zu beruhigen, denn er nickte und führte mich zu seinem Wagen.

Immer, wenn ich in einer schlechten seelischen Verfassung bin, zieht es mich ans Wasser. Als Kind lief ich nur einmal von zu Hause weg, aber da packte ich mein Stoffkänguruh, ein paar Comics und drei Brote mit Erdnußbutter in einen kleinen Korb und fuhr mit dem Bus – wobei ich zweimal umsteigen mußte –

zu einem Strand, den meine Familie oft besuchte. Mein Vater fand mich Stunden später dort und fuhr mich heim.

An jenem Morgen um vier Uhr dreißig trieben mich meine Depression und die Furcht, daß Reporter meine Haustür belagerten, zum Point Lobos, wo ich vor Sonnenaufgang im Nebel am Rand der Ruinen des alten Sutro-Bads saß und auf das Meer hinausstarrte, wo man die schemenhaften Umrisse der Seehundfelsen erkennen konnte.

Die Gegend dort zwischen Land's End und dem Meeresstrand ist normalerweise von Ausflugsbussen und Wohnmobilen vollgestellt – die meiner Meinung nach sowieso viel zuviel Platz auf dieser Erde einnehmen –, aber an diesem nebligen, regnerischen Morgen war die Gegend verlassen. Nur ein paar Strandläufer, Spaziergänger mit ihren Hunden und ich waren zu dieser frühen Stunde unterwegs. Ich konnte das Meer riechen, die Seelöwen hören; die Nebelhörner bei der Brücke drüben antworteten auf ihre Schreie. Ohne die kalte Feuchtigkeit an meinem Hosenboden zu spüren, saß ich auf den Grundmauern des ehemaligen Wasserspielplatzes am Pazifik und dachte darüber nach, wie die Dinge sein sollten und wie sie in Wirklichkeit sind.

Die Menschen *sollten* ein produktives Leben führen und nach Glück streben, selbst wenn sie es nie erreichen können. Sie sollten sich nie als ohnmächtige Opfer fühlen, die dann versuchen, Macht zu gewinnen, um andere zu Opfern zu machen. Sie sollten nicht sinnlos sterben – weder auf dem Schlachtfeld noch auf den Straßen der Stadt. Und sie sollten nicht in den Wahnsinn getrieben werden und Gewalt gegen andere oder sich selbst richten.

Natürlich wußte ich, daß die Wirklichkeit völlig anders aussah. All diese Dinge passieren pausenlos. Als Volk haben wir uns hohen Idealen verschrieben – Gleichheit, Frieden, Beendigung des Tötens, Rettung der Wale –, aber nach den Erfahrungen in meinem Beruf fragte ich mich, wie viele von uns überhaupt noch an diese Ziele glauben. Oder ihre Durchsetzbarkeit angesichts der menschlichen Natur für möglich halten...

Der Himmel war nun heller, aber der Nebel machte keine Anstalten abzuziehen. Ich konnte die Felsen erkennen, wo die Seelöwen ihre Köpfe hoben und bellten, aber den Übergang vom

Meer zum Horizont konnte ich nicht sehen. Obgleich es ein trüber Freitag zu werden versprach, blieb ich sitzen und wartete auf ein Zeichen der Hoffnung. Als sich nach einer Weile immer noch keines zeigte, stand ich auf und machte mich auf den Heimweg, um wenigstens noch ein paar Stunden zu schlafen.

Ich schlief unruhig, und als ich gegen neun Uhr aufwachte, war ich noch deprimierter – Opfer des hartnäckigen Nebels und der schrecklichen Ereignisse des Vorabends. Im Gegensatz zum Samstagmorgen fiel mir der Traum, den ich vor dem Aufwachen gehabt hatte, sofort wieder in all seiner beängstigenden Klarheit ein.

Ich saß in einer Menschenmenge in einem großen Auditorium. Auf der Bühne verteilte ein berühmter Mann, der wie ein Gelehrter gekleidet war, Diplome. Perry Hilderly trat auf das Podium. Er trug den traditionellen Hut und die Robe. Der Mann überreichte ihm ein Stück Pergament und rühmte Perrys Klugheit. Dann wandte sich Perry der Menge zu und hielt sein Diplom in die Höhe; seine blutigen Hände besudelten das Pergament; das Publikum pfiff ihn aus.

Als mir der Traum wieder einfiel, lief mir ein unangenehmer Schauer über den Rücken. Ich zog die Decke höher, um mich gegen die Kälte im Raum und in mir selbst zu schützen. Ich sollte mein Buch über Träume befragen, um herauszufinden, was mir dieser Traum sagen wollte. Aber wollte ich das wirklich wissen?

Glücklicherweise hatte ich an diesem Morgen nicht viel Zeit, um über meine Träume nachzudenken. Es war schon spät, und ich wollte im Krankenhaus anrufen, um mich nach Hank zu erkundigen. Dann mußte ich zur Polizei und die Aussage unterschreiben, die ich am Vorabend in Gregs Auto gemacht hatte; er hatte gesagt, das Protokoll sei gegen zehn Uhr fertig. Dann wollte ich meinen Freund, den Privatdetektiv, aufspüren, um zu erfahren, ob er tatsächlich im Auftrag von Jess Goodhue Nachforschungen über Jenny Ruhl angestellt hatte.

So viele Erledigungen, die ich zu machen hatte. So viele Möglichkeiten, um mich von meiner Sorge um Hank abzulenken.

21

Bei der Patientenauskunft sagte man mir, daß Hank immer noch auf der Intensivstation liege und sein Zustand kritisch, aber stabil sei. Das war ein so dehnbarer Begriff, daß ich nach dem Anruf auch nicht zuversichtlicher war; dann versuchte ich vergeblich, Anne-Marie zu erreichen. Niemand bei All Souls wußte mehr als ich. Am Ende machte ich mich in ziemlich ängstlicher Verfassung auf den Weg zum Justizpalast. Mein Kopf schmerzte, weil ich zuwenig geschlafen hatte, und ich zitterte, weil ich zuviel Kaffee getrunken hatte.

McFate war nicht im Mannschaftsraum, obwohl sein Jackett – heute waren blaue Nadelstreifen angesagt – auf dem dämlichen kleinen Ständer neben seinem Schreibtisch hing. Dies, so dachte ich, konnte man vielleicht als den ersten positiven Umstand des Tages betrachten. Ich hatte dem Inspektor nichts zu sagen, aber ich war mir sicher, daß er mir viel zu sagen hatte – vor allem dumme Sprüche über meine Fähigkeiten als Leibwächter und gewiß kein Lob darüber, daß ich den Heckenschützen dingfest gemacht hatte.

Wie versprochen hatte Greg meine Aussage auf dem Schreibtisch. Ich las sie langsam durch, machte ein paar Änderungen, zeichnete sie ab und unterschrieb.

»Jetzt ist alles aufgeklärt. Ich dachte immer, daß es irgendeine Verbindung zu Hilderly und seinem geänderten Testament gäbe. Aber da habe ich mich wohl geirrt.«

Greg kramte in seinen Unterlagen, runzelte verärgert die Stirn, aber antwortete nicht. Ich stand auf, um zu gehen.

»Wart einen Augenblick«, sagte er und bedeutete mir, die Türe zu schließen.

Das tat ich, bevor ich mich wieder setzte.

»Wie kommst du mit dem Fall Hilderly weiter?« fragte er.

»Ich habe alle Erben aufgetrieben, aber dann wurde einer getötet – das weißt du ja.«

»Grant.«

»Richtig. Ich habe McFate gesagt, daß ich an eine Verbindung zwischen Grants Tod und Hilderlys Testament glaubte. Hat er dir das nicht erzählt?«

»Er hat nur gesagt, daß er das nicht für relevant halte. Offensichtlich befaßt er sich ernsthaft mit einigen von Grants Klienten.« Greg hielt inne, Wutfalten zeigten sich auf seiner Stirn. »Erzähl mir, was du über die Verbindung zwischen Hilderly und seinen Erben herausgefunden hast.«

Das tat ich, wobei ich auch die anscheinend unwichtigen Kleinigkeiten erwähnte. Greg machte sich ein paar Notizen, die er studierte, bevor er etwas sagte.

»Ich habe da eine interessante Neuigkeit«, sagte er schließlich. »Die Waffe, die du mir zur Identifizierung gebracht hast – das Labor hat gestern abend deswegen angerufen. Ein Techniker, der mir einen Gefallen schuldet, hat Überstunden gemacht, um sie zu untersuchen. Ich habe eine Überprüfung der Seriennummer angeordnet, und ich habe jetzt das Ergebnis.«

»Und?«

»Die Pistole gehört zu einem Dutzend Waffen, die im Februar neunundsechzig aus einem Laden in Outer Mission gestohlen wurden. Vier davon fand man bei den Mitgliedern einer radikalen Gruppe, die im darauffolgenden August versuchten, das Waffenarsenal von Port Chicago in die Luft zu jagen: Taylor, Ruhl und Heikkinen. Die fünfte Waffe wurde einige Monate später bei Ruhls Selbstmord verwendet.«

Ich atmete tief ein und mit einem schweren Seufzer aus. »Und Hilderly hatte die sechste. Ich frage mich, ob sie sie tatsächlich selbst gestohlen haben.«

»Das können wir unseren Unterlagen nicht entnehmen.«

»Ist auch nicht wirklich wichtig. Ich möchte lieber mehr über den Bombenanschlag und die Verhandlung wissen. Hat das FBI die Verhaftungen vorgenommen?«

Greg nickte.

»Und dann hat die Staatsanwaltschaft wohl Anklage erhoben. Vermutlich wäre es schneller und einfacher, wenn ich mich in der Bibliothek umschaue, als wenn ich dich bitte, Informationen auf dem Dienstweg einzuholen.«

»Das hat mit deinen Nachforschungen für die Kanzlei aber eigentlich nichts mehr zu tun, oder?«

Ich zuckte die Achseln. »Dann bin ich wenigstens von meiner Sorge um Hank abgelenkt.«

»Wenn du so entschlossen bist, die Sache weiterzuverfolgen, dann halt mich bitte auf dem laufenden. McFate hat wahrscheinlich recht mit seiner Annahme, daß Grant von einem unzufriedenen Mandanten umgebracht worden ist, aber es paßt mir trotzdem nicht, daß er nicht alle Spuren verfolgt.«

»Und wenn er unrecht hat mit der Annahme, daß diese Spuren irrelevant sind, dann hast du Zündstoff gegen ihn in der Hand.«

»So in der Art.«

»Ich lasse dich jetzt besser weiterarbeiten.« Ich stand auf, und Greg begleitete mich bis zur Tür. »Übrigens«, fügte ich hinzu, »wie hat McFate es denn aufgenommen, daß ich den Heckenschützen geschnappt habe?«

»Nicht sehr gut. Er motzte darüber, daß sich Zivilisten in Angelegenheiten der Polizei mischten – als ob es nicht gleich ist, wer ihn geschnappt hat. Er schien irgendwie erleichtert zu sein, daß der Mord an Hilderly aufgeklärt worden ist; vielleicht hat er selbst nicht recht daran geglaubt, daß das Testament nichts mit Grants Tod zu tun hat. Und gleich danach hat er sich abgesetzt.« Greg schaute in die Ecke des Mannschaftsraumes, wo McFates Jackett immer noch auf dem Messingständer hing. »Offen gestanden geht es mir auf die Nerven, daß er immer wieder verschwindet.«

»Was glaubst du denn, wo er ist?«

»Er kann nicht weit sein. Normalerweise zieht er sein Jackett sogar an, wenn er pinkeln geht.«

»Also ich mach' mich aus dem Staub, bevor er wiederauftaucht.«

Greg grinste und ging in sein Büro zurück. Ich fuhr mit dem Aufzug in die Halle hinunter und reihte mich in die Schlange vor den Telefonzellen ein.

In der Halle war es laut und voll. Die Geräusche der Schritte und der Stimmen hallten von den Marmorwänden wider. Uniformierte Polizisten kamen auf ihrem Weg zu den Aufzügen oder zur südlichen Polizeistation, die gleich hinter der Wachstation am Eingang liegt, vorbei. Rechtsanwälte in dunklen Anzügen mit Aktenkoffern in der Hand strebten den Verhandlungsräumen im östlichen Trakt des Gebäudes zu. Ein ärmlich gekleideter angetrunkener Mann aß auf einer der Marmorbänke ein belegtes Brot. Die Rollen der anderen Teilnehmer am Justizgeschehen waren schwieriger zu durchschauen: War der modisch gekleidete Farbige drüben am Konzessionsstand ein Drogensüchtiger, ein Zuhälter oder ein Bewährungshelfer? War die Frau in dem feschen schwarzen Kostüm eine Zeugin der Anklage, oder war sie selbst wegen Prostitution angeklagt? Ich entdeckte eine Frau mit einem lila Punkerhaarschnitt, zerschlissenen Jeans und einem schmutzigen T-Shirt und erkannte sie als eine Drogenfahnderin, die mir Greg einmal vorgestellt hatte.

Während ich darauf wartete, daß eine Telefonzelle frei wurde, trat ich von einem Bein auf das andere und erhaschte Fetzen von Gesprächen.

»... Liebling, ich sagte doch schon, daß wir das Geld für die Kaution schon bekommen werden...«

»... der Fall wird nächsten Donnerstag weiter verhandelt; Sie müssen meinen Terminkalender ein wenig umstellen...«

»... Hallo Schatz, ich bin's. Wenn du vor mir heimkommst, dann schieb doch den Braten zum Auftauen in die Mikrowelle...«

»... Bringen wir das noch in die Morgenausgabe...?«

Als der Mann mit dem gefrorenen Braten das Telefon freigab, trat ich in die Zelle und wählte die Nummer der Patientenauskunft vom San Francisco General Hospital. Hanks Zustand war unverändert. Dann rief ich bei All Souls an, um zu erfahren, ob Nachrichten für mich da waren: Drei stammten von Medienleuten – aber keine von Goodhue. Angesichts der Tatsache, daß sie mich persönlich kannte, war ich erstaunt, daß sie nicht versucht hatte, mich zu kontaktieren, um von mir einen Exklusivbericht über die Ergreifung des Heckenschützen für einen KSTS-Reporter zu bekommen. Vielleicht lag der Grund für ihre Weigerung, mir den Namen des Detektivs zu geben, doch nicht darin, daß sie zu beschäftigt war? Aber ich konnte mir auch keine andere Ursache vorstellen.

Auf die vierte Nachricht hatte ich gehofft – sie war nämlich vom Wolf. Ich warf noch zwei Münzen in den Schlitz und rief sein Büro an. Er antwortete beim ersten Läuten.

»Nun, Sharon«, fragte er, nachdem ich meinen Namen genannt hatte. »Was gibt es?«

»Kannst du dich an eine Mandantin namens Jess Goodhue erinnern? Die Nachrichtensprecherin vom Fernsehen? Es ging da um eine Nachforschung über die Vergangenheit ihrer Mutter, Jenny Ruhl. Ist schon ein paar Jahre her...«

»Natürlich erinnere ich mich. Was ist mir ihr?«

»Sie ist am Rande in einen Fall verwickelt, den ich bearbeite, und ich muß einen Blick auf deinen Ergebnisbericht werfen. Goodhue ist damit einverstanden«, fügte ich hinzu, da ich nicht sicher wußte, daß sie etwas dagegen hatte. »Aber sie ist zu beschäftigt, dich anzurufen, also beschloß ich, es selbst zu tun.«

»Komisch.«

»Wieso?«

»Sie rief am Dienstag morgen an und bat um eine Kopie des Berichts. Die hat sie dann am gleichen Nachmittag abgeholt.«

Also belog mich Goodhue ebenso wie Ross. Aber warum sollte ich nicht wissen, daß sie den Bericht bereits hatte? Ich sagte: »Und jetzt kann ich sie nicht erreichen. Ich weiß, daß du mir ohne ihr Einverständnis strenggenommen keine Kopie geben kannst. Kann ich vielleicht trotzdem einen Blick reinwerfen?«

»Das hängt davon ab, wofür du den Bericht brauchst.«

Ich erzählte ihm vom Fall Hilderly und betonte, daß wir unbedingt herausfinden mußten, ob Perry unter Druck oder unangemessener Einflußnahme gestanden hatte, als er die Abschrift des Testaments erstellte.

»Also, ich sehe keinen Grund, warum ich dir keine Kopie geben sollte, nachdem du sagst, daß Jess Goodhue damit einverstanden ist. Ich komme aber erst heute nachmittag dazu. Wenn du willst, gebe ich ihn gegen vier bei All Souls ab.«

Als er All Souls erwähnte, fiel mir ein, daß Wolf – der die oft niederschmetternden Nachrichten in der Morgenausgabe bewußt vermied – vermutlich gar nicht wußte, was letzte Nacht dort vorgefallen war. Als ich ihm die ganze Geschichte erzählt hatte, war ich wieder voller Zorn gegen den Heckenschützen, und als Wolf sein Bedauern darüber ausdrückte, daß Hank angeschossen worden war, hörte ich die gleiche Wut in seiner Stimme.

Bevor ich auflegte, fiel mir eine letzte Frage ein. »Ich nehme an, du erinnerst dich nicht mehr, was du über Goodhues Mutter herausgefunden hast?«

»Nein, leider nicht. Mein Gedächtnis ist auch nicht mehr das, was es einmal war.«

Ich dankte ihm und legte auf. Die Telefonzelle wurde sofort von einer jungen Frau mit roten Augen und verschmierter Wimperntusche übernommen. Jemand hatte einmal zu mir gesagt, daß im Justizpalast mehr Tränen vergossen werden als in irgendeinem anderen öffentlichen Gebäude oder Privathaus in San Francisco, und nicht einmal bei Beerdigungen wird dieser Rekord gebrochen. Ich habe nie bezweifelt, daß das wahr ist.

Um elf Uhr dreißig saß ich in einer ruhigen Ecke im Mikrofilmraum der Zentralstelle der Stadtbücherei an einem Monitor. Geisterhafte Bilder flimmerten vor meinen Augen, als ich auf der Suche nach den Artikeln über den Bombenanschlag von Port Chicago die Bänder abspulte, die ich bestellt hatte. Beim Durchsehen der Inhaltsverzeichnisse der Zeitschriften hatte ich festgestellt, daß es eine Fülle von Berichten über dieses Ereignis gab. Eine der großen, bundesweit verbreiteten Zeitungen hatte sogar einen langen Artikel über den Fall geschrieben unter dem Titel ›Plan der Revolutionäre kollidiert mit der neuen Strategie der Regierung, Gewalt mit allen Mitteln zu bekämpfen‹.

Was ich aus diesem Bericht erfuhr, überraschte mich. Taylor und Heikkinen waren die einzigen Angeklagten in dem Prozeß gewesen; der Staatsanwalt hatte strenge Strafen gefordert, um ein Exempel zu statuieren, und beide wurden zu Freiheitsstrafen von fünf Jahren in einem Staatsgefängnis verurteilt – Taylor war nach McNeil Island in Washington State gekommen und Heikkinen in eine Strafanstalt in Alderson, West Virginia. Die Straftat – Vorbereitung eines Bombenanschlages auf eine militärische Einrichtung – hatte einen ernsteren Hintergrund, als ich angenommen hatte: Wenn es ihnen gelungen wäre, die Bomben zu installieren und zu zünden, dann hätte dieser Anschlag mehrere Menschenleben gefordert.

Aber was mich am meisten überraschte, war die Identität der Hauptzeugin der Anklage. Jenny Ruhl hatte die vernichtende Aussage gemacht, »daß die Gruppe um der Sache willen, für die sie kämpfte, das Opfer von Menschenleben in Kauf genommen oder sogar für wünschenswert gehalten« habe.

Libby Ross hatte behauptet, daß die Gruppe vor allem endlose, intensive Gespräche geführt habe. Offensichtlich war die

Rhetorik mit ihnen durchgegangen. Obgleich in den Prozeßberichten betont wurde, daß es gute Gründe gegeben habe, Teile von Ruhls Aussage zu bezweifeln, sah ich die Geschichte nun doch in einem anderen Licht. Wenn die Mitglieder der Gruppe bereit gewesen waren, unschuldige Fremde zu töten, welche Verbrechen hatten sie dann noch geplant oder sogar durchgeführt? Was würde ich finden, wenn ich weiterforschte? Und war das nach so langer Zeit überhaupt nötig? Es gab Leute, die unter der Wahrheit zu leiden haben würden: Jess Goodhue, D. A. Taylors Frau und seine Kinder. Vielleicht wäre es gnädiger, die Vergangenheit ruhen zu lassen, nachdem die meisten Menschen, die in den Fall verwickelt gewesen waren, nicht mehr lebten.

Aber schon während ich noch darüber nachdachte, wußte ich, daß ich weitermachen würde. Tom Grant war ermordet worden, und mein Gefühl sagte mir, daß die Kräfte, die zu diesem Mord geführt hatten, von der Vergangenheit in Bewegung gesetzt worden waren. Grant war zwar kein erfreuliches Exemplar der Gattung Mensch gewesen, aber wenn es um Mordopfer geht, differenziert ein Detektiv nicht zwischen guten und bösen. Ich mußte weitermachen, weil McFate diese Spur offensichtlich nicht verfolgen wollte.

Meine Notizen füllten bald mehrere Seiten: Der chronologische Ablauf der Ereignisse, Schlüsselsätze der Zeugen, Adressen, Namen. Hilderly wurde nur einmal erwähnt, und zwar bei einer Auflistung von Leuten, die im Verdacht standen, ehemalige Mitglieder der Gruppe zu sein; die Namen Andy Wrightman und Thomas Y. Grant tauchten nirgends auf.

Nachdem ich den ersten Satz Filme durchgesehen hatte, ging ich nach nebenan und suchte in den Nachschlagewerken und Katalogen nach Artikeln in der radikalen Presse von damals.

Dann kehrte ich in den Mikrofilmraum zurück und sah einige Bänder mit Berichten der *Berkeley Barb* durch, die in den sechziger Jahren bundesweit gelesen wurde. Ein Journalist der *Barb* schrieb von Gerüchten (die er vermutlich selbst in die Welt gesetzt hatte) über eine ›geheimnisvolle vierte Person‹ bei dem Waffenlager, die Taylor ihre Waffe in die Hand gedrückt habe und verschwunden sei, als die Beamten der Bundespolizei auftauchten. ›Eine Falle!‹ verkündete die Schlagzeile.

›Jenny Ruhl, Verräterin‹ lautete der Titel des Berichtes, der unmittelbar nach Jenny Ruhls Aussage im Prozeß erschienen war. Sie wurde als ›verzogene Tochter reicher Schweine aus Orange County‹ beschrieben, ›zu empfindsam, um ihrem Bruder und ihrer Schwester bei deren Verhandlung beizustehen!‹ Ein anderer, weniger freundlicher Reporter meinte, sie sei total verkorkst und habe vermutlich ›schon lange Spitzeldienste geleistet‹. In ihrer Todesanzeige ein paar Wochen nach dem Prozeß wurde sie dann als ›Märtyrerin der Bewegung‹ und ›Opfer der Bourgeoisie‹ bezeichnet. Offensichtlich war es der *Barb* ebensowenig wie mir gelungen, Ruhl einzuordnen.

Nachdem ich meine Nachforschungen in der Bibliothek abgeschlossen hatte, gab ich die Mikrofilme zurück und verließ das Gebäude, um meine Suche nach der Vergangenheit fortzusetzen. Aber zuerst suchte ich eine Telefonzelle und rief im Krankenhaus an, um zu erfahren, wie es Hank ging. Immer noch keine Veränderung. Schließlich erreichte ich Anne-Marie in der Pflegeabteilung der Intensivstation; sie klang müde und weit weg, und als ich anbot, später vorbeizukommen und ihr Gesellschaft zu leisten, meinte sie, es sei besser, wenn ich nicht käme.

»Seine Lunge war kollabiert, und er hatte noch weitere innere Verletzungen. Sie müssen vielleicht noch mal operieren, und wenn es so weit kommt, dann brauche ich alle meine Selbstbeherrschung. Ich könnte niemanden ertragen, der mehr als berufsmäßiges Mitgefühl zeigt. Außerdem«, fügte sie hinzu, »sind seine Eltern hier. Und du kennst sie ja.«

»Ich nehme an, sie geben mir die Schuld daran, daß man ihn angeschossen hat.«

»Sie haben da eine lange Liste. Außer Gott steht praktisch jeder darauf und vielleicht sogar er.«

Ich hatte diese Reaktion mehr oder weniger vorhergesehen. Die Zahns haben zu lange in der reichen Welt der Oberschicht gelebt und werden mit realen Problemen nicht mehr fertig. Nachdem ihr einziger Sohn angeschossen worden war, mußte man dringend jemandem die Schuld zuweisen; Anklagen und Beschuldigungen waren hervorragende Mittel, um gegen Angst und Ohnmacht anzukämpfen, und beide konnten mit diesen Waffen ausgezeichnet umgehen. Ich hatte mich oft gefragt, wie zwei so verschlossene und unsichere Menschen zu solch einem offenen und selbstbewußten Kind wie Hank kamen.

»Halt die Ohren steif«, sagte ich, womit ich mich selbst ebenso wie Anne-Marie meinte. »Ich melde mich später wieder.«

Wenn ich an einem Fall arbeite, zieht es mich oft zu den Orten, wo die Schlüsselereignisse stattgefunden haben, selbst wenn der eigentliche Vorfall lange Jahre zurückliegt. Das Bedürfnis, diese Örtlichkeiten zu sehen, ist mehr oder weniger instinktiv; oft weiß ich nicht einmal, wohin ich gehe, bis ich dort ankomme. Wie unwissenschaftlich und unlogisch dieses Vorgehen auch sein mag, habe ich doch gelernt, diesen Impulsen zu vertrauen. Und wenngleich ich nur selten über ein übersehenes Detail stolpere oder eine geniale Einsicht habe, geben mir die Orte doch ein besseres Gefühl für die betroffenen Personen und ihre möglichen Motive. Nachdem ich nichts Besseres zu tun hatte, bevor ich Wolfs Bericht bei All Souls abholen konnte, beschloß ich herauszufinden, was von der Gegend vor zwanzig Jahren noch geblieben war.

Es hatte keinen Sinn, nach Port Chicago hinauszufahren; man würde mich sowieso nicht in das Waffenlager hineinlassen, und außerdem erschien mir der Ort der Festnahme auch nicht relevant. Auch nach Berkeley brauchte ich nicht zurückzukehren; ich kannte die Gegend, und sie war auch nicht der eigentliche Mittelpunkt der Geschichte. Das Bundesgebäude, in dem der Prozeß stattgefunden hatte, war nur zwei Häuserblocks von der Bibliothek entfernt. Aber ich wußte, wie Gerichtssäle aussahen, und konnte mir die trockene Verhandlung gut vorstellen.

Nach den Zeitungsberichten, die ich gelesen hatte, war das Beweismaterial der Staatsanwaltschaft erdrückend: Ergreifung am Tatort, Revolver, Bomben, Zündstoff, Pläne der militärischen Anlage und Diagramme für die Verteilung der Bomben; Augenzeugenberichte der festnehmenden Beamten; und die offensichtlich unerschütterliche Aussage von Jenny Ruhl. Die Hauptzeugin der Anklage ›sah‹ nach dem Bericht eines Reporters ›ihre ehemaligen Kameraden kein einziges Mal an. Sie zeigte weder Schuld noch Nervosität im Zeugenstand und sprach mit ausdrucksloser Stimme. Als sie den Gerichtssaal verließ, schaute sie sich nicht um‹. Angesichts ihrer Aussage war die magere Verteidigung zusammengebrochen.

Ich konnte verstehen, was Ruhl vermutlich dazu veranlaßt hatte, gegen ihre früheren Freunde auszusagen. Wie bei vielen Möchtegern-Revolutionären war ihr Engagement in der Gruppe eine Rebellion gegen ihre konservative Erziehung gewesen. Aber die Aussicht auf eine mehrjährige Haftstrafe nach ihrer Festnahme konnte sie wohl nicht ertragen. Außerdem hatte sie eine Tochter, die von ihr abhängig war; ein Kind, das sie im Fall ihrer Verurteilung lange Zeit nicht mehr sehen würde. Der Staatsanwalt erkannte wohl, daß Ruhl das schwächste Glied der drei war, und hatte sie zu einem Abkommen überredet.

Ja, ich konnte mir gut vorstellen, warum Ruhl für die Staatsanwaltschaft ausgesagt hatte. Aber ihr Selbstmord wenige Wochen nach der Verhandlung verblüffte mich. Wenn sie wegen Jessica ihre Loyalität und ihren eigenartigen Ehrenkodex geopfert hatte, warum ließ sie dann das Kind mutterlos und ohne jede finanzielle Unterstützung zurück?

Darauf gab es keine Antwort – und vielleicht würde es nie eine Antwort darauf geben.

Das untere Fillmore-Viertel – westlich vom Civic Center und der Van Ness Avenue – gehört zu den Stadtteilen, die ihr Gesicht verändern. Die Schweinefarmen, die hier am Ende des neunzehnten Jahrhunderts zu finden waren, sind ebenso verschwunden wie die Jazzclubs aus der Zeit nach dem Zweiten Weltkrieg und die heruntergekommenen Gettos der jüngsten Vergangenheit. Auch Winterland – das ehemalige Eislaufstadion, das in den sechziger Jahren zum Mekka für drogensüchtige, musikbegeisterte Hippies wurde – gibt es nicht mehr. Jetzt herrscht hier eine ungute Mischung urbaner Kulturen: Luxuriöse Eigentumswohnungen neben schäbigen, dreistöckigen, viktorianischen Häusern; schicke Restaurants und schmierige Imbißbuden; an einer Ecke ein Weinladen, an der anderen ein Spirituosengeschäft mit Billigangeboten.

Das Haus an der Hayes Street, wo die Gruppe gleich nach ihrem Umzug nach San Francisco gelebt hatte, stand nicht mehr; der ganze Block war abgerissen worden, um Platz für ein Hochhaus zu schaffen. Aber am Ende der Straße entdeckte ich Jude's Liquors, wo D. A. Taylor ab und zu ausgeholfen hatte. Ich parkte den MG und folgte einem Sperrholzweg um den Bauplatz herum zum Laden. Das Spiegelglas war vergittert, und Neonreklamen und verblichene Poster warben für mindestens zwei Sorten Bier, die es schon lange nicht mehr gab. Als ich eintrat, sah ich einen jungen Asiaten, der Wodkaflaschen aus einem Karton auf das Regal hinter der Theke stellte. Ich zeigte ihm meine Lizenz und sagte, daß ich ihm ein paar Fragen stellen wollte.

Wie lange arbeitete er schon hier? Er war der Besitzer, hatte den Laden seit nun drei Jahren, nachdem der frühere Eigentümer gestorben war. Nein, er wußte nichts von den Leuten, die früher in der Gegend gewohnt hatten, wußte nicht viel über die, die jetzt hier lebten. Er pendelte von Richmond. Dies war kein geeigneter Ort, um Kinder aufzuziehen.

Ich ging zurück zu meinem Wagen und fuhr ein paar Häuserblocks weiter zur Page Street. Die Gruppe hatte irgendeinen Streit mit dem Hauswirt des Gebäudes an der Hayes Street gehabt und war nach ein paar Monaten in eine andere Wohnung in der Nähe gezogen. Das Haus stand noch: Es war dreistöckig mit einer pinkfarbenen Betonsteinfassade und einer ausgetretenen Treppe. Ich stieg die Treppen hinauf und begutachtete die Briefkästen. Nirgendwo war ein Name angebracht; eine der Türen stand offen, die Scharniere waren gebrochen; ein Klingelknopf baumelte an freiliegenden Drähten herab; die Stufen waren mit Zeitungen und Werbeprospekten übersät. Das Gebäude gab mir kein Gefühl für die Vergangenheit. Ich spürte keine Verbindung zwischen dem Haus und den gewalttätigen Plänen, die in seinen Mauern geschmiedet worden waren.

Ich ging die Treppe wieder hinunter und schaute zu der Straßenecke im Osten. Die chemische Reinigung, wo Libby Heikkinen hin und wieder gejobbt hatte, hatte sich in eine Edel-Bäkkerei mit dem Namen ›Backtrog‹ verwandelt. Eine junge weiße Frau kam heraus, die einen Säugling in einem Wagen vor sich herschob. Aus ihrem Einkaufsnetz ragte ein Baguette. An der entgegengesetzten Ecke lag das Lebensmittelgeschäft, dessen Besitzerin den Mitgliedern des Kollektivs erlaubt hatte, den

Abfall nach eßbaren Nahrungsmitteln zu durchstöbern – Rhondas Superette. Rhonda Wilson war Leumundszeugin für die Verteidigung gewesen.

Ihr Geschäft sah aus wie die meisten Eckläden in der Stadt, mit Lebensmitteln in staubigen Kartons und Dosen, die schon lange auf den Regalen standen; die Gänge waren eng, das Linoleum brüchig, und die uralten Kühltruhen gaben pfeifende Geräusche von sich. Eine farbige Frau in mittleren Jahren saß hinter der Theke und sah Rechnungen durch.

Nein, sie war nicht Rhonda Wilson. Sie und ihr Mann hatten ihr den Laden Mitte der siebziger Jahre abgekauft. Rhonda war nach Nevada gezogen, aber sie wußte nicht, ob sie noch dort war. Nein, sie erinnerte sich nicht an die Leute, die weiter oben an der Straße gewohnt hatten und vom FBI verhaftet worden waren. Sie hatte damals noch in Texas gelebt und hatte von dem Fall nicht einmal gehört. Gab es in der Nachbarschaft jemanden, der sich vielleicht erinnern könnte? Da war der alte Cal. Cal war in den frühen sechziger Jahren bei einem Unfall im Hafen schwer verletzt worden. An guten Tagen saß er in seinem Rollstuhl auf dem Bürgersteig und verbrachte den Tag in Gesprächen mit den Passanten. An nebligen Tagen wie heute fand man ihn meistens in dem Familienauto, einem Dodge, den seine Frau am Randstein geparkt hatte.

»Cal ist eine gute Seele«, fügte die Frau hinzu. »Er schreibt Briefe, beschwert sich beim Bürgermeister über Mißstände im Viertel. Die Menschen mögen ihn; sogar die Junkies und die Bullen haben ihn gern. Das Auto? Das ist schon seit Jahren nicht mehr gefahren worden. Es steht nur da, und die Straßenreinigung fährt drum herum. Niemand schreibt je einen Strafzettel aus.«

Wenn ich so etwas höre, wächst mein Vertrauen in die Stadt wieder, die mir oft kalt und unmenschlich erscheint. Ich dankte der Frau, kaufte einen Hershey-Riegel – die Notration Schokolade in meiner Tasche neigte sich dem Ende zu – und verließ den Laden, um zu erfahren, was Cal mir erzählen konnte.

22

Der schäbige braunweiße Dodge mit den ausladenden Seitenflügeln stand drei oder vier Türen von der letzten Adresse des Kollektivs entfernt. Zwei alte Männer hatten ihre Arme auf sein Dach gestützt und sprachen mit jemandem im Wageninneren. Beide waren in warme Mäntel gehüllt, um die feuchte Kälte abzuhalten; einer trug sogar eine Strickmütze mit Ohrenschützern. Ich trieb mich hinter ihnen auf dem Bürgersteig herum, bis sie mit ihrem Gespräch fertig waren. Es ging um den Bau eines neuen Stadions anstelle von Candlestick Park im Stadtzentrum. Die Männer auf dem Bürgersteig waren alle dafür; der Mann im Auto – den ich noch nicht sehen konnte – hatte nichts dagegen, aber das Projekt war für ihn ein Beispiel der ›Interessenpolitik‹ im Rathaus.

»Während des Wahlkampfes spucken sie große Töne«, sagte er mit belegter Stimme, »und wenn man sie gewählt hat, sind alle Versprechen vergessen.«

Der Mann mit der Strickmütze sagte: »Warum schreibst du keinen Brief, Cal, und erklärst das dem Bürgermeister?«

»Das mach' ich vielleicht sogar.«

Ich wollte die kurze Gesprächspause gerade nützen, um mich einzuschalten, als der andere Mann auf dem Gehsteig ein wenig zur Seite trat, und der im Wagen mich sah. »Geht auf die Seite, Jungs. Da kommt mich eine junge Dame besuchen. Ich habe Besseres zu tun, als meine Zeit an euch alte Trottel zu verschwenden.«

»Du bist einfach zu beliebt, Cal.« Der Mann mit der Wollmütze winkte mir, näher heranzutreten. »Bis später.« Er und sein Gefährte marschierten davon.

Der alte Cal war Mitte Sechzig. Er hatte weißes Haar und eine dunkle Haut, die fast violett wirkte, einen kräftigen Oberkörper, muskulöse Schultern und einen ausgeprägten Bizeps; im Gegensatz dazu wirkten seine verkrüppelten Beine, die aus dem Auto ragten, so daß seine Füße auf dem Randstein stehen konnten, als ob die Luft aus ihnen entwichen wäre. Ein Blick in seine lebhaften Augen aber sagte mir, daß dieser Mann außer seiner Gehfähigkeit nichts eingebüßt hatte.

Er lächelte mir freundlich zu und deutete mit dem Kopf auf

die davonziehenden Männer. »So ist das, wenn ein Mann in Rente ist«, sagte er. »Wissen nichts mit ihrer Zeit anzufangen, die zwei. Die beiden landen jetzt im Two A. M. Club, und wenn normale Menschen von der Arbeit kommen, werden sie schon stockbesoffen sein. Ich kann seit dreiundsechzig nicht mehr arbeiten, aber ich bin immer hier zu finden und höre mir an, was die Leute zu sagen haben. Abends sitze ich meistens an der Schreibmaschine und schreibe Briefe, damit hier etwas geschieht. Das hält mich auf Trab.« Er hielt inne und schüttelte den Kopf. »Macht einen aber auch geschwätzig. Cal Hurley ist mein Name. Ich vermute, Sie wollen mit mir reden.«

Ich schüttelte seine Hand, die er mir entgegenstreckte. »Die Frau in Rhondas Laden hat mir gesagt, wo ich Sie finde.«

Ich gab ihm meine Visitenkarte, und er betrachtete sie interessiert. »Find' ich gut, was man von euch Leuten bei All Souls so hört. Ihr laßt euch den Mist vom Rathaus ebensowenig gefallen wie ich. Wie geht es dem Mann, der gestern abend angeschossen wurde? Wird er wieder gesund?«

»...Ich weiß nicht. Es geht ihm schlecht.«

»Oje. Sie sind die Dame, die den Heckenschützen geschnappt hat. Ihr Bild ist im *Chron*. Wird Ihnen aber nicht gerecht.«

Ich wußte, welches Bild er meinte. Warum die Zeitung nur dieses Bild immer noch verwendete...

Ich sah wohl ziemlich deprimiert aus, denn Cal Hurleys faltiges Gesicht verzog sich mitleidig. »Setzen Sie sich doch hinten rein. Sie schauen aus, als ob es Ihnen guttäte, sich einmal hinzusetzen. Es ist kalt auf dem Gehsteig.«

Ich öffnete eine der Türen des Dodge und setzte mich hinter ihn. Die plüschartigen braunen Polster rochen nach Zigarrenrauch.

Cal Hurley drehte sich etwas, so daß er mich anschauen konnte. »Geht es um die Sache letzte Nacht?«

»Nein, aber es hat damit zu tun.« Ich schilderte ihm kurz den Hintergrund des Falles. »Bei ihrer Festnahme damals wohnten die Leute in dem rosa Haus vier Türen weiter« – ich deutete auf das Gebäude. »Mich interessiert, ob Sie sich noch an sie erinnern.«

Er mußte nicht hinsehen, um zu wissen, welches Haus ich

meinte. »Das war eine komische Sache. Mir fielen die jungen Leute gleich auf, weil sie nicht hierherpaßten.«

»Meinen Sie, weil es Weiße waren?«

Er nickte. »Alle außer dem Indianer. Sie haben auch Indianerblut, oder?«

»Ein bißchen.«

»Das dachte ich mir. Stört es Sie, daß ich ›Indianer‹ sage und nicht ›eingeborene Amerikaner‹?«

Ich zuckte die Achseln. »Das sind nur Namen, und darauf gebe ich nicht viel.«

Er lächelte zustimmend. »Wissen Sie, vor kurzem war ich noch ein Neger. Dann war ich ein Schwarzer. Das ist sowieso falsch, denn die meisten von uns sind braun, aber was soll's. Bevor ich mich versah, war ich kein Schwarzer mehr, sondern ein afrikanischer Amerikaner. Eine solche Phrasendrescherei! Vor einiger Zeit erzählte mir dann mein Enkel – er geht aufs College –, daß das nun auch wieder *out* ist. Nun sind wir ›Menschen mit farbiger Haut‹.

Da habe ich zu ihm gesagt: ›Was soll denn das? Als ich so alt war wie du, waren wir Farbige. Und wenn es so weitergeht, werden wir bald wieder Nigger sein.‹ Der junge Mann fand das gar nicht komisch.«

Ich schon, und ich merkte, daß Cal sich über mein Lachen freute. Aber dann wurde ich wieder ernst. »Was die jungen Leute in dem rosa Haus angeht…?«

»Dazu komme ich schon. Glauben Sie nicht, daß ich zu den alten Männern gehöre, die vom Hundertsten ins Tausendste kommen. Ich wollte Sie nur ein bißchen aufheitern; Sie sahen so traurig aus. Daß die jungen Leute nicht hierherpaßten, hatte nichts mit ihrer Hautfarbe zu tun, sondern eher damit, daß sie aus wohlhabenden Familien kamen. Junge Leute können alte Kleider anziehen, sich in einem Armenviertel herumtreiben, den Müll durchwühlen – was ich für eine dreckige Gewohnheit halte, ganz gleich wie schlecht es einem gehen mag –, man sieht es ihnen doch an. Vielleicht waren ihre Familien gar nicht so reich, aber keiner von ihnen, außer dem Indianer, kannte wirkliche Not. Es waren ruhige junge Menschen; sie taten niemandem etwas, und die Leute ließen sie in Ruhe.«

»Was haben sie hier gemacht?«

»Sie kamen und gingen. Der Kerl mit den blonden Locken schien irgendeinen Job zu haben; ich hatte das Gefühl, daß er nicht wirklich hier wohnte, sondern hier nur herumhing. Ein paar von den anderen arbeiteten manchmal. Aber meistens waren sie in der Wohnung. Was sie machten, wußte ich damals nicht.«

»Wie viele waren es denn?«

»Schwer zu sagen. Mal sah man sie eine Weile, dann wieder nicht. Aber der Indianer, das blonde Mädchen, der blonde Junge, das zierliche dunkelhaarige Mädchen und der Kerl mit der Narbe gehörten dazu.«

Ich spürte Erregung in mir aufwallen. Es war das erste Mal, daß jemand Tom Grant mit den Mitgliedern des Kollektivs in Zusammenhang brachte. Vorsichtig sagte ich: »Könnten Sie den mit der Narbe bitte beschreiben?«

»Gutaussehender Junge, wenn man von der roten Narbe auf seiner Wange absah. Dunkelhaarig. Groß. Ein paar Jahre älter als die anderen, würde ich sagen. Man sah ihn allein oder mit dem zierlichen dunkelhaarigen Mädchen. Irgend etwas an ihm war komisch: er schien nicht richtig dazuzugehören. Als ob das Mädchen seine Verbindung zu den anderen war. Wenn beide mit den anderen die Straße hinuntergingen, sonderten sie sich ab. Aber wenn das Mädchen allein war, ging es mit seinen Freunden.«

Eine interessante Dynamik, dachte ich. »War der Mann mit der Narbe da, als man die drei verhaftete?«

»Ja. Auch nachher noch.«

»Und der blondhaarige Junge?«

»Der war da schon lange weg. Schon seit Monaten.«

»Aber der Mann mit der Narbe blieb auch noch nach den Verhaftungen?«

»Na ja, nicht direkt. Die Wohnung wurde durchsucht, wissen Sie. Das FBI kam und nahm alle möglichen Sachen mit. Der Mann mit der Narbe war bei ihnen.«

»Was? Trug er Handschellen?«

»Nicht daß ich wüßte. Wenn sie ihn verhaftet haben, dann müssen sie ihn später laufengelassen haben. Die Wohnung war während des Prozesses versiegelt, aber nachdem das Siegel entfernt worden war, wohnte er wieder dort. Und das zierliche dunkelhaarige Mädchen wohnte eine Weile bei ihm, nachdem sie gegen ihre Freunde ausgesagt hatte. Aber dann verschwand sie, und kurz darauf zog zum Ende des Monats eine Familie ein.«

»Wann haben Sie den Mann mit der Narbe zum letzten Mal gesehen?«

Er überlegte. »Einen oder zwei Tage, nachdem die kleine Dunkelhaarige verschwunden war.«

Ich lehnte mich in die Polster zurück, die nach Zigarretten stanken. Ich wollte keine voreiligen Schlüsse ziehen; ich brauchte Beweise.

Ich fragte: »Wenn ich Ihnen Fotos von diesen Leuten zeigen würde, könnten Sie sie dann identifizieren?«

»Ich denke schon. Je älter ich werde, um so besser kann ich mich an längst vergangene Dinge erinnern. Ich wäre verdammt froh, wenn ich das auch von der Gegenwart sagen könnte.«

»Ich habe das Gefühl, Sie sind ziemlich auf Draht. Ich werde sehen, ob ich ein paar Bilder bekommen kann. Sobald ich sie habe, komme ich bei Ihnen vorbei. Wenn Ihnen in der Zwischenzeit noch etwas einfallen sollte, dann rufen Sie mich doch bitte an.«

Nachdem ich ausgestiegen war, lächelte mich Cal Hurley an und streckte mir die Hand entgegen. »Das mache ich«, sagte er. »Und Sie können jederzeit wieder vorbeikommen. Ich bin hier, darauf können Sie zählen.«

Die Kanzlei war ruhig und verlassen wie an einem verschlafenen Sonntagnachmittag. Keine Mandanten und keine Reporter im Wartezimmer; Teds Schreibtisch war leer. Ich ging weiter und steckte den Kopf in Raes Büro. Leer. Ich runzelte die Stirn und schaute auf die Uhr. Vier Uhr siebenunddreißig, um diese Zeit konnten sie nicht schon alle nach Hause gegangen sein. Dann hörte ich Gemurmel aus der Küche. Eine, wie ich mir selbst sagte, unvernünftige Ahnung stieg in mir auf.

Die Szene in der Küche erinnerte mich an die Nachtwachen, die ich erlebt hatte. Rae, Ted und Jack saßen am Tisch. Ihre Gesichter waren ernst, und alle hatten einen Drink in der Hand. Ted umklammerte Ralph, den Kater, wie eine Rettungsweste. Alice, die zur Abwechslung einmal friedlich war, hockte auf dem Fensterbrett. Ich stellte meine Tasche und meinen Aktenkoffer auf den Tisch und lehnte mich dagegen, auf schlechte Nachrichten gefaßt.

»Da bist du ja«, sagte Jack ein bißchen zu herzlich. Dieses Mal warf er keinen lüsternen Blick auf meine Beine oder meinen Busen. Jack erholte sich von seiner Scheidung und hatte mich aus irgendwelchen Gründen zum Objekt seiner Begierde erkoren. Wenn er mir keine schönen Augen machte, dann mußte etwas Schreckliches passiert sein.

»Was geht hier vor?« fragte ich mit gespielter Lustigkeit. »Habt ihr den Feierabend heute früher eingeläutet?«

»So was in der Art.« Ted stand auf und drückte mir Ralph in die Hand. »Du siehst aus, als könntest du einen Drink brauchen.« Er ging zu dem Schrank, wo die Gläser standen.

Mit dem Kater auf dem Schoß setzte ich mich auf den letzten leeren Stuhl. Er legte seinen Schwanz um seine Vorderpfoten und starrte mich ernst an. Ich drehte ihn um, denn ich konnte den forschenden Blick seiner gelben Augen nicht ertragen. »Was ist los?« drängte ich.

Ted kam mit einem Glas Wein zurück und reichte es mir. »Hank wurde heute nachmittag noch mal operiert. Er hatte wieder innere Blutungen, und sie mußten ihn noch mal aufschneiden und ein paar Gefäße schließen. Wir konnten alle nicht arbeiten und haben beschlossen, früher aufzuhören.«

Ich erstarrte mit dem Glas in der Hand, das ich gerade an die Lippen hatte führen wollen. »Wird er…«

Rae sagte: »Anne-Marie hat vor einer Weile angerufen. Er ist im Aufwachraum. Er hält sich wacker.«

Ich setzte das Glas ab und drückte meine Hände so fest gegen Ralphs runde Flanken, daß er grunzte. »Was heißt das – er hält sich wacker?«

Das war eine dumme Frage; niemand machte sich die Mühe, mir zu antworten.

Bildete ich es mir ein, oder war da eine Spannung im Raum, die ich beim Eintreten nicht gespürt hatte? Ich schaute mich um und entnahm den verschlossenen Gesichtern um mich herum, daß sie nicht so recht wußten, wie sie mit mir umgehen sollten. Für sie war ich nicht mehr dieselbe, die sie vor letzter Nacht gekannt hatten. Rae hatte mein Gesicht gesehen, bevor ich hinter dem Heckenschützen den Berg hinaufgelaufen war; Jack und Ted waren mit der Polizei gekommen und hatten mich auf seinem Rücken sitzend, den Revolver gegen seinen Schädel drückend, vorgefunden. Ich zweifelte daran, daß irgendeiner von ihnen sein früheres Bild von mir mit dieser fast mörderisch aussehenden Fremden in Einklang bringen konnte. Die Zeit würde die Erinnerung zwar verblassen, aber nicht verschwinden lassen, sie würde mich immer von den anderen trennen.

Diese Erkenntnis machte mich grenzenlos traurig. Ich drückte Ralph noch fester, und dieses Mal ließ er einen Protestmaunzer hören. »Entschuldige«, flüsterte ich und reichte ihn wieder zu Ted. Plötzlich wollte ich hier weg, wollte ich allein sein. Ich stand auf, packte meine Tasche und meinen Aktenkoffer und floh in den Gang hinaus. Hinter mir hörte ich Rae sagen: »Laßt sie gehen. Sie ist schon in Ordnung.«

Aber dennoch folgten mir Schritte. Ich wandte mich um und sah Ted, der immer noch den Kater im Arm hielt. »Shar...«

»Was ist?«

Er blinzelte; er spürte die Zurückweisung in meiner Stimme. »Ich wollte dir nur sagen, daß ein Umschlag für dich auf meinem Schreibtisch liegt.«

»Oh. Oh, danke, Ted.«

Ohne ein weiteres Wort ging er in die Küche zurück.

Ich wurde noch trauriger. Tränenblind ging ich den Gang hinunter. Zornig wischte ich die Tränen weg, nahm den Umschlag von Teds Schreibtisch mit in mein Büro hinauf. Er enthielt eine Kopie des Berichtes, den Wolf mir versprochen hatte. Ich setzte mich und begann zu lesen.

Wolf schien die gleichen öffentlich zugänglichen Quellen konsultiert zu haben wie ich. Außerdem hatte er noch einige Leute befragt, die Jenny Ruhl gekannt hatten. Das ergebnisreichste Gespräch hatte er mit einer Frau geführt, die mit Jenny während ihres ersten Studienjahres in Berkeley ein Zimmer geteilt hatte. Obwohl sich ihre Wege nach den ersten Semestern getrennt hatten, waren die beiden in Kontakt geblieben. Die Frau bestätigte, daß Andy Wrightman der Vater von Jennys Kind war. Er hing damals an der Universität herum, sagte sie. Jenny und er hatten sich während eines Seminars über die Ursachen des Vietnamkrieges kennengelernt; sie hatten etwa ein

Jahr zusammengelebt, als Jenny schwanger wurde. Als sie ihm sagte, daß sie ein Kind erwartete, verschwand Wrightman aus Berkeley. Aber bevor sie von der East Bay nach San Francisco umzog, kehrte er zu ihr zurück. Als die Freundin nach dem Prozeß mit Jenny Kontakt aufnahm, um ihr ihre Hilfe anzubieten, lebte Jenny mit Wrightman in der Wohnung an der Page Street.

Ich las den Bericht zweimal. Beim zweiten Mal versuchte ich, mir vorzustellen, wie Jess Goodhue darauf reagiert hatte. Ich ging in Gedanken meine Gespräche mit ihr durch und konzentrierte mich schließlich auf das Telefongespräch, das wir am späten Nachmittag jenes Tages geführt hatten, an dem sie den Bericht abgeholt hatte. Ich hatte ihr erzählt, daß ich glaubte, Tom Grant spiele in meinem Fall eine größere Rolle, als er zugeben wollte; einer der Erben sei von meiner Beschreibung Grants überrascht gewesen und habe spontan gesagt, Grant sei »the right man«.

Jess Goodhue hatte gewußt, daß das ein Name war – Wrightman. Der Name ihres Vaters. Und sie kannte Grant, sie hatte ihn interviewt und »charmant« gefunden.

Dann dachte ich an das Gespräch, das ich am folgenden Morgen mit Grant geführt hatte. Wir hatten uns für neun Uhr abends verabredet, weil er vorher noch mit einem Mandanten zu Abend essen würde und dann einen Termin für ein »Interview« hatte. Als Angela Curtis mir erzählt hatte, daß sie von ihm ins Kino geschickt worden war, hatte ich angenommen, daß es sich um das Vorstellungsgespräch mit einer künftigen Angestellten handelte, möglicherweise mit ihrer Nachfolgerin. Aber auch Medienleute vereinbaren Interviews. Und als ich versucht hatte, Goodhue zu erreichen, bevor ich mich auf den Weg zu Grant gemacht hatte, war sie angeblich in ihrer Garderobe gewesen, wo niemand sie je störte.

Ich hielt die Zeit für eine Aussprache mit Jess Goodhue für gekommen.

23

Goodhue war schon auf Sendung, als ich beim KSTS eintraf. Ich wollte nicht Gefahr laufen, sie zu verpassen, falls sie vorhatte, das Studio zwischen ihren Sendungen zu verlassen, und so sagte ich dem Empfangschef, daß ich warten wolle. In der Halle stand eine Sitzgruppe, und auf dem niedrigen Tisch in der Mitte lagen verschiedene Zeitschriften; gedankenverloren blätterte ich durch *Metropolitan Home*. Die bevorstehende Konfrontation mit der Moderatorin und die unerfreulichen Neuigkeiten, die im Laufe des Gespräches möglicherweise ans Licht kämen, beschäftigten mich.

Die Zeiger meiner Uhr schlichen langsam auf sieben zu. Die Halle war menschenleer, und in dem ganzen Gebäude schien Totenstille zu herrschen, als ob alle bis zum erfolgreichen Ende der Sendung den Atem anhielten. Aber ich wußte, daß dieser Eindruck trügerisch war: Hinter der verschlossenen Tür neben dem Empfang herrschte sicherlich größte Hektik; bis zu den Elf-Uhr-Nachrichten trafen immer noch neue Berichte ein, wurden Nachrichten ständig auf den neuesten Stand gebracht. Und es war gut möglich, daß Goodhue diese Geschäftigkeit dazu benützen würde, um mir aus dem Weg zu gehen.

Bis jetzt war niemand von der Straße aus ins Studio gegangen. Ich bemerkte, daß es vom Parkplatz aus einen Eingang gab. Wenn Goodhue mir entwischen wollte, könnte sie auf diesem Weg verschwinden, sobald sie der Empfangschef von meiner Anwesenheit unterrichtete. Ich warf einen Blick auf ihn; er war völlig in einen neuen Bestseller versunken. Als ich aufstand und in der Lobby herumging und so tat, als ob ich die vergrößerten Fotografien der KSTS-Persönlichkeiten betrachtete, beachtete er mich gar nicht. Den Blick auf das Gesicht von Goodhues Nachrichtenkollegen, Les Gates, gerichtet, bewegte ich mich auf die verschlossene Tür zu.

Um fünf vor sieben betrat ein großer Mann mit lockigem Haar die Halle und sagte, daß er mit jemandem namens Rick verabredet sei und wissen wolle, ob und wo dieser im Gebäude zu finden sei.

»Im Studio D«, antwortete der Empfangschef, und seine Hand betätigte automatisch den Türöffner.

Der Mann eilte zur Tür hinüber, drückte sie gleich beim Ertönen des Türöffners auf und ging hinein. Ich erwischte die Tür, bevor sie wieder zufiel, und schlüpfte ebenfalls hinein. Der Mann war schon weit vorn, am anderen Ende des Ganges, und bemerkte mich nicht.

Im Nachrichtenraum herrschte noch größere Hektik als am Montag nachmittag: Telefone läuteten; Leute liefen durcheinander; der Ton der Monitore war laut eingestellt; und die Nachrichtensendungen der Konkurrenz verschmolzen zu einem unverständlichen Geplapper. Ich trat forsch ein, als ob ich hier zu tun hätte, und ging schnurstracks zu Goodhues leerer Kabine.

Ihr Schreibtisch war mit Papier übersät: Skripten, Rundschreiben, Korrespondenz, eine Ausgabe des *Examiner*, Seiten von einem gelben Notizblock. Ich wollte mich gerade hinsetzen, als eines der Blätter meine Aufmerksamkeit erregte; es war mit Kritzeleien bedeckt, die wie grobe Zeichnungen von Tom Grants Fetischen aussahen. Oben auf dem Blatt stand ein Name und eine Telefonnummer – Harry Sullivan. Sullivan ist einer der besten Strafverteidiger in der Stadt; es sah aus, als ob Goodhue vorhatte, ihn zu konsultieren.

Schnell blätterte ich durch den Terminkalender, der auf ihrem Schreibtisch lag. Unter den zahllosen Eintragungen und Notizen fand sich kein Termin mit Sullivan. Goodhue hatte offenbar erwogen, ihn anzurufen. Es war ironisch, was sie so zusammenkritzelte, während sie darüber nachdachte.

Im Nachrichtenraum wurde es lauter. Ich erkannte die Stimme von Jess Goodhue. Schritte näherten sich der Kabine. Ich wandte mich um, als sie und Les Gates eintraten.

Gates schien etwas überrascht zu sein, hier einen Fremden zu sehen. Goodhue erbleichte. »Sie!« Ihre Augen flogen von mir zu dem gelben Blatt auf ihrem Schreibtisch; als sie mich wieder anblickte, waren sie von Angst erfüllt. Ihr Mund zuckte, als ob ihr plötzlich schlecht würde.

»Jess, wir müssen miteinander reden«, sagte ich.

Sie trat einen Schritt zurück. »Nein.«

Gates runzelte die Stirn. »Jess, was ist los? Soll ich den Wachposten rufen?«

»Nein!« Sie drehte sich abrupt herum, wobei sie eine vorübergehende Frau anrempelte.

»Warten Sie«, sagte ich.

Goodhue rannte zur Tür des Nachrichtenraumes.

Gates hielt mich am Arm fest. »Was ist hier los? Warten Sie einen Augenblick – sind Sie nicht die Detektivin, die den Heckenschützen geschnappt hat? Wie kommen Sie hierher...«

Ein typischer Nachrichtenmensch, nichts als Fragen. Ich riß mich los und rannte hinter Goodhue her. Die Tür zur Halle fiel gerade zu. Ich rannte hinüber, riß sie auf und sah, wie Jess gerade durch die Eingangstür rannte. Als ich durch die Halle hinter ihr her stürmte, rief mir der Empfangschef nach: »Heh, was haben Sie dort hinten zu suchen?«

Der Embarcadero draußen war in grauen Nebel gehüllt. In beiden Richtungen herrschte lebhafter Verkehr; von oben ertönte das Brummen der Autos auf der Bay Bridge. Goodhue rannte ungeschickt über die Eisenbahngeleise, die vor dem Gebäude entlangführten. Die Spitze ihres hochhackigen Schuhes verfing sich in einer Schiene, sie stolperte, richtete sich wieder auf und lief weiter.

Ich schrie ihr nach, sie solle stehenbleiben, aber sie hielt nicht einmal am Bordstein an. Von Autos und Lastern umtost, überquerte sie den Embarcadero. Ein Sportwagen legte eine Vollbremsung hin und verfehlte sie nur um ein Haar. Ein Hupkonzert ertönte. Goodhue lief zum Kai auf der anderen Seite. Sie schien das ganze Durcheinander überhaupt nicht zu bemerken.

Ich folgte ihr und wurde fast von einem Möbelwagen erfaßt, dessen Fahrer mich wüst beschimpfte. Goodhue hatte den Bürgersteig erreicht, bog nach links ab und rannte an der Feuerwehr-Bootstation vorbei. Ich trat auf den Zebrastreifen hinaus, hob die Hand wie ein Verkehrspolizist, um ein heranfahrendes Auto zu stoppen. Der Fahrer schaute verblüfft drein, als ich vor ihm über die Straße stürmte und den Bürgersteig hinablief.

Es war kalt, und von der Bucht wehte ein heftiger Wind herein, der nach Kreosot und Salzwasser roch. Vor mir brachte eine Windbö Goodhue, die gerade die breite Uferpromenade erreicht hatte, aus dem Gleichgewicht. Ich passierte die Feuerwehrstation und holte auf.

Goodhue stolperte, schaute über die Schulter zurück und sah mich. Sie warf einen Blick auf den vorbeibrausenden Verkehr und dann auf die brusthohe Uferböschung zu ihrer Rechten. Einen Augenblick lang glaubte ich, sie würde hochklettern und sich in die Bucht stürzen. Dann streifte sie die Schuhe ab und lief schneller.

Vor uns lag ein Betonbunker mit einem Fahnenmast – Teil eines Projekts zur Verschönerung der Uferpromenade, das nicht so recht gelungen schien. Dort verbreiterte sich die Promenade und ragte in die Bucht hinein. Goodhue bog scharf nach rechts ab und verschwand plötzlich aus meinem Blickfeld. Ich beschleunigte mein Tempo, erreichte die Ecke der Ufermauer und umrundete sie.

Auf der anderen Seite gab es einen Streifen zwischen der Mauer und einem Arm der Promenade, der wie eine große Bootsschlippe aussah. Treppen führten hinab und verschwanden unter den hereinbrechenden Wellen. Dort lief Goodhue hinab. Ich schrie sie an, sie solle stehenbleiben. Als sie die unterste Stufe erreichte, zögerte sie nicht eine Sekunde und watete ins Wasser hinein.

Zwei Landekais aus Beton erhoben sich in der Mitte der Schlippe ein paar Meter über das Wasser – ein weiterer Teil des Bauplans, der nicht recht durchdacht worden war, denn trokkenen Fußes konnte man die Kais nicht erreichen. Goodhue stapfte auf sie zu. Sie stand nun bis zu den Knien im Wasser. Ich rannte die Stufen hinunter und watete ihr nach; das eisige Wasser drang durch meine Turnschuhe.

Goodhue erreichte den Pier und klammerte sich mit ausgestreckten Armen daran fest. Die Wellen schwappten gegen ihre Taille, und die Gischt bespritzte den Rücken ihrer braunen Kostümjacke. Gegen die starke Strömung ankämpfend, näherte ich mich ihr. Sie weinte, ihre Fingernägel suchten in dem Beton Halt. Als ich hinter sie trat und sie bei den Schultern packte, zuckte sie zusammen.

»Kommen Sie, Jess«, sagte ich. »Raus aus dem Wasser. Sonst holen wir uns noch beide eine Lungenentzündung.«

Sie schluchzte und warf den Kopf von einer Seite zur anderen. Ihr Gesicht war gegen die rauhe Oberfläche der Kaimauer gepreßt.

»Jess!« Ich schüttelte sie.

Sie murmelte etwas, das ich nicht verstand.

»Was?«

»Mir gleich.«

»Hören Sie auf!« Ich riß sie an den Schultern und zog sie in die Höhe. Sie sank gegen mich. Ich legte meinen rechten Arm um sie und streckte den anderen aus, um das Gleichgewicht halten zu können. Dann führte ich sie zu der Treppe zurück. Meine Füße waren jetzt gefühllos. Auf halbem Weg stolperte sie, und wir gingen um ein Haar beide unter.

»Verdammt noch mal, gehen Sie gefälligst!« sagte ich.

Sie ging. Aber als wir die Treppe erreichten, sank sie wieder in sich zusammen und setzte sich.

»Jess«, sagte ich, »stehen Sie auf!«

Sie schüttelte den Kopf, beugte sich vornüber und umklammerte mit den Armen ihre nackten Knie. Ihr heller Rock klebte an ihren Schenkeln, Wasser floß in Bächen an ihr herunter. Obwohl sie völlig durchnäßt war, schien sie die Nässe und die Kälte nicht zu spüren. Schließlich zog ich meine Jacke aus und legte sie ihr um die Schultern. Dann setzte ich mich ein bißchen weiter unten und versuchte die Pfützen, die sich um sie herum bildeten, zu vermeiden. Ich konnte sie nicht allein an einen warmen, trockenen Ort schaffen. Es war offenbar, daß sie mir nicht helfen würde, und wir zwei nassen, kämpfenden Frauen schienen niemandes Aufmerksamkeit erregt zu haben. Zumindest bis jetzt nicht.

Ich wühlte in meiner feuchten Schultertasche und stieß auf ein paar einigermaßen saubere Taschentücher, die ich ihr in die Hand drückte. Sie rieb sich das Gesicht und putzte sich die Nase.

»Was soll das alles?« fragte ich sie.

Sie antwortete nicht, kauerte sich nur zusammen und umklammerte wieder ihre Knie.

»Ich glaube, ich weiß es sowieso«, fügte ich hinzu. »Aber vielleicht ist es gar nicht so schlimm. Lassen Sie uns darüber sprechen und überlegen, was wir tun können.«

»Es gibt nichts, was wir tun könnten. Ich will sterben.«

Ich zweifelte daran, daß ihr »Bad« in der Bucht ein Selbstmordversuch war; wahrscheinlich war sie in blinder Panik ins

Wasser gelaufen, aus Angst vor einer Begegnung mit mir und der Konfrontation mit dem, was geschehen war. »Sie wollen nicht sterben, und Sie wissen nicht, ob es nicht doch eine Lösung gibt. Kommen Sie, wir gehen ins Studio zurück und sprechen über die Sache.«

Dieses Mal ließ sie sich von mir auf die Beine helfen. Als wir die Promenade erreichten, begegneten wir Les Gates und dem glatzköpfigen Mann aus dem Nachrichtenraum, die sich auf die Suche nach uns begeben hatten. Gemeinsam brachten wir Goodhue in ihre Garderobe zurück. Gates und der andere Mann wollten uns nicht allein lassen, aber Goodhue schickte sie weg. Für jemanden, der noch vor kurzem weinend durch die Bucht gewatet war, war sie schon wieder erstaunlich beherrscht. Während sie sich etwas Trockenes anzog, ging ich zu meinem Auto und holte mein Übernachtungsset aus dem Kofferraum. Ich zog einen frischen Pullover und trockene Jeans an und Goodhue einen warmen Bademantel, und dann setzten wir uns zu unserem Gespräch.

»Jess, es gibt mildernde Umstände, was Grants Tod betrifft. Ich sah, daß Sie Harry Sullivans Nummer aufgeschrieben haben. Ein guter Rechtsanwalt wie er...«

»...kann einen Freispruch herbeiführen«, beendete sie den Satz. »Aber mein Leben ist trotzdem zerstört. Meine Karriere gescheitert. Und wie kann ich mit dem leben, was ich getan habe? Ich sehe ihn immer vor mir...«

»Tom Grant – Ihren Vater.«

Nach kurzem Zögern nickte sie und senkte den Kopf, so daß ich ihr Gesicht nicht sehen konnte.

»Sie haben den Bericht über Ihre Mutter am Dienstag nachmittag abgeholt...«

Nun sah sie auf. »Woher wissen Sie...«

»Das ist jetzt unwichtig. Sie lasen in dem Bericht, daß ein Mann namens Andy Wrightman Ihr Vater war. Später an diesem Nachmittag rief ich an und erwähnte, daß einer der anderen Erben etwas über »the right man« gesagt hatte, als ich ihm Tom Grant beschrieb. Also beschlossen Sie, Grant zu besuchen, aber Sie nannten ihm nicht den wirklichen Grund, warum Sie ihn sehen wollten. Erzählten Sie ihm, daß Sie ihn wieder für eine Sendung interviewen wollten?«

»... Ja.«

»Und was passierte, als Sie bei ihm zu Hause eintrafen?«

Sie seufzte tief. »Warum soll ich das erzählen? Das Ergebnis bleibt das gleiche.«

»Sie werden früher oder später davon sprechen müssen. Ich kann der Polizei diese Informationen unmöglich verschweigen.«

Goodhue starrte ins Dunkel, ihr Gesicht wurde von dem unbeleuchteten Spiegel über ihrem Garderobentisch düster reflektiert. Aus irgendeinem Grund erinnerte sie mich an D. A. Taylor, wie er auf Hog Island hinausschaute, und ich wußte, daß ihre Gedanken so trostlos waren wie die, denen D. A. nachhing. Obwohl ich nicht glaubte, daß sie sich wirklich umbringen wollte, hatte ich Angst um Jess. Ich wollte sie in die Gegenwart zurückholen, diese neue, zerbrechliche Person mit der starken, selbstsicheren Frau in Einklang bringen, die sie bis vor zwei Tagen gewesen war. Aber ich hatte meine Zweifel, daß mir dies gelingen würde.

Schließlich richtete sich ihr Blick auf mich. »Warum wollen Sie all das wissen?«

»Ich möchte Ihnen helfen, wenn ich kann. Und wie ich Ihnen schon am Montag sagte, liegt mir etwas an der Wahrheit.«

Nach einer Pause sagte sie: »Also gut – die Wahrheit. Ich ging gleich nach den Vorabendnachrichten zu ihm. Niemand sah mich das Studio verlassen; sie nahmen alle an, daß ich mich in meiner Garderobe ausruhte. Ich machte mich hübsch.« Ihre Lippen zuckten spöttisch. »Papis kleiner Liebling wollte einen guten Eindruck machen. Aber da war irgend etwas in seinem Verhalten... ich konnte ihn nicht gleich fragen. Wir nahmen in seinem Büro einen Drink. Ich suchte fieberhaft nach einem geeigneten Einstieg. Ich fragte ihn nach diesen schrecklichen... wie nannte er sie noch?«

»Fetischen.«

Sie schloß die Augen und schluckte. »Widerliche Dinger. Und wie er über sie sprach... er wollte einen bewußt schockieren. Er führte mich in sein Atelier hinten im Hof und zeigte mir... das Zeug, aus dem er sein neuestes ›Kunstwerk‹ herstellte. Und dann... oh, Gott!«

»Was, Jess?«

»Der Mistkerl machte mich an. Seine eigene Tochter. Und dann habe ich es einfach herausgesprudelt.«

»Wie reagierte er?«

»Anfangs war er sehr überrascht – mehr darüber, glaube ich, daß ich es wußte. Er versuchte nicht abzustreiten, daß er meine Mutter kannte oder daß er in Wirklichkeit Andy Wrightman hieß. Dann ging er in die Defensive, wurde nervös, sagte, daß ich mich irren müsse, daß er nicht mein Vater sein könnte, weil er Berkeley schon vor meiner Geburt verlassen hatte. Ich hatte den Bericht des Detektivs dabei und zeigte ihn vor. Er las ihn und lachte – ein gezwungenes Lachen. Er meinte, daß Jenny ihrer konservativen Freundin natürlich erzählt hatte, sie wüßte, wer mein Vater sei. Aber in Wirklichkeit sei sie eine Herumtreiberin gewesen, die es mit jedem getrieben habe.«

»Haben Sie ihm geglaubt?«

»Nein. Wenn man so viele Leute interviewt hat wie ich, spürt man, wenn jemand lügt. Sie kennen das vielleicht.«

»Haben Sie ihn gefragt, ob er der Mann war, der Sie bei Ben und Nilla besuchte?«

Sie beugte sich nach vorn und legte ihr Gesicht auf ihre Handflächen.

Ihre Stimme klang gedämpft. »Er gab es zu. Er sagte, meine Mutter habe jemanden gebraucht, der sie hinfuhr, deshalb wäre er mitgekommen. Er sagte mir, daß ich ein nettes, kleines Ding gewesen sei, wie ich so auf seinem Schoß saß und mit den Enden der Lederriemen spielte, an denen sein Friedensmedaillon befestigt war.«

Das war also das Medaillon, das die Gruppe in mehrere Talismane zerbrochen hatte. Ich dachte an die kleinen Metallwölbungen auf der Rückseite der beiden Teile, die ich in meiner Tasche hatte. An ihnen war wohl der Riemen verlaufen.

Goodhue fügte hinzu: »Und dann fiel mir alles wieder ganz deutlich ein: der große, graue Metallklipp und darüber sein Gesicht – so wie er damals aussah. Und ebenso deutlich sah ich meine Mutter neben uns knien. Sie sah hübscher aus als je zuvor und sagte: ›Liebling, das ist dein Vater.‹« Einen Moment schwieg sie und weinte leise vor sich hin. Dann hob sie ihr tränennasses Gesicht.

»So wie er sprach, hatte ich das Gefühl, daß er mir gegenüber nachgiebiger wurde. Aber als ich ihm erzählte, daß ich mich daran erinnere, was meine Mutter gesagt habe, fing er wieder an, ihren Charakter in den Schmutz zu ziehen, sie sei nicht nur eine Hure, sondern auch psychisch instabil gewesen und habe schon lange vor der Sache in Port Chicago einen Zusammenbruch gehabt. Deswegen habe sie dann auch gegen die anderen ausgesagt. Später, als nur noch sie beide in der Wohnung in Fillmore lebten, habe sie immer wieder von Selbstmord gesprochen und schließlich die Waffe genommen, die die anderen zurückgelassen hatten, und... aber das wissen Sie ja sowieso.«

Irgend etwas stimmte da aber nicht. Cal Hurley hatte mir erzählt, daß die FBI-Beamten die Wohnung auf der Suche nach Beweismaterial durchsucht hätten. Wenn die Waffe noch dagewesen wäre, hätten sie sie gefunden.

»Erzählte Ihnen Grant, daß er bei dem Bombenanschlag auf Port Chicago nicht dabeigewesen wäre?«

»Er sagte, daß er dabei war, aber etwas sehr Feiges getan habe. Als er die FBI-Beamten sah, habe er einem anderen Mann seine Waffe in die Hand gedrückt und habe sich zurückgezogen. Ein Weather-Kollektiv habe ihn bis zum Ende des Prozesses in Oakland versteckt. Danach seien er und meine Mutter wieder zusammengekommen.«

Der zweite Widerspruch zu Cal Hurleys Bericht. Der alte Mann hatte gesagt, daß Grant in der Wohnung in der Page Street gewesen sei, als die Agenten sie durchsuchten. Ich neigte eher dazu, Hurleys Version Glauben zu schenken, denn er hatte keinen Grund zu lügen.

Goodhue fügte hinzu: »Grant sagte, daß er für längere Zeit bei dem Weather-Kollektiv untergetaucht sei, sich dann falsche Papiere und eine neue Identität besorgt und dann Jura studiert habe. Aber er behauptete auch, daß diese Ereignisse sein ganzes Leben ruiniert hätten. Er schäme sich seiner Feigheit und lebe in beständiger Angst, daß ihn irgendwann jemand erkennen könnte und alles zerstören würde, was er sich aufgebaut habe. Er wurde richtig rührselig und heulte fast. Ich spürte, daß er auf mein Mitgefühl aus war. Aber nach dem, was er über meine Mutter gesagt hatte, tat er mir überhaupt nicht leid.«

Sein Leben ruiniert. Das hatte auch Perry Hilderly zu seinem

Arbeitgeber über Grant gesagt, nachdem er Grant auf dem Steuerseminar getroffen hatte. War Grant auch sentimental geworden, als er Perry beim Mittagessen in Tommy's Joynt eine ähnliche Geschichte erzählt hatte? Hatte er vielleicht noch ein paar herzzerreißende Einzelheiten über den Umstand hinzugefügt, daß er in solcher Angst lebte und sich nicht einmal zu seiner eigenen Tochter bekennen konnte?

Ich fragte mich, ob Grant, der früher schon von Goodhue interviewt worden war, ihre unglaubliche Ähnlichkeit mit Jenny Ruhl nicht bemerkt hatte. Und der Name Goodhue müßte ihm auch bekannt vorgekommen sein, nachdem er Ben und Nilla in ihrem Haus im Portola-Viertel besucht hatte. Es hätte mich nicht überrascht, wenn Grant Jess' Identität hätte überprüfen lassen, um herauszufinden, ob sie tatsächlich seine Tochter war.

Hilderly, andererseits, hatte vollkommen in der Vergangenheit gelebt und vermutlich nur selten Nachrichtensendungen im Fernsehen gesehen. Wahrscheinlich hatte er nichts über den Verbleib von Jenny Ruhls Tochter gewußt, bis ihm Grant davon erzählte. Und dieser beklagenswerte Umstand in Grants Trauermärchen hatte ihn, der für seine Söhne praktisch ein Fremder war, sicherlich tief berührt. Die Bande, von denen er glaubte, daß sie zwischen ihm und seinem früheren Freund bestünden, wurden so sicherlich noch verstärkt. Dies zeigte sich auch in der Tatsache, daß er Gene Carver gegenüber erwähnte, daß er sich selbst in Grant wiedererkenne.

Aber an Grants Geschichte stimmte eine ganze Menge nicht.

»Was passierte dann?« fragte ich.

»Er drohte mir auf sehr subtile Art und Weise. Er meinte, es wäre gefährlich für mich, jemanden in seiner Position zu beschuldigen. Aber er konnte mir keine Angst einjagen. Es machte mich nur traurig. Ich fing an zu weinen. Er legte die Arme um mich und sagte, ich solle wieder fröhlich sein. Er sagte, daß wir *sehr gute Freunde* sein könnten, auch wenn er nicht mein Vater sei. Und dann merkte ich, daß er mich schon wieder anmachte – dieser Mann, der wirklich mein Vater war, der das auch wußte, ganz gleich was er sagte.« Sie bedeckte ihr Gesicht mit den Händen; Tränen quollen durch ihre gespreizten Finger.

»Ich hatte endlich meinen Vater gefunden«, fügte sie hinzu, »und mußte feststellen, daß er pervers war.«

Das bezweifelte ich. Ich vermutete, daß Grant sie nur schokkieren wollte, in der Hoffnung, sie ließe ihn dann in Ruhe. Es gab etwas in seiner Vergangenheit, von dem niemand erfahren sollte – aber das war nicht die Geschichte, die er ihr erzählt hatte.

Nach einer Weile holte sich Goodhue ein paar Taschentücher und wischte sich über das Gesicht. Sie setzte sich auf den Stuhl an ihrem Schminktisch und starrte vor sich hin. In Gedanken durchlebte sie nochmals die düsteren Ereignisse des Mittwochabends.

»Erzählen Sie mir den Rest«, sagte ich mit sanfter Stimme.

»Der Rest ist nur... häßlich.«

»Schlucken Sie es nicht hinunter.«

Ein langes Schweigen. Dann sprach sie sehr schnell; sie wollte es möglichst rasch hinter sich bringen. »Ich war zornig. Stieß ihn heftig zurück. Er stolperte, wollte sich an mir festhalten. Ich stieß ihn wieder weg. Er stürzte, und sein Kopf knallte auf das Eisenbein des Arbeitstisches. Und dann lag er da und blutete.«

»Und dann?«

»Ich bin weggelaufen. Gerannt. Ich war schon ein ganzes Stück entfernt, als ich merkte, daß ich meinen Mantel in seinem Büro vergessen hatte. Ich ging zurück und holte ihn. Da standen noch die Gläser, aus denen wir getrunken hatten. Ich stellte sie in den Schrank unter die Bar zurück. Dann läutete das Telefon. Ich geriet in Panik und lief durch den Haupteingang aus dem Haus.«

Ich runzelte die Stirn. In ihrer Geschichte klaffte ein großes Loch. Hatte sie die Erinnerung daran, wie heftig sie Grant angegriffen hatte, verdrängt?

»Jess«, sagte ich, »denken Sie nochmals an das Studio, nachdem Grant gestürzt war. Haben Sie irgend etwas berührt?«

»Was denn?«

»Etwa den Fetisch, an dem er arbeitete?«

»Nein.«

»Und seinen Körper? Haben Sie ihn berührt, um festzustellen, ob er wirklich tot war, oder...«

»Ich *konnte* ihn nicht berühren. Später hoffte ich, daß er nur bewußtlos wäre. Aber als ich wieder im Sendehaus war, hörte ich im Polizeifunk die Berichte... Ich wußte, daß ich nicht im Fernsehen über einen Mord berichten konnte, den ich selbst begangen hatte. Deshalb bin ich nach Hause gegangen, und einer der Nachrichtensprecher vom Wochenende hat mich vertreten. Ich mußte gar nicht so tun, als ob mir schlecht sei – mir *war* schlecht.«

»Haben Sie an jenem Abend Nachrichten gesehen? Haben Sie am nächsten Tag die Berichte in den Zeitungen gelesen?«

»Nur den Artikel im *Chronicle*. Ich wollte wissen, ob man irgendeinen Verdacht hatte... aber offenbar nicht.«

In dem Zeitungsartikel hatte nur gestanden, daß Grant durch Schläge auf den Kopf getötet worden war; die Polizei hatte nichts von der Grausamkeit des Überfalls und der Mordwaffe erwähnt. In ihrer Panik hatte Goodhue die Pluralform vielleicht überlesen oder angenommen, daß sich der Reporter geirrt habe. Ich war aber noch nicht bereit, ihre Geschichte ganz zu glauben; ich bat sie, mir noch mal alles von vorne zu erzählen. Das tat sie, wobei die geringen Ungereimtheiten und Abweichungen mir das Gefühl gaben, daß sie die Wahrheit gesagt hatte.

Ich stellte eine letzte Frage. »Haben Sie jemanden auf der Straße gesehen, als Sie hinausliefen? Hat irgend jemand Sie gesehen?«

»...Da war ein Laster, so ein uralter Lieferwagen. Er kurvte die Lyon Street hinunter, und ich rannte vor ihm über die Straße.«

»Welche Farbe hatte der Wagen?«

»Ich weiß es nicht. Vielleicht orange. Warum fragen Sie überhaupt? Sie müssen doch sowieso die Polizei informieren...«

»Es steht mir aber frei, wieviel ich den Bullen erzähle.«

»Das verstehe ich nicht.«

»Vieles von dem, was Sie mir erzählt haben, muß nicht ans Licht kommen. Sie haben Tom Grant nicht getötet, Jess. Jemand, der nach Ihnen kam, hat es getan.«

24

Goodhue war über meinen Bericht so erleichtert und froh, daß sie die Polizei anrufen und alles sofort klarstellen wollte. Ich warnte sie jedoch davor, etwas zu unternehmen, bevor sie mit einem Anwalt gesprochen hatte.

»Der zuständige Inspektor ist ein wirkliches... Arschloch. Er würde es sich als Ehre anrechnen, jemanden, der so bekannt ist wie Sie, wegen Behinderung der polizeilichen Nachforschungen anzuklagen. Sprechen Sie mit Harry Sullivan. Und ich bleibe in der Zwischenzeit an der Sache dran und versuche die Nachforschungen so schnell wie möglich zu einem Ende zu bringen.«

»Glauben Sie, daß Ihnen das gelingen wird?«

»Ja.«

»Wissen Sie, wer meinen... Tom Grant getötet hat?«

»Nein«, log ich, um nicht noch mehr Zeit zu verlieren, »noch nicht. Aber ich glaube, ich werde es bald wissen.«

Goodhue schaltete die Lichter um den Spiegel herum ein und begann, ihr Make-up in Ordnung zu bringen. Ich wollte unbedingt einige Anrufe erledigen und ging in den Nachrichtenraum hinunter. Ich benutzte wieder das Telefon, von dem aus ich schon am Montag nachmittag telefoniert hatte. Wie an jenem Tag rief ich wieder bei den Flemings in Blackhawk an.

Judy Fleming kam an den Apparat. Ich nannte meinen Namen und fragte nach Kurt. Sie sagte, sie werde ihn ans Telefon rufen. Dann fragte sie: »Hat Ihr Anruf mit Perrys Testamentsänderung zu tun?«

»Ja. Ich arbeite immer noch an dem Fall.«

Sie schien mit dieser Antwort zufrieden zu sein. Sie ging weg, und eine halbe Minute später war Kurt am Telefon.

»Ich muß ein paar Einzelheiten Ihres letzten Gesprächs mit Perry nochmals prüfen.«

»Gerne, schießen Sie los.«

»Als er darüber sprach, daß Entscheidungen einen oft verfolgen, was sagte er da genau?«

Pause. »Daß dies auch dann geschehen könne, wenn die Entscheidung richtig war.«

»Und er sagte, daß man sich nicht dafür verantwortlich fühlen solle, daß man die Folgen seiner eigenen Taten nicht kontrollieren kann?«

»Richtig.«

»Würden Sie bitte wiederholen, was er über Ideale sagte?«

»Na ja, das war nach der dritten Margarita, also… Das einzige, was ich wirklich verstand, war, daß man manchmal ein paar Ideale aufgeben muß, um den wichtigsten treu bleiben zu können. Danach sprach er noch von Schuld und Sühne und von symbolhaften Taten. Ich bin nicht religiös erzogen worden und konnte nichts damit anfangen.«

Ich war zwar religiös erzogen worden, aber angesichts der atheistischen Einstellung von Perry konnte ich auch nichts damit anfangen. Es sei denn, es gelänge mir, einen Kontext zu finden, in dem seine Worte einen Sinn ergäben… »Danke, Kurt.«

»Oh, gern geschehen.« Er klang etwas verblüfft, so als ob er noch eine Erklärung für all diese Fragen erwartet habe.

Dann rief ich Rae bei All Souls an. »Gibt es etwas Neues von Hank?« fragte ich.

»Nein.«

»Rufst du bei mir zu Hause an und sprichst auf den Anrufbeantworter, wenn du etwas erfährst?«

»In Ordnung. Wo bist du?«

»Unterwegs«, antwortete ich vage. »Ich brauche deine Hilfe. Du kennst doch den Zeitungsstapel in Hanks Büro. Würdest du bitte den gestrigen *Chron* holen – mit dem Bericht über Tom Grants Ermordung.«

»Bleib dran.«

Während ich wartete, warf ich einen Blick zu Goodhues Kabine hinüber. Sie war schon da, frisch geschminkt und umgezogen. Sie hob den Hörer ab, warf einen Blick auf den gelben Zettel, der vor ihr lag, und begann zu wählen.

Raes Stimme sagte: »Shar? Ich hab' die Zeitung. Was willst du wissen?«

»Als erstes, wann Grant sein Studium an der University of Colorado abgeschlossen hat. Ich nehme an, das findest du in seiner Todesanzeige.«

»Die Todesan… ah, hier ist es. Die Daten stehen neben dem Bericht. Neunundfünfzig.«

»Gut. Und wann war er mit dem Jurastudium an der University of Illinois fertig?«

»Zweiundsechzig.«

»Der Mistkerl hat nur gelogen. Steht da irgend etwas darüber, was er unmittelbar nach dem Jurastudium machte?«

»Hm... nein, sie erwähnen nur seine ›recht ungewöhnliche Spezialisierung als Anwalt‹. Aber nichts darüber, seit wann er als Anwalt arbeitet.«

Das hatte ich fast vermutet.

»Shar, worum geht...«

»Das erzähl' ich dir später. Danke.« Ich schnitt ihren Protest ab, indem ich einfach auflegte.

Als ich durch den Nachrichtenraum ging, winkte Goodhue mir zu. Ich ging zu ihr.

»Ich habe Harry Sullivans Kanzlei erreicht und seine Mitarbeiter überzeugt, daß hier ein Notfall vorliegt«, sagte sie. »Er wird mich zurückrufen.«

»Gut. Wenn Sie mit ihm sprechen, bitten Sie ihn, mich anzurufen, bevor er mit der Polizei spricht. Vielleicht kann ich Sie ganz aus der Sache raushalten. Und geben Sie mir bitte Ihre Privatnummer, für den Fall, daß ich Sie erreichen muß.«

Sie schrieb die Nummer auf eine Visitenkarte. »Warum tun Sie das für mich?«

»Ich mag Leute mit Mut. Sie haben in Ihrem Leben schon einiges geschafft. Ich will nicht, daß Sie wegen eines kleinen Fehlers leiden müssen. Außerdem tue ich es auch für mich selbst – für mein Bedürfnis, die Wahrheit herauszufinden.«

»Ich kann Ihnen gar nicht sagen, wie dankbar ich Ihnen bin. Aber heute abend habe ich mich überhaupt nicht mutig benommen. Ich habe mich in die Bucht gestürzt wie Anna Karenina unter den Zug und gewimmert und geschnieft. Es ist meine Schuld, wenn wir uns beide eine schreckliche Erkältung geholt haben.«

»Wir wimmern und schniefen alle ab und zu«, sagte ich. »Seien Sie froh, daß Sie es schon so früh im Leben hinter sich gebracht haben.«

»Wissen Sie, ich glaube, ich werde meine Vergangenheit jetzt einfach hinter mir lassen und mich auf mein eigenes Leben und meine Zukunft konzentrieren. Meine Mutter hat sich umgebracht, und mein Vater hat mich verleugnet. Aber ihre Probleme haben nichts mit mir zu tun. Auch die Familie meiner Mutter wollte mich nicht. Was soll's – selbst schuld.«

Ich riet ihr, die Ohren steifzuhalten, und verließ das Studio.

Auf der Fahrt nach West Marin dachte ich über verschiedene, anscheinend unzusammenhängende Informationsfetzen nach, die ich in den letzten fünf Tagen gesammelt hatte: Was Cal Hurley mir über Tom Grant erzählt hatte; Grants Lügen über seine Vergangenheit; Luke Widdows' Gedanken über bestimmte Entwicklungen in den sechziger Jahren. Ich dachte über Perry Hilderly nach, darüber, was Kurt mir erzählt hatte, diese Andeutungen über sein »wichtigstes Ideal«; und über einen normalerweise überkorrekten Polizeibeamten, der anscheinend etwas vertuschte.

Und ich dachte an Träume, die manchmal visuelle Wortspiele sind und Träumende etwas erkennen lassen, was sie eigentlich schon wußten...

Es war nach zehn, als ich in Inverness ankam. Das Dorf war bereits schlafen gegangen, nur das tschechische Restaurant hatte noch geöffnet. Ich fuhr die Küste entlang an den dunklen Hütten vorbei und kurvte dann durch den Nadelwald bergauf. Aus den Niederungen zwischen den Hügeln stieg Nebel auf; der Mond war nicht zu sehen. Auf der kahlen Landzunge verdichtete sich der Nebel und legte sich über meine Windschutzscheibe. Die Scheibenwischer verschmierten das Glas. Es war, als ob die Scheinwerfer reflektiert würden von einer undurchdringlichen weißen Wand. Außer den Zaunpfosten am Straßenrand konnte ich nichts ausmachen.

Der Wind blies heftig und rüttelte so stark an dem kleinen Auto, daß die Reifen Mühe hatten, sich am Pflaster festzuhalten. Ich verlangsamte die Fahrt bis auf dreißig Stundenkilometer und öffnete das Fenster, um die Arbeit des schwachen Ventilators zu erleichtern. Als ich in die scharfe Kurve oberhalb der Moon Ridge-Reitställe fuhr, sah ich, daß der Nebel auf dieser Seite der Landzunge weniger dicht war und wieder aufs Meer hinaustrieb. Abbotts Lagune war ein schwarzer Fleck in der Landschaft; auf dem Meer brandete die Gischt ununterbrochen heran.

Die Ranchgebäude in der Niederung lagen im Dunkeln; aber über die Viehweide bewegten sich zwei Lichter. Ich bog auf die holprige Zufahrtsstraße ab und rumpelte hügelabwärts. Die Lichter näherten sich schnell. Als ich das Viehgitter passierte, hinter dem das Land steil abfiel, bog das andere Fahrzeug plötzlich kurz vor mir um die Kurve.

Ich trat auf die Bremse und würgte den MG ab, ich riß am Lenkrad, um nicht ins Schleudern zu geraten, und das andere Fahrzeug – ein Jeep – schlingerte seitlich weg, hing einen Moment lang über dem Straßenrand und glitt dann kopfüber in den Graben hinunter. Der Motor versagte, und plötzlich war es sehr ruhig.

Ich sprang aus dem Auto und rannte zu dem Jeep. Die Fahrertür öffnete sich, und eine große, schlaksige Gestalt stieg aus. Libby Ross.

»Verdammt!« brüllte sie mit heiserer Stimme. »Wie kommen Sie dazu, mich derartig von der Straße abzudrängen?«

»Sind Sie in Ordnung?« rief ich.

Ross blieb auf halbem Weg stehen, als sie mich erkannte. »Ich dachte, ich hätte Ihnen gesagt, daß Sie sich zum Teufel scheren sollen. Jetzt habe ich Ihretwegen auch noch meinen Jeep kaputtgemacht.«

»Der ist nicht kaputt«, sagte ich. »Mit dem Vierradantrieb kommen Sie leicht aus dem Graben wieder heraus.«

»Schön wär's. Ich bin auf einen Felsen gefahren – einer der Reifen verliert Luft.« Ross trat gegen die Stoßstange des Jeep. »Mist! Das ist nicht mein Tag heute. Auch nicht meine Woche oder mein Jahr.« Sie trat nochmals gegen den Jeep und schaute dann wieder mich an. »Was machen Sie denn hier?«

»Ich muß mit Ihnen reden.«

»Ich kann nicht. Ich muß zu den Taylors. Es gibt Ärger mit D. A.« Sie warf einen fragenden Blick auf mein Auto.

»Steigen Sie ein; ich bringe Sie hin.«

Ross quetschte sich auf den engen Beifahrersitz in meinem Auto.

Ich fuhr zurück und wendete auf der anderen Seite des Viehgitters. »Was für einen Ärger?« fragte ich.

»Weiß nicht. Mia sprach völlig wirr, als sie anrief. Sie war die Straße zur Telefonzelle vor Nick's Cove hinuntergelaufen.«

»Wie lange ist das her?«

»Vielleicht fünfzehn Minuten. Sie sagte etwas über D. A. und die Insel. Im Restaurant ist niemand außer ihr, deshalb hat sie mich angerufen.«

Das gefiel mir ganz und gar nicht. Als ich auf die Hauptstraße einbog, beschleunigte ich trotz der eingeschränkten Sicht die Fahrt.

Ross warf mir einen Seitenblick zu. »Was denken Sie?«

»Das gleiche wie Sie.«

Sie biß sich auf die Lippen und wandte ihr Gesicht zum Seitenfenster.

»Es ist an der Zeit, daß Sie mir die Wahrheit sagen«, sagte ich. »Sie taten so, als ob Sie mit D. A. kein Verhältnis mehr hätten, und sagten, daß Mias Eifersucht unbegründet sei. Aber kurz darauf sah ich, wie Sie beide sich am Strand unten küßten.«

»Wo waren Sie denn, als das passiert sein soll?«

»Bei den Ställen.«

»Ich hatte Ihnen doch gesagt, daß Sie verschwinden sollten, als ich wegritt.«

»Ich blieb und schaute mich in Ihrer Scheune um.«

»Sie hatten kein Recht...«

»Ich fand das Foto von Ihnen, D. A., Perry und Jenny. Wer hat die Aufnahme eigentlich gemacht – Andy Wrightman?«

»...Ja.«

»Warum haben Sie das Foto aufgehoben?«

Sie seufzte. »Das würden Sie doch nicht verstehen. Sie denken wahrscheinlich, daß ich, nach allem, was passiert ist, an diese Zeit nicht mehr erinnert werden will. Glen – mein Mann – dachte das auch. Er war es, der nicht mehr an meine Vergangenheit erinnert werden wollte, deshalb bewahrte ich das Bild immer in der Scheune auf. Mir selbst liegt etwas an diesen Erinnerungen. Das waren die besten Jahre meines Lebens, als wir jung waren und die Welt verändern wollten. Seitdem ist eigentlich nichts mehr passiert.«

»Wann wurde Ihnen klar, daß Wrightman und Grant ein und derselbe waren?«

»Ich hatte vor Ihrem ersten Besuch noch nie von Grant gehört.«

»Aber als ich ihn beschrieb, ahnten Sie, wer er war.«

Keine Antwort.

»Und D. A. auch.«

Schweigen.

»Warum haben Sie gelogen, was Ihr Verhältnis mit D. A. betrifft?«

»Weil es verdammt schwer ist, eine solche Beziehung zu erklären. Wir nehmen Mia nichts weg. Es ist nur unsere Art, die Vergangenheit lebendig zu halten.«

»D. A. besuchte Sie also am Mittwoch nachmittag. Er hatte über Andy Wrightman gebrütet, stimmt's?«

Sie rutschte auf dem engen Sitz hin und her und legte die Hände zwischen ihre gebeugten Knie.

»Haben Sie ihm erzählt, wo er Tom Grant finden würde?«

»Irgendwie schon, ja. Ich habe ihm erzählt, was Sie mir gesagt hatten, wo er lebte und daß er es zu etwas gebracht hatte, nachdem...«

»Wonach?«

Ross starrte aus dem Fenster auf die Gebäude von Inverness. Die Lichter des tschechischen Restaurants huschten kurz über ihre dunkelblonden Locken.

»Was Sie sagen wollten, war, nachdem Andy Wrightman seine wahre Identität wieder angenommen hatte. Tom Grant war sein richtiger Name. Wrightman war nur sein Deckname.«

Ross schaute mich an. In den Scheinwerfern eines vorbeifahrenden Autos glitzerten ihre Augen auf.

»Grant schloß neunzehnhundertzweiundsechzig das Jurastudium an der University of Illinois ab«, fuhr ich fort. »Ich vermute, daß er wie viele Jurastudenten vom FBI angeheuert wurde. Er nahm den Namen Wrightman an und wurde nach Berkeley geschickt, um radikale Studentenvereinigungen zu infiltrieren. Damals wimmelte es an den Unis von Spitzeln. Einer meiner Bekannten sagt, daß die meisten keinen Erfolg hatten; daß sie entweder nicht dazupaßten und man ihnen keine wichtigen Informationen anvertraute oder daß sie zu gut dazupaßten und deshalb unzuverlässig wurden. Grant hatte eine Weile Erfolg, aber als er Jenny ein Kind machte, verbündete er sich in gewisser Weise mit den Leuten, die vom FBI als Feinde betrachtet wurden.«

An der Kreuzung zum Highway One bog ich nach Norden ab. Ich fuhr über die Brücke nach Point Reyes Station. Hier war mehr los als in Inverness. In den meisten Häusern brannte Licht, und vor einer der Bars hatte sich eine Gruppe von Leuten auf dem Bürgersteig versammelt. Ross schwieg, bis die kleine Stadt hinter uns lag.

»Können Sie das beweisen?«

»Nein, aber in San Francisco gibt es einen Kriminalpolizisten, der es vermutlich kann, ob er das weiß oder nicht. Und ich denke, daß es Ihnen und D. A. schon lange klar ist.«

»Ja, D. A. und ich hatten immer vermutet, daß Andy uns verpfiffen hat. Warum hätten ihn die Beamten in Port Chicago sonst einfach laufen lassen? Ich habe das damals gesehen: Er drückte D. A. einfach seine Waffe in die Hand und verschwand. Und warum hat man gerade seiner Freundin dieses Angebot gemacht und nicht einem von uns? Wenn man ein Exempel statuieren wollte, dann wäre die Tochter reicher Eltern sicher besser geeignet gewesen. Aber das wollte man nicht; damit hätte man Andy enttarnt. Und Andy setzte sie vermutlich unter Druck; er muß eine höllische Angst gehabt haben, daß seine Beziehung zu ihr ans Licht kommen und seine Karriere zerstören würde.«

»Sie und D. A. haben vor Gericht nie etwas davon erwähnt?«

Sie schüttelte den Kopf. »Heute ist das schwer zu glauben, aber damals wußten wir es nicht. Oder vielleicht wollten wir nicht glauben, daß er ein Spitzel war. Wir sagten nichts, weil wir fürchteten, daß wir uns vielleicht irrten und durch unsere Aussagen einen von uns verraten könnten.«

»Andy verließ Berkeley, als Jenny ihm sagte, daß sie schwanger sei, oder?«

»Hm.«

»Er wollte vermutlich an eine andere Universität versetzt werden. Wenn es ans Licht gekommen wäre, daß sie ein Kind von ihm bekam, dann hätte das FBI ihn wohl gefeuert. Aber es zog ihn doch wieder zu ihr zurück – vielleicht lag ihm doch etwas an ihr, vielleicht war er neugierig auf das Kind. Er kam ein paar Jahre später zurück, und als Sie den Bombenanschlag planten, sah er darin eine Möglichkeit, die seiner Karriere nützlich sein könnte.«

Wir fuhren nun durch Marshall. Das mit Holzbalken verriegelte Austernrestaurant sah aus wie ein dunkler Monolith. Nebelschwaden umwogten die kleinen Hütten und zogen über die nasse Straße.

»Als D. A. Sie am Mittwoch nachmittag besuchte, sagte er da, daß er Grant zur Rede stellen wolle?«

»...Er redete nur unzusammenhängendes Zeug. Wie meistens.«

»Als Sie ihm erzählten, wo Grant wohnte, mußten Sie doch wissen, daß er hinfahren würde.«

»Ich glaubte nicht, daß er es tatsächlich tun würde.«

Das bezweifelte ich, aber ich ließ es vorläufig dabei bewenden. »Und am nächsten Tag am Strand – sprach er da von Grant?«

»Nein. Es ging ihm schlecht; er hatte Tabletten geschluckt und getrunken. Ich versuchte, ihn zu beruhigen, aber wenn D. A. sich vollaufen läßt...« Sie zuckte die Achseln. Nach einer Weile fragte sie: »Warum sind Sie so sicher, daß D. A. bei Grant zu Hause war?«

»An jenem Abend soll D. A. Jakes Transporter genommen haben und auf Sauftour gegangen sein. Mia erzählte mir, er wäre in einen Kampf verwickelt gewesen und hätte seine Jacke verloren. Ein Zeuge sah einen Transporter, wie Jake einen hat, kurz vor dem Mord vor Grants Haus. Wenn D. A. Grant erschlagen hat, dann war seine Jacke vermutlich so mit Blut besudelt, daß er sie loswerden wollte.«

»Oh, Gott, dann ist es also wahr.«

»Sie haben es die ganze Zeit schon vermutet. Sie hätten es mir sagen müssen.«

»Ich weiß, aber meine Beschützerinstinkte bekamen die Oberhand. Ich versuche schon so lange, D. A. zu retten, daß es fast zu einem Reflex geworden ist.«

»Sie sollten mittlerweile wissen, daß er ein verlorener Fall ist. Der Mann will gar nicht gerettet werden.«

»Das stimmt, und doch versuchen wir beide gerade, ihn ein letztes Mal zu retten.«

Kurz darauf näherten wir uns Nick's Cove. Ich fragte: »Ist Mia immer noch da, oder ist sie nach Hause zurückgegangen?«

»Sie sagte, sie würde bei Taylors auf mich warten.«

Ich gab bergaufwärts Gas.

»Was an der Sache mit Grant komisch ist, ist, daß in der Zeitung nichts davon stand, daß er beim FBI war«, sagte Ross.

»Ich dachte, Sie läsen keine Zeitung.«

»Ich sah die Schlagzeile, als ich gestern in Point Reyes zum Einkaufen war, deshalb kaufte ich die Zeitung. Auf dem Bild sah er nicht wie Andy aus, aber dann las ich den Namen Grant, den Sie bei Ihrem Besuch erwähnt hatten.«

Soweit ich mich erinnerte, waren Artikel und Bild auf einer der Innenseiten erschienen, an einer Stelle, die Ross bei einem zufälligen Blick auf einen Zeitungsstand nicht aufgefallen wäre. Ich ließ es im Augenblick aber dabei bewenden.

Sie fuhr fort: »Warum macht man heute noch ein solches Geheimnis aus seiner Tätigkeit für das FBI? Bei dem heutigen politischen Klima hätte er doch ein Buch über seine Erfahrungen schreiben, in Talkshows auftreten und sich als ein Held feiern lassen können.«

»Ich denke, das FBI läßt so etwas nicht zu. Informationen über die Aktivitäten von Spitzeln unterliegen der Geheimhaltung. Aber selbst wenn das nicht der Fall gewesen wäre, glaube ich nicht, daß Grant mit der Sache an die Öffentlichkeit gegangen wäre. Er hatte seine Gründe, warum er seine Vergangenheit geheimhalten wollte.«

»Sie meinen wegen Jennys Kind?«

»Das auch.« Aber ich konnte im Moment nicht weiter ausholen, denn vor uns tauchten die Umrisse des Schildes mit der Aufschrift »Taylor's« auf und die Einfahrt zu dem mit Muschelkies bestreuten Weg. Ich bog ab und fuhr auf den Parkplatz.

Meine Scheinwerfer erfaßten Mia Taylor. Sie stand vor dem Restaurant. Die Werbeschilder für verschiedene Biere leuchteten sie von hinten an. Sie trug einen blauen Pullover, der ihr viel zu groß war. Bevor ich das Auto zum Stehen brachte, lief sie uns schon entgegen.

»Was machen Sie denn hier?« rief sie und drückte ihr verblüfftes Gesicht an das Seitenfenster. Dann schaute sie über mich hinweg und entdeckte Ross. »Oh.«

Ich stellte den Motor ab, und wir stiegen aus. »Wo ist D. A.?« fragte ich.

»Weg. Auf der Insel. Er hat meine Kinder mitgenommen.«

Mir wurde plötzlich kalt.

Ross kam um das Auto herum. »Er hat die kleine Mia und Davey mitgenommen?«

Sie schloß die Augen und nickte.

»Warum? Warum hat er sie nur mitgenommen?«

»Ich weiß es nicht.«

Ich fragte: »Haben Sie den Sheriff angerufen?«

Ihre Augen weiteten sich entsetzt. »Das kann ich nicht! Ich habe Ihnen doch schon gesagt, daß es mit D. A. schon soviel Ärger gegeben hat. Nach dieser Geschichte mit Salcido habe ich außerdem Angst, daß sie zuerst schießen und ihn töten und womöglich auch die Kinder treffen.«

Sie hatte recht. Ramon Salcido, ein Arbeiter in einer Weinkellerei im Sonoma-Tal, war letztes Jahr unter dem Einfluß von Drogen und Alkohol Amok gelaufen, wobei sieben Menschen, darunter seine Frau und zwei seiner drei kleinen Töchter, ums Leben gekommen waren. Die Sheriffs waren nun noch nervöser geworden, wenn es um Geiselnahmen mit Kindern ging. Und die Sache mit Taylor – der ja als alkohol- und drogenabhängig bekannt war – erinnerte nur allzusehr an den Fall Salcido.

»Ist D. A. bewaffnet?« fragte ich.

»Die Zweiundzwanziger, die wir hinter der Bar aufbewahren, ist weg.«

Ross sah sich um. »Wo sind die anderen? Was ist mit Jake und Harley?«

Mia sagte: »Die sind drüben im Occidental – bei einem großen Abendessen für die Loge, der sie angehören. Aber das ist ganz gut so – sie wollen D. A. sowieso nur umbringen.«

Ich warf Ross einen Blick zu, sie zuckte die Achseln und fragte Mia: »Ist ein Boot da, das wir benutzen können?«

»Das mit dem Außenbordmotor ist am Dock vertäut. D. A. hat eines der Ruderboote genommen. Das macht er manchmal, der verdammte Narr, daß er in der Dunkelheit herumrudert. Als ich ihn ablegen hörte, habe ich nachgesehen, was los war. Dann hörte ich meine Kinder weinen.«

»Sind Sie sicher, daß er zur Insel gefahren ist?«

»Er hatte eine Laterne. Ich konnte ihn sehen, bis er anlegte und unter den Bäumen verschwand.«

»Können Sie ein Boot steuern?« fragte ich Ross.

»Natürlich.«

»Gut. Wenn es mir gelingt, die Kinder von ihm zu trennen, dann müssen Sie sie ans Ufer zurückbringen, während ich versuche, ihn zum Aufgeben zu überreden.« Ich bereute meine Formulierung und warf Mia einen kurzen Blick zu. Aber sie starrte auf die Bucht hinaus. Vermutlich suchte sie das Licht von D. A.s Laterne. Als ich ihren Arm berührte, erschrak sie.

»Wir brauchen ein paar Sachen«, sagte ich. »Taschenlampen – die stärksten, die Sie haben. Decken. Verbandszeug, wenn Sie das haben.«

Sie nickte und rannte in Richtung Hütte davon.

Ross kam näher zu mir und fragte mit leiser Stimme: »Glauben Sie, wir haben eine Chance?«

Ich schaute zum Dock hinaus, wo zwei Lichter verschwommen durch den Nebel sichtbar waren. Ich stellte mir die dahinterliegende Wasserfläche und das unwegsame Gelände von Hog Island vor. Ich wünschte, ich hätte die Waffe bei mir, die ich an diesem Morgen weggesperrt hatte. Nach den Ereignissen der vergangenen Nacht hatte ich gehofft, sie nie wieder einsetzen zu müssen.

»Keine sehr große. Aber wir müssen es riskieren«, sagte ich.

25

Als das Boot über den Grund am Ufer der Insel schrammte, würgte ich den stotternden Motor ab. Ross sprang auf der anderen Seite heraus und watete durch das seichte Wasser. Ich ging zum Bug, stieg auf einen flachen Felsen, und gemeinsam zogen wir das Boot an Land. Zu unserer Linken lag noch ein Boot: Das blaue Ruderboot, das schon bessere Tage gesehen hatte. Ross griff nach einer der starken Taschenlampen, die Mia uns gegeben hatte.

Sie hielt die Taschenlampe in die Höhe und leuchtete das Boot vom Heck zum Bug aus. Dann bückte sie sich, und auf ihrem Gesicht zeichnete sich Besorgnis ab. Sie hielt etwas in die Höhe. Es war ein haariger weißer Kinderhausschuh.

Ich schnitt eine Grimasse und griff unter dem Sitz des Motorbootes nach der anderen Taschenlampe, hob sie in die Höhe und betrachtete das nebelige Terrain. Der felsige Strand der Insel stieg zu zerklüfteten Felsen hin an; darüber war bis zum Gipfel alles dicht von Zypressen und Eukalyptusbäumen überwuchert. Nirgendwo ein Licht. Ich hörte nur das Ächzen der Äste und das Plätschern kleiner Wellen. Ross stand immer noch am Ruderboot und umklammerte mit angehaltenem Atem den Schuh.

Das Geratter des Motors hatte auf der Herfahrt ein Gespräch praktisch unmöglich gemacht. Nun fragte ich: »Waren Sie schon einmal hier?«

Obwohl ich leise gesprochen hatte, hallten meine Worte überdeutlich wider. Ross schrak zusammen und sagte: »Pst!«

»Du lieber Himmel, er weiß jetzt sowieso schon, daß wir hier sind. Der Motor war ja nicht zu überhören.«

»Entschuldigung, ich bin nervös.« Sie kam näher zu mir. »Nein, ich war noch nie hier. Als ich aus der Stadt hierherzog, wollte D. A. mich immer überreden, mit ihm zu kommen. Aber etwas in der Art, wie er von dieser Insel sprach, hinderte mich daran.«

»Und die Kinder? Hat er sie schon einmal mitgenommen?«

»Oft. Erst in den letzten paar Monaten, als er so komisch wurde, hat Mia ihm verboten, sie mitzunehmen. Sie kennen die Insel so gut wie D. A. Er sagte, daß sie wie kleine Ziegen über die Felsen klettern.«

»Das ist ja zumindest etwas. Wenigstens kennen sie die Gegend.«

»Aber im Dunkeln... D. A. erzählte mir, daß es auch oben noch ganz felsig ist. Es gibt Wege, aber einige enden ganz plötzlich. Oben sind große Felsbrocken, wie Stufen, die für Riesen erbaut wurden. Er ging am liebsten zu einem flachen Felsen auf dem Gipfel. Von dort konnte er durch die Bäume schauen und die ganze Bucht sehen. Er sagte...« Fröstelnd hielt sie inne.

»Was sagte er?«

»Er sagte, er liege gern auf dem Felsen... und stelle sich vor, wie es wäre, im Tod endlich Frieden zu finden.«

Mich erfaßte eine Kälte, die nichts mit dem Wind zu tun hatte, der aus der Bucht hereinwehte. »Dann ist er vermutlich dort hinaufgestiegen. Wir müssen versuchen, den richtigen Weg zu finden.«

Die Flut hatte sich erst vor kurzem zurückgezogen. Die Felsen waren rutschig. Ich richtete meine Lampe nach unten, damit wir nicht ausrutschten. Von diesem Abschnitt des Strandes führten zwei Wege weg – einer verlief parallel zum Ufer, der andere schlängelte sich zwischen den zerklüfteten Felsen nach oben. Wir nahmen letzteren.

Als wir höher stiegen, verstärkte sich der Geruch von Zypressen und Eukalyptus; der Boden war mit Fichtennadeln übersät, wodurch man leicht den Halt verlor. Jetzt bemerkte ich plötzlich die Geräusche der Nacht: Ein Trippeln auf der einen Seite; Äste, die sich aneinander rieben; das Geraschel der Vögel in ihren Nestern. Der Wind war nicht mehr so stark wie am Strand, aber immer noch kalt. Er brachte den Geruch brackigen Salzwassers und den frischeren Duft des nahe gelegenen offenen Meeres mit sich. Am Fuß eines hohen Felsbrockens blieb ich stehen, wischte mir die Nebelnässe mit der einen Hand vom Gesicht, während ich mit der anderen die Taschenlampe in die Höhe hielt.

Eine massive Felsmauer.

Ross tauchte hinter mir auf. »Dies scheint eine Sackgasse zu sein«, sagte ich.

»Scheiße! Dann müssen wir zum Strand zurück und den anderen versuchen.«

Auf dem Rückweg stolperte Ross und wäre um ein Haar kopfüber in den Abgrund gestürzt. Wir gingen an den Booten am Strand vorbei und folgten dem Uferpfad. Kleine Wellen saugten an den Ufern der Insel, schwappten gegen die Felsen und strömten in die Zwischenräume. Ich leuchtete wieder nach unten, um den trügerischen Boden zu erhellen.

Und dann sah ich sie...

Die kleine Mia Taylor lag in einer Felsmulde, die teilweise mit Wasser gefüllt war. Das Kind hatte eine Fötusstellung eingenommen. Sie trug einen weißen Schlafanzug, auf den rote, gelbe, blaue und grüne Zirkusclowns aufgedruckt waren. Ein Fuß war nackt. Der andere steckte in einem haarigen weißen Hausschuh, dem Gegenstück zu dem, den Ross im Ruderboot gefunden hatte.

Hinter mir schrie Ross leise auf. Sie wollte sich an mir vorbeischieben, aber ich hielt sie zurück. Ich schloß kurz die Augen und machte mich auf die möglicherweise schrecklichste Entdekkung meines Lebens gefaßt. Dann ging ich über die Felsen auf das Kind zu.

Mia bewegte sich nicht, als ich mich näherte. Ich kniete neben ihr nieder und berührte ihren Arm. Ihre Haut war kalt und klamm. Eine Windbö zerzauste ihr feines, schwarzes Haar.

Und dann hörte ich sie schnaufen – ein schneller, zitternder Atemzug voller Kummer und Angst.

Mir fiel ein Stein vom Herzen. Ich legte die Hand auf ihren Kopf, glättete ihr Haar und berührte ihren Nacken. Ihre Arterie pulsierte kräftig.

»Mia«, sagte ich, »alles ist gut. Libby und ich sind hier.«

»Sharon?« rief Ross.

»Sie lebt. Gehen Sie zum Boot zurück und holen Sie die Dekken.«

Ross' Schritte entfernten sich eilig über die Felsen.

Mia begann zu wimmern. Ich bewegte sie – vorsichtig, für den Fall, daß sie sich etwas gebrochen hatte. Sie weinte nicht und zuckte auch nicht zusammen; als ich sie in den Armen hielt, schmiegte sie sich eng an mich.

»Papi«, sagte sie.

»Mia, was ist mit deinem Papi passiert? Und mit Davey?«

»Sie sind weg.« Sie preßte sich so eng an mich, daß ich Mühe hatte, sie zu verstehen. »Papi hat meine Hand losgelassen. Ich bin hingefallen. Ich habe nach ihm gerufen, aber er hat mich nicht gehört. Davey schrie, daß er stehenbleiben soll. Aber sie sind weitergegangen und haben mich hiergelassen.«

D. A. war vermutlich gar nicht aufgefallen, daß er sie losgelassen hatte. Er war wohl zu betrunken oder zu bekifft gewesen, um etwas zu bemerken oder sich Gedanken um sie zu machen. Zorn stieg in mir auf, und ich drückte Mia noch enger an mich.

Ross kehrte mit den Decken zurück. Wir wickelten das kleine Mädchen ein. »Bringen Sie sie ins Boot. Ich suche D. A. und Davey«, sagte ich.

»Sie sollten besser nicht...«

»Mein Gott, Libby, wir können sie in diesem Zustand nicht allein lassen! Ich komme schon zurecht.«

Wortlos hob Ross das eingewickelte Kind in die Höhe. Ich

stand auf, richtete den Strahl meiner Lampe auf den Weg und brach auf.

Nach ein paar Minuten war ich mir ziemlich sicher, daß ich den Weg gefunden hatte, der mich zu D. A.s flachem Felsen oben auf der Insel führen würde. Vorbei an Bäumen, zerklüfteten Felsen und tiefen Abgründen schlängelte er sich stetig in die Höhe. Je weiter ich nach oben kam, desto heftiger wehte der Wind; Nebel zog durch die herabhängenden Äste. Um mich herum herrschte vollkommene Stille, aber ich wußte, daß diese Ruhe trügerisch war; eine Gefahr lauerte in dem Nichts, das irgendwo einen labilen Mann mit einer Waffe verbarg.

Bald wurden meine nackten Finger von der Kälte ganz steif; ich bewegte sie. Mein Hals war rauh, und ich schluckte, um das unangenehme Gefühl loszuwerden. Ich hatte die Orientierung verloren und wußte nicht, auf welcher Seite der Insel ich mich befand und wie weit ich vom Gipfel entfernt war.

Schließlich führte der Pfad auf einen Felsvorsprung. Ich blieb schwer atmend stehen. Durch die Nebelfetzen konnte ich das östliche Ufer der Bucht sehen – auf den Hügeln blinkten hier und dort schwach ein paar Lichter, andere verliefen in Ketten am Wasser entlang. Ich schaute auf die Uhr und stellte erstaunt fest, daß ich erst gut zehn Minuten unterwegs war. Ich hatte auch das Zeitgefühl verloren.

Ein paar Meter weiter teilte sich der Weg. Ich ging nach rechts, mußte aber bald feststellen, daß der Weg nach unten führte. Ich kehrte um und folgte dem anderen Pfad. Das Terrain wurde immer zerklüfteter und die Vegetation spärlicher. Als ich einen Felsrand erreichte, hob ich meine Lampe und stellte fest, daß ich bei den »Riesenstufen« angelangt war. Sie waren einen Meter oder höher und übereinander angeordnet. Oberhalb der obersten Stufe leuchtete ein Licht; ich hatte die Stelle, wo Taylor so gerne lag und von der Ruhe des Todes träumte, fast erreicht.

Mein Herz schlug schneller. Ich stand still und lauschte. Doch nur das Rauschen des Windes war zu hören.

Ich begann die Stufen zu erklimmen. Während ich mich unter großer Anstrengung nach oben zog, dachte ich an das alte Kinderspiel »Mutter, darf ich?«.

Mutter, darf ich einen Zwergenschritt machen? Einen Riesenschritt? Einen Elefantenschritt?

Und noch eine Riesenstufe. Und noch eine. Das Licht leuchtete nun heller. Und eine letzte Stufe, die noch höher war als die anderen. Ich mußte Atem schöpfen, bevor ich sie erklomm.

Ich sah nach oben. Ein Ring von Eukalyptusbäumen wurde von dem Strahl der Laterne trübe erhellt. Ihre Äste und die zerfetzten Locken der Rinde hoben sich von den hohen Nebelschwaden ab. Sonst bewegte sich dort oben nichts. Niemand sprach. Ob wohl noch jemand atmete?

Eine beklemmende Angst vor dem, was ich entdecken könnte, stieg in mir hoch. Dann hörte ich ein Geräusch… ein Schluchzen. Davey.

Eine beruhigende Stimme sagte: »Pst.« Dann begann die Stimme, D. A.s Stimme, in einer fremden Sprache zu singen. Es klang wie ein indianisches Schlaflied.

Langsam zog ich mich über die letzte Stufe hoch. Der darüberliegende Boden stieg weiter an; ein umgestürzter Baum versperrte mir die Sicht. Ich duckte mich, kroch auf dem Bauch weiter und spähte über den Baumstumpf.

Die Felsplatte lag mitten auf der Lichtung. Die Laterne stand am anderen Ende. Taylor lag auf dem Rücken, im Drillichanzug, ein Bein hatte er angezogen, den linken Arm über die Augen gelegt. Den rechten Arm – der mir am nächsten lag – hatte er um Davey geschlungen. Der kleine Junge trug einen Schlafanzug. Sein Kopf lag auf der Schulter seines Vaters. Er hatte aufgehört zu weinen, aber seine dunklen Augen huschten über die Lichtung. Ich sah keine Waffe.

Vorsichtig richtete ich mich hinter dem Baumstumpf auf. Davey bemerkte mich sofort, er erkannte mich.

Ich schüttelte den Kopf und bedeutete ihm, sich schlafend zu stellen. Folgsam schloß er die Augen.

Taylors Gesang verklang nach einer Minute, um dann wieder einzusetzen. Verklang wieder. Er seufzte tief, und dann hob und senkte sich sein Brustkorb gleichmäßig. Nach einer Weile öffnete sich sein Mund, und er begann zu schnarchen.

Davey öffnete die Augen und schaute mich an. Ich schüttelte den Kopf und wartete noch ein paar Minuten, bevor ich ihm bedeutete, zu mir zu kommen.

Er setzte sich langsam auf und ließ seinen Vater nicht aus den Augen. Dann löste er sich aus seinem Arm. Er stand auf und ging leise über die Lichtung. Ich zog ihn zu mir auf die andere Seite des Baumstumpfes.

Ich legte meine Lippen nah an sein Ohr und flüsterte: »Alles wird gut. Mia ist mit Libby unten am Strand. Kannst du allein dorthin zurückgehen?«

»... Wenn ich eine Lampe habe, schon.«

»Dann komm'.«

Wir krochen wieder zur ersten Riesenstufe zurück, und ich half ihm nach unten und gab ihm meine Taschenlampe. Er spähte in die Dunkelheit, die uns umgab. Aber als er mich wieder ansah, war sein Blick fest und entschlossen. Ich erkannte in seinen Augen Stärke und Stolz, Eigenschaften, die sein Vater vor langer Zeit besessen hatte.

»Sei vorsichtig«, flüsterte ich. »Sag' Libby, daß sie dich und Mia heimbringen soll. Dann kann sie deinen Papi und mich abholen kommen.«

Einen Moment lang schaute er sehnsüchtig nach oben zu dem trüben Licht über der Felsplatte, wo sein Vater schlief. Dann wandte er sich um und ließ sich die nächste Stufe hinabgleiten.

Ich blieb, wo ich war, und gab ihm einen fünfminütigen Vorsprung, bevor ich D. A. aufweckte.

Das war ein schwieriges Unterfangen. Taylor schlug um sich, brummelte und zuckte heftig, als meine ausgestreckte Hand ihn berührte. Ich packte ihn bei den Schultern und zog ihn in eine sitzende Stellung hoch. Er sank vornüber, sein schwarzes Haar fiel ihm ins Gesicht. Einen Augenblick lang erschauderte sein ausgemergelter Körper. Dann schaute er zu mir auf.

Unter seinen zotteligen Stirnfransen sahen seine Augen so ausgebrannt aus wie bei unserer ersten Begegnung. Er starrte mich an, ohne mich zu erkennen.

»D. A., es ist Zeit, nach Hause zu gehen«, sagte ich.

Er antwortete nicht, sondern richtete seinen Blick auf die Laterne und dann auf die Lichtung. Er legte eine Hand auf den glatten Felsen und streichelte ihn.

»Wissen Sie, wo wir sind?« fragte ich.

»Ja.«

»Können Sie sich erinnern, wie Sie hierhergekommen sind?«

Er dachte nach und schüttelte dann den Kopf. »Ich komme oft hierher.«

»Sie brachten dieses Mal Ihre Kinder mit.«

»Meine Kinder.«

»Mia und Davey...«

»Ich *kenne* meine Kinder.« Verwirrt schaute er sich wieder um auf der Lichtung.

»Ich habe ihnen vorgesungen... Wo sind sie?«

»Auf dem Heimweg.«

Er nickte, als ob er das erwartet habe.

Ich saß im Schneidersitz am Rand des Felsens und hielt nach der Waffe Ausschau, von der Mia glaubte, daß er sie mitgenommen habe. Ich konnte sie nirgends entdecken.

»D. A., warum sind Sie heute abend hierhergekommen?«

»Ich nahm an, es wäre an der Zeit.« Aus seinem Gesichtsausdruck und dem Ton seiner Stimme schloß ich, daß er nun klarer wurde. »Aber ganz genau weiß ich das ehrlich gesagt auch nicht. Ich habe Tabletten genommen und Wein getrunken.«

»Ich verstehe. An was können Sie sich denn noch erinnern?«

»Sie müssen mir sagen, was für ein Tag heute ist.«

»Heute ist Freitag, es ist kurz vor Mitternacht.«

Er schaute auf seine Hände hinab und versuchte sich zu erinnern.

»Soviel ich weiß, begann das vor ein paar Tagen.«

»Am Mittwoch fuhren Sie nach San Francisco, um Tom Grant aufzusuchen.«

Seine Finger verkrampften sich.

»Woher wußten Sie, wo Sie Grant finden würden, D. A.?«

»...Jemand hat mir einen Plan gezeichnet. Danach konnte ich sein Haus finden.«

Zorn gegen Libby Ross wallte in mir auf, wenn ich auch nicht überrascht war. Ich unterdrückte einen Fluch. Als ich mich wieder in der Gewalt hatte, fragte ich: »Warum sind Sie dort hingefahren?«

»Nur um mich umzuschauen. Ich wollte sehen, was aus dem Mann geworden war, der uns verraten hatte.«

»Und was haben Sie gesehen...?«

»Er hatte Angst. Erzählte irgendwas, daß ihn gerade jemand angegriffen habe, daß er eine Beule am Kopf habe, aber ich wußte, daß er vor mir Angst hatte. Er versteckte sich hinter Verachtung, Schimpfwörtern und Drohungen – so wie er sich früher hinter Andy Wrightman versteckte. Aber am Ende hatte er große Angst.«

Ich biß mir auf die Lippe, dachte an das blutbesudelte Atelier und das, was von dem Menschen Tom Grant übriggeblieben war.

»Wie hat er Sie denn beschimpft?« fragte ich schließlich.

Taylor fuchtelte mit der Hand und wischte die Frage beiseite. »Es war sehr unerfreulich.«

»Hat er Ihnen von Jenny erzählt – wie er sie in den Selbstmord getrieben hat, indem er ihr beständig vorhielt, daß sie Sie und Libby verraten hatte, und wie er ihr schließlich den Revolver gab?« Das war die einzige Erklärung, die mir dafür einfiel, daß Grant so bemüht gewesen war, seine Vergangenheit geheimzuhalten. Er war eine Frau losgeworden, die ihm gefährlich werden konnte, indem er ihr eine Waffe gegeben hatte, die er eigentlich seinen Kollegen hätte aushändigen sollen, als die Wohnung an der Page Street durchsucht wurde.

Aber Taylor schüttelte den Kopf. »Das brauchte er nicht. Libby und ich wußten das; wir haben es immer gewußt. Jenny konnte den Revolver nur von dem Mann haben, der wußte, wo die Waffen in der Wohnung aufbewahrt waren. Nein, was er sagte, war schlimmer. Er sagte, daß Perry uns verraten hatte.«

Ich war nicht überrascht.

Taylor fuhr fort: »Das konnte ich mir nicht anhören. Perry war der Mann, den ich am meisten bewunderte. Wenn er uns verraten hat, dann... gibt es keine Helden mehr.«

D. A. ließ den Kopf wieder sinken. Plötzlich fegte eine Windbö über die Lichtung. Von unten hörte ich ein schwaches Motorengeräusch – die altersschwache Maschine an dem Boot, das ich vor einer Weile gesteuert hatte. Davey war in Sicherheit; Ross brachte die Kinder nach Hause.

Die Laterne flackerte; das Petroleum ging zu Ende. Ich stand auf. »D. A., kommen Sie mit mir an Land zurück. Wir werden schon eine Lösung finden.«

Er schüttelte den Kopf.

Ich ging zur Laterne und drehte sie runter. »Kommen Sie«, sagte ich. »Es wird schon gut werden.« Ich streckte ihm die Hand hin.

Er schien mich weder zu hören noch zu sehen. Sein Blick glitt über die Lichtung, blieb da und dort hängen, an Bäumen, Felsen und Pflanzen. Dann trafen sich unsere Blicke – das flüchtige Licht, das ab und zu noch in seinen Augen aufgeleuchtet hatte, war nun völlig erloschen. Nicht einmal die Strahlen der Laterne belebten seinen Blick.

»Was ist nur aus all den Helden geworden?« fragte er.

Darauf wußte ich keine Antwort, denn ich vermutete, daß es nie Helden gegeben hatte – nicht in der Welt, nach der er sich sehnte. Seine Welt war nicht aus Tatsachen, sondern aus Wünschen und Träumen geboren. Keiner von uns wußte, wo die Wahrheit aufhörte und die Lügen einsetzten.

Ich drehte mich um und bückte mich, um die Laterne aufzuheben. Hinter mir hörte ich, wie Taylor sich plötzlich bewegte.

Dann hörte ich das Klicken.

Ich erstarrte, meine Haare sträubten sich; es war zweifelsohne das Klicken, mit dem eine Automatikwaffe entsichert wird. Sprungbereit schaute ich zurück. Und sah, daß die 22er, die er irgendwo am Körper getragen hatte, nicht auf mich gerichtet war.

Taylor hielt die Pistole in beiden Händen, der Lauf steckte in seinem Mund.

In dem Moment, in dem ich zu ihm hinüberhechtete und ihn anbrüllte, es nicht zu tun, drückte er ab.

26

Ich ließ D. A. auf der Felsplatte seiner Insel, wo er endlich Frieden gefunden hatte, zurück. Mit einem flauen Gefühl in der Magengrube machte ich mich mit der flackernden Laterne an den Abstieg. Als ich den einfachen Teil des Weges, der am Strand entlang verlief, erreichte, erlosch das Licht. Ich wartete dort, bis ich das unregelmäßige Gestotter des rückkehrenden Motorbootes hörte.

Ross steuerte es. Ich watete durch das seichte Wasser und stieg ein.

»D. A.?« fragte sie.

»Tot. Er hat sich erschossen.«

Sie preßte die Lippen aufeinander und wendete das Boot. Ich unternahm auf der Rückfahrt keinen Versuch, ein Gespräch mit ihr anzufangen. Als wir den Anlegeplatz hinter Taylors Haus erreichten, sprang ich aus dem Boot, sobald es gegen das Pfahlwerk schlug.

»Warten Sie«, sagte Ross.

Ich drehte mich um und schaute sie kalt an. »Bevor er sich umbrachte, sagte mir D. A., daß Sie ihm den Plan gezeichnet haben. Sind Sie in die Stadt gefahren und haben Sie Grants Grundstück vermessen, bevor Sie D. A. losschickten, damit er für Sie Rache übe?«

In dem blassen Licht aus den Fenstern des Restaurants sah ich ihr überraschtes Gesicht.

»Sie wußten, was passieren würde«, fuhr ich fort. »Das war Beihilfe – meiner Ansicht nach ist Ihre Schuld größer als die von D. A.«

»... was wollen Sie tun?«

»Nichts. Sie würden ja doch nur alles mit Lügen vertuschen. Außerdem werden genug Menschen unter den Folgen dieser Tat zu leiden haben. Da muß ich es nicht noch schlimmer machen.«

Sie hob die Hände und ließ sie kraftlos wieder sinken. »Alle, an denen mir etwas lag, sind tot. Alles, was mir je etwas bedeutet hat, ist vorbei.«

»Und nun müssen Sie mit Ihrer Tat leben.« Ich drehte ihr den Rücken zu und überquerte die baufällige Anlegestelle. Ich wollte weg, weg von dieser Frau mit ihren egoistischen Selbsttäuschungen und ihrem verpfuschten Leben.

Aus der Telefonzelle vor Nick's Cove verständigte ich den Sheriff. Danach wählte ich noch zwei weitere Nummern.

Als erstes rief ich Jess Goodhue an. Ich erzählte ihr, was passiert war und erklärte, daß ich sie in meiner Aussage vor der Polizei nicht erwähnen würde. »Dafür müssen Sie mir aber einen Gefallen tun«, sagte ich.

»Gerne. Was?«

»Nach Taylors Tod wird sein Anteil an Hilderlys Vermögen zwischen Ihnen und Libby Ross aufgeteilt. Das gilt auch für Tom Grants Anteil. Ich möchte, daß Sie den Betrag, der über Ihre ursprüngliche Erbschaft hinausgeht, Taylors Frau und seinen Kindern geben. Sie brauchen Geld, um sich ein neues Leben aufzubauen.«

Goodhue war, ohne zu zögern, einverstanden.

Dann rief ich Greg bei sich zu Hause an. Ich bat ihn, mich in einer Stunde im Justizpalast zu treffen und sagte, daß ich auch McFate dabeihaben wollte. Greg stellte nicht viele Fragen; er war solche eigenartigen Bitten von mir gewohnt. Außerdem bereitete ihm der Gedanke, McFate am Wochenende und zu dieser Stunde aus irgendeinem Bett zu zerren, zweifellos Vergnügen.

Als ich an dem fast verlassenen Straßenrand vor dem Justizpalast den Wagen abstellte, hatte mein Zorn seinen Siedepunkt erreicht, ich war zu einer Konfrontation bereit. Von den Marmorwänden der Eingangshalle hallten meine Schritte wider, und ich schaute auf die Uhr. Es war vier Uhr zwanzig, Samstag morgen – eine Woche, nachdem ich in den Fall verwickelt worden war, der mir meine letzten Illusionen über die glorreichen sechziger Jahre geraubt hatte.

Nichts gegen das Erbe jener Jahre: ein Krieg war abgebrochen worden; der Wille des Volkes hatte gesiegt; in der Gesellschaft waren fundamentale Veränderungen vor sich gegangen. Aber dieses Erbe hatte auch eine dunkle Seite, und die persönlichen Kosten waren auf beiden Seiten sehr hoch gewesen.

Ich hatte recht gehabt, als ich am Montag abend zu Rae gesagt hatte, daß es in den Sechzigern um Wut gegangen sei – doch das war nur ein Teilaspekt. Es war auch um Gewinnen und Verlieren gegangen, wie in jedem Jahrzehnt. Darum, den Krieg gegen den Kommunismus in Südostasien zu gewinnen; den Krieg gegen das Establishment zu Hause zu gewinnen. Das Land zu verlieren, weil es über den Konflikt in Asien völlig entzweit war; sich selbst zu verlieren, weil der Kampf in den Straßen die Kampfgefährten bitter, gebrochen und einsam gemacht hatte.

Auch das war das Erbe der sechziger Jahre: *Trophäen und tote Pracht. Netze, den Wind einzufangen…*

McFate war der erste, den ich sah, als ich den Mannschaftsraum betrat: Er stand vor Gregs Büro und war selbst zu dieser ungewöhnlichen Stunde gekämmt und frisch rasiert und trug einen säuberlich gebügelten Anzug. Er schaute mich an – meine schlammverschmierte Kleidung, mein schmutziges Gesicht und meine zerzausten Haare – und grinste verächtlich. Das brachte das Faß zum Überlaufen.

Ich ging auf ihn zu, legte meine dreckigen Hände an seine Nadelstreifenbrust und versetzte ihm einen Stoß. »Sie Hurensohn!«

Greg kam mit hochgezogenen Augenbrauen aus einer Kabine.

»Sie verdammter, aufgeblasener Idiot!« Ich versetzte McFate noch einen Stoß und achtete darauf, auf seinem hellblauen Hemd einen schmutzigen Abdruck zu hinterlassen.

McFate setzte zur Gegenwehr an und sagte zu Greg: »Sie sind Zeuge!

Sie hat einen Polizeibeamten angegriffen! Was gedenken Sie zu unternehmen?«

»Halten Sie den Mund, Leo«, sagte Greg müde. »Kommen Sie in mein Büro. Du auch.«

McFate machte eine Kehrtwendung und ging hinein, dabei rubbelte er ärgerlich an seinem Hemd. »Ich verstehe nicht, warum sie sich so etwas herausnehmen darf. Wenn Sie mich fragen...«

»Ich frage Sie aber nicht. Setzen Sie sich, Leo. Sharon, schließ die Tür.«

Ich schloß sie. Dann schob ich den zweiten Besucherstuhl so weit weg von McFate wie möglich und setzte mich.

»Sie könnten zumindest verlangen, daß sie sich entschuldigt«, sagte er.

»So was kann sie leider nicht besonders gut.« Greg wandte sich zu mir; ich wußte, daß ich seine Geduld einer harten Probe unterzog.

»Würdest du jetzt bitte erklären, warum das nötig war?«

Ich holte tief Luft und sammelte die Überreste meiner Selbstbeherrschung zusammen. »Der Mann, der Tom Grant tötete, hat sich heute nacht erschossen – auf Hog Island in der Tomales-Bucht.«

Langsam drehte McFate mir sein Gesicht zu; seine Pupillen verengten sich zu Stecknadelköpfen. Greg wartete ab.

Ich erzählte, was geschehen war, und tat so, als ob ich wegen Hilderlys Testament unterwegs gewesen und dabei Zeuge dieser Familientragödie geworden wäre. Als ich mit meinem Bericht geendet hatte, fügte ich, an Greg gewandt, hinzu: »Deshalb habe ich eine solche Stinkwut auf ihn.« Ich deutete mit dem Kinn auf McFate. »Wenn er mir von Grants früherer Tätigkeit als FBI-Spitzel erzählt hätte, hätte ich gewußt, wer ein Motiv hatte, ihn zu töten, und Taylor wäre jetzt vielleicht noch am Leben.«

McFate sagte: »Um den war's doch wohl kaum schade.«

Ich fuhr zu ihm herum. »Halten Sie den Mund! Sie wissen doch überhaupt nichts... rein gar nichts.«

Greg seufzte und rollte die Augen.

»In Ordnung«, sagte ich. »Es tut mir leid. Aber er ist einfach solch ein Arsch...«

»Wenn man mir gütigerweise Gehör schenken würde«, sagte McFate. »Ich habe diese Informationen aus zwei Gründen zurückgehalten. Erstens fühle ich mich nicht verpflichtet, Einzelheiten meiner Ermittlungen mit Zivilisten zu besprechen. Und zweitens unterliegen die Namen und die Aufzeichnungen über Agenten der Geheimhaltung. Ich hatte auch keine detaillierten Kenntnisse über Grants Aktivitäten, und so konnte ich ihn wohl kaum mit den anderen Personen in Hilderlys Testament in Verbindung bringen.«

Greg sagte: »Da hat er recht, Sharon.«

»Nur zur Hälfte. Ich habe ihn mehrmals auf die mögliche Verbindung hingewiesen. Wenn er der Spur nachgegangen wäre und mich über die Ergebnisse seiner Nachforschungen informiert hätte... Erst gestern hast du gesagt, daß es gleich ist, wer einen Verbrecher schnappt, wenn er nur geschnappt wird.«

Greg nickte.

»Logischerweise folgt daraus, daß es einzig und allein wichtig ist, die verfügbaren Informationen auszuwerten, und daß es gleich ist, ob diese Informationen von einem Zivilisten oder von der Polizei beigebracht werden.«

»Man konnte trotzdem nicht von mir erwarten, daß ich diese Verbindung herstellte...«, sagte McFate.

»Ich glaube doch, vor allem angesichts der anderen Informationen, die Sie von der Geheimpolizei erhielten und in Ihren Berichten so geflissentlich verschwiegen.«

McFate fuhr leicht zusammen. Greg beugte sich interessiert vor.

»Gestern erst hast du mir gesagt, wie sehr es dich ärgert, daß Leo immer wieder verschwindet«, sagte ich zu Greg.

»Das stimmt.«

»Ich wette, daß er mindestens einmal – und vermutlich öfter – in seiner alten Abteilung verschwunden ist.«

»So?«

Ich warf einen Blick auf McFate. Er saß sehr still da.

»Ich vermute, er hat die alten Akten über die politischen Gruppen, die sie in den sechziger Jahren bespitzelten, nach Informationen über Hilderly und die anderen Erben durchgesehen – nur für den Fall, daß mein Verdacht doch begründet war. Und dabei hat er unter anderem erfahren, warum Hilderly zwanzig Jahre später beschloß, sein Testament zu ändern – was wiederum die Ermordung Grants auslöste.«

»Warum hat Hilderly sein Testament geändert?«

»Hilderly war nie Mitglied des Kollektivs, zumindest nicht in dem Sinn, wie die anderen dachten. Er stand den Leuten nahe, und sie dachten, daß er seinen Beruf als Journalist dazu verwendete, ihre Propagandabemühungen zu unterstützen. Aber in Wirklichkeit sammelte er Informationen für eine Story, vielleicht unter dem Titel ›Alltag in einem Weather-Kollektiv‹. Doch als sie das Bombenattentat auf Port Chicago planten – bei dem mit Sicherheit unschuldige Menschen zu Tode kommen würden –, verlor er seine Illusionen und hatte Bedenken.«

»Warum sollte er? Er war ein Radikaler. Und denen war es doch gleich...«, warf McFate ein.

»Hilderly war es eben nicht gleich. Für ihn stand der Wert eines Menschenlebens über allem anderen. Selbst über seiner Loyalität seinen engsten Freunden gegenüber. Ich denke, er ging zur Geheimpolizei – deren Aktivitäten damals wohlbekannt waren – und warnte vor dem geplanten Attentat. Er wußte zwar, daß das richtig war, aber seine Schuldgefühle wegen dieses Verrats verfolgten ihn sein ganzes Leben lang.

Letzten Mai begegnete er dann zufällig Tom Grant, der ihm

eine Lüge von seinem eigenen zerstörten Leben erzählte. Hilderly beschloß daraufhin, Buße zu tun, indem er den drei Menschen, denen er Schaden zugefügt hatte, Geld hinterließ und auch die einzige lebende Erbin der vierten Person in seinem Testament bedachte.«

Greg schaute zu McFate. »Stimmt es, daß Hilderly zur Geheimpolizei ging, Leo?«

Er antwortete nach kurzem Schweigen. »Ja. Ich weiß nichts von der Geschichte über sein Testament; ich weiß nicht, wie sie auf das alles kommt. Aber Hilderly war bei der Polizei. Und die wandte sich ans FBI. Dort erklärte man, die Situation sei bereits bekannt und Verhaftungen würden in Kürze vorgenommen werden. Hilderly hätte überhaupt keine Schuldgefühle zu haben brauchen; er hat sie nicht einmal an die Stelle verraten, die für die Sache zuständig war.«

McFate schien die ganze Sache lustig zu finden – für ihn war es ein Witz, daß Hilderly sich sein Leben lang schuldig gefühlt hatte und für etwas Buße tun wollte, das er gar nicht getan hatte. Ich runzelte die Stirn angesichts solcher Kaltschnäuzigkeit, und ich sah Greg an, daß er das gleiche dachte.

»Wie hast du dir das alles zusammengereimt?« fragte Greg.

»Das erkläre ich dir später.« Ich wollte ihm vor McFate auf keinen Fall den Traum erzählen, den ich am Morgen zuvor gehabt hatte – Hilderlys blutige Hände, die das Pergament besudelten und zeigten, daß er ein Unrecht begangen hatte, und die Pfiffe des Publikums, die ausdrückten, daß Hilderly jemanden verpfiffen hatte.

»In Ordnung«, sagte Greg. Und zu McFate gewandt: »Warum wurde ich über diese Vorgänge nicht informiert, Leo?«

»Ich hielt sie nicht für relevant...«

»Blödsinn! Der Grund, warum Sie mich nicht informierten, liegt darin, daß Sie Ihre Kumpel von der Geheimpolizei schützen wollten.«

»Lieutenant, vor zwanzig Jahren war es annehmbar, daß eine Abteilung Gruppen überwachte, die möglicherweise...«

»Ja. Aber das ist seit neunzehnhundertfünfundsiebzig nicht mehr so, nämlich seit eine Kommission solche Aktivitäten ausdrücklich verbot. Und in letzter Zeit hat die Spionageabwehr häufig Schwierigkeiten bekommen, weil sie diese Bestimmungen nicht beachtete; ich bin mir sicher, daß Ihnen Ihre Kumpel zu verstehen gegeben haben, daß Sie sie aus der Sache Grant heraushalten sollten – auch wenn ihre Aktivitäten weit zurückliegen und den Fall nur peripher betreffen.«

»Ich … nun …«

»Das Komische ist, McFate, daß Sharon – eine Zivilistin – mich über ihre Nachforschungen auf dem laufenden gehalten hat. Viele der Tatsachen, die Sie für ›irrelevant‹ hielten, waren mir bekannt. Wenn Sie mir ordnungsgemäß berichtet hätten, hätten wir den Fall vielleicht gemeinsam lösen können, und Taylor wäre noch am Leben.« Nie zuvor hatte ich Greg so zornig erlebt.

»Lieutenant, ich …«

»Machen Sie, daß Sie rauskommen. Wir sprechen morgen darüber.«

McFate verließ die Kabine, ohne uns noch einmal anzuschauen.

»Weißt du«, sagte Greg, als er weg war, »ich bin froh, daß eine meiner letzten offiziellen Handlungen im Morddezernat darin bestehen wird, sicherzustellen, daß er hierfür eine Abmahnung erhält. Ich will, daß das hier in seiner Personalakte erscheint.«

»Dann ist deine Beförderung jetzt durch?«

»Sie wird am Montag bekanntgegeben.«

Eine eigentümliche Traurigkeit überkam mich. »Gratuliere.«

»Mein Gott, du klingst, als ob ich dir gerade gesagt hätte, daß ich an einer tödlichen Krankheit leide.«

»Oh, Greg.« Ich stand auf und ging zur Tür. Ich wollte plötzlich von hier weg. »Es ist nur so komisch, wenn ich mir vorstelle, daß du nicht mehr da bist, wo du immer warst, seit ich dich kenne.«

»Ich bin immer für dich da, egal wo ich sein werde.«

»Ich weiß, aber … alles wird anders.« Ich hatte das Gefühl, jeden Augenblick in Tränen auszubrechen.

Sobald ich die Haustür hinter mir schloß, merkte ich, wie müde ich war – außerdem spürte ich eine Erkältung herannahen. Ich nahm eine Handvoll Vitamin C und spülte sie mit einem großen Glas Rotwein hinunter. Dann duschte ich, wusch meine Haare und wickelte mich in meinen Bademantel aus Frottee.

Und dachte, oh, Gott, ich habe seit fast zehn Stunden nicht nachgefragt, wie es Hank geht!

Bevor ich die Nummer des Krankenhauses wählen konnte, bemerkte ich das rote Licht an meinem Anrufbeantworter und spulte das Gerät zurück – fünf Anrufe.

Meine Mutter: »Bist du da? Ich habe in der Zeitung gelesen, daß Hank angeschossen worden ist und daß du wie eine Verrückte hinter dem Schützen hergerannt bist. Oh, Shari, warum kannst du dir keinen anständigen Beruf suchen, wo du nicht immer…«

Oh, Mama, dachte ich, ich liebe dich auch. Und spulte durch zum Ende ihrer Nachricht.

Luke Widdows: »Ich habe von der Schießerei gehört. Sind Sie in Ordnung? Sie können mich jederzeit anrufen.«

Jim Addison: »Du hast gestern abend nicht zurückgerufen, aber die Mühe kannst du dir jetzt sowieso sparen. Ich habe die Berichte über dich in der Zeitung gelesen. Ich habe immer gedacht, daß du ein sanfter Mensch wärst wie ich, aber die Sache mit dem Heckenschützen… brutale Polizeigewalt. Sharon, du bist mir einfach zu brutal. Brutale Frauen sind widernatürlich…« Der Pfeifton schnitt ihm zu meiner großen Befriedigung das Wort ab.

Ich lächelte bei dem Gedanken, daß ich mir wegen Jims möglicher Brutalität Sorgen gemacht hatte. Nun war *er* über die *meine* entsetzt!

Der vierte Anruf war der, auf den ich gehofft hatte, Anne-Marie: »Dem Himmel sei Dank, er ist in Ordnung. Die Operation verlief gut. Ich glaube, daß er am Sonntag eine gewisse Besucherin empfangen kann, nach der er schon gefragt hat. Ich gehe jetzt heim und schlafe. Du kannst mich ja morgen nachmittag anrufen.«

Ich hielt das Band an und hörte mir die Nachricht nochmals an. Hank war in Ordnung; bald konnte ich ihn besuchen. Ich würde ihm einen Stapel Zeitschriften mitbringen und ein Paket von der Bäckerei an der Twenty-fourth Street, deren Blaubeerkuchen er so liebte…

Ich hatte fast vergessen, daß da noch eine Nachricht war. Ich schaltete das Band ein und hörte die Stimme von George Kostakos.

Ich hörte mir seine Nachricht an, dann spulte ich zurück und lauschte nochmals. Seine Frau hatte sich von ihrem Nervenzusammenbruch erholt, und sie hatten die Scheidung eingereicht. Sie hatte das Haus in Palo Alto genommen, und er war in eine Eigentumswohnung am Russian Hill gezogen. Er mochte mich immer noch. Wenn es mir auch so gehe, dann wollte er mich gerne sehen. Seine neue Telefonnummer war…

Zuerst verspürte ich einen hartnäckigen Widerstand in mir. Er hatte all die Monate geschwiegen, und ich hatte nicht gewußt, wo wir standen, und jetzt dachte er, er könne einfach wieder in mein Leben hereinplatzen. Aber dann wurde ich weicher: Es war sicher auch für ihn keine leichte Zeit gewesen. Außerdem hatte ich doch immer irgendwie gewußt, wo wir standen, hatte gewußt, daß er irgendwann zurückkommen würde…

Ich stellte mir George vor: sein markantes Gesicht, seine ausdrucksvollen haselnußfarbenen Augen, sein schwarzes Haar, das von grauen Fäden durchzogen wurde, sein langer, schlanker Körper. Ich legte die Hand an die Lippen und stellte mir vor, wie es sein würde, ihn nach der langen Zeit wiederzusehen. Stellte mir vor, wieder mit ihm zusammenzusein.

Schmerz, Zorn und Enttäuschung der letzten Woche fielen von mir ab. Überreste würden bleiben, das wußte ich. Schlimme Erinnerungen würden mich vermutlich mein ganzes Leben lang verfolgen. Aber Augenblicke wie dieser würden mich trösten. Einen kurzen Moment lang fühlte ich mich sicher, warm und geborgen. Ich streckte mich und gähnte. Was für ein unverhofftes Glück!

Rastlos ging ich durch das stille Haus, prüfte Türen und Fenster, obwohl ich wußte, daß sie alle verschlossen waren. Ich schlenderte durch das Wohnzimmer, richtete ein Buch gerade und wischte Spinnweben vom Kaminsims. In der Küche schaute ich, ob das Pilotlicht im Gasherd brannte. Besah mir die Eiswürfel in der Kühltruhe, prüfte, ob das Brot noch frisch war und schaute, ob Eier für das Frühstück im Haus waren. Aber schließlich trieb mich die Müdigkeit doch ins Schlafzimmer, wo ich meinen Bademantel auf den Boden fallen ließ und nackt unter die Decke kroch.

Als ich mein Kissen umarmte und die Augen schloß, beschloß

ich noch, vor zwölf Uhr mittags aufzuwachen und mich dann bei vier der fünf Anrufer zu melden. Ich würde meine Mutter beruhigen; Luke Widdows danken, daß er mir bei meinen Ermittlungen geholfen hatte, Anne-Marie fragen, ob ich Hank nicht schon vor Sonntag besuchen könne. Und George sagen, daß ich ihn auch noch mochte und ihn sehen wollte.

Und danach würde ich noch jemanden anrufen. Ich konnte mich einfach nicht länger selbst belügen: Es war höchste Zeit, Ted zu sagen, daß er Ralph und Alice in ihrem neuen Heim abliefern solle.

Band 2

Mord ohne Leiche

Für Bill

1

San Quentin steht auf einer windgepeitschten Landzunge in der Bucht von San Francisco. Es ist zwar ein Gefängnis, sieht aber auf den ersten Blick gar nicht so schlecht aus: Die sandsteinfarbenen Mauern und das rote Dach bieten einen imponierenden Anblick. Der zypressengeschmückte Hügel, an dessen Fuß der Gebäudekomplex stößt, und die Reihe kräftiger Palmen am Küstenstreifen verleihen der umgebenden Natur einen gewissen Charme. Das Wasser der Bucht ist blau, grün oder stahlgrau, je nach Wetter, und gesprenkelt von Segelbooten und schnellen Fähren, die zwischen Marin County's Larkspur Landing und San Francisco pendeln. Gar kein so übler Ort.

Nähert man sich aber den Eisentoren des Gefängnisses über eine enge, von baufälligen Häusern gesäumte Zufahrt, dann hört man das Dröhnen der Lautsprecher im Hof und das monotone Summen der Generatoren, die diese ganze riesige Anlage in Betrieb halten. Man sieht den Wachturm, das Flutlicht, die Warnschilder und die müde Hoffnungslosigkeit in den Augen der Menschen, die in Grüppchen durch den Besuchereingang kommen. Der Wind erscheint einem kälter. Er bringt den Geruch von brackigem Wasser und unbestimmbarem Verfall mit sich.

Plötzlich fällt einem auch auf, daß auf den Ausläufern des Hügels jede gesunde Vegetation fehlt, als hüteten sich sogar Bäume und Sträucher, dem grimmigen Bau allzu nahe zu kommen. Und man merkt, wie weit entfernt Point San Quentin doch vom piekfein herausgeputzten Larkspur Landing liegt, von den Millionärsvillen im nahen Tiburon und Belvedere und von der Majestät der Rotholzwälder und des Mount Tamalpais. Dafür hat es mehr gemeinsam mit Richmond, jener Stadt im Nordosten, zu der eine plumpe Brücke hinüberführt. Sie kann sich ihrer Slums kaum erwehren, zumeist bevölkert von Schwarzen, die um ihr Dasein kämpfen und oft genug hinter den Mauern dieses Gefängnisses landen.

Und an einem dunklen, bewölkten Wintermorgen, wie dem

gegen Ende Dezember, als ich zum erstenmal diesen Bau besuchte, überfällt einen mit ziemlicher Gewißheit das Gefühl, daß dies ein Ort des Elends ist, an den nicht selten Menschen zum Sterben geschickt werden.

An jenem Donnerstagmorgen war ich früh aus der Stadt aufgebrochen und hatte gehofft, um halb neun im Gefängnis zu sein, aber ein Unfall auf einer der nördlichen Zufahrten zur Golden Gate Bridge hatte einen Verkehrsstau verursacht. So war es viertel nach neun geworden, ehe ich am Osttor meinen Ausweis vorzeigen und mich in die Besucherliste eintragen konnte. Dann passierte ich den Metalldetektor an der Sicherheitskontrolle, und ein Beamter untersuchte den Inhalt meiner Aktenmappe und meiner Schultertasche. Im Besuchertrakt setzte ich mich auf eine Bank, die man mir zugewiesen hatte.

Es war noch so früh, daß sich nur wenige Leute dort aufhielten. In meinen Augen waren die meisten Anwälte oder Ermittler, wie ich selbst, und zu Gesprächen mit Gefängnisinsassen hier. Fast eine Stunde mußte ich warten, ehe meine Genehmigung eintraf, obwohl mein Name sicher auf der von der Gefängnisverwaltung genehmigten Liste stand. Der Aufsichtsbeamte trug mein Tonbandgerät in sein Protokollheft für Recorder und Fotoausrüstungen ein, dann wurde ich in eines der unterteilten Besuchszimmer für Insassen des Sicherheitstraktes geführt, in dem auch die zum Tode Verurteilten untergebracht waren.

Nachdem der Aufseher mich eingeschlossen hatte, sah ich mich einen Augenblick lang in dem Raum um. Er war im Einheitsgelbbraun gehalten und in der Mitte durch einen von Wand zu Wand reichenden Tisch geteilt. Ein schweres Gitter ragte vom Tisch bis zur Decke. Hätte ich eine Veranlagung zur Klaustrophobie gehabt, hätte mich diese Umgebung wahrscheinlich gegen die Tür hämmern und um Befreiung flehen lassen. So aber fühlte ich mich in einem seltsamen Schwebezustand, als sei die Zeit stehengeblieben und würde auch nicht weitergehen, bis eine ferne, unbekannte Kraft dies zuließ. Schließlich ging ich zum Tisch, legte meine Aktenmappe darauf und setzte mich auf einen der drei Holzstühle.

Nach weiteren zehn Minuten ging die Tür auf der anderen Seite des Gitters auf, und ein junger Schwarzer in blauer Gefängniskleidung wurde hereingelassen. Er war schlank, mittelgroß, und sein Gesicht hatte den Farbton von Zimt. Trotz seiner Jugend – ich wußte, daß er zwanzig war – wich sein Haaransatz schon zurück. Die kleinen schwarzen Locken formten ein ›M‹ auf seiner hohen Stirn. Über den undurchdringlichen Augen hingen schwere Lider. Die Nase war lang und breit, der Mund verkniffen. Als die Tür hinter ihm abgeschlossen wurde, sah er sich um und ballte in einem Reflex die Fäuste.

Ich hatte mir sein Geständnis vom Abend zuvor auf Video angesehen, aber lebendig vor mir wirkte er anders. Kleiner und verwundbarer. Und irgendwie unfähig zu einem so schrecklichen Verbrechen, wie er es vor der Kamera zugegeben hatte.

Während ich ihn musterte, ging mir – nicht zum erstenmal – durch den Kopf, daß er möglicherweise von einem Justizapparat überrollt worden war, der nicht gerade beide Augen zudrückte, wenn er einen jungen, ungebildeten Schwarzen mit ein paar Jugendstrafen unter aufsehenerregender Anklage vor sich hat. Opfer des Systems oder kaltblütiger Killer? Im Moment ließ ich das Urteil lieber ausstehen.

»Mr. Foster«, sagte ich, »mein Name ist Sharon McCone von der Anwaltskooperative All Souls. Sie wissen von Jack Stuart, daß ich Sie besuchen wollte.«

Bobby Foster nickte unbewegt.

»Sie sollten sich besser setzen.« Ich zeigte auf den einzigen Stuhl auf seiner Seite des Gitters. »Wir haben eine Menge zu besprechen.«

Diesmal reagierte er überhaupt nicht. Ich wartete.

Schließlich sagte er. »Weiß nicht, was Sie glauben, für mich tun zu können.« Seine Stimme war tief – die Stimme eines großen Mannes, gefangen in einem schmächtigen Körper.

»Ich bin auch nicht sicher, ob ich etwas für Sie tun kann. Um das herauszukriegen, bin ich hier.«

Das Eingeständnis meiner eigenen Unsicherheit schien ihn lockerer zu machen. Vielleicht gefiel es ihm, daß ich nicht vorgab, auf alles eine Antwort zu haben. Er ging zum Stuhl und hockte sich auf die Kante.

»Was hat Jack Stuart Ihnen über mich erzählt, Bobby? Ich darf Sie doch Bobby nennen?«

Er zuckte mit den Schultern.

»Und nennen Sie mich bitte Sharon.«

Er sah mich einen Augenblick lang unter seinen schweren Augenlidern an und sagte dann: »Stuart hat mir nur erzählt, daß Sie Privatdetektivin in seiner Kanzlei da sind. Er sagt, vielleicht können Sie was tun, damit ich aus dieser Schweinerei rauskomme.«

»Sie scheinen nicht daran zu glauben.«

Wieder nur Schulterzucken. »Weiß nicht, was irgendwer tun kann. Sie klagen mich an, bringen mich her. Und irgendwann machen sie mich kalt.«

»Aber Sie behaupten, Sie hätten den Mord nicht begangen.«

»Jetzt sehen *Sie* so aus, als glaubten Sie *mir* nicht.«

»Ich weiß noch nicht, was ich glauben soll. Viele schuldige Leute behaupten, sie sind unschuldig. Aber ich habe Ihre Version von der Geschichte noch nicht gehört. Und Jack Stuart glaubt Ihnen.«

Er setzte sich auf, und lehnte sich auf dem Stuhl zurück. »Dieser Stuart, der ist okay. Besser als dieser Pflichtverteidiger, den ich vor Gericht hatte. Vielleicht.«

Bobbys erster Anwalt war nur Pflichtverteidiger gewesen. Nach der Verurteilung hatte seine Mutter Geld zusammengekratzt, um All Souls für die Berufung zu gewinnen. »Jack ist ein guter Strafverteidiger«, sagte ich. »Wenn das Verfahren eine Möglichkeit hergibt, Ihre Verurteilung aufzuheben, dann findet er sie. Aber der Pflichtverteidiger, den Sie hatten, war auch nicht schlecht. Doch es lief letzten Endes darauf hinaus, daß ein stichhaltiger Beweis gegen Sie sprach.«

Seine Augen wurden schmaler, und er beugte sich vor, die Arme auf der Tischplatte. »Das nennen Sie einen Beweis? Immerhin wurde ihre Leiche nie gefunden. Wie, zum Teufel, können sie einen in die Gaskammer schicken, wenn sie nicht mal 'ne Leiche haben?«

Ich wußte, daß sowohl der Pflichtverteidiger als auch Jack ihm die gesetzliche Grundlage für seine Verurteilung »ohne Leiche« erklärt hatten. Und ich wußte auch, daß er sich stur weigerte, diese Erklärung zu akzeptieren, und jedesmal heftig mit ihnen gestritten hatte, wenn die Rede darauf kam. Ich vermutete, daß er – weil er sonst nichts hatte – sich daran als eine letzte Hoffnung klammerte, von der er nicht ablassen wollte.

Entschlossen, ihn nicht auf diesen reichlich strapazierten Punkt ausweichen zu lassen, fragte ich: »Was ist Ihrer Meinung nach mit ihr passiert?«

Er schüttelte den Kopf.

»Tracy Kostakos war eine Freundin von Ihnen. Sie müssen doch eine Idee haben, wohin sie verschwunden sein könnte.«

»Wäre ich hier, wenn ich eine Idee hätte?«

»Manche Leute glauben, daß sie noch am Leben ist. Ihre eigene Mutter, zum Beispiel. Laura Kostakos glaubt, ihre Tochter ist aus freien Stücken verschwunden.«

Sein Blick wanderte von mir zu einem Punkt hinter meiner linken Schulter. Plötzlich spürte ich ein Prickeln im Kreuz – wie ich es oft spüre, wenn ich das Gefühl habe, jemand enthält mir etwas Wichtiges vor.

Ich sagte: »Bobby, was, glauben Sie, ist mit Tracy passiert?«

»Weiß ich nicht«, gab er zurück. Er mied noch immer meinen Blick. »Aber sie lebt nicht mehr. Sonst hätte sie das mit mir gehört und wäre gekommen und hätte alles in Ordnung gebracht.« Er schwieg einen Augenblick und setzte dann hinzu: »Tracy ist bestimmt tot. Aber ich habe ihr nichts getan.«

»Warum haben Sie dann gestanden?«

»Das habe ich später zurückgenommen. Es war nur eine Geschichte.«

»Eine Geschichte, Bobby?«

»Genau.«

»Sie paßte aber verdammt gut zu den Fakten.«

»Fakten? Gibt keine Fakten. Gibt nicht mal ’ne *Leiche*.«

»*Warum* haben Sie gestanden?«

Er ballte die Fäuste, legte den Kopf in den Nacken und sah an die Decke. Die Nackenstränge spannten sich, während er um Beherrschung kämpfte.

Bobby Foster war Weltmeister im Verlieren von Selbstbeherrschung, und sein Register an Jugendstrafen belegte das. Aber unter der Obhut eines staatlichen kalifornischen Erziehungsheims hatte er offensichtlich gelernt, seinen Hang zur Gewalttätigkeit zu zügeln. In seinem Leben war es aufwärts gegangen – bis Tracy Kostakos vor knapp zwei Jahren in einer regnerischen Nacht verschwunden war.

Nach einer Weile entspannten sich seine Fäuste, und der

Kopf sank nach vorne. Sein Blick war eindringlich, aber ohne Zorn. »Schon mal richtig Angst gehabt, Lady? Ganz erbärmliche Angst?«

Das hatte ich, und zwar oft genug, aber ich hatte das Gefühl, er meinte eine andere Art von Angst. Ich schüttelte den Kopf.

»Dann wissen Sie es nicht. Sie haben es mir stundenlang eingehämmert, mir gesagt, was ich getan habe. Sie haben gesagt, ich bin beim Lügendetektor-Test vorher durchgefallen. Mein Anwalt, der hat später rausgekriegt, daß das nicht stimmte. Ich soll bei einigen Sachen gelogen haben, aber nicht dabei, ob ich sie umgebracht habe. Irgendwann habe ich ihnen dann geglaubt, und noch mehr Angst gekriegt. Ich bin müde geworden und durcheinander. Nach einer Weile habe ich angefangen, alles zu glauben, was sie mir sagten. So läuft das, es ist, als erinnert man sich an einen Traum, den man mal hatte. Du fängst an zu sehen, was sie dir sagen, nur nicht richtig, weil es ja nur ein Traum ist.«

»Und dann?«

»Wird es wirklich. Man sieht es immer besser. Aber es bleibt immer noch wie das Bild auf einem alten Fernseher, der nicht mehr richtig funktioniert. Man hört auf, Angst zu haben, weil man so müde ist. Sie hämmern immer weiter auf einen ein, und man denkt, vielleicht gehen sie weg, wenn man ihnen den Traum erzählt. Macht nichts, ist ja nur ein Traum – oder? Also erzählt man ihn. Dann kommt man darauf, daß es gar kein Traum ist – es ist ein beschissener Alptraum.«

Ich lehnte mich zurück und versuchte, mir vorzustellen, was er erzählt hatte. Es gelang mir und gelang mir auch wieder nicht. Doch es paßte zu gewissen Widersprüchlichkeiten, die mir in den Gerichtsprotokollen und auf dem Videoband mit seinem Geständnis aufgefallen waren. Heutzutage sind die Verhörmethoden der Polizei zivilisierter als die alte Hinterzimmer-Masche, aber immer noch konnten sie zu guter Letzt am Ende falsche Schuldgeständnisse produzieren.

Nach kurzer Pause sagte ich: »Erzählen Sie mir von sich, Bobby.«

Sein Gesicht, das angeregt gewirkt hatte, als wir über sein Geständnis sprachen, wurde ausdruckslos. »Warum?«

»Wenn ich Ihnen helfen soll, muß ich etwas von Ihnen wissen.«

»Was wollen Sie wissen?«

»Alles, was Sie mir erzählen möchten.«

»Gibt nichts zu erzählen.«

»Sie sind in San Francisco aufgewachsen, nicht?«

»In Potrero Hill. In den Projects.«

»Auch da zur Schule gegangen?«

»Eine Zeitlang.«

»Bis zu welcher Klasse?«

»Siebte.«

»Und dann rein ins Erziehungsheim und wieder raus.«

Er nickte.

Obwohl ich die Antwort bereits kannte, fragte ich: »Auf welche Weise sind Sie da rausgekommen?«

Schweigen.

»Bobby?«

»Also, Stuart kennt doch den ganzen Mist. Warum fragen Sie nicht ihn?«

»Ich würde es lieber von Ihnen hören.«

Er zögerte und sah mich an mit einer Mischung aus Mißtrauen und Hoffnung. »Glauben Sie wirklich, Sie können mir helfen?«

»Ich werde es versuchen.«

»Wie?«

»Indem ich neue Beweise heranschaffe. Indem ich herausbekomme, ob Tracy Kostakos noch lebt. Und wenn sie nicht mehr lebt, versuche ich, herauszubekommen, was tatsächlich mit ihr passiert ist.«

»Warum müssen Sie dann den ganzen Mist über mich wissen?«

»In meinem Beruf weiß man nie, welche Information einmal wichtig werden könnte. Ich möchte etwas über Ihr Leben wissen, und zwar bis zu der Minute, als Sie heute morgen hier hereinkamen.«

Das schien ihn zufriedenzustellen. Er nickte, zog tief die Luft ein und sagte: »Okay. Wo soll ich anfangen?«

»Bei dem Punkt, als Sie die Schule verließen und in Schwierigkeiten gerieten. Aber zuerst möchte ich mein Bandgerät anstellen.« Ich holte es aus der Aktenmappe und stellte es auf. Bobby sah es unschlüssig an, protestierte aber nicht. Nach einer Sprechprobe ließ ich das Band anlaufen und lehnte mich zurück.

»In Ordnung«, sagte ich, »reden Sie nur. Keine Eile und nichts auslassen – wenn nötig, komme ich nächste Woche wieder. Wir haben viel vor.«

Als Bobby zu reden anfing, sah ich auf meine Hände. Sie lagen offen im Schoß, die Finger leicht gekrümmt. Eine Schale, in der vielleicht sein Leben lag.

2

Mein Besuch bei Bobby Foster war das Ergebnis eines improvisierten Picknicks mit Jack Stuart, unserem Strafrechtsexperten bei All Souls. Er hatte am Tag zuvor plötzlich mittags vor meiner Tür gestanden – es war der Mittwoch dieser letzten, wie angehängten Woche des Jahres, die einzig und allein dazu gut ist, diejenigen von uns zu frustrieren, die von den Weihnachtstagen die Nase voll haben und begierig darauf warten, daß sich das Leben wieder normalisierte.

Für diese tote Zeit hatte ich mir vorgenommen, endlich und endgültig meinen Plan (ich vermied es, ihn einen Neujahrsvorsatz zu nennen) in die Tat umzusetzen und die Veranda hinter meinem Haus auszubauen. Ich hatte im letzten Sommer damit angefangen, die Wände setzen zu lassen, um so ein zweites Schlafzimmer zu gewinnen, aber auf halbem Wege war mir das Geld ausgegangen. Im Oktober hatte ich meine Pfandbriefe verkauft und Geld aufgenommen, um die Sache hinter mich zu bringen und noch einige notwendige, im Grunde aber nebensächliche Reparaturen vornehmen zu lassen. Dann hatten mich die Weihnachtseinkäufe und die Feiertage wieder abgehalten. Es war eine einigermaßen produktive Woche gewesen, aber dann war auch ich von der allgemeinen Mattigkeit angesteckt worden, die sich überall ausbreitete. Außerdem hatte keiner von den Handwerkern, die wegen Kostenvoranschlägen bei mir gewesen waren, sich wieder gemeldet. Als Jack läutete, wanderte ich gerade mit halbherzigen Mordgedanken gegen ein paar Brombeersträucher, die sich breitgemacht hatten, durch den Garten. Wäre er nicht aufgetaucht, hätte ich in spätestens einer Viertelstunde vor Langeweile die Hände gerungen.

Daher war ich froh, in seinen Kombi klettern und in den nahe gelegenen Glen Park fahren zu können. Jack hatte eine Einkaufstüte bei sich, vollgestopft mit französischem Weißbrot, Käse und Salami, und dazu eine Flasche recht ordentlichen Wein, die er unverkennbar aus dem Vorrat von All Souls für die alljährliche Silvesterparty stibitzt hatte. Ich hatte ein paar Prospekte eingesteckt, die ich studieren wollte. Als wir am äußersten Ende des Glen Canyon angekommen waren, holte ich eine alte Decke aus dem Kofferraum des Kombis und setzte mich neben einen dicken Baumstumpf, um zu lesen. Jack machte sich daran, die Felswand des Canyon zu erklettern.

Jack war ein begeisterter Kletterer, aber leider kein besonders guter. Er hatte sich dieses Hobby zugelegt, um den Schmerz zu sublimieren, den ihm seine Scheidung im letzten Jahr bereitet hatte. Meiner Meinung nach hätten es allerdings etwas mehr psychischer Schmerz und etwas weniger körperliche Qualen auch getan. Anfang November hatte er sich bei einer Klettertour in den Pinnacles bei einem Sturz drei gebrochene Rippen geholt. Erst jetzt kam er langsam wieder in Form. Die Gefahren hier im Glen Canyon, hatte er mich wissen lassen, seien unter »Schwierigkeitsgrad eins« einzustufen, was bedeute, daß ein Unfall nicht gleich zu Dauerschäden führen müsse. Das war auch gut so, denn dies waren die ersten Feiertage seit seiner Scheidung, und er sublimierte gerade bis zum Exzeß. Ihm zuzuschauen, machte mich nervös, also konzentrierte ich mich auf den Prospekt, in dem ich gerade blätterte.

Der Prospekt stammte von irgendeiner Organisation namens Educational Swap Meet – einer lockeren Expertenvereinigung von eigenen Gnaden, die gemeinsam für Kurse warb, die sie an die Frau und den Mann zu bringen hoffte. Seit ein paar Wochen dachte ich schon daran, mich vielleicht wieder ins gesellschaftliche Leben zu stürzen – neun Monate war ich nun ungebunden und auch ohne großes Interesse an einer Beziehung. Und nachdem der gute Abby mit seinen Ratschlägen gewöhnlich recht hat, war ich zu der Überzeugung gelangt, es wäre eine gute Möglichkeit, in einem Kurs »Leute mit gleichen Interessen« kennenzulernen. Leider klang das Angebot in diesem Prospekt etwas seltsam, um nicht zu sagen: geradezu umwerfend, und ich war mir gar nicht so sicher, ob ich denn Leute mit solchen Interessen überhaupt kennenlernen wollte.

Ich rief zu Jack hinüber: »Was hältst du davon – ›Spiritueller Umgang mit Waffen für sanftmütige Menschen‹?«

Jack grunzte laut. Ich sah auf. Er baumelte in äußerst unsicher wirkender Weise in der Nähe einer Felsspitze. Aber er war noch nicht besonders hoch. Schnell wandte ich mich wieder meinem Prospekt zu.

»Da handelt es sich wohl um Zen-Schießen«, sagte ich. »Auf diese Weise sollst du dir Freunde machen und die Waffe meditativ gebrauchen.«

Jack japste. Ich blätterte um.

»Da ist ein anderer – ›Begegnung mit Seelenverwandten durch Visualisierung und Astrologie‹. Nein, Moment. Der hier ist es – ›Gewöhnung an den Tod. Sieh deinem unvermeidlichen Ableben ins Auge und fühl dich wirklich gut dabei‹.«

Ein Plumpsen. Ich fürchtete, Jack könnte seinem Ableben ins Auge schauen müssen, ohne zuvor in den Genuß dieses Kurses gekommen zu sein, und blickte auf. Er war vom Felsen heruntergesprungen und wischte sich den Schmutz von den Jeans, während er auf mich zukam.

Er sagte: »Wie wäre es mit einem neuen Fotokurs?«

»Ich muß leider der Tatsache ins Auge sehen, daß ich lausig schlecht darin bin.«

»Du wärst auch lausig schlecht bei der Gewöhnung an den Tod. Und mit der Pistole meditieren klingt gefährlich.«

»Sicher.« Ich warf den Prospekt beiseite – und mit ihm die Hoffnung auf die Begegnung mit meinem Seelenverwandten auf exotische Weise.

Jack ging zum Kombi und holte die Tüte mit unserem Lunch. Ich ließ mich gegen den Baumstumpf fallen und genoß den frischen Tag.

Es war klar, doch die Sonnenstrahlen waren noch durch diesen feuchten Dunst gefiltert, der einem im nördlichen Kalifornien anzeigt, daß der Regen noch nicht lange vorbei ist. Im Canyon lastete die Stille. Normalerweise wimmelte der Glen Park – ein Erholungsgelände im Süden des Wohngebietes gleichen Namens – von Kindern der Familien aus den Landhäusern und kleinen Wohnungen aus der Umgebung. Heute dagegen hatten sie sich wohl anderen Ferienfreuden der Weihnachtszeit gewidmet und die Kinos oder das Exploratorium besucht. Vor allem der enge, dichtbewaldete Canyon nördlich der Spiel- und Tennisplätze, in dem wir uns aufhielten, war leer und verlassen.

Ich lehnte meinen Kopf an die rauhe Rinde des dicken Stumpfs und sah hinauf durch die silbrigen, vom Wind bewegten Blätter der Eukalyptusbäume rundum. Auf einem der obersten Zweige saß ein Eichelhäher in einem Lichtbündel. Unter ihm zog ein Rauchschleier von verbranntem Holz aus den Kaminen der Häuser und Eigentumswohnanlagen der wohlhabenden Diamond Heights vorbei. Wären nicht die eckigen Umrisse ihrer vorstehenden Balkone gewesen und das Brummen eines Busses, der sich die O'Shaughnessy Street hinaufquälte, hätte ich mich in tiefster Wildnis wähnen können statt in einer der größten Städte unseres Landes.

Jack kam zurück, ließ sich auf die Decke fallen und kramte in der Tüte herum.

Ich sagte: »Na ja, wenigstens lebst du noch.«

»Die Felsen da sind doch nicht der Rede wert. Ich sagte dir schon, Schwierigkeitsgrad eins.«

»Wie viele Schwierigkeitsgrade gibt es?«

»Drei. Ein Fehler im Zweier kann dich leicht in den Rollstuhl bringen. Und bevor du dich an den dritten Grad machst, solltest du dich mit deinem Versicherungsagenten kurzschließen, um zu sehen, ob das durch deine Lebensversicherung auch gedeckt ist.«

»Meine Güte, was für ein Hobby.«

Auf Jacks schmalem, zerfurchtem Gesicht machte sich ein Grinsen breit. »Was soll ich sagen? Es macht Spaß, auf Messers Schneide zu leben.«

»Bei mir reicht es höchstens zum Sturz von der Stuhlkante bei der Lektüre eines guten Horrorromans.«

Er fing an, mit einem Korkenzieher zu spielen. »Angst lenkt mich von meinen Problemen ab.«

»War Weihnachten diesmal hart für dich?«

»In gewisser Weise. Andererseits war es nicht so schlimm. Zumindest habe ich nicht dauernd die Erwartungen von jemand anderem platzen lassen.«

Ich wußte, was er damit meinte, denn ein paar von diesen glänzenden Ferienseifenblasen waren mir selbst auch geplatzt.

Jack schenkte den Wein in Plastikbecher und reichte mir einen. »Auf bessere Zeiten und einen neuen Anfang.« Als unsere Becher gegeneinanderstießen, berührten sich unsere Finger.

Ich nahm einen Schluck und sah weg, um meine Verwirrung zu verbergen. Ich hatte schon seit einer Weile den Verdacht, daß Jack sich für mich interessierte. Es war ein Interesse, das ich nicht bestärken wollte.

Die Ehe der Stuarts war nicht besonders glücklich gewesen, aber sie hatte lange gedauert. Geheiratet hatten sie noch auf der Law School, und zwanzig Jahre hatten sie miteinander gelebt, trotz ihrer radikal verschiedenen politischen Ansichten und Karrieren. Doch der Umzug von Los Angeles nach San Francisco, verbunden mit neuen Jobs – sie arbeitete in einer angesehenen, konservativen Kanzlei in der Innenstadt, er in einer neuen, liberal gesonnenen Gemeinschaftspraxis – hatte die Kluft zwischen ihnen vergößert. Jack hatte die Scheidung nicht gewollt, und sein Jammer wurde noch dadurch verschlimmert, daß seine Exfrau eine Woche nach Verkündung des endgültigen Scheidungsurteils ihren Chef heiratete.

Selbst jetzt, nach fast einem Jahr, war sein Schmerz immer noch zu frisch, als daß er eine neue Bindung auf einer anderen Basis hätte eingehen können, als der »früher war es so«. Er würde – im Positiven wie im Negativen – jede Handlung einer neuen Frau an denen seiner früheren messen. Er würde entweder mehr oder auch weniger von ihr erwarten, als sie tatsächlich zu geben vermochte. Ich mochte Jack sehr, konnte mir eine romantische Neigung zu ihm vorstellen, aber ich war nicht bereit, mich auf eine Situation einzulassen, in der ich nur die Verliererin sein konnte. Und ich spürte, zu diesem Zeitpunkt war er zu nichts anderem fähig als einer lockeren, zufälligen Beziehung – genau von der Art, wie ich sie mir nicht mehr leisten mochte.

Trotz seiner Selbstabkapselung war Jack nicht unsensibel. Er spürte mein Unbehagen, schnitt Brot, Käse und Salami ab und wechselte das Gesprächsthema.

»Abgesehen von dem Vergnügen, mit dir zusammenzusein,

hatte ich auch noch einen geschäftlichen Grund, dich heute um ein Zusammensein zu bitten«, sagte er. »Ich würde gern einen Fall mit dir besprechen, bei dem ich Hilfe brauche. Ich habe mich gefragt, ob er es wert ist, dir die Zeit zu stehlen, und ich bin zu der Überzeugung gekommen, er ist es.«

»Erzähl.«

»Du weißt doch, was ein Fall ohne Leiche ist?«

»Mehr oder weniger. Ich denke mir, es ist einer, in dem die Leiche des Opfers nicht aufgefunden wurde, aber neben den bloßen Zufallsfunden genügend Beweise für die Annahme vorhanden sind, daß ein Verbrechen stattgefunden hat. Das ›corpus delicti‹ können dann Blutflecke sein, Augenzeugenberichte oder ein Geständnis.«

Jack sah mich überrascht an. »Du liest wohl viel über Kriminologie?«

»So einiges. Ich habe in Berkeley ein paar Vorlesungen gehört. Bei meiner Arbeit ein ganz natürliches Interesse.«

»Der Grund, warum ich frage, ist, daß die meisten Leute denken, das ›corpus delicti‹ habe direkt etwas mit der Leiche zu tun und nicht mit dem Kern eines Verbrechens. Wahrscheinlich, weil ›corpus‹ eben der Wortstamm von ›Körper‹ ist. Ich habe Schwierigkeiten, meinem Klienten diesen Unterschied klarzumachen.«

»Mir war gar nicht klar, daß du gerade mit einem Mordfall beschäftigt bist. Wer ist der Beschuldigte?«

»Ein zwanzig Jahre alter schwarzer Junge namens Bobby Foster. Bereits zum Tode verurteilt. Wir sollen für ihn in die Berufung gehen.«

Der Name kam mir bekannt vor, aber ich konnte ihn nicht unterbringen. »Ein Todesurteil? Das ist reichlich hart für einen ›Fall ohne Leiche‹. Und für so einen jungen Angeklagten.«

»Der Mord hing mit einem Kidnapping zusammen. Also besondere Umstände. Es gibt auch ein Geständnis – ziemlich schlimme Geschichte. Das Opfer war aus prominenter Familie: Alter Geldadel, und beide Eltern Professoren an der Stanford. Sie selbst war eine junge Comedy-Schauspielerin, deren Stern schnell aufging.«

Jetzt erinnerte ich mich, woher ich Fosters Namen kannte. »Der Fall Tracy Kostakos.«

»Richtig.«

»Himmel.«

Der Mord war vor fast zwei Jahren passiert, aber ich erinnerte mich daran, weil die Zeitungen ihn sehr herausgestrichen hatten und der Chefermittler, Ben Gallagher, so etwas wie ein Freund von mir gewesen war. Die veröffentlichten Geschichten hatten mich neugierig gemacht, und eine Zeitlang hatte ich den Fall genau verfolgt. So fielen mir jetzt auch die meisten Einzelheiten wieder ein, und Jack half mir beim Auffrischen meines Gedächtnisses.

Tracy Kostakos war eine Frau von gerade zweiundzwanzig mit einem ausgeprägten Talent zur Komik gewesen. Im Sommer zuvor hatte sie am Comedy Celebration Day auf dem Polofeld im Golden Gate Park allen die Schau gestohlen. Mehrere Monate lang hatte sie in Jay Larkeys schickem Café Comédie ganz oben auf den Plakaten gestanden. Vorher hatte sie in dem Café in South Market als Cocktail-Kellnerin gearbeitet. Am zwölften Februar, einem regnerischen Donnerstag, war sie abends nach Ende ihrer Neun-Uhr-Show verschwunden. Während das unerwartete nächtliche Ausbleiben einer Frau ihres Alters in einer Stadt wie San Francisco normalerweise wenig Anlaß gab, Alarm zu schlagen, hatten Tracys Eltern und Freunde guten Grund zu der Annahme, daß etwas schiefgelaufen war: Ihr ganzes Leben lang war sie pünktlich und zuverlässig gewesen – fast übertrieben zuverlässig.

Man vermutete, daß sie vom Café Comédie aus zu einer Improvisationsgruppe auf dem Dachboden einer Freundin in der Nähe vom India Basin gefahren war. In dieser Gruppe mit annähernd gleichbleibender Besetzung hatte sie seit fast drei Jahren mitgemacht und keinen einzigen Termin versäumt. Ihr Fehlen war auch dort registriert worden.

Diese Improvisationsabende endeten gewöhnlich gegen zwei Uhr morgens. Tracy kam dann immer direkt in das Apartment an der Upper Market Street zurück, das sie mit ihrer Freundin Amy Barbour teilte. Für diesen Morgen hatte sie ihrer Zimmergenossin versprochen, sie beim Heimkommen zu wecken, und zwar aus einem ganz besonderen Grund: Der dreizehnte Februar war Amys einundzwanzigster Geburtstag, und die beiden Freundinnen hatten vor, aus diesem Anlaß feierlich eine erste Flasche Champagner miteinander zu trinken. Aber Tracy war nicht heimgekommen.

Freitags fuhr Tracy normalerweise nach Palo Alto, um sich mit ihrer Mutter, Laura Kostakos, zum Lunch zu treffen. Diesmal wollte sie am Vormittag noch zu einem Termin in einem Besetzungsbüro für Schauspieler an der Fillmore Street. Es ging um einen TV-Werbespot für die Wendy-Restaurantkette, den man auf einem Testmarkt im Mittelwesten vorführen wollte. Sollte sie die Rolle bekommen, war das zwar noch keine Garantie dafür, landesweit auf dem Bildschirm zu erscheinen, doch es war immerhin schon ein Schritt in diese Richtung. Und Tracy Kostakos war am lukrativen TV-Markt ebenso interessiert wie jede andere aufsteigende – und völlig unterbezahlte – Comedy-Schauspielerin. Aber in dem Besetzungsbüro war sie nie erschienen und die Freundinnen, die mit ihr hätten konkurrieren müssen, waren erleichtert und besorgt zugleich.

In ihrem Büro im Mathematischen Institut der Universität von Stanford wartete Laura Kostakos auf Tracys Anruf vom Bahnhof. Tracy hatte gesagt, sie käme wie immer zu ihrer gewohnten Lunchverabredung um halb zwei in Palo Alto an. Aber als sie um drei Uhr noch immer nichts von ihr gehört hatte, rief Mrs. Kostakos ihren Mann George in seinem Büro im Psychologischen Institut an. Auch er hatte nichts von Tracy gehört. Später hatte Laura Kostakos dann Reportern erzählt, sie habe, obwohl sie nicht abergläubisch sei, dauernd daran denken müssen, daß es Freitag, der dreizehnte, war.

Offiziell konnte die Polizei wegen Tracys Verschwinden vor Ablauf von zweiundsiebzig Stunden nichts unternehmen, aber schon lange vor diesem Zeitpunkt erreichte ein fehlerhaft auf der Maschine geschriebener Erpresserbrief das Haus der Kostakos in Palo Alto. Eine bescheidene Mitteilung, wie es schien: Die Kidnapper forderten nur 250 000 Dollar.

Das FBI wurde eingeschaltet. Die Kostakos konnten das Lösegeld beschaffen, und zusammen mit Agenten vom FBI warteten sie auf den für den Sonntagabend angekündigten Anruf der Kidnapper. Aber er kam nicht. Auch trafen keine weiteren Erpresserbriefe ein. Sie hörten nie wieder von ihrer Tochter.

Um die Mitte der folgenden Woche konzentrierten sich die Ermittlungen auf Bobby Foster, der als Parkwächter auf dem

Parkplatz des Café Comédie arbeitete. Einer der anderen Parkwächter und zwei Stammgäste hatten beobachtet, wie er sich mit Tracy nach ihrer letzten Vorstellung auf dem Gehsteig vor dem Club gestritten hatte. Bobby hatte eine Erklärung dafür: Tracy, die so ungern Auto fuhr, daß sie nicht einmal von ihren Eltern einen Wagen geschenkt haben wollte, war etwas ängstlich gewesen, weil sie zwei Blocks weiter im Dunkeln auf ihren Bus warten mußte. Also hatte sie ihn gebeten, sie zu begleiten und mit ihr zu warten. Das hatte er abgelehnt – weil Jay Larkey, der Besitzer des Clubs, berüchtigt dafür war, jeden Parkwächter zu feuern, der seine Arbeit vernachlässigte –, und sie hatten sich gestritten. Doch seine Geschichte klang nicht echt. Es war bekannt, daß Tracy einen stattlichen Zuschuß von ihren Eltern bekam und sich leicht ein Taxi hätte leisten können, wenn sie sich wirklich unsicher fühlte. Außerdem kannten sie alle nur als eine Frau, die keine Angst hatte, nachts allein durch die Straßen zu gehen. Es war wenig wahrscheinlich, daß sie Bobby gebeten hatte, aus diesem Grund seinen Job zu riskieren – und schon gar nicht, wenn sie so gut befreundet waren, daß sie sich jeden Mittwochnachmittag trafen, damit sie ihm als Privatlehrerin bei den Vorbereitungen zur High-School-Reife half.

Bobby Foster blieb bei seiner Geschichte. Er weigerte sich stur, einen Anwalt zu nehmen, sträubte sich aber auch gegen einen Lügendetektor-Test. Schließlich willigte er doch ein, und wenn er auch nicht mit fliegenden Fahnen unterging, waren die Ergebnisse nicht so schlüssig, daß die Ermittlungsbehörden das Interesse an ihm verloren hätten.

Gegen Ende des Frühjahrs hatte sich das FBI von der aktiven Beteiligung an dem Fall zurückgezogen. Die Ermittlungen der Polizei von San Francisco schleppten sich dahin. Dann fiel im Juni der Frau von Jay Larkeys Compagnon im Café Comédie – Foster war nicht mehr dort angestellt – ein Notizbuch in die Hände, daß er im Aufenthaltsraum für die Angestellten zurückgelassen hatte. Das hatte sie der Polizei übergeben. Er hatte es bei seinen Examensvorbereitungen mit Tracy benutzt. Man fand darin mehrere Aktskizzen einer Frau, die ihr ähnelten, und eine Reihe von Rechtschreibfehlern, die zu denen in dem schlecht geschriebenen Erpresserbrief paßten.

Die Polizei ging vorsichtig vor. Sie verhörte Foster noch einmal, nahm ihn aber nicht fest.

Ende Juli fand man ungefähr siebzig Meilen südlich von San Francisco in einer Schlucht in den Santa Cruz Mountains einen dunkelblauen Volvo mit blutbespritzten Polstern. Der Besitzer hatte ihn als gestohlen gemeldet – gestohlen vom Parkplatz des Café Comédie, und zwar in der Nacht, in der Tracy verschwand. Eingeparkt hatte ihn Bobby Foster. Seine Fingerabdrücke fanden sich im Innern des Wagens – und auch die von Tracy Kostakos. Die Blutflecke auf dem Vordersitz paßten zu Tracys Blutgruppe und zu ihrer Untergruppe.

Erneut wurde Foster von der Polizei verhört. Er behauptete zunächst, den Volvo nicht eingeparkt zu haben. Später sagte er, er könne sich nicht mehr an diesen speziellen Wagen oder seinen Fahrer erinnern. Er parke im Laufe einer Nacht so viele Wagen ein. Aber dann gestand er schließlich doch, Tracy entführt und ermordet zu haben.

»Du sagst, es ist ein schlimmes Geständnis?« fragte ich Jack.

Er nickte. »Ich habe ein Video davon. Wenn du mir in dem Fall helfen willst, solltest du es dir ansehen und auch die Unterlagen des Pflichtverteidigers und das Gerichtsprotokoll lesen.«

»Was soll ich denn nun genau für dich tun? Worauf stützt du deine Berufung?«

»Auf die üblichen Formfehler. Aber damit hast du nichts zu tun. Ich möchte, daß du dich um den Mord kümmerst.«

»Um einen zwei Jahre alten Fall, zu dem es bereits ein Geständnis gibt und auch ein Urteil? Also wirklich, Jack!«

Er fuhr sich mit beiden Händen durch das dichte graue Haar. »Ich weiß, es klingt verrückt, Shar, aber ich glaube nicht, daß der Junge schuldig ist.«

»Und was ist mit diesem Geständnis?«

»Das hat er noch vor Beginn der Gerichtsverhandlung widerrufen.«

»Auf den Rat seines Anwalts.«

»Noch bevor er einen hatte. Der Junge war so dumm und wies jeden Rechtsbeistand zurück, weil er glaubte, man würde ihn für schuldig halten, wenn er sich einen Anwalt nähme. Und von falschen Geständnissen hast du ja schon gehört.«

Ich schwieg.

Jack fragte: »Hast du die Verhandlung verfolgt?«
»Nein. War sie nicht letzten Sommer?«
»Im August. Es hat lange gedauert, bis der Fall vor Gericht ging.«
»Ich war zu der Zeit im Urlaub. Und ich schaffe es nie, nachträglich die Zeitungen aufzuarbeiten.«
»Also, eines hat sich vor Gericht herausgestellt, nämlich daß manche Leute nicht an Tracy Kostakos Tod glauben – dazu gehört auch die eigene Mutter.«
»Sie glauben, sie hat ihre eigene Entführung vorgetäuscht?«
»Ja. Sie sei freiwillig verschwunden und benutze den Erpresserbrief als Trick, um die Leute von ihrer Spur abzulenken.«
»Warum sollte sie so etwas tun? Hatte sie denn einen Grund, zu verschwinden?«
»Das gehört zu den Dingen, die du für mich herauskriegen sollst.«
»Was ist mit den Blutflecken in dem Auto?«
»Noch so ein Trick.«
»Klingt weit hergeholt.«
»Mag sein. Aber Laura Kostakos glaubt ganz fest, daß ihre Tochter noch am Leben ist – so sehr, daß sie Tracys Mietanteil an dem Apartment weiterzahlt und ihr Zimmer für ihre Rückkehr unverändert läßt.«
»Vielleicht ist die Frau nicht mehr ganz bei Verstand.«
»Möglich. Die Kostakos haben sich vor der Verhandlung getrennt.«
»Du sagtest, manche *Leute*. Wer glaubt noch an diese Version?«
»Jay Larkey, der Besitzer des Clubs, in dem sie gearbeitet hatte.«
Larkey, ein Mann in den Fünfzigern, war aus den Comedy Clubs von San Francisco hervorgegangen und zu einer landesweiten TV-Berühmtheit geworden. Als seine Popularität nachließ, war er in die Stadt zurückgekehrt und hatte selbst einen Club gegründet, um Comedy-Talenten auf ihrem Weg nach oben die gleiche Chance zu bieten, die er gehabt hatte. »Sonst noch jemand?«
»Ihr Freund, Marc Emmons.«
»Bei ihm ist es vielleicht Wunschdenken.«

»Aber es gibt noch jemanden. Ihre Wohnungsgenossin, Amy Barbour. Sie hat zwar vor Gericht für die Anklage ausgesagt, aber der Pflichtverteidiger hatte den Eindruck, daß sie nicht alles gesagt hatte, was sie wußte.«

Ich lehnte meinen Kopf an den Baumstumpf. Die Eukalyptusblätter schimmerten in dem blassen Sonnenlicht. Zu dem Eichelhäher oben in den Zweigen hatten sich noch ein paar andere gesellt. Sie krächzten rauh – eine passende Hintergrundmusik zu der Tragödie, über die wir sprachen.

Ich fragte: »Was ist denn nach Bobby Fosters Meinung Tracy Kostakos zugestoßen?«

»Falls er dazu eine Meinung hat, behält er sie für sich. Er will nichts weiter, als daß wir argumentieren, man hätte ihn ohne Leiche nicht verurteilen dürfen. Ich hoffe, du kannst ihn davon abbringen.«

Es schien mir eine schier unglaublich riskante Angelegenheit, eine zwei Jahre alte Spur aufzunehmen, die selbst damals, als sie noch frisch war, die Ermittler ins Nichts hatte laufen lassen. Und ich fürchtete, es wäre unnütze Mühe. Angesichts einer Verurteilung ohne Leiche mußte sehr vieles gegen Foster gesprochen haben. Im Gegensatz zu einer weitverbreiteten romantischen Vorstellung war die Zahl der zu unrecht Verurteilten sehr gering. Ein bekannter Strafverteidiger hatte einmal behauptet, 96 Prozent seiner Klienten seien schuldig im Sinne der Anklage gewesen. Die anderen vier Prozent seien wahrscheinlich in einer anderen Sache schuldig gewesen.

Doch wenn Foster zu den vier Prozent gehörte, dann durfte er nicht sterben...

Ich seufzte. »Meine freie Woche ist fast vorbei. Mir wurde ohnehin schon langweilig.«

Auch Jack seufzte – vor Erleichterung. »Danke. Ich weiß das zu schätzen. Wenn wir mit dem Essen fertig sind, fahren wir zu All Souls, und ich gebe dir die Akten und das Video, von dem ich sprach.« Er machte eine Pause. Ich sah ihn an und merkte, daß sein Blick sich verdüstert hatte. »Ich muß dich warnen«, fügte er hinzu. »Was du zu hören bekommst, wird dir nicht gefallen.«

»Ich zog sie aus dem Wagen und ließ sie am Rand von dieser Mulde fallen. Dann habe ich ihr einen Stoß gegeben, und sie rollte den Hügel hinunter.«

»Sind Sie auch hinuntergegangen? Um die Leiche zu verstekken?«

Die eine Stimme gehörte dem jungen schwarzen Mann mit dem müden, überanstrengten Gesicht. Die andere gehörte Inspektor Gallagher, aber er oder seine Kollegen waren nicht zu sehen. Die Videokamera war nur auf Bobby Foster gerichtet, der ein Geständnis ablegte.

»Nein, Mann, ich wollte nichts mehr von ihr. War nur noch totes Fleisch für mich. Nur noch totes weißes Fleisch, das man wegwirft.«

»Und weiter?«

»Das ist alles, Mann. Ich habe Ihnen alles erzählt.«

»Was ist mit dem Blut? In dem Wagen war eine Menge Blut. Hatten Sie auch welches an sich?«

Foster sah einen Augenblick ins Leere. Verwirrt, dachte ich.

»Blut. Genau. Überall hatte ich Blut.«

Ich stand auf und schaltete den Recorder aus. Statt Fosters Gesicht erschien das eines Nachrichtensprechers auf dem Bildschirm. Er las im Kabelkanal die Mitternachtsnachrichten. Zweimal hatte ich mir das Videoband angesehen – das war mehr als genug. Ich schaltete auch den Fernseher aus und ging in die Küche, um mir ein Glas Milch zu holen. Zur Erquickung, dachte ich gequält.

Das Band war wirklich brutal – zeitweise drehte es einem den Magen um. Foster hatte zugegeben, Tracy Kostakos mit der Absicht entführt zu haben, sie in einem Apartment in der Western Addition so lange festzuhalten, bis er von ihren reichen Eltern das Lösegeld kassiert hätte. Er habe ihr angeboten, sie in einem vom Café-Comédie-Parkplatz gestohlenen Wagen zu ihrer Improvisationsgruppe zu bringen, habe sie bewußtlos geschlagen und in das Apartment gefahren. Drinnen sei sie dann wieder zu sich gekommen und habe versucht zu fliehen. In dem darauf folgenden Kampf habe er mehrmals auf sie eingestochen. Dann habe er den leblosen Körper mißbraucht. Schließlich habe er sie wieder in den Wagen geladen, sei nach Süden in die Berge gefahren und habe ihre Leiche in eine Schlucht geworfen. Die

Details hörten sich besonders schauerlich an, weil er sie auf eine so ausdruckslose, gefühllose Art erzählte. Doch da war einiges, was unwahr klang. Vieles...

Ich ging ins Wohnzimmer zurück, rollte mich auf der Couch zusammen und sah die Notizen durch, die ich mir auf einem Block gemacht hatte. Fosters Geständnis wies Widersprüche auf: So behauptete er, der von ihm gestohlene Wagen sei grün gewesen, nicht blau. Dann sagte er, er sei die ganze Nacht weggewesen, und nicht kurz vor Schließung des Clubs um zwei Uhr zurückgekommen, wie seine Parkwächterkollegen ausgesagt hatten. Und er habe den Wagen am Straßenrand stehenlassen und nicht in einer anderen Schlucht. Aus dem Gerichtsprotokoll erfuhr ich, daß er die ermittelnden Beamten nicht zu der Stelle führen konnte, wo er sich der Leiche entledigt haben wollte. Das Apartment, in dem er angeblich Tracy getötet hatte, hatte sich nie genau lokalisieren lassen, und auch dieser »feine Typ, der da im Club herumhing« und ihm das Apartment überlassen habe, wurde nie identifiziert. Dann war da noch dieser Streit, den er und Tracy nachweislich auf dem Gehsteig vor dem Club gehabt hatten: Wenn er ihr nur angeboten hatte, sie zu fahren, warum dann die Diskussion? Im ganzen hatte ich mehrere Seiten in meinem Block voller Notizen über die Lükken im Fall Foster.

Zum Beispiel die Fingerabdrücke im Wagen: Wenn Foster ihn vorher eingeparkt hatte, dann mußten seine Fingerabdrücke ja darin sein. Dann die Tatsache, daß er die Lösegeldforderung nicht weiter verfolgt hatte: Er hatte dabei nichts zu verlieren gehabt. Sicher, es gab Fakten in seinem Geständnis, die ihn schuldig erscheinen ließen, aber die hatte er sich auch vorher in den stundenlangen Verhören zurechtlegen können, bevor schließlich mit der Videoaufnahme begonnen wurde. Die anderen Fakten – diese brutalen, aber nicht zu verifizierenden Einzelheiten über das, was er Tracy Kostakos angetan hatte – konnten das Produkt einer übermäßigen Einbildungskraft sein. Und es ärgerte mich, daß der Chefermittler, Ben Gallagher, Foster die Antworten in den Mund gelegt zu haben schien. Foster hatte wiederholt die Phrase »wie Sie sagen« gebraucht, und das brachte mich darauf, daß Gallagher ihm einige Dinge vorher eingeimpft hatte.

Zu dumm, daß ich Ben nicht danach fragen konnte. Er war einen Monat zuvor von einem Tablettensüchtigen erschossen worden, der sich nach dem Mord an seiner Frau und seinem kleinen Sohn der Verhaftung widersetzt hatte.

Ich gähnte und merkte, daß mein Erquickungsschluck seine magische Wirkung getan hatte. Aber ich konnte nicht zu Bett gehen. Noch nicht. Ich mußte Jack anrufen, der zum Glück ein Nachtmensch war und noch Stunden auf sein würde.

Doch ich zögerte noch, während mein Blick über die Liste ging, die Jack mir von »Präzedenzfällen ohne Leiche« gegeben hatte: *Das Volk der Vereinigten Staaten gegen Alviso. Das Volk der Vereinigten Staaten gegen Clark. Das Volk der Vereinigten Staaten gegen Ward und Fontenot*... Fälle aus den Jahren 1880 bis 1985, in denen das ›corpus delicti‹ von solcher Beweiskraft war, daß »aus den eindeutigen und unmißverständlichen Umständen überzeugende Schlüsse zu ziehen waren«.

Eindeutige und unmißverständliche Umstände?

Vielleicht. Vielleicht auch nicht.

Ich griff nach dem Telefonhörer und tippte die Nummer von All Souls ein. Jack meldete sich. Im Hintergrund war der Fernseher zu hören, in dem vermutlich ein alter Film lief.

Ich sagte: »Hast du meinen Namen auf die autorisierte Besucherliste von Foster setzen lassen?«

»Ja, als ich heute nachmittag draußen war. Ich habe mit ihm über dich gesprochen. Er weiß also, wer du bist und warum du kommst.«

»Gut. Morgen früh fahre ich zu ihm.«

»Was hältst du von dem Material, das ich dir gegeben habe?«

»Du hattest recht – das Geständnis ist verdammt brutal. Und es hat mir nicht ein bißchen gefallen. Aber...«

»Aber?«

»Es gibt da etwas, das mich mit einem Urteil zögern läßt, solange ich nicht mit ihm gesprochen habe.«

3

Als ich an jenem Donnerstag nach meiner Rückkehr von San Quentin den schäbigen viktorianischen Bau auf den Bernal Heights betrat, in dem All Souls residierte, hatte ich die restlichen Vorbehalte gegenüber dem Fall Foster beiseitegeschoben. Ich brannte darauf, ihn zu bearbeiten. Ich schien jedoch der einzige Mensch dort zu sein, der in Arbeitsstimmung war: Im Vorzimmer warteten keine Klienten, und die Türen zu den Büros und zur juristischen Bibliothek standen offen. In den Räumen war es dunkel. Ted Smalley, unser Sekretär, saß an seinem Schreibtisch, aber sein Computer-Keybord war zugedeckt. Dafür las er eifrig in einem dieser Revolverblätter, die sich bemühen, den *National Enquirer* noch zu übertreffen.

Als ich hereinkam, murmelte er: »Was wird dieser verrückte Sean Penn wohl als nächstes tun?«

»Verzeihung, wenn ich dich bei deinen Studien störe«, sagte ich.

Ted hob die Zeitung, so daß ich die Schlagzeile lesen konnte: WAHNSINNIGER KANNIBALE WOLLTE NIXON KOCHEN. Er wußte, daß mich seine Leidenschaft für Greuelgeschichten irritierte, und so nahm er jede Gelegenheit wahr, sie mir vorzuführen. »Was kann ich für dich tun?« fragte er.

»Sind Rae oder Jack da?«

»Jack nicht. Rae ist oben im Dachgeschoß.«

Das war ein ungewohnter Aufenthaltsort für meine Assistentin, Rae Kelleher. »Was, um alles in der Welt, macht sie da oben?«

»Das wirst du schon sehen.« Er lächelte geheimnisvoll. »Kommst du zur Silvesterparty?«

»Ja. Ich habe mir dafür sogar ein neues Kleid gekauft.«

»Ich auch.«

Ich sah ihm genauer ins Gesicht, um herauszubekommen, ob er es ernst meinte.

»Nicht wirklich«, setzte er hinzu. »Nur ziemlich unkonventionell. Aber ich glaube, die meisten Leute würden die Stirn runzeln, wenn ich allzuviel Dekolleté zeigte.«

»Man kann nie wissen. Ich jedenfalls fände es amüsant.« Ich ging, und Ted widmete sich wieder seinem Revolverblatt.

Ich legte Mantel, Umhängetasche und Aktenmappe in meinem Büro vorne im ersten Stock ab und folgte dann dem Gemisch aus Klopfen und Fluchen hinauf ins Dachgeschoß. Der Krach kam aus dem hinteren Teil des höhlenartigen und zugigen Raumes, und die fluchende Stimme gehörte Rae Kelleher. Ich blieb stehen und lauschte lächelnd. Raes normale Kraftausdrücke bewegten sich im Bereich von »Oh, verdammter Mist!« Ich hatte nie bemerkt, daß sie über ein so farbiges Vokabular verfügte. Ich arbeitete mich zu ihr vor und mußte mich dazu zwischen diversen Kartons, Truhen, Koffern und zusammengewürfelten Möbeln hindurchschlängeln – alles Dinge, die nicht mehr in den kleinen Zimmern im zweiten Stock unterzubringen gewesen waren. Auch ausrangiertes Zeug von früheren Bewohnern war dabei.

Rae stand am hinteren Gaubenfenster, hielt einen Hammer in der Hand und hatte den Daumen im Mund. Sie ist eine winzige Frau mit kastanienbraunen Locken, die sich mit so nachlässiger Geschmacklosigkeit anzuziehen pflegt, daß ich immer von neuem staune. Heute hatte sie sich selbst übertroffen: Eine farbverschmierte Hose mit bonbonfarbenen Streifen, die unten so weit ausgestellt war, wie ich es seit 1970 nicht mehr gesehen hatte; ein purpurroter sackartiger Pullover, von Fusselknötchen übersät – ich sage Pullovermäuse dazu; ein gelbgepunktetes Tuch, das ihre Haare bändigte. Über ihre Stirn zog sich eine kräftige Schmutzspur, und noch kräftiger wirkte der finstere Ausdruck auf ihrem runden, sommersprossigen Gesicht. Als sie mich sah, nahm sie den Daumen aus dem Mund und sagte: »Verdammt, warum hat mir meine Mutter das Nähen beigebracht und nicht, wie man Nägel richtig einschlägt?«

Ich sah mich um. An einer Wand lehnte ein Stapel Rigipsplatten. Zwischen die aufgenagelten Dachlatten war Isoliermaterial gestopft. »Was, um Gottes willen, machst du hier?«

Sie steckte den Daumen wieder in den Mund und zischelte daran vorbei: »Richte mir ein eigenes Zimmer her. Bin es einfach leid, in meinem Büro zu wohnen.«

Rae hatte sich im September von ihrem Mann, einem ewigen Studenten, getrennt und war ins All Souls gezogen. Alle Zimmer dort waren aber besetzt, und so hatte sie ihren Haushalt in ihr Büro verlegt – es war früher meines gewesen –, und das war wirklich nicht mehr als eine Besenkammer unter der Treppe. Daß hier oben alles belegt sei, mache ihr nichts aus. Es sei ja nur eine vorübergehende Lösung auf Zeit – bis ein anderes Zimmer frei würde oder es mit der Eheberatung klappte und sie und Doug wieder zusammenzögen.

Ich setzte mich auf einen aufgerollten Teppich und sagte: »Eure Weihnachtsreise zu Dougs Eltern war wohl kein voller Erfolg.«

Sie schnaufte. »Das ist milde ausgedrückt. Seine ganze Familie gibt *mir* die Schuld, weil dieses Arschloch letzten Herbst diesen Selbstmordversuch vorgetäuscht hat. Seine Mutter hatte den Nerv, mir zu sagen, das wäre nicht passiert, wenn ich aufmerksamer zu ihm gewesen wäre. Außerdem war es kalt in Ohio, und wir hatten beide nicht genug warme Kleidung mit. Also marschierte seine Mutter los und kaufte ihrem Dougie zwei neue Pullover, mir aber keinen. Dann erfuhr ich, daß er ihnen nicht einmal erzählt hat, daß wir nicht mehr zusammenleben. Als ich die Sache klarstellte, hielt mir sein Vater einen Vortrag über die Pflichten einer Frau ihrem Ehemann gegenüber. Von den Pflichten des Ehemannes keine Rede – von so unwichtigen Dingen wie Respekt vor den Rechten der eigenen Frau oder Wahrheitsliebe. Oh, nein, solche Dinge gelten nicht für ihren Dougie. Kein Wunder, daß er so wurde, wie er ist!« Sie unterbrach sich, plötzlich beschämt. »Tut mir leid. Ich sollte nicht so lauthals daherreden. Aber jedesmal, wenn ich daran denke, also... dann platze ich!«

»Ich mach dir keinen Vorwurf.« Rae hatte in wenigen Monaten einen weiten Weg zurückgelegt: von einer Frau, die im Büro alles stehen- und liegenließ und zu ihrem Mann eilte, sobald der nur mit den Fingern schnippte, zu einer, die gewaltig auf den Tisch klopfen konnte. Ich machte eine Handbewegung. »Das hört sich ja an, als wolltest du dich scheiden lassen.«

»Genau. Die Partnertherapie hat mir gezeigt, daß wir keine gemeinsame Zukunft haben. Jede Woche kommen mehr und mehr Dinge über uns heraus. Absolut schweinische über Doug, und auch über mich Dinge, die mir ganz und gar nicht gefallen. An meinem eigenen schlechten Charakter kann ich vielleicht noch etwas verbessern, nicht aber an seinem.«

»Wann reichst du also die Scheidung ein?«

»Bald. Das Dumme ist, daß ich nur neunundzwanzig Dollar auf dem Konto habe.« Für einen Moment wirkte sie beklommen, dann strahlte sie. »Aber Hank hat mir ein Buch darüber geliehen, wie man seine Scheidung selbst betreiben kann, und er hat mir sogar seine Hilfe angeboten. Das Geld für die Gerichtskosten werde ich gerade noch zusammenkratzen können.«

Ich überlegte, ob ich anbieten sollte, es ihr zu leihen, entschied mich aber gegen eine so offene Parteinahme. Schon vor langer Zeit hatte ich gelernt, mich aus den Ehekrisen meiner Freunde herauszuhalten. Kaum hatte ich mich auf die eine oder andere Seite geschlagen, versöhnten sie sich wieder, und ich hatte den Schwarzen Peter.

»Hank hat mir schrecklich viel geholfen«, setzte Rae hinzu. »Ich hatte befürchtet, er hätte etwas dagegen, daß ich mich hier oben einrichte, aber er hat einfach ja gesagt und den Besitzer sogar überredet, das Isoliermaterial und die Rigipsplatten zu zahlen.«

Hank Zahn, der Begründer und nominelle Leiter von All Souls, war eine Kanone, wenn es darum ging, den Leuten alles mögliche einzureden. Zu schade, dachte ich, daß er nicht annähernd so gut mit dem Hammer umgehen konnte. Und weil ich gerade bei Ehekrächen war... »War Hank diese Woche hier?« fragte ich sie.

»Nicht oft.«

»Und Anne-Marie?« Anne-Marie Altman, unsere Steueranwältin, war Hanks Frau und eine gute Freundin von mir.

»Hab sie nicht gesehen, aber ich bin erst seit Montag aus Ohio zurück.«

»Na ja, ich nehme an, sie kommen am Samstagabend zur Party.«

»Falls sie miteinander reden.«

»Du hast es also auch bemerkt.«

»War nicht zu übersehen. Offen gesagt, ich glaube, sie brauchen getrennte Wohnungen. Es gibt Menschen, die sich lieben, aber nicht zusammenleben können.«

»Kann sein«, sagte ich und dachte an meine frühere Beziehung zu einem gewissen Polizeileutnant. »Wie dem auch sei, ich muß mit dir über einen Fall reden. Ich unterbreche höchst ungern dieses... Projekt, aber –«

»Mach dir keine Sorgen. Eine Pause tut mir gut. Schließlich habe ich nur noch einen heilen Daumen...« Sie setzte sich zu mir auf den aufgerollten Teppich.

Ich erzählte ihr von der Foster-Geschichte und wies auf die Punkte hin, die ich für lückenhaft und widersprüchlich hielt.

Als ich fertig war, schwieg Rae einen Augenblick. »Oh, Mann«, sagte sie schließlich, »zwanzig Jahre alt und in der Todeszelle! Was für ein Kind ist dieser Bobby Foster denn?«

Ich mußte mir ein Lächeln verkneifen, daß sie ihn ein »Kind« nannte. Rae war selbst erst fünfundzwanzig. »Er ist okay, sobald du erst mal hinter die Fassade vom harten Burschen gelangt bist – die ich übrigens verstehe, bedenkt man, wo er sich befindet. Aufgewachsen in den Projects – in Potrero Hill. Eines von sieben Kindern, Vater hat sich vor seiner Geburt verdrückt, Mutter hatte noch zwei weitere Ehemänner, beide auch auf und davon. Sie ist überaktiv – hat einen Wachdienst für ihr Haus organisiert und sich für die Einrichtung der Potrero Medical Clinic eingesetzt.«

»Davon habe ich gehört. Haben sie nicht zur Gründung eine dicke Spende bekommen?«

Ich nickte. »Mrs. Whitsun – Leora Whitsun – arbeitet jetzt in der Klinik, macht die Aufnahme und die Berichte. Sie bekommt ein gutes Gehalt und möchte ihre jüngeren Kinder aus den Projects herausholen. Ihre Verbindung mit der Klinik steht auch in einem Zusammenhang mit dem Fall. Der Clubbesitzer, den ich erwähnte, Jay Larkey, war Zahnarzt, bevor er sich der Kleinkunst zuwandte. Er arbeitet immer noch zwei Nachmittage pro Woche freiwillig in der Klinik. So hat er auch Mrs. Whitsun kennengelernt und über sie Foster, den er nach der Entlassung aus der Erziehungsanstalt als Parkwächter einstellte.«

»Und in der Erziehungsanstalt war er wegen...?«

»Er hat mit Drogen gehandelt, seit er neun war. Das letztemal war er im Heim wegen eines Angriffs auf einen Dealer, der ihn betrogen hatte. Es gab noch andere Vergehen, die aber mehr mit seinem gewalttätigen Temperament zu tun hatten als mit Drogen. Aber gerade, bevor die Kostakos verschwand, hatte er angefangen, sein Leben zu ändern. Seine Mutter ist eine sehr mutige Frau, und Bobby hat im Grunde genau die gleiche Zähigkeit wie sie.«

Rae nickte nachdenklich. »Und wozu brauchst du mich jetzt?«

»Als erstes arrangierst du mir ein paar Verabredungen. Ich habe die Mutter des Opfers von der Telefonzelle in San Quentin aus angerufen, und sie war einverstanden, daß ich sie nach drei besuche.« Ich sah auf die Uhr. »In ein paar Minuten muß ich los, damit ich rechtzeitig in Palo Alto bin. Sieh zu, ob du Amy Barbour, die Zimmergenossin, erwischst und für mich einen Termin um sechs oder sieben in ihrem Apartment bekommst. Wenn das klappt, verabrede irgend etwas für morgen mit George Kostakos, außerdem mit Mrs. Whitsun und Tracys Freund, Marc Emmons. Heute abend fahre ich im Café Comédie vorbei und rede mit den Leuten dort.«

»Telefonnummern?«

»Ich lasse dir die Akte auf meinem Schreibtisch liegen.« Ich stand auf. »Du solltest sie lesen und auch das Gerichtsprotokoll, und du solltest dir das Video ansehen – falls du einen robusten Magen hast.«

»Wenn der eine Woche mit Dougs Familie verdauen kann –«

Ich schnitt ihr das Wort ab. Über das Band sollte man keine Witze machen. »Wahrscheinlich müßtest du auch ein paar Fakten überprüfen, die sich bei den polizeilichen Ermittlungen ergeben haben. Und dann solltest du überprüfen, ob es auf Kostakos' Giro- oder Kreditkonten irgendwelche Bewegungen gegeben hat. Recherchen dieser Art. Aber das hat auch Zeit bis morgen.«

»In Ordnung. Was ist mit dem Leiter der Ermittlungen in diesem Fall? Soll ich mich auch mit ihm in Verbindung setzen?«

»Geht nicht – er ist tot. Aber ich kenne da jemanden in der Mordkommission, der mir vielleicht die Akte aus dem Schrank zieht – wenn ich ihn nett darum bitte.«

Greg Marcus, mein verflossener Liebhaber, würde am Samstag auf der Silvesterparty sein – und mein neues Kleid war tief ausgeschnitten und rot, die Farbe, die er an mir am meisten liebte.

4

Laura Kostakos hatte mir gesagt, ich solle die Ausfahrt »University Avenue« vom Highway 101 nehmen. Als ich dort ankam, überkam mich ein Anflug von Nostalgie, Erinnerungen an meine Collegetage, als ich mit einem Stanford-Studenten befreundet war, der nicht weit vom Autobahnkreuz entfernt wohnte. Heute war die Gegend das Problemviertel von East Palo Alto, aber damals war sie so begehrt wie Palo Alto selbst. Er hatte in einer endlos langen Straße gewohnt, die auf beiden Seiten von einem Ende zum anderen mit Wohnanlagen bebaut war, von schlichten Apartmenthäusern bis zu luxuriösen Komplexen mit Swimmingpools und Golfplätzen. Damals hatte ich in dieser Straße an einigen der schönsten Parties meines Lebens teilgenommen, aber das gehörte, wie mir eine Freundin aus Palo Alto kürzlich erzählte, der Vergangenheit an.

Sie meinte, jetzt zeigten sogar die pompösesten Komplexe Zeichen ihrer hastigen, qualitativ minderwertigen Bauweise, die sie zu frühem Altern verdammte. Fassaden bröckeln. Dächer hängen durch. Die Golfplätze verwildern, und auf dem Wasser der Swimmingpools liegt eine Moderschicht. Statt Stanford-Studenten, jungen Akademikern und Marineoffizieren aus Moffett Field wohnen in dieser Gegend jetzt überwiegend Schwarze und Arbeiter, die auf der Suche nach besseren Lebensbedigungen vom eigentlichen East Palo Alto über den Freeway auf die andere Seite hierher gezogen sind.

Als ich an den Bars, den Schnapsläden und schäbigen Geschäften an der Verlängerung der University Avenue vorbeifuhr, die man dort Whiskey Gulch nennt, gingen mir der Geiz und die Scheinheiligkeit unserer Gesellschaft nicht aus dem Kopf. Sie belohnt ihre aufstrebenden Minderheiten mit den Resten, die die herrschende Klasse zurückgelassen hat, und behauptet gleichzeitig, mit der Nachbarschaft gehe es bergab, weil »neue Elemente« zugezogen seien. Die verfallenden Wohnungen von East Palo Alto befanden sich nur ein paar Steinwürfe oberhalb der baufälligen Potrero-Hill-Projects, wo Bobby Foster aufgewachsen war: Enge Wohnblocks aus der Zeit des Zweiten Weltkriegs, in denen Angst und Gewalt in jedem Eingang und jedem Treppenhaus lauerten. Aber was machte das schon, wenn man bedachte, wie hart ihre Bewohner gearbeitet hatten, um es wenigstens so weit zu bringen.

Am Ende der Ladenzeile verkündete mir ein Schild, daß ich nun nach Palo Alto selbst käme. Die Umgebung veränderte sich: Prächtige Bäume wölbten sich über die Straße. Hübsche Häuser im Weihnachtsschmuck standen weit zurückversetzt auf sorgfältig gepflegtem Rasen. An den Auffahrten Mercedesmodelle, Cadillacs, Sportwagen. Palo Alto ist eine bemerkenswert liberale Stadt und stolz auf ihre Kultur und den herrschenden Intellekt, wobei man ganz bewußt den scharfen Radikalismus akademischer Enklaven wie Berkeley mied. So war ich mir ziemlich sicher, daß nicht alle Schwarzen auf dieser Seite der Trennungslinie gestärkte Uniformen tragen würden. Doch zugleich hatte ich den Verdacht, daß sich auch hier kaum genug Einwohner fänden, die dieser Minderheit so wohlgesonnen waren, daß sie eine Ortsgruppe der »Vereinigung für die Förderung der farbigen Bevölkerung« bilden würden.

Die Chaucer Street, in der Laura Kostakos wohnte, gehörte zum exklusiven Crescent-Park-Bezirk, wo alle Straßen Namen aus der Literatur trugen. Ihr Haus war im spanischen Stil erbaut – zweigeschossig, weiß verputzt, mit einem roten Ziegeldach. Der Rasen vor dem Haus zeigte eine Menge großer, verdorrter Flecken. Eine lockere Regenrinne klapperte im Wind. Im Schatten eines Maulbeerbaums sah ich das gewölbte Vorderfenster. Die Vorhänge waren zugezogen. Die Magnolie am Eingang hatte ihre Blätter abgeworfen. Sie lagen auf dem gepflasterten Weg, und niemand hatte sich die Mühe gemacht, sie zusammenzukehren. Als ich auf die Klingel drückte, fiel mir auf, daß nirgends eine Weihnachtsdekoration zu sehen war.

Mrs. Kostakos brauchte lange, ehe sie auf mein Läuten reagierte. Als die Tür endlich aufging, stand eine hochgewachsene Frau mit blondem, schulterlangem offenem Haar, das grau zu werden begann, in der Öffnung. Bei vielen Frauen Ende vierzig hätte diese Frisur zu jugendlich gewirkt, doch zu ihr schien sie zu passen. Sie gab ihr etwas Fragiles, das ihren zarten Körperbau betonte. Ihr blauer Samthausanzug – ein seltsames Gewand für drei Uhr nachmittags – hing lose an ihrem Körper und wirkte, als hätte sie stark abgenommen. Die dunklen Ringe unter ihren Augen waren von keinem Make-up überdeckt.

Sie bedankte sich für mein Kommen, obwohl ich sie um dieses Gespräch gebeten hatte. Dann führte sie mich durch einen langen, schmalen Gang, gesäumt von Ölgemälden und Skulpturen auf Sockeln, die von Spotlights angestrahlt wurden. Die Luft im Gang war kühl. Laura Kostakos bewegte sich steif. Ihre Gangart war die einer wesentlich älteren Frau. Aus dem flatternden Stoff ihres Hausanzugs stieg mir der Geruch eines Gardenienparfüms entgegen, das mich an meine Großmutter mütterlicherseits erinnerte.

Am Ende des Ganges kamen wir zu einem Wohnzimmer, dessen dunkle, unverputzte Deckenbalken strahlenförmig auf einen runden Erker zuliefen, unter dessen fünf kleinen Fenstern Sitzbänke eingebaut waren. Die Fenster zwischen den breiten Mauervorsprüngen ließen nur wenig Licht herein. Draußen sah man auf einen frei gestalteten Swimmingpool, der wie aus Lavagestein gemeißelt wirkte. Das Wasser glänzte schwarz in der matten Spätnachmittagssonne.

Das Wohnzimmer selbst wirkte düster. Schatten duckten sich vor den verglasten Bücherschränken an den hinteren Wänden. Auf dem Tisch vor dem L-förmigen Sofa brannte eine einzelne schwache Lampe, von der gedämpftes Licht ausging. Die Kühle, die ich schon im Gang gespürt hatte, durchzog auch diesen Raum. Ich betrachtete den gemauerten Kamin, auf dessen Feuerrost noch Asche lag.

Laura Kostakos bot mir mit einer Handbewegung Platz auf dem Sofa an. Ich setzte mich in die Nähe des Tisches mit der Lampe. Sie setzte sich mir gegenüber in einen Sessel mit Sprossenlehne.

Um ein Gespräch in Gang zu bringen, sagte ich: »Schön haben Sie es hier.«

Sie sah sich um und zuckte dann uninteressiert mit den Schultern. »Ja, vermutlich. Ich sehe es kaum noch.« Nach einer kurzen Pause setzte sie hinzu: »Ich finde es gut, daß Sie Interesse am Verschwinden meiner Tochter zeigen.«

»Dazu muß ich Ihnen gleich sagen, daß mein Interesse in erster Linie dem jungen Mann gilt, der sie ermordet haben soll.«

Sie nickte und zupfte einen Fussel von ihrem samtbekleideten Oberschenkel. »Das stört mich nicht weiter.«

Ich zog ein Notizbuch und einen Stift aus der Tasche. »Ich bin aus zwei Gründen zu Ihnen gekommen. Zum einen möchte ich mir ein Bild davon machen, was für ein Mensch Tracy war.«

»Was für ein Mensch sie *ist*, Miss McCone. Tracy ist noch am Leben.«

»Damit komme ich zum zweiten Grund, weshalb ich mit Ihnen sprechen wollte. Sie haben erklärt, Sie glaubten, daß Tracy noch lebt, und ich wüßte gern, warum.«

Sie nickte wieder und wartete. Offenbar erwartete sie von mir eine formelle Befragung, wie sie die Polizei vornahm.

Ich sagte: »Was für eine Frau war... ist Tracy?«

»Eine normale junge Frau. Begabter als die meisten, aber ganz... normal. Womöglich grenzt ihre Normalität ans Pathologische. So würde das zumindest mein Mann ausdrücken – er hat mit Psychologie zu tun, wissen Sie.«

»Könnten Sie mir das genauer erklären?«

»Tracy ist überaus gewissenhaft. Sie arbeitet sehr hart und ist äußerst kritisch sich selbst gegenüber. Zeitweise ausgesprochen streng. Bei Mädchen ihres Alters rechnet man einfach mit gewissen Unzuverlässigkeiten: Sie verspäten sich bei Verabredungen. Sie vergessen, zu Hause anzurufen. Sie vergessen Geburtstage oder den Muttertag. Nicht so Tracy. Selbst ihr Spiel hat einen ernsthaften Zug, als wollte sie ihm Dauer verleihen. Verstehen Sie, was ich meine?«

»Ja. Sie und Ihr Mann –«

»Wir leben getrennt«, sagte sie schnell.

»Ich verstehe. Sie haben beide eine Professur an der Stanford?«

»Ja, aber wir haben beide ein Urlaubssemester genommen, um Abstand von der Universität und voneinander halten zu können.«

Ich überlegte, ob ich dem Zustand ihrer Ehe weiter nachgehen sollte, entschied aber, daß er für diesen Fall nur nebensächliche Bedeutung hatte. »Ich habe gehört, daß Tracy als Cocktail-Kellnerin gearbeitet hat, bevor sie sich auf die Kleinkunst verlegte. Waren Sie enttäuscht, daß sie nicht lieber aufs College wollte?«

»Sie ist ja zwei Jahre lang auf dem College gewesen – auf dem Foothill Junior College. Aber als sie dann ein achtsemestriges Studium hätte anhängen müssen, ist sie lieber nach San Francisco gezogen und hat sich als Comedy-Schauspielerin versucht. Offen gesagt, Miss McCone, Tracy hat keine Ader fürs Akademische. Ich bezweifle, daß sie glücklich und erfolgreich geworden wäre, wenn sie bei einer Hochschulausbildung geblieben wäre.«

»Dann ist sie also mit Ihrem Segen in die Stadt gezogen?«

»Also, wir waren beide nicht gerade begeistert von ihrem Entschluß. Es ist schon für eine alleinstehende junge Frau ohne vermarktungsfähige Talente eine rauhe Welt, aber das Showbusiness ist noch härter. Doch sie wollte es, und ich wußte, was es heißt, wenn einen die Eltern in eine akademische Karriere zwingen. Für mich war es am Ende gut so, aber der Weg dorthin war qualvoll. Ich wollte meiner Tochter nicht das gleiche antun – vor allem, da die Chancen auf Erfolg eher mager ausgesehen hätten. Also habe ich George überredet, sie ihren Weg gehen zu lassen.«

Das mochte einer der Gründe für das Scheitern der Ehe der Kostakos gewesen sein, dachte ich. Vielleicht warf er ihr vor, die Tochter auf diesen noch so ungewissen Lebensweg geschickt zu haben. Ich sagte: »Ich erinnere mich, gelesen zu haben, daß Sie Tracys Einkünfte mit einem Zuschuß aufgebessert haben. Heißt das, sie hätte sich von dem, was sie im Café Comédie verdiente, nicht selbst erhalten können?«

»Anfangs nicht. Wir haben ihr einen Zuschuß gegeben, und sie durfte unsere Kreditkarten benutzen, so daß sie sich eine anständige Wohnung leisten konnte und ab und zu ein bißchen Luxus. Sie hat die Karten nie mißbraucht. So ein Mädchen ist sie nicht.«

»Hat es seit Tracys Verschwinden auf Ihren Konten Abbuchungen gegeben, – Abbuchungen, die auf sie zurückzuführen sein könnten?«

»Nein. Im Jahr vor ihrem Verschwinden, hat sie sich selbst eine Kreditkarte besorgt. Sie hat unsere dann nicht mehr benutzt.« Leichte Traurigkeit schwang in Mrs. Kostakos' Stimme mit. »Ein paar Wochen, bevor sie verschwand, sagte sie mir, daß sie auch bald unseren Zuschuß nicht mehr benötigen würde. Ich sagte ihr, sie könne sich mit der finanziellen Unabhängigkeit ruhig noch Zeit lassen. Es geht uns finanziell sehr gut. Wir haben beide eine gute Stellung, und George hat einen hübschen

Batzen geerbt. Aber Tracy brauchte ihre Selbständigkeit in jeder Beziehung.«

»Der Grund, warum sie den Zuschuß nicht mehr brauchte, war, daß es mit ihrer Karriere aufwärts ging?«

»Das hatte ich angenommen.«

Vielleicht aber stand die Erklärung ihrer bevorstehenden finanziellen Unabhängigkeit auch im Zusammenhang mit ihrem Verschwinden. Ich machte eine entsprechende Notiz in mein Buch. »Sie und Tracy standen sich nahe?«

»Ja. Wir haben uns wöchentlich zum Lunch getroffen, freitags. Auch für den Tag nach ihrem Verschwinden waren wir zum Lunch verabredet. Ich hatte vorgehabt, mit ihr durch die Berge zur Küste hinunterzufahren. So etwas haben wir oft gemacht – lange Fahrten und Picknicks.«

»Worüber haben Sie sich unterhalten?«

»Wohl über die üblichen Dinge, über die Mütter und Töchter so reden.«

»Könnten Sie das ein bißchen genauer sagen?«

»Also, über meine Arbeit, meine Studenten. Über den Fortgang ihrer Karriere. Über Leute, die wir kannten. Über das, was wir in der vergangenen Woche unternommen hatten, welche Bücher wir gelesen und welche Filme wir gesehen haben.«

»Hat sie je über Probleme gesprochen? Sie um Rat gefragt?«

»Tracy war schon immer fähig, ihre Probleme selbst zu lösen. Und soviel ich weiß, hatte sie damals auch keine.«

»Sie hat nie Andeutungen gemacht, daß sie unglücklich war – über ihre Arbeit, ihr Leben, ihren Freund vielleicht?«

»Nein.«

»Mrs. Kostakos, ich habe mir die Zeitungsberichte über Tracys Verschwinden angesehen und auch die Gerichtsprotokolle zum Fall Foster. Immer wieder haben Sie Ihre Überzeugung betont, daß Tracy freiwillig untergetaucht sei.«

Sie nickte.

»Dennoch sagen Sie, sie hat keine Anzeichen von Unglücklichsein gezeigt, hat nie etwas erwähnt, was ihr Probleme machte.«

»... Das stimmt.«

»Warum haben Sie dann den Eindruck, sie wäre aus eigenem Antrieb verschwunden?«

Laura Kostakos richtete sich in ihrem Sessel auf. Sie legte die Hände im Schoß zusammen.

»Warum, Mrs. Kostakos?«

Schweigen.

»Sie bezahlen weiter die Miete für ihr Apartment. Auch wenn Sie eine Menge Geld haben, scheint es mir, als würden Sie so etwas nicht tun, wenn Sie nicht mit gutem Grund erwarten würden, daß sie eines Tages zurückkommt.«

»Ich habe keine Sekunde daran gezweifelt, daß sie zurückkommt.«

»Aber *warum*? Und was ist mit dem Erpresserbrief und dem Wagen, den man in den Bergen gefunden hat? Wie erklären Sie sich die?«

Sie stand überraschend schnell aus ihrem Sessel auf. Ich sah ihr zu, wie sie in ihrer Alte-Frauen-Gangart zur mittleren Fensternische ging und mit dem Rücken zu mir stehenblieb, ein Knie auf dem Sitzpolster. Der Nachmittag hinter den Scheiben war dunkler geworden, und der Pool aus schwarzem Lavagestein erinnerte mich an eine Lagune, in der es von unbekannten Lebewesen wimmelte.

»Mrs. Kostakos?«

»An der Pinie hinter dem Pool hängt ein Gefäß mit Honigwasser für die Kolibris«, sagte sie. »Sehen Sie ihn?«

Ich sah in die Richtung und entdeckte einen rötlichen Schimmer. »Ja.«

»Den habe ich letzten Sommer dort aufgehängt. Ich wollte die Kolibris anlocken, damit ich nicht so allein bin. Aber da ist ein ganz bösartiger dabei. Immer wenn die anderen zum Trinken kommen, fällt er über sie her und vertreibt sie. Das erinnert mich daran, wie die Leute über mich hergefallen sind und meine Hoffnungen vertrieben haben.«

Ich wußte nicht, was ich dazu sagen sollte.

»Wissen Sie, was ich mit diesem Vogel mache?« fuhr sie fort. »Ich beobachte ihn, um seine Gewohnheiten kennenzulernen. Ich habe einen hübschen, flachen Stein gefunden, der gut durch die Luft segelt. Sobald ich sicher bin, daß ich den richtigen Vogel erwische, werde ich ihn töten.«

Ihre Worte kamen leidenschaftslos, dennoch schwang in ihnen eine untergründige Wut mit, die mich irritierte. Ich zog es vor, nicht darauf zu reagieren, und sagte sanft: »Wenn Sie ihn töten, wird einer der übrigen Vögel die Rolle des Aggressors übernehmen.«

»Ich tu es auf jeden Fall.«

Vielleicht half es ihr, aber ich bezweifelte es. Wahrscheinlich würde sie zu guter Letzt versuchen, die gesamte Kolibri-Population von Palo Alto auszurotten. »Mrs. Kostakos, kommen wir wieder auf Tracy zu sprechen –«

»Wissen Sie, die Leute halten mich für verrückt.«

Wieder schwieg ich. Sie schien sich dem Thema auf ihre Weise zu nähern, und ich ließ sie gern gewähren.

»Mein Mann hat mich verlassen, weil er nicht mehr mit einer verrückten Frau leben konnte. Er hält meine Reaktion auf Tracys Verschwinden für eine gefährliche Form von Besessenheit. Meine Studenten und Kollegen im Mathematikinstitut haben angefangen, mich mit Samthandschuhen anzufassen, als fürchteten sie, bei einem falschen Wort, würde ich schreiend auf die Straße rennen. Natürlich beunruhigt Mathematiker alles, was von der statistischen Norm abweicht. Sie verstehen, warum ich mich im Institut beurlauben lassen mußte.«

»Arbeiten Sie derzeit etwas? Schreiben Sie einen Aufsatz, ein Buch –«

»Nein, nichts. Ich kann mich nicht konzentrieren. Ich gehe sogar kaum noch aus dem Haus.« Ihre Worte kamen jetzt schneller. »Die Nachbarn reden größtenteils nicht mehr mit mir. Sie sehen mich komisch an. Wenn ich mal ausgehe, sind die Leute in den Geschäften, auf der Straße... Es ist, als hätte ich eine Ausstrahlung, vor der sie Angst haben. Mache ich Ihnen angst, Miss McCone?«

»Nein.«

»Halten *Sie* mich für verrückt?«

»Ich glaube, Sie sind einsam und stehen unter einer schrecklichen Spannung.«

Sie nahm ihr Knie von der Bank und drehte sich zu mir um. »Danke, daß Sie das sagen, auch wenn es nicht wahr ist.«

»Ich habe es ehrlich gemeint. Glauben *Sie* denn, daß Sie verrückt sind?«

Bei dieser Frage sank sie auf die Bank in der Fensternische. »Ehrlich gesagt, ich weiß es nicht.«

»Vielleicht sollten Sie zu einem Therapeuten gehen.«

»Das habe ich schon getan. Aber ich kann nicht mehr. Es hilft nichts. Das einzige, was helfen würde...«

»Wäre, herauszubekommen, was mit Ihrer Tochter passiert ist.«

Sie nickte und ließ den Kopf sinken, so daß ihr Haar die hohen Backenknochen streifte. Die Schatten von den Wänden zwischen den Fenstern ließen ihr Haar leblos erscheinen, mehr grau als blond.

»Mrs. Kostakos«, sagte ich, »bitte, helfen Sie mir. Damit helfen Sie auch sich selbst. Und Tracy.«

»Wie?«

»Sagen Sie mir, wie Sie darauf kommen, daß Tracy freiwillig verschwunden ist.«

Sie sagte nichts. Sollte sich also das Schweigen breitmachen, minutenlang. Der graue Tag am Jahresende ging dahin. Das Rot des Honiggefäßes für die Kolibris war verblaßt und mit den Nadeln der Kiefer verschmolzen.

Schließlich sagte sie: »Also gut. Es gab da eine Sache, in der Woche, bevor sie verschwand. Beim Lunch an jenem Freitag fragte sie mich, ob ich sie für einen guten Menschen hielt. Ich sagte ja, natürlich –, wie man so daherredet, wenn einen jemand mit einer wichtigen Frage in einem Moment der Unaufmerksamkeit erwischt. Sie schien jedoch zu spüren, daß meine Antwort eher ein Reflex war, denn sie sagte, vielleicht sei sie das einmal gewesen, aber wahrscheinlich jetzt nicht mehr.«

»Haben Sie gefragt, was sie damit meinte?«

»Natürlich. Aber sie wollte nicht genauer werden. Sie sagte bloß, daß die Umstände den Menschen verändern, ihn verleiten, Dinge zu tun, die sie nie tun wollten, und Dinge zu unterlassen, die sie eigentlich für richtig halten. Als ich in sie drang, sagte sie, sie habe mehrmals etwas getan, was andere verletzt hätte, aber das Schlimmste sei eine Unterlassung gewesen – da habe sie eine Situation nicht richtiggestellt und damit ganz sicher jemandem geschadet, den sie gern hatte. Danach wollte sie kein Wort mehr sagen. Später, nach ihrem Verschwinden, nahm ich an, sie sei vor irgendetwas geflohen, das ihr dieses Gefühl gab, ein schlechter Mensch zu sein. Ich habe stets geglaubt, daß sie eines Tages damit fertig werden und heimkehren würde.«

Ich schrieb das ungefähre Datum des Gesprächs in mein Notizbuch und dazu in Blockschrift die Worte: SCHLECHTER MENSCH/UNTERLASSUNG/VERLETZUNG. Ich grübelte eine Minute lang darüber nach, dann sagte ich: »Das könnte zwar von großer Bedeutung für das sein, was passiert ist, aber es erklärt noch nicht, warum Sie über den Erpresserbrief hinweggehen, den Sie bekommen haben, und über den blutbefleckten Wagen, den man in den Bergen gefunden hat.«

Sie seufzte tief. »Ich hatte gehofft, ich müßte es nicht erklären... Miss McCone, es mag sich aus dem Munde von Tracys Mutter schrecklich anhören, aber Tracy ist nicht der... Ausbund an Tugend, zu dem die Zeitungen sie gemacht haben. Sie ist, wie ich schon sagte, selbstsicher, gewissenhaft und loyal gegenüber allen, die sie liebt, aber sie ist auch sehr ehrgeizig und...«

»Und?«

»Sie kann sehr... skrupellos sein, wenn es ihren Zwecken dient. Sie ist ein Erfolgstyp, und Leute, die viel erreichen wollen, können oft egozentrisch und grausam sein. Meine Tochter hatte in sehr kurzer Zeit sehr viel erreicht. Das hatte ihren Appetit geweckt, so wie der Geschmack von Blut den Appetit eines Raubtiers weckt.«

Das war ein seltsamer, verstörender Vergleich. »Sie meinen also, der Brief und der Wagen sind von Tracy getürkte Indizien, um jeden, der nach ihr sucht, in die Irre zu führen?«

»Ja.«

»Würde sie denn Bobby Foster tatsächlich sterben lassen, nur damit niemand sie findet?«

Laura Kostakos hob den Blick und sah mich an. In Ihren Augen spiegelte sich schwach der Schein der Lampe neben mir, und sie schienen aus dem gleichen Lavagestein zu sein, wie draußen der Pool. »Das kann ich nicht glauben. Sie muß vorhaben, zurückzukehren, bevor es geschieht.«

Und inzwischen ließ sie Bobby Foster – den man für ihren Freund hielt – lebendig durch die Hölle gehen. Wenn die Theorie ihrer Mutter über ihr Verschwinden stimmte, dann hatte Tracy einen befremdlichen Weg voller Ungereimtheiten gewählt, um mit den Problemen fertig zu werden, die sie in ihren Augen zu einem schlechten Menschen gemacht hatten.

Ich sagte: »Fällt Ihnen irgend jemand ein – ein Freund oder ein Verwandter vielleicht –, der sie versteckt halten würde?«

»Ich habe mit allen Verbindung aufgenommen, die mir eingefallen sind. Niemand hat von ihr gehört, und nach Lage der Dinge bin ich ziemlich sicher, daß sie mich nicht belügen.«

»Und ein Versteck außerhalb der Bucht von San Francisco? Irgendein Ort, zu dem sie eine Beziehung hat oder den sie gut kennt?«

Sie dachte kurz nach. »Wir hatten einmal ein Sommerhaus an der Küste von Mendocino, aber das ist schon vor Jahren verkauft worden. Und sonst, nein, mir fällt kein anderer Platz ein.«

Natürlich konnte sie nicht alle Plätze kennen, die Tracy besucht haben mochte, seit sie von Palo Alto weggezogen war. Und genausowenig konnte sie mit ihren Nachfragen alle Personen erreicht haben, die ihre Tochter gekannt hatte.

Ich hatte noch eine Frage. »Warum vermuten Sie, daß sie glaubte verschwinden zu müssen, um mit diesen Problemen fertig zu werden?«

»Ich weiß nicht.«

»Aber Sie müssen sich doch Gedanken darüber gemacht haben.«

»Natürlich!« Es war ein schmerzlicher Ausruf. »Seit es passiert ist, habe ich kaum an etwas anderes gedacht. Immer und immer wieder bin ich das Gespräch durchgegangen, das wir damals beim Lunch geführt haben. Ich habe alles noch und noch überprüft, was sie mir in den Wochen und Monaten davor gesagt hatte. Aber ich habe nicht die Spur einer Idee.«

Ihr glitzernder Blick wandte sich von mir ab und suchte einen Punkt irgendwo in der heraufziehenden Dunkelheit. Die Angst in ihren Augen war spürbar gegenwärtig. Und fast hätte ich den Kopf gedreht, um nachzusehen, was oder wer dort hinter mir stand. Doch das mußte ich nicht. Ich wußte es.

Es war das gestaltlose Grauen – jene Chimäre, die, hat man sie einmal flüchtig erblickt, für immer unverrückbar in jedem Schatten lauert.

5

Ein eisiger Wind fegte durch die Upper Market Street. Er wirbelte Abfall die Rinnsteine entlang und klebte die Seiten zerfledderter Zeitungen an die Gitterstangen, die den rechten Gehsteig begrenzten. Jenseits des Gitters fiel der Hügel steil ab. Die Lichter unten in der Ebene verschwammen im Nebel, und das sonst glitzernde Panorama der Bay Bridge und der East Bay war kaum zu erkennen.

Der bergab fahrende Verkehr rauschte an mir vorbei. Das Scheinwerferlicht der Autos huschte über mich hinweg und ihre Rücklichter verschwanden hinter einer scharfen Kurve. Die Hände tief in den Taschen meiner Seemannsjacke vergraben, mußte ich mich gegen den launenhaften Wind anstemmen, um vorwärtszukommen. Parkplätze waren im übervölkerten Ostteil von Twin Peaks Mangelware, und so hatte ich meinen MG einen ganzen langen Block von Tracy Kostakos früherer Wohnung entfernt abstellen müssen.

Die Reihe der Apartmenthäuser, die am unteren Teil des Hügels klebten, begann ungefähr hundert Meter von der Stelle entfernt, wo ich geparkt hatte. Als ich ihren Schutz erreichte, blies der Wind nicht mehr so scharf. Auf der anderen Seite schlängelten sich die Häuserreihen in engen, terrassenförmig verlaufenden Straßen hinauf bis zum Sendeturm und zum Aussichtspunkt auf dem dritt- und vierthöchsten von San Franciscos dreiundvierzig Hügeln.

Die Architektur in Twin Peaks besteht aus diesen modernen, kaninchenstallähnlichen Mietskasernen. Lauter briefmarkengroße Balkone, die wegen des Windes nur selten benutzt wurden; Panoramafenster, die einen großartigen Ausblick bieten und den Bewohnern hohe Heizungsrechnungen bescheren; dünne Standardwände und kühles Dekor; zu wenig Garagen und zu viele Autos. Wäre nicht der Blick, hätte diese Gegend wahrscheinlich das gleiche Schicksal ereilt wie viele Jahre zuvor den »gefragten« Teil von East Palo Alto, aber die Aussicht sorgte dafür, daß die Apartments bewohnt und die Mieten teuer blieben.

Als ich rasch bergab ging, fiel mir ein, daß natürlich nicht alle Häuser in Twin Peaks geschmacklos und überteuert waren.

Mein verflossener Liebhaber Greg Marcus besaß ein geschmackvolles kleines Haus neben ein paar Rotholzbäumen in einer Sackgasse, die vom Parkridge Drive abging. Vielleicht sollte ich nach dem Gespräch mit Amy Barbour dort vorbeifahren und Greg überreden, mich morgen einen Blick in die Kostakos-Akten werfen zu lassen. Dann bräuchte ich damit nicht bis nächste Woche zu warten...

Nein, die Idee war nicht gut. Sie konnte zu allen möglichen Komplikationen führen. Es war besser, zu warten und ihn sich auf der Silvesterparty zu schnappen.

Das dreistöckige Haus, in dem Tracy früher gewohnt hatte, besaß eine Backsteinfassade mit Feuertreppe. Aus einem Pflanzbereich am Bürgersteig wuchs eine Platane. Am Rand des beleuchteten Zugangs standen drei Briefkästen, und ein eisernes Sicherheitstor versperrte den eigentlichen Eingang. Hinter dem Tor befand sich die Tür zur Erdgeschoßwohnung. Zu den anderen Apartments führten Treppen aus künstlichem Marmor. Ich sah mir die Namen an den Briefkästen an. Am zweiten fand ich eines dieser Plastikschilder, wie man sie sich mit so einem Prägeding selber machen kann. Darauf stand: BARBOUR/KOSTAKOS. Als ich auf die Klingel drückte, fragte ich mich, ob die Zimmergenossin Tracys Namen stehengelassen hatte oder ob die Mutter, die ja noch die halbe Miete zahlte, darauf bestanden hatte.

Es gab keine Sprechanlage, aber Amy Barbour erwartete mich – das hatte Rae mir versichert, als ich vor meinem Aufbruch von Palo Alto noch bei ihr rückgefragt hatte. Also griff ich nach dem Tor. Kurz darauf ließ der Summer das Schloß aufspringen, und ich trat in die Vorhalle. Geräuschvoll schlug das Tor hinter mir zu. Der Verkehrslärm war so groß, daß ich kaum das »Hallo« vom Treppenabsatz über mir hörte.

»Miss Barbour?«

»Kommen Sie herauf.«

Die junge Frau auf dem Absatz im ersten Stock hatte dunkelrotes Haar, ein Gesicht mit eckigen Backenknochen und einer kurzen Stupsnase. Ihre Frisur sah aus wie ein herausgewachsener, stacheliger Punkerhaarschnitt. Die Haare hingen in kleinen Büscheln herunter, die mich an Artischockenblätter erinnerten. Sie trug Jeans und ein rotes Sweatshirt mit einem bizarren Löwenkopf auf der Brust. Ihre Figur war rundlich und ihr Hinterteil etwas zu gewichtig.

Ich stellte mich vor und reichte ihr die Hand. Sie nahm sie mit festem Griff und sah mir offen in die Augen.

»Ihre Hände sind ja eisig«, sagte sie. »Der verdammte Wind, ich hasse ihn. Kommen Sie herein, ich mache Ihnen einen Drink.«

Ich folgte ihr hinein. Die Tür führte in ein Wohnzimmer mit dem obligatorischen Panoramafenster auf die East Bay. Die weißen Vorhänge waren gegen den Nebel zugezogen. Auch die Wände waren weiß, der Teppichboden hingegen scheußlich senfgelb. Jemand hatte versucht, ihn teilweise unter einer mexikanischen Brücke zu verstecken, aber es schaute immer noch so viel davon hervor – Flecken inklusive –, daß es mich schauderte. Die Möblierung war erstaunlich gut: weißes Ledersofa, passender Sessel, geschmackvolle Chrom-Tische mit Glasplatte, schlichte Keramiklampen, gute Unterhaltungselektronik. Als einziger Wandschmuck hing ein Bild über der Couch, eines dieser ungeheuer teueren Werke, eine Mischung aus Collage und Ölgemälde.

Während ich meine Jacke auszog, verschwand Amy Barbour um eine Ecke in den Eßbereich. Ich ließ die Jacke auf das Sofa fallen und folgte ihr und fuhr vor Schreck zusammen, als ich mir plötzlich selbst gegenüberstand. Die Rückwand des Eßbereichs war ein einziger Spiegel. Amy drehte sich um und lächelte über meine Reaktion. »Man erschrickt ganz schön, nicht? Sie können sich wohl vorstellen, wie schrecklich man sich dabei morgens um sieben immer fühlt. Der Hausbesitzer bezweckte damit wohl, daß der Raum größer und die horrende Miete gerechtfertigt erscheint.« Sie ging durch einen offenen Bogen in die kleine Küche und schnupperte an einem Topf auf dem Herd.

»Den Teppichboden hat der Hausbesitzer wohl auch ausgesucht?«

»Ich glaube, den hat er billig bekommen, weil ihn sonst keiner wollte. Im Januar soll ein neuer reinkommen. Ich kann es kaum abwarten, womit er diesmal ankommt.« Sie ergriff zwei Gläser. »Was immer es auch sein wird, zu Tracys hübschen Möbeln wird es nicht passen.«

»Dann gehören die meisten Sachen also Tracy?«

»Ja. Sie war von uns beiden diejenige mit dem Kies.« Amy sagte das ohne Ressentiment, eher als wäre es ein Glücksfall für sie beide gewesen. »Ich habe Glühwein. Wollen Sie?«

Ich seufzte im Geist, nickte und sah zu, wie sie ihn aus dem Topf schöpfte. In den letzten drei Wochen oder so hatte ich jede Variante von Glühwein genossen, die es auf der Welt gibt. In der weihnachtlichen Ferienzeit überkommen die Leute seltsame Anwandlungen: Sie nehmen durchaus trinkbaren – ja sogar guten – Wein und tun eigentümliche Substanzen hinein: Nelken, Apfelsinenschalen, Zimt und – soviel ich weiß – auch Petersilie, Salbei, Rosmarin und Thymian. Sie rühren ganze Fässer davon an, mehr, als ganze Heerscharen nach menschlichem Ermessen jemals trinken können, und zwei Tage vor Neujahr servieren sie einem immer noch, was vom fünfzehnten Dezember übrig ist.

Amy reichte mir ein Gals und sah mich erwartungsvoll an. Ich nahm einen Schluck, fand ihn ganz wohlschmeckend in meinem gegenwärtigen verfrorenen Zustand und murmelte ein Kompliment. Dann gingen wir ins Wohnzimmer zurück und setzten uns jeder auf ein Ende des Ledersofas. Amy zog ihre bestrumpften Beine hoch, setzte sich in den Schneidersitz und drehte sich zu mir, so daß sie mich ansehen konnte. »Also«, sagte sie, »für wen arbeiten Sie – für die verrückte Mrs. K.?«

»Meinen Sie Laura Kostakos?«

»Ja.«

»Nein.«

»Aha. Irgendwie hatte ich das wohl angenommen...«

»Warum?«

»Also, sie ist geradezu fanatisch, was Trace angeht. Diese Geschichte, daß sie noch lebt. Dieses Apartment hier und der ganze Unsinn.« Sie fuhr sich mit der Hand durch das artischokkenblättrige Haar. »Verstehen Sie mich nicht falsch – wenn Tracy tatsächlich wieder auftauchte, würde ich wohl wieder in die Kirche gehen. Aber sie taucht nicht wieder auf. Sie ist tot. Es gefällt mir nicht, aber ich kann damit leben. Anders als ihre Mutter. Die ist völlig... Kennen Sie sie?«

»Ich war bei ihr.«

»Gut, dann wissen Sie es. Sie ist wirklich geistesgestört.

Komplett… Sie haben so einen nachsichtigen Blick, als wären Sie nicht ganz meiner Meinung.«

»Das war unbeabsichtigt. Erzählen Sie mir von ihr.«

»Also, das verrückteste ist die Sache mit diesem Apartment. Verstehen Sie mich nicht falsch – ich profitiere davon. Es gefällt mir sehr, daß ich eine solche Wohnung ganz für mich habe. Ich kann meinen Freund zu mir einladen, und es gibt keinen Krach. Und ich kann diese hübschen Möbel benutzen und das Küchenzeug.« Sie unterbrach sich und schien in sich hineinzuhorchen. »Das bedeutet nicht, daß mir Trace nicht fehlt. Sie fehlt mir wirklich, verdammt noch mal.«

»Das glaube ich. Und Mrs. Kostakos?…«

»Tut mir leid. Ich rede oft einfach drauflos. Jedenfalls ist Mrs. K. mir unheimlich. Sie läßt mich das ganze Apartment benutzen, nur Tracys Zimmer darf ich nicht betreten, nicht einmal zum Staubwischen.«

»Ich nehme an, sie will es so erhalten, wie es war.«

»Ach, das verstehe ich ja. Wenn Trace jemals wieder heimkäme, wäre sie nicht begeistert, wenn ich in ihren Sachen herumgekramt hätte. Nicht daß ich das tun würde, aber Mrs. K. kennt mich nicht gut genug. Also hält sie die Tür verschlossen.«

Bis jetzt hatte sie nichts erzählt, was allzu absonderlich erschien. Das wollte ich ihr gerade sagen, als sie hinzufügte: »Es ist einfach unheimlich, wie sie herkommt und dann stundenlang in dem Zimmer sitzt.«

»Wann tut sie das?«

»Jeden Freitag, genau in der Zeit, in der sie sich immer mit Trace zum Lunch getroffen hat.«

Aber Laura Kostakos hatte mir erzählt, daß sie kaum noch das Haus verließ. Und Amy arbeitete an fünf Tagen in der Woche in einer Firma, die T-Shirts im Seiden-Siebdruckverfahren bedruckte, wie ich aus den Akten entnommen hatte. »Woher wissen Sie das?«

»Ich bin darauf gekommen, weil es hier freitags, wenn ich von der Arbeit kam, immer so eigenartig roch, wie nach Gardenien. Vor ungefähr einem Jahr wurde ich dann einmal krank und kam früher nach Hause. Da verließ Mrs. K. gerade das Haus, und ich merkte, daß es ihr Parfüm war. Ziemlich starkes Zeug. Am Freitag darauf habe ich den Anrufbeantworter nicht eingeschaltet und immer wieder von der Firma aus angerufen. Gegen halb zwei meldete sie sich.« Amy legte eine dramatische Pause ein. »Und wissen Sie, was sie sagte?«

Ich schüttelte den Kopf.

»Sie sagte: ›Tracy, bist du es?‹ Jetzt wissen Sie, was ich mit ›unheimlich‹ meine.«

Irgendwie bezweifelte ich, daß Amy genug Phantasie hatte, um sich solch eine Geschichte auszudenken. Ich sagte: »Sind Sie sicher, daß sie jeden Freitag kommt?«

»Bin ich. Gehen Sie in das Zimmer, dann riechen Sie die Gardenien.«

»Ich denke, Sie dürfen da nicht hinein und es ist abgeschlossen.«

Amy wurde ein wenig verlegen. »Die Schlösser in diesen Türen – also, es gibt da so ein kleines Gerät, mit dem bekommt man sie von außen auf.«

»Und das haben Sie benutzt.«

»Nur, weil ich wissen wollte, was sie dort wohl macht – zuerst habe ich gedacht, vielleicht stellt sie einen Schrein auf oder so etwas.«

»Und? Hat sie?«

»Nein, nichts dergleichen. Sie hat nur einen Schaukelstuhl drinnen neben das Fenster geschoben, der sonst hier draußen stand – ich hatte mich vorher schon gefragt, warum sie ihn weggenommen hatte. Ich glaube, sie sitzt nur darin und wartet.«

Ich preßte die Lippen zusammen und runzelte beunruhigt über Laura Kostakos die Stirn.

Amy sagte: »Ja, so empfinde ich das. Es ist unheimlich, freitags nach Hause zu kommen und zu wissen, daß sie dagewesen ist... und nur gewartet hat. Ich meine, ich weiß doch nie, was mich erwartet. Was ist, wenn sie etwas *unternimmt*?«

»Zum Beispiel?«

Sie machte eine wilde, weit ausladende Armbewegung und warf dabei beinahe ihr Weinglas um. »Woher soll ich wissen, was so eine verrückte Person vorhat? Vielleicht bringt sie sich um. Ich komme nach Hause und finde sie. Pfui Teufel. Oder wenn sie gewalttätig wird? Ich komme herein, und es ist aus mit mir.«

Trotz ihrer dramatischen Attitüde hatte ich das Gefühl, daß

Amy echte Angst hatte. »Ich halte sie nicht für gewalttätig oder selbstmörderisch«, sagte ich, »aber vielleicht wäre es gut, wenn man mit jemandem darüber spräche. Haben Sie einmal daran gedacht, sich mit Tracys Vater in Verbindung zu setzen? Schließlich ist er Psychologieprofessor.«

»Der alte George? Vergessen Sie's.«

»Warum?«

»Er ist eben... Alle Psychologen sind verrückt.«

Vielleicht war es wirklich gut, daß sie nicht mit ihm geredet hatte, dachte ich. Wenn er nicht schon Bescheid wußte über die wöchentlichen Wachen seiner Frau in Tracys Zimmer, dann wäre es besser, er erführe es von jemandem, der etwas taktvoller und weniger anfällig für theatralische Auftritte war als Amy. »Wissen Sie was?« sagte ich. »Ich frage ihn. Wenn er glaubt, es könne irgendwie gefährlich werden, sollten sie besser hier ausziehen.«

Amy trank einen Schluck Wein und ließ den Blick durch den Raum schweifen, als wolle sie sich alle Besitztümer einprägen, die sie dann verlieren würde. Sie seufzte. »Vielleicht wäre es am besten. Vielleicht ist es Zeit, daß ich zu meinem Freund ziehe. Wenn er einverstanden ist.«

»Macht es Ihnen etwas aus, wenn ich einen Blick in Tracys Zimmer werfe?«

»Warum sollte es? Die einzige, die etwas dagegen hätte, wäre Mrs. K., und die wird es nicht erfahren. Übrigens, wenn Sie nicht für sie arbeiten, für wen dann? Ich hatte Sie das schon fragen wollen, habe es dann aber wieder vergessen.«

»Für Bobby Fosters Anwalt.«

Sie riß die Augen auf und wurde ganz still. Nach einer Weile sagte sie: »Bobby. Oh, Gott, es ist so *schrecklich*!«

»Kennen Sie ihn?«

»Nicht gut, aber gut genug, daß sie mich zu ihm in den Todestrakt gelassen haben... Ich hatte Alpträume davon.«

Sie fing an, mir auf die Nerven zu gehen. Ich stand auf und trat in den Flur, der zu den Schlafzimmern führte. »Die hat Bobby auch.«

Amy öffnete den Mund, schloß ihn wieder und bedachte mich mit einem vorwurfsvollen Blick. Dann folgte sie mir, das Glühweinglas in der Hand.

Zwei Türen zum Flur standen offen. Geradeaus führte die eine ins Badezimmer, die andere hinten links in ein kleines Schlafzimmer. Die Tür zum rechten Zimmer war geschlossen. Ich sagte: »Wo ist das Instrument, mit dem Sie die Tür aufkriegen?«

»Hier im Wäscheschrank.« Amy wühlte darin herum und reichte mir eine dünne Metallsonde.

Ich steckte sie in das Schloß im Türknauf, schob sie ein wenig tiefer hinein, und das Schloß sprang auf. Dabei fiel mir auf, daß etwas an Amys Geschichte über Laura Kostakos nicht stimmte. »Wie kommt Mrs. Kostakos in das Zimmer, wenn es verschlossen ist?« fragte ich.

Amy zögerte und runzelte die Stirn. »Darüber habe ich nie nachgedacht. Die Tür schließt, wenn man diesen Knopf drückt, bevor man zumacht, aber es gibt keinen anderen Schlüssel als...« Sie sah auf die Sonde in meiner Hand.

»Dann muß sie die hier benutzen. Wird sie immer an derselben Stelle aufbewahrt?«

»Ja, in etwa. Aber... oh, Mist.«

»Was ist?«

»Manchmal, wenn ich in dem Zimmer war, habe ich sie auf ein anderes Brett gelegt. Wenn sie merkt, daß ich sie benutzt habe, um in Tracys Zimmer zu gehen, dann fliege ich mit einem Tritt in den Hintern hier raus!«

»Wahrscheinlich weiß sie es längst und es ist ihr egal. Womöglich weiß sie auch, daß Sie von ihren Besuchen wissen.« Ich wandte mich wieder der Tür zu, öffnete sie und tastete nach einem Lichtschalter. Amy hinter mir schwieg.

Als ich den Schalter gefunden hatte, flammte an der Decke eine Lampe auf. Ihr mattes Licht erhellte ein recht großes Zimmer – etwa fünfzehn Quadratmeter –, aber so vollgestopft mit Möbeln und sonstigem Kram, daß es eher einer Zelle glich. Ein riesiges Wasserbett mit weißer Daunendecke stand im rechten Winkel zum Fenster an der Wand. Das Fenster war zum Teil von einem gewaltigen antiken Schrank zugestellt. Der von Amy erwähnte Schaukelstuhl stand vor dem freien Teil des Fensters. Der Toilettentisch war beladen mit Kosmetika und Schmucksachen, in Stapelkästchen aus Acryl geordnet. Den Platz zwischen dem Toilettentisch und dem Bett nahmen ein tragbares

Fernsehgerät und ein Videorecorder ein, obwohl im Wohnzimmer die gleiche Anlage noch einmal stand.

Ich trat ins Zimmer. Durch das geschlossene Fenster hörte man Autoreifen auf dem Pflaster des Upper Market quietschen. Über Wand und Decke huschte das Licht der Scheinwerfer. Das war wohl der Preis, den die Bewohner für den schönen Ausblick zu zahlen hatten: Schlafzimmer zur Straßenseite, nicht gerade schlaffördernd.

Auf dem Bett lagen ganze Kissenberge. Für ein Nachtschränkchen war kein Platz, also lagen alle Dinge, die eigentlich dorthin gehört hätten, auf dem Fußboden: Radiowecker, Wasserkaraffe mit Glas, Kleenex-Box, TV-Fernbedienung. Neben diesen üblichen Dingen entdeckte ich ein paar Taschenbücher mit den Biographien berühmter Leute, langsam vergilbende Hefte von *Variety* und einen Aschenbecher mit Stummeln, die nach Marihuana-Zigaretten aussahen. Ich drehte mich zum Kleiderschrank um, der so groß war, daß meine Garderobe glatt dreimal hineingepaßt hätte. Er war buchstäblich vollgestopft mit Kleidern. Auf dem Ablagebrett über der Kleiderstange stapelten sich Pulloverschachteln, und unten lag alles voller Schuhe. Im antiken Schrank sah es genauso aus. Alle Kleider waren so zusammengepreßt, daß man sie vor dem Tragen erst hätte aufbügeln müssen. Oben auf dem antiken Schrank saß ein großes Stofftier, ein Einhorn, das hochmütig auf mich herabschaute.

Amy lehnte am Türrahmen und nippte an ihrem Weinglas. »Trace brauchte dauernd irgendwelche Sachen«, sagte sie.

»Das sieht man.«

»Sie ging gerne einkaufen, lud sich überall mit Sachen voll. Kleider, Kosmetika, Möbel, Kram für die Wohnung.«

Nach Auskunft von Laura Kostakis hatte Tracy nie ihre Kreditkarten mißbraucht. Was bedeutete »Mißbrauch« bei Leuten mit ihrem finanziellen Hintergrund? Und was war im letzten Jahr, als Tracy ihr eigenes Kreditkartenkonto eröffnet hatte? Sie konnte nicht genug verdient haben, um alles bar bezahlen zu können, und die meisten Gesellschaften setzten bei neuen Karten den Kreditrahmen recht niedrig an.

Amy empfand mein Schweigen offenbar als Mißbilligung der Gewohnheiten ihrer Freundin. Sie sagte: »Sehen Sie, Trace mag konsumsüchtig gewesen sein, aber sie war ein guter Mensch. Sie war großzügig, hat den Leuten dauernd Geschenke gemacht. Und sie kaufte nur gute Sachen. Das Zeug für die Küche zum Beispiel – eine teure Mikrowelle, ausgewähltes Porzellan und Besteck, Edelstahl-Kochgeschirr aus Dänemark –«

»Amy, würde es Ihnen etwas ausmachen, wenn ich mir das Zimmer allein anschaue? Ich kann mich dann besser konzentrieren.«

Abrupt machte sie den Mund zu, drehte sich um und schlenderte zurück ins Wohnzimmer.

Empfindlich, dachte ich und schaute ihr nach. Empfindlich und reichlich sprunghaft. Ich war mir nicht sicher, ob die Behauptung des Pflichtverteidigers stimmte, nach der Amy bei der Verhandlung gegen Bobby Foster nicht alles gesagt haben sollte, was sie wußte. Aber es war mehr an ihr, als der erste Augenschein vermuten ließ.

Ich durchsuchte das Zimmer sorgfältig und nahm mir Zeit dazu. Nur wenige Dinge, auf die ich stieß, interessierten mich – bis auf das dicke Notizbuch, in dem Tracy die Figuren skizziert hatte, die sie auf der Bühne verkörperte. Ich legte es zur Seite, um es mitzunehmen. Es würde mir helfen, sie besser kennenzulernen. Ich würde es kopieren und das Original zurücklegen, bevor Laura Kostakis sein Fehlen bemerkte.

Interessant war die geringe Anzahl persönlicher Dinge, die ich vorfand. Es gab keine Briefe, Postkarten, Souvenirs, Tagebücher, nicht einmal einen Terminkalender. Natürlich war es möglich, daß diese Dinge von der Polizei oder Laura Kostakos mitgenommen worden waren. Vielleicht gehörte Tracy auch nicht zu den Menschen, die Sachen aufbewahren oder Tagebuch führen. Schließlich merkte ich, daß es schon nach acht war. Ich nahm das Notizbuch mit den Rollenskizzen und ging ins Wohnzimmer zurück.

Amy hockte auf der Couch und hatte das nächste Glas Glühwein in Angriff genommen. Als ich eintrat, sah sich mich schmollend an.

»Ich hatte Sie eigentlich fragen wollen, ob Ihnen aufgefallen ist, daß etwas von Tracys Sachen fehlt, aber nachdem ich das Zimmer gesehen habe, kann ich mir nicht vorstellen, wie das möglich gewesen sein sollte.«

»Genau.« Ihr Humor kehrte zurück – ein wenig davon. »Wenn man sieht, was sie alles besaß, ist klar, daß es unmöglich war, auf dem laufenden zu bleiben.«

»Ich nehme an, ihr beiden wart gute Freundinnen.«

»Die besten.«

»Wie habt ihr euch kennengelernt?«

»Durch einen Vermittlungsdienst für Leute, die sich eine Wohnung teilen wollen – die bringen Leute mit gemeinsamen Wünschen zusammen. Wo die Wohnung sein soll, wieviel sie kosten darf, ob Raucher oder Nichtraucher. Sie wissen schon.«

Ich wußte Bescheid. Es gab recht zweifelhafte unter diesen Agenturen, aber diese hatte es bei Amy und Tracy offensichtlich getroffen.

Ich ging meine Routinefragen durch – in einigen Fällen kannte ich die Antwort bereits. Andere dienten dazu, Amys Wahrheitsliebe zu testen. Sie beantwortete alle, ohne zu zögern: Sie hatten vor Tracys Verschwinden zwei Jahre zusammengewohnt. Sie hatten sich um die üblichen Dinge gestritten, zum Beispiel, wenn zu oft Freunde über Nacht blieben. Sie hatten einander ins Vertrauen gezogen, hatten zusammen Parties und Dinners gegeben, hatten im Fitneß-Club ein paarmal die Woche Rackett gespielt. Soweit Amy wußte, hatte Tracy keine ernsten persönlichen Probleme gehabt. Für sie hatte die Karriere immer vornan gestanden.

»Sie stand vor dem großen Durchbruch«, sagte Amy. »Ihre Auftritte im Café Comédie haben das verdammt gut gezeigt, und Jay – also Jay Larkey, der Besitzer – hatte ihren Vertrag um sechs Monate verlängert. Sie hatte ein paar Werbespots für's Fernsehen gemacht, und ein Hollywood-Agent hatte sich ihrer angenommen. Aus ihr hätte eine neue Carol Burnett werden können, und dann... dann passierte ihr diese Sache.«

»Sie sagen ›diese Sache‹, dabei hatte ich bisher den Eindruck, sie seien überzeugt, daß sie tot ist.«

»Ich rede von dieser ›Sache‹, weil ich das andere Wort einfach nicht aussprechen kann. Aber wie gesagt, ich weiß, daß sie tot ist, und ich kann damit leben. Bobby hat sie umgebracht. Er hat doch gestanden, oder?«

»Aber dieses Geständnis steckt voller Widersprüche.«

»Aber es gibt auch *Beweise.*«

»Tracys Mutter glaubt, sie ist freiwillig verschwunden und hat die Beweise vorgetäuscht. Tracy hat ein paar Dinge gesagt, die sie zu dieser Annahme gebracht haben –«

»Was hat sie gesagt?«

»Daß sie das Gefühl gehabt habe, sich zu einem schlechten Menschen entwickelt zu haben. Daß die Umstände sie dazu gezwungen hätten, Dinge zu tun, die sie zuvor nie getan hätte.«

Amy zog die Füße auf das Sofa und schlang die Arme fest um die Knie. »Gott«, flüsterte sie.

Ich sah sie fragend an, aber sie schüttelte den Kopf und weigerte sich, präziser zu werden.

»Sie haben vor Gericht für die Anklage ausgesagt«, sagte ich. »Bobbys Pflichtverteidiger glaubt, daß Sie etwas zurückgehalten haben.«

Sie umklammerte ihre Knie noch fester. »Was hätte ich denn zurückhalten sollen? Alles, was ich aussagen konnte, war die Tatsache, daß mich Trace in jener Nacht beim Heimkommen wecken sollte, und das hat sie nicht getan.« Ihre Stimme war hoch und schrill geworden. »Ich habe nur gesagt, daß man sich auf sie verlassen konnte wie auf eine Uhr. Mehr weiß ich nicht. Schließlich war es nicht meine Aussage, die Bobby dahin gebracht hat, wo er jetzt ist – es war sein eigenes Geständnis.«

»Dennoch hört es sich an, als wäre es Ihnen nicht recht, gegen ihn ausgesagt zu haben.«

Sie sah mich nicht an.

»Ist das so?«

»Sehen Sie, mir gefällt es nicht, irgendwie daran beteiligt zu sein, daß jemand in die Gaskammer geschickt wird, wenn Sie darauf hinaus wollen. Ich habe die Wahrheit gesagt, und habe nichts zurückgehalten. Es gibt nichts, das ich zurückgehalten haben *könnte*.«

Ich antwortete nicht. Nach etwa einer halben Minute des Schweigens wand Amy sich verlegen, den Blick noch immer auf das andere Ende des Zimmers gerichtet.

»Was hat es mit den Dingen auf sich, die Tracy ihrer Mutter erzählt hat? Haben Sie eine Idee, was sie damit gemeint haben könnte?«

»Sehen Sie, jeder weiß, daß Mrs. K. verrückt ist. Wahrscheinlich hat sie das Ganze erfunden.« Amys Stimme war jetzt noch schriller geworden. Das, was ihre Wohnungsgenossin ihrer Mutter erzählt hatte, hatte sie erschreckt.

»Das glaube ich nicht, Amy. Und das ist auch keine richtige Antwort auf meine Frage. Haben Sie eine Idee –«

»Nein!« Sie löste die Arme von ihren Knien und stand auf. »Es ist schon nach acht, und ich habe Ihnen viel Zeit geschenkt. Mein Freund ist ... Ich habe eine Verabredung. Sie müssen jetzt gehen.«

Ich sah sie einen Augenblick lang fest an, und wieder wich sie meinem Blick aus. Schließlich stand ich auf und zog meine Jacke an. Als ich nach Tracys Notizbuch griff, erwartete ich ihren Protest, doch sie schien es nicht zu merken.

6

Das Café Comédie lag an der South Park Avenue, in einer Gegend, die unter dem Namen SoMa oder South of Market bekannt war. Es war kurz nach neun, als ich über die Bryant Street am Justizgebäude vorbeifuhr. Die Büros der *bail bondsmen*, der berufsmäßigen Kautionsvermittler, waren hell erleuchtet. Das Geschäft lief. Ich lächelte, als ich bei meinem Liebling unter ihnen vorbeikam: Cable Car Bail Bonds hausten in einem schicken kleinen Wohnwagen, der, wie ich wußte, zugleich auch als Verkaufsbüro für den Gebrauchtwagenmarkt nebenan diente. Ich habe mir nie darüber klarwerden können, bei welchem Unternehmen ich anklopfen würde, benötigte ich derartige Dienste. Cable Car besitzen Niederlassungen über ganz San Francisco verteilt (die wahrscheinlich bei Touristen sehr beliebt sind), aber was konnte einem wohl ein größeres Sicherheitsgefühl vermitteln, als seine Geschäfte in Dad's Bail Bonds Hände ein Stück weiter an derselben Straße zu legen?

Jenseits des neonbeleuchteten Straßenzuges um das Justizgebäude herum wurden die Straßen dunkler und wirkten fast wie ausgestorben. Die Lagerhäuser und kleineren Industriebetriebe waren nachts nicht beleuchtet. Hier und da leuchtete eines der In-Restaurants oder ein Club auf, die in SoMa in Massen Einzug gehalten hatten. Ich entdeckte eine Kunstgalerie, die anscheinend gerade eine Ausstellung veranstaltete. Im vielschichtigen South of Market kämpfen Autowerkstätten und Fabrikauslieferungslager mit Clubs und Lederbars um den nötigen Platz. Wahrzeichen wie Old Mint, der Flower Mart, China Basin und das Moscone Convention Center weisen auf das reiche Erbe und die glänzende Zukunft des Viertels hin, aber immer noch torkeln weinselige Trinker über die Gehsteige, und es wimmelt von Leihhäusern und billigen Hotels. Ich finde SoMa faszinierend wegen seiner Widersprüche und Kontraste, und ich fragte mich, warum ich mir bisher so wenig Zeit genommen hatte, diese Gegend zu erforschen.

Ich bog von der Bryant in die Second Street und suchte einen Parkplatz für meinen MG. Obwohl es in diesem Stadtteil relativ viele Parkmöglichkeiten gibt, vor allem, wenn die Angestellten aus den verschiedenen Geschäften heimgefahren waren, so war ich doch sicher, daß die South Park Avenue selbst von den Wagen der Anwohner und der Stammgäste des Café Comédie überfüllt sein würde. Um die Ecke auf der Brannon Street fand ich einen Platz, der gerade für den MG reichte, und quetschte mich hinein. Ich schloß ab und ging zurück zum Parkway – eher eine Allee als eine Straße.

Die South Park Avenue ist ein perfektes Beispiel dafür, was SoMa einmal war und wohin es sich entwickelte. Anfangs ist dieses Viertel der angemessene Zufluchtsort für die Oberschicht aus der Zeit des Goldrauschs gewesen. Bereits in den frühen Siebzigern des vorigen Jahrhunderts begann es zu verkommen. Die stattlichen georgianischen Häuser wurden damals zu Pensionen für japanische Einwanderer. Während der Depression wurde sein grasbewachsener, ovaler Platz von der städtischen Parkkommission für das Abhalten von »Seifenkisten«-Reden freigegeben. Wie erfolgreich dieses Vorhaben damals war, weiß ich nicht, aber ich weiß, daß sich bei meinem letzten Besuch dort, Anfang der achtziger Jahre, Obdachlose und Rauschgifthändler breitgemacht hatten. Wenn man das Café Comédie und ein paar kleinere Restaurants als Indiz betrachtete, könnte es die eigentümliche kleine Allee wieder zu etwas mehr Respektabilität bringen.

Ich ging zwischen zwei lagerhausähnlichen Gebäuden hindurch. Hier gabelte sich die Straße und führte in zwei Bögen um den kleinen Park herum. Eine Reihe Platanen umschloß ihn. Durch ihre kahlen Äste erkannte ich eigentümliche, sperrige Gegenstände, die wohl Spielgeräte sein sollten. Gegenüber dem Park war das Café Comédie zwischen kleinen Häusern und ekkigen Funktionsbauten leicht auszumachen.

Es befand sich am nördlichen Ende des Platzes, eingeklemmt zwischen einer Verpackungsfirma und einem hell angestrichenen viktorianischen Haus. Die weißgestrichene Ziegelsteinfassade mit blauen Fugen war von Scheinwerfern angestrahlt. Ein rot-weiß-blau gestreifter Baldachin mit dem Namen des Clubs spannte sich über der Eingangstür. An einer schmalen, eingezäunten Stelle auf dem Gehsteig standen zwei schmiedeeiserne Tischchen mit genauso gestreiften Schirmen. Zwei Parkplatzeinweiser in weißen Mänteln warteten am Bordstein.

Als ich näher kam, überholte mich ein Audi in großem Bogen und hielt vor dem Baldachin. Einer der beiden jungen Männer stürzte vor und öffnete die Wagentür. Ich folgte dem gutangezogenen Paar hinein, wobei mir plötzlich bewußt wurde, was ich zufällig gerade anhatte: Jacke und Jeans. Ein schneller Blick auf die anderen Gäste gab mir jedoch meine Sicherheit zurück. Ihr Outfit reichte vom phantasievollen Cocktailkleid und Smoking bis zum Secondhandshop-Anzug und Kaufhaus-Kostüm.

Der Club bestand aus einem großen Raum – vermutlich war es vorher ein Lagerhaus gewesen – mit einer langen Bar an der linken Wand und einer erhöhten Plattform vorne. Die kleinen runden Tische mit weißen Tischdecken standen dicht gedrängt, weiter hinten zur besseren Sicht erhöht. Ein paar Kellnerinnen wiesen den Leuten die Plätze an – leise, denn die Show lief bereits. Als mich eine von ihnen fragend anschaute, schüttelte ich den Kopf und setzte mich an die Bar.

Der Barkeeper kam, und ich gab ihm meine Karte mit der Bitte um ein Gespräch mit Mr. Larkey. Er studierte die Karte kommentarlos ein paar Sekunden lang. Er hatte bereits die obere Grenze der mittleren Jahre erreicht und wirkte abgestumpft. Ihn konnte wohl nichts mehr in Erstaunen versetzen. Als er sagte, er werde nachsehen, bestellte ich ein Glas Sauvignon blanc und drehte mich auf dem Hocker um, um mir die Show anzusehen.

Der Comedy-Spieler war vermutlich Ende zwanzig, ein dikker Mann mit weichem Babyspeck und dem beweglichen Gesicht eines Clowns. Seine erste Nummer stellte die Überquerung der Hauptstraße von Modesto am Freitagabend dar. Es folgte ein Stück über einen sexhungrigen Teenager. Er war nicht besonders komisch, aber das Publikum schien ihn lustig zu finden. Das kam wohl von den Grimassen, die er mit seinem enormen gummiartigen Mund schneiden konnte. Nach einer Weile fand ich es ermüdend, ihm zuzuschauen, wie er auf der Bühne hin und her wanderte, albernes Zeug plapperte und dann stehenblieb, um laut zu verkünden: »Ich bin so *scharf*!« Ich drehte mich zur Bar zurück.

Der Barkeeper kam mit meinem Drink. Meine Karte hatte er noch in der Hand. Er sagte: »Mr. Larkey möchte wissen, worum es geht.«

»Um Tracy Kostakos.«

Damit war es mir nun doch gelungen, ihn in Erstaunen zu versetzen. Er blinzelte und ging wieder. Ich trank meinen Wein und versuchte, die Stimme des Komikers auszublenden, der jetzt den Vater des sexhungrigen Teenagers imitierte.

Nach einer Weile kam der Barkeeper wieder. »Mr. Larkey möchte Sie sprechen. Er ist in seinem Büro. Durch die Tür, auf der Ja steht.«

Ich stand auf und legte das Geld für den Wein auf die Bar. »›Ja‹?« fragte ich.

»›Ja‹ bedeutet: ›Ja, hier geht es zu den Toiletten.‹«

»Raffiniert«, sagte ich in einem Ton, der genau ausdrückte, was ich darüber dachte.

»Ja, das paßt zu der Umgebung.« Er warf einen traurigen Blick auf die vor Lachen brüllenden und schnaufenden Gäste.

Als ich durch die Tür ging, auf der Ja stand, fragte der Komiker mit der Baritonstimme des Vaters: »Wie erklärst du mir das, mein Sohn?« Und in nuschelndem Falsett antwortete der: »Ich bin *scharf*!« Aus irgendeinem Grund brach fast das Haus zusammen.

Auf halbem Weg zu den Toiletten hinunter stand eine Tür mit der Aufschrift BÜRO halb offen. Ich klopfte, und eine Stimme bat mich herein. Mitten in dem vollgestopften Raum saß Jay Larkey auf einem Hometrainer. Er trug einen leuchtendblauen

Trainingsanzug und trat wild in die Pedale. Als er mich sah, bremste er ab. Der vom Zahnarzt über den Komödianten zum Clubbesitzer Mutierte sah genauso aus, wie das letztemal, als ich ihn im Fernsehen gesehen hatte: braune Locken, die ihm in wilden Büscheln den Nacken hinunterhingen; schmales Fuchsgesicht, Mund voller kleiner, scharfer Zähne, die immer aussahen, als wollten sie im nächsten Moment in ein Törtchen beißen und dort nadelfeine Abdrucke stanzen.

Ich hatte einmal ein Interview mit Larkey gelesen, in dem er gesagt hatte, die Comedy müsse, um komisch zu sein, verletzen, und als Beispiel hatte er Don Rickles genannt. Ich war mir nicht sicher, ob ich dem zustimmen sollte – ich mag keinen Humor auf Kosten eines Unschuldigen –, aber Larkey brachte mich dennoch oft zum Lachen. Und ein Freund, der einmal Ziel einer seiner Attacken auf das Publikum in Harrah's Lake Tahoe gewesen war, hatte mir erzählt, daß Larkey hinterher zu ihm gekommen sei und sich für die Hinnahme dieser Beschimpfung bedankt habe. Vielleicht war es der Zahnarzt in ihm, der seinem Humor so etwas leicht Sadistisches verlieh.

Heute abend jedoch sah Larkey überhaupt nicht aus, als wollte er Witze reißen. Er starrte mich wütend an und schnauzte: »Also gut – was soll dieser Mist mit Tracy Kostakos?«

Ich trat ganz in das Zimmer und schloß die Tür hinter mir. »Ich arbeite für Bobby Fosters Anwalt, für die Vorbereitung der Berufung. Ich habe gehört, Sie glauben nicht, daß Tracy tot ist.«

Larkey runzelte die Stirn und trat wieder in die Pedale. »Also, das haben Sie falsch verstanden. Ich hatte das zwar einmal geglaubt, aber jetzt ist sie zu lange weg. Wäre sie noch am Leben, dann wäre sie inzwischen wiederaufgetaucht. Aber ich möchte Ihnen eines sagen: Dieser Junge hat sie nicht umgebracht – er würde nie einen umbringen. Setzen Sie sich doch, falls Sie einen Platz finden.«

Ich sah mich um. Es gab ein paar Stühle, aber sie waren unter Pappkartons, Hanteln, hingeworfenen Kleidungsstücken, Zeitungen und Fachzeitschriften für die Unterhaltungsindustrie und für Zahnmedizin begraben. Larkey sah meine Hilflosigkeit und wedelte mit einem Arm. »Nehmen Sie meinen Schreibtischstuhl«, sagte er.

Ich ging hinter den Schreibtisch und setzte mich. Er war übersät mit Papieren, von denen viele mit einer Grundstückstransaktion zu tun zu haben schienen.

Larkey trat weiter in die Pedale. »Ich werde am Silvesterabend im Fernsehen eine Wohltätigkeitsshow machen«, sagte er durch seine zusammengebissenen Zähne. »Ein Teil der Einnahmen geht an die Potrero Medical Clinic – eine meiner Stiftungen. Sonst würde ich das hier nicht tun. Aber ich mag nicht länger wie so ein übergewichtiger, abgewrackter Komödiant aussehen. Ich dachte, vielleicht kriege ich auf diesem Ding einiges von den Weihnachtsfettpolstern wieder heruntergestrampelt.«

»Mir kommen Sie gar nicht übergewichtig vor. Und ganz sicher nicht abgewrackt.«

»Dann müssen Sie etwas mit den Augen haben und einen Knick in der Optik. Ich bin beides, und ich weiß es.« Er machte eine Pause, schnaufte ein bißchen und wischte sich den Schweiß von der Stirn. »Das Problem ist, daß ich weiß, ich muß mich kümmern, es aber tief in meinem Innern nicht mit Überzeugung tue. Ich habe genug Geld, der Club wirft etwas ab, und zum erstenmal in meinem Leben habe ich Spaß.«

»Hatten Sie den nicht, als Sie noch Ihre regelmäßige TV-Show machten?«

»Nein, verdammt. Können Sie sich den Druck vorstellen, unter dem man bei dieser Art Leben steht? Mörderische Termine? Zu wenig Privatleben? Sie sind nicht Herr Ihrer Zeit. Jeder will ein Stück von Ihnen. Als ich oben in Red Bluff als Zahnarzt praktizierte, hätte ich einen Mord begangen, um dieses Leben führen zu dürfen. Aber als es dann soweit war...« Er schüttelte den Kopf.

»Wie lange haben Sie praktiziert?«

»Fünf Jahre. Meine kurze Zahnarztkarriere war eine Katastrophe. Ich war komisch, und wer wünscht sich schon einen komischen Zahnarzt? Kárieslöcher und Zahnbelag sind eine ernste Sache. Und ich stand da und reimte vor mich hin, während meine Patienten gar nicht lachen konnten – ich hatte ja meine Hände in ihrem Mund, gackerte selbst über meine Witze und bohrte dabei Wurzeln an. Es ging so stark abwärts mit meiner Praxis, daß ich zu dem Schluß kam, ich könnte ebensogut hierherkommen und es mal im Comedy-Geschäft versuchen.«

»Und das gewiß mit Erfolg.«

»Stimmt, aber man zahlt seinen Preis für diesen Erfolg. Ich habe versucht, Tracy davor zu warnen, aber sie wollte nicht hören. Genausowenig wie ich es in ihrem Alter getan hätte.«

»Mochten Sie sie?«

»Auf eine väterliche Art. Wie alle Kinder, die hier arbeiten. Ich kümmere mich um meine Leute – bezahle sie gut, biete ihnen volle medizinische und zahnärztliche Versorgung durch die Potrero Clinic. Jedenfalls habe ich versucht, Tracy Ratschläge zu geben, ihr Mentor zu sein. Nicht, daß sie einen gebraucht hätte.«

»Warum nicht?«

»Sie hatte ihre Karriere gut im Griff. Für eine Komikerin hatte Tracy nicht gerade viel Sinn für Humor, sobald es um ihr Vorwärtskommen ging. Früher, noch auf dem Junior College, las sie jedes verdammte Buch über Selbstbehauptung und Durchsetzungsvermögen. Sie sah sich jede Comedy-Show im Fernsehen an, ging ständig in die Clubs und zu Wettbewerben und machte sich Notizen.«

»Ich habe das Bücherregal mit den Titeln über Comedies in ihrem Schlafzimmer gesehen. Sie waren ziemlich zerlesen.«

Larkey fuhr fort: »Sie hat ständig an sich gefeilt. Wissen Sie, wie sie gearbeitet hat?«

»Ich weiß, daß sie Figuren entwarf, wie Carol Burnett.«

»Stimmt – Frauen aus dem Leben, die Lage, in der sie sich befinden, ihre Probleme. Kommentare zur Gesellschaft, die einen zum Lachen brachten, aber auch zum Nachdenken. Hinter der Bühne hat sie diese Figuren so ernsthaft diskutiert, als wären sie lebendige Menschen: Würde Annie das wirklich so und so machen? Paßt es zu Lizzies Charakter, mit dem und dem auszugehen? Wenn sie eine neue Rolle probierte, mußte es auf Video aufgezeichnet werden, und dann hat sie das Band stundenlang studiert, hat sich auf die Wortwahl konzentriert und auf kleine Nuancen. Sie ist die Comedy wissenschaftlich angegangen.«

»Ich nehme an, das ist nicht die übliche Art.«

»Comedy ist wie jede andere Kunstform: Sie kommt tief aus einem heraus, ist eher intuitiv als wissenschaftlich. Die meisten von uns improvisieren, lassen die Dinge sich entwickeln. Diejenigen, die erst analysieren müssen, was sie tun wollen, besitzen zumeist nicht viel von dem Flair, auf das man aufbauen kann. Aber Tracy hat das Wissenschaftliche mit dem Intuitiven verbunden – mit glänzendem Ergebnis.«

»Glauben Sie, sie wäre einfach abgesprungen, wenn sie so versessen war auf Erfolg? Alles, was ich über sie weiß, deutet darauf hin, daß sie kurz vor dem Durchbruch stand.«

Er nahm die Füße von den Pedalen und ließ sie weiterdrehen, bis sie anhielten. Dann stieg er vom Rad, setzte sich mit einem Schenkel auf eine Schreibtischecke und sah mich halb von der Seite an. »Ich weiß nicht, was ich glauben soll«, sagte er. »Ich wünschte beim Teufel, ich könnte es.«

»Irgendeine Idee?«

»Keine.«

Ich lehnte mich auf seinem Stuhl zurück und legte die Füße auf eine aufgezogene Schublade. »Ich habe versucht, mir die typischen Gründe vorzustellen, weshalb eine zweiundzwanzig Jahre alte Frau verschwinden könnte«, sagte ich. »Entweder ist sie drogenabhängig, schwanger oder hat Selbstmordabsichten. Sie sieht sich und ihr Leben in einer Sackgasse, hat Ärger mit den Freunden oder der Familie und möchte ihnen weh tun. Aber keines dieser Motive paßt zu dem, was ich über Tracy weiß.«

»Nein.«

»Mir ist noch ein anderer Grund eingefallen: Vielleicht sollten ihr Verschwinden und ihre Entführung als Publicity-Nummer inszeniert werden, um ihre Karriere voranzutreiben. Aber das geht auch nicht, denn wenn etwas dabei hätte herauskommen sollen, dann hätte sie schon längst wiederauftauchen müssen.«

»Richtig. Jetzt ist das ein uralter Hut.«

»Es sei denn, irgend etwas ist schiefgegangen bei der Nummer.«

»Zum Beispiel?«

Ich zuckte mit den Schultern.

»Was bleibt also?«

»Tracys Mutter hat den Eindruck, irgend etwas habe sie belastet, bevor sie verschwand«, sagte ich. »Tracy hat angedeutet, sie glaube, sie habe sich zum schlechten verändert.«

In Larkeys Augen flackerte Interesse auf.

Ich fragte ihn: »Wissen Sie, worum es sich dabei gehandelt haben könnte?«

Er stand auf und ging zu seinem Hometrainer zurück, trat aber nicht wieder in die Pedale, sondern balancierte auf dem Sitz, die Füße auf dem Lenker. »Vielleicht hat das Geschäft ihren jugendlichen Idealismus zerstört.«

»Es klang nach mehr. Sie sprach von einer ›Unterlassungssünde‹ – von einer Situation, in der sie sich nicht richtig verhalten und jemanden, den sie mochte, verletzt habe.«

Er schwieg und preßte gedankenversunken die Lippen zusammen. »Miss – wie heißen Sie?«

»McCone, aber Sie können mich Sharon nennen.«

»Sharon, ein Club wie dieser ist eine kleine Welt für sich... Eine Version der wirklichen Welt in verkleinertem Maßstab, aber die Dinge geschehen mit weit höherer Intensität. Die meisten meiner Leute sind jung, und eine ganz nette Anzahl von ihnen ist äußerst kreativ. Wenn es Aufregung gibt, Dramen, Intrigen, dann blühen sie auf – und wenn sie nicht von selbst entstehen, dann werden sie heraufbeschworen. So entstehen Unterströmungen, Gerüchte, Geheimnisse. Jeder hat irgend etwas, aber keiner läßt den anderen teilhaben, denn gewöhnlich sind es ziemlich profane Dinge. Und wenn sie herauskommen, ist der Spaß vorbei.«

Larkey machte eine Pause, bevor er weitersprach: »Ich bin das gewohnt. In Hollywood geht es genauso zu, wenn auch die Stange dort höher liegt. Also versuche ich zu ignorieren, was hier vorgeht. Ich habe andere Interessen, die Potrero Medical Clinic zum Beispiel. Ich halte mich aus den Vorgängen hier heraus, und im großen und ganzen versucht auch niemand, mich hineinzuziehen. Aber kurz bevor Tracy verschwand, spürte ich, daß hier irgend etwas nicht stimmte. Ich konnte nicht sagen, was es war, aber die Atmosphäre war ausgelassener als üblich.«

»Können Sie das genauer erklären?«

»Es war eine noch höhere Stufe der Intensität – und ich hatte kein gutes Gefühl dabei.«

»Betraf das alle Ihre Leute oder nur bestimmte?«

Er dachte nach. »Also, wenn so etwas losgeht, dann breitet es sich aus wie ein Buschfeuer. Aber wenn ich die Namen derer nennen sollte, die es am stärksten erwischt hatte, dann würde ich sagen, Tracy und unser Barkeeper Marc Emmons.«

»Tracys Freund? Nicht der Bursche, der heute an der Bar ist?«

»Gott, nein. Marc arbeitet immer noch hier, aber das ist er nicht.«

»Wer ist es?«

»Marc ist der nicht gerade besonders komische fette Junge auf der Bühne.« Larkey ließ sein berühmtes füchsisches Grinsen aufblitzen. »Warum, glauben Sie, strampele ich mir hier den Arsch ab? Ich halte es nicht aus, ihm bei der Arbeit zuzusehen. Doch das ist die Masche, auf die die Masse heute abfährt.«

»Er trat noch nicht hier auf, als Tracy verschwand?«

»Nein, obwohl er sich Hoffnungen machte. Ich habe ihm immer wieder gesagt, er solle sich an die Bar halten.«

»Wieso, um alles in der Welt, haben Sie ihm dann eine Chance gegeben?«

»Das war die glänzende Idee meines Partners Rob Soriano. Er hielt es für eine gute Art von Publicity, ihn für Tracy einspringen zu lassen. Gepeinigter Freund hilft, daß die Show weitergeht und wartet auf ein Zeichen seiner Liebsten.« Larkey verzog angewidert das Gesicht.

»Also dann, warum behalten Sie ihn?«

»Was soll ich machen? Sie *mögen* den Trottel.«

Ich wollte gerade zu einem Kommentar über den Geschmack seiner Kundschaft ansetzen, als die Tür aufging und eine männliche Stimme sagte: »Jay, hast du einen Moment Zeit, einen Blick auf diese Anleihepapiere zu werfen?« Als der Neuankömmling mich sah, blieb er auf der Schwelle stehen.

Ein großer, gutgebauter Mann im Smoking, mit einer Stahlbrille auf der Nase. Seine Haltung glich der eines Soldaten, Schultern zurück, Rücken gerade. Das Haar trug er kurz und flach geschoren, ein Stil, der, wie ich gesehen hatte, in gewissen konservativen Kreisen neuerdings ein Comeback feierte. Es war so einheitlich braun, daß es gefärbt sein mußte. Sein Alter schätzte ich auf Anfang fünfzig.

»Wenn man vom Teufel redet«, murmelte Larkey. Lauter sagte er: »Sharon, das ist Rob Soriano. Rob, Sharon McCone. Sie ist Privatdetektivin und arbeitet am Fall Bobby Foster.«

Für einen Augenblick wich jeder Ausdruck aus Sorianos Gesicht. »Foster... ach, ja. Der Junge, der Tracy Kostakos ermordet hat.«

»Also, da scheint es verschiedene Meinungen zu geben –« Larkey brach ab, weil das Telefon läutete. Er riß den Hörer hoch und bellte: »Ja?« Nachdem er ein paar Sekunden gelauscht hatte, sagte er gereizt: »Ich komme sofort.« Er ging zur Tür und sagte zu Soriano und mir: »Tut mir leid. Ärger mit einem Betrunkenen an der Bar, der anschreiben lassen will. Bin gleich zurück.«

Rob Soriano musterte mich neugierig. »Privatdetektivin, soso«, sagte er schließlich.

»Ja, bei der Anwaltskooperative All Souls.« Ich blieb sitzen, wo ich saß, die Füße noch immer auf der Schublade.

»Nie davon gehört.«

»Das haben viele nicht. Kannten Sie Tracy Kostakos, Mr. Soriano?«

»Nicht sehr gut. Ich habe sie ein paarmal spielen gesehen. Nette, kleine Begabung.«

»Und Bobby Foster?«

»Er war einer der Jungs, die die Wagen einparkten.«

»Sind Sie aktiver Teilhaber am Café Comédie?«

»Nein, ich halte mich da lieber im Hintergrund. Meine Frau hat Spaß an jeder Art von Glamour.«

»Ein lukratives Unternehmen?«

»Mehr oder weniger.«

»Heute abend ist es wirklich voll.«

»Wir bringen sie schon alle unter. Comedy ist beliebt in San Francisco, und die Leute gehen gern in Clubs. Gibt ihnen die Möglichkeit, sich gut anzuziehen und auszugehen, sehen und gesehen werden. Aber den großen Profit macht man nicht in den kleinen, unabhängigen Clubs, den bringen die großen, die nach dem Franchiseprinzip arbeiten, wie die Improvs.«

Ich erinnerte mich, daß kürzlich ein Improv-Club in der City eröffnet hatte. »Ist das eine Kette?«

»Manche Leute nennen sie die ›Baskin-Robbins of comedy‹. Quietschsauberes Zeug, nichts, was kränkt. Sie hängen mit ein paar TV-Shows zusammen. Gute Clubs, aber sie kommen mehr bei den Touristen an und bei Leuten aus der Vorstadt, weniger bei den Einheimischen. Doch zurück zu Ihrer Frage, das Café Comédie ist mehr oder weniger Jays Hobby. Manche Leute ziehen sich zurück und spielen Golf. Jay wurde zum Champion junger, aufstrebender Comedy-Akteure.«

»Als Sie hereinkamen, sprachen Sie von Anleihepapieren, und hier auf Jays Schreibtisch sehe ich Verträge über Grundstückstransaktionen. Will er erweitern oder den Club verlegen?«

Über seine dünnen Lippen huschte ein Lächeln. Es verschwand so schnell, wie es erschienen war. »Sie interessieren sich sehr für Jays Angelegenheiten. Aber es ist gar kein Geheimnis: Wir beide sind noch in einer anderen Sache Partner, und zwar im Grundstücksgeschäft. Wir haben Grund im SoMa aufgekauft, halten ihn und warten ab, wie sich die Dinge entwickeln.«

Auf dem Grundstücksmarkt im SoMa gab es, wie ich gehört hatte, einige Fluktuationen, und die Richtung, in die er sich schließlich bewegen würde, konnte die Entwicklung des Geschäftslebens von San Francisco für Jahrzehnte prägen. Diese Gegend war ständig Gegenstand eines Tauziehens zwischen den Befürwortern einer Ausweitung von Industrie und Dienstleistungsgewerbe einerseits und andrerseits einer Gruppe von alteingesessenen Bürgern und Künstlern – zu denen auch die Clubs gehörten –, die den gegenwärtigen Status erhalten wollten. Projekte in Milliardenhöhe wie der Mission-Bay-Komplex und die Yerba Buena Gardens hatten die Bewegungen auf dem Grundstücksmarkt angeheizt, und einstmals niedrige Mieten hatten sich innerhalb von etwa zwölf Jahren verzehnfacht.

»Was meinen Sie mit ›halten‹?« fragte ich.

»Wie ich es sage. Wir halten an den vorhandenen Strukturen fest und verpachten die Grundstücke. Weitere Projekte werden erst entwickelt, wenn die Stadt definitive Wachstumsnormen festgelegt hat. Ich vertrete eine Theorie, die im Widerspruch zur Meinung der meisten Planer steht: In den letzten paar Jahren ist zu viel Geld in Geschäftsausweitungen gesteckt worden. Es wird zwangsläufig zu einem Rückgang kommen. Rückläufige Bewegungen dieser Art habe ich stets dadurch überlebt, daß ich unterbewertete Parzellen aufgekauft und bis zum nächsten Aufschwung gehalten habe. Das ist die Politik, die Jay und ich –«

Die Tür zum Büro ging auf. Ich sah hinüber und erwartete Larkey. Statt dessen stand eine Frau dort. Sie war hoch gewachsen, fast einen Meter achtzig, und trug einen langen roten Ledermantel und Stiefel sowie einen roten Schlapphut auf dem Kopf. Schwarze Locken umrahmten ein Gesicht, dessen Schönheit ein grellroter Lippenstift verunstaltete. Sie trug eine Menge Ringe an den Fingern, roch stark nach Giorgio-Parfüm und wirkte plötzlich mürrisch. Nachdem sie sich von der ersten Überraschung, eine Fremde in Larkeys Sessel vorzufinden, erholt hatte, musterte sie mich mit abschätzendem Blick und entschied, daß ich keine Konkurrenz war.

Dieser Blick sagte mehr über sie aus, als ihr wahrscheinlich lieb gewesen wäre: Sie gehörte zu der Sorte Frauen, die andere Frauen nicht mögen und auch keine engen Freundinnen haben. Für sie waren wir anderen alle Feinde, die ihnen den Mann stehlen oder den Platz im Scheinwerferlicht streitig machen konnten. Frauen wie ihr mißtraue ich vom ersten Augenblick an, wie ich auch Männern mißtraue, die ihre Geschlechtsgenossen nicht mögen.

Rob Soriano schien sich über ihren Blick zu amüsieren. Er sagte: »Kathy, das ist Sharon McCone. Sie ist Privatdetektivin und arbeitet an dem Kostakos-Mord. Sharon – das ist meine Frau Kathy.«

Kathy Soriano sah mich mit einem Stirnrunzeln an. »Ich dachte, der Fall Kostakos ist abgeschlossen, das Urteil gesprochen.« Bevor ich antworten konnte, setzte sie hinzu: »Hör mal, Rob, wir müssen das neue Mädchen in der Zehn-Uhr-Vorstellung begutachten. Wo ist Jay?«

»Direkt hinter dir«, sagte Larkeys Stimme. Er schob sich an ihr vorbei und sagte entschuldigend zu mir: »Tut mir leid, daß ich unser Gespräch so plötzlich abbrechen muß. Können wir es ein andermal fortsetzen?«

Ich stand auf und kam hinter dem Schreibtisch hervor. »Sicher. Wenn Sie einverstanden sind, möchte ich jetzt gern mit Marc Emmons und Ihren Parkwächtern reden. Ich komme dann später auf Sie zurück.«

Larkey gab mir seine Karte, auf der die Club- und auch seine

Privatnummer standen. Zu viert verließen wir jetzt das Büro und gingen den Gang entlang. Kathy ließ sich darüber aus, daß sie und Rob nicht glaubten, die neue Schauspielerin in der Zehn-Uhr-Vorstellung werde es schaffen. Sie sagte, es sei schade, daß der Fall Kostakos einen tödlichen Ausgang gehabt habe. Das kleine Mädchen habe eine Menge Talent gezeigt.

»Ich werde nie den Sketch mit der Feministin vergessen. Es war nicht einmal das, was sie sagte, sondern wie sie es sagte: ›Wenn Gott gewollt hätte, daß wir behaarte Achselhöhlen haben, hätte *Sie* uns dann Nair gegeben?«

Rob Soriano grunzte verdrossen und ging ein paar Schritte vor. Larkey sagte: »Ich mag es gar nicht, wenn du sie so nachmachst. Es ist, als wäre sie hier bei uns – und das ist sie nicht.«

»Ach, Jay, Kopf hoch!«

Larkey antwortete nicht, zog nur die Schultern unter seinem Pullover zusammen. Ob die Frau ihn nur in Verlegenheit gebracht oder wirklich verärgert hatte, konnte ich nicht sagen. Als wir den Club betraten, zwinkerte er mir zu und folgte den Sorianos an einen reservierten Tisch im hinteren Teil.

Ich stellte mich an die Bar und sah der neuen Schauspielerin bei ihrer Nummer zu, bis der vielbeschäftigte Barkeeper sich zu mir durchgearbeitet hatte. Sie war wirklich ziemlich komisch und feuerte ihren Kommentar zu einer besonders widerlichen Schlagzeile in der Sensationspresse ab. Ich nahm mir vor, Ted Smalley den Tip zu geben, daß er sich ihre Nummer ansah – möglichst bald, für den Fall, daß Kathy und Rob Sorianos Meinung sich durchsetzte. Der Barkeeper sprach mich über die Schulter an. Ich lehnte einen Drink ab, fragte ihn aber, wo ich Marc Emmons fände.

»Er ist gleich nach seiner Nummer gegangen.« Der Mann machte eine Pause. »Komisch – er fragte mich, ob Jay zu sprechen sei, und ich sagte ihm, er unterhielte sich mit einer Privatdetektivin über Tracy. Ich dachte, er würde neugierig werden und mitreden wollen, aber plötzlich war er weg.«

Wirklich seltsam, dachte ich. »Haben Sie Tracy gekannt?«

»Ein bißchen. Die jungen Leute sind mehr unter sich.«

»Und Bobby Foster?«

»Nicht allzu gut, aber soweit ich sehen konnte, war er ein netter Junge.«

»Mit wem war er hier im Club befreundet, außer mit Tracy?«

Der Barkeeper dachte einen Augenblick nach. »Ich glaube, mit Lisa McIntyre, eine der Bedienungen.«

»Ist sie hier heute abend?«

»Nein, Lisa hat schon vor langer Zeit gekündigt. Ich weiß nicht, wo sie jetzt ist.«

Lisa McIntyres Adresse konnte ich mir am nächsten Morgen bei Larkey holen. Ich bedankte mich bei dem Barkeeper und ging hinaus.

Es hatte angefangen zu nieseln, aber es wehte kein Wind mehr, und die Luft war wärmer geworden. Die beiden Parkwächter, die ich anfangs gesehen hatte, standen unter dem Baldachin. Ich ging auf sie zu und sagte, daß ich ihnen gern ein paar Fragen stellen würde.

Es stellte sich heraus, daß beide weder Bobby Foster noch Tracy gekannt hatten. Beide waren erst vor sechs Monaten hier eingestellt worden. Aber sie konnten mir erklären, wie das Parksystem funktionierte.

»Drüben an der Brannan Street ist ein Parkplatz«, sagte der Ältere, ein dunkelhaariger Mann mit Bart. »Nach den städtischen Vorschriften dürfen Restaurants und Clubs ihre Gäste nicht am Straßenrand parken lassen, und deshalb mietet Larkey Parkplätze. Das Problem ist, daß sie von mehreren Lokalen benutzt werden und es an belebten Abenden knapp wird in der Umgebung. Also dehnt man die Vorschriften ein wenig. Zuerst versucht man es auf dem Parkplatz. Ist er voll, sucht man einen Platz auf der Straße und hängt einen Zettel an den Schlüssel, wo der Wagen steht. Dann joggt man hierher zurück, und das Ganze geht von vorne los.« Er hob einen Fuß und zeigte mir seinen hochwertigen Joggingschuh.

»Was ist mit den Schlüsseln? Haben Sie sie bei sich?«

Sein rothaariger Kollege ging zu einem Metallkästchen, das unauffällig an der obersten Stange des Zauns um die schmiedeeisernen Tischchen hing. »Man kann sie zu leicht verlieren, oder man ist gerade weg, wenn der Besitzer losfahren möchte.« Er öffnete die Vorderklappe, die an einem Scharnier hing. Drinnen hingen Schlüssel, an Haken aufgereiht. Sie trugen Zettel mit verschiedenen Straßennamen.

»Kann man den Kasten abschließen?« fragte ich.

»Nein.«

»Es kann also jeder hineingreifen und sich ein paar Schlüssel herausholen.«

»Sicher. Aber normalerweise ist immer jemand hier – heute abend sind ein paar Burschen krank –, aber man muß von dem Kasten auch erst einmal wissen.«

»Kennen ihn andere Club-Angestellte?«

Er sah seinen Kollegen an, der mit den Schultern zuckte. »Wahrscheinlich, falls sie sich die Mühe gemacht haben, uns bei der Arbeit zuzusehen.«

Ein Porsche hielt vor dem Baldachin. Der Bärtige sagte zu dem Rothaarigen: »Du bist dran.«

Ich sah ihm zu, wie er einer Frau im Pelzmantel heraushalf und dann von dem Mann die Schlüssel entgegennahm. »Läuft das Geschäft immer so schwach?« fragte ich den bei mir zurückgebliebenen Helfer.

»Nein. Es ist Weihnachtszeit, viele Leute müssen auf Parties oder sind nicht in der Stadt. Aber es geht hier nie so zu wie in North Beach. Das ist das Letzte. Da hat man es mit verrückten Fahrern zu tun, mit Betrunkenen, mit gefährlichen Typen. Es entsteht viel Feindseligkeit gegenüber den Kunden und den anderen Parkhelfern. Privatparties an Orten wie Pacific Heights sind ein bißchen besser, aber die Leute da oben denken, die Straße gehört ihnen, und sie rufen die Cops, wenn du zu nah an ihren Einfahrten parkst. Außerdem gucken dich die Gäste an, als gehörtest du zur Dienerschaft, und vergessen dein Trinkgeld. Das hier ist ein guter Job. Ich habe vor, hier zu bleiben.«

»Der andere Bursche sprach davon, daß ein paar Helfer fehlen. Hat von denen einer die Kostakos oder Foster gekannt?«

»Nee, die sind alle erst seit ein paar Monaten hier. Keiner von uns arbeitet wirklich regelmäßig.«

»Spricht man im Club noch über den Mord?«

»Manchmal. Hinter vorgehaltener Hand.«

»Was wird dann geredet?«

»Daß sie Foster reingelegt haben. Aber seien wir ehrlich, keiner möchte jemanden kennen, der so etwas getan haben könnte.«

Der Rothaarige kam zurückgejoggt. Ein neuer Wagen fuhr vor. Der Mann, mit dem ich gesprochen hatte, ging zum Bordstein. Ich dankte beiden, daß sie sich Zeit für mich genommen hatten, und marschierte los.

Aus dem Nieseln war jetzt richtiger Regen geworden. Die meisten Häuser an der South Park Avenue waren dunkel. Hier und da drang etwas Licht durch die heruntergezogenen Jalousien oder gelben Rouleaus. Mit dem Regen hatte auch der Wind wieder aufgefrischt. Er rüttelte an den nackten Zweigen der Platanen, die den Park einfaßten. Ihre Blätter lagen vermodert am Boden.

Ich sah auf die Uhr und schauderte. Donnerstag halb elf an einem regnerischen Winterabend. Vor knapp zwei Jahren hatte sich Tracy Kostakos um etwa diese Uhrzeit und in genauso einer Nacht auf den Weg in ein unbekanntes Schicksal gemacht. War sie wohl diese Straße entlanggegangen, hatte sie die Regentropfen auf dem Kopf gespürt und sich auch gewünscht, sie hätte einen Hut? Oder hatte sie sie gar nicht bemerkt, sondern war zielbewußt vorangeschritten – und wenn ja, was war das für ein Ziel? Und hatte Bobby Foster sie begleitet, oder hatte er die Wahrheit gesagt – daß sie sich gestritten hatten und auseinandergegangen waren?

Nicht zum erstenmal fürchtete ich, nicht in der Lage zu sein, mich durch den dunklen Irrgarten zu tasten, der zwischen dieser und jener längst vergangenen Nacht lag. Doch der Wunsch, Licht in die Ereignisse von damals zu bringen, hatte in mir feste Wurzeln geschlagen. Es war nicht nur ein Wunsch, es war die blanke Notwendigkeit – ging es doch um diesen Mann, dessen Leben jetzt in meinen Händen lag.

7

Georges Kostakos sagte: »Ist Ihnen klar, was Sie damit anrichten, daß Sie diese Tragödie wieder aufrollen?«

»Ich kann leider nicht über die Tatsache hinwegsehen, daß damit möglicherweise das Leben eines jungen Mannes gerettet wird.«

Er verbarg das ansehnliche, kantige Gesicht in den Händen, fuhr sich mit den Fingern durch das dichte, schwarze, von eisgrauen Strähnen durchzogene Haar. »Mein Gott, ich weiß, es ist unverantwortlich, daß ich meine eigenen Gefühle an die erste Stelle setze, während der Junge da sitzt und auf seinen Tod wartet. Aber, verdammt noch mal, wir alle haben Höllenqualen durchlitten. Ich möchte nicht, daß die Menschen, an denen mir liegt, das noch einmal ertragen müssen. Und ganz sicher möchte auch ich selbst es nicht noch einmal durchmachen.«

Ich schwieg und ließ ihm Zeit, seine Gefühle unter Kontrolle zu bekommen. Es war Freitagmorgen, elf Uhr. Wir saßen im Wohnzimmer eines Hauses, das ihm ein Freund zur Verfügung gestellt hatte. Es lag im Marina-Bezirk, direkt gegenüber dem Palace of Fine Arts. Durch das Vorderfenster sah man auf die eisgraue, von windgekrümmten Zypressen gesäumte Lagune. Dahinter verschwammen im Dunst die braune Kolonnade und die kuppelbewehrte Rotunde – Überbleibsel der Ausstellung von 1915 zur feierlichen Eröffnung des Panama-Kanals. Kostakos hatte mir erklärt, ein Freund, der vorübergehend in Europa lebe, habe ihm im vergangenen Sommer nach der Trennung von seiner Frau angeboten, das Haus zu bewohnen. Auch wenn er mir das nicht erzählt hätte, hätte ich mir nicht vorstellen können, daß es ihm gehört, denn es paßte ganz und gar nicht zu dem Mann, der mir da gegenübersaß.

Das Haus hatte irgendwie etwas Schizoides. Die Außenansicht glich mit ihrem mediterranen Stil der vieler anderer Häuser in dieser ruhigen, wohlhabenden Gegend: weiß verputzt, schwarzes Schmiedeeisen und dekorative Eiben um das Haus; vor dem Eingang der obligatorische Rasenfleck in Briefmarkengröße; zweigeschossig, mit Garage unter dem Wohnzimmerfenster und einer Eingangstür in Form eines maurischen Rundbogens. Von außen schien es ein ganz normales, in die Marina passendes Haus zu sein, wenngleich es durch seine Lage teurer war als die meisten anderen.

Ganz anders das Innere. Der Besitzer hatte sich das Paradestück vom Traum eines Innenarchitekten geschaffen. Für Menschen mit dem schlichten Wunsch, bequem zu leben, mußte es zum Alptraum werden. Die Wände der Eingangshalle im Erdgeschoß waren knallweiß. Die Halle war leer bis auf einen schwarzen, polierten Stein auf einem Sockel. Die teppichlose Treppe führte zu einer Galerie hinauf und von dort ins Wohnzimmer – ebenfalls weiß mit nacktem, gebleichtem Holzboden. Zwei Zweiergruppen spartanischer Chrom-Leder-Sessel standen sich im rechten Winkel zum Kamin gegenüber. Sie schienen mir wie die moderne Entsprechung dieser zierlichen antiken Sesselchen, auf denen man garantiert nicht sitzen kann und von denen man höchstwahrscheinlich hinunterfällt, sollte man es dennoch versuchen. Eine zweite Sitzgruppe am anderen Ende des Zimmers sah genauso wenig einladend aus, und das einzige Anzeichen dafür, daß hier Menschen wohnten, war ein von Büchern und Papieren überhäufter Schreibtisch vor dem Fenster. Vermutlich von Kostakos importiert.

Die Sessel erwiesen sich tatsächlich als so wenig zum Sitzen geeignet, wie ihr Aussehen hatte vermuten lassen, jedenfalls für einen längeren Zeitraum. Ich rutschte nun in meinem hin und her und wartete darauf, daß Kostakos anfing.

Schließlich hob er den Kopf und sah mir in die Augen. Die seinen waren haselnußbraun mit goldenen Flecken und von einer Art, die überraschend grün oder blau erscheinen kann. Er sagte: »Ich habe nicht vor, Ihre Ermittlungen zu behindern, aber ich habe auch keine Lust, Ihnen zu helfen.«

Ich zögerte und überlegte meine Antwort sorgfältig. »Ich bitte Sie auch nicht um Hilfe, jedenfalls nicht um eine substantielle. Der Grund, für dieses Gespräch mit Ihnen ist der, daß ich mir ein Bild von Ihrer Tochter machen möchte. Ich habe Verschiedenes über sie gehört – von ihrer Mutter, ihrer Wohnungsgenossin, ihrem Arbeitgeber –, und Ihre Aussage könnte das Bild abrunden.«

Er sah mich einen Augenblick lang aufmerksam an, stand dann auf und ging ruhelos durch den kahlen Raum. Er war groß und schlank, und sein Körper – er trug ein blaues Chambray-Arbeitshemd und Jeans – schien vor angestauter Energie zu vibrieren. Ich spürte, daß dieser Mann nie etwas halb tat. Was immer er in Angriff nahm, er tat es mit voller Konzentration und all seiner Kraft – sei es Unterrichten, Schreiben, seine Forschungsarbeit, seien es persönliche Dinge.

Sei ehrlich, McCone, sagte meine häufig lästige innere Stimme, während ich ihn auf und ab schreiten sah, dein geziertes Gerede von den »persönlichen Dingen« ist doch nichts als ein euphemistischer Ausdruck für Sex.

Nicht ganz, gab ich zurück. Und wenn doch, was soll's? Darf ich etwa nicht an Sex denken? Ich *sollte* es sogar tun, nach all diesen Monaten ohne.

Dennoch blieb dieser Gedanke etwas beunruhigend, und als Kostakos sich wieder gesetzt hatte, hatte ich Probleme, ihm in die Augen zu schauen.

Er sagte: »Sie haben mit Laura gesprochen?«

»Gestern nachmittag.«

»Wie fühlt sie sich?«

»Einsam.«

Auf seine Augen fiel ein Schatten, und ihre Farbe wechselte zum Grün hin. Die feinen Linien rundherum zogen sich wie im Schmerz zusammen. Nach einer Weile sagte er: »Das tut mir leid. Ich habe ihr gesagt, sie solle rausgehen, zurück an die Universität, ihre Therapie wiederaufnehmen – alles, nur nicht dort im Haus herumsitzen oder in dem schrecklichen Apartment.«

»Sie wissen von ihren wöchentlichen Besuchen dort?«

»Ich weiß Bescheid.« Sein Mund bekam einen harten Zug. Dieses Wissen hatte ihm einen bitteren Geschmack hinterlassen.

»Amy Barbour weiß auch davon«, sagte ich. »Sie fürchtet Laura könnte sich etwas antun oder ihr gefährlich werden.«

»Amy Barbour ist ein Dummkopf. Laura ist nicht fähig, sich oder anderen etwas anzutun. Dafür ist sie viel zu egoistisch.«

Das harte Urteil schockierte mich. Kostakos sah es meinem Gesicht an, denn er fügte gleich hinzu: »Egoismus ist nicht unbedingt ein negativer Charakterzug, wissen Sie.«

»Wenn Sie das sagen – Sie sind der Psychologe.«

»Es gibt einen Unterschied zwischen Egoismus und Egozentrik«, sagte er. »Egozentriker sind narzistisch und ausschließlich in die eigenen Belange versenkt. Egoistische Menschen dagegen neigen dazu, ihr eigenes Wohlergehen an die erste Stelle zu setzen, wissen aber auch, daß sie nicht der Mittelpunkt der Welt sind. Sie können anderen Menschen oft äußerst nützlich sein, weil sie auf sich selbst aufpassen. In ihrem Streben sind sie häufig sehr erfolgreich. Wenn ich sage, Laura sei egoistisch, dann meine ich, sie paßt auf sich selbst auf. Es ist ihre Art, durch's Leben zu kommen.«

»Besonders gut scheint ihr das in letzter Zeit aber nicht zu gelingen.«

»Nein.« Er zögerte, und wieder verfinsterte sich sein Blick. »Aber ich kann nichts dagegen tun.«

»Sie sprachen von Lauras Art, durch's Leben zu kommen. Wie ist das bei Ihnen?« Das war eine sehr persönliche Frage, aber Kostakos schien mir aufrichtig genug, um sie zu beantworten, und ich wollte ihn am Reden halten.

Er wies auf den Schreibtisch am vorderen Fenster. »Ich habe meine Arbeit. Sie hält mich von mir selber fern.«

»Laura sagte mir, Sie beide hätten sich in Standford beurlauben lassen. Lehren Sie im Moment woanders?«

»So etwas ähnliches. Ich arbeite in einer Gruppe, die sich ›Living Victims‹ (›Überlebende Opfer‹) nennt. Haben Sie davon gehört?«

»Nein.«

»Es ist eine Selbsthilfegruppe für Freunde und Verwandte von Mordopfern. Ähnlich wie ›Parents of Murdered Children‹ (›Eltern ermordeter Kinder‹), nur beschränkt sie sich nicht auf Blutsverwandte. Sie haben mir sehr geholfen, als ich hierher in die Stadt gezogen war, und jetzt bemühe ich mich, mich ein wenig zu revanchieren, indem ich ihnen helfe, ihre Entschädigungsanträge zu stellen. Außerdem arbeite ich an einem Buch, mit dem ich ... schon vorher angefangen hatte.«

»Wovon handelt das Buch?«

»Es entwirft ein psychologisches Modell – « Er brach ab. »Das wollen Sie bestimmt gar nicht hören.«

»Doch, das möchte ich. Ich hatte an der Berkeley Soziologie im Hauptfach, und an Psychologie habe ich auch so einiges mitgekriegt.«

Kostakos schien erfreut. Ich hatte den Eindruck, er war viel alleine, und wenn sein Engagement für Living Victims ihn auch mit einer ganzen Menge von Leuten in Kontakt brachte, dürften sie doch nur wenig Interesse an seinen psychologischen Theorien haben.

»Bei dem Modell handelt es sich um ein Klassifizierungssystem der Persönlichkeit, das auf der jeweiligen Zuordnung einer Person zum handlungsorientierten, emotionalen oder intellektuellen Typ beruht«, sagte er. »Innerhalb der verschiedenen Kategorien gibt es wieder drei Ebenen – die gesunde, die normative und die pathologische. Es ist nichts Neues. Es ist eine Synthese aus verschiedenen Modellen, die es schon seit geraumer Zeit gibt. Ich versuche es nur in die Laiensprache zu übersetzen und Leitlinien zu entwickeln, mit Hilfe derer die Menschen einen gesunden Level anstreben können.«

»Also ein Buch zur Selbsthilfe?«

Er lächelte trübsinnig. »Ich weiß – eines mehr in einer endlosen Reihe in den Regalen der Buchhandlungen. Aber ich bin sehr zuversichtlich, was dieses Projekt angeht. Was den Menschen nicht bewußt wird, ist die Tatsache, daß es innerhalb jeder Persönlichkeitskategorie Individuen gibt, die scheinbar nichts gemeinsam haben, weil sie auf verschiedenen Ebenen operieren. Aber sie alle sind – bis auf die sehr schwer Gestörten – in der Lage, die höchste Ebene zu erreichen, ohne sich grundsätzlich in den Punkten ›wer bin ich?‹ oder ›was bin ich?‹ verändern zu müssen.«

»Können Sie mir das an einem Beispiel erklären?«

»Sicher. Denken Sie an historische Leitfiguren – an positive. Wer fällt Ihnen da ein?«

»Nun, in letzter Zeit hatten wir nicht gerade viele davon, also John Kennedy, Martin Luther King.«

»Okay. Wissen Sie, wer mit diesen Männern in der gleichen Kategorie ist? Reverend Jim Jones und Charles Manson.«

»Großer Gott.«

»Vom Pathologen zum Gesunden. Dieses Modell hat nun –« Er brach erneut ab. »Mögen Sie einen Kaffee?«

»Ja, das wäre nett.« Ich stand auf und fügte hinzu: »Darf ich Ihnen beim Zubereiten helfen? Ich würde gern den Rest des Hauses sehen.«

»Es ist seltsam, nicht wahr? Ich habe mich noch immer nicht daran gewöhnt, und das werde ich wohl auch nie.«

Kostakos führte mich um die den Treppe herum zur anderen Seite der Galerie. Von dort ging es in ein Eßzimmer. Seine Wände waren wüstengelb und die Tischplatte aus einem Material, das wie versteinertes Holz aussah. Hohe Kakteen standen in den Ecken wie in die Enge getriebene Banditen mit zum Himmel gestreckten Armen – oder in diesem Fall, zu den Oberlichtern.

»Das Südwest-Staaten-Zimmer?« fragte ich.

»Ja – und ein deutlicher Kontrast zum nordpolaren Wohnzimmer.«

Kostakos stieß eine Schwingtür auf, die in die Küche führte. Sie war groß und hatte eine hohe Decke, wieder Oberlichter, wieder gebleichtes Holz und wieder weiße Wände. Die Kahlheit wurde gemildert durch Regale mit bunten Kochbüchern, viele Hängekörbe und große Bündel mit getrocknetem roten Pfeffer. Unter dem Bugholztisch lag ein riesiger schwarz-weißer Kuhfell-Vorleger.

»Der Pfeffer und die Körbe vertreten das Südwest-Staaten-Motiv«, sagte ich, »und der Vorleger, das ist Texas.«

Kostakos lachte. »Dieses Haus leidet unter einer enormen Identitätskrise. Unten gibt es ein Spielzimmer in reinstem Hollywood-Kitsch. Das Schlafzimmer des Hausherrn, nichts als Elchfelle und Geweihe – das Nordwest-Staaten-Thema. Die Gästezimmer sind im Südstaaten-Stil – Blumendrucke, weiße Spitze, kleine Lavendelduftkissen. Wenn Sie da aufwachen, dann erwarten Sie fast, daß gleich eine kleine Schwarze mit ihrem Frühstückstablett hereingetrippelt kommt.«

»Um Gottes willen, was ist denn der Besitzer für ein Mensch?«

»Ein sanfter, in der medizinischen Forschung tätiger Mann. Aber ich habe den Verdacht, er hat eine sehr lebhafte Phantasie.« Kostakos ging zu dem U-förmigen Arbeitsbereich am Ende der Küche. »Was für einen Kaffee hätten Sie denn gern? Wir haben Bohnen aus Brasilien, Zimbabwe, Kolumbien und eine schwarzgeröstete Plantagenmischung.«

Es war mir unangenehm, ihm zu sagen, daß für mich Kaffee einfach nur Kaffee war, trotz aller Versuche, mich auf diesem Gebiet fortzubilden.

Kostakos grinste über mein verwirrtes Schweigen. »Mir ist es auch egal. Für mich ist ein Kaffee gut, wenn er stark ist und trinkbar. Ich habe mich immer an den schwarzgerösteten gehalten, denn den scheint es noch kistenweise im Vorratsraum zu geben.« Er befaßte sich mit Kaffeemühle und Bohnen.

Ich setzte mich an den Tisch und bückte mich, um über das rauhe Kuhfell zu streichen. »Zu Ihren Persönlichkeitsklassifizierungen – zu welcher Gruppe gehören Sie denn?«

Ohne Zögern antwortete er: »Ich gehöre zu den Intellektuellen.«

»Paßt, wenn man bedenkt, daß Sie Professor sind.«

»Sie würden staunen, wie häufig die Gruppe eines Menschen nichts mit seinem Beruf zu tun hat. Aber ich muß gestehen, mit gefällt meine Gruppe. Wir haben eine gute Auffassungsgabe, sind analytisch veranlagt und bringen sehr innovative Ideen hervor. Manche von uns haben den Genie-Level erreicht. Freud, zum Beispiel.« Er schaltete die Kaffeemaschine ein und sah mich an. »Natürlich gibt es auch Leute, die behaupten, Hitler könnte ebenfalls zu uns gehört haben.«

»Nicht gerade ermutigend. Ich frage mich, zu welcher Gruppe ich wohl gehöre.«

Er holte Kaffeebecher und stellte sie auf den Tisch. Selbst die Becher in diesem Haus waren etwas Besonderes: Der eine zeigte eine Karikatur von Richard Nixon mit Sprungschanzen-Nase und allem Zubehör, auf dem anderen prangte Jimmy Carter mit breitem, weißem Zähnestrahlen.

Kostakos sah mich gedankenvoll an. »Ich müßte Sie eigentlich um einiges besser kennen, um eine sichere Aussage machen zu können, aber wenn ich es aufs Geratewohl sagen soll und von meinem Eindruck und Ihrem Beruf ausgehe, dann würde ich sagen, Sie gehören in dieselbe Gruppe wie ich.«

»Ach, kommen Sie! Ich bin doch keine Intellektuelle.«

»Das ist nur ein bequemes Etikett. Sie sind gerade heraus und zeigen analytische Anlagen. Sie denken nach, bevor Sie etwas sagen, formulieren präzise. In Ihrem Geschäft brauchen Sie Logik und Auffassungsgabe. Ich vermute auch, daß Sie etwas haben, das wir in unserem Psychologen-Jargon ›das dritte Ohr‹ nennen – die Fähigkeit, hinter dem, was jemand sagt, das zu hören, was er wirklich meint. Sie haben intuitive und emotionale Fähigkeiten. Sie lassen es nur nicht zu, daß sie Ihnen im Wege stehen.«

Was er da sagte, ließ mich wie eine rechte lautere Person erscheinen. Ich sonnte mich in seinen Schmeicheleien, während er nach der Kaffeekanne griff.

»Natürlich«, setzte er beim Einschenken hinzu, »gibt es in unserer Gruppe auch die andere Seite, wie ich das schon mit Hitler andeutete. Wir neigen dazu, mit unseren Ideen unflexibel zu werden. Wir entwickeln Theorien und wollen uns nicht mehr von ihnen lösen. So können wir zu Extremisten werden.« Er stellte die Kaffeekanne auf die Warmhalteplatte zurück und setzte sich mir gegenüber.

»Ich wußte, es hört sich zu schön an, um wahr zu sein.« Ich probierte den Kaffee und fand ihn hervorragend, selbst bei meinem wenig raffinierten Geschmackssinn. »Woher wußten Sie, daß ich weder Milch noch Zucker nehme?«

»Das ist charakteristisch für die Menschen unserer Gruppe.« Auf meinen ungläubigen Blick hin fügte er hinzu: »Ich nehme wirklich weder das eine noch das andere und habe einfach nur vergessen, Ihnen Milch und Zucker anzubieten.«

»Die negativen Züge, von denen Sie sprachen – viele davon treffen wirklich auf mich zu«, sagte ich. »Diese mangelnde Flexibilität...?«

Er nickte.

»Kurz nach meinem Abschluß fand ich keinen Job, da habe ich einen Persönlichkeitstest gemacht, um herauszubekommen, ob ich mich – lachen Sie nicht! – für das Verkaufen von Lebensversicherungen eignete. Wissen Sie, was dabei herauskam? Man schrieb mir, ich sei ›aufdringlich, hart und dominierend‹.«

Er hob mir Nixon entgegen. »Das ist unsere Gruppe.«

»Was können sie mir sonst noch über uns erzählen?«

»Haben Sie schon einmal daran gedacht, ein Einsiedlerleben zu führen? Sind Sie manchmal hochmütig? Reizbar?«

»Seit fast einem Jahr geht mir das so – als hätte ich eine Mauer um mich gezogen, damit mir niemand zu nahe kommt.«

»Schlechtes Zeichen. Ungesundes Ende einer Entwicklung. Aussicht auf eine schleichende Paranoia. Sie könnten von bestimmten Vorstellungen heimgesucht werden, sich als Opfer zahlreicher, undefinierbarer Bedrohungen fühlen. Wenn das passiert, nähert man sich einem nicht normalen Geisteszustand mit schizophrenen Tendenzen.«

Ich verschluckte mich an meinem Kaffee. »Sie hören sich fast wie eine Wahrsagerin an, die ich einmal gekannt habe.«

Er lächelte und tätschelte meine Hand. »Kopf hoch. Wenn Sie durchdrehen, habe ich einen guten Psychiater für Sie.«

Ich trank noch einen Schluck Kaffee, fühlte mich entspannt

und gesellig und seltsam lustlos, unser Gespräch wieder auf das Thema zu bringen, dessentwegen ich da war. Doch schließlich sagte ich: »Zu welcher Gruppe gehörte Tracy?«

Er schwieg und blickte in seine Tasse.

»Nach allem, was man mir erzählt hat, muß sie Ihren Sinn für Humor geerbt haben.«

»In Wirklichkeit ähnelte sie mehr ihrer Mutter. Laura hat nur sehr wenig Sinn für Humor, und Tracy hatte nicht die Bohne davon.«

Ich dachte an das, was Jay Larkey mir gesagt hatte – daß sich Tracy für eine Comedy-Schauspielerin sehr ernst genommen hatte. »Wie können Sie sich dann erklären, daß sie zur Comedy gegangen ist?«

»Das war eine natürliche Folge ihrer analytischen Fähigkeiten. Sie wußte, was und wie man andere Leute zum Lachen brachte. Sie selbst hat nicht sehr viel gelacht. Manchmal sehen Außenstehende genauer, was in einem Menschen vorgeht, als der Betroffene selbst.« Er schwieg eine Weile und sah mich dann an. »Sie haben es also geschafft, nicht wahr?«

»Was habe ich geschafft?«

»Mich zum Reden zu bringen, über Tracy, obwohl ich gesagt hatte, daß ich nicht will.«

»Das war keineswegs so kalkuliert.«

»Das glaube ich auch nicht. Doch nachdem Sie mich nun einmal dazu gebracht haben, anzufangen, kann ich genausogut weitermachen. Gehen wir aber zurück ins Wohnzimmer. Hier drinnen ist eine zu fröhliche Atmosphäre, um über jemanden zu sprechen, den ich geliebt habe und der jetzt tot ist.« Er lauschte seinen eigenen Worten nach und schüttelte dann den Kopf. »Andererseits erfüllt mich meine Erinnerung an Tracy mit solcher Wärme, daß der kühle Raum da vorne genau das richtige ist.«

Wir gingen zurück zu unseren unbequemen Sesseln am Kamin, und George erzählte von seiner Tochter. Er sprach nicht in seiner Psychologenterminologie, nicht einmal aus einer gewissen Distanz, sondern als immer noch trauernder Vater.

Tracy war als Frühgeburt auf die Welt gekommen. Ein paar Tage lang befürchteten er und Laura, sie könnten sie wieder verlieren. Aber ihr Wille erwies sich stärker als ihr winziger Körper, und sie kam bald zu Kräften.

Kaum hatte sie sprechen gelernt, verlangte sie auch schon lautstark nach einem Schwesterchen. Laura konnte keine Kinder mehr bekommen, aber das konnte ein kleines Kind nicht begreifen.

Sie hatte fünf Katzen gehabt. Alle hatten ein schlimmes Ende gefunden – unter dem Auto, durch Leukämie, durch den Nachbarshund. Nach dem Tod der fünften hatte sie ihren Eltern verkündet, daß sie nie mehr ein Haustier haben wollte. Und dabei war sie geblieben.

George hatte sich eine Zeitlang Sorgen gemacht, denn sie hatte immer mehr imaginäre Freunde als wirkliche. Doch sie war schneller groß geworden als diese Freunde, und als er Tracy zum erstenmal Comedy hatte spielen sehen, war ihm klargeworden, welch schöpferische Entwicklung sie den Spielkameraden von einst zu verdanken hatte.

Während ihres letzten High-School-Jahres war sie schwanger geworden. Er und Laura waren mit einer Abtreibung einverstanden gewesen. Es waren keine erkennbaren emotionalen Narben zurückgeblieben.

Beide hatten sie gewußt, daß Tracy auf dem Foothill Junior College nicht glücklich war, und mit gewissem Unbehagen hatten sie feststellen müssen, daß sie sich immer mehr von der Comedy gefangennehmen ließ. Als sie den Wunsch äußerte, nach San Francisco zu ziehen, war er zunächst dagegengewesen. Aber Laura hatte ihm klargemacht, welchen Schaden das Überbehütetsein in der Familie bei Kindern anrichten kann, und so hatte er schließlich nachgegeben.

Nein, sagte er, er mache Laura keinen Vorwurf daraus, daß sie ihn gedrängt hatte, den Umzug zu gestatten, der schließlich zu Tracys Tod geführt hat.

Nein, er und Tracy hätten in den letzten drei oder vier Jahren ihres Lebens nicht viel miteinander geredet. Er hatte es für einen Teil des natürlichen Ablösungsprozesses gehalten.

Hat sie die Kreditkarten ihrer Eltern mißbraucht? Er habe nicht den Eindruck gehabt, doch es sei Laura gewesen, die die Abrechnungen geprüft habe, und sie habe stets zu übergroßer Nachsicht geneigt, wenn es um Tracy ging.

Nein, er glaube nicht, seine Tochter wirklich gekannt zu haben. Jedenfalls nicht zur Zeit ihres Todes.

Ja, er glaube wirklich, daß sie tot sei. Im Gegensatz zu Laura habe er keine Illusionen.

»Warum?« fragte ich.

»Ich war bei der Gerichtsverhandlung. Ich sah die Beweise, die Tag für Tag vorgelegt wurden. Es gibt keinen Zweifel, sie ist tot.«

Er hatte die Hände zwischen die Knie gepreßt. Die Knöchel traten weiß unter der braunen Haut hervor. Seine Augen gingen jetzt ins Grünliche. Ich versuchte, seinen Blick zu halten, aber er glitt zur Seite.

Schließlich seufzte er. »Vielleicht vor allem, weil ich daran glauben *muß*.«

»Warum?«

»Wäre sie nicht tot, hätte sie etwas Entsetzliches begangen. Wäre sie nicht tot, dann wäre sie jemand, den ich nicht mehr als mein Kind akzeptieren wollte.«

Nach einem Augenblick fügte er hinzu: »Bitte, Sharon, finden Sie Tracy nicht lebend. Und wenn doch, bringen Sie sie mir nicht zurück.«

8

Nachdem ich mich von Kostakos verabschiedet hatte, hielt ich an einer Telefonzelle und rief im Café Comédie an. Larkey war nicht da, aber die Frau, die sich gemeldet hatte, gab mir aus ihren Unterlagen die letzte Adresse von Lisa McIntyre, der Bedienung, mit der Bobby Foster befreundet gewesen war. Ich wählte die Nummer, mußte aber feststellen, daß sie jetzt jemand anderem gehörte, der nie den Namen McIntyre gehört hatte. Danach rief ich Marc Emmons an, erreichte aber nur den Anrufbeantworter. Rae war es am Tag zuvor ähnlich gegangen, als sie versucht hatte, eine Verabredung für mich zu treffen, daher hielt ich es für das beste, ihn abends im Club abzufangen.

Die Auskunft hatte keinen aktuellen Eintrag für McIntyre, aber ihre alte Adresse lag nicht weit entfernt an der Pacific Avenue, kurz hinter der Polk Street. Ich beschloß, hinzufahren, um herauszufinden, ob jemand wußte, wohin sie gezogen war.

Möglicherweise hatte einer von den Nachbarn noch Kontakt zu ihr.

Das Haus an der Pacific war ziemlich groß, zum Teil gewerblich genutzt, mit einer Polsterwerkstatt, einer Bäckerei und einem Drugstore im Erdgeschoß und Apartments im ersten Stock. Wie erwartet, trug keiner der Briefkästen in der Eingangshalle den Namen McIntyre. Ich läutete bei der Hausverwalterin, doch ohne Erfolg. Dann klingelte ich an den übrigen sieben Apartments. In zwei Wohnungen war jemand zu Hause. Beide hatten nie etwas von Lisa McIntyre gehört. Auch von den Leuten, die unten in den Geschäften arbeiteten, erinnerte sich niemand an sie. Sie achteten nicht besonders auf die Bewohner, erklärte mir einer der Männer.

Ich beschloß, Rae die Suche nach Lisa McIntyre zu überlassen. Seit der Trennung von ihrem Mann hatte meine Assistentin eine grenzenlose Begeisterung für jede Art von Routinearbeit entwickelt. Außerdem nahm Lisa McIntyre keine zentrale Stellung in meinen Ermittlungen ein. Ich wollte nur mit ihr sprechen, um herauszufinden, ob sie ein wenig Licht in die ungewöhnlich hochgespannte Situation bringen konnte, die Larkey bei seinen jüngeren Angestellten kurz vor Tracys Verschwinden festgestellt hatte.

Ich ging zu meinem MG zurück und überlegte den nächsten Schritt. Leora Whitsun, Fosters Mutter, besuchte Verwandte in Los Angeles und würde erst Neujahr wieder zurück sein, wenn sie wieder Dienst in der Potrero Medical Clinic hatte. Es gab noch andere Freunde von Tracy, die ich befragen konnte – Mitglieder ihrer Improvisationsgruppe zum Beispiel –, aber die schienen mir eher Randfiguren zu sein. Sie hätten mir zwar etwas über Tracy erzählen können, aber ich glaubte, hierzu bereits genug Material zu haben. Außerdem würde man Freitag vor Silvester wohl kaum jemanden daheim antreffen.

Ich dachte noch einmal an Marc Emmons: an seinen ständig eingeschalteten Anrufbeantworter, an seinen plötzlichen Aufbruch vom Club am Abend zuvor. Vielleicht hörte er die Anrufe auch mit, ließ mich aber schmoren. Da seine Adresse auf dem Potrero Hill keinen allzu großen Umweg auf meiner Heimfahrt bedeutete, konnte ich schließlich dort vorbeikurven und nachsehen, ob es einen Hinweis auf seine Anwesenheit gab.

Emmons wohnte an der Mariposa, nicht weit von der Missouri Street, im Herzen des ganz im Trend liegenden Viertels, das sich den Hügel hinaufzog. Der Wandel in diesem vorwiegend von Arbeitern einer ethnisch gemischten Bevölkerung bewohnten Stadtteils hatte in den Siebzigern eingesetzt. Damals hatte die Mittelklasse die sonnige Lage dort entdeckt und die noch vernünftigen Bodenpreise. Inzwischen gibt es hier ein buntes Gemisch aus renovierten Gebäuden, neuen Apartmenthäusern und Eigentumswohnanlagen neben älteren, schäbigeren Behausungen. Eisenwarengeschäfte, Lebensmittelläden an der Ecke und Bars, die schon Generationen überdauert haben, stehen dort Seite an Seite mit Patisserien, Weinhandlungen und Restaurants, die die Bedürfnisse der neuen Schicht bedienen.

Emmons Haus gehörte zu den neueren: entartete Viktorianik aufgestockt, mit Oberlichtern, Holzveranden und ausgebauten Blumenfenstern, und das Ganze in Himmelblau. Auf einem Schild pries der Bauträger Ein-, Zwei- und Dreizimmer-Apartments an, Whirl-Pool, Sauna, Fitneßraum und dazu ein komplettes Sicherheitssystem. Ich war überrascht, daß sich ein Mann, der mit Stegreif-Comedy sein Geld verdiente, so etwas leisten konnte, aber schließlich wußte ich ja nicht, was Larkey ihm dafür zahlte. Vielleicht hatte er auch – wie Tracy – wohlhabende und tolerante Eltern.

Ich läutete bei 7 A, erhielt aber keine Antwort. Dann ging ich ans Gittertor und spähte durch die Stangen auf den tiefer gelegenen Parkplatz, um festzustellen, ob der zum Apartment gehörende Stellplatz besetzt war. Soweit ich sehen konnte, war er das nicht.

Langsam beschlich mich das Gefühl, daß heute nicht mein Tag war. Das beste, was ich tun konnte, war wahrscheinlich nach Hause zu fahren und am Abend wieder im Café Comédie anzufangen. Ich fuhr die Missouri in südlicher Richtung hinunter und wollte dann über die Army Street durch die Stadt in mein ruhiges kleines Viertel in der Nähe des Glen-Park-Bezirks fahren. Doch bevor ich sie erreicht hatte, bog ich nach Osten ab, in Richtung der Potrero-Annex-Projects, wo Bobby Foster aufgewachsen war.

Nach ein paar Blocks machte die Missouri eine Biegung und

führte dann steil bergab. Vor mir lag ein ganzer neuer Potrero-Hügel. Nur wenige Minuten entfernt von den Luxus-Apartmenthäusern mit ihren Saunas und Whirl-Pools lag dort ein fremd wirkender, völlig andersartiger Wohnkomplex. Er war auch so andersartig als fast der ganze Rest der Stadt, daß man meinen konnte, man wäre in einer anderen Welt.

Die in zwei Reihen übereinandergestaffelten graubraun gestrichenen Häuserzeilen zogen sich über den ganzen Hügel hin. Von ihren Fenstern aus mußte der Blick auf die Bucht und die Brücke, die die Stadt mit Oakland verband, hinreißend sein – es sei denn, sie waren zu eng gegeneinander versetzt und vergittert. Ich hielt an einer Ecke an, wo ein paar ausgebrannte und ausgeweidete Autowracks standen. Weiter unten lehnten Schwarze in kleinen Gruppen an weiteren zerbeulten und vor sich hin rostenden Fahrzeugen, tranken und fixten höchstwahrscheinlich auch. Auf einer Motorhaube stand ein Ghetto-Revolverheld, und Rap-Musik erfüllte die Luft. Ein paar Kinder krabbelten und wühlten in der Gosse herum. Ich beobachtete, wie eines von ihnen eine gebrauchte Injektionsspritze hochhielt.

Ich blieb oben auf dem Hügel und sah hinab auf das Kriegsgebiet unter mir – ein umkämpftes Stück Erde, das bewaffnete Drogenhändler und Süchtige den ehrenwerten Mitbürgern mit aller Gewalt abzuringen versuchten. Vor ein paar Monaten waren in einem Bericht der Regierung San Franciscos Sozialwohnungen als »außer Kontrolle« geraten bezeichnet worden. Ein Beamter des Wohnungsamtes hatte der Presse gegenüber zugegeben, auf einer Fahrt durch den weitläufigen Sunnydale-Komplex »terrorisiert« worden zu sein. Eine Zeitlang ging eine Unmenge von Lösungsvorschlägen für dieses Problem ein. Sie liefen im wesentlichen darauf hinaus, die Verantwortung für das Gebiet vom Wohnungsamt auf die Polizei zu übertragen und auf das Sozialamt und wieder zurück. Soweit ich wußte, wurde kaum etwas von den vielen Plänen ausgeführt, und nach einer Weile hatten die Medien das Interesse an dem Thema verloren. Falls es irgendwo in den Projects Verbesserungen gegeben haben sollte, im Potrero Annex war davon nichts zu sehen.

Während ich so dasaß und über die Verzweiflung und Hoffnungslosigkeit nachdachte, die zwischen diesen barackenähnlichen Häusern lauerte, hielt hinter mir auf der Spitze des Hügels ein auf Überlänge umgebauter silberner Mercedes an. Der Fahrer und sein Passagier – zwei junge, mit verspiegelten Sonnenbrillen maskierte Schwarze – wirkten über ihr Alter hinaus abgebrüht. Das waren keine Baseballprofis, die in ihre alte Gegend zurückkamen, um Neujahrswünsche zu überbringen. Sie waren hergekommen, um Tod zu bringen. Dieses andere, fremdartige San Francisco war kein Ort für mich, unbewaffnet und allein – nicht einmal am hellen Nachmittag.

Als ich zu Hause ankam, schien mir mein mit braunen Schindeln verkleidetes Cottage am hintersten Ende der Church Street noch um einiges einladender als sonst. Einer der Handwerker, die Anfang der Woche wegen der Kostenvoranschläge bei mir gewesen waren, kam mir auf den Stufen entgegen. Er sagte, er habe noch ein paar Dinge nachprüfen müssen, um mir einen Preis nennen zu können. Der Preis war akzeptabel, und da die anderen sich nicht einmal die Mühe gemacht hatten, anzurufen, sagte ich ihm, er solle einen Vertrag fertigmachen. Er sagte, er könne am folgenden Mittwoch anfangen. Als er gegangen war, verbummelte ich bis sechs die Zeit und rief dann im Café Comédie an.

Marc Emmons habe sich krank gemeldet, sagte mir Larkey. Ich wählte seine Privatnummer und hatte wieder nur den Anrufbeantworter dran. Nicht mein bester Tag, dachte ich, und auch nicht meine beste Nacht.

Bei meiner Rückkehr hatte das Videoband mit Fosters Geständnis in meinem Briefkasten gesteckt, aber Rae hatte keine Nachricht dazugelegt. Ich rief All Souls an und sprach mit Ted. Er sagte mir, Rae sei oben im Dachgeschoß beim Spachteln und Verlegen ihrer Rigipsplatten.

»Sie sagt, sie will bis morgen abend fertig sein, damit sie das neue Jahr in einem richtigen Zimmer beginnen kann.«

Das verstand ich, also sagte ich ihm, er solle sie nicht stören. Dann wanderte ich lustlos hin und her und dachte über Bobby Fosters Misere nach.

Die Todesstrafe war für mich ein unangenehm zwiespältiges Thema. Ich stimmte mit den üblichen Gegenargumenten überein: Eine abschreckende Wirkung war nicht erwiesen; sie wird diskriminierend gegen Arme und Angehörige von Minderheiten angewandt; nicht wenige waren Opfer von Fehlurteilen und wurden exekutiert; und entgegen der Behauptung der Befürworter waren die Hinrichtungsmethoden weder schmerzlos noch human.

Andrerseits rief der Anblick eines blutüberströmten zusammengebrochenen Opfers eines Gewaltverbrechens einen Ur-Zorn in mir hervor – eine atavistische Blutgier, die mich nach dem »Auge um Auge« rufen ließ. Ich war genügend reuelosen Mördern begegnet, um zu wissen, daß es welche gab, die nicht zu bessern waren, und schon gar nicht in einem so überlasteten Strafjustizsystem, wie wir es in Kalifornien haben. Ich muß gestehen, daß es Fälle gab, in denen ich dem Standpunkt »weg mit ihnen« beigepflichtet hätte.

Heute ist der Stand der Dinge, daß in Kalifornien seit 1967 keine Hinrichtung mehr stattgefunden hat. In dieser Zeit sind, meinen Klienten eingeschlossen, ungefähr dreihundert Menschen zum Tod in der Gaskammer verurteilt worden. In ein paar Jahren könnte die Wiedereinsetzung der Todesstrafe geradezu ein Blutbad auslösen. Dann hätten meiner Meinung nach die Unentschiedenen unter uns sehr bald genug von Vergeltung. In vernünftigen Momenten verabscheue ich jedes Töten, und so wußte ich, für welche Seite ich mich am Ende immer entscheiden würde.

Um von dem Thema wegzukommen, ging ich in die Küche und machte mir bei kleiner Hitze ein paar übriggebliebene Spaghetti warm. Dann gab ich dem Impuls nach, gegen den ich mich zu wehren versucht hatte, und sah mir das Video mit Fosters Geständnis noch einmal an. Es deprimierte mich so sehr, daß ich meine Notizen und alle Unterlagen zusammensuchte, die nicht bei Rae waren, und ging sie durch. Besondere Aufmerksamkeit widmete ich den verschiedenen Gelegenheiten, bei denen Tracy von Zeugen »gesehen« worden war, bevor der Wagen mit den Blutflecken aufgefunden wurde.

Wie üblich bei Fällen von Vermißten und Kidnapping wurden die Behörden von einer Flut von Aussagen überrollt – brauchbaren und unbrauchbaren Aussagen. Die meisten konnten leicht als falsch oder frei erfunden aussortiert werden, zwei Spuren dagegen waren immerhin so vielversprechend gewesen, daß verschiedene Ermittlungsinstanzen eine erhebliche Anzahl von Stunden darauf verwandt hatten.

Eine Frau aus dem Walnut-Creek hatte eine Person, die Tracy sehr ähnlich sah, nachts gegen halb eins gesehen. Das mußte der Tag nach dem gewesen sein, an dem sie zuletzt im Café Comédie gesehen wurde. Diese Person soll mit einem Wagen über die San Francisco-Oakland Bay Bridge gefahren sein. Der Informantin war sie deswegen aufgefallen, weil sie mit Tracy zusammen das Foothill College besucht hatte. Später hatte sie dann geheiratet und war in die Vorstadt im Contra Costa County gezogen. Allerdings konnte sie nichts genaues über Marke und Modell des Wagens sagen, auch hatte sie nicht bemerkt, ob Tracy allein war oder nicht. Die East-Bay-Behörden halfen bei der Suche, aber es fanden sich keine greifbaren Beweise dafür, daß Tracy sich wirklich dort aufgehalten hatte.

Eine andere Zeugenaussage bestätigte die Sache mit der Brücke. Ein Angestellter in einem rund um die Uhr geöffneten Supermarkt nahe der Interstate 80 außerhalb von Berkeley hatte Tracy beobachtet, wie sie gegen ein Uhr nachts eine Menge Lebensmittel eingekauft hatte. Zuerst hatte sie gefürchtet, nicht genug Bargeld bei sich zu haben, um sie zu bezahlen. Sie hatte gefragt, ob der Laden auch einen Reisescheck akzeptiere, den sie noch von einer kürzlichen Reise nach Hawaii bei sich hatte (Tracy hatte in jenem Jahr dort mit ihren Eltern die Weihnachtsferien verbracht). Während sie die Schecks in ihrer Tasche suchte, hatte der Angestellte sie gefragt, wo sie in Hawaii gewohnt habe. Unter den vielen Hotels dieser großen Insel hatte sie den Namen ausgerechnet desjenigen genannt, in dem die Kostakos eine Woche verbracht hatten. Dann stellte sie fest, daß sie doch genug Bargeld bei sich hatte, zahlte und ging. Zusammen mit der ersten Spur schien diese recht vielversprechend, doch die Suche im East-Bay-Bezirk wurde schließlich eingestellt.

Ich überflog die Notizen, die ich mir zu den beiden Zeugenaussagen gemacht hatte. Beide erschienen mir bedeutsam, aber ich hatte noch einige Fragen dazu, zum Beispiel, wessen Wagen Tracy damals gefahren hatte. Sie selber besaß keinen und fuhr auch nicht gern Auto. Ich nahm mir vor, selbst mit der Frau vom Walnut-Creek und dem Angestellten zu sprechen – in der

Hoffnung, beider Aufenthalt zu erfahren. Ich wollte sehen, ob sie noch mehr Details zu bieten hatten, was jedoch angesichts der inzwischen vergangenen Zeit eher unwahrscheinlich war.

Frustriert griff ich nach einem anderen Notizblock und stellte eine Liste von Punkten zusammen, die Rae am Montag erledigen sollte – oder eher am Dienstag, da der zweite Januar gesetzlicher Feiertag war.

1. Unseren Bankkontakt nach Kreditwürdigk. von T. fragen. Kontobeweg. auf Kreditkto. nach Verschw. prüfen. Falls wir direkten Kontakt zu ihrer Bank haben, Beweg. auf dort. Kten. prüfen.
2. Meinen Freund beim DMV (Straßenverkehrsamt), anr. & prüfen, ob Wagen auf T. eingetr.
3. Mrs. K. anr. & Namen v. T.'s Ärzten und Z.Ärzten erfragen. Nach ausgest. Rez. fragen.
4.

Ich hielt an, kaute am Bleistift. Warum, um alles in der Welt, tat ich das hier? Rae kannte sich aus mit diesen Zusatzrecherchen und hatte wahrscheinlich schon damit angefangen. Also würde ich ihr am Montag nur noch sagen müssen, daß sie sich auch noch nach Lisa McIntyre umschauen sollte.

Außerdem wußte ich, daß diese Recherchen keine weiteren Erkenntnisse über eine so kluge Frau wie Tracy zutage fördern würden. Wenn sie noch lebte und nicht gefunden werden wollte, dann würde sie auch nicht mehr ihren eigenen Namen benutzen. Sie wäre nicht so dumm, ihr Kredit- bzw. Girokonto zu benutzen. Sie hätte längst eine neue Identität angenommen. Ich würde Rae die Kontobewegungen prüfen lassen, denn das war immer vernünftig, aber ich war sicher, daß es Zeitverschwendung war.

Schließlich riß ich das Blatt mit der Liste vom Block, knüllte es zusammen und warf es auf den Boden. Einen Moment lang überlegte ich, ob ich mir das Notizbuch mit den Rollenentwürfen durchlesen sollte, das ich aus Tracys Zimmer hatte mitgehen lassen, aber ich beschloß, mir das für morgen aufzuheben. Sollte ich Marc Emmons immer noch nicht erreichen, dann hatte ich wenigstens etwas zu tun, bevor ich mich für die Silvester-Party feinmachen mußte.

Ich legte die Unterlagen und das Video zur Seite, stellte die Spaghetti auf den Tisch, setzte mich davor und schaltete ein Video mit *Airplane*! ein – meine verrückte Lieblingsfilmkomödie, die mich jedesmal in Stimmung brachte. Nach einer Weile setzte sich Watney, meine fette, alte, gefleckte Katze, auf meinen Schoß, und zusammen vertrieben wir uns ein paar weitere Stunden des schwindenden Jahres.

9

Das schäbige braune viktorianische Haus auf dem Hügel über der Mission Street war hell erleuchtet und wimmelte von Partygästen, als ich am Samstagabend dort ankam. Der Kronleuchter im Wohnzimmer und die Wandleuchten waren an, und ausnahmsweise brannten auch alle Birnen. Ein Feuer prasselte im Kamin. Amüsiert stellte ich fest, daß jemand die Tatsache, daß der Christbaum in der Fensternische die meisten Nadeln bereits abgeworfen hatte, damit zu verschleiern versucht hatte, daß er noch etwas mehr Lametta über seine Zweige drapierte. Aus dem großen Kaffeetisch war eine Bar geworden. Das Bowlengefäß enthielt sicherlich den Bourbon-Punsch, für den ich vor langer Zeit einmal das Rezept geliefert hatte. Und ich wußte: Wenn Hank daran mitgerührt hatte, würde er eine doppelt tödliche Wirkung haben – und der Kaffee in der Maschine in der Küche die doppelte Stärke.

Die Gästeschar war eine seltsame Mischung aus All Souls-Klienten, persönlichen Freunden der Belegschaft, Pfeilern des örtlichen liberalen Establishments und sogar vereinzelten Republikanern. Drüben am Kamin entdeckte ich Charlie Cornish, einen Antiquitäten- (besser: Ramsch-)Händler, der eine wichtige Rolle in meinem ersten größeren Fall für die Kanzlei gespielt hatte. Er hob sein Punschglas, um mir zuzutrinken, und winkte herüber. Am anderen Ende des Zimmers stand meine alte Freundin Claudia James, die für mich den Auftragsdienst gemacht hatte, bis sie mit der zunehmenden Popularität von Anrufbeantwortern bankrott ging. Heute abend sah sie aus wie das blühende Leben in ihrem gefärbten Wildleder-Outfit. Ich meinte gehört zu haben, daß sie jetzt etwas mit Computern zu tun hatte.

Ich eilte in mein Büro hinauf, warf Mantel und Tasche über den Stuhl, ging zum Spiegel im Flur und begutachtete mein Äußeres. Das Kleid war mein Weihnachtsgeschenk an mich selbst: rote Seide, lange Ärmel und tiefer Ausschnitt, mit einem leicht ausgestellten, unverschämt kurzen Rock. Das Haar hatte ich hochgesteckt, weil ich die Granatohrringe meiner Großmutter aus der Kassette befreit hatte, in der sie sonst versteckt lagen, und an den Füßen trug ich hochhackige schwarze Wildleder-Pumps. Alles in allem war ich damit ziemlich weit weg von meinem üblichen Pullover-und-Jeans-Image. So todschick, daß ich mir Hoffnungen machen konnte. Vielleicht gab es unten ja einen interessanten Mann – einen, der nichts mit Zen-Schießkunst oder der Gewöhnung an den Tod zu tun hatte. Meinen »Seelenverwandten«? Nun ja, zumindest jemanden, mit dem man sich in der Öffentlichkeit sehen lassen konnte.

Bevor ich mich unter die Gäste mischte, ging ich in die Küche, um zu sehen, ob ich bei den Speisen helfen konnte. Jack stellte gerade eine Platte mit Käse und Aufschnitt zusammen. Seine Augen leuchteten auf, glänzten, als er mich sah. Sein Blick wanderte von meinem Gesicht über den Ausschnitt zu meinen Beinen. Ich schenkte ihm ein, wie ich hoffte, schwesterliches Lächeln.

Auch Ted war in der Küche, holte neue Weingläser und untersuchte sie auf unsichtbare Flecken. »Toll, dein Kleid«, sagte er.

»Danke. Und wo ist deines?«

»Kam nicht rechtzeitig von der Änderung zurück.«

Ich tätschelte den Ärmel seines burgunderroten Smoking-Jacketts. »Das hier paßt auch besser zu dir.«

Ich suchte nach einem Brotmesser, um ein paar Scheiben Sauerteigbrot abzuschneiden. Dann sah ich Rae am Herd lehnen und mit einem rundlichen Mann sprechen, der soweit ich wußte, irgendeinen Posten im Büro des Bürgermeisters hatte. Sie hatte ihr Mode-Image heute abend aufgebessert mit einer Seidenbluse und einem schwarzen Rock mit roten Dingern, die wohl Kirschen darstellen sollten. Ich lächelte herzlich, während ich bemerkte, daß auf ihrer Bluse bereits ein Weinfleck war. Und ihre Schuhe – Pfennigabsätze und vorne offen; für mich sehen sie immer nach Flittchen aus – waren seit mindestens sieben Jahren aus der Mode. Als sie mich sah, winkte sie mich zu sich, und der Mann entschuldigte sich.

»Du siehst großartig aus!« sagte sie.

»Du auch.« Das stimmte auch – für ihre Verhältnisse. »Hast du dein Zimmer fertig?«

»So ungefähr. Es ist noch nicht gestrichen, und ich muß mir auch noch etwas zum Teppich und zur Tür einfallen lassen. Aber ich kann ab heute nacht schon dort schlafen.«

»Wie schön für dich.«

Hinter mir rief Jack nach jemandem, der mit dem Brot weitermachte. Rae ging zum Schneidebrett auf dem Unterschrank, und ich folgte ihr.

»Hör mal«, sagte sie, »deine Freundin vom Zentralen Verkehrsregister ist vor kurzem für ein paar Minuten hier vorbeigekommen. Sie mußte zu einer anderen Party und läßt dir sagen, es tut ihr leid, daß sie dich verpaßt hat. Aber sie hat die Kostakos-Daten vorbeigebracht, um die ich sie gebeten hatte. Sie liegen auf deinem Schreibtisch.«

»Du hast die Unterlagen schon?«

»Ich habe gestern mit den Recherchen angefangen. Es ging langsam, aber deine Freundin konnte die Dinge etwas beschleunigen.«

»Irgend etwas dabei?«

»Ich hatte noch keine Zeit, sie durchzusehen.«

»Gut, danke, daß es so schnell gegangen ist.« Ich hatte wirklich recht gehabt – Rae brauchte keine Liste. Sie entwickelte sich zu einer erstklassigen Assistentin. »Ich muß dich noch auf eine andere Fährte setzen, aber das machen wir am Montag. Falls du vorhast zu arbeiten – es ist ja Feiertag.«

»Ich würde so oder so arbeiten. Bis dahin habe ich in meinem Zimmer alles getan, was ich tun kann, bis ich wieder Geld habe.«

»Gut. Hast du heute abend schon Hank und Anne-Marie gesehen?«

Sie machte ein belustigtes Gesicht. »Hank ist im Büro.«

»Wo ist Anne-Marie?«

»Zu Hause.«

»Soso. Dann rede ich mal besser mit ihm.«

Aber als ich die Küche verließ, hörte ich draußen im Flur ein lautes »Hallo«. Ein großer, schlaksiger Mann in Levis, Lederweste und Cowboystiefeln kam auf mich zugestürmt, faßte mich um die Taille und schwenkte mich hoch in die Luft. Jack, der mir mit der kalten Platte gefolgt war, zeigte sich überrascht, dann verärgert.

Es war Willie Whelan, ein alter Klient. Willie hatte sich früher einmal als Hehler auf den Flohmärkten der Stadt betätigt, war aber inzwischen legal geworden, wie er es nannte. Er besaß jetzt eine Kette von Läden für preiswerten Schmuck, in denen man seine Juwelen auch zu Wucherzinsen beleihen lassen konnte. Er hatte sogar eigene Werbespots, und seit ein paar Jahren war ich es jetzt gewohnt, ihn in der Spätshow grinsend fragen zu sehen und zu hören: »Brauchen Sie Kredit? Kommen sie zu Willie's Jewelry Mart...«

Er setzte mich wieder ab, pflanzte mir einen dicken Kuß auf die Stirn und beugte sich zurück, um mich zu begutachten. Jack hatte einen finsteren Blick aufgesetzt und versuchte, an uns vorbeizusteuern, ohne Erfolg.

»McCone, Sie sehen toll aus!« rief Willie. »Himmel, wie lange ist das her – zwei Jahre? Drei? Hab Ihre Dienste nicht mehr gebraucht, seit ich legal bin.«

»Sie sehen auch toll aus. Aber von Ihnen habe ich kürzlich auch einiges gesehen.«

»Ja? Wie gefallen Ihnen die Werbespots? Clever, wie? Das lief so, daß mein Werbefritze eines Tages zu mir kommt und sagt: ›Willie, ich kann nicht mehr für dich tun als du selbst. Du bist die wandelnde Werbung für den Jewelry Mart‹ – damals hatte ich erst einen Laden –, ›und du solltest selbst im Fernsehen auftreten.‹ Also habe ich darüber nachgedacht. Dieser Kerl, dem das Diamond Center gehört, hat mächtigen Erfolg damit. Also sagte ich mir: ›Verdammt, probieren wir's.‹ Und es klappte, und inzwischen habe ich sieben Läden hier in der Bay Area.«

»Entschuldigen Sie«, sagte Jack wehmütig.

»Und wissen Sie, wie es funktioniert?« fuhr Willie fort. »Ehrlichkeit. Ich liebe meine Kunden, jeden einzelnen. Das kommt in den Spots heraus. Sie kommen rein, brauchen einen lausigen Kredit und kriegen keinen mehr, und ich helfe ihnen. Die Werbespots? Die schreibe ich mir selbst. Nicht so einen Scheiß wie diese politischen Redenschreiber. Ich sage einfach nur, was ich fühle, und schon kommt die Kundschaft angelaufen.« Er zwinkerte mir zu. »Und mit ihr das Geld.«

»Entschuldigen Sie«, sagte Jack noch einmal.

»Sagen Sie, wo kriegt man hier einen Drink?« fragte Willie.

»Vorne.« Ich zeigte in die Richtung.

»Ich glaube, ich schnappe mir mal einen. Wir setzen uns später zusammen und reden ein bißchen. Ich will alles wissen, was mit Ihnen zu tun hat.«

Als Willie den Flur zurückschlenderte, seufzte Jack erleichtert auf. Ich trat zur Seite, damit er mit der Platte vorbeikam, ging dann zu Hanks Büro und klopfte an die halb geschlossene Tür.

Hank saß vor seinem Schreibtisch mit Rollaufsatz, den Sessel nach hinten gekippt. Den Raum erhellte nur seine Lampe mit dem grünem Glasschirm. Hanks Mantel hing über dem Kopf einer ausgemergelten Indianerstatue, wie man sie aus Zigarrenläden kannte. Seit kurzem hatte er angefangen, sein Büro todschick aufzumöbeln, und hatte dazu den Schreibtisch und den Indianer gekauft. Das hätte auch ein gutes Zeichen dafür sein können, daß er weniger schlampig wurde und mehr Wert auf seine Umgebung legte, doch ich betrachtete es mit Besorgnis. Die Verschönerungen waren das Ergebnis der Tatsache, daß er jetzt mehr Zeit hier verbrachte als in der Wohnung, die er und Anne-Marie in Noe Valley besaßen. Auch verbrachte er mehr Zeit in der Remedy Lounge an der Mission Street, wo er flipperte und zu viel trank.

Jetzt sah ich die Scotch-Flasche auf dem Tisch und den glasigen Blick, den nicht einmal seine dicke Hornbrille verbergen konnte, und ich merkte, daß er ziemlich betrunken war. Ich trat ins Zimmer, schloß die Tür hinter mir und setzte mich in den Besuchersessel.

»Ein glückliches neues Jahr«, sagte Hank. Er zeigte auf die Flasche. »Einen Drink?«

»Du weißt, ich trinke keinen Scotch.«

Er zuckte mit den Schultern und goß sich selbst ein.

»Was machst du hier?« fragte ich. »Warum bist du nicht auf der Party?«

»Keine Lust. Wie geht es dir? Ich sehe dich kaum noch.«

Ich hatte schon die Antwort auf der Zunge, er könne mich ja auch kaum sehen, da ich nicht meine ganze Zeit im Remedy verbringe, aber ich hielt mich zurück. »Ich weiß. Wir müssen das ändern.«

»Woran arbeitest du gerade?«

»An der Foster-Sache, für Jack.«

»Jack ist ein guter Mann. Er hängt an dir, weißt du das?«

»Jack ist in einem Stadium, in dem er an jeder Frau hängt, die freundlich zu ihm ist.«

»Dir könnte Schlimmeres passieren. Mir ist Schlimmeres passiert.« Er unterbrach sich, um zu trinken. »Greg ist hier. Hast du ihn schon gesehen?«

»Noch nicht.«

»Er hat Schluß gemacht mit – wie hieß sie noch?«

»Das hat er mir gesagt.«

»Du hast dich mit ihm getroffen?«

»Ich treffe ihn ab und zu. Aber es gibt nichts zwischen –«

»Greg hängt an dir. Hat er immer getan.«

»Wenn man dich anhört, hängt alle Welt an mir.«

Er drohte mir mit dem Finger. Fast wäre dabei der Sessel hintenüber gekippt. Er richtete ihn mit übertriebener Würde wieder auf. »Du tätest gut daran, meinen Rat zu befolgen.«

»Wieso versuchst du dauernd, über mein Liebesleben zu bestimmen?«

»Irgendwer muß das ja machen. Du brauchst einen Mann mit Sch-..., mit Substanz. Solide, wie Greg oder Jack. Sieh dich nur mal an.«

»Was ist denn los mit mir?«

»Wenn das kein Kleid für den Männerfang ist, dann weiß ich es nicht.«

»Tatsächlich?«

»Wenn ich dich also nicht bei der Hand nehme und dir Bescheid scha... sage, dann fällst du noch mal auf so einen Gigolo wie diesen Diskjockey herein, den du gerade losgeworden bist. Gott weiß, was dir beim nächstenmal passiert. Wieder so ein Schlawiner, wahrschlch...«

Da war ich zu ihm gekommen, um mit ihm über seine kriselnde Ehe zu reden, und er hatte den Spieß umgedreht und zerpflückte jetzt meine romantischen Erlebnisse. »Der Gigolo liegt weit zurück. Das war zur High-School-Zeit. Hank, wo ist Anne-Marie?«

»Zu Hause. Scheiß drauf.«

Das schockierte mich so sehr, daß mir keine Antwort einfiel.

»Sie will zu Hause bleiben, sich mit den Ärschen von obendrüber amüsieren. Soll sie. Ich gehöre hierher. Mit meinen Freunden das neue Jahr feiern, wie immer. Also, scheiß drauf.«

»Ich sehe, ihr beide habt Probleme –«

»Probleme?« Er lachte bitter.

»Möchtest du darüber reden?«

»Nein.«

»Möchtest du nicht wenigstens rauskommen und an der Party teilnehmen?«

»Nein.«

»Hank –«

»*Du* gehst hinaus und machst bei der Party mit. Trampel auf Jacks Gefühlen herum. Stoß Greg vor den Kopf. Von mir aus such dir einen Gigolo, nimm ihn mit nach Hause und treib es mit ihm. Nur laß mich allein.«

Ich hatte längst gelernt, daß man mit einem Betrunkenen auf dem Kriegspfad nicht diskutieren soll. Ich ging.

Die Party war jetzt in vollem Gange. Stimmengewirr und Gelächter, Gläserklirren und das Klingeln von Eiswürfeln. Ich ging ins Wohnzimmer, holte mir ein Glas Punsch und sah mich nach Greg um. Er stand drüben am Christbaum und sprach mit einer großen Rothaarigen, der man ansah, wie gefangen sie von seinem graublonden guten Aussehen war. Ich spürte kurz Ärger in mir aufsteigen, doch der war sofort wieder verflogen, als er mich ansah, lächelte, sich entschuldigte und durch die Menge auf mich zusteuerte.

Er legte mir die Hand auf die Schulter und küßte mir die Wange. »Hi. Du siehst großartig aus.«

»Danke. Aber viele Leute haben das schon so verwundert ausgedrückt, daß ich langsam vermute, daß ich sonst schrecklich aussehe. Wie geht es dir?«

»Ganz gut. Überarbeitet, wie üblich. Ich mußte mir regelrecht Zeit herausschinden, um heute abend hierherzukommen.« Jemand rempelte ihn von hinten an, und sein Punsch schwappte gefährlich hoch. »Komm, wir gehen hinaus in den Flur, da ist es nicht so voll.«

Wir schoben uns durch die Menge, aber auch im Flur war alles voll. Greg zeigte auf die Treppe. Wir stiegen halb hinauf und setzten uns.

»Was gibt es Neues bei dir?« fragte er, als wir saßen.

»Nicht viel. Ich habe schließlich doch einen Kredit auf das Haus bekommen, und nächste Woche fangen sie mit dem neuen Schlafzimmer an.«

»Wurde auch Zeit. Was hast du als nächstes vor?«

»Im Moment nichts weiter.« Ich machte eine Pause und überlegte, wie ich die Sprache auf den Foster-Fall bringen konnte.

»Hast du jemanden?« fragte er.

»Nein. Du?«

»Nein.«

Es folgte ein unbehagliches Schweigen. Greg sah mich forschend an. Ich sah weg und beobachtete wie Willie Whelan Rae einen seiner Werbespots vorspielte. Sie lachte schallend. Ob die beiden – nein, das war eine zu unwahrscheinliche Kombination.

»Greg«, sagte ich.

Er zog hoffnungsvoll die dunklen Augenbrauen hoch.

»Greg, ich habe da eine Sache, bei der ich deine Hilfe brauche.«

Er zog die Augenbrauen zusammen. »Hm. Jetzt kommt's also.«

»Hör mich an. Du erinnerst dich an den Fall Bobby Foster?«

»...der Junge, der das Kostakos-Mädchen entführt und ermordet hat, stimmt's? Gallagher hatte die Ermittlungen geleitet.«

»Stimmt. Jack Stuart geht für ihn in die Berufung.«

»Und glaubt an dieses hirnrissige Gerücht, daß die Kostakos noch am Leben ist.«

»Ich glaube, es könnte etwas dran sein. Die Ermittlungsergebnisse waren ziemlich lückenhaft.«

»Sieh mal, Gallagher war zwar nicht einer der Schlauesten bei der Polizei, aber –«

»Ich würde wirklich gern einen Blick in die Akte werfen.«

»Warum mußt du mich eigentlich immer um solche Dinge bitten?«

»Es ist lange her, daß ich dich um einen Gefallen gebeten habe.«

Wieder dieser forschende Blick. »Womit willst du dich revanchieren?«

»Also, das nicht!« Die Worte waren heraus, bevor ich sie mir überlegen konnte.

Greg warf den Kopf zurück und lachte so laut, daß sich mehrere Leute nach uns umsahen.

Mein Gesicht wurde heiß. »Psst«, sagte ich und zupfte an seinem Ärmel. »Ich meinte nicht –«

»Du hast genau gemeint, was du gesagt hast, aber keine Sorge – das war gar nicht mein Hintergedanke. Obwohl ich dich warnen muß, ich habe uns beide noch nicht abgeschrieben.«

Zum erstenmal hatte er so etwas wie eine Andeutung gemacht, daß er es gern hätte, wenn wir wieder zusammen wären, und das hatte mich zum Schweigen gebracht.

Er fügte hinzu: »Du könntest mich aber zum Dinner einladen, nächste Woche. Komm morgen früh zu uns ins Präsidium. Ich habe Dienst, und es wird recht ruhig sein.«

»Danke. Ich weiß das wirklich zu schätzen.«

»Kein Problem. Wenn es wirklich Lücken in den Ermittlungen gibt, will ich das auch wissen.« Er stand auf und griff nach meinem Glas. »Ich hole uns noch etwas zu trinken.«

Auf halbem Weg zum Punsch wurde er aber von einer dieser Aktivistinnen beim Bürgerschutz abgefangen, und es würde lange dauern, bis sie alle ihre kritischen Anmerkungen zur Arbeit der Polizei angebracht hatte. Schließlich holte ich mir selber etwas zu trinken und wanderte herum, unterhielt mich mit Freunden und erneuerte alte Bekanntschaften. Und wartete darauf, daß wir alle gemeinsam das alte Jahr begruben und dann nach Hause gingen.

Die Party fing an, mich zu deprimieren. Jedesmal, wenn ich mich umdrehte, war Jack da, sah mich sehnsüchtig an und starrte auf meinen Busen. Hank tauchte nicht einmal aus seinem Büro auf, und ich fürchtete schon, er könnte drinnen umgekippt sein, wollte aber auch nicht den Eindruck erwecken, daß ich ihn kontrollierte. Gregs forschender Blick verfolgte mich durch den Raum, und ich hatte das Gefühl, er würde noch etwas unternehmen, bevor der Abend zu Ende war. Meine Traumvorstellung hatte sich nicht realisiert, und auf einen Gigolo war ich nicht gerade wild. Schließlich stahl ich mich – es war halb zwölf – davon, holte meinen Mantel von oben, steckte den Umschlag aus dem Zentralen Verkehrsregister in die Tasche und ging nach Hause, um für mich allein ins neue Jahr hinüberzugleiten.

Ich hatte eine Flasche Champagner auf Eis gelegt – wahrscheinlich in der unbewußten Annahme, ich würde die Party früh verlassen – und öffnete sie jetzt. Dann schaltete ich den Fernseher ein, um mir die Feier auf dem Times Square anzusehen. Selbst die wirkte deprimierend auf mich. Der große rote Apfel, den man dort vor einigen Jahren in einem unbedachten Ausbruch bürgerlichen Stolzes installiert hatte, war inzwischen wieder von der traditionellen goldenen Kugel abgelöst worden, an die ich mich aus meiner Kindheit erinnerte. Jetzt wirkte sie plötzlich protzig auf mich. Die betrunkenen Nachtschwärmer kamen mir blöd vor, und so spähte ich nach Taschendieben in der Menge. Es war wie eine Erlösung, als die Kugel endlich hinunterfiel und ich meinen einsamen Toast auf einen neuen Anfang ausbrachte.

Da läutete das Telefon.

Ich sah es an und fürchtete, es könnte Jack oder Greg oder sonst jemand sein, der wollte, daß ich zurück auf die Party käme. Oder ein weinerlicher, betrunkener Hank. Oder meine Mutter, die ich liebe, aber die ich nicht gerade jetzt sprechen wollte. Oder, am allerschlimmsten, falsch verbunden. Doch es konnte ja auch etwas Wichtiges sein, und deswegen hob ich beim vierten Läuten ab.

»Ein glückliches neues Jahr«, hörte ich George Kostakos sagen.

Ich spürte eine Wärme in mir aufsteigen. »Auch Ihnen ein glückliches neues Jahr.«

»Ich war mir nicht sicher, ob ich anrufen sollte, aber ich wollte diesen Augenblick mit jemandem teilen – und wer wäre dazu besser geeignet als jemand aus meiner Persönlichkeitsgruppe?«

»Ich freue mich, daß Sie angerufen haben. Ich könnte mir niemanden sonst vorstellen, mit dem ich diesen Augenblick jetzt teilen wollte.«

Wir unterhielten uns eine Weile über Silvesterabende – über gute und schlimme, über angenehme Überraschungen und über Enttäuschungen und Katastrophen. Wir hatten schon lange eingehängt, doch die Wärme spürte ich immer noch.

Ich goß mir den Rest Champagner ein und brachte noch einmal einen Toast auf einen neuen Anfang aus.

10

Auf dem Weg zum Justizgebäude am nächsten Morgen, dachte ich an Tracys Buch mit den Rollenskizzen. Ich hatte es einen Tag vor Beginn der Neujahrsfestivitäten gelesen. Es enthielt etwa fünfzig zwei oder drei Seiten lange Beschreibungen von Frauen in jugendlichem bis mittlerem Alter. Es waren weniger physische als psychologische Skizzen, in denen sich die Art Einsicht widerspiegelte, wie sie ihr Vater besaß. Ihre Ausdrucksweise brachte mich auf den Gedanken, daß sie wohl Schriftstellerin geworden wäre, wäre sie nicht zur Comedy gegangen. Vor allem interessierte mich die erste Eintragung, denn nachdem ich Tracys Zimmer gesehen hatte, vermutete ich, daß sie sich darin selbst beschrieben hatte.

Unter anderem hieß es dort: *Beschreibung des Äußeren unnötig. Sie ist überaus durchschnittlich, fast nichtssagend. Hervorstechend ist ihre Gier – nach materiellen Dingen, nach dem Leben als solchem. Woher diese dürftige Ausstattung? Leicht, ihrer Familie die Schuld zu geben. Die Mutter war kalt. Sie hat sie nie in den Arm genommen. Sie wollte ihre Mentorin sein. Aber in einer Familie braucht man keinen Mentor. Das Mädchen brauchte eine Mutter. Der geliebte Vater mit all seinem akademischen Wissen war nur wenig besser. Unbestimmt, freundlich – abwesend. Manchmal dachte sie, er wäre nur zur Hälfte existent.*

Als ich die anderen Skizzen las, wurde mir klar, daß Tracy eine ganze Anzahl ihrer Rollen auf bestimmte Personen fixiert hatte. Wenn sie ihnen auch erfundene Namen gegeben hatte, erkannte ich doch in zwei Fällen aus den wenigen physischen Details Personen, die ich kürzlich kennengelernt hatte: Kathy Soriano, die Frau von Larkeys Partner, und Amy Barbour.

Die interessanteste Passage über Kathy las sich so: *Der Garden Club ist nichts für sie, auch keine Ehrenämter und das Küßchen hier und Küßchen da beim Lunch und bei der Modenschau. Sie zieht es vor, über den Randzonen der Macht zu schweben, eine Art höherer Laufbursche im Dienste jener, die die Macht innehaben. Sie selbst aber verfügt über keinerlei Macht. Die gehört dem Ehemann, dem Mann mit der stahlgefaßten Brille und dem stahlharten Blick. Er ködert sie mit seinen sanften Manieren und sieht amüsiert zu, wie sie auf jedes Fingerschnippen angesprungen kommt, bleibt selber aber auf Distanz. Sie weiß das alles, duldet es und revanchiert sich ein wenig durch schmutzige kleine Affären, die einen Mann verletzen sollen, der unverletzbar ist. Eine Bindung, die sie immer im Kreis laufen läßt, denn nie wird er ihr Macht über ihn zugestehen – und das ist es, was sie sich am heftigsten wünscht.*

Neben die Eintragung hatte Tracy mit andersfarbiger Tinte geschrieben: *Unbrauchbar. Zu hart, und wahrscheinlich erkennt sie sich darin wieder.*

Die Skizze über Amy war freundlicher, gütiger, aber zum größten Teil immer noch verdammend: *Sie ist ein armes Ding, klammert sich an jede aktuelle Verrücktheit, hofft verzweifelt, sich durch Äußerlichkeiten zu definieren. Die hartgesottene Fassade weicht schnell der Wut, die Wut der Angst, und dann folgen Tränen. Ein Bündel von Zorn, verachtet sie jeden, der sich anbietet, dafür, was ihre Eltern ihr angetan haben, aber in Wirklichkeit verachtet sie sich selbst, weil sie glaubt, sie hat es verdient, daß man sie vernachlässigt hat. Sie glaubt, wenn sie jemanden findet, den sie liebt, dann gehört sie ihm. Eine Unmöglichkeit, denn sie kann nicht einmal sich selbst lieben.*

Die Eintragung hatte Tracy dünn mit einem X durchgestrichen.

Auf den folgenden Seiten des Notizbuchs wurden die Skizzen kürzer und sogar noch böser als die über Kathy Soriano, so als sei Tracy die unfähig geworden, bei ihren Mitmenschen auch Humor zu entdecken. Etwa die letzten fünf hatten nicht einmal mehr fiktive Namen. Die letzte bestand aus nur einem Absatz.

Sie hat es sich zur Gewohnheit gemacht, jedes Gefühl, auch das eigene, zu ihrem Vorteil einzusetzen. Alles ist nützlich. Sie schläft mit diesem und jenem nur um der fremdartigen Erfahrung willen. Mit dem nächsten schläft sie dann wieder, weil er einflußreich ist, und jedesmal beteuert sie, es sei Liebe. Doch wenn sie ihn tatsächlich liebte, sollte sie nicht etwas tun, um ihn zu beschützen? Ihre Unfähigkeit, zu handeln, ist eine Art Lähmung.

Während mir diese Notizen durch den Kopf gingen, fiel mir Laura Kostakos ein, die behauptet hatte, ihre Tochter sei kurz vor ihrem Verschwinden außer sich und desillusioniert gewesen. Wenn ihr Eindruck richtig war – und ich hatte keinen Grund, daran zu zweifeln –, dann war das wohl die Ursache für die Apathie und das Desinteresse, die sich auf diesen letzten Seiten ihres Notizbuchs zeigten.

Ich fand einen Parkplatz direkt vor dem Justizgebäude an der Bryant Street und eilte hinein. Normalerweise geht es dort laut und geschäftig zu, doch an diesem Freitag ohne Gerichtsverhandlungen, an dem nur wenige Büros schwach besetzt waren, erschien es seltsam ruhig. Ich fand Greg oben in seinem Kämmerchen. Er sah mich vergnügt an. Vielleicht hatte er sich mit der großen, ihn anhimmelnden Rothaarigen zusammengetan, nachdem sie die Party verlassen hatten. Doch wie dem auch sein mochte, heute morgen gab er sich geschäftlich, und nach einem eingehenden Verhör, wohin ich gestern abend verschwunden sei, setzte er mich an einen Schreibtisch in einer Ecke auf dem Gang, der überquoll von den Ermittlungsakten zum Fall Foster / Kostakos.

Ich wühlte mich mehr als drei Stunden lang durch das Material, obwohl mir vieles davon bereits aus den Akten bekannt war, die Fosters Pflichtverteidiger Jack überlassen hatte. Ein paar Einzelheiten fielen mir auf, die ich vorher übersehen hatte: Tracys Kleidung, die sie trug, als sie zuletzt gesehen wurde (ein rotes Alpaka-Cape, Jeans und zum Cape passende rote Gummistiefel); die Zulassungsnummer des blauen Volvo, der vom Clubparkplatz gestohlen worden war und später verlassen in den Santa Cruz Mountains gefunden wurde (Halter: Atlas Development Corporation); Zeugenaussagen, nach denen ihre Vorstellung an diesem letzten Abend abgebrochen worden war und daß Tracy kurz vor Verlassen des Clubs telefoniert hatte.

Den Stapel mit Ben Gallaghers hingekritzelten Notizen hatte ich mir für zuletzt aufbewahrt. Ich ging sie schnell durch und fand die meisten unwichtig. Dennoch gab es ein Blatt, das mich interessierte: Notizen über eine telefonische Anfrage beim Zentralen Verkehrsregister. Tracy hatte offensichtlich ein Strafmandat wegen rücksichtslosen Fahrens bekommen (Linksabbiegen unter Mißachtung des Gegenverkehrs). Das war zwei Tage vor ihrem Verschwinden in Napa County gewesen.

Was hatte sie da oben gemacht? fragte ich mich. Und mit wessen Wagen, nachdem sie selbst ja keinen besaß? Ich sah mir die Notizen genauer an und bemühte mich, das Gekritzel zu entziffern. Plötzlich fiel mir der Umschlag von meiner Freundin vom ZVR wieder ein, den ich in meine Tasche gesteckt hatte, als ich am Abend zuvor All Souls verließ. Ich zog ihn heraus und fand darin einen Computer-Ausdruck von Tracys Eintragungen. Das Datum der letzten Eintragung war hier jedoch ein anderes.

Nach Gallaghers Notizen war das Strafmandat vom elften Februar um zehn nach zwei morgens. In dem Ausdruck stand der dreizehnte. Wenn der Ausdruck korrekt war, war Tracy gute vier Stunden, *nachdem* ihr Streit mit Bobby Foster vor dem Café Comédie beobachtet worden war, in Napa County gewesen. Und etwa fünfzehn Minuten, nachdem Foster nach Aussage seiner Kollegen zum Club zurückgekehrt war.

Ich hob Gallaghers Notizen ans Licht und sah mir das Datum genau an. Die zitterige »1« konnte durchaus auch »3« sein. Die Bedeutung des Datums war Ben möglicherweise gar nicht aufgegangen, als er es notiert hatte. Vielleicht war er auch unterbrochen worden und erst eine ganze Weile später wieder zu seinen Notizen zurückgekehrt. Und da hatte er dann nur noch eine »11« gelesen, zwei Tage zu früh, um irgendeine Bedeutung für das Verschwinden zu haben.

Als »Tatort« war Cuttings Wharf Road am Highway 121 in Napa County angegeben. Ich hatte keine Ahnung, wo das war, aber es mußte mindestens eine Stunde außerhalb der Stadt sein. Der Wagen, den Tracy gefahren hatte, war ein Volvo gewesen, seine Zulassungsnummer –

Ich warf einen Blick auf die Angaben, die ich mir zu dem gestohlenen Wagen kopiert hatte, dessen Halter die Atlas Developing Corporation war. Das Nummernschild war das gleiche.

Es gab keine schriftliche Bestätigung vom ZVR für Gallaghers Anfrage, aber das überraschte mich nicht. Vielleicht war sie gar nicht abgeschickt worden, oder sie war als ein Stück Papier von vielen in diesem Wust verloren gegangen.

Ein Stück Papier, das Bobby Fosters Geständnis ungültig gemacht hätte. Ein Stück Papier, dessen Nichtvorhandensein ihn zum Tode verurteilt hatte.

Ich starrte einen Augenblick auf Gallaghers Notizen. Obwohl ich mich selbst ermahnte, meine euphorischen Gefühle zu zügeln, stieg ein gewisser Optimismus in mir auf. Es war der erste Durchbruch – und kein kleiner dazu – in einem Fall, den ich anfangs für unlösbar gehalten hatte. Ich überprüfte noch einmal Datum und Uhrzeit des Strafmandats und stand dann auf und ging zur Tür von Gregs Kämmerchen. »Kannst du einen Moment mal herschauen?« fragte ich.

Da es Neujahr war und auch der nächste Tag ein Feiertag, konnte Greg nicht viel unternehmen, um diesem Widerspruch nachzugehen. Er wollte gleich am Dienstag Datum und Uhrzeit sowie die Zulassungsnummer des Fahrzeugs beim Zentralen Verkehrsregister überprüfen lassen. Außerdem wollte er sich mit der Highway-Patrouille in Verbindung setzen, um zu erfragen, ob der Beamte, der das Mandat ausgestellt hatte, sich noch an Einzelheiten jenes Vorfalls erinnerte. Aber er warnte mich, weil er das für ziemlich unwahrscheinlich hielt. Polizisten teilen so viele Strafzettel aus, daß sie sich einfach nicht an einen bestimmten Fall erinnern können, der so lange zurückliegt – es sei denn, es hätte sich dabei um besonders ungewöhnliche Umstände gehandelt. Dennoch ließ ich mich nicht entmutigen.

Ich verließ das Justizgebäude, kletterte in meinen MG, holte den Stapel Straßenkarten aus dem Seitenfach und fand eine Karte von Napa County. Die Cuttings Wharf Road verlief südlich des Highway 121, kurz hinter der Abzweigung vom Highway 29, dem Hauptzugang zur Stadt Napa und zu dem Weinbaugebiet nördlich davon. Über die schmalere Straße gelangte man scheinbar zum Napa River. Um dorthin zu kommen, nahm ich die Bay Bridge…

Einen knappen Block vom Justizgebäude entfernt gab es eine Auffahrt auf den Freeway I-80 und die Brücke. Ich fuhr zur Fifth Street und fädelte mich in den leichten Verkehr Richtung Osten ein.

Auf der anderen Seite der Bucht führte mich der Freeway an Berkeley vorbei, wo ich vier Jahre lang gelebt hatte. Jetzt kam ich nur noch selten dorthin. Hinter Richmond wurde die Landschaft sanft hügelig. Als ich mich dem Carquinez Strait näherte, waren die Hügel mit pastellfarben gestrichenen Öllagertanks gesprenkelt, und an der Küste der San Pablo Bay machten sich qualmende Raffinerien breit. Die nächste Brücke führte über den Strait, und bei Vallejo – einer langweiligen Stadt, in der nur die Mare-Island-Naval-Werft und die Marine World/Africa U.S.A. erwähnenswert sind – wechselte ich auf den Highway 29. Hier herrschte noch weniger Verkehr. Wegen des Feiertags waren die Geschäfte an der Straße geschlossen. Nach ungefähr zehn Meilen zweigte der Highway 121 nach Nordosten ab in Richtung Lake Berryessa. Ich blieb auf der Hauptstraße, überquerte den Fluß auf einer Brücke mit hohen Bögen und fuhr auf dem anderen Zweig des 121 weiter in Richtung Sonoma.

Nach einer knappen Meile erreichte ich die Cuttings Wharf Road. Ein Schild zeigte an, daß die Straße ins Napa-River-Erholungsgebiet führte. Es gab eine Wendespur, über die Tracy wohl zu ihrem gefährlichen Links-Abbiege-Manöver unter Mißachtung des Gegenverkehrs angesetzt und damit die Aufmerksamkeit der Highway-Patrouille auf sich gezogen hatte. Der Beamte war ihr sofort auf die Cuttings Wharf Road gefolgt und hatte sie dort gestoppt, vielleicht hier, vor den kleinen Häusern, oder drüben bei dem Hochspannungsmast.

Das Gebiet bestand größtenteils aus Weinbergen. Die knorrigen, schwarzen Rebstöcke waren noch kahl. Als Windschutz säumten Eukalyptusbäume die Straße. Ich fuhr langsam, sah mir die Namen auf den Briefkästen an und suchte nach einem Hinweis darauf, was Tracy wohl in den toten Morgenstunden eines Februartages hier zu tun gehabt hatte. An einer Straßengabelung zögerte ich und nahm dann die Abzweigung zu den öffentlichen Angelplätzen.

Dort unten gab es weitere Weinberge und eine Baumschule

für Weihnachtsbäume, außerdem ein paar Landhäuser, die im Winter unbewohnt schienen. Zur Rechten erstreckte sich ein großer Boots- und Jachthafen, wo auch Läden für Lebensmittel, Köder und Bier warben. Dahinter lag ein fast leerer Parkplatz.

Ich fuhr bis ans Wasser, hielt an und stieg aus dem Wagen. An dieser Stelle war der Fluß vielleicht hundert Meter breit. Am steinigen Ufer wuchsen Binsen. Ein paar einsame Fischer hockten in schweren Parkas neben ihren Ruten am Kai. Keiner würdigte mich eines Blickes. Ich blieb ein paar Minuten stehen und lauschte dem Plätschern der Strömung. In der Ferne ballten sich schwarze Regenwolken über den Hügeln zusammen. Etwas näher erkannte ich die hochragenden Aufbauten einer Zugbrücke. Ihr stählernes Grau bildete eine dunklere Abstufung zum grauen Himmel. Schließlich ging ich zum Auto zurück. Hier gab es nichts für mich und niemanden, den ich fragen könnte. Sogar der Laden für Anglerbedarf unten am Ufer – er hieß, wie das Leben so spielt, »Zum glücklichen Haken« – war wegen des Feiertags geschlossen.

Ich fuhr den Weg zurück, den ich gekommen war und nahm die andere Abzweigung – eine kurvige Straße, die durch Weingärten und an kleinen Höfen vorbeiführte. Das Land war hier flacher, die umwölkten Hügel viele Meilen entfernt. Ich begegnete nicht einem Auto, und die einzigen Anzeichen dafür, daß hier Menschen lebten, waren die Fahrzeuge, die in den Auffahrten parkten, und hin und wieder aufsteigende Rauchfetzen aus den Kaminen der Höfe.

Die Straße beschrieb eine scharfe Kurve auf die Zugbrücke zu, die ich schon vorher entdeckt hatte. Nur die linke Straßenseite war hier bebaut: Eine Reihe stabiler Häuser stand auf schmalen Grundstücken nahe an der Fahrbahn. Ihre Rückseite ging auf den Fluß. Auf der rechten Seite lag ein Stück Flachland. Die Schilder darauf verkündeten, daß es zu einem Salzbergwerk gehörte. Es wurde von einem Bahngleis und der Straße zur Zugbrücke durchschnitten. Fast im Schatten des großen Förderturms holperte ich auf der Vorfahrtstraße weiter.

Weitere Häuser duckten sich ans Flußufer, die einen größer, die anderen nur kleine Cottages. Jetzt entdeckte ich ein paar Menschen in den kleinen Höfen hinter den Häusern, und vereinzelte Jogger liefen die Fahrbahn entlang. Ich fuhr langsamer, sah mir wieder die Briefkästen an und suchte nach... ja, wonach eigentlich? Ich wußte es nicht genau.

Nach ungefähr einer Meile wuchsen die Abstände zwischen den Häusern. Dafür war die Straße jetzt enger und voll von Schlaglöchern. Es folgten mehrere unbebaute Grundstücke, auf denen Gestrüpp und Eiskraut wucherten und die zum Fluß hin einen Schutzwall bildeten. Dahinter standen drei weitere Häuser in großem Abstand voneinander. Die Straße endete in einem Wendekreis. Vor dem ersten verlangsamte ich das Tempo. Ein hoher, von Weinranken bewachsener Holzzaun schützte das Haus vor Einblicken. Am schiefen Eingangstor stand auf einem verwitterten Schild BARBOUR.

Mir stockte der Atem, und ich trat so heftig auf die Bremse, daß ich fast den Motor meines MG abwürgte. Das ist ein Name mit einer ungewöhnlichen Schreibweise, dachte ich. Unwahrscheinlich, daß das ein Zufall war.

Ich stellte den MG neben dem Zaun ab und ging zum Tor. Es war mit einem Vorhängeschloß gesichert. Doch die Scharniere auf einer Seite hatten sich gelockert, und so war eine Öffnung entstanden, durch die ich mich hindurchwinden konnte. Drinnen führte ein ausgefahrener Weg durch ein Dickicht von Feuerdorn zum Haus. Ich folgte ihm und schob die beerenbeladenen Zweige beiseite.

Das Cottage mit seiner windschiefen Veranda und der ebenso windschiefen Dachrinne war mit verwitterten Schindeln verkleidet. Alle Fensterläden waren geschlossen. Links stand eine verfallene Garage, deren Doppeltor ebenfalls mit einem Vorhängeschloß gesichert war. Ein alter Apfelbaum streckte seine Äste über das Verandadach. Auf dem Weg zum Cottage stieg mir der säuerliche Geruch vom Fallobst vieler Jahre in die Nase.

Die Holzstufen knarrten, als ich sie hinaufstieg. In den Ecken der Veranda standen eine kunterbunte Sammlung von Möbeln aus Weidengeflecht und ein angerosteter altmodischer Schaukelstuhl herum. Ganz sicher hatte seit vielen Jahrene niemand mehr in ihm gesessen. Ich drehte am Türknopf. Geschlossen. Dann probierte ich es an den Fensterläden. Sie waren gesichert. Ich ging die Stufen wieder hinunter und zur Garage.

Das Vorhängeschloß hielt die Torflügel fest zusammen, aber es gab ein Seitenfenster, vor dem kein Laden war. Ich ging hin, wischte den Schmutz von einem Teil der Scheibe ab und sah hinein. Nichts außer einem Wandregal mit Blumentöpfen, einer verrosteten Gießkanne und einer Sammlung verschiedener Gartengeräte.

Ich ging um das Haus herum in der Hoffnung, ein weiteres ungesichertes Fenster zu finden, aber ohne Erfolg. Hinter dem Haus stand eine Reihe Pfefferbäume, die den Blick auf den Fluß verstellten. Ich ging zwischen ihnen hindurch und kletterte auf den Damm. Dahinter fiel das Ufer zu einer verfallenen Anlegestelle ab. Das Wrack eines Fischerboots lag ungefähr zwanzig Meter von der Uferlinie entfernt gestrandet auf der Seite. Über ihm die hängenden Zweige einer Weide. Ein flacharmiger Kaktus hatte sich über sein Dollbord gebreitet. Das Dollbord war einmal blau gestrichen, der Rest des Bootes weiß, doch jetzt waren die Farben verblaßt und mit Rostflecken übersät. Die Seitenwände des hohen Ruderhauses waren eingedrückt.

Der Fluß war hier breiter als am öffentlichen Angelplatz. Das graue Wasser kräuselte sich leicht und glänzte matt. Links sah ich die Anlegeplätze der Häuser, an denen ich vorher vorbeigekommen war. An vielen waren Motor- und Segelboote festgemacht, selbst zu dieser Jahreszeit. Zu meiner Rechten zog der Fluß in Richtung San Pablo Bay. Die Brücke, über die ich gekommen war, spannte sich mit Schwung und Grazie darüber. Ein paar Motorboote tummelten sich in der Fahrrinne.

Der Wind blies hier kalt und stetig. Ich fröstelte, vergrub die Hände in den Taschen und begab mich in den Schutz der Weide. Dort lehnte ich mich an den zersplitterten Bug des Bootes. Ich schlug den Kragen hoch und dachte: *Warum?*

Ich hatte das ganz sichere Gefühl, daß dieses verlassene Cottage in jener Winternacht Tracys Ziel gewesen war. Die Barbours, denen das hier gehörte, mußten in irgendeiner Verbindung zu ihrer Wohnungsgenossin Amy stehen. Anders wäre es ein zu großer Zufall gewesen. Und noch ein Zufall, daß sie das Strafmandat genau am Anfang der Straße kassiert hatte, die hier in einer Sackgasse endete. Erwischt in einem gestohlenen Wagen, dessen Diebstahl dem Zentralcomputer noch nicht eingegeben worden war, als die Highway-Patrouille sie stoppte.

Ein Wagen, der vom Parkplatz des Café Comédie gestohlen worden war, wo sie gearbeitet und Zugang zu den Autoschlüsseln gehabt hatte.

Aber warum einen Wagen *stehlen*? Warum nicht einen leihen? Oder mieten? Und was hatte jemand, der Autofahren so wenig mochte wie Tracy – so wenig, daß sie keinen eigenen Wagen haben wollte –, mitten in einer regnerischen Nacht auf dunklen Landstraßen zu suchen? Warum, um alles in der Welt, war sie hierhergekommen?

Und wohin war sie anschließend gefahren?

Der Wind hatte weiter aufgefrischt. Die Sturmwolken waren von den Hügeln herunter über die Bucht gezogen. Ich sah auf meine Uhr. Erst zehn vor drei. Wegen des aufziehenden Sturms schien es schon später zu sein. Sonst war hier nichts mehr zu sehen. Es wäre wohl besser, zu meinem Wagen zurückzugehen –

Aber es gab doch noch etwas zu sehen. Drüben auf der Seite, am Rande meines Gesichtsfeldes. Eine Bewegung. Etwas, das im Wind wehte.

Es war ein langes Stück Garn. Nein, ein Stück Stoff, das offenbar irgendwo abgerissen war. Wolle. Früher wahrscheinlich mal rot, jetzt zu rosa verblaßt.

Ich krabbelte auf das Boot und griff danach. Es war tatsächlich Wolle und klemmte fest zwischen den Splittern eines zerborstenen Bretts am Ruderhaus. Ich zog es mühsam heraus und sah in das stark auf der Seite liegende Ruderhaus hinein. Ich spürte ein unangenehmes Rieseln im Rücken, griff nach der Lampe in meiner Tasche und leuchtete durch die Öffnung.

Nichts außer geborstenen Planken. Und ein Lukendeckel, der dort nicht hingehörte...

Ich ließ mich durch die enge Öffnung hinab und versuchte, den Deckel zu verschieben. Er ließ sich nur ein paar Zentimeter bewegen. Ich stellte die Taschenlampe ab und zog. Der Deckel ließ sich unerwartet leicht hochnehmen, so daß ich die Balance verlor. Ich ließ ihn wieder fallen und suchte Halt. Dann nahm ich wieder die Taschenlampe und leuchtete jetzt in ein großes Loch im Oberdeck.

Als erstes sah ich die hervorstehenden Spanten des Bootskörpers. Die Luft dort war feucht und dumpfig. Ich ließ den

Lichtstrahl nach unten wandern, dorthin, wo die Spanten am Kiel ein V bildeten.

Dort lag sie. Das, was von ihr noch übrig war.

Nur noch die Knochen, und in denen schien noch Kleingetier gewühlt zu haben. Das Cape aus Alpakawolle und die Jeans waren größtenteils verrottet, doch von den roten Gummistiefeln war das meiste noch erhalten. Sie waren ausgebleicht und durchlöchert wie Schweizer Käse. Ich zog mich zurück, packte den Lukendeckel und schloß die Augen vor dem Anblick.

Doch noch in der Schwärze hinter meinen geschlossenen Lidern sah ich das Bild ihres mitleiderregenden Skeletts.

Arme komische Lady – das ganze Talent und die Fähigkeit, andere zum Lachen zu bringen, reduziert auf ein paar Knochenreste und Stoffetzen. Irgendwie entwürdigend, daß die roten Gummistiefel ein menschliches Wesen überdauern konnten.

Ich öffnete die Augen und spürte, wie sie sich mit Tränen füllten. Dann griff ich nach der Taschenlampe und kroch wieder aus dem Ruderhaus nach oben. Ich sprang auf die Erde zurück und sog in kräftigen Zügen die frische Ozonluft ein. Die Knie zitterten mir, aber ich wollte mich nicht an das Wrack lehnen, das Tracy als Sarg gedient hatte.

Die Hochstimmung, die mir auf der Hinfahrt Auftrieb gegeben hatte, war nun einer zutiefst bedrückten Stimmung gewichen. Ich hatte gefunden, wonach ich gesucht hatte – einen zweifelsfreien Beweis, daß Bobby Fosters Geständnis falsch war –, doch eine völlig neue Untersuchung, die daraufhin in Gang gesetzt würde, konnte genausogut wieder geradewegs zu meinem Klienten zurückführen. Die Polizei konnte behaupten, er habe das Geständnis in der Erwartung erfunden, daß man es ihm nicht glaube, ein Verdunkelungsmanöver also, um zu vermeiden, daß herauskam, was er tatsächlich getan hatte. Angesichts dessen, was von ihr noch übrig war, ließ sich der genaue Zeitpunkt ihres Todes sicher nicht mehr feststellen. Selbst wenn Bobby zu der Zeit, als Tracy ihr Strafmandat bekam, im Club war, konnte man argumentieren, daß er eben zu einem anderen Zeitpunkt vorbeigekommen sei, sie dann getötet und anschließend den Wagen weiter südlich in die Schlucht gefahren habe, um die Ermittler in die Irre zu führen.

Doch was immer passiert war, eines stand fest: Sie war seit zwei Jahren tot. Wahrscheinlich seit den frühen Morgenstunden jenes Februartages. Und diese ganze Zeit über hatten Menschen sie geliebt, auf sie gewartet, gehofft und gelitten...

Und dann fiel mir George ein.

Was hatte er zu mir gesagt?

Bitte, Sharon, finden Sie Tracy nicht lebend. Und wenn doch, bringen Sie sie mir nicht zurück.

Das konnte ich nun auch nicht. Doch ich bezweifelte, daß das seinen Schmerz lindern würde. Was er vor zwei Tagen noch für unerträglich gehalten hatte, das würde ihm nun wohl unendlich viel erträglicher erscheinen als die Tatsache, daß seine Tochter fast zwei Jahre lang in diesem Behelfsgrab gelegen hatte. Und was er für erträglich gehalten hatte, würde ihm nun unerträglich scheinen.

Sosehr es mich auch schreckte, war mir doch klar, daß ich es sein mußte, die ihm die Nachricht überbrachte.

11

Als ich kurz nach acht Uhr abends vor Georges Luxusschuppen ankam, waren alle Fenster dunkel. Nur in dem maurischen Torbogen des Eingangs brannte ein Licht. An der Tür klebte ein Zettel und flatterte im kalten Wind. Ich lief hin, um ihn zu lesen.

Ich war müde und gereizt nach einem zweistündigen Aufenthalt im Büro des Sheriffs von Napa County. Wegen des Feiertags war es unterbesetzt, und entsprechend lange hatte es gedauert, bis die Polizei auf meinen Anruf von einem Nachbar-Cottage aus am Ort des Geschehens erschien. Der Polizeiarzt und seine Leute ließen noch länger auf sich warten, außerdem bchinderte der Regen ihre Arbeit. Die Ermittlungen leitete ein Mann namens Stan Gurski, der aussah wie ein ehemaliger Hinterfeldspieler und so sanft sprach wie ein Priester. Er befragte mich eingehend über meinen Fall. Er sagte, er würde sich anschließend mit Tracys Eltern in Verbindung setzen und ihnen die Nachricht überbringen. Auch wollte er sie nach Tracys

Zahnarzt fragen, um sie an Hand des Gebißstatus identifizieren zu können. Ich erklärte ihm, ihre Mutter sei in einem schlechten Gemütszustand und sollte nicht von einem Fremden unterrichtet werden. Ich fügte hinzu, ich würde gern ihrem Vater die Nachricht überbringen, da ich ihn kenne und ihm wenigstens das schuldig war.

Gurski war einverstanden, also rief ich George an und erzählte ihm, wie ich sie gefunden hatte. Er war sehr erschüttert, hatte sich aber unter Kontrolle. Als ich ihn nach zahnärztlichen Unterlagen fragte, sagte er, er wisse nicht, zu wem Tracy in den letzten Jahren gegangen sei. Der Familienzahnarzt sei kurz nach ihrem Umzug nach San Francisco gestorben. Dann erinnerte ich mich, daß Jay Larkey seinen Angestellten in der Potrero Clinic volle medizinische und zahnmedizinische Versorgung anbot. Auch George erinnerte sich daran und bat mich, dem Sheriff zu sagen, er solle sich mit der Klinik in Verbindung setzen.

Er schwieg lange, bevor er hinzufügte: »Würden Sie wohl bitte bei mir vorbeikommen, wenn Sie da drüben in Napa fertig sind?«

Ich brauchte nicht zu fragen, warum. Ich sagte einfach ja.

Ich hängte ein, nannte Gurski die Klinik und bot ihm an, Jay Larkey anzurufen, um die Herausgabe der Unterlagen zu beschleunigen. Den Clubbesitzer zu erreichen, erwies sich jedoch als gar nicht so einfach. Das Café Comédie war geschlossen, und bei Larkey zu Hause ging niemand ans Telefon. Schließlich fielen mir die Sorianos ein. Vielleicht wußten sie, wo er steckte. Gurski bekam ihre Geheimnummer im wohlhabenden Vorort Tiburon im angrenzenden Marin County und ließ wieder mich das Gespräch führen. Ich sprach mit Kathy und erklärte ihr kurz, daß Tracys Leiche gefunden worden war. Sie zeigte keine Regung und sagte nur, sie und Rob hätten keine Ahnung, wo Jay sein könnte, sie würden ihm aber sagen, er solle sich bei der Polizei von Napa melden, wenn er auftauchte.

»Das wird ihn sehr mitnehmen«, fügte sie vorwurfsvoll hinzu, als wollte ich ihm absichtlich die Feiertage verderben. Ich knallte den Hörer härter auf als notwendig.

Gurski sah mich mitfühlend an und sagte: »Danke für Ihre Hilfe. Wenn wir die Unterlagen noch heute bekommen, können wir morgen die Identifizierung vornehmen. Spätestens Dienstag.«

»Das ist schnell, wenn man bedenkt, daß morgen Feiertag ist.«

Er lächelte dünn. »Das ist ein wichtiger Fall. Ein Mordfall, der von Anfang an furchtbar nachlässig bearbeitet wurde. Wir werden die Sache vorantreiben.« Die Art, wie er das sagte, ließ mich vermuten, daß er der Polizei von San Francisco gern am Zeuge flicken würde. Ein Fall wie dieser konnte Gurskis Karriere sehr nützlich sein.

Ich sagte: »Ich hoffe, es gibt nicht allzuviel Publicity, bevor Sie nicht sicher sind.«

»Sehen Sie irgendwelche Reporter hier?«

»Nein, das nicht, aber es könnte ja ein Leck geben –«

»Ich dulde keine Lecks in meiner Dienststelle.«

Ich glaubte ihm. Ich sagte, ich würde am nächsten Tag bei ihm vorbeikommen. Dann raste ich zurück in die Stadt, immer auf der Hut vor einer Highway-Patrouille.

Als ich auf Georges Tür zuging, sah ich, daß das Stück Papier, das daran klebte, an mich gerichtet war und lautete: »Schauen Sie an der Lagune nach mir.«

Ich ging den Weg zurück und überquerte die Straße. Im Gegensatz zu Napa herrschte hier klares Wetter. Rotunde und Säulengang des Palace of Fine Arts standen im Flutlicht und hoben sich pinkfarben vom Schwarz der Bäume und des Himmels ab. Hier und da warf eine Bogenlampe ihr sanft-weißes Licht auf den zementierten Weg und ließ das Wasser der Lagune glitzern. Die leicht abfallende Rasenfläche lag in tiefem Schatten. Bis auf die Silhouette eines Mannes, der niedergeschlagen auf einer Bank nah am Wasser hockte, war keine Menschenseele zu sehen. Ich ging schneller und blieb vor ihm stehen.

George sah zu mir auf. Seine Augen glänzten so unergründlich wie die Lagune, und der Schmerz hatte sich noch tiefer in seine kantigen Gesichtszüge eingegraben. Einen Moment lang konnte ich gar nichts sagen. »Es tut mir leid«, sagte ich dann und streckte ihm meine Hände entgegen.

Er ergriff sie und zog mich neben sich auf die Bank. Seine Finger waren eiskalt, aber er schien die Kälte nicht zu spüren.

Ich fragte ihn: »Sind Sie in Ordnung?«

»Ja. Ich konnte nur nicht mehr in diesem lächerlichen Haus bleiben. Da ist mir sogar die Dunkelheit lieber. Hat das Büro des Sheriffs Tracys Unterlagen bekommen?«

»Noch nicht, aber sie werden sie bald haben.«

Er nickte fast unmerklich.

»Haben Sie es Laura gesagt?« fragte ich.

»Nein, niemandem. Nicht bis... Niemandem.«

Wir saßen eine Zeitlang da und hielten uns an den Händen. Ich hatte kein Wort des Trostes für ihn. Es gab keines, das ihn hätte trösten können. Er fragte nicht nach Einzelheiten, und ich wollte sie ihm nicht aufdrängen. Es war noch zu früh dazu, auch zu früh für Überlegungen über die Umstände ihres Todes, das Wann und Wo. Der Wind nahm zu und kräuselte das Wasser der Lagune. Ich fröstelte und dachte an das unruhige Wasser des Napa River. George legte den Arm um mich und zog mich an sich. Seine Finger spielten in meinem Haar, das mir auf die Schultern hing.

Er sagte: »Ich muß mich neulich angehört haben wie ein überheblicher Hurensohn, als ich hochmütig verkündet habe, ich wollte meine Tochter nicht wiedersehen, weil sie vielleicht etwas ›Entsetzliches‹ getan hätte.«

»Für manche Leute hätte es vielleicht so geklungen. Nicht aber für mich. Offen gesagt, ich habe Ihnen nicht geglaubt.«

Er zog mich fester an sich. »Ziemlich seltsam, ich selbst habe mir geglaubt – damals. Aber als Sie anriefen und mir sagten, Sie hätten sie gefunden – wo und wie –, da wußte ich, wie sehr ich mir etwas vorgemacht hatte. Nichts – wie fürchterlich es auch gewesen sein mag – könnte schlimmer sein, als das jetzt.«

»Ich weiß.«

Jetzt fröstelte er. Ich rückte näher an ihn heran, so daß meine Wange seine Daunenjacke berührte. Er legte den anderen Arm um mich und hielt mich fest. Sein Körper vibrierte vor unterdrückter Spannung. Als ich zu ihm aufsah, schaute ich in eine weiße steinerne Maske, regungslos bis auf zwei Tränen, die ihm langsam über beide Wangen liefen. Ich reichte mit der Hand hinauf und wischte die eine weg. Er berührte die Hand mit seinen Lippen.

Für einen Augenblick wollte ich mich zurückziehen, wegrennen von diesem Mann, der bereits einen Riß in der Mauer verursacht hatte, die ich so sorgfältig um meine Gefühle errichtet hatte. Aber ich hielt still, als er seine Finger unter mein Kinn legte, mein Gesicht zu sich hochhob und mich küßte. Er zog den Kopf zurück, sah mich mit seltsamem Blick an und küßte mich wieder. Und ich fühlte, wie die Fundamente meiner Isolation aus Selbstschutz abzubröckeln begannen.

Nach einer Weile lehnte er sich zurück, lächelte mich an, strich mir das Haar glatt und schob den Kragen zurecht. »Ich wollte dich, seit du bei mir warst und mich von Tracy hast erzählen lassen. Du hast mich dabei an einer Stelle getroffen, an die schon seit langem niemand mehr herangekommen war. Und du hast mich dazu gebracht, daß ich an sie gedacht habe als an die, die sie wirklich war, und nicht an das Idealbild, das ich mir in meinem Kummer zurechtgelegt hatte. In gewissem Sinn hast du mir meine Tochter zurückgegeben. Mir Hoffnung gegeben.«

»Und sie dir dann wieder genommen. Auch die Hoffnung.«

»Nein, tief in meinem Innern habe ich gewußt, daß sie tot ist. Und die Hoffnung bezog sich auf mich, auf mein Leben ungeachtet all dieser Dinge.«

Ich versuchte, in seinen Augen zu lesen, wollte mich vergewissern, daß er wirklich glaubte, was er sagte, aber ich sah in zwei im Lichtschein glänzende Kiesel. Ich mußte mich fragen, ob er mir nicht irgendwie eine Schuld –

»Nein«, sagte er, »ich habe keinen Groll gegen dich, weil du mir die Nachricht überbracht hast. Jetzt nicht und auch nicht in Zukunft.«

Versprechungen, dachte ich. Wenn wir nur all unsere Versprechungen halten könnten.

»Laß uns jetzt ins Haus gehen«, sagte er.

»Ja.«

»Der Psychologe in mir warnt, daß das hier eine voraussehbare und banale Reaktion auf einen Todesfall ist. Den Mann in mir kümmert das einen Dreck.«

Die Ermittlerin in mir warnte mich im gleichen Sinne. Und die Frau in mir kümmerte es ebenfalls einen Dreck.

Im Schlafzimmer des Hausherrn nichts als Geweihe und Elchfelle, wie George es beschrieben hatte. Irgendwie störte die geschmacklose Einrichtung nicht. So, wie ich es mir in meiner schüchternen Hoffnung auf unsere Begegnung ausgemalt hatte, erwies er sich als ein Mann, der sich mit ganzem Herzen hingab. Es gelang uns, Tod und Tragödie beiseite zu schieben, während wir uns liebten. Aber Träume waren etwas anderes...

Als ich das erstemal erwachte, warf sich George in einem Alptraum von einer Seite auf die andere. Ich rüttelte ihn wach und hielt ihn eine Weile im Arm. Danach schlief er friedlicher. Dafür geisterten später Bilder von Regen, Wind und Dunkelheit durch meine eigenen Träume. Das Geräusch des Regens hielt an. Ich wachte auf und merkte, daß er auf das Dach niederprasselte. Ich streckte den Arm nach George aus, aber er war nicht da. Als ich mich aufsetzte, sah ich ihn nackt am Fenster stehen und durch die Scheiben starren, an denen der Regen herunterlief. Ich stellte mich neben ihn. Er nahm mich in die Arme und preßte mich an sich.

Jenseits des hinteren Zauns waren zwei Scheinwerfer auf die Hauswand gerichtet. In ihrem Licht schimmerte der Regen silbern. Die schwarzen Büsche und Bäume bogen sich im Wind. Ich konnte mir vorstellen, was George vor seinem inneren Auge sah: das einsame Stück Flußufer und den verfallenen Bootskörper, in dem sie in Nässe und Kälte während so vieler solcher Regengüsse gelegen hatte – und auch an duftenden Frühlingstagen, die allem neues Leben verhießen, nur ihr nicht; und an den unbarmherzig heißen Tagen zweier langer Sommer; an den sich verfärbenden, langsam kühler werdenden Tagen zweier Herbste.

Als hätte er gemerkt, daß ich seine Gedanken lesen konnte, sagte er: »Fast zwei Jahre. So lange mußte sie dort liegen.«

»Ich weiß.«

»Ich dachte, ich hätte allen Kummer hinter mir. Doch jetzt kommt er wieder.«

»Es tut mir leid, daß ich dorthin gefahren bin.«

»Das muß dir nicht leid tun.« Er ließ mich los und nahm mein Gesicht in seine Hände. »Ich hätte es wissen müssen. Und jetzt habe ich dich, die mir hilft, es zu überwinden.«

»Ich werde alles tun, was ich kann.«

»Dann tu eines für mich – finde heraus, was passiert ist.«

»Ich versuche es.«

Das schien ihn zufriedenzustellen. Ich führte ihn zum Bett zurück, und wir liebten uns noch einmal. Danach schlief er tief, während ich wach lag und über den Tod seiner Tochter nachdachte.

Schließlich sank ich dann doch in Schlaf und erwachte wieder, noch bevor der Morgen dämmerte. Wieder war er fort. Ich schlüpfte aus dem Bett. Ich fühlte das rauhe Fell des Bettvorlegers unter meinen nackten Füßen. An einem geschmacklosen Kleiderständer aus Geweihen hing ein Bademantel. Ich zog ihn an und ging hinaus auf die Galerie.

Aus dem Wohnzimmer kamen Geräusche – der Fernseher lief leise. Die Stimme einer Frau, Gelächter. George hockte in einem der unbequemen Sessel und verfolgte aufmerksam das Geschehen auf dem Bildschirm. Ich ging zu ihm, blieb hinter ihm stehen, legte ihm die Hände auf die Schultern und sah ebenfalls zu.

Ich hatte Fotos von Tracy in den Zeitungen gesehen, aber sie entsprachen nicht im entferntesten der lebendigen jungen Frau, die sich hier auf dem Videoband bewegte. Sie hatte das blonde Haar ihrer Mutter, die energischen Züge ihres Vaters, war groß und mager, mit ausdrucksvollen Gesten und trug ihren Text dabei mit unbewegtem Gesicht vor. Nicht einmal verdarb sie die Wirkung, indem sie über ihren eigenen Humor lachte. Mühelos schlüpfte sie von einer Rolle in die andere, von einer alleinstehenden Mutter namens Gloria bis zu einer wilden Feministin namens Fran. Sie ging in jeder neuen Person auf und stellte sie so überzeugend dar, daß ich für Augenblicke vergessen konnte, daß das hier Tracy Kostakos war, die Tochter, die George betrauerte und die Gegenstand meiner Ermittlungen war. Ich merkte, wie ich plötzlich über das Dilemma der Feministin lachte, das mit der Pointe endete: »Wenn Gott gewollt hätte, daß uns Haare unter den Armen wachsen, hätte Sie uns dann Nair gegeben?« Es war der Satz, den Kathy Soriano am Donnerstagabend zitiert hatte. Seine Trivialität ließ das Problem echt klingen.

Auch George lachte. »Himmel, konnte sie komisch sein«, sagte er. »Ich mag eigentlich diese Stegreif-Comedys nicht besonders, aber ihr könnte ich stundenlang zuschauen.

»Hast du viele Videos von ihr?«

»Dutzende. Praktisch von jeder Rolle, die sie gespielt hat. Sie lagen in ihrem Apartment, und ich habe sie mit nach Hause genommen in der Absicht, sie mir anzusehen. Aber ich hatte nie den Mut dazu, und als ich Laura verließ, wollte sie sie nicht haben. Sie sagte, sie brauche die Bänder nicht, um sich an Tracy zu erinnern, denn sie werde ohnehin bald zurückkommen. Also habe ich sie mit hierher genommen. Bis heute hatte ich mir kein einziges davon angesehen.«

Ich schaute wieder auf den Bildschirm. Fran, die Feministin, hatte sich in eine lesbische Kellnerin namens Ginny verwandelt. »Ich frage mich«, sagte ich.

»Was fragst du dich?«

»Diese Bänder – da könnte doch etwas drauf sein.«

»Du meinst etwas, das uns erklären könnte, was passiert ist?«

»Vielleicht... Nein, wahrscheinlich ist es eine dumme Idee. Außerdem kann ich mir nicht vorstellen, daß ich mir Dutzende davon anschaue – nicht, solange es Spuren gibt, deren Verfolgung mehr verspricht.«

»Vielleicht möchtest du dir die ansehen, die kurz vor ihrem Tod gemacht wurden. Alle Bänder, die ich habe, sind datiert.«

»Vielleicht mache ich das.« Ich sah auf die Uhr am Videorecorder. Es war fast sechs. Draußen war es noch dunkel. »Alsdann –« fügte ich hinzu, »wir sollten uns diesen tollen Kaffee brauen. Es gibt einige Leute, die würde ich gerne überrumpeln, bevor ein morgendlicher Koffeinstoß seine Wirkung tun kann.«

12

Als ich kurz nach sieben Amy Barbours Haus erreichte, kam gerade ein Mann im Jogginganzug heraus. Ich fing die eiserne Gartentür ab, bevor sie zufiel. Er wollte etwas sagen. Doch dann zuckte er mit den Schultern und lief den Bürgersteig abwärts. Ich stieg die Stufen hinauf und klopfte an Amys Tür.

Etwa eine halbe Minute lang passierte gar nichts. Dann hörte ich Amys Stimme, ich solle warten, sie komme gleich. Kurz darauf drehte sich der Schlüssel, die Kette rasselte, und Amys Gesicht erschien im Türspalt. Sie sah käsig aus und hatte einen verschwommenen Blick. Ihr dunkelrotes Haar stand in kleinen Büscheln hoch. Ich fragte mich, ob sie wohl morgens immer so schlecht aussah oder ob ihre Erscheinung die Folge einer allzu ausgiebigen Silversterfeier war.

»Was, zum Teufel, machen Sie zu dieser Zeit hier?« fragte sie.

Aus ihrem Verhalten schloß ich, daß sie noch nicht wußte, daß ich Tracys Leiche gefunden hatte. Ich hatte Detective Gurski von einer möglichen Verbindung zwischen dem Cottage und Tracys Wohnungsgenossin erzählt und ihm auch Amys Adresse und Telefonnummer gegeben, aber es gab sicher eine Reihe von Gründen, weshalb er noch nicht mit ihr gesprochen hatte.

Ich sagte: »Es gibt eine neue Entwicklung. Ich muß mit Ihnen reden.«

Sie verzog ärgerlich den Mund, trat aber zurück, hängte die Kette aus und ließ mich herein. Das Apartment war dunkel und kalt. Amy zitterte in ihrem langen, weißen Frotteemantel. Sie fummelte am Thermostat der Elektroheizung herum. »Eigentlich ist es ganz gut, daß Sie kommen«, sagte sie. »Ich muß Ihnen etwas zeigen.«

Mich wunderte, daß sie gar nicht nach der neuen Entwicklung fragte. Aber vielleicht hatte sie nicht ganz verstanden, was ich gesagt hatte. »Was denn?«

Sie knipste das Licht an und ging in die Küche. Als sie sich unterwegs in der Spiegelwand der Eßecke sah, zog sie ein Gesicht. »Da, auf dem Tisch. Scheiße, ich fühle mich schrecklich. Ich muß mir einen Kaffee machen.«

Ich sah auf den Tisch. Alles Mögliche lag darauf herum: schmutziges Geschirr, ein Aschenbecher, Zeitungsseiten, Bücher, Spielkarten, ein Korb mit angeschimmeltem Obst. »Wo auf dem Tisch?«

»Oh, Gott, ja!« Sie kam herüber, nahm eines von den Büchern und schob es mir hin.

Es war ein rot-schwarzes Taschenbuch mit dem Titel *Wie man sich eine neue Identität schafft*. Der Autor wurde als »weltberühmter Privatdetektiv« gepriesen. Ich hatte noch nie von ihm gehört. Man sah dem Buch an, daß oft darin geblättert worden war, und viele Seiten hatten Eselsohren. Ich klappte das Buch an einem von ihnen auf. Das Kapitel hieß »Die Einrichtung eines toten Briefkastens«. Einige Stellen waren mit blauer Tinte unterstrichen. Am Rand stand »Los Angeles?« Die Handschrift sah nach Tracys aus.

»Wo haben Sie das gefunden?«

Amy schüttete Kaffee in einen Filter und sagte dann: »In Tracys Zimmer.«

»Wann?«

»Gestern.«

»Was haben Sie dort gemacht?«

»Mich nur umgesehen.«

»Ich dachte, Sie hätten Angst, daß Mrs. Kostakos Sie erwischt und hinauswirft.«

Sie zuckte mit den Schultern. »Nicht mehr. Ich habe mit meinem Freund geredet. Ich kann bei ihm wohnen. Ich bin Mrs. K. und ihre Weissagungen leid.«

»Hat sie etwas unternommen seit unserem letzten Gespräch?«

»Darauf können Sie Ihren Arsch wetten. Wie üblich ist sie am Freitag hier aufgekreuzt, und so dachte ich, damit wäre ich sie für die Woche los. Dann schneite sie Silvester herein. Mein Freund und ich waren zum Dinner ausgewesen und hatten alles, für einen netten, ruhigen Abend vorbereitet, Sie wissen schon. Dann rochen wir die alten Gardenien. Schöne Überraschung! Sie war da und blieb auch die ganze Nacht. Wir wollten nicht quer durch die ganze Stadt zu ihm fahren – wir hatten getrunken, und Sie wissen ja, die Alkoholkontrollen zu dieser Zeit. Also blieben wir und konnten nicht... Also, wir konnten nichts machen, weil die Wände so dünn sind. Jedenfalls wurde ich sauer und sagte, scheiß drauf. Morgen bin ich weg von hier. Ich habe meinen Mietanteil für diesen Monat noch nicht bezahlt, und ich habe auch nicht vor, es zu tun. Wenn Mrs. K. will, kann sie ihn ja übernehmen. Dann kann sie jeden Tag hier sitzen, was kümmert es mich?«

Ich runzelte die Stirn. Ich fand beides beunruhigend, Laura Kostakos' Unternehmung am Silvesterabend und das Buch in meiner Hand. Diesen dünnen, aber bunten Band konnte ich bei meiner Durchsuchung von Tracys Zimmer einfach nicht übersehen haben. Ich war sicher, daß es am Donnerstagabend nicht dort gelegen hatte. »Wo genau haben Sie es gefunden?« fragte ich.

»Im Bücherregal, zwischen dem Comedy-Zeug.«

Dort hatte es am Donnerstag ganz bestimmt nicht gestanden. Ich hatte mir die Bücher eingehend angeschaut. Jemand hatte es dazugestellt – aber wer? Laura Kostakos? Oder log Amy? Und wenn ja, warum? Als einzige Möglichkeit fiel mir ein, daß es so aussehen sollte, als habe Tracy ihr Verschwinden sehr genau im voraus geplant. Wenn das der Fall war, dann war die Identität der Person, die Tracy getötet hatte, offensichtlich.

Mein Schweigen machte Amy nervös. Sie holte Kaffeetassen aus einem der Schränke sowie Milch und Zucker. Sie starrte den Wasserkessel auf dem Herd an und trommelte mit den Fingern auf die Frühstückstheke. »Also«, sagte sie schließlich, »nehmen Sie einfach das Buch und gehen Sie, ja? Ich muß mich für die Arbeit fertigmachen. Alle Welt hat heute Feiertag, und ich? Natürlich nicht, verdammt noch mal.«

Sie wollte, daß ich sofort verschwinde, hatte aber zwei Tassen herausgeholt. »Ist Ihr Freund hier, Amy?«

»Was? Nein.« Sie sah die zwei Tassen in ihren Händen. »Also gut – ja. Und jetzt gehen Sie, ja?«

Für eine emanzipierte junge Frau kam sie mir sehr ausweichend vor, besonders wenn man bedachte, daß sie gerade ihre Absicht erklärt hatte, mit dem Mann zusammenzuziehen. Ich zog einen Stuhl unter dem Tisch hervor und setzte mich.

»Was machen Sie da? Ich sagte Ihnen doch –«

»Wollen Sie denn nichts über die neue Entwickung in dem Fall erfahren?«

»Die neue... Ach, ich dachte, das war nur so ein Vorwand, um hier reinzukommen und mich noch einmal zu belästigen.«

»Es war kein Vorwand. Tracys Leiche ist gefunden worden. Bei einem Cottage am Napa River, das Leuten namens Barbour gehört.«

Was sie noch an Farbe im Gesicht gehabt hatte, war nun dahin. Das Kinn fiel ihr herunter, und sie sank gegen die Theke. »Sie war die ganze Zeit schon tot, Amy. Versteckt in dem alten Fischerboot am Ufer. Sie besteht nur noch aus Knochen.«

»Nein, nein, nein, nein!«

»Die ganze Zeit hat sie dort gelegen – und Sie haben es gewußt, und Sie haben nichts gesagt.«

»Ich wußte es nicht! Ich –« Vorn im Apartment ging eine Tür auf. Amy warf einen schreckensstarren Blick in die Richtung und schrie: »Nein!«

»Amy, was, zum Teufel, ist hier los?« Ein Mann kam quer durch das Wohnzimmer gestürmt: ein großer, rundlicher Kerl mit Clownsgesicht im Bademantel. Der breite Mund verzog sich entsetzt, als er mich sah.

Ich stand auf. »Marc Emmons«, sagte ich. »Seit Tagen versuche ich, Sie zu erreichen.«

»Wer...?« Er sah Amy an. »Ist sie das?«

Sie nickte.

Emmons ging schnell zu ihr und legte ihr einen Arm schützend um die Schultern. In ihren Bademänteln und mit ihrer mangelnden morgendlichen Attraktivität paßten sie perfekt zusammen. »Was haben Sie mit ihr gemacht?« wollte Emmons wissen.

»Ihr ein paar Neuigkeiten überbracht, die Sie sich auch anhören sollten. Tracy Kostakos' Leiche ist gefunden worden. Wahrscheinlich ist sie schon seit der Nacht ihres Verschwindens tot. Aber vielleicht wußten Sie das ja schon, Marc. Amy wußte es.«

»Ich wußte es nicht! Ich schwöre, daß ich es nicht gewußt habe!« sagte Amy.

Emmons zeigte kaum eine Reaktion – er preßte die Lippen zusammen, mehr nicht. Er legte auch den anderen Arm um Amy, als müsse er sie gegen meine Anschuldigungen schützen. »Wie kommen Sie darauf?« fragte er.

»Sie wurde in der Nähe eines Cottages am Napa River gefunden. Ich glaube, das Anwesen gehört Amys Familie.«

Emmons sah zu ihr hinunter. »Das alte Sommerhaus?«

Sie nickte mit klappernden Zähnen.

»Das war es also?« sagte er sanft.

»Die Nachricht scheint Sie nicht besonders zu berühren.«

»Ich bin kein Mensch, der Fremden seine Gefühle zeigt. Außerdem ist Tracy so lange schon fort, und ich habe ein neues, ein eigenes Leben angefangen.«

»Offensichtlich.«

»Gut. Setzen wir uns und trinken Kaffee.« Er löste seine Arme von Amy. »Liebling, machst du uns Kaffee?«

Als hätte er seine Aufforderung verstanden, fing der Kessel an zu pfeifen. Amy ging zum Herd. Emmons zeigte auf den Stuhl, auf dem ich vorher gesessen hatte. »Bitte.«

Ich setzte mich wieder, und er nahm auf der anderen Seite des Tisches vor dem Fenster Platz. Über den Hügeln an der East Bay dämmerte es. Zwischen den Anhöhen und den Wolken darüber zog sich eine dünne, opalisierende Linie hin. Emmons' Gesicht lag im Schatten, trotzdem konnte ich erkennen, daß die Winkel seines Clownsmundes nach unten zeigten. Obwohl er grimmig-konzentriert die Tischplatte anstarrte, hatte ich das Gefühl, daß er sie gar nicht wirklich sah. Dachte er an Tracy? Oder gingen ihm andere Dinge durch den Kopf – Dinge, die er verbergen wollte?

Als Amy den Kaffee brachte, zitterten ihr die Hände so sehr, daß die Tassen auf ihren Untertellern klapperten. Sie trippelte um den Tisch herum und rückte ihren Stuhl ein Stück näher an Emmons heran. Ihre Schultern berührten sich.

Ich fragte: »Wie kam Tracy in das Cottage Ihrer Familie?«

Sie warf Emmons einen Blick zu, bevor sie sprach. »Sie hat sich die Schlüssel genommen. Sie fuhr häufig dorthin, immer wenn sie einen ruhigen Ort brauchte, wo sie ein paar Tage allein sein und nachdenken konnte. Es kam sonst niemand dorthin. Mein Vater – der alte Scheißkerl – lebt mit seiner vierten Frau in Mexiko. Meine Mutter ist wieder in New York mit ihrem dritten Ehemann. Und meine Schwester ist viel zu sehr mit ihrer tollen Karriere im Silicon Valley beschäftigt, um sich damit abzugeben. Ich selbst bin seit Jahren nicht draußen gewesen.«

»Was war das, worüber Tracy nachdenken wollte?«

»Wie soll ich das wissen? Trace hat mir nie etwas erzählt.«

»Sie sagten, ihr hättet Vertrauen zueinander gehabt. Ihr wärt die besten Freundinnen gewesen.«

»Ich habe es freundlicher ausgedrückt, als es war. *Ich* vertraute ihr alles an, sie hörte zu. So war sie zu allen – und dann benutzte sie sie. Glauben Sie, ich hätte nicht gelesen, was sie in ihrem Rollenbuch über mich geschrieben hat? Ich bin nicht so dumm, daß ich mich nicht wiedererkannt hätte.« Sie verzog bitter den Mund.

»Sie sagen, sie ist oft zu dem Cottage hinausgefahren?«

»Genau. Immer, wenn ihr danach war.«

»Wie ist sie hingekommen?«

»Hingekommen...?« Amy sah mich erstaunt an.

»Sie hatte keinen Wagen. Sie fuhr auch nicht gern.«

»Trace fuhr nicht gern in der Stadt und balgte sich nicht gern um Parkplätze, aber auf dem Freeway oder auf der Landstraße machte es ihr nicht viel aus. Sie hat sich einen Wagen gemietet oder ausgeliehen.« Amy sah wieder zu Emmons. »Manchmal hat jemand sie mitgenommen.«

»Gut – wann hatte sie sich damals die Schlüssel geholt und von wo?«

»Ich weiß nicht, wann. Einen Satz habe ich ständig an meinem Bund, und einer liegt immer auf dem Ablagebrett in der Küche.« Sie zeigte auf das Brett neben dem Herd.

»Können Sie ungefähr sagen, wann es war?«

»Nicht sehr lange vor ihrem Verschwinden. Sonst hätte ich gemerkt, daß sie weg waren. Es kann sogar sein, daß sie in jener Nacht erst nach Hause gekommen ist und sie dann geholt hat. Ich war früh zu Bett gegangen – sie sollte mich wecken, wenn sie heimkam, und mit mir ein Glas Champagner auf meinen Geburtstag trinken –, und ich schlafe ziemlich tief.«

»Wann genau haben Sie bemekrt, daß sie nicht mehr da waren?«

Sie wich meinem Blick aus. »Ach, erst als das mit der Entführung und so weiter aufkam.«

»Haben Sie versucht, sie dort anzurufen, als Sie es schließlich bemerkt haben?«

»Es gibt kein Telefon dort.«

»Sind Sie nicht auf die Idee gekommen, der Polizei zu sagen, sie soll in dem Cottage nachsehen?«

»Wieso? Es gab doch den Erpresserbrief, Himmel noch mal! Der Kidnapper hätte sie doch nicht in das Cottage gebracht.«

»Aber später, als keine Briefe mehr kamen und der Kidnapper auch keine Verbindung mehr zu ihren Eltern aufnahm, warum haben Sie dann niemandem von den fehlenden Schlüsseln erzählt?«

»Ich... Ach, Scheiße.« Sie sah Emmons hilfesuchend an, aber er starrte immer noch auf den Tisch. Er hatte einen abwesenden

Gesichtsausdruck. »Also gut! Eine Woche später bin ich hingefahren. Ich habe mir von dem Mädchen, mit dem ich zusammenarbeite, den Wagen geliehen. Trace war nicht da. Aber in der Garage stand dieser blaue Volvo, und überall auf dem Vordersitz war so ein angetrocknetes Zeug, das wie Blut aussah.«

Das verblüffte mich. Aus irgendeinem Grund hatte ich angenommen, daß der Wagen gleich nach der Ermordung Tracys in der Schlucht in den Bergen gelandet war. Außerdem machte es mich wütend, daß Amy die ganze Zeit auf solch einer wichtigen Information gesessen hatte.

»Warum, um alles in der Welt, haben Sie nicht den Sheriff angerufen?«

»Ich hatte Angst. Ich meine, Trace war nicht da, aber der Wagen und all das Blut. Und es war das Cottage meiner Familie. Und Marc –«

Emmons sah sie an und runzelte die Stirn.

»Marc meinte, Sie sollten den Mund halten?«

Sie schwieg.

»Warum, Marc?«

Sein Gesichtsausdruck war noch immer abwesend, so als höre er dem Gespräch zwar zu, denke aber gleichzeitig an etwas anderes. Aber jetzt verriet seine Miene auch eine Portion Angst. Er sagte: »Mir ging es wie Amy. Sie würden glauben, Amy hätte ihr etwas angetan. Und wenn nicht... Also, Tracy und ich hatten ernstliche Probleme miteinander, und viele Leute wußten davon. Ich hatte also auch Angst, daß sie mich verdächtigen.«

»Was waren das für Probleme?«

»Also, im Grunde hatten wir miteinander Schluß gemacht. Sie kam noch an, wenn sie etwas brauchte, aber wir waren kein Paar mehr. Sie traf sich mit anderen.«

»Mit wem?«

»... Darüber hat sie mit mir nicht geredet.«

»In Ordnung. Sie hatten beide Angst, daß man Sie beschuldigen könnte, und so beschlossen Sie, den Wagen mit den Blutflecken zu vergessen. Aber warum sind Sie nicht später damit herausgerückt, als man den Wagen in den Bergen gefunden hatte und Bobby Foster ein Geständnis ablegte, von dem Sie wußten, daß es falsch war?«

Jetzt schwiegen beide.

Ich setzte hinzu: »Sie hätten Bobby in die Gaskammer gehen lassen, um sich selbst zu schützen, nicht wahr?«

Emmons machte eine Handbewegung, als streite er diese Möglichkeit ab. »Als wir alle Einzelheiten des Geständnisses erfuhren, war es zu spät. Hätten wir da etwas gesagt, hätte man versucht, es uns anzuhängen.«

»Wart ihr beiden schon zusammen, bevor Tracy verschwand?«

Amy wirkte regelrecht empört bei dieser Unterstellung. Emmons sagte: »Nein. Wir haben uns irgendwie erst nachher gefunden. Obwohl wir auseinander waren, fehlte mir Tracy. Und Amy fehlte sie auch. Da ist es eben passiert.«

»Euch beiden hat Tracy gefehlt, aber ihr habt nichts darüber verlauten lassen, was Amy im Cottage gefunden hatte. Was wäre, wenn sie zu dem Zeitpunkt noch gelebt hätte? Vielleicht hättet ihr sie retten können.«

»Aber sie lebte nicht mehr«, sagte Amy. »Das habe ich gespürt, als ich das Blut in dem Wagen sah.«

»Großartig. Fast zwei Jahre lang haben Sie seitdem zugeschaut, wie Marc den Liebeskranken spielte und der Welt vormachte, er glaube nicht an ihren Tod. Und die ganze Zeit haben Sie ihre Leiche dort liegen lassen –«

Amy lehnte ihren Kopf an Emmons Oberarm und fing an zu weinen. Zwischen zwei Schluchzern sagte sie: »Wir wußten nicht, daß sie dort war. Und sie hat uns wirklich gefehlt. Fragen Sie, wen Sie wollen. Sie *hat* uns gefehlt!«

Emmons strich ihr das zersauste Haar glatt. »Haben Sie sie noch nicht genug aufgeregt?« sagte er. »Wir brauchen beide keine Belehrungen. Wir wissen, daß das, was wir getan haben, falsch war.«

»Vielleicht stimmt das ja. Aber ganz sicher haben Sie beide von ihrem Tod profitiert. Amy nutzt dieses ganze Apartment für die halbe Miete, dazu all die Sachen von Tracy. Und Sie haben Ihre Karriere auf ihrem Verschwinden aufgebaut.«

Er stand so abrupt auf, daß Amy das Gleichgewicht verlor. Sie klammerte sich an die Tischplatte und sah entsetzt und mit Tränen in den Augen zu ihm auf.

»Mir reicht es jetzt«, sagte er. »Hauen Sie jetzt ab und lassen Sie uns allein.«

»Das tue ich gleich, aber ich glaube, Sie sollten damit rechnen, daß die Polizei sich bei Ihnen meldet. Wenn Sie meinen, ich gehe grob mit Ihnen um, dann warten Sie, bis die Ihnen erzählen, was eine Anklage wegen Behinderung der Justiz bedeutet.« Ich stand auf und griff nach dem Buch über die neue Identität. »Haben Sie das in Tracys Zimmer geschmuggelt«, sagte ich zu Marc Emmons, »oder lügt Amy, wenn sie sagt, wo sie es gefunden hat?«

Sein Gesicht bekam Zornesflecken. Ich zog mich ins Wohnzimmer zurück. Er ging einen Schritt auf mich zu, und Amys Jammern wurde lauter, ihr Atem schneller. Sie röchelte, als bekomme sie vor Angst einen Anfall. Emmons sah mich an, drehte sich um und legte die Arme um sie.

Ich verließ das Apartment und kämpfte mit meiner eigenen Wut. Ich war erleichtert, draußen zu sein und mir nicht länger diese selbstgerechten Erklärungen anhören zu müssen, die doch nichts anderes zeigten als schlichte Kaltblütigkeit.

13

Am frühen Nachmittag desselben Tages saßen Jack Stuart und ich auf einer Bank im Besuchertrakt von San Quentin. Wir mußten über zwei Stunden warten, bis wir Bobby Foster sehen konnten. Mich ärgerte diese lange Wartezeit, doch Jack trug sie mit stoischer Gelassenheit. Anwälte seien es gewöhnt, lange zu warten, bis einer der unterteilten Besuchsräume frei sei, sagte er. Zunächst hatten wir noch über den Fall diskutiert, aber dann ging uns der Gesprächsstoff aus, und wir verfielen in Schweigen. Jack schien mir heute etwas abwesend. Ich fragte mich, ob es damit zu tun hatte, daß ich ihm am Silversterabend aus dem Wege gegangen war.

Ungefähr um Viertel vor zwei kam eine schlanke schwarze Frau in Jeans und dickem, türkisfarbenem Pullover herein. Sie drehte den Kopf mit kurzem Afroschnitt nach allen Seiten, als suche sie jemanden. Ihre schlichten goldenen Creolen-Ohrringe tanzten bei jeder Bewegung mit. Jack stand auf und winkte ihr zu. »Das ist Leora Whitsun, Bobbys Mutter«, sagte er. »Ich habe vorhin mit ihr gesprochen, und sie sagte, sie würde herkommen.«

Ich beobachtete, wie Leora Whitsun auf uns zukam, und stellte fast mit einem gewissen Schock fest, daß sie nicht älter war als ich – noch nicht ganz vierzig. Die Frau hatte sieben Kinder und drei Ehemänner. Aus den Akten wußte ich, daß sie sich in Nachtarbeit durch zwei Collegejahre gearbeitet hatte, im Rahmen der Nachbarschaftshilfe Wachdienste organisierte und tagsüber in der Klinik arbeitete. Ich hatte eine viel ältere, verhärmte Frau erwartet, und nicht dieses attraktive und vitale Wesen auf der Höhe seines Lebens. Und gewiß hatte ich auch nicht erwartet, daß sie hier mit einem Lächeln erschien.

Jack stellte uns vor, und Leora Whitsun setzte sich neben mich und nahm meine Hände in die ihren. »Ich kann Ihnen gar nicht genug dafür danken, was Sie für meinen Jungen getan haben«, sagte sie.

Ich zuckte mit den Schultern. Diese, meiner Meinung nach, unverdiente Dankbarkeit machte mich verlegen. »Ich habe nur meinen Job getan. Glücklich bin ich allerdings, daß die Sache jetzt endlich gut werden kann.«

»Gut werden *wird*, das weiß ich.« Sie blitzte uns mit einem noch strahlenderen Lächeln an. »Heute beherrscht mich ganz und gar positives Denken. Als ich gestern erfahren habe, daß die Leiche des Mädchens aufgetaucht ist, war ich einfach im Himmel. Und ich bin es immer noch.«

»Gestern?« sagte ich. »Sogar Jack hat es erst heute morgen erfahren.«

»Leora weiß es aus der Klinik«, sagte Jack. »Sie hat gestern in der Aufnahme gearbeitet, da kam die Frau von Larkeys Partner vorbei, weil sie Larkey suchte. So konnte sie die Nachricht über Tracy persönlich überbringen.«

Vielleicht hatte Kathy Soriano am Ende doch ein Herz. »War er da?«

»Nein«, sagte Leora. »An Feiertagen macht kein Zahnarzt bei uns Dienst, aber wir haben immer jemanden in Rufbereitschaft. Jedenfalls muß jemand Jay erreicht haben, denn er hat gleich als erstes heute morgen die Unterlagen nach Napa gebracht, um so zur Identifikation beizutragen.«

Ich wußte, daß die Zahnärzte von der Gerichtsmedizin den

eigenen Zahnarzt eines Opfers hinzuziehen, wann immer das möglich ist. Der Gebißstatus und besonders die Röntgenaufnahmen ließen stets viele Interpretationen zu, deswegen war es hilfreich, jemanden an der Hand zu haben, der die betreffende Person kannte. Ich fragte: »Wie hat Larkey die Nachricht denn aufgenommen?«

»Der arme Mann war entsetzt und zugleich auch froh, daß mein Junge jetzt entlassen wird.«

Jack sagte: »Leora, ich muß Sie warnen: Wir haben noch eine weite Strecke vor uns. Dieser Beweis ebnet den Weg für einen neuen Prozeß. Aber Bobby könnte erneut verurteilt werden.«

Sie runzelte die Stirn. »Aber die Leiche da oben in Napa beweist, daß sein Geständnis nicht stimmt. Und Sie haben« – sie sah Jack an – »mir doch heute morgen am Telefon gesagt, das Mädchen habe einen Strafzettel bekommen, so daß Bobby gar nicht genug Zeit gehabt hätte, hinauszufahren und vor Feierabend im Club zurück zu sein.«

Ich sagte: »Es gibt keinen eindeutigen Hinweis auf den Zeitpunkt ihres Todes. Nach dem Zustand ihrer sterblichen Überreste wird der Pathologe ihn auch nicht genau fixieren können. Und selbst wenn er es könnte, muß eine Jury den Aussagen seiner Parkwächterkollegen nicht unbedingt glauben, wenn sie behaupten, Bobby sei zum Feierabend im Club zurückgewesen.«

Jack fügte hinzu: »Wir können einfach nicht wissen, wie die Staatsanwaltschaft eine neue Anklage gegen ihn aufbauen würde.«

Leora schüttelte den Kopf, daß die Ohrringe heftig hin und her schwangen. »Aber er hat sie nicht umgebracht.«

»Das wissen wir«, sagte ich, »und deswegen wollen wir herausfinden, wer es getan hat.«

Einen Augenblick lang wirkte sie niedergeschlagen, aber dann fing sie sich wieder. »Ich weiß einfach, daß Sie es schaffen, denn *ein* Wunder haben Sie ja schon vollbracht.«

Jack klopfte ihr ermutigend auf die Schulter und stand auf, um mit dem Beamten an der Besucheranmeldung zu reden. Als er zurückkam, sagte er: »Wir sind dran. Wollen Sie mitkommen, Leora?«

»Ich spreche lieber allein mit meinem Jungen«, sagte sie. »Da kriegt er mehr Besuchszeit. Das Warten macht mir nichts aus.«

Jack und ich verabschiedeten uns von ihr und gingen in den abgeteilten Raum, den man uns zugewiesen hatte. Die Tür wurde geschlossen und verriegelt. Jack legte seine Aktentasche auf den Tisch und holte Akten und einen Notizblock heraus. Er fragte: »Wie willst du nun vorgehen?«

»Du erklärst ihm, daß ich Tracys Leiche gefunden habe, und dann erzähle ich weiter.«

»Was willst du noch aus ihm herauskriegen?«

»Bobby verbirgt uns irgend etwas. Es hat mit seinem Streit mit Tracy zu tun, als sie in jener Nacht den Club verließ. Ich habe eine dunkle Ahnung, worum es ging, und das möchte ich von ihm bestätigt bekommen.«

Jack sah mich neugierig an, nickte dann aber nur.

Nach ungefähr zehn Minuten ließ man Bobby auf der anderen Seite des Gitters in den Raum. Er wirkte argwöhnisch, als er Jack und mich begrüßte. Steif setzte er sich auf seinen Stuhl. Ich konnte mir denken, daß bei jedem Gespräch zwischen ihm und Jack erst einmal eine ganze Zeit verging, bis sich wieder eine Beziehung aufgebaut hatte. Jack erklärte ihm mit wenigen Worten, welche Wendung sein Fall genommen habe, warnte ihn aber gleich vor übertriebenem Optimismus. Bobby hörte gespannt zu, leckte sich die Lippen und preßte sie dann zusammen, als schließe er so seine Gefühle ein.

Nachdem Jack ausgeredet hatte, schwieg Bobby eine Zeitlang. Dann sah er mich an. »Sie sagten, Sie versuchen es, und Sie haben es geschafft. Danke. Dafür, und daß Sie mir geglaubt haben.« Ein schneller Blick zu Jack. »Ihnen auch.«

Jack nickte.

Ich sagte: »Wie Jack schon erklärte – wir sind noch lange nicht über den Berg. Ich habe noch eine Menge zu tun. Wir müssen die Beweise zusammenstellen – alle.«

»Die Beweise, Bobby«, sagte ich noch einmal. »Zum Beispiel, worüber Sie und Tracy in der Nacht gestritten haben, in der sie verschwand. Es muß etwas gewesen sein, von dem Sie glaubten, es würde ihre Lage noch verschlechtern, nicht wahr? Etwas, dessen Sie sich so sehr schämen, daß Sie es die ganze Zeit für sich behalten haben.«

»... Weiß nicht, was Sie damit meinen.«

»Sie wissen es, und es wäre besser, Sie sagten es mir.«

»Tracy ist tot. Es hat nichts mehr zu bedeuten.«

»Es hat sehr viel zu bedeuten.«

Er schwieg.

Ich holte Tracys Notizbuch mit den Rollenskizzen aus meiner Aktentasche und klappte die letzte Seite auf. »Klingt das nach jemandem, den Sie kannten, Bobby?«

Er sah mich an, dann das Notizbuch. Er war verwundert.

Ich las: »›Sie hat es sich zur Gewohnheit gemacht, jedes Gefühl, auch das eigene, zu ihrem Vorteil einzusetzen. Alles ist nützlich. Sie schläft mit diesem und jenem, und das nur um der fremdartigen Erfahrung willen.‹«

Er machte eine Handbewegung, als wolle er die Worte wegwischen.

»Tracy benutzte die Menschen«, sagte ich. »Sie ließ ihre Freunde sich ihr anvertrauen und entwickelte dann ihre Rollen auf der Basis solcher Bekenntnisse. Wenn ihr einmal Material fehlte, dann schuf sie es sich. So wie sie auch mit Ihnen geschlafen hat.«

Jack brummte überrascht. Bobby verbarg den Kopf in den Händen, die Finger verkrampft an die Schädeldecke gepreßt.

»Wenn Sie das tröstet«, setzte ich hinzu, »sie hat bedauert, was sie getan hat. Ihrer Mutter hat sie gesagt, sie glaube, daß sie sich zu einem schlechten Menschen entwickelt habe. Sie habe Dinge getan, die andere verletzten.«

Er murmelte etwas.

»Wie bitte?«

»Mir hat sie's anders erzählt. Das war's, worum wir gestritten haben. Ich wußte, was wir taten, war schlecht. Wir waren *Freunde*. Ich habe sie geliebt, aber nicht so.«

»Wann haben Sie mit ihr geschlafen?«

»Zwei, vielleicht drei Wochen vorher.«

»Wie oft?«

»Nur das eine Mal.«

»Und an diesem Donnerstagabend...?«

»Ich wollte mit ihr darüber reden, ihr sagen, daß es nicht wieder passieren darf. Ich wollte wissen, warum – Also, sie war es, die die Sache angefangen hat. Aber sie hat kein Wort gesagt. Ich sagte, wir müssen uns aussprechen, und sie sagt...«

»Sie sagte...?«

»Daß es nichts Besonderes war. Sie hätte es getan, weil sie in ihrem Sketch ein weißes Mädchen braucht, das mit schwarzen Männern schläft. Sie wollte aus erster Hand wissen, wie es ist. Wissen Sie, wie ich mir vorkam? Wie ein Sklave, der den Zuchthengst spielen darf. Das habe ich ihr gesagt, und sie sagte ein paar häßliche Dinge. War das letzte, was ich von ihr gehört habe.«

Er hob den Kopf. Seine Augen waren feucht und düster. »Jetzt können wir es nie mehr ins reine bringen. Sie ist tot, und ich kann ihr nicht mehr sagen, daß es mir leid tut.«

Neben mir räusperte Jack sich und rutschte auf dem Stuhl hin und her. Auch ich fühlte mich nicht gerade wohl in meiner Haut, aber ich ließ nicht locker. »Okay – ihr habt gestritten, und dann?«

Bobby wischte sich die Augen mit dem Ärmel, bevor er antwortete. »Sie ist weggerannt, hat irgendwas gesagt, daß sie zu Marc geht.«

Das machte mich nachdenklich. Emmons hatte nichts von einer Verabredung mit Tracy an jenem Abend gesagt. »Hat er nicht an der Bar gearbeitet?«

»Glaube nicht. Er arbeitet nur stundenweise.«

»Marc sagte mir, sie hätten sich getrennt.«

»Stimmt, aber immer, wenn sie etwas wollte, ist sie zu ihm gegangen. Und Marc, der liebte sie, und deswegen hat er immer getan, was sie wollte.«

Doch auch Liebe hat ihre Grenzen, dachte ich, und wenn man an die Grenzen stößt, kann es häßlich werden. »In Ordnung«, sagte ich, »und was haben Sie dann gemacht?«

»Bin einfach rumgelaufen. Eingekehrt auf ein paar Drinks.«

»Wo?«

»Irgendeine Bar, ich weiß nicht mehr, wo.«

»Denken Sie nach.«

Er dachte nach. Und schüttelte den Kopf. »Na ja, ich hatte schon einige weg, um in Schwung zu kommen für das Gespräch mit Tracy. Mit dem Zeug intus...«

»Gut, wenn Ihnen etwas einfällt, lassen Sie es mich sofort wissen. Sie sind also herumgezogen, haben ein paar Drinks gekippt und sind wieder zum Club zurück, so gegen Feierabend.«

»Stimmt. Ich wollte sehen, ob die anderen Kumpel mich bei Larkey decken würden.«

»Haben sie?«

»Ja.«

»Was haben Sie dann gemacht?«

»Hören Sie, das habe ich Ihnen alles schon erzählt.«

»Erzählen Sie es mir noch einmal.«

»Ich bin zu einem Mädchen gegangen, das ich kenne. Aber es war nicht daheim. Danach ging ich zur Wohnung meiner Mutter. Sie arbeitet nachts in der Klinik. Meine Brüder waren irgendwo. Bei den Kleinen machte die alte Oma von nebenan den Babysitter. Die einzige, die mich gesehen hat, aber das hilft mir auch nicht, weil sie den Monat darauf gestorben ist, bevor dieser ganze Mist anfing.«

Jetzt seufzte ich. Er erzählte es wie beim erstenmal. Es trug den unmißverständlichen Stempel der Wahrheit. Doch es brachte kaum seine Geschichte voran.

Bobby sah von mir zu Jack und wieder zurück. »Klingt nicht besonders gut, wie?«

Ich schob meine Umhängetasche und den Aktenkoffer zusammen. »Heute sieht es schon besser aus als letzte Woche. Wir packen es Schritt für Schritt.« Ich wollte jetzt zurück in die Stadt und Stan Gurski in Napa anrufen, um zu hören, ob man mit der Identifikation der Überreste schon vorangekommen war. Und ich mußte bei Rae nachfragen, ob sie etwas über Lisa McIntyre herausgekriegt hatte. Und dann war da noch George...

»Du gehst?« fragte Jack.

»Ja. Ich melde mich später bei dir.« Wir waren jeder im eigenen Wagen gekommen, darum gab es für mich keinen Grund, auf ihn zu warten.

Bobby sagte: »Ich danke Ihnen noch einmal.«

»Gern geschehen. Sehen Sie zu, daß Sie nicht den Mut verlieren. Wir bringen die Sache hinter uns.«

»Ich wünschte...« Er zögerte.

»Was?«

»Ich weiß nicht. Die ganze Zeit habe ich gehofft, Sie finden sie lebend. Damit ich die Dinge zwischen uns klären könnte.«

Daraus wußte ich keine Antwort. Ich wußte aus bitterer Erfahrung, daß jeder Sterbende ein Stück von uns mitnimmt, aber wenn ein Tod ungelöste Probleme hinterläßt und ungesagte Dinge, dann ist es am schmerzlichsten.

14

»Nach Larkeys Aussage hatte Lisa McIntyre in der Nacht, als Tracy Kostakos verschwand, im Club gearbeitet. Nach dem Dienstplan hatte sie in jener Woche Freitag und Samstag frei. Sonntags war geschlossen, also war ihre nächste Schicht Montagabend. Sie hatte sich nicht wieder blicken lassen und auch ihren letzten Scheck nicht abgeholt. Meiner Erfahrung nach ein merkwürdiger Zufall... Sharon, hörst du mir zu?«

Das tat ich, allerdings nur halb. Die andere Hälfte meiner Aufmerksamkeit war nach innen gerichtet und konzentrierte sich auf Marc Emmons. Ich hatte Detective Gurski morgens angerufen und ihm die Informationen über Amy Barbours Besuch im Cottage und Emmons' Rat, nicht zur Polizei zu gehen, weitergegeben. Gurski, wollte die Kollegen aus San Francisco bitten, sie zum Revier zu bringen und festzuhalten, bis er sie verhört hatte. Doch als ich nach der Rückkehr aus San Quentin noch einmal angerufen und ihm erzählt hatte, daß Tracy in der Nacht ihres Verschwindens vielleicht auf dem Weg zu Marc Emmons gewesen sei, sagte er, man habe die beiden noch nicht ausfindig machen können. Das hieß wahrscheinlich, daß ich sie in Panik versetzt hatte und sie davongelaufen waren. Es tat mir leid, daß ich die Situation verpatzt hatte.

Als Antwort auf Raes klägliche Rückfrage sagte ich: »Ein merkwürdiger Zufall. Du hast recht. Hat jemand vom Club versucht, die McIntyre ausfindig zu machen?«

»Larkey ist langsam unruhig geworden und hat die Frau seines Partners noch in derselben Woche zu ihrer Wohnung geschickt, aber sie war verschwunden.«

Ich sah aus dem Fenster meines Büros, das auf die Bucht ging, und beobachtete, wie sich Dunst über die weite, monotone Fläche des Outer-Mission-Distrikts legte. Dann schwang ich mich herum und sah Rae an. Sie schritt sehr exakt das geometrische

Muster auf dem alten Orientteppich ab. Das tat sie oft, wenn sie mit mir über einen Fall sprach. Das war wohl ihre Methode, sich zu beruhigen und ihre Gedanken zu ordnen, die ihr oft genug blitzschnell und chaotisch herausschossen.

»Was meinst du mit ›verschwunden‹?« fragte ich. »War sie ausgezogen?«

»Offensichtlich. Die meisten ihrer Sachen waren weg. Die Hausverwalterin erklärte Kathy Soriano, sie habe nicht gekündigt, und es habe sie auch niemand gehen sehen.«

»Interessant. Das hätte eigentlich der Polizei gemeldet werden müssen. Ich möchte, daß du der Sache nachgehst. Sprich mit der Hausverwalterin und mit Kathy. Hast du irgendwelche Anhaltspunkte, wohin Lisa McIntyre gegangen sein könnte?«

»Nein. Da gibt es nicht viele Möglichkeiten. Sie war erst kurz zuvor aus einem anderen Bundesstaat hergezogen – Larkey meint, sie stammt aus Oklahoma – und hatte sich nicht einmal um einen kalifornischen Führerschein gekümmert. Ich habe den Eindruck, Larkey war nicht allzu überrascht, daß sie plötzlich auf und davon war. Er sagt, viele Möchtegern-Comedyspieler ziehen von einem Ort zum anderen.«

»Lisa McIntyre wollte Comedyspielerin werden?«

»Davon war er ausgegangen.«

»Gut, bleib dran.«

»Sicher. Sonst noch etwas?«

»Im Augenblick nicht.« Ich sah auf das schweigende Telefon, dann auf meine Uhr. Ein paar Minuten vor fünf. Als ich vorher mit ihm gesprochen hatte, konnte Gurski noch nicht bestätigen, daß das, was ich gefunden hatte, Tracys sterbliche Überreste waren. Er hatte mir zugesagt, mich anzurufen, sobald er Bescheid wisse. Bei meinem Anruf bei George hatte ich nur den Anrufbeantworter am Apparat gehabt. Warten Sie bis zum Pfeifton, Mr. Soundso ruft zurück. Das und Türklingeln, die in leeren Wohnungen läuten: Manchmal kam es mir so vor, als bestünden alle meine Tage nur daraus.

Rae war auf dem Mittelblock des Teppichmusters stehengeblieben und sah mich zögernd an. »Ja?« sagte ich – gereizter, als beabsichtigt.

»Ach, *entschuldige*!«

»Komm, komm, sei nicht so empfindlich.«
»Dann sei du nicht so miesepeterig.«
»Tut mir leid. Worum geht es?«
»Um Hank.«
Jetzt hatte sie meine ungeteilte Aufmerksamkeit. »Was ist passiert?«
»Er hat letzte Nacht hier auf der Couch geschlafen.«
»Oje. Hast du Anne-Marie gesehen?«
»Sie war nicht da.«
Das hörte sich nicht gut an.
Rae trat von einem Fuß auf den anderen und sagte dann: »Ich dachte mir, vielleicht redest du mal mit ihm.«
Ich dachte daran, wie brüsk mich Hank am Silvesterband verabschiedet hatte, und schüttelte den Kopf.
»Irgend jemand muß ihm doch helfen, Sharon. Er sieht schrecklich aus. Und ich habe ihn gleich nach zwölf runter zum Remedy gehen sehen. Er ist noch immer nicht zurück.«
»Ach, um Gottes willen... In Ordnung. Wenn ich nur hier herumsitze, erreiche ich doch nichts. Bleibst du jetzt eine Weile hier?«
»Ja.«
»Gut. Wenn Detective Gurski oder George Kostakos anruft, laß dir sagen, worum es geht und läute in der Bar an, ja?«
Rae streckte mir den erhobenen Daumen entgegen und verließ das Büro.

Die Remedy Lounge war für mich der Maßstab für das Erkennen verwandter Seelen in unser Kooperative. Die Bar gehört zu den vielen Arbeiterkneipen an der Mission Street und entbehrt sämtlicher charakteristischer Merkmale, es sei denn, man hält rissige Plastiknischen und Resopaltische mit Rillen und Furchen, fliegendreckgesprenkelte Spiegel und verdächtig trübe Gläser, kaputte Flipper und eine selten funktionierende Jukebox für Symbole von Individualität. Was allerdings Freundschaften bei All Souls anging, so blühten oder welkten sie je nach der Einstellung des betreffenden Mitarbeiters zu dieser Bar.

Hank liebte die Remedy Lounge. Er hatte sogar das zweifelhafte Verdienst, sie entdeckt zu haben. Anne-Marie hat sie gern heruntergemacht, aber bis zu dem Zeitpunkt, als Hank und sie die ersten Probleme miteinander bekamen, konnte man sie fast immer auf dem nächsten Barhocker antreffen. Auch Jack und ich haben dort unverhältnismäßig viel Zeit zugebracht. Rae hatte es als eine besondere Ehre empfunden, als ich sie zum erstenmal auf einen Drink dort unten eingeladen hatte. Sogar Ted – der an der standhaften Heterosexualität der Klientel dort schier verzweifelte – kam mehrmals wöchentlich vorbei und wurde, das war schöne Tradition in dieser Gegend, von den Stammgästen toleriert. Laßt doch die anderen von All Souls ihren feinen Tropfen zwischen den Farnwedeln ihrer mondänen Bars schlürfen, haben wir oft genug verkündet. *Wir* wußten, wo man die gute alte Zeit noch finden konnte!

Nur waren die Zeiten in der Remedy nicht mehr so gut. Schon eine ganze Weile nicht mehr.

Heute abend hing der Beweis drüben am Ende der Bartheke, ein Glas Scotch vor sich. Die »Happy hour« hatte gerade begonnen, und die meisten Besucher machten einen großen Bogen um Hank. Selbst Brian, der Barkeeper, blieb auf Distanz. Ich winkte ihm zu und deutete auf Hank. Das signalisierte ihm, daß ich mein Glas Weißwein dort serviert haben wollte.

Als ich auf den Hocker neben ihm rutschte, würdigte Hank mich keines Blickes. Erst als Brian den Wein vor mich hinstellte und von dem Haufen aus Scheinen und Münzen auf der Bar einen Dollar und 25 Cents nahm, sah er überrascht auf.

»Den bist du mir schuldig«, sagte ich.

»So?« Hinter den dicken Brillengläsern sah ich einen verschwommenen Blick in die Ferne. Auch brauchte er dringend eine Rasur.

»Ja. Du warst einfach ekelhaft zu mir am Silvesterabend.«

»War ich das?«

»Hm. Du hast mich aus deinem Büro geworfen und mir gesagt, ich soll mir einen Gigolo suchen, ihn mit nach Hause nehmen und mit ihm bumsen.«

»Das habe ich gesagt?«

Ich nickte und trank einen Schluck.

»Mein Gott.« Hank strich sich mit einer Hand über die dichten Locken.

»Über Anne-Marie hast du gesagt: ›Scheiß drauf.‹«

»Ach ja, langsam erinnere ich mich.« Er nahm einen kräftigen Schluck Scotch.

»Möchtest du jetzt mit mir darüber reden?«

Er schwieg und drehte das Glas zwischen den Handflächen. Die Platte der Bar war naß von vielen früheren Drinks.

»Monatelang habe ich jede Frage vermieden«, setzte ich hinzu, »weil ich hoffte, die Dinge würden sich wieder einrenken, oder einer von euch beiden würde von sich aus mit mir reden. Aber jetzt kann ich nicht länger an mich halten.«

»Warum fragst du nicht sie? Ich bin sicher, sie liefert dir gern alle Erklärungen, die du willst.«

»Das habe ich auch vor, aber jetzt möchte ich deine Version hören.«

»Warum?«

»Weil du mein Freund bist, verdammt noch mal! Seit den guten alten Tagen in Berkeley. Was, zum Teufel, ist los mit dir, daß du dich von einer solchen Freundschaft abwendest?« Meine Stimme war lauter geworden. Die Leute zwei Hocker weiter sahen mich an und wandten dann schnell den Blick wieder ab.

Hank sagte: »Shar, ich kann einfach nicht darüber reden.«

»Du hast mit Jack gesprochen. Er hat mir kurz erzählte, was bei ihm seit letztem Herbst gelaufen ist.«

»Das ist etwas anderes. Jack hat es eben selber durchgemacht.«

»Und du glaubst, ich nicht? Nur weil Don und ich nicht verheiratet waren –«

»Ach Shar, das weiß ich doch. Aber du kannst mit so etwas umgehen. Du hast dich ... im Griff.«

Seine Worte lösten ein Déjà-vu-Gefühl in mir aus. Mein älterer Bruder John hatte mir einmal gleich nach seiner Scheidung gesagt, ich könne nicht verstehen, was er durchmache, weil ich ein Mensch sei, der »auf Sicherheit geht«. Damals hatte ich mich gefragt, ob ich meinen Mitmenschen tatsächlich eine so kühle, starre Fassade zeigte. Und jetzt fragte ich mich das wieder.

»Ja«, sagte ich, »ich habe mich im Griff. Das ist auch der Grund, weshalb ich Monate brauchte, um mit Don Schluß zu machen – Monate, in denen ich zuviel getrunken und mich über jede Kleinigkeit mächtig aufgeregt habe, nur um mich nicht mit den wesentlichen Dingen auseinandersetzen zu müssen. Das ist auch der Grund, aus dem ich mich eingeigelt habe und seitdem jede Beziehung gemieden habe.« Bis gestern nacht.

Hank musterte mich durch seine verschmierten Brillengläser. »Davon habe ich nichts geahnt.«

»Ich kann eben meine Gefühle besser verstecken als du. Erzähl, Hank.«

Er trank seinen Scotch aus – ich nahm an, um sich Mut zu machen – und sagte dann: »Es läuft am Ende alles auf eines hinaus: Ich kann mit Anne-Marie nicht leben. Sie braucht Ordnung, ich schaffe Chaos. Ich hasse Hausarbeit, artige Unterhaltungen und sonntags zum Brunch auszugehen. Mir ist es egal, wenn die Wohnung runterkommt, ich möchte nur meine alten Freunde um mich haben, ihnen einen Topf selbstgekochtes Chili vorsetzen und am Wochenende bis mittags schlafen. Wir sind einfach zu verschieden. Ich hätte das vorher merken müssen und sie nie heiraten dürfen.«

»Liebst du sie noch?«

»Ja.«

»Liebt sie dich noch?«

»Wenn sie das nach dem Silvesterabend noch tut, gehört sie in eine Anstalt.«

»Was ist passiert – abgesehen davon, daß du ohne sie zur All-Souls-Party gegangen bist?«

Er machte Brian ein Zeichen, daß er noch einen Drink wollte. Brian sah ihn zweifelnd an, goß aber ein, als ich ihm zunickte.

»Okay«, sagte Hank, als das Glas vor ihm stand. »Das ist passiert: Anne-Marie hatte die Andersons – wir haben ihnen die Wohnung über uns vermietet – zum Dinner eingeladen. Ich wollte zu All Souls, wo wir bisher immer Silvester gefeiert haben, also ging ich. Doch dann konnte ich die Leute nicht ertragen und hab in meinem Büro getrunken.«

»Erinnerst du dich, daß ich zu dir hereinkam und mit dir redete?«

»Oh, ja. Ich erinnere mich jetzt ziemlich genau. Ich trinke nicht so viel, daß ich einen Blackout bekomme. Ich erinnere mich auch noch an den Rest des Abends. In allen gräßlichen Einzelheiten.«

»Und weiter?«

»Ich habe Schluß gemacht und bin kurz nach Mitternacht heimgefahren. Mit dem Taxi – so saublöd bin ich auch wieder nicht, daß ich in dem Zustand selber fahre. Die Andersons waren noch da. Anne-Marie hatte diesen unterkühlten Blick, den sie bekommt, wenn sie stocksauer ist, aber versucht zivilisiert zu bleiben. Ich hatte gehofft, daß sie schon weg wären damit wir miteinander reden könnten. Ich mußte sie nur sehen ... Willst du wirklich wissen, was für ein widerlicher Rüpel ich bin?«

»Hin und wieder benehmen wir uns alle mal ausgesprochen rüpelhaft.«

»Aber die einen mehr als die anderen. Also, ich hab losgelegt und sie angeschrien, wie sie ›solche Leute‹ in unsere Wohnung holen könne. Ich hab gesagt, ich hätte einfach die Nase voll von ihnen, sei es leid, sie über ihre Autotelefone und Computer, ihr Feriendomizil mit Blick auf irgendeinen Golfplatz und ihre dämlichen, langweiligen Jobs an der Montgomery Street reden zu hören.«

»Oh, Gott!«

»Es kommt noch schlimmer. Dann fing *sie* nämlich an, zurückzuschreien. Sie habe die beiden nur deswegen zum Dinner eingeladen, um nicht den ganzen Abend mit mir streiten zu müssen. Sie habe die beiden nur hergebeten, damit wir nicht zur All-Souls-Party gehen, uns dort betrinken und vor den Augen unserer *wirklichen* Freunde anschreien mußten. Sie fände Autotelefone, Computer, Ferienhäuser und die Montgomery Street genauso langweilig, und außerdem grapschte Bob – so heißt der Mann – ihr ständig an den Arsch. Zu dem Zeitpunkt waren die Andersons schon auf dem Weg zur Tür.«

Hank sah erbärmlich aus. Ich dagegen fühlte eine Woge der Erleichterung in mir aufsteigen. Seit Monaten hatte Anne-Marie mich gemieden, meine Anrufe nicht beantwortet. Nachdem, was ich über ihr Verhalten gehört hatte, hatte ich befürchtet, aus meiner Freundin sei jemand anderes geworden, den ich lieber nicht kennen wollte. Doch ihr Silvesterausbruch in Gegenwart der schrecklichen Andersons bewies mir, daß es die aufrichtige, unprätentiöse Anne-Marie noch immer gab.

»Jedenfalls mußt du dir keine Sorgen mehr machen, daß die noch einmal zum Dinner zu euch kommen.«

»Es kommt noch schlimmer.«

»Geht das überhaupt?«

»Danach kamen wir nämlich *wirklich* zur Sache. Ich bin sicher, die Andersons saßen über uns mit dem Ohr am Boden, aber das wäre gar nicht notwendig gewesen. Ich hab ihr entgegengeschleudert, ich könne ihren Lebensstil nicht ertragen. Sie hat geantwortet, ich sei ein fieser Trottel mit dem gesellschaftlichen Charme des letzten Rindviehs. Schließlich hat sie gesagt, mein Chili sei schauderhaft.« Hank stemmte sich empört an der Bar hoch. Mit einem Ellbogen rutschte er ab, und ich mußte ihn abfangen.

Nur mit Mühe hatte ich mir das Lachen, das in mir aufstieg, verkniffen. Jetzt platzte es heraus. Je mehr ich lachte, desto gekränkter schaute Hank drein, und dieser Gesichtsausdruck wiederum gab meiner Heiterkeit neue Nahrung. Schließlich wischte ich mir die Tränen aus den Augen und japste: »Hank, über die anderen Dinge kann ich nichts sagen, aber in einem hat sie recht – dein Chili ist *furchtbar*!«

»... Du hast es aber immer gegessen.«

»Wegen der netten Gesellschaft.«

Er dachte einen Augenblick lang nach. »Auch Anne-Marie hat es immer gegessen. Vermutlich ist meine Gesellschaft nicht mehr so nett.«

»Derzeit vielleicht nicht.«

Er kippte den neuen Drink zur Hälfte hinunter und sagte: »Willst du den Rest der Geschichte hören?«

»Sie geht noch weiter?«

»Und wird immer noch schlimmer. Anne-Marie ist aus dem Zimmer gestampft und hat sich im Schlafzimmer eingeschlossen. Danach hab ich mich übergeben und bin im Badezimmer umgekippt, lag da irgendwie um die Toilette drapiert. Am Morgen steckte ein Umschlag von den Andersons unter der Tür. Sie haben mit einer Frist von einem Monat gekündigt. Da hab ich beschlossen, lieber ins All Souls zu ziehen.«

Ich stützte die Stirn auf eine Hand und seufzte. Schließlich sagte ich: »Eine so hübsche Wohnung wird doch leicht wieder zu vermieten sein.«

»Wieder jemanden für die Wohnung zu finden, macht mir keine Sorgen«, sagte er, »eher die Vorstellung, für den Rest meines Lebens auf der All-Souls-Couch zu schlafen.«

Ich wußte, wovon er sprach. Die Couch war ein braunes Relikt aus den dreißiger Jahren mit lauter gebrochenen Sprungfedern.

Bevor ich ihm aber eine optimistische Prognose stellen konnte, winkte Brian mich zum Telefon. »Wir reden nachher weiter«, sagte ich zu Hank und ging zum Ende der Bar, um mich zu melden.

Georges Stimme am anderen Ende der Leitung war hoch und zitterte, und es schwang etwas darin mit, auf das ich nicht gefaßt war. Als er sagte: »Sharon? Deine Assistentin sagte mir, ich kann dich dort erreichen«, da hörte ich so etwas wie Freude – nein, Begeisterung.

»Was ist passiert?«

»Ich habe gerade mit Detective Gurski gesprochen. Über die Identifikation anhand der zahnärztlichen Unterlagen von Tracy.«

»Ich habe auch schon versucht, ihn zu erreichen –«

»Sharon«, sagte er, »sie war es nicht! *Die Leiche, die du gefunden hast, war nicht Tracys!*«

15

Einen Moment lang brachte ich kein Wort heraus. Mir war klar, daß die Folgen dieser neuen Entwicklung alles über den Haufen warfen. Allerdings konnte ich sie noch nicht begreifen, sie noch nicht in Worte fassen.

»Sharon?« sagte George.

»Ja, ich bin noch dran.«

»Du weißt, was das bedeutet? Tracy kann doch noch am Leben sein!«

Muß aber nicht, dachte ich. Und wenn ja, waren wir wieder bei dieser schrecklichen Frage angelangt, die er so fürchtete.

George deutete mein Schweigen richtig. »Ja, ich weiß«, sagte er. »Aber es besteht zumindest Hoffnung. Nachdem ich geglaubt hatte, sie sei tot – wirklich geglaubt, wie gestern nacht –, weiß ich, ich werde mit allem fertig.«

»Das hoffe ich.« Ich dachte an die jammervolle Knochenansammlung, die ich gefunden hatte, und an die zerrissenen Reste von Tracys Kleidung. Was das bedeutete, war mir inzwischen klar, und es war ein äußerst unangenehmer Gedanke.

»Ja«, setzte ich hinzu, »das ändert die Dinge natürlich. Ich weiß kaum, wie ich jetzt weiter vorgehen soll.«

»Ich wünschte, du kämst her oder ich könnte zu dir kommen. Ich bin so aufgedreht, daß ich bestimmt die Fassung verliere, wenn ich dich nicht sehe.«

Das Bedürfnis und das Sehnen in seiner Stimme machten meiner Verwirrung ein Ende. Als ich aufsah, kam Jack zur Tür herein. Wahrscheinlich wollte er nach Hank sehen. Ich mußte sofort mit ihm reden.

»Ich komme zu dir«, sagte ich. »Aber ich muß noch mit Bobby Fosters Anwalt reden. Das kann eine Weile dauern. Ich komme, so schnell ich kann.«

»Ich warte auf dich.«

Ich hängte den Hörer ein und winkte Jack zu. Er änderte seinen Kurs und kam zu mir ans Ende der Bar. »Was ist los?« fragt er.

»Merkt man, daß etwas los ist?«

»Du müßtest dein Gesicht sehen.«

»Also, los ist folgendes: Die Leiche am Fluß da oben war *nicht* Tracy Kostakos.« Schnell erklärte ich ihm, was ich von George gehört hatte.

Jacks zerfurchtes Gesicht nahm einen leeren Ausdruck an, während sich das Getriebe seines Gehirns in Gang setzte und die Neuigkeit zu verarbeiten begann. Dann rieb er sich das Kinn und sagte: »Natürlich hat man keine Ahnung, wem diese Gebeine nun wirklich gehören.«

»Nein, und die Identifizierung wird langwierig – wenn nicht ganz unmöglich.«

»Und inzwischen sind wir wieder da, wo wir waren.«

»Nicht ganz. Wir haben einen Beweis, daß Tracy Kostakos um zehn nach zwei Uhr nachts noch lebte – eine ganze Weile nach dem Zeitpunkt, zu dem Foster nach seinem Geständnis den Mord begangen haben will. Und wir haben Amy Barbours Geschichte, die den Wagen eine Woche später am Cottage gefunden hat.«

»Sicher, und das reicht auch, um den Prozeß neu aufzurollen.

Doch dann müssen wir nachweisen, wo Foster gewesen ist. Die Parkwächterkollegen, die sein Alibi bestätigt haben, waren die wackeligsten Zeugen der Verteidigung im ersten Prozeß. Er selbst stellt sich auch nicht gerade in einer Weise dar, die Glaubwürdigkeit suggeriert. Ach, Scheiße!« Jack schlug so fest mit der Hand auf die Theke, daß der Mann, der um die Ecke saß, zusammenzuckte.

»Sollten wir nicht lieber raufgehen und die Sache unter uns bereden?«

»Von mir aus gern.« Er sah die Bar entlang, an deren anderem Ende Hank noch immer über seinem Drink hockte. »Ist er in Ordnung?«

»Auf dem Wege, glaube ich.«

Ich winkte Hank ein Auf Wiedersehen zu und folgte Jack nach draußen.

Winterliche Dunkelheit hatte sich über die Mission Street gelegt. Autos mit eingeschalteten Scheinwerfern standen im Stau auf den Fahrbahnen, große und kleine Busse hielten am Bordstein und spien ihre Fahrgäste aus. Die einen eilten in den warmen Schutz der Bars und Restaurants, andere gingen in den nächsten Supermarkt und kauften für ihr Abendessen ein. Und einige trotteten mit uns bergan zu ihren Einheitswohnhäusern, die zu beiden Seiten die steilen Bernals Heights säumen. Ich beobachtete sie und spürte wieder diese Depression, die mich oft um diese Abendstunde überfällt.

Manchmal scheint es mir, als sei ich ständig uneins mit mir und der Welt – an den Rand gedrängt durch mein Temperament und meine Gewohnheiten. Wenn abends die Leute heim zu ihren Familien oder zu ihren Partnern eilen, weiß ich oft nicht, was ich mit mir anfangen soll, oder ich bin drauf und dran, mich an eine Ermittlung oder Überwachung zu machen. Während andere den Tag mit einem Cocktail und einem Dinner abrunden, fernsehen und den Kindern bei den Hausaufgaben helfen, mache ich eher Jagd auf einen schwer zu fassenden Zeugen, oder ich sitze kalt und verkrampft in meinem MG vor irgendeinem Apartmenthaus und warte.

Nicht, daß ich mit meinem unregelmäßigen Leben haderte. Es ist die einzige Art zu leben, die mir wirklich zusagt. Und ich lebe für solche Augenblicke, in denen ein schwieriger Fall feste

Formen anzunehmen beginnt. Wenn aber am frühen Abend, rundherum die warmen Lichter in den Wohnungen anderer Menschen aufleuchten, denke ich immer häufiger darüber nach, was für ein einsames Leben ich mir gezimmert habe, und manchmal frage ich mich dann, wie es wohl aussähe, wenn ich eine andere, traditionellere Wahl getroffen hätte.

Doch heute abend konnte ich die Depression rasch verbannen. Ich mußte an George denken, an die Berührung seiner Hände, seiner Lippen, seines Körpers. Wegen dieses neuen, zerbrechlichen Etwas' zwischen uns hatte ich keinen Grund mehr, mich einsam zu fühlen. Und es sprach auch nichts gegen die Erwartung, daß es stärker und reicher werden würde, es sei denn, diese neue Entwicklung...

Ich schob den Gedanken beiseite und folgte Jack in das große, braune viktorianische Gebäude.

Rae und einer der Anwälte saßen im Wohnzimmer auf der Couch und sahen sich die Nachrichten im Fernsehen an. Der Christbaum hatte bereits die Hälfte seiner Nadeln verloren und ragte hinter ihnen vor dem Erkerfenster auf. Eine einsame, arbeitsame, fleißige Seele hockte in der Bibliothek auf einem Stuhl vor dem Zeichentisch, der mit juristischer Literatur und gelben, verknitterten Blättern Papier bedeckt war. Seltsamerweise war niemand in der Küche. Wir holten uns ein Glas Wein und setzten uns an den Eichentisch vor dem Fenster. Ich ließ meine Schuhe auf den Boden fallen, legte die Füße auf einen der Extra-Sessel und wartete auf seine Meinung zur Sache.

Er erörterte die Auswirkungen, die die jüngste Entwicklung auf Fosters rechtliche Situation hatte, wobei er alle Faktoren sorgfältig abwog. Er sprach langsam und präzise. Nach seinem anfänglichen frustrierten Ausbruch in der Remedy war er jetzt ruhig und ganz Profi mit scharfem Durchblick und kühler Logik, wie ich sie von ihm kannte. Kaum zu glauben, daß das derselbe Mann war, der sich vor zwei Tagen auf der Silvester-Party so schmachtend aufgeführt hatte wie ein liebeskranker Teenager.

Leider zog Jack den Schluß, daß die Entdeckung der Leiche, von der wir jetzt wußten, daß es nicht Tracys war, den Stand der Dinge noch weniger beeinflussen konnte. Obwohl er noch immer genug in der Hand habe, um ein neues Verfahren zu beantragen, konnte es doch erneut zu einer Verurteilung führen, wenn er den Fall in diesem ungelösten Stadium einem Geschworenengericht vorlegen würde. »Wie ich vorhin schon sagte«, fügte er hinzu, »wir müssen herausbekommen, was in jener Nacht passiert ist. Und davon scheinen wir jetzt weiter entfernt denn je.«

»Dann laß uns einmal Punkt für Punkt durchgehen, was wir haben«, sagte ich. »Tracy: eine hübsche Frau, die andere kühl benutzt, vorausgesetzt, wir glauben, was Foster von ihr erzählt, nämlich daß sie nur mit ihm geschlafen hat, um der exotischen Erfahrung willen.«

»Glauben wir es?«

»Ich schon. Das Rollenbuch bestätigt es. Vielleicht hat sie ja Gewissensbisse gehabt, aber die haben sie nicht daran gehindert, es ihm ins Gesicht zu sagen.« Innerlich entschuldigte ich mich bei George, daß ich seiner Tochter ein so schlechtes Zeugnis ausstellte. Doch schließlich hatte er ja selbst zugegeben, daß er die Frau, zu der seine kleine Tochter herangewachsen war, gar nicht richtig gekannt hatte. »Als nächstes«, sagte ich, »haben wir den gestohlenen Wagen. Das will mir nicht in den Kopf: Wieso einen Wagen *stehlen*? Ich werde Rae bitten, mehr über den Halter des Wagens in Erfahrung zu bringen.

Jack nickte zustimmend.

»In Ordnung«, fuhr ich fort. »Dann haben wir Fosters Aussage, Tracy Kostakos sei in jener Nacht auf dem Weg zu Marc Emmons' Apartment gewesen. Wahrheit oder Ausrede, um von ihm wegzukommen? Das werden wir nicht erfahren, bevor die Polizei Emmons ausfindig gemacht hat.«

»Wie sieht es damit aus?«

»Er und Amy Barbour sind verschwunden. Mein Fehler, fürchte ich. Ich habe sie in Panik versetzt. Aber sie werden wiederauftauchen. Wie dem auch sei, als nächstes wissen wir, daß Tracy am folgenden Morgen um zehn nach zwei mit dem Wagen in der Nähe des Hauses der Barbours unterwegs war. Sie fuhr schlecht, also war sie vielleicht nervös und ängstlich. Mit Sicherheit können wir annehmen, daß ihr Ziel das Cottage war. Wir wissen nicht, ob jemand bei ihr war, und wahrscheinlich kann sich auch der Beamte, der ihr den Strafzettel gab, nicht erinnern. Wir wissen jedenfalls, daß der Wagen eine Woche später am Cottage war, Tracy aber nicht.«

»Wie ist sie von dort weggekommen? Wie du sagtest, ist es weit bis zur nächsten Hauptstraße.«

»Das stimmt. Es gibt also nicht viele Möglichkeiten.« Ich zählte sie an meinen Fingern ab. »Sie ist per Anhalter gefahren oder hat sich von jemandem aus der Nachbarschaft mitnehmen lassen. Aber in dem Fall würde sich vielleicht jemand gemeldet haben, der ihr Foto in den Zeitungen oder in den TV-Nachrichten wiedererkannt hat, als die Sache an die Öffentlichkeit gedrungen war.

»Es sei denn, diese möglichen Zeugen lesen keine Zeitung und sehen nicht fern. Oder wollten nicht hineingezogen werden.«

»Auch das ist möglich. Eine andere Möglichkeit: Jemand, den sie kannte, kam hin und holte sie ab. Sie könnte das im voraus so arrangiert oder von einem Nachbarn aus angerufen haben. Und noch eine Möglichkeit: Die Person, deren Gebeine ich dort gefunden habe, kam in einem Wagen zum Cottage, in dem Tracy dann später wieder wegfuhr.«

Ich machte eine Pause, trank einen Schluck Wein und war mir eines Gedankens nur allzu bewußt, den keiner von uns bisher ausgesprochen hatte. Schließlich sagte ich: »Die Kleiderreste, die ich bei den Knochen fand, gehörten zu der Kleidung, die Tracy getragen hatte, als sie das Café Comédie verließ. Das sieht für mich so aus, als habe man sie der Leiche nach ihrem Tod angezogen, um den Anschein zu erwecken, es sei Tracy. Der oder die Mörder mußten sich darüber klar gewesen sein, daß die Wahrscheinlichkeit einer frühzeitigen Entdeckung gering war. Doch wenn sie schließlich gefunden würde, würde die Kleidung darauf hindeuten, daß die Tote Tracy Kostakos war.«

»Naiv, angesichts der heutigen Identifikationstechniken.«

»Na ja, vielleicht wußte Tracy Kostakos nicht allzuviel über forensische Wissenschaften.«

»Du glaubst, sie war die Mörderin? Oder eine Komplizin?«

Ich nickte und spürte eine andere Form von Depression in mir aufsteigen als vorher. Eine Zeitlang war ich vom Vorgang des Folgerns und Beweisführens gefangen gewesen, doch jetzt war ich gezwungen, die Fakten auf Personen zu beziehen.

Wenn meine Theorie stimmte, würden meine Ermittlungen dem Mann Schmerz und Kummer bereiten, der mir sehr ans Herz zu wachsen begann.

»Und das Opfer?« fragte Jack.

»Wohl jemand, den niemand vermißte oder doch nicht so sehr, daß er eine großangelegte Suchaktion nach ihr startete. Jemand, bei dem man vielleicht damit rechnete, daß er einfach seine Zelte abbrach und ging.«

»Irgendwelche konkrete Vorstellungen?«

»Nur eine. Eine Kellnerin namens Lisa McIntyre, die im Club gearbeitet hat. Sie ist ungefähr zur gleichen Zeit von der Bildfläche verschwunden wie Tracy Kostakos. Larkey war immerhin so besorgt, als sie nicht mehr zur Arbeit kam, daß er die Frau seines Partners losschickte, um nach ihr zu sehen. Lisa McIntyre war ohne Kündigung ausgezogen. Larkey hat es nicht weiterverfolgt, weil er sie für so etwas wie einen Wandervogel gehalten hatte.«

»Zufall?«

»Könnte sein. Aber es gefällt mir nicht. Ich rufe Larkey an.«

Ich stand auf und folgte der Telefonschnur am Fußboden. Sie führte mich in die Küche, wo ich den dazugehörigen Apparat auf dem Abtropfbrett neben dem Spülbecken fand. Ärgerlich griff ich nach dem Hörer. Die langen Strippen an den Telefonen im All Souls gingen mir schon seit Jahren auf die Nerven – erstens, weil sie sich dauernd verhedderten, und zweites, weil die lieben Mitarbeiter die Apparate stets gern gerade dort stehenließen, wo sie aufgelegt hatten. Seit der Einführung des schnurlosen Telefons plädiere ich dafür, daß einige unserer besonders ruhelosen Telefonierer so einen Apparat bekommen, doch bislang hat niemand auf mich gehört. So werde ich wohl bis in alle Ewigkeit den Telefonschnüren folgen müssen, wie draußen im Wald, wo einen Krümelspuren an ganz seltsame Orte führen.

Larkey meldete sich im Café Comédie. Er klang niedergeschlagen. »Ich habe gehört, daß Sie draußen in Napa waren, um bei der Identifikation zu assistieren«, sagte ich.

»Das mindeste, was ich tun konnte. Und es war eine große Erleichterung für mich, daß es nicht Tracys Leiche war. Aber bei Gott, was für eine bedrückende Erfahrung. In meinem abwechslungsreichen Leben war mir das bisher erspart geblieben. Ich hoffe, so etwas passiert mir nie wieder.«

»Das kann ich gut nachfühlen. Jay, ich weiß, daß meine Assistentin Sie heute früh schon über Lisa McIntyre befragt hat, aber ich hätte noch ein paar zusätzliche Fragen.«

»Sicher. Raus damit.«

»Hat einmal jemand nach ihr gefragt, nachdem sie die Stadt verlassen hatte – Angehörige oder Freunde zum Beispiel?«

»Nicht, daß ich wüßte. Sie war nicht lange genug hier, um enge Freundschaften zu schließen, und was die Familie angeht, hat sie bloß erwähnt, sie stehe seit ihrem fünfzehnten Lebensjahr auf eigenen Beinen. Sie stammte aus Oklahoma, aber in den letzten Jahren war sie wohl unterwegs gewesen – Boston, New York, L. A. Die üblichen Orte, zu denen es die Möchtegern-Comedy-Akteure zieht.«

»War sie denn gut als Comedy-Spielerin?«

»Eigentlich nicht. Wie in allen Zweigen des Showbusineß muß man auch bei der Comedy Disziplin haben, und daran fehlte es Lisa. Ich war eigentlich gar nicht überrascht, als sie plötzlich auf und davon war. Sie gehörte zu den Menschen, die ständig auf der Suche nach der vermeintlichen großen Chance sind.«

»Und Sie sagen, sie hatte keine engen Freunde. Was ist mit Liebhabern?«

»Lisa war Lesbierin, aber ich habe sie nie mit einer Frau gesehen.«

Mir fiel das Video ein, daß sich George früh am Morgen angesehen hatte. Da hatte Tracy eine lesbische Kellnerin namens Ginny dargestellt. War Lisa das Vorbild für diese Rolle gewesen?«

»Wie sieht Lisa aus?« fragte ich.

»Groß, dünn, hellbraunes, langes, lockiges Haar. Recht attraktiv.«

»Noch eine Frage, dann lasse ich Sie in Ruhe. Haben Sie auch ihre Zähne einmal behandelt?«

Larkey zögerte. Offenbar überraschte ihn die Frage. »Tatsächlich, ja.«

»Und haben Sie die Unterlagen noch?«

»Ja.« In seiner Stimme klang nun ein fragender Ton mit.

»Dann wird man sich aus Napa County wohl wieder an Sie wenden und Sie darum bitten.«

»Sie meinen, es war *Lisa* da oben?«

»Es lohnt sich jedenfalls, dem nachzugehen.«

»Hm.« Er zögerte. »Jetzt, wo Sie es erwähnen – natürlich kann sich kein Zahnarzt an die Zähne aller seiner Patienten erinnern – könnte es sein, daß Lisas und Tracys Zahnstatus sich gar nicht so sehr voneinander unterschieden. Wenig Löcher, keine Kronen, keine Fehlstände. Das könnte eine Erklärung dafür sein, warum ich anfangs meinte, Tracy vor mir zu haben. Es gab kleine Unterschiede, aber nicht viele.«

»Ich rufe in Napa an und sage dort Bescheid, man soll sich mit Ihnen in Verbindung setzen.« Ich bedankte mich und legte schnell auf, bevor er mir noch eine zeitraubende Frage stellen konnte.

Jack hatte das Ende meines Gesprächs aus der Nähe mitgehört. Er sagte nichts, als ich die Polizei in Napa anrief und nach Stan Gurski fragte. Ich war nicht sicher, ob die Überlegungen, die ich Gurski vorzutragen hatte, viel Sinn ergaben, doch es dauerte gar nicht lange, bis er mich bat, Lisa McIntyres Unterlagen bei Larkey anzufordern. Er wollte mich auch sofort vom Ergebnis der medizinischen Untersuchung unterrichten.

Es war jetzt eine ganze Weile nach sieben. George würde sich fragen, ob mir etwas zugestoßen sei. Ich rief ihn an und sagte, ich müsse noch heim, um die Katze zu füttern, sei aber auf dem Weg. Er fragte mich, was ich gern auf der Pizza hätte, und als ich zögernd gestand, daß ich ganz wild auf Anchovis und italienische Wurst sei, lachte er.

»Kannst du dir vorstellen, wie schwer es für mich war, jemanden zu finden, der genau diese Kombination auch mag?« fragte er. »Wir müssen füreinander geschaffen sein.«

»An diesen Gedanken werde ich mich halten.«

Als ich den Hörer auf die Gabel legte, sah Jack mich neugierig an. »Hast du da gerade mit George Kostakos geredet?«

»... Ja.«

»Hört sich an, als kämt ihr beiden gut miteinander aus.«

»Ja, das tun wir. Er ist ein interessanter Mann, und man kommt leicht mit ihm ins Gespräch.«

Jacks Gesichtsausdruck wurde wachsam. In seiner Stimme

lag so etwas wie Besorgnis, als er weitersprach. »Ich hoffe, du gerätst nicht in eine emotionale Beziehung zu... einer der Hauptfiguren in den Ermittlungen.«

Großer Gott, dachte ich irritiert, als Objekt seiner romantischen Vorstellungen hat er mich aufgegeben, und dafür will er mir nun wie Hank gute Ratschläge erteilen. »Warum sollte ich?«

Er zuckte mit den Schultern. »Ich habe Kostakos kennengelernt. Er ist intelligent, sympathisch, sieht gut aus und ist reich. Ich wüßte nicht, warum du ihn *nicht* attraktiv finden solltest.«

Er meinte es gut, aber es ging ihn wahrhaftig nichts an. Deshalb sagte ich: »Außerdem ist er verheiratet. Vergiß das nicht.«

Jack entspannte sich ein wenig. »Solange du es nicht vergißt«, sagte er.

16

Amy Barbours Apartmenthaus lag zwar nicht direkt auf meinem Weg quer durch die Stadt zum Marina-Distrikt, aber ich machte einen Umweg über den Hügel, um bei ihr vorbeizufahren. Ich nahm mir vor, gar nicht erst anzuhalten, wenn ich keinen Parkplatz fand. Die Polizei dürfte das Apartment mehrfach überprüft haben, und so war die Chance eher gering, Amy Barbour daheim anzutreffen. Doch ich fand direkt vor dem Haus einen freien Parkplatz. Schicksal, dachte ich, und lenkte den MG an den Bordstein.

Die Fenster im ersten Stock waren dunkel. In der Auffahrt stand ein Mercedes-Sportcoupé. Im Eingangsbereich brannte Licht, und man konnte sehen, daß ein Keil das eiserne Sicherheitstor offenhielt. Vielleicht trug jemand gerade etwas hinein oder heraus und wollte es nicht jedesmal wieder aufschließen müssen. Zog Amy Barbour heute abend zu Marc Emmons um? Wenn ja, warum hatte die Polizei sie weder hier noch in Emmons' Wohnung ausfindig gemacht?

Ich ging durch das Tor, die Treppe hinauf. Die Tür zum Apartment stand einen Spalt offen, aber ich hörte weder Stimmen, noch sah ich Licht. Ich ging weiter. Meine Rückenmuskeln spannten sich.

Das Innere der Wohnung lag im Dunkeln, aber die Vorhänge an dem Panoramafenster waren aufgezogen, so daß die fernen Lichter der Stadt den Raum erhellten. Sie warfen einen fahlen Schein auf die Möbel und ließen die Silhouette eines hochgewachsenen Mannes erkennen, der vor dem Fenster stand und hinausschaute. Als ich die Tür ganz aufstieß und über die Schwelle trat, drehte er sich schnell um. Stahlgefaßte Brillengläser blitzten auf. Ich tastete nach einem Lichtschalter. Eine Tischlampe ging an. Der Mann war Rob Soriano, Larkeys Partner.

Trotz seiner militärisch aufrechten Haltung schien Soriano entspannt und überhaupt nicht überrascht, mich hier anzutreffen, gerade so, als habe er früher oder später mit meinem Erscheinen gerechnet. Er sagte nichts, verschränkte nur die Arme vor der Brust und musterte mich. Ich starrte zurück.

Heute abend trug Soriano einen grauen Geschäftsanzug, ein hellgraues Hemd und einen gestreiften Schlips in gedämpften Farben. Die Ton in Ton abgestimmte Kleidung, dazu die strenge Brille und der konservative Haarschnitt machten ihn irgendwie gesichtslos, aber selbst in auffallenderem Aufzug wäre einem dieser Mann in einer Menschenmenge nicht aufgefallen. Sein kantiges Gesicht wirkte müde, als hätte er den Tag mit aufreibenden Verhandlungen verbracht. Von der Nase zum Mund zogen sich tiefe Falten, die ganz gewiß nicht vom Lachen stammten.

Offenbar erwartete er, daß ich das erste Wort sagte, also begann ich: »Wie geht es Ihnen, Mr. Soriano?«

»Gut, Miss McCone. Und Ihnen?«

»Auch gut. Darf ich fragen, was Sie hier machen?«

Ein dünnes Lächeln spielte um seine schmalen Lippen. »Das könnte ich Sie auch fragen.«

»Ich suche nach Amy Barbour und Marc Emmons.«

»Dann verfolgen wir den gleichen Zweck.«

»Warum suchen Sie die beiden?«

»Eigentlich bin ich nur an Marc interessiert. Unser dicker Komiker ist seit Donnerstagabend nicht mehr bei uns aufgetaucht. Jay möchte, daß ich ihn anbringe, damit er ihn rausschmeißen kann.«

Anscheinend schickte Larkey die beiden Sorianos gern auf

Botengänge. Nur sah Rob nicht wie ein Laufbursche aus, und er verhielt sich auch nicht so. »Wie sind Sie hereingekommen?« fragte ich.

»Auf demselben Wege wie Sie. Beide Türen standen offen. Es scheint, als zöge jemand aus.«

Ich sah mich im Zimmer um. Die Möbel standen unverrückt, aber im Plattenschrank und unter den Büchern gab es Lücken. Ein halb fertig gepackter Karton mit Küchengeräten stand auf dem vollgeladenen Eßtisch. Ich ging zu den Schlafzimmern. Tracys Tür war verschlossen. Amys Bett war abgezogen. Die Schreibtischschubladen waren leer, und im Schrank hingen nur noch wenige Kleidungsstücke. Toiletteartikel und Handtücher waren aus dem Badezimmer verschwunden.

Als ich ins Wohnzimmer zurückkam, saß Rob Soriano auf dem weißen Ledersofa. Er zog ein Päckchen Zigaretten aus der Tasche und bot mir eine an. Als ich den Kopf schüttelte, zündete er sich selbst eine an. »Wohin sind unsere beiden pummeligen kleinen Vögel wohl ausgeflogen?« fragte er.

Ich setzte mich ans andere Ende der Couch. »Amy wollte zu Emmons ziehen.«

»Na, dann muß sie unterwegs verlorengegangen sein. Bei ihm ist auch niemand.«

Es konnte ja sein, daß die Polizei sie in den letzten Stunden aufgegriffen hatte. Das würde erklären, warum Amy das Pakken unterbrochen hatte. Aber das wollte ich Soriano nicht sagen. »Wieso sind Sie hinter Emmons her?« fragte ich. »Sie sagten doch, Ihre Frau spiele im Café Comédie die aktive Rolle.«

»Kathy könnte wohl kaum einen großen jungen Mann gegen seinen Willen dorthin schleppen.«

Nach allem, was ich von Kathy Soriano gesehen hatte, dürfte es nur wenige Menschen geben, mit denen sie es nicht aufnehmen konnte, aber auch diese Meinung behielt ich für mich. »Was ist mit Larkey?«

»Jay hat genug mit der Leitung des Clubs zu tun. Außerdem hat er... Probleme wegen Marc.«

»Wieso?«

Soriano blies einen Ring in die Luft und sah zu, wie er sich langsam auflöste. »Marc war Tracys Freund«, sagte er schließlich.

»So?«

»Jay war auch ihr Freund.«

Ich schwieg und mußte diese Neuigkeit erst einmal verdauen.

Soriano sah mir die Überraschung an und setzte hinzu: »Das wundert mich, daß Ihnen das niemand erzählt hat. Jeder hat es gewußt.«

»Larkey behauptet, er habe an Tracy wie ein Vater gehangen. Und beim Prozeß gegen Foster ist es auch nicht herausgekommen.«

»Nun, ich bin sicher, Jay mag jetzt, zwei Jahre später, nicht mehr zugeben, was für ein alter Narr er gewesen ist. Und was den Prozeß angeht – es hatte einfach keine Bedeutung. Die Anklage hat zudem versucht, die kleine Miss Kostakos als das nette Mädchen von nebenan hinzustellen. Wäre ihre Beziehung zu Jay herausgekommen, dann wohl auch noch einiges andere.«

»Zum Beispiel?«

»Tracy war ein sehr umtriebiges Mädchen. Sicher, da war Marc. Ich möchte das ihre letzte unverdorbene Beziehung nennen. Nach Marc kam Jay. Ihn hat sie benutzt – damit er ihren Vertrag mit dem Club verlängert, um an einen Agenten zu gelangen und an Geld zum Ausgeben. Seltsamerweise glaube ich, daß sie ihn wirklich mochte. Alle jungen Leute mochten ihn, sie konnten gar nicht anders. Aber sie hat ihn eben auch benutzt, und was sie sonst so trieb, hätte ihm großen Kummer bereitet, hätte er davon gewußt.«

»Was meinen Sie mit dem, was sie ›sonst so‹ trieb?«

Soriano lächelte düster. »Miss Kostakos hatte die häßliche Angewohnheit, sich in das Leben anderer Leute einzuschleichen und sie für ihre Rollen auszubeuten. Sie ist diesen Menschen dabei sehr nahe gekommen und quasi in deren Haut geschlüpft. Sie wollte die totale Erfahrung, mit allen Sinnen. Dann war da der junge Foster –«

»Das wissen Sie?«

Jetzt war es an ihm, überrascht zu sein. »Ja. Aber woher wissen *Sie* es?«

»Er hat es mir erzählt.«

»Oho, ich dachte, er hätte sein Schweigen nie gebrochen. Ich glaube zwar nicht, daß sie das Material jemals verwendet hätte, und sicher auch nicht in meinem Fall –«

»In Ihrem?«

»Nein, ich hatte sie durchschaut und ihr Einhalt geboten. Aber bei Lisa McIntyre...«

»Der Sketch mit der lesbischen Kellnerin?«

»Genau. Tracys Porträt von ihr hatte einen boshaften Unterton. Lisa hatte keine Ahnung, welche Motive hinter ihrem kurzen... Ausrutscher standen, und als sie dann den Sketch sah, war sie außer sich.«

»Mein Gott.« Ich konnte jetzt nur noch an George denken und daran, wie sehr es ihn verletzen würde, wenn all das herauskäme. Ich würde alles Menschenmögliche versuchen, um zu vermeiden, daß er es jemals erfuhr. »Wissen Sie, daß ich gestern bei einem Cottage am Napa River eine Leiche gefunden habe, die ich für Tracys hielt?« fragte ich.

Er nickte. »Meine Frau hat es mir erzählt.«

»Es hat sich herausgestellt, daß sie es nicht war.«

»Ach?«

»Der Sheriff läßt jetzt untersuchen, ob Lisa McIntyres Gebiß mit dem der Leiche übereinstimmt.«

Er wollte gerade die Zigarette ausdrücken, aber seine Hand blieb ein Stück über dem Aschenbecher in der Schwebe. Für einen Augenblick war er wie erstarrt. »Das ist eine seltsame Wendung. Man kann kaum umhin, daraus eine höchst unerfreuliche Folgerung zu ziehen.«

»Ja, allerdings.«

Soriano drückte seine Zigarette aus, stand auf und strich seine Jacke glatt. Sein Gesicht war jetzt noch zerfurchter, und ich glaubte, eine Spur von Zorn darin zu entdecken. »Wenn diese Schlußfolgerung stimmt, dann wird das für Jay die Hölle. Er wird sich selber Vorwürfe machen.«

»Warum?«

Er schüttelte den Kopf. »Das ist seine Sache. Und, offen gesagt, ich bin es leid, hier herumzusitzen und auf den Dicken zu warten. Dieser Club kostet mich den letzten Nerv. Von jetzt an beschränke ich mich auf die Atlas Development.«

Atlas Development. Wo hatte ich den Namen...? Natürlich! »Der vom Clubparkplatz gestohlene Wagen – und mit dem, laut Anklage, Foster Tracy entführt haben soll –, war auf den Namen der Firma Atlas Development zugelassen.«

»Stimmt. Es war der Firmenwagen, den mein Assistent, Jim Fox, benutzte. Er war an dem Abend zum erstenmal im Club gewesen, auf meine Einladung, lernte eine Dame kennen und ging mit ihr nach Hause. Als er zurückkam, um den Volvo abzuholen, war er weg.«

»Wann genau hat er den Diebstahl angezeigt?«

»Erst am nächsten Tag, am frühen Abend. Die Dame hat ihn morgens an seinem Arbeitsplatz abgesetzt, und ich habe ihn dann nach der Arbeit zum Club gefahren.«

Aus diesem Grund also hatte die Highway-Patrouille, die beim Ausstellen eines Strafmandats stets auch die Zulassungsnummer überprüft, den Wagen nicht als gestohlen im Fahndungsbuch stehen.

Soriano schien das Interesse an unserer Unterhaltung verloren zu haben. Mit einem Blick auf die Uhr sagte er: »Jetzt muß ich aber wirklich gehen. Wenn Sie Marc sehen, sagen Sie ihm bitte nicht, daß er rausfliegt. Ich möchte Jay nicht den Spaß an der Sache verderben.« Bevor ich antworten konnte, verbeugte Soriano sich knapp und verließ das Apartment.

Ich blieb eine gute Minute an Ort und Stelle sitzen und verdaute die letzten Neuigkeiten. Das Bild, das ich mir von Tracy machen mußte, war unappetitlich, und mein Abscheu stieß mir sauer auf. Ich hatte niemals wirklich bedauert, keine Kinder zu haben, doch jetzt kam es mir direkt wie ein Segen vor. Der Schmerz, den diese Enthüllungen George bereiten würden – wenn es mir nicht gelang, sie irgendwie zurückzuhalten –, war unvorhersehbar. Und egoistischerweise wollte ich nicht diejenige sein, die für die Enthüllungen verantwortlich war. Nach einer Weile schob ich diese trüben Gedanken beiseite und ging durch den Flur zum Wäscheschrank, wo ich das Instrument suchte, mit dem sich Tracys Zimmertür öffnen ließ. Es lag nicht da. Ich tastete in meiner Umhängetasche nach einem passenden Werkzeug und holte einen langen Nagel hervor – er gehörte zu dem Kram, den eine Hausbesitzerin mit Renovierungsabsichten so mit sich herumschleppt. Ich brauchte ein paar Anläufe, aber nach einer halben Minute schnappte das Schloß auf, und ich trat durch die Tür.

Aus der Dunkelheit vor mir drang ein erstickter Schrei.

Ich preßte mich flach an die Wand, tastete mit der einen Hand nach dem Lichtschalter, während die andere automatisch ins Seitenfach meiner Tasche griff, obwohl ich gar keine Waffe bei mir hatte. Dann flammte die Deckenbeleuchtung auf, und ich sah Laura Kostakos.

Sie hockte zwischen Bett und Schrank am Fenster auf den Knien. Ihr blauer Hausanzug war zerknittert und sah aus, als hätte sie ihn seit unserem letzten Gespräch am Donnerstag zuvor nicht mehr ausgezogen. Ihr graublondes Haar hing schlaff und zerzaust herunter. Doch ihr Blick machte mir mehr Sorgen als ihr Aufzug: Die Augen waren weit aufgerissen vor Angst und der Blick seltsam verschwommen. Sie öffnete den Mund, als wolle sie noch einmal schreien, doch ich hob beruhigend die Hand.

Laura sank noch mehr in sich zusammen, und ihr vorgebeugter Kopf verschwand fast aus meinem Blickfeld. Ich eilte um das Bett herum, murmelte ein paar beruhigende Worte und griff ihr unter die Arme, um ihr aufzuhelfen. Sie waren dünn wie Streichhölzer. Das Gardenienparfüm roch unangenehm durchdringend wie am Boden verrottende Blüten. Ihr Körper sackte gegen mich. Es gelang mir, sie in den nahen Schaukelstuhl zu setzen.

Sie legte den Kopf zurück und schnappte nach Luft. »...haben mich erschreckt.«

»Tut mir leid. Ich wußte nicht, daß Sie hier waren.«

»Ein Mann ist in die Wohnung gekommen. Ein fremder Mann. Ich habe die Tür verschlossen und mich versteckt.«

»Das war Jay Larkeys Geschäftspartner. Er ist jetzt weg.«

Sie nickte müde, schloß die Augen und fing wie im Schlaf an, sanft zu schaukeln.

Ich setzte mich auf die Kante des Wasserbetts. Drinnen schwappten und kräuselten sich kleine Wellen. »Mrs. Kostakos... Laura«, sagte ich, »was tun Sie hier? Es kann nicht gut für Sie sein, weiter hierherzukommen, zu warten und sich in der Vergangenheit zu vergraben.«

Sie schaukelte schweigend weiter.

»Wenn Tracy zurückkommt«, setzte ich hinzu, »dann sicher nicht in dieses Apartment. Wahrscheinlich weiß sie nicht einmal, daß Sie es behalten haben.«

»Sie weiß es.«

»Wie kommen Sie darauf?«

»Weil sie sagte, ich solle hierherkommen, als sie mich anrief. Beide Male.«

Ein kalter Schauer fuhr mir über den Rücken. »Wann war das?«

»Silvester, nachmittags. Und heute wieder, um fünf.«

»Sind Sie sicher, daß es Tracy war.«

»Ich kenne die Stimme meiner Tochter.«

»Was genau hat sie gesagt?«

»Beim erstenmal nur, daß ich in das Apartment hier kommen soll, sie wolle mich hier treffen. Ich habe die ganze Nacht gewartet, aber sie ist nicht gekommen. Heute hat sie sich dafür entschuldigt. Sie sei aufgehalten worden, aber heute abend sei sie bestimmt da. Doch dann kam dieser Mann, und jetzt Sie. Wahrscheinlich hat sie das abgeschreckt.«

Oder sie ist erst gar nicht gekommen, dachte ich. War die Anruferin wirklich Tracy gewesen, oder hatte sich jemand einen grausamen Scherz erlaubt? »Weshalb sollte sie Angst vor mir oder Rob Soriano haben?«

Keine Antwort.

»Laura – *weshalb*?«

Sie schüttelte den Kopf, das Schaukeln wurde stärker.

Ich sah ihr schweigend zu, führte meine Überlegungen von vorher weiter bis zu der unvermeidlichen Schlußfolgerung. Wenn Tracy – direkt oder indirekt – mit dem Mord am Napa River zu tun hatte, dann fürchtete sie zu Recht, gesehen zu werden, vor allem von Rob Soriano, der sie durchschaut hatte. Hatte sie bei ihrer Mutter irgendwie durchblicken lassen, was in jener Nacht oder in den Jahren danach passiert war? Oder hatte sie sie einfach nur herzitiert? Ob so oder so – warum ausgerechnet jetzt? Hatte sie erfahren, daß der Fall neu aufgerollt würde? Das würde bedeuten, daß sie Kontakt zu jemandem hatte, der von meinen Ermittlungen wußte.

»Laura«, sagte ich, »waren Tracys Anrufe Ferngespräche?«

»...Ich weiß nicht, wo sie war.«

»Aber *hörten sie sich an* wie Ferngespräche?«

»...Nein. Sie kann nicht weit weg gewesen sein, denn sie wollte mich ja abends hier treffen.«

Ich schwieg wieder und dachte darüber nach, was sie gesagt

hatte. Tracy konnte tatsächlich angerufen haben oder jemand, der vorgab, Tracy zu sein. Laura konnte aber auch lügen oder sich die beiden Anrufe nur eingebildet haben. Ich hatte nichts in der Hand, um die Wahrheit herauszufinden.

Laura setzte sich auf und öffnete die Augen. Sie sah mich trotzig an. »Ich weiß, was Sie denken«, sagte sie. »Daß ich alles erfunden habe oder es mir einbilde. Genau wie George. Sie glauben mir nicht.«

Als sie seinen Namen nannte, gab mir mein Schuldgefühl einen Stich. Ich hatte in der Nacht zuvor mit ihrem Mann geschlafen und würde es vielleicht heute abend wieder tun. Und währenddessen saß diese Frau in einem dunklen Zimmer und wartete auf ihre Tochter, die vielleicht nie mehr zurückkam. Eine Tochter, die in jedem Fall nie mehr das Kind sein würde, das sie aufgezogen und geliebt hatte.

»Genau wie George«, sagte sie noch einmal und fing an zu husten.

»Was ist los?« fragte ich besorgt.

Sie deutete mit dem Arm zur Tür und röchelte: »Wasser.«

Ich rannte in die Küche, fand in dem Durcheinander auf der Frühstücksbar ein Glas und spülte es aus. Während ich es füllte, hörte ich etwas krachen. Erschrocken ließ ich das Glas in das Spülbecken fallen, wo es zersprang, und rannte zum Schlafzimmer. Schon merkte ich, daß das Krachen von der Wohnungstür gekommen war. Sie war zugefallen. Laura war fort.

Ich eilte hinaus und die Treppe hinunter. Als ich auf dem Gehsteig ankam, stieg Laura in das Mercedes-Sportcoupé, das in der Einfahrt stand. Ich lief um den Wagen herum zur Fahrerseite, aber sie hatte die Tür verriegelt. Sie ließ den Motor an und setzte zurück. Um ein Haar verfehlte sie meine Zehen. Es war fast ein Wunder, daß auf der Upper Market kein Verkehr herrschte.

Ich sah, wie der Mercedes schleudernd bergab raste und dann meinem Blick entschwand. Ich hoffte, daß Laura sich so weit unter Kontrolle hatte, nicht sich selbst oder andere auf ihrem Weg nach Palo Alto umzubringen.

17

George sagte: »Ich rufe einen Kollegen an und bitte ihn, nach ihr zu sehen. Wenn sie sich weigert, kann ich nicht mehr viel tun.«

Wir saßen in der Küche seines Luxusschuppens und tranken Wein. Die versprochene Pizza war unterwegs. Er hatte sie schon vorher bestellt, wohl um die Illusion einer gewissen Normalität aufrechtzuerhalten. Doch mein Bericht über Tracys angebliche Anrufe und Lauras Verhalten hatte ihn zutiefst erschüttert.

»Vielleicht solltest du mit ihr reden«, begann ich zögernd.

Er schüttelte den Kopf. »Nein, Sharon, das kann ich nicht. Es ist aus zwischen Laura und mir. Die vergangene Nacht hat das bestätigt.« Auf meinen fragenden Blick sagte er: »Nein, du bist nicht die erste Frau, mit der ich seit unserer Trennung geschlafen habe. Und ich gestehe, daß ich auch vorher meiner Frau nicht immer treu war. Aber du bist nach Laura die erste Frau, bei der ich diese wesentlichen Gemeinsamkeiten spüre, die am Anfang einer Beziehung und nicht einer zufälligen Affäre stehen. So schlecht es Laura auch gehen mag, ich kann sie nicht in dem Glauben lassen, es könnte zwischen uns noch etwas geben.«

»Außerdem«, fügte er hinzu, »ist Laura eine sehr scharfsinnige Frau, auch wenn es mit ihren emotionalen Fähigkeiten eher schlecht bestellt ist. Sie würde merken, daß ich nur aus Mitleid zu ihr käme, und das würde ihren Stolz brechen. Und sie braucht ihren Stolz, um zu überleben, bei dem, was wahrscheinlich noch vor ihr liegt.«

Ich nickte und drehte mein Weinglas langsam zwischen den Fingern. »Solange sich nur irgend jemand um sie kümmert. Aber was ist mit diesen Anrufen, George? Glaubst du, daß das wirklich Tracy war?«

Sein Blick verdüsterte sich, und die braunen Augen hatten einen Stich ins Grüne. »Die Anrufe... Ich weiß es einfach nicht. Das Ganze hat so etwas Geheimnisvolles, Gespenstisches – es sieht Tracy so gar nicht ähnlich. Und doch muß ich daran denken, daß es ihr auch nicht ähnlich sah, zu verschwinden und auch noch zu schweigen, als ihr Freund für einen angeblichen

Mord an ihr verurteilt wurde. Ich weiß es einfach nicht, verdammt noch mal!«

»Könnten die Anrufe Produkte von Lauras Phantasie sein?«

»Ja.« Er verzog das Gesicht und lachte bitter. »Weißt du, ich möchte das nur zu gern glauben, weil ich mir nicht vorstellen kann, was für ein Mensch aus Tracy geworden sein muß, daß sie uns alle durch so ein Martyrium schickt. Doch wenn Laura sich die Anrufe nur einbildet, dann müßte sich ihr Geisteszustand im Laufe einer Woche dramatisch verschlechtert haben.«

»Kann das denn... so plötzlich passieren?«

»Bisweilen. Die Feiertage könnten noch verstärkend gewirkt haben. Sie weigerte sich, während dieser Tage irgend etwas zu unternehmen, obwohl sie sogar von ein paar Verwandten eingeladen worden war. *Ich* selbst habe sogar versucht, sie zu überreden, am Weihnachtsabend mit mir zum Dinner auszugehen, aber sie wollte nicht.«

Ich spürte ein eifersüchtiges Prickeln. Dabei hatte ich damals von George Kostakos' Existenz noch so gut wie nichts gewußt.

Er lächelte und legte seine Hand auf meine. »Sie hat mir einfach leid getan. Aber ich hätte es besser wissen müssen. Sie hat mich natürlich durchschaut.« Er brach ab und sah mir aufmerksam ins Gesicht. Sein offener Blick bat mich, ihm zu glauben. Nach einer kleinen Weile senkte ich selbst den Blick. Er hatte mich ebenso leicht durchschaut wie Laura ihn.

Selbst das verstand er, und so ließ er meine Hand los und stand rasch auf. »Ich rufe meinen Kollegen an. Achtest du auf den Boten mit der Pizza?«

Ich blieb am Küchentisch sitzen, nippte trübsinnig an meinem Wein und starrte einen großen Bund roter Pfefferschoten an, der an einem schwarzen, eisernen Topfständer hing. Seltsam widersprüchliche Gefühle stiegen in mir auf. Einerseits wollte ich George für mich selbst. Andrerseits wollte ich, daß er für Laura etwas tat, das ihr half. In der letzten Nacht hatte ich in ihm nicht den Mann gesehen, der noch verheiratet war mit einer ziemlich verwirrten Frau. Heute abend dagegen konnte ich ihn nur so sehen. Vielleicht wurde aus dieser Beziehung mehr, als ich mir eigentlich zumuten wollte –

Es läutete an der Tür. Ich griff nach dem Geld, das er auf den Tisch gelegt hatte, und ging hinunter, um dem Boten von Domino's zu öffnen.

Den restlichen Abend verbrachten wir in stillschweigender Übereinkunft, weder über seine Frau noch über meine Ermittlungen zu sprechen. Nach dem Essen machten wir Feuer im Kamin und breiteten Kissen und Decken auf dem Boden davor aus, statt uns in die bequemen Sessel fallen zu lassen. Eine Zeitlang starrten wir in die Flammen und tauschten alte Geschichten und kleine Geheimnisse aus. Das ist der Mörtel, der die Bausteine unseres körperlichen Verlangens und unserer flüchtigen Gefühle zu dem zusammenfügt, was als Ganzes viel stärker ist als jedes einzelne für sich.

Ich erfuhr, daß George immer in Palo Alto gelebt hatte, bis auf die Jahre am Harvard-College und nach seinem Examen an der Universität von Michigan. Daß er dem Familienunternehmen – Ölförderung und Ölbohrungen – den Rücken gekehrt und die akademische Laufbahn eingeschlagen hatte. Seinem Vater hatte er sich damit entfremdet. Er lernte Laura kennen und heiratete sie. Auch sie setzte ihr Universitätsstudium fort, und zwar in Ann Arbor. Im Gegensatz zu vielen Akademiker-Paaren gelang es ihnen beiden, sich einen Platz in Stanford zu sichern. Nach Tracys Geburt versöhnte sich sein Vater mit ihm, und nach seinem Tod vor gut zwölf Jahren erbte er ein kleines Vermögen.

»Aber das Geld hat nichts verändert«, sagte er. »Es war ganz nett, es zu haben, und wir haben gut gelebt, aber es hat eben... nichts verändert.«

»Wie meinst du das?«

»Es ging alles so weiter, wie bisher. Das Leben wurde zu vorhersehbarer Routine, ein Tag, ein Monat, ein Jahr wie das andere – wie es eben geht, wenn man eine Karriere aufbaut und ein Kind großzieht. Es war nicht unangenehm, aber...« Er fiel in Schweigen und sah für einen Augenblick ins Feuer.

»Weißt du«, fuhr er fort, »es gibt eine ganze Phase in meinem Leben, die ist grau. Ich kann mich einfach nicht an sie erinnern. Kleine Dinge ragen heraus: ein nettes Weihnachtsfest, Tracys High-School-Abschluß, ein schöner Urlaub. Aber es ist, als hätte sie jemand anders erlebt und sie mir weitererzählt. Woran ich mich tatsächlich erinnere, das sind Dinge aus der ersten Zeit: Wintermorgen in Cambridge, so kalt, daß du dich beim Anziehen nur Zentimeter von deinem elektrischen Heizgerät entferntest und auf Eis und Schnee buchstäblich in den Hörsaal schlittertest; Herbsttage in Ann Arbor, an denen das ganze Tal des Huron River unter einem Dunstschleier lag und der aber der herbstlichen Farbenpracht nichts anhaben konnte; ein besonderer Abend mit Laura kurz nach unserem Umzug nach Palo Alto, als wir in Stanford kurz nach einem Regenschauer durch ein Eukalyptuswäldchen liefen und von seinem Duft schier überwältigt waren, während es von den Bäumen auf uns herabtropfte. Lange Zeit habe ich geglaubt, daß mein wahres Leben aus diesen wenigen Momenten bestand und daß ich mehr nicht zu erwarten hatte.«

»Und dann?«

»Dann ist Tracy verschwunden. Es war ein brennender Schmerz, aber er hat mich da herausgeholt. Zu meiner Überraschung war das, was nun kam, nicht nur schlimm. Zumindest lebte ich wieder. Zumindest *fühlte* ich etwas.«

Er wandte sich zu mir, nahm mein Gesicht in beide Hände, und Reden wurde überflüssig. Körperliche Liebe schien katalytisch auf Georges Kummer und Schmerz zu wirken und beides in eine Kraft zu verwandeln, die alles hinwegschwemmte, was ich an Schuldgefühlen und Distanz empfunden hatte. Danach war mir, als schwebte ich, warm und zufrieden und vollkommen sicher, wie betäubt von den angenehmsten Empfindungen, schwerelos im Raum.

Kurz nach Mitternacht läutete das Telefon. George nahm den Hörer in der Küche auf. Als er zurückkam, war sein Schritt leichter. »Das war mein Kollege«, sagte er. »Er hat mit Laura gesprochen. Sie will morgen zu ihrem Therapeuten gehen.«

Ich setzte mich auf und strich mir das Haar aus dem Gesicht. »Und diese Anrufe – behauptet sie immer noch, Tracy habe angerufen?«

Er kroch unter die Steppdecke und zog mich zu sich. »Mein Freund sagt, ja.«

»Dann werde ich künftig davon ausgehen, daß Tracy am Leben ist und versucht hat, sich mit ihrer Mutter zu treffen.«

Einen Augenblick lang spürte ich, wie die Spannung in seinen mageren Körper zurückkroch. Dann drehte er mich zu sich. Eine Zeitlang schafften wir es zu vergessen, daß draußen, außerhalb unserer Umarmung, eine Welt lauerte, in der Tod, Schmerz und Einsamkeit eher die Regel sind als die Ausnahme.

Am nächsten Morgen hatte George um neun eine Verabredung mit jemandem von den Living Victims, der Selbsthilfegruppe für Angehörige und Freunde von Mordopfern, denen George bei den Entschädigungsanträgen half. Ich fragte ihn, ob ich bei ihm bleiben und mir ein paar Videos von Tracys Vorstellungen ansehen dürfe. Er zeigte mir den Schrank, in dem sie lagen, und machte sich sichtlich heiter auf den Weg.

Bevor ich mir die Bänder ansah, rief ich Stan Gurski an. Die offiziellen Mitteilungen beinhalteten genau das, was ich erwartet hatte: Amy Barbour und Marc Emmons waren noch nicht gefaßt. Larkey hatte der Polizei die zahnärztlichen Unterlagen von Lisa McIntyre übermittelt, lehnte jedoch wegen einer früher getroffenen Verabredung eine persönliche Hilfestellung ab. Als ich Larkey trotzdem zu Hause anrief, sagte er mir, sein Magen hätte den Anblick der sterblichen Überreste kein zweites Mal ausgehalten. Ich versicherte ihm mein Mitgefühl und fragte ihn nach Namen und Telefonnummer der Agentin, der er Tracy vorgestellt hatte. Jays Affäre mit Tracy erwähnte ich nicht, verabredete mich aber für den Nachmittag mit ihm zu einem persönlichen Gespräch.

Die Agentin hieß Jane Stein. Ich rief ihr Büro am Wilshire Boulevard in Los Angeles an, und als ich Larkeys Namen nannte, wurde ich gleich zu ihr durchgestellt. Ms. Stein war irritiert, als ich sie fragte, ob sie seit Tracy Kostakos Verschwinden etwas von ihr gehört habe, und überrascht, daß ich die Möglichkeit überprüfte, Tracy könnte noch am Leben sein. Es traf sich, daß sie gerade zum Flughafen wollte, um nach San Francisco zu fliegen zu einer Verabredung mit einem Klienten. Da sie am frühen Nachmittag nach New York weiterfliegen würde, sei sie mit ihrem Klienten am Flughafen von San Francisco zum Lunch verabredet. Ob wir uns vielleicht vorher treffen könnten? fragte ich. Sie würde gern mehr über die Sache erfahren. Vielleicht könne sie ja auch ein paar Aspekte beitragen, die mir weiterhalfen. Ich versprach, um halb zwölf an der Bar in der Hauptlobby des United-Airlines-Terminals zu sein.

Das hieß, ich hatte nur noch zwei Stunden Zeit. Also beschloß ich, mir nur noch das Band mit dem Sketch über die lesbische Kellnerin anzusehen, dann zum Umziehen nach Hause zu fahren und dann zum Flughafen. Das Band steckte noch im Recorder. Ich ließ es zurücklaufen und zog den rückenfreundlichsten Sessel vor den Bildschirm.

Das Band war in LP-System aufgenommen, mit einer Spielzeit von sechs Stunden und enthielt etwa dreißig einzelne Nummern aus den zwei Monaten vor ihrem Verschwinden. Ich schaute in jede kurz hinein, ließ einige im Schnellauf durchgehen, betrachtete andere mit größerer Aufmerksamkeit. Nach einer Weile erkannte ich ein Grundmuster, das mir in Tracys Sketchbuch nicht aufgefallen war.

In den meisten Nummern – in der Rolle über die konfuse Feministin zum Beispiel – sah man, daß Tracy die Person, die sie spielte, richtig liebte. Ihr Witz war scharf, aber liebevoll. Wenn sie sich lustig machte, geschah es auf eine freundliche Art. Aber in einigen Fällen – vor allem bei der lesbischen Kellnerin – wurde ihr Humor beißend und stechend, als teile sie hier Larkeys Meinung, Comedy müsse verletzen, um komisch zu sein. Ihr Porträt von Lisa McIntyre enthielt einen besonders bösartigen Unterton, und ich verstand sehr gut, warum die Kellnerin so wütend geworden war. Tracy hatte sie nicht nur sexuell mißbraucht, sondern auch noch vor dem Publikum und den Augen ihrer Mitarbeiter gedemütigt. Ich hatte den Verdacht, daß Tracy in diesem Fall so aufdrehte aus Ärger über sich selbst und Schuldgefühlen gegenüber Lisa. Vielleicht warf sie Lisa auch vor, daß sie sich hatte benutzen lassen. Lisa konnte das jedoch nicht gewußt haben, und so fragte ich mich jetzt, ob Lisas eigene Wut wohl groß genug gewesen sein mochte, um eine heftige Konfrontation zu provozieren.

Nach einer Weile wirkten Tracys Nummern nicht mehr komisch auf mich. Jetzt, nachdem ich wußte, wie sie entstanden waren, kamen sie mir trivial vor im Vergleich zu dem, was viele der Frauen sicherlich erlitten hatten, die ihr als Vorlage dienten. Ich schaltete den Videorecorder aus und stand für eine Weile am Fenster und starrte hinaus auf die Lagune im Dunst auf der anderen Seite der Straße, dann schrieb ich George eine kurze Nachricht – verliebten Unsinn, der nicht wirklich zu meiner Stimmung paßte – und ging heim, um mich umzuziehen.

Mein Anrufbeantworter hatte fünf Anrufe für mich gespeichert. Vier waren privat, einer kam von dem Bauunternehmer, der mich daran erinnerte, daß am Nachmittag das Material geliefert werden müsse, damit er am nächsten Tag früh mit der Arbeit an der Veranda zum Garten beginnen könne. Ich fluchte leise und richtete im Geist meinen Zeitplan darauf ein. Watney wartete in der Küche auf mich und maunzte indigniert ob meiner langen Abwesenheit. Als ich ihm sein Futter hinstellte, wendete er sich ab und hob seine Nase zu der Dose mit seinem Lieblingsfutter, Hühnchen und Leber. Ich schickte ihn hinaus und sagte ihm, er solle sich gefälligst ein paar Mäuse fangen, wenn er glaube, sie seien so viel besser.

Für mein Treffen mit einer echten Hollywood-Größe (und mit der Vorstellung im Hinterkopf, daß es für George eine ganz neue Erfahrung sein würde, mich mal in richtigen Erwachsenen-Kleidern zu sehen) zog ich ein Strickensemble aus Rock und Tunika, an. Um den Hals band ich einen bunten Seidenschal. Als ich mein Haar auffrisierte, sah ich mir genau die graue Strähne an, die seit meiner Teenager-Zeit da war, und ich überlegte, ob ich sie langsam färben sollte. Früher einmal hatte sie zwischen all den schwarzen Haaren exotisch gewirkt, aber nun war ich so alt, daß sie bloß noch aussah, als gehöre sie dorthin. Dann wieder dachte ich: Warum soll ich sie färben? Männer halten ihr graues Haar für etwas Besonderes. Dann ist es meines wohl auch.

Der Gedanke gefiel mir, und ich machte mich auf zum Flughafen.

18

Jane Stein war eine angenehme Überraschung. Mit meinem typisch nordkalifornischen Snobismus gegenüber der Glitzerstadt Hollywood hatte ich mit einer aufgetakelten, oberflächlich protzigen, womöglich noch lauten Frau gerechnet. Die dunkelhaarige, konservativ gekleidete Frau dort an einem Fenstertisch der Flughafenbar war nichts von alledem. Sie gab sich zurückhaltend, ihr fester Händedruck und ihre tiefe Stimme strahlten ruhiges Selbstbewußtsein aus, und sie trank sogar Kaffee statt dieses verruchten, geheimnisvollen Drinks, den ich mir ausgemalt hatte. Sie bot mir einen Platz an und bestellte unauffällig bei der Kellnerin einen Eistee für mich. Dann beugte sie sich zu mir und sah mich aus wachen braunen Augen an.

»Es ist mir ein Vergnügen, einmal einer richtigen Privatdetektivin zu begegnen und nicht einem dieser Kinomonster, die wir da unten ständig erfinden«, sagte sie.

»Es freut mich, daß sie das genauso sehen wie ich. Ich kann mir diese Fernsehserien oder Filme gar nicht ansehen. Ich liebe Kriminalromane, aber wie man uns auf der Leinwand darstellt...«

Jane Stein lehnte sich zurück. Sie schien zufrieden mit der Beziehung, die sich zwischen uns anbahnte. »Dann erzählen Sie mir mal, was es damit auf sich hat, daß Tracy Kostakos noch am Leben ist«, sagte sie.

Ich legte ihr den Fall nach dem neuesten Stand dar, ließ aber die schäbige Seite von Tracys Verhalten aus. Jane Stein hörte nachdenklich zu. Als ich zu Ende war, sagte sie: »Es ist ein bißchen bizarr, aber ich habe in diesem Geschäft schon so viel erlebt, daß mich nichts mehr ernsthaft überraschen kann. Ich nehme an, Ihnen geht es genauso.«

Ich nickte und nahm meinen Arm fort, damit die Kellnerin den Tee abstellen konnte.

»Wissen Sie, ich frage mich...« Jane Stein unterbrach sich mit einem Blick zur anderen Seite des Raums. »Ich möchte Ihnen von meiner letzten Begegnung mit Tracy erzählen.«

»Wann war das?«

»An einem Montag, zwei Wochen bevor sie starb... verschwand, was auch immer. Wir befanden uns genau in dieser Bar. Ich treffe mich häufig mit meinen Klienten aus San Francisco hier am Flughafen, wenn ich auf dem Weg nach New York bin. Bis zum Anschlußflug ist immer Zeit genug für ein paar Gespräche, und ich erspare mir so eine Extrareise nach Norden.« Sie lächelte. »Meine Klienten hier sind größtenteils mit ihrer Karriere noch nicht so weit, daß sie sich ohne weiteres einen Flug zu mir hinunter leisten können. Wie dem auch sei, ich hatte Tracy zuvor nur zweimal getroffen – einmal habe ich sie mir im Café Comédie auf der Bühne angesehen und dann auf einem Trip mit Jay nach L. A.«

Sie wußten, daß die beiden ein Verhältnis hatten?«

»Oh, ja. Jay machte kein Geheimnis daraus. Er war stolz darauf, wissen Sie. Er hatte gerade ein paar harte Jahre hinter sich: Beruflich hatte er Rückschläge erlebt, dazu spürbare finanzielle Verluste. Er brauchte für sein Leben eine hübsche junge Frau wie Tracy, so, wie sie ihn brauchte.« Sie schüttelte den Kopf. »Was er bestimmt nicht gebraucht hatte, war, sie auf diese Weise zu verlieren.«

»Warum haben Sie sich das letztemal mit Tracy getroffen?«

»Sie hatte mich angerufen und gesagt, sie müsse mich sprechen. Anscheinend wollte sie weg von San Francisco und hoffte, ich könnte sie in einem Club in L. A. unterbringen. Ich hatte den Eindruck, in ihrem Privatleben lief einiges schief. Vielleicht war sie Jay leid, oder es gab jemand anderen, den sie loswerden wollte. Jedenfalls sagte sie, sie brauche eine Veränderung. Ich machte sie darauf aufmerksam, daß sie gerade erst einen sehr lukrativen Vertrag mit Jay abgeschlossen hatte. Ich bezweifelte, daß er sie da herauslassen würde, und ich fand es nicht anständig, daß sie vorhatte, womöglich vertragsbrüchig zu werden.«

»Wie hat sie darauf reagiert?«

»Gereizt – aber das bin ich bei meinen Klienten gewöhnt. Wir haben auch über die Möglichkeit gesprochen, für den Film oder fürs Fernsehen zu arbeiten. Ich war der Meinung, daß sie für beides noch nicht reif war, und riet ihr zur Geduld. Sie zeigte mir einen neuen Sketch, an dem sie gerade arbeitete, und ich hatte das Gefühl, daraus könnte mit einiger Übung und Weiterentwicklung etwas Gutes werden.«

»Worum ging es?«

Jane Stein winkte nach einem weiteren Kaffee. »Um sehr viel Improvisation. Sie wollte eine Tageszeitung nehmen, aufs Geratewohl einen Artikel in der Unterhaltungsbeilage aufschlagen – oder jemanden aus dem Publikum darum bitten – und daraus dann eine Nummer machen. Das hatten andere vor ihr auch schon gemacht, aber man muß wirklich gut sein, um das zu schaffen. Ich glaube, sie hatte das Zeug dazu.«

»Sie hat es Ihnen wirklich vorgespielt?«

»Ja. Wenn ich sagte, daß mir eine Frage durch den Kopf geht... Also gut, ich schildere es Ihnen erst einmal, und Sie sagen mir dann, ob es von Bedeutung ist.« Jane Stein wartete, bis die Kellnerin ihr nachgeschenkt hatte. Dann fuhr sie fort.

»Ich hatte an dem Morgen die *L. A. Times* bei mir. Sie schlug den Teil ›Vermischtes‹ auf und spielte einen sehr komischen Sketch über eine Frau, die für ihre sieben Dalmatiner einen Zwanzigtausend-Dollar-Zwinger gebaut hatte und nun ihre Nachbarn davon abzubringen versuchte, sie wegen Verletzung der Grenzvorschriften vor den Kadi zu zerren. In einzelnen Punkten war er noch unausgegoren, doch ich war sehr beeindruckt. Dann passierte etwas Seltsames.«

Ich wartete, bis Jane Stein einen Schluck Kaffee getrunken hatte.

»Mal sehen«, fuhr sie fort, »daß ich es so genau wie möglich hinbekomme. Wir unterhielten uns noch ein wenig, und ich machte mir ein paar Notizen. Während ich schrieb, blätterte Tracy die Zeitung durch. Nach ein paar Minuten schaute ich auf, und... irgend etwas stimmte nicht. Ihr Gesicht war sehr blaß und – wie mir später vorkam – ein wenig verschreckt. Ich fragte sie, was los sei, aber sie zuckte nur mit den Schultern und sagte nichts, nur, daß ihr gerade eine Idee gekommen sei.«

»Und über die wollte sie sich nicht auslassen?«

»Nein. Wir haben ein paar andere Dinge besprochen – Vertragsangelegenheiten –, und dann war es Zeit für meinen Flug nach New York.«

»Das war es?«

»Bis auf eines, das mir bis heute gar nicht aufgefallen war. Sie bat mich um das Exemplar der *Times*. Nach dem, was Sie mir erzählt haben, muß ich mich jetzt fragen, ob es nicht etwas aus der Zeitung gewesen war, das ihr diesen Schreck eingejagt hatte. Etwas, das mit ihrem Verschwinden zu tun hat.«

»Haben Sie bemerkt, in welchen Teil der Zeitung sie dabei schaute?«

»Leider nicht.«

»Aber es war eindeutig die Morgenausgabe?«

»Ja, vom Montag. Im Februar... und jedenfalls in dem Jahr.«

»Und es war die normale L. A.-Ausgabe?«

Sie nickte.

Ich trank von meinem Eistee und sah auf die Rollbahn hinaus, wo gerade eine L 1011 landete. Was Jane Stein mir erzählt hatte, konnte von großer Bedeutung sein – oder aber absolute Fehlanzeige. Ihre Erinnerung an das Treffen war fast zwei Jahre alt, und was davon noch übrig war, war heute zwangsläufig von den nachfolgenden Ereignissen gefärbt.

»Was meinen Sie dazu?« fragte sie.

»Ich bin froh, daß Sie es mir erzählt haben. Ich werde mir diese Ausgabe der *Times* ansehen.« Ich legte die Unterarme auf den Tisch und spielte mit der Cocktail-Serviette, während ich meine nächste Frage formulierte. »Ms. Stein, würden Sie mir wohl Ihren persönlichen Eindruck von Tracy Kostakos schildern?«

»Gern.« Sie machte eine Pause und dachte nach. »Sie war... ein Typ, wie wir ihm häufig in diesem Geschäft begegnen. Extrem narzistisch.«

Langsam hörte sie sich an wie George. War heutzutage denn jeder ein Psychologe? »Können Sie mir das erklären?«

»Tracy hatte ein überentwickeltes Ego. Natürlich ist im Showbusineß ein gesundes Ego lebensnotwendig. Ohne das kann man nicht überleben. Aber Tracys war nicht gesund. Sie war ein Bündel von Widersprüchen. Einerseits war sie sehr unsicher und brauchte ständig Lob und Bestärkung. Andererseits fühlte sie sich anderen überlegen und erhob Anspruch auf besondere Behandlung. Sie glaubte, Regeln gälten einfach für sie nicht, und sie war sehr unsensibel, was die Gefühle anderer Leute anging.«

»Niemand hat bisher ihre Unsicherheit erwähnt.«

Jane Stein lächelte. »Sie gab sich alle Mühe, sie zu verbergen. Aber so etwas fällt einem Künstleragenten schnell auf. Sie war fraglos die unangepaßteste Klientin, die ich je hatte. Ich war bereit, mich mit ihren Mängeln abzufinden, weil sie äußerst begabt war. Sie lebte für ihre Arbeit. Wenn sie anderen Menschen ihre Rechte absprach oder keine Rücksicht auf ihre Gefühle nahm, dann gewöhnlich, weil sich die anderen zwischen sie und ihre Kunst drängten.«

Vielleicht hatte Jane Stein recht, aber sie hatte Tracy vom rein professionellen Standpunkt aus betrachtet. Es gab jedoch noch einen anderen Charakterzug bei ihr, der sich mir nach und nach beim Betrachten des Videobandes erschlossen hatte. Die Art, sich zu bewegen, zu sprechen und mit dem Publikum zu kommunizieren, machte mir deutlich, daß Tracy ein durch und durch sinnlicher Mensch war, nicht nur im sexuellen Sinne des Wortes. So, wie Rob Soriano es ausgedrückt hatte: Sie wollte die totale Erfahrung, mit allen Sinnen. Ihre Kunst bot ihr die Chance, der Faszination nachzugeben, die das Innere anderer Menschen und ihre Art zu leben auf sie ausübten, und solange sie das nur beobachtet und registriert hatte, war alles in Ordnung gewesen. Doch irgendwann hatte sie die Grenze zwischen Beobachtung und wirklichem Teilhaben an Lebensformen, die den eigenen fremd waren, überschritten: die Frau, die mit Schwarzen schlief, die Lesbierin. Als ihr Verhalten über das hinausgegangen war, was nicht nur in der Oberklasse, aus der sie stammte, als noch akzeptabel galt, sondern auch in der Subkultur der Comedy-Clubs – da war sie in Schwierigkeiten geraten.

Tatsächliche Anteilnahme am Leben anderer Menschen. Langsam kam mir eine Idee...

Jane Stein betrachtete mich interessiert. »Erfahre ich, was Sie herausbekommen?«

»Ja, natürlich.«

»Meine Einschätzung von Tracy mag geklungen haben, als verurteile ich sie recht heftig. Aber ich habe sie wirklich gemocht. Sie hatte Talent und war voller Hingabe. Diese Kombination ist schwerer zu finden, als man erwartet.« Sie brach ab. Ihr Blick wanderte zum Eingang der Bar. »Mein Klient«, sagte sie.

Ich stand auf. »Danke, daß Sie sich Zeit für mich genommen haben.«

»Keine Ursache.« Sie war bereits aufgestanden, und ihr Interesse wandte sich von der verlorenen Verheißung, die Tracy Kostakos einmal für sie gewesen war, den Zukunftserwartungen eines lockigen jungen Mannes zu, der ihren Tisch ansteuerte.

Ich ging zu einem der Telefone in der Schalterhalle und rief per Kreditkarte Detective Gurski an. Er hatte mir vorher gesagt, daß einer seiner Leute Lisa McIntyres zahnärztliche Unterlagen aus der Stadt holen und daß er die Gerichtsmedizin drängen werde, ihm bis mittags die Vergleichsresultate durchzugeben. Er brauchte lange, bis er am Apparat war, doch dann war sein Ton wärmer als bei früheren Gelegenheiten.

»Das war ein guter Vorschlag von Ihnen, Ms. McCone«, sagte er. »Die Identifikation ist positiv.«

»Es waren die Gebeine von Lisa McIntyre.«

»Ja. Ich nehme an, Ihnen ist klar, was das bedeutet. Der neue Schwerpunkt unserer Ermittlungen wird sehr schmerzlich für die Familie Kostakos sein.«

»Dessen bin ich mir bewußt. Habe ich Ihre Erlaubnis, im Auftrag von Bobby Fosters Anwalt weiter an dem Fall zu arbeiten?«

»Für mich ist das kein Problem, solange Sie mich über alle Entwicklungen auf dem laufenden halten.«

Ich bedankte mich, hängte ein und wählte als nächstes die Nummer von Rae bei All Souls. »Noch etwas Neues über Lisa McIntyre?« fragte ich.

»Nicht das geringste. Ihre Hausmeisterin war nicht da, und Kathy Soriano weigert sich, mit mir zu reden. Ich habe gerade erst mit der Verfolgung ihrer Spur angefangen, und es wird wohl noch eine Weile dauern, bis sich jemand bei mir meldet.«

»Ich bezweifle, daß dabei etwas herauskommt.« Ich erzählte ihr von der Analyse der Gerichtsmedizin. Dann fügte ich hinzu: »Ich möchte, daß du dennoch dran bleibst.«

»Warum, wenn die Frau tot ist?«

»Nur so eine Idee. Ich erkläre es dir später. Du könntest dich zum Beispiel mit den Gewerkschaften für Dienstleistungsberufe, etwa für Kellnerinnen, in Verbindung setzen. Ich weiß nicht, wen du dort sprechen solltest oder was du tun mußt, um Informationen zu bekommen, aber ruf in Johnny's Kansas City Barbecue an – das ist das Restaurant an der Fillmore, das da zwar schon immer war, aber gerade erst ›entdeckt‹ wurde – und sprich mit Johnny Hart. Er ist ein alter Freund von mir und kann dir vielleicht helfen.«

»In Ordnung«, sagte Rae, und der zweifelnde Ton in ihrer

Stimme sagte mir, was sie von der Idee hielt. »Übrigens«, fügte sie hinzu. »George Kostakos hat angerufen. Sagte, er versucht es später noch einmal.«

»Oh, gut. Wenn er wieder anruft, frag ihn, ob er um vier Uhr bei mir zu Hause sein kann. Ich muß dann nämlich dort sein, weil eine Rigips-Lieferung kommt.«

»Red mir nicht von Rigips.«

»Tut mir leid. Ist das Zimmer fertig?«

»Ich bin noch beim Ausmalen. Wahrscheinlich werde ich mein Leben lang anstreichen.«

Ich wünschte ihr Glück bei ihrer Arbeit, ging zum Airport-Parkhaus und zahlte eine königliche Summe für die Auslösung meines Wagens. Als ich in die Stadt zurückfuhr, ballten sich drohend dunkle Wolken über den dürren Hängen des San Bruno Mountain zusammen.

19

Es regnete heftig, als ich von dem kleinen Restaurant, in dem ich einen Hamburger gegessen hatte, durch den South Park zum Café Comédie hinüberging. Ich sprintete zwischen den Bänken und Spielplatzgeräten hindurch, um unter den Schutz des rot-weiß-blau gestreiften Baldachins zu gelangen. Bei jedem Schritt sank ich mit den Stiefelabsätzen tief in den aufgeweichten Boden ein. Der Club war geschlossen, aber Larkey hatte gesagt, er würde um zwei Uhr da sein. Ich klopfte an die Tür, bis er sich zeigte. Die Feuchtigkeit hatte aus seinem braunen Haar eine wilde Lockenpracht gemacht.

»Großer Gott«, sagte er, als er hinter meinen Schultern wahre Wasserfälle vom Baldachin herabstürzen sah. »Verdammter Wolkenbruch. Sind Sie naß geworden?«

»Nein, ich bin nicht naß, eher durchgefroren.« Drinnen im Club war es fast genauso kalt wie draußen. Ein Raumpfleger in einer Daunenjacke saugte den Teppich in der Nähe der Bühne, und der Barkeeper, der mich am Donnerstagabend bedient hatte, packte mit Handschuhen einen Karton mit Schnapsflaschen aus.

»Tut mir leid, daß es hier so kalt ist«, sagte Larkey. »Wir haben Probleme mit dem Heizkessel – es tritt Gas aus, und die Leute von den Stadtwerken kriegen die Sache nicht richtig dicht. Kommen Sie nach hinten in mein Büro. Da läuft ein Heizgerät. Möchten Sie einen Drink?«

»Einer wäre nicht schlecht, danke.«

»Mike, machst uns einen Grog und bringst ihn ins Büro?« bat er den Barkeeper. Dann winkte er mich durch die Tür, auf der ›Ja‹ stand.

Nach der Kälte draußen kam mir das Büro direkt überheizt vor, und es wirkte noch unordentlicher als bei meinem ersten Besuch. Mitten auf dem Fußboden lag ein Stapel Aktenkartons, daneben stand ein voller Papierkorb mit, wie es aussah, Quittungen obenauf. Obwohl Larkey wieder einen Trainingsanzug trug – piekfein und diesmal rotgelb –, hatte er jetzt sein Trainingsgerät offensichtlich nicht benutzt. Über dem hingen nämlich eine Sportjacke, ein Hemd, zwei Krawatten und eine Hose. Während ich meinen Trenchcoat ablegte, sah er sich hilflos um, nahm dann einen Stapel Zeitungen und Magazine von einem Stuhl und ließ sie in eine Ecke fallen. Ich setzte mich. Er nahm den Schreibtischsessel und legte die Füße auf das zerfledderte Eintragungsbuch.

»So«, sagte er, »was ist denn passiert?«

»Der Polizeiarzt von Napa City hat die Knochen untersucht. Es handelt sich eindeutig um die von Lisa McIntyre.« Er verzog plötzlich das Gesicht wie im Schmerz. »Armes Kind. Sie tut mir leid. Aber was, zum Teufel, hatte sie da oben überhaupt zu suchen?«

»Das kann ich nicht sagen. Haben Sie ein Foto von ihr – vielleicht in ihrer Personalakte?«

Er wollte schon den Kopf schütteln, nahm dann aber die Füße vom Tisch und wühlte in einer der unteren Schreibtischschubladen. »In dem Jahr hatte mir die Belegschaft eine Geburtstagsparty ausgerichtet. Irgendwer hat auch Fotos gemacht. Es könnten auch... da ist eines – Lisa zusammen mit Tracy an der Bar.«

Ich stand auf und nahm es aus seiner ausgestrecktene Hand. Sie saßen auf Barhockern, halb zur Kamera gedreht. Tracys Gesichtsausdruck war wachsam, wahrscheinlich weil sie auf das grelle Licht des Blitzes wartete. Lisas Lächeln wirkte etwas herausfordernd. Sie hatte ein herzförmiges Gesicht mit Himmelfahrtsnase. Das hellbraune Haar fiel ihr glatt auf die Schultern, wo es leicht gelockt aufsprang. Der gewiefte, wissende Ausdruck in ihren Augen kam mir seltsam bekannt vor. Tracy hatte ihn in ihrem Sketch von Ginny, der Kellnerin, perfekt getroffen.

Ich wußte nicht, warum ich ein Foto der toten Frau hatte sehen wollen. Vielleicht hatte ich gehofft, das Bild von diesem erbärmlichen Haufen Knochen aus meinem Innern durch den Anblick einer Lisa aus Fleisch und Blut verbannen zu können. Und noch überraschter über mich selbst war ich, als ich mich fragen hörte: »Kann ich das haben?«

»Behalten Sie es nur. Ich kann damit nichts anfangen.« Als ich es in die Tasche steckte, fügte er hinzu: »Wie sind Sie darauf gekommen, daß das da oben Lisa sein könnte?«

»Nur durch den Zeitpunkt ihres Verschwindens.«

»Ich frage mich, wie sie dorthin gekommen ist, oder ob sie überhaupt wußte, wo sie war. Es ist eine einsame Gegend, und man muß schon genau wissen, wo man abzweigen –« Er brach abrupt ab, weil er merkte, was das bedeuten konnte.

»Tracy hat Sie also auch dorthin mitgenommen?«

Er machte eine Handbewegung, als wolle er meine Frage wegwischen.

»Jay, ich weiß, daß Sie eine Affäre mit ihr hatten. Offenbar hat das damals jeder gewußt.«

Es klopfte an der Tür. Mike, der Barkeeper, kam mit unseren Grogs herein. Larkey wartete, bis er sie serviert hatte und wieder gegangen war, bis er weitersprach. »Ja, ich glaube, alle haben es gewußt. Ich habe mir nicht die Mühe gemacht, es zu verheimlichen.«

»Was hätten Sie auch für einen Grund gehabt? Affären zwischen Männern in den besten Jahren und Frauen in Tracys Alter sind nichts Ungewöhnliches.«

»Vor allem nicht in diesem Geschäft. Vielleicht möchte ich es deswegen jetzt nicht zugeben. Es war so eine banale Situation. Älterer Mann klammert sich an sein Geschäft und sucht Bestätigung. Junge Frau auf dem Weg nach oben glaubt, er kann ihr dabei helfen. Eine uralte Geschichte.«

»Ich bin sicher, Tracy hat das nicht so gesehen. Nach dem, was ich gehört habe, hing sie wirklich an Ihnen.«

Sein Mund zuckte, und er trank schnell einen Schluck Grog. »Nein«, sagte er, »das hat sie nicht getan. Aber das hat nichts zu tun mit... alldem.«

»Darf ich Sie noch etwas Persönliches fragen?«

»Über Tracy?«

»Ja.«

»Bitte.«

»Haben Sie ihr jemals Geld gegeben?«

»Sie meinen, neben dem, was sie für ihre Auftritte hier bekam? Ja.«

»Warum?«

»Von mir aus gesehen dürfte das klar sein. Ich habe gedacht, wenn ich ihr Geld gäbe, würde ich sie nicht verlieren. Aber es war mehr als das. Das Mädchen war arm.« Er sah meinen überraschten Blick und fügte hinzu: »Nicht an Geld. Ihre Familie ist reich. Aber ganz tief in ihrem Innern war sie wütend auf ihre Eltern und wollte um alles in der Welt unabhängig sein.«

»Und sie kam nicht mit dem aus, was sie verdiente? Jane Stein sagte mir, der Vertrag mit Ihnen sei ›lukrativ‹ gewesen.«

»Sie wäre ausgekommen, wenn sie nicht so... arm gewesen wäre – anders kann ich es nicht ausdrücken. Tracy mußte sich ständig etwas kaufen – Kleider, Sachen. Sie füllten eine emotionale Lücke bei ihr aus. Es war genau wie mit dem Applaus des Publikums. Doch wenn sie etwas bekam – Sachen oder Applaus –, dann war es nie ausreichend. Eine Viertelstunde später hatte die Wirkung nachgelassen, so wie bei einem Junkie nach einem Schuß. Dann ging alles wieder von vorne los. Ganz bestimmt muß ihr in der Kindheit etwas gefehlt haben, daß sie so geworden ist.«

Ich dachte an die erste Rolle in ihrem Sketchbuch, hinter der ich Tracy selbst vermutet hatte. Ihre Mutter hatte sie nie in die Arme genommen und an sich gedrückt, und der Vater schien kaum existent gewesen zu sein. Ich dachte an Georges Schilderung der Jahre, in denen Tracy heranwuchs – dieser grauen Jahre, an die er kaum eine Erinnerung hatte. Ein Gefühl der Trostlosigkeit legte sich mir auf die Brust. Ich fühlte mit Laura, die ihre Liebe nicht ausdrücken konnte; mit George, der selber keiner Gefühle fähig gewesen war; und mit Tracy, die emotional verhungert war.

Larkey sah mich neugierig an. Ich schob meine Gedanken beiseite und fragte ihn: »Hat sie Sie oft mit zum Fluß hinausgenommen?«

»Nur zweimal. Sie fuhr gern dorthin, wenn sie weg wollte, und ihre Wohnungsgenossin hat ihr das Haus überlassen, wann immer sie wollte. Ich mochte es überhaupt nicht, es war mir zu rustikal. Aber ich habe mitgemacht... nun ja, aus demselben Grund, aus dem ich ihr auch Geld gab.«

»Glauben Sie, daß sie andere Leute mit dorthin nahm?«

Er fuhr sich mit seinen kleinen, scharfen Zähnen über die Unterlippe. »Warum fragen Sie das?«

»Sie deuteten an, daß Lisa gewußt haben muß, wie man zu dem Haus findet. Es sei denn, sie ist in jener Nacht mit Tracy dort gewesen.«

»Das ist nicht möglich«, sagte er knapp und schüttelte den Kopf.

Ich sah ihm ins Gesicht und versuchte, darin zu lesen, was er über Lisa und Tracy wußte. Wahrscheinlich nicht die ganze Geschichte, dachte ich. Tracy würde ihm das wohl kaum anvertraut haben – und auch Lisa nicht.

Nach einem Augenblick fügte er hinzu: »Außerdem stimmt die Logistik nicht. Tracy ging gleich nach ihrer letzten Vorstellung von hier fort – das wurde beim Prozeß gegen Foster festgehalten. Lisa hat bis zwei Uhr, also bis zum Schluß, gearbeitet. Das kann ich bestätigen.«

»Also ist sie hinausgefahren, als ihre Schicht zu Ende war –«

»Nein. Sie besaß kein Auto.«

»Sind Sie da sicher?«

Er nickte. »Ich habe sie oft nach der Arbeit zur Bushaltestelle gefahren. In der Nacht hat es geregnet, und normalerweise hätte ich sie gefahren, aber ich wurde... aufgehalten. Deswegen haben die Sorianos sie mitgenommen und sogar bis nach Hause gebracht, da Lisas Wohnung auf ihrem Weg zur Golden Gate Bridge lag.«

»Sie sind sich dessen ganz sicher?«

Er nickte.

»Lisa könnte sich einen Wagen geliehen haben, nachdem sie

zu Hause angelangt war. Oder am nächsten Tag. Ihre genaue Todeszeit läßt sich nicht feststellen.«

Er runzelte die Stirn. Offensichtlich erkannte er die Richtung, in die meine Fragen führten. »Sie meinen doch nicht, daß Tracy...?«

»Es ist eine Möglichkeit.«

»Das kann ich einfach nicht glauben!«

»Ich selbst möchte es auch nicht. Aber ich weiß nicht, was ich sonst denken soll.«

Larkey stand auf und begann, ruhelos im Büro auf und ab zu gehen. Er riß die Kleider von dem Heimtrainer, knüllte sie zusammen und warf sie auf den Boden. Beim Umdrehen stieß er gegen den Stapel Aktendeckel. Der Papierkorb mit den Quittungen geriet ins Wanken. Er griff danach, aber der Korb fiel um. Papierschnipsel rieselten auf den Teppich. Es sah aus, als hätte es geschneit.

»Mist!« Einen Augenblick lang dachte ich, er würde niederknien und alles wieder aufsammeln. Statt dessen trat er wütend mit dem Fuß nach den Schnipseln. »Verdammtes Zeug, und wozu das Ganze?«

»Wie bitte?«

Er zeigte auf den Fußboden mit den Schnipseln. »Das ist Zeug für eine Besprechung mit Rob und meinem Steuerberater morgen nachmittag. Ich weiß nicht, warum ich mich überhaupt aufrege. Allein die Verluste bewahren mich schon davor, Steuern zu blechen.«

»Der Club verliert so viel Geld?«

»Der Club? Mein Gott, nein. Es ist dieses verdammte Immobiliengeschäft, das mich umbringt.«

»Atlas Development? Ich habe mit Rob Soriano darüber gesprochen und genau den gegenteiligen Eindruck gewonnen.«

»Ach, das ist ja die Höhe. Rob denkt wahrscheinlich, Sie haben ein paar Scheine zu investieren. In Wirklichkeit sind wir mit unseren Krediten so im Arsch, daß wir nichts zurückzahlen können. Wir haben lauter Grundstücke, die wir nicht loswerden und schon gar nicht verpachten können. Die Leute halten sich zurück und kaufen oder pachten in SoMa so lange nicht, bis der Planungsausschuß die Richtlinien für die Bebauung festgesetzt hat. Rob und ich handeln derzeit nur mit Zitronen.«

»Aber er wirkt so zuversichtlich –«

»Das ist so seine Art, aber lassen Sie sich nicht täuschen. Er und Kath haben das Limit all ihrer Kreditkarten längst überschritten, ihr Haus ist dreimal verpfändet, und sämtliche Gläubiger haben ihnen weitere Kredite gesperrt. Wir haben noch den Club, aber wenn es nach ihm gegangen wäre, wäre auch der bis über die Ohren verschuldet. Ich mache mir trotzdem keine allzu großen Sorgen. Rob hat ein angenehmes Leben gehabt. Er gehört zu denen, die immer wieder auf die Füße fallen.«

»Kennen Sie ihn schon lange?«

»Eine ganze Weile. Ich lernte ihn kennen, als ich gerade in Las Vegas spielte. Mit mir ging es damals schon bergab. Wir kamen gut miteinander aus, vielleicht deswegen, weil er mir nicht mit diesem Scheiß-Wie-bist-du-berühmt-Getue kam. Er wußte, daß ich aussteigen wollte, und hat mich bei ein paar Grundstücksgeschäften beteiligt, die er dort gerade laufen hatte. Sie klappten. Er hatte anderswo schon in der Städteplanung gearbeitet – in Florida und Texas – und wußte Bescheid. Ich habe genug abgeräumt, um diesen Club hier kaufen zu können.«

»Und er wurde Ihr Partner?«

Larkey schüttelte den Kopf, setzte sich auf den Rand des Schreibtischs und stocherte mit einer Fußspitze rhythmisch zwischen den verstreuten Belegen herum. »Die ersten paar Jahre war das hier mein ein und alles. Aber es lief nicht so besonders. Das Viertel hatte keinen guten Ruf, und die Leute kamen nicht gern hierher. Ich war nahe daran, alles zu verlieren, als Rob auf der Szene erschien – mit seiner neuen Frau, der leckeren Kathy – und mir erneut heraushalf. Als die Sache hier dann lief, haben wir die Atlas gegründet.«

In seinem Ton schwang etwas mit, wenn er von Kathy redete... Mir fiel Tracys Beschreibung von Sorianos Frau in dem Sketchbuch ein, nach der sie sich auf Affären einließ, um sich kleinlich an ihrem Mann zu rächen. »Rob und Sie hatten also Ihre Ups und Downs«, sagte ich. »Sind Sie enge Freunde?«

»Keine Freunde, aber wir haben – bis vor kurzem – gute Geschäfte miteinander gemacht.«

»Was ist mit Kathy? Ist sie eine Freundin?«

Er sah mich überrascht an, und dann zuckte ein kleines, verschlagenes Grinsen über sein Gesicht. »Sie sind eine neugierige Person, Ms. McCone. Ich nehme an, das liegt an Ihrem Beruf. Ja, ich bin mit ihr befreundet. Ihm macht das nichts aus. Mir macht es nichts aus. Und die Lady fühlt sich besser. So, ich glaube, das waren jetzt genügend persönliche Fragen.«

»Aber über Tracy –«

»Ich habe genug gesagt. Ich möchte nicht mehr über sie reden, und vor allem möchte ich kein Wort mehr davon hören, was Sie ihr unterstellen.«

Ich griff nach meinem bisher unberührten Grog. Er war noch warm. »Okay«, sagte ich. »Sonst habe ich wirklich keine Fragen. Aber während ich das hier trinke, könnten Sie mich aufheitern und mir meine Lieblingsnummer vorspielen – über Jake und Ednas Rottweiler-Farm?«

Wie ich vermutet hatte, freute ihn die Bitte. Als ich das Café Comédie verließ, hatte ich Seitenstechen, und meine Augen waren noch naß vom Lachen.

Als ich gegen vier Uhr mein Haus erreichte, war das Unwetter auf die See hinausgezogen. Der Lastwagen mit den Rigipsplatten stand bereits vor der Tür, und George saß auf den Eingangsstufen und unterhielt sich mit dem Fahrer. Ich mußte lächeln, als ich auf sie zuging, weil ich mich daran erinnerte, was für einen gewaltigen Respekt ich vor meinen Professoren zu Beginn meines Studiums in Berkeley gehabt hatte. Was hätte die junge Frau damals wohl von diesem gebildeten Gentleman hier im Stanford-Sweat-Shirt, in ausgebleichten Jeans und abgetragenen Turnschuhen gehalten, der ernsthaft mit einem Lastwagenfahrer über die Chancen der Giants in der bevorstehenden Spielzeit diskutierte, dessen Anwendung des Begriffs »im Arsch sein« nur noch von »Scheiße, Mann« übertroffen wurde?

Ich schloß das Seitentor auf, so daß die Rigipsplatten durch die Hintertür gebracht werden konnten, und dann bat ich George herein. Er sah sich interessiert um und äußerte sich anerkennend über das vordere Wohnzimmer – es war das bei weitem netteste Zimmer, aber selten benutzt. Als mir das Haus schon ein paar Jahre gehörte, hatte ich eines Tages beschlossen, das tägliche Leben so nahe bei der Küche zu verbringen, wie möglich. Also hatte ich mir ein bequemes Sofa gekauft und den Fernseher ins Eßzimmer geschafft – das früher als Lagerraum für Farben und Baumaterial gedient hatte.

Als wir in der Küche im rückwärtigen Teil des Hauses angekommen waren, bot ich George einen Platz an, gab ihm ein Bier und suchte in dem Aktenstapel auf dem Tisch den schmalen Band über die Schaffung einer neuen Identität, den Amy Barbour angeblich in Tracys Bücherregal im Schlafzimmer gefunden hatte. Ich blätterte bis zu der Stelle, wo es um die Einrichtung eines toten Briefkastens ging, und las die Bemerkung am Rande. Dann reichte ich ihn George weiter und sagte: »Ist das Tracys Handschrift?«

Er sah sie sich lange an und schüttelte schließlich den Kopf. »Ehrlich, ich kann es nicht sagen. Es könnte sein, aber es ist so lange her, daß ich etwas Handschriftliches von ihr gesehen habe.« Er schlug das Buch zu und betrachtete den Umschlag. »Was ist das hier überhaupt?«

»Amy Barbour sagt, sie habe es in Tracys Zimmer gefunden. Doch wenn das so ist, dann ist es vorher extra hineingelegt worden.« Ich zog Tracys Sketchbuch unter einem Stapel hervor, schlug es auf und studierte ihre Handschrift. Sie war von einer Eintragung zur anderen unterschiedlich, wie bei den meisten Menschen, und von Anfang bis Ende veränderte sie sich Schritt für Schritt. Wahrscheinlich waren die Seiten in einer längeren Zeitspanne beschrieben worden, doch die Schriftzüge waren charakteristisch, und die einzelnen Buchstaben blieben sich ziemlich gleich. Ich setzte mich an den Tisch und zog das Sketchbuch und das andere von George zu mir heran. Ich blätterte und fand eine ganze Reihe von Randbemerkungen.

Nachdem ich sie ein paar Minuten lang untersucht hatte, sagte ich: »Ich glaube nicht, daß auch nur eine Notiz in diesem Buch von Tracy stammt.« Ich ging um den Tisch herum und legte beide Bücher offen vor ihn hin. »Das große *L* in Los Angeles ist so, wie Tracy es auch geschrieben hat. Sieh dir diese große Aufwärtsschleife an und dann, den Abwärtsschwung der unteren Linie.«

»Hm.«

»Aber das große *A* – das ist anders als ihres. Allerdings schreibt sie ihr kleines *a* so.«

»Und das bedeutet?«

»Diese Notizen könnten aus einer Vorlage mit ihrer Handschrift nachgemacht worden sein. Sagen wir, jemand hatte einen Brief von ihr, unterzeichnet mit ›Love, Tracy‹. Damit hätte man ein korrektes *L* gehabt. Aber wenn in dem ganzen Brief dann kein großes *A* vorkam, könnte ein unerfahrener Fälscher angenommen haben, daß sie das große *A* so schreibt wie das kleine, nur eben größer. Ein erfahrener Fälscher hätte diesen Schluß nicht gezogen.«

»Du hast also einen Amateur erwischt, der das Buch hier so hergerichtet hat, daß es aussieht, als habe Tracy es für die Planung ihres Verschwindens benutzt. Warum?«

»Ich weiß nicht. Es ergibt überhaupt keinen Sinn. Die Wiederaufnahme meiner Ermittlungen müssen es ausgelöst haben. Als ich letzten Donnerstagabend Tracys Zimmer untersuchte, lag das Buch nämlich nicht dort, wo Amy Barbour es angeblich gefunden hat. Bis Montagmorgen, als sie es mir dann gab, habe ich noch eine Reihe von Gesprächen geführt. Viele Leute wußten davon.«

»Aber was hat sich diese Person denn davon versprochen, Tracy dieses Buch unterzuschieben?«

»Das verstehe ich auch nicht. Hätte ich es gefunden – und für echt gehalten –, dann wäre ich doch nur noch überzeugter gewesen, auf einer heißen Spur zu sein, und hätte mich noch mehr hineingekniet. Wer immer das Buch in Tracys Zimmer gelegt hat, kann also nicht gewollt haben, daß ich meine Ermittlungen einstelle. Andererseits hätte jemand, der wollte, daß Tracy gefunden wird, keinen derartigen Umweg machen müssen, da ich ohnehin schon an dem Fall dran war.«

»Es sei denn, diese Person weiß, wo sie ist, und in den Randbemerkungen steckt ein Hinweis darauf.«

Das war eine weit hergeholte Idee, aber an diesem Punkt war ich bereit, alles Mögliche in Betracht zu ziehen. Ich nahm das Buch wieder mit auf die andere Seite des Tischs und machte mir auf einem Schreibblock eine Liste der Randnotizen. Dann sah ich sie mir an, stellte sie in verschiedenen Reihenfolgen zusammen, zuckte schließlich mit den Schultern und schob George den Block hin. »Wenn darin ein Anhaltspunkt stecken sollte«, sagte ich, »dann ist es ein verdammt obskurer. Ich halte das hier einfach für Anmerkungen, von denen der Schreiber glaubte, sie würden einem aufmerksamen Leser auffallen.

Er sah auf den Block, stellte selbst ein paar um und nickte schließlich zustimmend.

»Es wäre noch zu überlegen, wer überhaupt die Gelegenheit hatte, das Buch dort hineinzuschmuggeln«, sagte ich. »Wer hatte Zugang zu dem Apartment? Amy Barbour. Marc Emmons. Jede Menge Leute, die sie besucht haben. Und Laura.«

»Ich kann mir nicht vorstellen, daß sie so etwas tut. Meine Frau ist durcheinander, aber sie macht keine sinnlosen Sachen.«

»Selbst wenn doch, wäre es meiner Meinung nach nicht ihr Stil. Meine Vermutung zielt eher auf Amy oder Marc. Sie rückte mit dem Buch heraus. Er wurde richtig wütend, als ich den Verdacht äußerte, er hätte es hineingeschmuggelt. Von der Logik her sind sie die Verdächtigen, außer... Weißt du, ich muß ständig daran denken, daß Bobby Fosters Notizbuch – das mit den Rechtschreibfehlern, die denen im Erpresserbrief entsprachen – ebenfalls genau zum passenden Zeitpunkt auftauchte.«

»Aber das Notizbuch gehörte Foster wirklich.«

»Das stimmt.« Entmutigt ging ich zum Kühlschrank und holte mir ein Glas Wein. Dann ließ ich mich auf meinen Stuhl fallen und starrte mit gerunzelter Stirn auf die Tischplatte. Als ich aufblickte, sah ich, daß George die erste Eintragung in dem Sketchbuch las. Impulsiv wollte ich es ihm aus den Fingern reißen, aber ich widerstand und wartete einfach ab.

Als er zu Ende war, rieb er sich über die geschlossenen Augen. »Sie beschreibt sich da selbst, nicht?«

»Ich glaube, ja. Das hat sie nur einmal getan – in ihrer ersten Eintragung.« Die Lüge fiel mir ganz leicht. Ich mußte auf jeden Fall verhindern, daß er die letzte Eintragung las. Ich griff nach dem Buch, aber er hielt es mit beiden Händen fest.

»›Der geliebte Vater mit all seinem akademischen Wissen war nur wenig besser. Unbestimmt, freundlich-abwesend. Manchmal dachte sie, er wäre nur zur Hälfte existent.‹ Mein Gott, was habe ich meiner Tochter angetan? Und Laura? Kein Wunder, daß sie kalt zu mir war – sie hatte einen Mann, der gar nicht wirklich da war.«

Einen Moment lang sagte ich nichts, weil ich das, was ich darauf zu sagen hatte, sehr vorsichtig ausdrücken wollte. Ich wußte, daß die Art, es zu sagen – mehr noch als sein eigentlicher Sinn –, entscheidend war für die Zukunft unserer Beziehung.

»Du kannst nur das geben, was du zu einer bestimmten Zeit auch hast«, sagte ich schließlich. »Ich weiß, das klingt sehr vereinfacht, aber du kannst nur das tun und das fühlen, wozu du gerade fähig bist. Die Situation, in der du lebst, ihre Brüche und Sprünge, sind niemals nur dein Werk. Vielleicht gab es in Laura und Tracy etwas – in dem, wie sie waren, was sie darstellten und wie sie auf dich reagierten –, das dich hinderte, so zu sein wie ein sogenannter ordentlicher Ehemann und Vater.«

Er dachte darüber nach, nickte dann und griff über den Tisch nach meiner Hand. »Das ist wahr. Menschen ändern sich, je nach der Situation, in der sie und andere sich befinden. Ich bin nicht mehr so – unbestimmt und freundlich-abwesend. Und ich will es auch künftig nicht mehr sein. Das kann ich dir jedenfalls versprechen.«

Unsere Finger verschränkten sich, und ich beugte mich seinem Kuß entgegen. Da läutete das Telefon.

Es war Stan Gurski. »Ich habe eine Nachricht, die Sie interessieren könnte«, sagte er. »Als Gegenleistung für Ihren Tip in Sachen Lisa McIntyre.«

»Ach?« Ich sah George an. Er blätterte im Sketchbuch.

»Lisa McIntyre wurde erschossen. Die Kugel steckte im Brustkorb, eine .38er. Sieht nach Vorsatz aus.«

»Warum?«

»Als ich den Besitzer des Cottage am Montagmorgen in Mexiko anrief – mir direkt von ihm die Erlaubnis zu holen ist leichter, als einen Durchsuchungsbefehl zu kriegen –, habe ich ihn routinemäßig gefragt, ob es Waffen im Haus gäbe. Er sagte, nein. Er sei Angler, sonst nichts. Wir können also davon ausgehen, daß die Person, die sie erschoß, eine eigene Waffe bei sich hatte. Eine Waffe wie diese weist außerdem auf einen Profi hin.«

Ich war mir dessen sehr wohl bewußt. Ich habe selbst eine .38er, und ich halte ihren Besitz für eine notwendige Vorsichtsmaßnahme für eine Frau, deren Job es verlangt, daß sie sich an gefährliche Orte und in gefährliche Situationen begibt. Aber ich nehme die Verantwortung nicht leicht, und ich habe die Waffe nie bei mir, wenn ich nicht fest mit der Möglichkeit rechnen muß, daß ich sie brauche.

»Noch etwas«, sagte Gurski. »Sie wurde im Wagen erschossen.«

»Wie bitte?«

»Hm.« Ein kaum verhohlener Stolz klang jetzt in seiner Stimme mit. »Als die Gerichtsmedizin den wahrscheinlichen Todeszeitpunkt bekanntgab, habe ich die Kollegen in San Francisco angerufen. Sie haben den Wagen immer noch unter Verschluß – Kapitalverbrechen, mögliche Berufungen. Ich bat sie, nach weiteren Kugeln zu suchen. Sie fanden noch eine, sie steckte in der Türfüllung auf der Seite, wo die Blutspuren waren. Unser vorläufiger Vergleich zeigt, daß sie aus derselben Waffe stammt wie die, die in der Leiche steckte. San Franciscos Superleute haben das vermasselt.«

Das hatten sie tatsächlich, und zwar in mehrfacher Hinsicht. Ich fand es entnervend, wie nah diese Häufung von Fehlern meinen Klienten der Gaskammer gebracht hatte. Ich sagte: »Das macht Fosters Geständnis auf jeden Fall völlig wertlos. Ich werde seinem Verteidiger die Neuigkeit übermitteln.«

Der Lkw-Fahrer kam durch die Hintertür, die Rechnung in der Hand, und wartete auf einen Scheck. Ich bedankte mich bei Gurski für den Anruf und beendete das Gespräch, bezahlte die Rigips-Lieferung und ging hinaus, um das Seitentor zu verschließen.

Als ich in die Küche zurückkam, hatte George die letzte Seite von Tracys Sketchbuch aufgeschlagen. Er starrte ins Leere, das Gesicht versteinert vor Schmerz. Mir stockte der Atem, und ich blieb in der Tür stehen.

Langsam wandte er mir das Gesicht zu und sagte: »Warum hast du gelogen?«

Vielleicht hatte er seine Tochter besser gekannt, als er glaubte. Ich an seiner Stelle hätte sie in diesem kurzen Absatz nicht erkannt – hätte sie nicht erkennen *wollen*.

»Ich hatte gehofft, du müßtest es nie erfahren.«

»Aber *du* weißt es. Und wir dürfen kein Geheimnis von dieser Bedeutung zwischen uns treten lassen.«

Ich nickte und ging zu meinem Stuhl.

»Ich glaube«, fügte er hinzu, »du erzählst mir besser alles, was du über meine Tochter weißt.«

20

Der Mittwoch zog klar und kalt herauf. Es war einer dieser Morgen nach einem Unwetter, an denen alles scharf umrissen, leuchtend und sauber erscheint. Doch meine Stimmung paßte nicht zu diesem Wetter. Um elf Uhr hatte ich mich auf meinem Schreibtischstuhl herumgeschwungen und finster durch das Fenster zur Bucht auf die flach sich hinstreckende Outer Mission geschaut. Ich hatte mich gefragt, mit welchem Recht eine so zweifelhafte Gegend in der Sonne so gut aussah. Der Schreibtisch hinter mir war übersät mit Papieren und Ordnern. Der langsame Ferientrott war zu Ende, und unsere Klienten kamen wieder als Kläger und Beklagte, als Scheidungswillige, Verhaftete oder Berufung einlegende. Ich konnte mir nicht mehr länger den Luxus leisten, die Ermittlungen im Fall Foster / Kostakos als Ganztagsbeschäftigung zu betreiben. Ich gab mir noch bis Montagmorgen Zeit, danach würde ich anfangen müssen, zwischen diesem Fall und meinen anderen Aufgaben zu jonglieren.

Ich mußte mir eingestehen, daß der Grund für meine schlechte Laune zu einem guten Teil in der Art lag, wie George und ich am Nachmittag zuvor auseinandergegangen waren. Er hatte mich darum gebeten, also hatte ich ihm reinen Wein über Tracy eingeschenkt. Er war erschüttert und deprimiert. Gegen sechs Uhr ging er und sagte, er müsse einige Zeit allein sein. Das war nun wiederum alles andere als das, was *ich* brauchte, und so machte ich mir in der Mikrowelle ein paar Burritos warm (oder »schmolz« sie mir, wie mein Neffe das nannte), ging dann aus dem Haus und machte mich auf eine Tour durch die Stadt, bei der wohl nicht viel herauskommen würde. Zur Stadtbibliothek, wo ich mir die Ausgabe der *L. A. Times* ansehen wollte, die Jane Stein erwähnt hatte. Aber als ich ankam, war die

Mikrofilmabteilung geschlossen. Zu Amy Barbour und Marc Emmons – für den Fall, daß sie der Polizei durch die Maschen geschlüpft waren. Zu Lisa McIntyres Adresse in der vagen Hoffnung, die Hausmeisterin könnte daheim sein. Und schließlich zum Café Comédie, um zu hören, ob Larkey etwas von Emmons erfahren hatte.

Im Club lief mir Kathy Soriano über den Weg, und ich fragte sie, ob ich mit ihr über Lisa und Tracy reden könne. Sie entschuldigte sich mit Zeitmangel, verschwand durch die Tür mit dem ›Ja‹ und ward nicht mehr gesehen. Ich bat Larkey, für mich ein Wort einzulegen und ein Gespräch mit Kathy zu arrangieren. Er sagte, er wisse nicht, wie stark sein Einfluß bei den Sorianos derzeit noch sei, aber er werde sich bemühen.

Zu guter Letzt landete ich im Remedy und wälzte dort meine Ideen mit Jack und Rae. Schließlich war ich zwar um ein paar Dollar ärmer (Rae war so pleite, daß Jack und ich abwechselnd ihr Bier bezahlten mußten) aber genauso durcheinander wie zuvor. Wieder zu Hause, kam mir mein Bett zu kalt, zu groß und zu verlassen vor. Ich brauchte lange, um einzuschlafen, und als der Bauunternehmer am nächsten Morgen um acht Uhr vor der Tür stand und mit der Arbeit beginnen wollte, war ich noch gar nicht richtig ansprechbar. Kein guter Start in den Tag.

Und dann den ganzen Morgen noch kein Wort von George. Larkey hatte noch nicht wegen der Verabredung mit Kathy Soriano angerufen. Keine von Raes Nachforschungen war von Erfolg gekrönt. Meine Stimmung sank so rapide, daß sie bei dem Tempo schon mittags im Keller sein mußte.

Als das Telefon läutete, schnappte ich nach dem Hörer und bekam nur ein Krächzen heraus.

Larkey fragte: »Was ist los – haben Sie sich erkältet?«

»Oh, Jay, hallo. Nein – nur einen Frosch im Hals.«

»Die gehören besser in den Teich. Hören Sie, ich habe mit Kathy gesprochen. Sie ist bereit, mit Ihnen zu reden, wenn Sie gegen Mittag bei ihr in Tiburon sein können.«

»Mittags in Tiburon. Kein Problem. Welche Adresse?« Ich kritzelte sie auf einen Zettel, bedankte mich für seine Hilfe und verließ mein Büro, beflügelt wie ein Kind zu Beginn der Ferien.

Kathy Soriano sah an dem Tag nicht besonders gut aus. Zwar war sie frisch geschminkt, doch unter der braunen Schicht war ihre Blässe zu sehen. Das teure Wildlederhemd hatte einen Fettfleck, und die Lederstiefel waren stellenweise abgescheuert. Ihre Hände zitterten, als habe sie einen Kater, und ihre Begrüßung fiel gedämpft aus.

Ich bekam regelrecht Mitleid mit ihr, obwohl doch in der Einfahrt ihres aus Rotholz und viel Glas bestehenden Hauses hoch über der Bucht eine Jaguar-Limousine stand. Von ihren Fenstern aus mochte sie einen Blick auf Angel Island und auf Hügel voller Pinien haben, und ihr Wohnzimmer war sicher voll von Bronzeskulpturen und Imari-Porzellan. Aber ich dachte an das, was Larkey über die Sorianos und ihre Gläubiger gesagt hatte. Und mir fiel Tracys brutal offene Beschreibung Kathys als einer Frau ein, die sprang, wenn ein Mächtiger nur mit den Fingern schnippte, und die es für notwendig hielt, ihren Mann mit dem stahlharten Blick zu betrügen. Kathy bewegte sich und sprach wie eine nervöse, unglückliche Frau. Sie machte den Eindruck, als wäre sie in dem großen Haus auf mitleiderregende Weise allein. Und wenn man an die Art dachte, die sie Vertreterinnen ihres eigenen Geschlechts gegenüber an den Tag legte, dann gab es für sie wahrscheinlich nicht einmal eine weibliche Schulter, an der sie sich ausweinen konnte.

Sie wies mir einen Platz vor einem Glasfenster an, mit Blick auf einen richtiggehenden Wald, und bot mir ein Glas Wein an, das ich annahm. Als sie von der Hausbar zurückkehrte, fiel mir auf, daß ihr Drink um einige Prozente stärker war als Wein. Sie trank ihn in einem Zug halb aus, und nach und nach kehrte Farbe in ihr Gesicht zurück.

»Es tut mir leid, daß ich gestern abend so abrupt vor Ihnen weggelaufen bin«, sagte sie im Tonfall eines kleinen Mädchens, dem die Eltern gesagt haben, es solle sich entschuldigen. »Mir ging es nicht gut, und ich mußte nach Hause.«

»Das tut mir leid. Ich hoffe, es war nichts Ernstes.«

Sie zuckte mit den Schultern und sah weg. Das kleine Mädchen hatte seine höfliche Notlüge hinter sich, wollte nun aber nicht mit näheren Ausführungen dazu belästigt werden.

»Danke, daß Sie sich Zeit für mich genommen haben«, fügte ich hinzu. »Ich nehme an, Jay hat Ihnen schon erzählt, daß die Leiche, die ich für die von Tracy Kostakos gehalten habe, in Wirklichkeit die von Lisa McIntyre war.«

Sie nickte.

»Ich möchte herausbekommen, wann Lisa zum Napa River hinaufgefahren ist und warum. Jay sagt, Sie und Rob hätten sie in der Nacht nach Hause gefahren, in der Sie alle sie zum letztenmal gesehen haben.«

»Ja, das ist richtig. Es hat damals ziemlich heftig geregnet, darum haben wir sie bis vors Haus gebracht.«

»Ich habe ebenso gehört, daß Sie auf Jays Bitte in der Woche darauf noch einmal zu ihrem Apartment gefahren sind und die Hausmeisterin Ihnen gesagt hat, sie sei ausgezogen.«

»Abgehauen, hat sie gesagt. Lisa habe nicht gekündigt und hat eine Menge Zeug zurückgelassen. Auch mit der Miete sei sie im Rückstand gewesen.«

»Wie heißt die Hausmeisterin?«

»...Ich weiß nicht mehr.«

»Ich versuche dauernd, sie zu erreichen, aber es ist nie jemand da.«

»Tut mir leid, da kann ich Ihnen nicht helfen. Es ist zu lange her.«

»Macht nichts. Kommen wir noch einmal auf diese Donnerstagnacht zurück. Jim Fox, der Assistent Ihres Mannes, war in den Club gekommen. Am Tag darauf stellte er fest, daß sein Firmenwagen vom Parkplatz gestohlen worden war.«

»Ja, von Bobby Foster.«

»Ich habe gerade herausbekommen, daß es Tracy war, die ihn genommen hat –«

»Das ist lächerlich!« Sie trank schnell ihren Drink aus, ging an die Bar und holte sich einen neuen. »Tracy hätte so etwas nie getan. Sie war ein nettes Mädchen. Alle haben sie gemocht. Selbst ich habe sie gemocht, und ich kann Ihnen sagen, daß ich auf Frauen sonst nicht gut zu sprechen bin. Sie hätte nie einen von unseren Wagen mitgehen lassen. Sie hätte es gar nicht nötig gehabt bei all dem Geld, das ihre Familie hat.«

»Nichtsdestoweniger sieht es so aus. Würden Sie den Verlauf jener Nacht noch einmal Schritt für Schritt für mich nachvollziehen?«

»Was meinen Sie damit? Den Wagen betreffend oder Lisa?«

»Beide. Fangen Sie doch damit an, daß Sie zum Club kamen.«

»Ich war ungefähr ab zehn Uhr da. Bei Geschäftsschluß

wollte Rob mit Jay noch ein paar Immobilienangelegenheiten durchgehen. Der Club war da schon praktisch leer, und deswegen zog sich Lisa um und wartete mit mir an der Bar.«

»Wie wirkte sie?«

Kathy drehte sich mit dem Drink in der Hand um, und stützte sich mit den Ellbogen auf die Kante der Bar. »Sie meinen, wie sie sich verhielt? Ruhig. Lisa war in meiner Nähe stets ruhig, wahrscheinlich deswegen, weil ich die Frau eines der Besitzer bin. Und offen gesagt, ich habe sie nicht ermuntert. Sie war nur eine Kellnerin, und nicht einmal eine besonders gute. Sie hatte mit Jay in dessen Büro etwas zu besprechen, bevor Rob hineinging, und er hat sie wahrscheinlich irgendwie zurechtgewiesen, wie üblich.«

»Gut, Sie warteten also zusammen an der Bar. Um welche Uhrzeit ging Jim Fox mit der Frau weg, die er kennengelernt hatte?«

»Um ... Ich glaube, während wir dort saßen. Ich bin nicht sicher.«

»Er hatte mit Robs und Jays Durchsicht der Immobilienunterlagen nichts zu tun?«

»... Ich glaube, nein.«

»Wie lange waren Rob und Jay zusammen im Büro?«

»Nicht lange. Vielleicht eine Viertelstunde.«

»Und wann haben Sie Lisa vor ihrem Apartment abgesetzt?«

»Um halb drei oder so. Ich weiß, daß wir gegen drei zu Hause ware.«

Die Fragen waren mir ausgegangen, und plötzlich fragte ich mich, warum ich überhaupt um dieses Gespräch gebeten hatte. Vermutlich hatte ich sichergehen wollen, daß ich alle notwendigen Fragen auch gestellt hatte. »Haben Sie gesehen, wie Tracy in jener Nacht den Club verließ?«

Aus irgendeinem Grund war ihr die Frage lästig. Sie drehte sich wieder der Bar zu, drehte einen Korken vom Korkenzieher. »Ich habe mir natürlich ihre Vorstellung angesehen.«

»Eine ganze Anzahl Leute sagt, daß sie an dem Abend nicht besonders gut war.«

Kathy zuckte mit den Schultern.

»Sie hat auch telefoniert, bevor sie ging. Wissen Sie etwas darüber?«

»... Nein. Alles, was ich noch weiß, ist, daß ich mir ihre Vorstellung von unserem üblichen Tisch in der letzten Reihe aus angesehen habe.«

»Und danach?«

»Danach ist sie gegangen. Das war alles.« Sie sprach fest und entschieden, aber ihre Körpersprache verriet mir, daß sie log.

Kathy verließ die Bar, stellte ihr Glas auf einen Untersatz auf dem Kaffeetisch, blieb aber stehen. Sie sagte: »Wenn Sie keine Fragen mehr haben sollten, muß ich mich jetzt fertigmachen für eine Verabredung in der Stadt.«

Als sie mich aus dem großen, mit Hypotheken schwer belasteten Haus hinausbegleitete, waren ihre Schritte leichter, so als hätte sie eine schwierige Aufgabe zu lösen gehabt und wäre gut damit fertig geworden.

Ich hatte noch nicht zu Mittag gegessen, und so hielt ich bei Sam's im Hafenviertel von Tiburon an. Das klare Wetter hatte ein paar Gäste nach draußen gelockt. Ich setzte mich zu ihnen und kuschelte mich tief in meine schwere Seemannsjacke. Während ich auf mein Krabbensandwich wartete, dachte ich über Kathy Sorianos ausweichende Antworten nach.

Zu Anfang unseres Gesprächs war sie relativ freimütig und entgegenkommend gewesen. Wahrscheinlich hatte sie die Fragen, die ich ihr stellte, mehr oder weniger so erwartet. Dann hatte die Eröffnung, daß eher Tracy den Geschäftswagen gestohlen hatte als Bobby Foster, sie aus dem Gleichgewicht gebracht. Und bei meiner Frage, ob sie gesehen habe, wie Tracy in jener Nacht den Club verlassen hatte, hatte sie unser Gespräch abgebrochen. Ich dachte an Kathys Beziehung zu Tracy. Sie hatte zugegeben, daß sie sie mochte, obwohl sie sonst »nicht gut auf Frauen zu sprechen« war. Waren sie möglicherweise Freundinnen gewesen? Wußte Kathy vielleicht mehr über die Ereignisse, als ich anfangs unterstellt hatte? Vielleicht konnte Larkey ein wenig Licht in die Sache bringen.

Nach dem Essen rief ich im Club an. Larkey war da und verhandelte mit einem neuen Vertreter von den Stadtwerken über das hartnäckige Leck in der Gasleitung. Er sagte mir, bis drei Uhr hätte er eine Besprechung mit Rob Soriano und seinem Steuerberater. Ob ich um halb vier vorbeikommen könne? Ich war einverstanden und machte mich auf den Weg zurück in die Stadt. Ich wollte noch einmal vor Lisa McIntyres früherem Apartmenthaus anhalten. Was die Hausmeisterin laut Kathy über Lisas Auszug erzählt hatte, war nicht besonders aufschlußreich. Bevor ich mich dann mit Larkey traf, mußte ich auch noch einmal in die Mikrofilmabteilung in der Bibliothek und mich um die Ausgabe der *L. A. Times* kümmern.

Kaum hatte ich bei der Hausmeisterin geklingelt, da summte auch schon der Türöffner im Haus an der Pacific Avenue. Der Geruch von gebackenem Brot wehte mir aus dem Laden im Erdgeschoß hinterher, als ich die Treppe zum ersten Stock hinaufstieg. Welch schrecklicher Gedanke, über einer Bäckerei zu wohnen. Kaum hätten sie morgens ihre Backwaren aus dem Ofen gezogen, würde ich mir die Nase an der Tür plattdrücken und darauf warten, daß sie endlich öffneten.

Die Hausmeisterin sah aus, als hätte sie niemals ein Croissant auch nur angeschaut. Sie war dürr wie eine Bohnenstange und trug schwarze Jeans und einen Stehkragenpullover, der ihre Magerkeit noch betonte. Ihre milchweiße Haut spannte sich so über den Backenknochen, daß sie fast durchsichtig schien. Das jugendliche Outfit und die langen Haare gehörten eigentlich zu einer Frau in den Zwanzigern oder Dreißigern. Ihre Augen dagegen ließen auf zwei Jahrzehnte mehr Erfahrung schließen. Sie trat in den Flur hinaus, statt mich in ihre Wohnung zu bitten. Während wir uns unterhielten, zupfte sie die braun gewordenen vertrockneten Wedel aus einem halb eingegangenen Farn, der von der Deckenlampe über der Treppe herabhing.

Ihr Name sei Ms. Wilson, sagte sie. Ja, sie sei schon Hausmeisterin hier gewesen, als Lisa McIntyre hier gewohnt habe. Nein, sie könne sich nicht an die Frau von dem Comedy Club erinnern, die Lisa hier nach ihrem Auszug gesucht habe. Das sei damals ein schlimmes Jahr gewesen, und sie habe den Besuch wohl vergessen. Ich machte mich schon auf die Geschichte von dem schlimmen Jahr gefaßt – wildfremde Leute vertrauen mir nur zu gern ihre Kummergeschichten an –, aber nichts folgte. Wie sich herausstellte, war Ms. Wilson eine Frau von wenigen Worten. Ich sagte: »Die Frau, die Lisa suchte, behauptet, Sie hätten gesagt, Lisa sei ohne Kündigung ›abgehauen‹ und habe eine Menge Sachen zurückgelassen.«

Die Hausmeisterin runzelte die Stirn. »So etwas habe ich nicht gesagt – wenn ich überhaupt mit dieser Person gesprochen habe. Lisa hat nicht gekündigt, aber sie hat mir eine Nachricht hinterlassen, daß ich die Kaution mit der verlorenen Miete verrechnen soll. Das Apartment war möbliert. Sie hat das mitgenommen, was sie besaß, und dagelassen, war zur Wohnung gehörte. Ich würde das nicht ›Abhauen‹ nennen. Sie?«

»Nein, sicher nicht. Haben Sie die Nachricht aufbewahrt?«

»Dafür gab es keinen Grund.«

»Hat sie für ihre Post eine Nachsendeadresse hinterlassen?«

»Nein.«

»Kam Ihnen das nicht merkwürdig vor?«

Sie erlaubte sich ein kleines Lächeln. Es schien sie eine gewaltige Anstrengung zu kosten. »Das meiste, was die Mieter hier tun, kommt mir merkwürdig vor.«

»Hat Ms. McIntyre oft Besuch bekommen, als sie hier wohnte?«

»Ich weiß nicht. Ich kümmere mich um meine Angelegenheiten und hoffe, die Mieter tun das gleiche.«

»Haben Sie sie gesehen, als sie auszog, oder jemanden, der ihr dabei half?«

»Nein.«

»Und nicht ein Mensch hat nach ihr gefragt?«

»Nein.«

»Ist es möglich, daß Sie das vergessen haben, angesichts des schlimmen Jahres, das Sie hatten?«

Sie schloß die linke Hand um die toten Wedel und zerkrümelte sie. Sie hatte knochige Finger, und die Haut war so blaß und gespannt wie im Gesicht. »Es war kein *so* schlimmes Jahr. Jetzt, wo ich ein paar Minuten darüber nachdenken konnte, bin ich sicher, daß niemand nach ihr gefragt hat. Die Frau, die sagt, sie wäre hier gewesen, lügt, wer immer sie auch sein mag.«

Irgend jemand log ganz sicher.

In der Bäckerei unten gab es ein Münztelefon, also rief ich Rae bei All Souls an. Als sie abhob, war ihre Stimme ganz hoch vor Erregung.

»Wo, zum Teufel, bist du gewesen?« wollte sie wissen. »Ich habe diese tolle Neuigkeit für dich, und du meldest dich nicht!«

»Was ist los?«

»Dein Freund Johnny Hart hat mir die Information über Lisa McIntyre besorgt, die du von der Kellnergewerkschaft haben wolltest. Sharon, du hattest recht! Hör zu: The Great American Laugh-in, 27333 Reseda Boulevard, Reseda. Ich habe mich bereits erkundigt: Sie ist dort unten nicht polizeilich gemeldet.«

Es war ein anderer Comedy Club. Sie konnte die Finger nicht davon lassen. Nicht Lisa McIntyre – sondern Tracy Kostakos in der Identität von Lisa.

Ich wühlte nach Block und Kugelschreiber. »Reseda. Das ist doch –«

»Im San Fernando Valley, gehört zu L. A. Vom Flughafen nimmst du den Freeway 405 Nord, dann schwenkst du nach Westen auf den 101. Es gibt eine Abfahrt Reseda Boulevard.«

»Großartig. Ruf an bei –«

»USAir.«

»Und frag'«

»Sie fliegen fast jede Stunde nach L. A. Ich habe dir einen Platz in der Drei-Uhr-Maschine reservieren lassen, Rückflug offen.«

»Ich brauche einen –«

»Wagen. Ist reserviert. Bei der National.«

»Noch eines: Ich habe in einer halben Stunde eine Verabredung mit Jay Larkey. Sag sie ab. Ich rufe ihn später wieder an.«

»Mach ich.«

»Danke, Rae. Ich melde mich... wenn...«

21

Der frühe Rush-hour-Verkehr bewegte sich nur noch kriechend auf der Interstate 405 vom L. A. Airport nach Norden, vorbei an Industriegebieten und alten Siedlungen mit gleichförmigen kleinen Häusern. Nach ungefähr zehn Meilen kam man in hügeliges Gelände, und es tauchten sagenumrankte Namen aus einer Zeit auf, als der Film noch eine Glamour-Industrie war: Sunset Boulevard, Mulholland Drive.

Ich war diese Straße früher oft gefahren, vom Haus meiner Eltern in San Diego nach San Francisco oder noch davor nach Berkeley. Viel hatte sich nicht verändert in den Jahren, nur die Zahl der Autos hatte zugenommen. Ich behielt die Stoßstange des Lieferwagens vor mir sorgsam im Auge und versuchte, meine wachsende Spannung unter Kontrolle zu halten.

Mir kam es jetzt so vor, als habe die Theorie, die ich zunächst als reichlich unwahrscheinlich verworfen hatte, doch eine gewisse realistische Grundlage. Tracy war zum Cottage am Napa River gefahren. Lisa war später zu ihr gestoßen. Vielleicht waren die beiden allein gewesen, vielleicht gab es auch noch eine dritte Person. Am Ende standen jedenfalls Lisas Tod durch eine Schußverletzung, Tracys Flucht und ihre Übernahme von Lisas Identität.

Sie war nach Los Angeles gegangen, einem guten Ort für eine junge Frau, die ihre Identität wechseln wollte. Da sie schon als Kellnerin gearbeitet hatte, bevor Larkey ihr eine Chance auf der Bühne gab, war es für sie ein leichtes, Lisas Beruf auszuüben. Aber sie hatte genau den Fehler gemacht, der den meisten Menschen unterläuft, die untertauchen wollen: Es war ihr nicht gelungen, sich vollständig von ihrem früheren Leben zu lösen. Sie hatte sich nicht von Comedy Clubs fernhalten können.

Mit diesen simplen Fakten konnte ich mich zufriedengeben. Aber es gab andere, die nicht dazu paßten. Der gestohlene Wagen. Der vorsätzliche Mord an Lisa. Das vorgetäuschte Kidnapping. Die Hinnahme der Verurteilung ihres Freundes Bobby für ein Verbrechen, das er nicht begangen hatte. Die Anrufe bei ihrer Mutter nach fast zweijährigem Schweigen. Und das Motiv für all das…

Ich würde es bald herausfinden, und wenn –

Die Bremslichter des Lieferwagens vor mir leuchteten auf. Ich trat mit voller Kraft auf die Bremse. Der Wagen – japanischer Billigimport – kam stotternd wenige Zentimeter hinter der Stoßstange des Lieferwagens zum Stehen. Ich ließ ihn wieder an und kroch mit dem übrigen Verkehr weiter bergan.

Wenn ich an dem Punkt angelangt bin, an dem aus den gesammelten Fakten ein mehr oder weniger erkennbares Muster wird, spüre ich normalerweise eine aufgeregte Spannung. Doch jetzt hatte ich nur angespannte Nerven und ein komisches Gefühl im Magen – Angst vor dem, worauf ich stoßen könnte. Angst vor weiterem Entsetzen, das ich George vielleicht noch bereiten mußte.

Er hatte es nicht verdient, wegen seiner Tochter in so einen Schlamassel zu geraten. Und auch Laura nicht. Es stimmt, daß George ein »freundlich-abwesender« Vater war, und es stimmt auch, daß Laura eine kalte Mutter war. Aber sie hatten Tracy geliebt. Was immer ich herausfinden würde, es konnte nur etwas Schlimmes sein, schlimmer vielleicht, als selbst George es ertragen konnte, und bestimmt schlimm genug, um Laura aus ihrem empfindlichen Gleichgewicht zu bringen.

Und schlimm auch für dich selbst, sagte meine allzu wahrheitsliebende innere Stimme. Eine Katastrophe für diese neue Beziehung – seit langem die erste, aus der wieder etwas werden konnte –, denn du bist diejenige, die vielleicht alles zum Scheitern bringt. Das wiederum hast *du* nicht verdient.

Aber auch Bobby Foster hatte nicht verdient, zu sterben.

Mein Magen zog sich zusammen. Ich umklammerte das Steuer und kämpfte gegen Übelkeit an.

Bei Sherman Oaks führte die Interstate ins San Fernando Valley hinab und kreuzte den Ventura Freeway. Auf der Westauffahrt kam der Verkehr fast zum Erliegen und wurde erst nach dem Einfädeln wieder flüssiger. Die Ausfahrt zum Reseda Boulevard war nach meiner Straßenkarte nur vier Meilen entfernt. Beim Fahren mußte ich jetzt in die sinkende Sonne blinzeln, die rot, orange und golden durch die Windschutzscheibe fiel und alles vor mir dunkel erscheinen ließ. Als ich den Freeway verließ und weiter in nördlicher Richtung fuhr, brannten mir die Augen.

Es war ein breiter Boulevard, zunächst gesäumt von Geschäften, Restaurants und Tankstellen. Dann folgte ein großer Komplex Wohnhäuser: zwei- und dreistöckige Gebäude mit verputzten Fassaden, den unvermeidlichen winzigen Rasenstücken mit Palmen davor und Innenhöfen mit dem ebenso unvermeidlichen winzigen Swimmingpool und weiteren Palmen. Viele Balkone gingen auf den Boulevard hinaus. Von ihren Klubsesseln aus konnten die Mieter dort auf die vorbeifahrenden Autos hinabschauen, umgeben von Topfpflanzen, die sich irgendwie an die Auspuffgase gewöhnt haben mußten. Holzkohlengrills und Grillsteine waren die stummen Zeugen eines guten Lebens.

In Reseda selbst überwogen dann wieder Geschäftshäuser. Ich warf noch einmal einen Blick auf die Adresse, die Rae mir gegeben hatte, und sah mich nach ›The Great American Laughin‹ um. Es tauchte zur Linken auf zwischen einem mexikanischen Restaurant und einem Schuhgeschäft. Der Parkplatz war voll. Ich fand noch eine gerade passende Lücke genau gegenüber.

Wie das Café Comédie hatte auch dieser Club eine farbige Fassade – gelb, grün und orange, wirkte aber weniger anspruchsvoll, als hätte das nahe Disneyland schon abgefärbt, das auf allzuviel sonnigen Humor und knallbunten Spaß ausgerichtet war. Die geschwärzten Schaufenster einer ehemaligen Ladenfront waren mit einem Schwall von ballonrunden, glücklichen Gesichtern bemalt. Als ich die Straße überquerte, fielen mir die beiden Clowns rechts und links vom Eingang auf, die munter auf die Türgriffe wiesen. Vor dem Clown zur Linken zog ich ein saures Gesicht und trat in den dämmerigen Vorraum.

Drinnen begrüßten mich weitere Sperrholzclowns. Einer zeigte den Weg zur Garderobe, ein anderer zu den Toiletten. Der dritte hatte einen beweglichen Arm, mit dem er die Besucher in den eigentlichen Club winkte. Ich schlug den Weg dorthin ein und spürte im Vorbeigehen die Luftbewegung, die der Arm verursachte. Auch die Einrichtung des Hauptraums glich in etwa der des Café Comédie, nur lief hier die Bar an der rechten Wand entlang.

Eine rauhe weibliche Stimme sagte: »Wir öffnen erst um sechs, Ma'am.«

Es war kurz nach fünf. »Und warum hat der da schon mit der Arbeit begonnen?« Ich zeigte auf den Clown.

Die Frau lachte. Sie thronte auf einem Hocker am Ende der Bar, einen Rechner und Stapel von Bestellzetteln vor sich. Sie trug ein Kostüm, in dem sie Ronald McDonald ähnelte. »Der Schalter ist kaputt. Und darum hört der Scheißkerl nicht auf, herumzufuchteln. Wie eine Menge Männer, die ich kenne.«

Ich lächelte kumpelhaft und setzte mich zwei Hocker entfernt von ihr. »Die kenne ich auch.«

»Gibt es heutzutage wohl überall. Ich habe einen zu Hause – bleibt bei keinem Job, kann nicht kochen, will sich nicht die Hände beim Putzen dreckig machen. Ich frage Sie – warum halte ich ihn mir?«

»Also...«

»Ja. Genau deswegen halte ich ihn mir. Wissen Sie, ich will nicht grob zu Ihnen sein, aber ich kann Ihnen vor sechs wirklich nichts anbieten.«

»Ich bin kein Gast.« Ich weiß nie, wie ich mich in einer solchen Situation verhalten soll, bis ich in ihr stecke. Diese Frau schien mir praktisch und nüchtern und nicht auf den Kopf gefallen, also beschloß ich, mit offenen Karten zu spielen – bis zu einem gewissen Punkt.

Als ich meinen Ausweis neben ihr auf die Bar legte, sah sie mich wissend und wachsam an. »Privatdetektivin, ja? Was hat Bart denn nun wieder angestellt?«

»Ich suche keinen Bart – wer immer das sein mag –, sondern Lisa McIntyre.«

»Was hat *sie* angestellt?«

»Weiter nichts Schlimmes.« Der Trick an der Sache war, ihr eine akzeptable Geschichte zu präsentieren, die sie dazu brachte, mir ›Lisas‹ Aufenthaltsort zu verraten, und es durfte bestimmt nicht die altbekannte von der lange verschollenen und nun verstorbenen Erbtante sein. Ich wartete ab, bis ich herausgefunden hätte, womit ich bei dieser Frau ankommen könnte. »Ihr Name ist...?«

»Annette Dowdall. Ich bin Geschäftsführerin und Barkeeper in einem.«

»Arbeitet Lisa hier noch?«

»Wer sagt, daß sie das jemals getan hat?«

»Ihre Gewerkschaft. Und Sie haben gefragt, was sie angestellt hat, also müssen Sie sie kennen.«

Ms. Dowdall schluckte das und nickte leicht.

»Zufrieden mit Lisas Leistungen?« fragte ich.

Sie zuckte mit den Schultern. »Sie ist ein bißchen schusselig. Vergißt, das Wechselgeld herauszugeben, verschüttet Drinks, zerbricht Gläser. Aber die Gäste mögen sie. Ich mag sie auch.«

»Sie möchten sie also nicht verlieren?«

»Nein, natürlich nicht. Also – was ist nun mit Lisa?«

»Wie ich schon sagte, gar nichts Schlimmes. Sie ist vor ein paar Jahren aus ihrem Apartment in San Francisco ausgerückt und schuldet noch ein paar Dollar Miete. Jemand aus dem Haus hat sie hier gesehen und es der Hausverwaltung berichtet. Ich soll der Sache nachgehen.«

»Was wollen Sie also – nur die Miete?«

»Die und die Lagerkosten für das ganze Zeug, das sie zurückgelassen hat.«

»Sie hat Sachen zurückgelassen? Na, so was!«

»Wie meinen Sie das?«

»Das arme Kind kann gar nicht genug kriegen, und kauft sich dauernd *irgendwas*. Nicht, daß es dann auch in ihr Studio passen würde –« Sie stand mit einem Ruck auf und ging hinter die Bar. »Na, wollen Sie einen Drink oder so was?«

»Ich denke, Sie können mir vor sechs nichts anbieten.«

Sie grinste. »Das gilt für zahlende Gäste.«

»In dem Fall Weißwein, bitte.«

Sie goß mir Weißwein und sich selbst ein Budweiser ein und kam dann wieder hinter der Bar hervor. »Wissen Sie«, sagte sie, »Lisa ist ein nettes Kind. Sie hat nicht viel Geld und bestimmt nicht genug für diese Miet- und Lagerkosten. Können Sie denen nicht einfach erzählen, Sie hätten sie nicht gefunden?«

Ich schüttelte den Kopf. »Das bringt nichts. Sie würden jemand anderen anheuern, der nicht so freundlich zu ihr wäre wie ich.«

Ms. Dowdall sah mich noch zweifelnd an.

»Ich will Lisa nicht hart anpacken«, fügte ich hinzu. »Und ich glaube sogar, mein Auftraggeber wäre mit einer Ratenzahlung einverstanden. Ich vermute, er ist vor allem daran interessiert, daß ihre Sachen aus dem Lager verschwinden. Wenn ich ihm einen Scheck von Lisa für einen Teil der Lagerkosten und ihr schriftliches Einverständnis mitbringe, daß er über die zurückgelassenen Sachen verfügen kann, dann wird er ihr die Miete wohl nachlassen, glaube ich.«

Sie dachte eine Weile nach, während ich meinen Wein trank. Schließlich sagte sie: »Ich würde es gar nicht gern sehen, wenn das Kind in Schwierigkeiten käme.«

»Sie scheinen an ihr zu hängen.«

Sie zuckte mit den Schultern und goß sich das restliche Bier aus der Flasche ein. »Ich habe eher Mitleid mit ihr. Lisa hat etwas Mitleiderregendes an sich, wenn Sie verstehen, was ich meine.«

»Nicht ganz.«

»Also, sie hat keine Freunde, soviel ich weiß, und sie versucht auch nicht, welche zu finden. Sie kommt nur zur Arbeit und rennt dann wieder heim in ihr erbärmliches kleines Studio. Es ist wirklich erbärmlich. Ich habe sie einmal nach Hause gefahren, als sie sich nicht wohl fühlte, und sie nahm wohl an, mich hereinbitten zu müssen. Manchmal hängt sie an ihren freien Abenden auch hier herum und sieht sich die Vorstellungen an, irgendwie wehmütig. Ich glaube, sie möchte gern selbst Comedy spielen, weiß aber, daß sie nicht das Zeug dazu hat, und deswegen treibt sie sich eben hier am Rand herum.«

Was sie dabei wehmütig machte, dachte ich, war wohl das Wissen, daß sie gut war und doch nie mehr auftreten konnte.

Annette Dowdall runzelte die Stirn und zupfte am Etikett der leeren Bierflasche. »Irgend etwas stimmt nicht mit Lisa.«

»Wieso?«

»Nicht, daß sie eine Einzelgängerin ist. Sie ist *einsam*. Und immer wieder habe ich das Gefühl, sie hat Angst.«

»Wovor, glauben Sie?«

»Ich bin nicht sicher. Manchmal wirkt sie, als sei sie... auf der Hut. Als glaube sie, jemand könnte auftauchen und... Ich weiß nicht. Nicht jemand wie Sie, wegen einer ausstehenden Miete. Etwas Ernsteres.«

»Etwas Schlimmes aus ihrer Vergangenheit vielleicht. Was wissen Sie von ihr?«

»Nicht viel, nur was in ihren Personalunterlagen steht, und nicht einmal die habe ich mir genau angesehen. Ihr Gewerkschaftsausweis war in Ordnung, und Kellnerinnen kommen und gehen in Läden wie diesen, das ist nichts Besonderes. Aber es gab da eine Sache...« Sie zögerte und zupfte weiter an dem Etikett.

Ich trank einen Schluck von meinem Wein und ließ ihr Zeit zu entscheiden, ob sie mir trauen konnte. Meine Zurückhaltung zahlte sich aus. Sie sagte: »Da war dieser Tag im letzten August. Sie kam um sechs zu ihrer Schicht. So früh ist noch nicht viel los, darum saß sie hier an der Bar. Im Fernsehen gab es

Nachrichten aus allen Bundesstaaten. Ich sah nicht hin, sondern machte meinen Papierkram. Aber sie sah zu und war plötzlich ganz außer sich. Sie rang nach Luft und wurde blaß. Ich fragte sie, was los sei, aber sie wollte nichts sagen. Und den Rest ihrer Schicht arbeitete sie ab, als wären wir hier in einem Beerdigungsinstitut und nicht in einem Comedy Club. Ich habe ihr schließlich gesagt, sie solle früher nach Hause gehen.«

»Sie erinnern sich an nichts aus den Nachrichten?«

»Nein, wenn ich mit Zahlen zu tun habe, blende ich alles andere mehr oder weniger aus.«

Im August war Bobby Foster für den vermeintlichen Mord an Tracy zum Tod verurteilt worden. Der Fall hatte landesweit Aufsehen erregt, weil es sich um ein »Urteil ohne Leiche« gehandelt hatte. Wahrscheinlich hatte Tracy davon in den Nachrichten gehört und war entsetzt. Dennoch hatte sie sich nicht hervorgetraut.

»Ist... Lisa für heute abend zur Arbeit eingeteilt?« fragte ich.

Annette Dowdall schüttelte den Kopf.

»Können Sie mir wohl ihre Adresse und Telefonnummer geben?«

Sie zögerte ein bißchen länger und sagte dann: »Sie hat kein Telefon – sie hat irgendwelche Gebühren nicht bezahlt, und die Nummer wird erst wieder freigegeben, wenn das erledigt ist. Aber ich glaube, es ist schon in Ordnung, wenn sie zu ihr gehen. Sehen Sie sich an, wie sie lebt, dann wissen Sie, daß es nur richtig ist, wenn Sie darum bitten, daß man sie gnädig behandelt.« Sie nahm eine Cocktailserviette von einem Stapel und kritzelte etwas darauf. »Das ist gleich die Straße hinunter – Tropic Palms.«

»Danke.« Ich nahm die Serviette. »Darf ich den Drink bezahlen?«

»Nein«, sagte sie. »Der geht auf Kosten des Hauses.«

Ich bedankte mich noch einmal, sagte, ich sei sicher, daß wir mit Lisa eine Regelung fänden, und ging hinaus in die hereinbrechende Dämmerung.

Das Tropic Palms war älter und schäbiger als die Häuser, die ich zuvor in dem Wohnbezirk gesehen hatte: zweistöckig in imitiertem spanischem Stil, und es lag auf derselben Seite wie der Comedy Club. Die eine Wand des Eingangsbereichs zierten

Briefkästen. Einige von ihnen waren offensichtlich aufgebrochen worden. Von der gewölbten Decke hing eine schwere, schmiedeeiserne Lampe an einer massiven Kette. Die Birnen waren entzwei. Das Haus hatte kein Sicherheitstor und keinen elektrischen Türöffner.

Ich ging durch den Bogengang in den Hof. In der Mitte lag der beleuchtete Swimmingpool – ein grünlich trüber, mit Kies eingefaßter Tümpel. Scheinwerfer beleuchteten ein paar tropische Pflanzen. Ihre zarten Blätter zitterten im kalten Wind, der durch den geschlossenen Hof fegte. Wegen des Winters standen rostende Gartenmögel ohne Polster wie Skelette um den Pool.

Die auf der Serviette notierte Nummer des Apartments war 209. Am hinteren Ende des Hofs führte die Haupttreppe nach oben. Ich ging am Pool entlang und stieg hinauf. Oben zeigte ein Schild nach links zu den Nummern 201–221. Ich folgte ihm, und die Angst, die ich schon während der Fahrt gehabt hatte, verstärkte sich. Als ich vor 209 stand und auf den Klingelknopf drückte, hämmerte mein Herz.

Nach ein paar Sekunden rief jemand, ich solle warten. Die Stimme war flach und stumpf – ganz anders als die kraftvolle, die ich von Tracys Videobändern kannte. Natürlich konnte sie sich verändert haben...

Die Tür ging auf, und wir standen uns gegenüber.

Die Frau vor mir war erschreckend dünn. Die Knochen ihres herzförmigen Gesichts traten stärker hervor als vor zwei Jahren, die Wangen waren hohl. Ihre hellbraunen, lockigen Haare schienen vom eigenen leblosen Gewicht herabgezogen. Als sie mich, eine Fremde, ansah, blinzelte sie und schob ihr Kinn mit einem Ruck nach oben.

Das war nicht Tracy Kostakos.

Das war tatsächlich Lisa McIntyre.

22

Einen Augenblick lang starrte ich sie nur mit offenem Mund an. Sie runzelte die Stirn und trat ein Stück hinter die Tür zurück, als wollte sie sie als Schild benutzen. Ich hatte meine Stimme wiedergefunden und sagte: »Lisa McIntyre?«

Sie nickte traurig.

Ich suchte in meiner Handtasche nach meinem Ausweis und versuchte, diese neue Entwicklung mit meinen bisherigen Erkenntnissen in Einklang zu bringen. Es gelang mir nicht. Da stand Lisa – leibhaftig. Aber der Polizeiarzt von Napa County hatte Skeletteile gefunden, die mit ihrem zahnärztlichen Befund übereinstimmten. Nachdem jene Knochen aber nicht Lisas sein konnten...

Ich stellte mich vor und reichte ihr meinen Ausweis. Sie studierte ihn, als wäre er in einer fremden Sprache verfaßt. Dann gab sie ihn mir zurück. »Worum geht es?« fragte sie. Außer einem leichten Näseln, das ihr aus ihrer Jugend in Oklahoma geblieben war, war ihre Stimme merkwürdig modulationsarm.

»Ms. Dowdall vom Club gab mir Ihre Adresse –«, fing ich an.

»Sie haben mit Annette gesprochen? Wieso konnte sie... Was wollen Sie von mir? Ich habe nichts verbrochen.«

Mit den Fragen, die ich mir im Flugzeug zurechtgelegt hatte, konnte ich jetzt nichts mehr anfangen. Die Szene, die ich mir vorgestellt hatte, hatte sich nicht realisiert. Ich sagte: »Ich arbeite am Fall Bobby Foster, im Auftrag seines Anwalts.«

Sie erstarrte. »Bobby... Man hat ihn zum Tode verurteilt.«

»Es wurde Berufung eingelegt. Wir haben Beweise dafür gefunden, daß sein Geständnis falsch war. Ich spreche mit jedem, der an dem Abend im Café Comédie war. So können wir stückweise rekonstruieren, was tatsächlich mit Tracy Kostakos passiert ist.«

»Ich... Ich weiß nichts darüber.«

»Vielleicht wissen Sie mehr, als Ihnen bewußt ist. Darf ich hineinkommen und mich mit Ihnen unterhalten?«

Man sah ihr an, daß sie nichts lieber getan hätte, als die Tür zuzuschlagen, aber sie zuckte mit den Achseln und bat mich mit einer Handbewegung herein. In der Geste steckte Teilnahmslosigkeit, und die Resignation im Blick ihrer braunen Augen sagte mir, daß Lisa in einer brenzligen Situation gewöhnlich den Weg des geringsten Widerstands gehen würde.

Das Apartment war genauso trostlos, wie Annette Dowdall gesagt hatte. Der Raum war kaum mehr als dreieinhalb mal dreieinhalb Meter groß. Den meisten Platz nahm ein aufgeklapptes und zerwühltes Schrankbett ein. An einer Wand gab es eine Kochnische mit einer Frühstückstheke voll schmutziger Tassen, Gläser und Tabletts von Tiefkühlkost. Durch die halboffene Tür zum Badezimmer sah man ein Durcheinander von herumliegenden Kleidungsstücken und Handtüchern. Der winzige Balkon bot einen Ausblick auf sein gegenüberliegendes Ebenbild. Auf einem Schwarzweißfernseher flimmerten die verschneiten Bilder einer Game-Show. Lisa ging hin und knipste ihn aus.

Erdrückt von der Atmosphäre der Hoffnungslosigkeit in dieser Enge, sah ich mich nach einer Sitzgelegenheit um. Neben der Balkontür stand ein Rattansessel mit einem Korb schmutziger Wäsche darauf. Lisa sagte: »Stellen Sie das Zeug einfach da drüben hin«, und machte die Badezimmertür zu.

Ich stellte den Wäschekorb auf den Boden und setzte mich. Lisa sah mich an. Sie hatte eine Abwehrhaltung eingenommen, als erwarte sie von mir eine Bemerkung über den chaotischen Zustand ihrer Wohnung. Als ich nichts sagte, meinte sie: »Ich könnte uns einen Kaffee kochen.«

»Ich möchte Ihnen keine Umstände machen.«

Sie nickte sichtlich erleichtert. Ich hatte den Verdacht, daß ihr die meisten Dinge zuviel Umstände machten. Sie setzte sich auf die Kante ihres ungemachten Betts, beugte sich vor, die Hände flach auf den denimbekleideten Schenkeln. Einen Augenblick lang fragte ich mich, ob ihre Apathie echt war oder ob sie sie nur vorspiegelte, um zu zeigen, wie wenig sie der ganze Fall anging. Aber ich hielt das für nicht weiter wichtig. Ein paar Fragen würden sie schon aufrütteln.

Ich fing ganz harmlos an. »Wie lange haben Sie im Café Comédie gearbeitet?«

»Etwa sechs Monate.«

»Hat es Ihnen gefallen?«

»Es war okay.«

»War Jay Larkey ein guter Boß?«

Das brachte die erste Reaktion: nur ein Flattern der Augenlider, aber die Erwähnung seines Namens hatte einen Nerv getroffen. »... Er war okay.«

»Und die anderen Leute, die dort arbeiteten?«

»Was sollte mit denen sein?«

»Haben Sie gern mit ihnen gearbeitet?«

»Ja. Sicher.«

»Sie haben Bobby Foster gekannt?«

»Ziemlich gut.«

»Marc Emmons?«

»Ja. Er ist ein netter Kerl.«

»Tracy Kostakos?«

Sie legte die Hände zusammen und schob die Finger zwischen die Knie. »Ich habe sie nicht sehr gut gekannt. Sie war einer der... Stars dort, wissen Sie.«

»Ich weiß nicht, ob ich Sie richtig verstehe. Ich hatte den Eindruck, daß es ein kleiner Club ist, in dem die Schauspieler auch mit den übrigen Angestellten verkehren. Außerdem war Tracy zuerst Kellnerin wie Sie, bis Jay sie auf die Bühne ließ.«

Lisa verzog bitter den Mund. »Tracy war *niemals* nur Kellnerin. Schon als ich sie das erstemal gesehen habe, war mir das klar.«

»Ich verstehe. Kommen wir zu der Nacht, in der sie verschwand. Erzählen Sie mir alles, an was Sie sich erinnern.«

Sie fuhr sich mit der Zunge über die Unterlippe. »Kann das Bobby wirklich helfen?«

»Ja.«

»Ich *möchte* ihm helfen. Es ist nur, daß... Ich *weiß* überhaupt nicht, was passiert ist. Ich kam zur Arbeit, bediente wie üblich und ging nach Hause. Es war ein ganz normaler Abend.«

»Das sehe ich anders, Lisa.«

Sie betrachtete ihre Hände. »Was soll das heißen?«

»Zum Beispiel hatten Sie und Jay gegen Feierabend eine Auseinandersetzung in seinem Büro.«

»Wer hat Ihnen das gesagt?«

»Kathy Soriano.«

»Mein Gott, es war nichts, nichts Ernstes. Er war sauer, weil ich ein paar Bestellungen vermurkst hatte. Er hat mich oft angebrüllt. Was mich betraf, war es ein normaler Abend.«

»Außer, daß Tracy verschwand. Und seit jenem Abend haben Sie den Club nie mehr betreten, nicht einmal, um Ihren Lohn abzuholen.«

Sie schwieg und sah noch immer auf die Stelle, wo ihre Finger zwischen den Knien verschwanden.

»Lisa«, sagte ich, »Sie haben San Francisco wegen einer Sache verlassen, die in jener Nacht im Café Comédie passiert ist. Würden Sie mir bitte etwas darüber sagen?«

»Das ist nicht wahr. Ich bin fortgegangen weil ich... es wollte. Es hatte mit nichts anderem etwas zu tun. Tracy ist umgebracht worden, und das tut mir leid, aber es gibt nichts, was ich tun könnte.«

»Ich glaube nicht, daß ihr Tod Ihnen leid tut.«

Jetzt hob sie den Kopf, die Lippen waren geöffnet.

Ich fügte hinzu: »Ich weiß von der Figur, für die Sie das Vorbild abgegeben haben – Ginny, die Kellnerin. Und ich weiß, wie aufgebracht sie deswegen waren. Und was vorher zwischen Ihnen und Tracy war.«

Sie preßte die Lippen zusammen und schloß die Augen. Sie brauchte einen Moment, bevor sie sagte: »Okay, ich habe Tracy gehaßt. Sie hat mich benutzt, und ich fühlte mich... wie so ein Versuchstier, an dem sie herumexperimentierte. Aber das heißt doch nicht, daß ich sie umgebracht habe.«

»Das will ich auch gar nicht sagen. Aber ich glaube, Sie wissen mehr über diesen Abend, als Sie zugeben. Und was Sie wissen, macht Ihnen angst.«

Die Augen noch immer geschlossen, schüttelte sie heftig den Kopf.

»Lisa, man hat an einem abgelegenen Ort in Napa County, wohin Tracy öfter fuhr, ein Skelett gefunden. Es ist ziemlich schwierig, es zu identifizieren, aber ich glaube, es wird sich als Tracys herausstellen.« Seltsam, dachte ich, daß es mir einen Stich versetzte, als ich das sagte. Wahrscheinlich hatte ich in meinem Hinterkopf die unrealistische Hoffnung genährt, ich würde Georges Tochter finden, und irgendwie würde alles gut ausgehen – trotz aller gegenteiligen Beweise.

»Jemand hat sie erschossen«, fuhr ich fort. »Aber Bobby war es nicht. Das bedeutet, die Person, die sie getötet hat, ist noch auf freiem Fuß – und eine Gefahr für jeden, der nur die leiseste

Kenntnis von dem Mord hat. Helfen Sie mir also, um Ihrer selbst und um Bobbys willen!«

Sie kniff die Augen noch fester zusammen, und über beide Wangen liefen zwei parallele Tränenspuren. Ich schwieg. Nach einer Weile beugte sie sich vor, zog auf dem Fußboden eine Kleenex-Schachtel heran und wischte sich mit einem Tuch das Gesicht ab.

»Okay«, sagte sie mit schwerer Stimme. »Ich wußte, daß es mich eines Tages erwischen würde. Ich erzähle es Ihnen also. Aber zuerst müssen Sie mir versprechen, daß er nicht herausbekommen darf, daß ich es war, die es erzählt hat.«

»Wer denn?«

Sie schüttelte den Kopf. »Versprechen Sie es.«

»Ich verspreche es.«

»Okay. Es war so: Bobby und ich waren irgendwie Freunde. Wir haben viel miteinander geredet. An dem Abend habe ich ihn zufällig während meiner Pause getroffen. Es gibt hinten ein Zimmer, in dem die Angestellten ihre Sachen ablegen und wo sie sich aufhalten können. Bobby war da. Er war offensichtlich high – hatte Crack genommen – und wirklich sehr aufgeregt. Ich habe ihn gefragt, was los sei, und er erzählte mir von... sich und Tracy. Wissen Sie davon?«

»Ja.«

»Also, ihm schien nicht klar zu sein, warum sie es getan hatte, aber ich vermutete, daß sie ihn benutzt hatte, genau wie mich. Mich hat die Wut gepackt. Sie hatte mit uns beiden so etwas Schreckliches gemacht. Und alle wußten, daß sie mit Jay bumste, weil er etwas für ihre Karriere tun konnte. Und dann war da noch Marc: Sie hatte mit ihm Schluß gemacht, aber wenn sie etwas von ihm wollte, brauchte sie nur zu pfeifen. Jedenfalls ging Bobby wieder an die Arbeit, und ich saß da und es machte mich immer verrückter. Und da kam Tracy, der Star, hereingetänzelt, um ihre Nummer vorzuführen.«

»Haben Sie sie sich vorgenommen?«

»Oh, ja, das habe ich! Ich habe ihr gesagt, was für eine Fotze sie ist und daß ich die Nase wirklich voll von ihr habe. Und ich habe gesagt, ich würde es allen weitererzählen – auch Jay.« Lisa machte eine Pause, den Kopf zur Seite geneigt. »Wissen Sie, ich hatte sie für einen harten Typ gehalten, aber das warf sie regelrecht um. Sie fing an zu heulen. Und das hat mich noch wütender gemacht. Warum heulte sie, wenn sie doch alles hatte? Ich rannte hinaus und wartete auf eine Gelegenheit, mit Jay zu reden.«

»Haben Sie mit ihm geredet?«

»Nicht gleich. Er hatte zu tun. Die Sorianos gingen zu ihm rein, erst Kathy, dann Rob. Sie hatten eine Besprechung mit irgendwelchen Leuten, ich glaube, Investoren für dieses Immobiliengeschäft. Ich konnte erst kurz vor Schluß mit Jay sprechen, in seinem Büro.«

»Und deswegen wirkten Sie später auf Kathy so aufgeregt, als Sie an der Bar saßen.«

»Aufgeregt? Das ist milde ausgedrückt. Jay ist total ausgerastet.« Lisa senkte die Stimme, und in der Erinnerung duckte sie sich selbst jetzt noch. »Er wollte unbedingt alle Einzelheiten wissen – wann, wie oft, Sie wissen schon. Und dann fing er an, im Büro mit Sachen herumzuschmeißen. Ich bekam es mit der Angst und konnte nur noch denken: *Und wenn dieser Kerl mich jetzt packt und in Stücke reißt?* Ich meine, mein Vater hat mich als Kind immer geschlagen, und ein paar von den Kerlen, mit denen ich ging, bevor ich mit den Männern nichts mehr zu tun haben wollte, waren auch ziemlich brutal. Aber Jay – ich habe nie gewußt, daß er das auch in sich hatte.«

Das hätte ich auch nicht erwartet.

Lisa sah mich besorgt an. »Sie sehen, warum Sie ihm nicht sagen dürfen, daß Sie es von mir wissen. Nachdem ich von Tracys Verschwinden und von der Entführung gehört hatte, hatte ich so eine Angst, daß ich mich nicht mehr in den Club zurückwagte. Weil er wußte, daß ich wußte –«

Ich hob die Hand, damit sie langsamer erzählte. »Sie glauben, es war Jay, der Tracy umgebracht hat?«

»Wer sonst? Er war so wütend, so gewalttätig. Und er wußte, wohin sie in der Nacht fuhr.«

»Er wußte, daß sie zum Napa River fuhr?«

»Hm. Es war so, daß Kathy und ich gegen Feierabend an der Bar saßen und auf Rob warteten. Ich nehme an, das hat sie Ihnen erzählt. Sie hatte mir angeboten, mich nach Hause zu bringen, weil es draußen in Strömen goß. Jay kam aus dem Büro und holte etwas hinter der Bar. Er fragte Kathy, was sie noch dort mache. Sie sagte, sie warte auf Rob, denn ihren Wagen habe sie Tracy geliehen, damit sie zum Cottage fahren konnte. Und Jay sagte einfach: ›Zum Cottage am Fluß draußen?‹ Deswegen weiß ich, daß er es wußte –«

»Einen Augenblick! Kathy hat *ihr* ihren Wagen *geliehen*?«

Lisa sah mich verständnislos an. Der Schock, den sie mir anhörte, hatte ihren Redefluß gebremst. »...Ja, sicher. Kathy sagte, Tracy habe Marc schon angerufen und versucht, sich seinen Wagen auszuleihen, aber er habe gesagt, er bräuchte ihn am nächsten Tag.«

»Das muß ich mal auf die Reihe bringen. Kathy sagte mir, Robs Assistent im Immobiliengeschäft sei an dem Abend mit ihnen zusammengewesen, und in derselben Nacht sei ihm der Wagen vom Parkplatz gestohlen worden. Er hat das im Prozeß gegen Bobby bezeugt.«

»Ich weiß nichts von einem gestohlenen Wagen oder von einem Assistenten. Ich sage Ihnen nur, was ich gehört habe.«

»Sie haben nicht die Nachrichten über den Fall verfolgt und von dem gestohlenen Wagen gehört, der schließlich mit Blutspuren im Innern in den Bergen gefunden wurde?«

»Ich habe sie überhaupt nicht verfolgt. Ich wollte einfach nichts davon *wissen*. Es war reiner Zufall, daß der Fernseher an dem Tag im Club an war, als Bobby verurteilt wurde. Sonst hätte ich gar nichts davon gewußt.«

»Erinnern Sie sich, was für einen Wagen Kathy fuhr?«

»Einen Volvo, blau. Ich bin ein paarmal mitgefahren, zur Bushaltestelle oder nach Hause.«

Ich wußte nicht, ob ich ihr glauben sollte oder nicht. Es ergab keinen Sinn, daß Kathy ihren Wagen Tracy geliehen hatte, dann aber umgeschwenkt war und Jim Fox veranlaßt hatte, seinen Wagen als gestohlen zu melden. Ich sagte: »Paßte es überhaupt zu Kathy, daß sie ihren Wagen verlieh? Sie scheint mir keine besonders großzügige Frau zu sein.«

Lisa zuckte mit den Schultern. »Kathy hat Tracy gemocht. Und ich glaube, sie wußte, daß Tracy gerne angab. Wenn Kathy ihr den Wagen gab, dann tat sie es, um ihre Freundschaft zu gewinnen.« Sie brach ab und dachte nach. »Kathy ist eigentlich gar nicht so schlimm. In der Woche, als ich mich fürchtete, wieder zurück in den Club zu gehen, ist sie zu mir gekommen. Ich habe ihr gesagt, daß ich die Stadt verlassen wollte und warum. Sie meinte, das wäre eine gute Idee, denn auf Jay wäre nicht allzuviel Verlaß. Und wissen Sie was? Sie hat mir Geld gegeben. Tausend Dollar und ein Flugticket, damit ich hier unten neu anfangen konnte. Sie hat mich sogar zum Flughafen gefahren.«

Ich dachte einen Augenblick darüber nach und wägte es gegen Kathys Version ab. Ich neigte eher dazu, Lisa zu glauben. Ich sagte: »Was für einen Wagen fuhr sie, als sie Sie zum Flugplatz brachte?«

Lisa runzelte die Stirn. »Nicht den Volvo. Auch ein ausländisches Modell, noch teurer. Es war der Wagen, den Rob fuhr, als sie mich in der letzten Nacht vom Club nach Hause brachten.«

Wahrscheinlich der Jaguar, den ich mittags in ihrer Einfahrt stehen gesehen hatte. Ich fragte: »Haben Sie jemals eine Waffe in Jays Besitz gesehen?«

»Er hatte eine hinter der Bar. Marc hat sich darüber immer beschwert, weil er etwas gegen Waffen hatte. Aber Jay sagte, sie müsse zum Schutz dort liegen.«

»Kennen Sie sich mit Waffen aus?«

»Ja. Mein alter Herr war ein Cop.«

»Was war das für eine im Club?«

»Ein Revolver, ein achtunddreißiger.«

Dasselbe Kaliber wie die Kugeln, die man in der Leiche und im Volvo gefunden hatte.

Ich starrte eine Minute lang auf den leeren Bildschirm und dachte an den zahnärztlichen Befund, anhand dessen man die Leiche als Lisas identifiziert hatte. Dachte an Marc Emmons, der vermutlich gewußt hatte, wohin Tracy in jener Nacht unterwegs war und der nach ihrem Verschwinden plötzlich zu einem der »Stars« im Café Comédie wurde. Und ich dachte an Jay Larkey und Kathy Soriano, das Gelegenheits-Liebespaar, weil »sich die Lady besser fühlte«.

Oder fühlte sich der Gentleman damit sicherer?

Lisa sagte: »Was ist, wenn er erfährt, daß ich es Ihnen erzählt habe?«

»Er wird es nicht erfahren. Er hat keine Ahnung, wo Sie stecken. Solange Sie hier bleiben, sind Sie in Sicherheit.«

Ich würde Stan Gurski anrufen, sobald ich aus ihrer Wohnung war, und ihm erzählen, was ich herausbekommen hatte. Er würde sie verhören, womöglich festnehmen, aber das brauchte Lisa jetzt noch nicht zu wissen. Ich vermutete, daß ihr Vater, der Polizist, der sie geschlagen hatte, in ihr eine tief verwurzelte Aversion gegen Behörden verursacht hatte.

Ich wollte ihr etwas sagen, das ihr Mut machte, aber mir fiel nichts ein. So wiederholte ich zum Schluß noch einmal meinen Rat, daß alles in Ordnung gehe, wenn sie zu Hause bleibe, und verabschiedete mich.

23

Nach meinem Anruf bei Stan Gurski, dem ich erzählte, was ich Neues über Lisa McIntyre wußte (und ihm damit den Abend ruinierte, denn es warf seine bisherigen Theorien über den Haufen), überlegte ich, wie ich an diese zwei Jahre alte Ausgabe der *L. A. Times* kommen konnte. Ich rief die nächstgelegene öffentliche Bibliothek an, aber die war geschlossen – wahrscheinlich wegen der gleichen Etatkürzungen, die auch in San Francisco schon die Öffnungszeiten beschränkt hatten. Am beten sollte ich es wohl bei der *Times* selbst versuchen. Aber zuerst mußte ich noch einen Platz für den Rückflug buchen.

Wie sich herausstellte, flog die USAir abends nicht mehr so häufig. Nur in der Neun-Uhr-Maschine gab es noch einen Platz. Danach war ich auf mein Glück und die Stand-by-Liste angewiesen. Da sich die *Times* mitten in der Stadt befand, war es durchaus möglich, daß ich überhaupt keinen Flug mehr erwischte und die Nacht in L. A. verbringen mußte. Ich zögerte nur einen Moment, entschied dann, daß es wichtiger war, am Brennpunkt meiner Ermittlungen zu sein, und buchte den letzten Platz um neun.

Auf dem Rückflug trank ich einen ungewohnten Bourbon mit Wasser und versuchte, anhand der neuen Fakten zu rekonstruieren, was mit Tracy in dieser regnerischen Winternacht passiert sein mochte.

Sie war in den Club gekommen und hatte den Zusammenstoß

mit Lisa gehabt. Sie war – untypisch für sie – außer sich geraten, war zusammengebrochen und hatte geweint. Zuvor hatte sie Angst davor gehabt, kein guter Mensch mehr zu sein. Jetzt erlebte sie, wie ihre Welt aus den Angeln geriet, weil sie andere Menschen schäbig behandelt hatte. Wenn Lisa Jay alles erzählte, würde er auf alle Fälle mit ihr Schluß machen, wenn nicht mehr. Vielleicht würde er sogar versuchen, ihren Vertrag mit dem Club zu annullieren. Aber noch schlimmer, sie würde als eine gefühllose Opportunistin dastehen. So war ihr erster Impuls zu fliehen – dorthin, wo sie so oft gewesen war, um allein zu sein und nachzudenken.

Doch dazu brauchte sie einen Wagen. Zuerst wandte sie sich an Marc. Aber er hatte abgelehnt, weil er den Wagen am nächsten Tag selber brauchte. Als nächstes ging sie zu Kathy. Kathy war getrennt von ihrem Mann zum Club gefahren, und so war sie bereit, ihr den Volvo zu leihen. Wahrscheinlich hatte Tracy nach ihrer Vorstellung beim Verlassen des Clubs die Schlüssel aus dem Kästchen genommen. Doch dann hatte sie ihren zweiten Zusammenstoß an diesem Abend gehabt, und zwar mit Bobby Foster.

Wenn sie so beschämt und außer sich war von Lisas Drohung, alles auszuposaunen, wieso hatte sie dann Bobby die Wahrheit ins Gesicht gesagt, warum sie mit ihm geschlafen hatte? Vermutlich nahm sie an, daß er es ohnehin bald herausfinden würde. Weil sie litt, wollte sie vielleicht zurückschlagen und jemand anderen auch leiden lassen. Oder sie war in Eile und sagte deshalb das erste, was ihr einfiel, damit er sie gehen ließ. Jedenfalls holte sie sich den Volvo vom Parkplatz und fuhr nach Napa County. Daß Tracy zweimal auf ihrer Fahrt »gesehen« wurde, wie die Polizei höchst sorgfältig ermittelt hatte, entsprach wohl den Tatsachen. Sie mußte die Strecke über die Bay Bridge genommen haben, wo ihre ehemalige Mitschülerin sie gesehen haben wollte, und sie konnte auch sehr wohl in der Nähe von Berkeley vor dem Lebensmittelladen angehalten und eingekauft haben.

Aber das reichte noch nicht. Es blieb noch zuviel Zeit, die nicht belegt war. Was hatte sie zwischen zehn und zwölf Uhr dreißig morgens getan, also in der Spanne, in der sie vermutlich auch über die Brücke gefahren war? Nach Hause gefahren und die Schlüssel für das Cottage geholt? Und zu Marc Emmons' Wohnung gefahren, wie sie es Bobby angekündigt hatte? Nicht herauszubekommen.

Also, was dann?

Führte ich das, was Lisa mir erzählt hatte, zu einem logischen Schluß, dann hatte Larkey in seiner Wut den Revolver hinter der Bar hervorgeholt, war zum Fluß gefahren, hatte Tracy erschossen und ihre Leiche versteckt. Die Schüsse waren in dem Volvo gefallen – vielleicht hatte sie versucht zu fliehen –, und nachdem Jay Kathy erzählt hatte, was passiert war, war sie zu dem Schluß gekommen, daß es weniger riskant war, den Wagen vorübergehend am Cottage stehenzulassen, als ihn zurückzuholen und zu versuchen, die Blutflecke zu entfernen. Ich war sicher, Kathy wäre es nicht schwergefallen, Jim Fox, Robs Assistenten, zu überreden, den Wagen als gestohlen zu melden. Aber wie hatte sie das ihrem Mann erklärt? Mußte sie ihm nicht schon in der Nacht auf der Heimfahrt vom Club sagen, wer den Volvo jetzt benutzte?

Ich dachte über die Beziehung der beiden Sorianos zueinander nach. Ich hatte sie einmal zusammen erlebt, und da schienen sie in verschiedenen Welten zu leben. Sie plapperte in einem fort, er hörte kaum zu. Falls das die normale Form ihrer Unterhaltung war, dürfte es für sie kein Problem gewesen sein, ihm einzureden, er habe etwas mißverstanden, und sie habe den Wagen tatsächlich an Fox verliehen.

In Ordnung, dachte ich, jetzt kann man also mit Sicherheit annehmen, daß Kathy zur Komplizin wurde. Sie half Jay, die angebliche Entführung zu inszenieren. Und es waren auch zwei Personen erforderlich, um den Volvo vom Cottage in die einsame Schlucht in den Santa Cruz Mountains zu fahren. Als die Polizei sich dann später ernsthaft auf Bobby Foster konzentrierte, sorgte sie dafür, daß ihr das Notizbuch für seine Examensvorbereitung in die Hände gespielt wurde. Dieses Notizbuch hatten sie und Jay außerdem als Vorlage für den Erpresserbrief benutzt. Nachdem ich Tracys sterbliche Überreste entdeckt hatte, vertauschte Jay ihre zahnärztlichen Unterlagen mit denen der verängstigten jungen Frau, der Kathy Geld gegeben hatte, damit sie die Stadt für immer verließ. Sie rechneten zweifellos damit, daß dann, wenn die Leiche nicht positiv identifiziert werden konnte, die Verurteilung Fosters bestehenbleiben würde.

Ich hatte sogar eine Idee zu ›Tracys‹ Anrufen bei Laura. Als ich Kathy zum erstenmal begegnete, hat sie die Pointe aus der Nummer von der wild gewordenen Feministin wiedergegeben und dabei Tracys Stimme nachgeahmt. Als ich mir später das Videoband ansah, war mir die Pointe bekannt vorgekommen, weil Kathy sie so gut nachgemacht hatte.

Alles zusammen – die vertauschten Zahnarztunterlagen, die Anrufe, das Buch über die Schaffung einer neuen Identität, das irgendwie in die Wohnung an der Upper Market geschmuggelt worden war – sollte bewirken, daß Tracys Überreste niemals zuverlässig identifiziert werden konnten.

Soweit war das schon ein mehr oder weniger logisches Szenario. Nur konnte ich es nicht akzeptieren. Nicht beim gegenwärtigen Stand der Dinge.

Das Problem war das Motiv. Ich konnte mir einfach nicht vorstellen, daß Larkey – so wütend er auch gewesen sein mochte – mit dem Vorsatz zum Cottage hinausgefahren war, Tracy zu töten. Ich konnte mir nicht vorstellen, daß er ein ganzes Raster entworfen haben sollte, das auf Bobby Foster paßte, einen jungen Mann, den zu mögen er vorgab, und noch weniger, daß er schweigend zusah, wie Bobby seinem Tod entgegenging. Nicht, daß ich Larkey solcher Taten nicht für fähig gehalten hätte: Ich hatte längst gelernt, daß die meisten Menschen zu allem fähig waren, wenn sie nur einen ausreichenden Grund dazu sahen. Aber wenn Larkey solche Dinge getan hatte, dann hätte er ein weitaus zwingenderes Motiv haben müssen als bloße Wut. Es hätte weit mehr auf dem Spiel stehen müssen als nur sein männlicher Stolz.

Zerstreut starrte ich auf mein Spiegelbild in der schwarzen Fensterscheibe des Flugzeugs. Das helle Licht in der Kabine ließ mich erschöpft und krank aussehen, und meine Gedanken verliehen mir obendrein einen besorgten und frustrierten Gesichtsausdruck. Schnell sah ich wieder weg.

Was genau hatte Tracy ihrer Mutter bei ihrem letzten Freitagslunch gesagt? Einmal die Sache über den guten Menschen, der sie nun nicht mehr war. Aber daneben auch noch etwas anderes. Etwas über eine Unterlassungssünde. Das zusammen mit dem, was sie in Jane Steins *Times*-Ausgabe entdeckt hatte, konnte mir vielleicht einen Hinweis auf dieses Motiv liefern. Aber wo, zum Teufel, konnte ich zu dieser Nachtstunde in San Francisco noch eine Ausgabe dieser Zeitung aus Los Angeles in die Finger bekommen? Vielleicht hatte ich doch einen Fehler gemacht, nicht über Nacht in L. A. zu bleiben –

Das Bordpersonal schob sich durch die Gänge und sammelte Tassen und Becher ein. Ich trank meinen Drink aus, reichte den Plastikbecher zurück und klappte den Abstelltisch vorschriftsgemäß hoch.

Die nächsten Telefonzellen fand ich in der Halle. Ich rief bei All Souls an. Jack war nicht da. Rae sprach auf einer anderen Leitung. Ich wartete ungeduldig und klopfte mit den Fingern auf die Aluminiumablage. Als sie sich schließlich meldete, sagte sie: »Shar, Gott sei Dank, daß du zurück bist. Hier ist eine Frau auf der anderen Leitung, die dich sprechen muß. Sie ruft schon den ganzen Nachmittag an.«

»Wer?«

»Ihren Namen wollte sie mir nicht sagen, aber sie sagt, es ist wichtig.«

»Sie soll dir ihre Nummer geben, ich rufe zurück.«

Rae ging auf die andere Leitung und war nach wenigen Sekunden wieder da. »Shar, sie will noch immer kein Wort sagen. Nur, daß sie später wieder anruft.«

»Verdammt! Wahrscheinlich geht es um diesen Fall.«

»Wenn sie wieder anruft, bringe ich sie irgendwie dazu, mir eine Telefonnummer zu nennen, oder ich sage ihr, sie soll herkommen. Was war los in L. A.?«

Ich erklärte ihr kurz, daß ich Lisa McIntyre gefunden hatte und was das wahrscheinlich bedeutete.

Als ich zu Ende war, sagte Rae: »Weißt du, es ist komisch, aber ich glaube, Larkey hat so etwas Ähnliches vermutet.«

»Larkey? Was hat er denn damit zu tun?«

»Als ich ihn anrief, um eure Verabredung abzusagen, hörte er sich irgendwie niedergeschlagen an, und deshalb erzhälte ich ihm, du seist nach L. A. geflogen, um Tracy ausfindig zu machen. Ich dachte, das würde ihn aufmuntern – du sagtest ja, daß er sie gern gemocht hat –, aber das tat es nicht. Er bat mich, dir auszurichten, daß du ihm Bescheid gibst, wie es ausgegangen ist. Er sagte, wenn das da unten nicht Tracy wäre, würde er morgen nach Napa fahren und diese Zahnunterlagen noch einmal prüfen. Scheint, daß er sich Gedanken darüber gemacht hat und ihm irgend etwas merkwürdig vorgekommen ist.«

»Was denn?«

»Darüber konnte er nichts Genaueres sagen. Er saß mit anderen Leuten zusammen.«

Wahrscheinlich war ihm aufgegangen, dachte ich, daß es besser wäre, das Vertauschen der Röntgenbilder und die falsche Behauptung, es handle sich nicht um Tracys Leiche, zu kaschieren. Vielleicht hatte er vor, nach Napa zu fahren, sich die Gebeine anzuschauen und sie richtig zu identifizieren, um so jeden Verdacht von sich abzulenken. Ich sagte: »Ich werde später mit ihm reden. Weitere Nachrichten?«

»George Kostakos. Er ist zu Hause.«

»Was ist mit Jack – wo ist er?«

»Mußte in einem anderen Fall nach Sacramento.«

»Wenn du ihn vor mir siehst, erzähl ihm, was passiert ist. Aber jetzt gleich mußt du erst etwas für mich tun. Ich weiß nicht, ob es überhaupt im Bereich des Möglichen liegt, aber ich brauche ein Exemplar der *L. A. Times*, Stadtausgabe, vom 2. Februar des Jahres, in dem Tracy Kostakos verschwand.«

»Ich wende mich an die Bibliothek.«

»Ich habe meine Zweifel, daß die noch offen ist.«

»Das ist eine harte Nuß.« Rae hörte sich entmutigt an, fing sich aber gleich wieder. »Vielleicht hat Hank eine Idee.«

»Hank. Wohnt er noch immer auf seiner Couch?«

»Seit dem besagten Morgen.«

Das war eine weitere Sache, um die ich mich kümmern wollte – aber nicht, bevor dieser Fall abgeschlossen war. »Gut, frag ihn.«

»Mach ich. Übrigens, ich bin vorhin bei dir zu Hause gewesen, um die Katze zu füttern. Der Bauunternehmer war da. Er sagte, ich brauchte mich ums Abschließen hinter ihm nicht zu kümmern, du hättest ihm einen Schlüssel für den Seiteneingang gegeben.«

»Ja – er hat einen Auftrag zu erledigen, aber ich konnte

mich nicht nach seinen Zeitplänen richten. Danke, daß du nach Wat geschaut hast.«

»Keine Ursache. Wo kann ich dich erreichen?«

»Ich weiß nicht genau. Ich melde mich.«

Ich beendete das Gespräch und rief George in seiner Nobelunterkunft an. Ich wollte ihm selber beibringen, daß ich Lisa McIntyre lebend gefunden hatte – und ich wollte es ihm persönlich sagen, weil das bedeutete, daß seine Tochter wirklich tot war. Aber es antwortete nur die Maschine. In einem gewissen Sinne war das gut, dachte ich, denn nach dieser Nachricht würde es schwer sein, wieder zu gehen. Und ich mußte so schnell wie möglich ins Café Comédie.

24

Auf der Bryant Street, etwa in Höhe der Fourth Street und reichlich zwei Blocks von der South Park entfernt, geriet ich in einen gewaltigen Verkehrsstau. Etwas merkwürdig für knapp halb elf Uhr abends, dachte ich.

Ich klopfte mit den Fingern auf das Lenkrad und starrte auf das Meer von roten Rücklichtern vor mir. Dann schaltete ich das Radio ein, um vielleicht den Grund für den Stau zu erfahren. Aus alter Gewohnheit drückte ich auf die Taste, unter der ich KSUN programmiert hatte, einen Mittelwellensender mit ausgesprochenem Hard-Rock-Programm. Mein verflossener Liebhaber, Diskjockey Don Del Boccio, hielt gerade Hof auf dem prestigeträchtigen Spätabend-Sendeplatz. (Soweit man es, wie Don zu sagen beliebte, denn als prestigeträchtig betrachten konnte, das Ohr von einer halben Million Teenager zu haben, deren durchschnittlicher IQ wahrscheinlich knapp über siebzig lag.)

Ich war so irritiert von dem Stau vor mir, daß ich nicht einmal eine Anwandlung von Nostalgie verspürte, als ich hörte, wie Dons Stimme die Talente einer Gruppe namens Matt and the Mercenaries rühmte, deren atonales Gekreisch ich sofort leise drehte (befanden sie sich vielleicht tatsächlich in einem Kriegsgebiet?), und zwar so leise, daß ich es fast überhört hätte, als

Don ein paar Minuten später sagte: »...eine Verkehrsdurchsage.« Ich drehte den Lautsprecher wieder auf und erwartete, daß er jetzt einen umgefallenen Sattelschlepper oder etwas Ähnliches auf der Brückenauffahrt ein paar Blocks weiter vorn meldete.

»...und noch eine Meldung«, fügte er hinzu. »Wegen eines Brandes staut sich der Verkehr auf der Bryant Street und den nahe gelegenen Auffahrten zur Bay Bridge in San Francisco. Rettungsfahrzeuge blockieren die Bryant an der Second und Third. Die Polizei versucht, den Verkehr umzuleiten, doch im Augenblick steht er noch so gut wie still. Wenn Sie also zur East Bay oder nach South of Market unterwegs sind, meiden Sie besser die Hauptzufahrten. Es brennt am South Park zwischen der Second und der Third Street, der Bryant und der Brennan. Feuerwehrmannschaften und Krankenwagen sind bereits vor Ort, und die Polizei bittet, diesen Bereich möglichst zu meiden. Das wäre alles, was wir im Augenblick wissen, aber wir bleiben für Sie am Ball.«

South Park!

Ich umklammerte das Lenkrad, mein Magen rotierte. Jetzt, da ich von dem Feuer gehört hatte, fielen mir auch die Sirenen und die orange-rote Färbung des Himmels auf. Ein Gefühl von Übelkeit stieg in mir hoch. War es möglich, daß diese Katastrophe irgendwie mit meinem Fall zu tun hatte? War es das Café Comédie...?

Ich mußte hinfahren und nachsehen, was passiert war. Aber es gab keine Seitenstraßen oder Gassen, die in diesen Teil des Blocks führten. Am Bordstein durfte man parken. Ich befand mich auf der rechten Fahrspur, doch der Platz gleich neben mir war besetzt und auch der direkt vor und hinter mir. Zwei Wagen weiter war ein leerer Platz, aber jetzt war der Verkehr völlig zum Stillstand gekommen. Es konnte Stunden dauern, bis ich ihn erreichte.

Überall hingen die Leute aus den Fenstern ihrer Wagen und versuchten, die Ursache des Staus zu erkennen. Einige stiegen aus und standen auf der Fahrbahn. Der Fahrer eines kleinen Lieferwagens, der direkt neben dem Parkplatz stand, auf den ich es abgesehen hatte, kletterte auf die Ladefläche und warf einen Blick in die Runde. Wenn das hier so weiterging, würde die Bryant Street bald aussehen wie ein Gebrauchtwagenmarkt am Tag der Zwangsversteigerung. Ich schnaubte vor ohnmächtigem Zorn gegen diese höhere Gewalt, die leicht zum Schlimmsten im Stadtleben werden kann. Wenn der Verkehr nicht bald wieder in Fluß kam, konnte die Stimmung ungemütlich werden.

Der Bursche auf dem Lieferwagen war der erste, der durchdrehte. »Scheiße!« schrie er und sprang auf den Gehsteig. Dann stieg er in den Wagen und startete ihn. Er ruckte nach vorn und stieß gegen die Stoßstange des Vordermanns, dann nach hinten gegen die des Hintermanns. Das Steuer scharf nach rechts eingeschlagen, schob sich der Lieferwagen durch die Parklücke auf den Gehsteig.

Der Wagen hinter ihm zögerte nicht lange und folgte. Die beiden Fahrzeuge schlängelten sich über den Gehweg am Stau vorbei. Eine Frau zwei Wagen weiter vorn beugte sich aus dem Fenster und rief »Arschlöcher!«.

Ich war ganz ihrer Meinung, aber diese verrückten Kerle hatten mir den Ausweg gezeigt. Ich wollte gerade mit dem gleichen Manöver beginnen, als irgendwo hinter mir eine Sirene aufheulte. Ein Motorrad-Cop, der offenbar vorhatte, den Verkehr umzuleiten, raste auf dem Gehweg hinter den beiden Wagen her. Ein Strafmandat und die damit verbundene Verzögerung waren genau das, was ich jetzt gar nicht gebrauchen konnte. Also schwenkte ich in die Parklücke, sprang aus dem MG und rannte Richtung South Park.

Als ich näher kam, zog Qualm durch die Luft. Er stieg mir beißend in Nase und Luftröhre und nahm mir den Atem. Vor mir schlugen Flammen in die Höhe, rot, blau und gelb. Der Himmel über uns glühte wie eine eingedrückte rot-orangefarbene Kugel. Menschen schrien, Funkgeräte in den Rettungsfahrzeugen quäkten und knackten.

Als ich in die Third Street einbog, sah ich, daß der Zugang zum South Park von der Polizei abgesperrt worden war. Davor wogte eine große Menschenmenge und widersetzte sich der Polizei, die der herbeieilenden Ambulanz eine Schneise zu bahnen versuchte. Jetzt war das Feuer auch zu hören: ein Brausen, das klang, als würden ganze Gebäude in ein Vakuum gesogen. Die rauchige Luft war warm wie an einem Frühlingstag.

Die Menge bildete eine zusammenhängende Masse, die hierhin oder dorthin trieb, aber keine Öffnung bot. Ich drängte mich zwischen zwei Männern durch, schob einen dritten beiseite, versetzte einer Frau einen Ellbogenstoß, so daß sie zurücktrat. Links von mir schrie ein Polizist den Leuten zu, sie sollen weitergehen. Er spreizte die Arme, und seine Hand traf mich hart an der Schulter. Über die Menschenmasse flackerte das Warnlicht des Krankenwagens hinweg. Während er langsam vorwärts kroch, betätigte der Fahrer die Sirene. Das bewirkte, was alle Anordnungen der Polizei nicht geschafft hatten: Die Menge teilte sich, und die Ambulanz fuhr auf die Absperrung zu. Ich schlüpfte unter dem Arm des Polizisten durch und schoß im Kielwasser des Wagens nach vorn.

Als die Ambulanz schnell durch die Sperre fuhr, ergriff eine Hand meinen Arm. »Bis hierher, Lady.«

Ich antwortete nicht, gelähmt von dem Anblick vor mir. Die Straße selbst war von Feuerwehrfahrzeugen verstopft. Krankenwagen standen auf dem Rasenoval. Menschen lagen auf Bahren, von Sanitätern in weißen Mänteln versorgt. Andere saßen an den Imbiß-Tischen oder lagen auf dem Boden – viele von ihnen in Abendkleidung. Ihre Gesichter und Hände waren rauchgeschwärzt, die Kleidung zerrissen und durcheinander.

Jenseits des Rings von kahlen Platanen stand vor der Fassade des Café Comédie eine scheinbar feste Flammenwand. Der schmiedeeiserne Zaun davor war von den Gerätewagen der Feuerwehr umgewalzt worden. Auch die Häuser rechts und links vom Club standen in Flammen. In hohem Bogen schoß das Löschwasser durch die Luft. Qualm zog in Schwaden vorbei. Von den hin und her eilenden Feuerwehrleuten waren nur verrußte Silhouetten zu erkennen. Und über allem loderten hell die gefräßigen Flammen.

Wenn sie dieses Inferno nicht bald unter Kontrolle bekamen, würde es die ganze South Park Street ergreifen. Vielleicht noch ein paar angrenzende Blocks dazu.

»Lady, gehen Sie weiter, bevor Sie verletzt werden«, sagte der Polizist und zog an meinem Arm.

»Wissen Sie, wie das Feuer entstanden ist?«

»Jemand hat etwas von einer Explosion gesagt.«

Ich starrte auf die Feuerwand und dachte an das Leck in der

Gasleitung, das Larkey erwähnt hatte – und das die Leute von den Stadtwerken nicht richtig dicht bekamen. »War jemand dort eingeschlossen?«

»Weiß ich nicht. Weiter jetzt!«

Ich ging weiter, aber nur ein paar Meter. Ich konnte den Blick nicht von den Flammen wenden. Trotz aller Bemühungen, ihrer Herr zu werden, schlugen sie in die Höhe, als wollten sie selbst den Himmel verschlingen.

Eine Frau neben mir hatte einen hysterischen Anfall. Sie schluchzte unausgesetzt: »Er hat es versprochen! Er hat es versprochen!« Ich sah zu ihr hinüber. Sie stand nach vorn gebeugt, und ein Mann hielt sie an den Schultern ihrer Lederjacke. Es war Mike, der Barkeeper des Clubs. Ich ging näher und erkannte Kathy Soriano.

Mike schien erleichtert, als er mich entdeckte. Er sagte: »Ich kann nichts für sie tun.«

»Lassen Sie es mich versuchen.« Ich faßte Kathy am Arm und zog sie auf das Pflaster. Sie krümmte sich zusammen, die Arme vor der Brust und die Hände vor dem Gesicht, und schluchzte wild.

Mike hockte sich neben uns. Ich fragte ihn: »Ist sie verletzt?«

Er schüttelte den Kopf. »Sie hat gerade einem der Parkhelfer ihre Wagenschlüssel gegeben, als die Explosion geschah. Ich war gerade draußen, hatte Pause und wollte etwas Luft schnappen. Ich habe sie mir gepackt, und dann sind wir hier herübergerannt.« Er sah in die Flammen. »Mein Gott«, fügte er eingeschüchtert hinzu, als werde ihm jetzt erst bewußt, was mit ihm passiert wäre, wäre er noch im Haus gewesen.

Kathy wiegte sich jetzt vor und zurück. »Jay«, schluchzte sie. »Jay. Er hat es versprochen.«

Ich nahm sie in meine Arme. Sie legte den Kopf an meine Brust. Über ihre zerzausten Locken hinweg sagte ich zu Mike: »Und Jay? Rob?«

Er schüttelte leicht den Kopf – verneinend. »Die Explosion war, soweit ich das sagen kann, hinten in der Nähe des Büros.«

»Oh, Gott.«

Kathy schluchzte lauter. »Der Schweinehund! Er hat es versprochen!«

»Wer, Kathy?«

»Jay, ach, Jay...«

»Was hat er versprochen?«

Sie hob ruckartig den Kopf. Er stieß schmerzhaft gegen mein Kinn. Ich schob ihn wieder nach unten, und meine Jacke dämpfte den schrillen Schrei, den sie ausstoßen wollte. »Sie braucht einen Arzt«, sagte ich zu Mike.

»Den brauchen alle dort.« Er zeigte auf die Leute im Park. »Es gibt nicht genug Ärzte und Sanitäter.«

Natürlich hatte er recht. »Kennen Sie ihren Arzt?«

»Die meisten von uns gehen in die Potrero-Klinik, doch ich nehme kaum an, daß sie –«

»Nein, aber vermutlich hat sie ihren Arzt ohnehin drüben in Marin City. Im Notfall tut es deswegen auch die Klinik. Helfen Sie mir, sie aufzurichten.«

Wir zogen Kathy auf die Füße. Sie stolperte und schwankte zwischen uns. Der hysterische Anfall war jetzt vorbei. Ich sagte zu Mike: »Mein Wagen steht ein paar Blocks entfernt. Kommen Sie mit?«

Er nickte, und wir bahnten uns einen Weg durch die Menge. Dieselben Leute, die die Ambulanz nicht hatten durchlassen wollen, warfen Kathy jetzt mitleidige Blicke zu und machten uns Platz.

Der Verkehr auf der Bryant Street floß wieder langsam. Er wurde über die Fourth Street in Richtung China Basin umgeleitet. Jenseits der Townsend Street gab es eine Auffahrt zum Freeway 280, dem schnellsten Weg nach Potrero Hill. Mit einigem Glück konnte ich Kathy in einer halben Stunde in der Klinik haben. Mike und ich ließen sie in den Beifahrersitz des MG sinken, dann lief er zurück zum South Park, um anderen zu helfen.

Kathy saß schweigend und zusammengesunken neben mir und ließ den Kopf hängen. Als ich mich mit dem Wagen in den kriechenden Verkehr einfädelte, ließ sie ein zittriges Schluchzen hören, wie ein Kind, das bis zur Erschöpfung geweint hat. Ich sah sie an und fragte mich, ob sie wohl verdrängt hatte, daß ihr Mann und ihr Liebhaber wahrscheinlich tot waren. Ich hoffte es für sie.

Glücklicherweise wußte ich, wo die Klinik lag – an der Arkansas Street in der Nähe des Potrero-Hill-Spielplatzes. Ich hielt an dem weißmarkierten Bordstein davor an, ging um den Wagen und zog Kathy heraus. Sie war jetzt schwer wie eine Tote, und ich stolperte unter der Last. Ein junger Mann in weißem Kittel eilte mit einem Rollstuhl herbei. Geschickt setzte er Kathy hinein und rollte sie ins Haus.

Die Klinik sah aus wie viele Betriebe dieser Art mit geringem Budget und geringen Kosten: alt, spärlich eingerichtet, aber sauber gestrichen und mit farbigen Postern. Der junge Mann rollte Kathy zu einem Empfang, über dem AUFNAHME stand. Ich war erleichtert, Leora Whitsun dahinter sitzen zu sehen. Als sie uns erkannte, stand sie auf und sah uns besorgt an.

Ich erklärte ihr kurz, was passiert war. »Mir ist nichts Besseres eingefallen, als sie hierher zu bringen«, fügte ich hinzu. »Sie ist in einer Verfassung, daß sie mir nicht einmal ihren Arzt nennen kann.«

»Das geht schon in Ordnung. Wir machen keine Unterschiede.« Leora erlaubte sich ein feines, ironisches Lächeln, griff dann nach dem Telefonhörer, wählte und sprach ruhig in die Sprechmuschel. »Zimmer A«, sagte sie zu dem jungen Mann. Dann wandte sie sich an mich und sagte: »Sie setzen sich am besten dort drüben hin, Sharon. Da liegen Magazine, und in der Maschine in der Ecke ist Kaffee. Es wird ein bißchen dauern.« Sie griff nach einem Klemmbrett und folgte dem Rollstuhl.

Ich setzte mich auf eines der beiden gelben Kunstledersofas. Mir gegenüber saß ein junges Hispano-Paar so aneinandergeschmiegt, als brauche es Wärme. Das Gesicht der Frau war zerknittert und voller Tränenspuren. Der Mann war gerade erst zwanzig, doch in seinen schwarzen Augen stand, daß es nichts gab, was sie nicht schon gesehen hatten. Er strich der Frau immer wieder über das Haar und murmelte den Kosenamen »*querida*«. Um nicht zu stören, griff ich nach einer ein Jahr alten Ausgabe von *Field and Stream* und hielt den Blick auf eine Anzeige für Gewehre gerichtet. Nach einiger Zeit kam ein Arzt an die Tür und winkte das junge Paar dorthin, wo auch Kathy verschwunden war. Ich legte die Zeitschrift beiseite und sah mich nach einem Münztelefon um, um All Souls anzurufen.

Ich wollte schon den Apparat am Empfang nehmen, als Leora zurückkam. »Der Doktor möchte sie über Nacht hier behalten«, sagte sie, »bis wir etwas über ihren Mann wissen. Sind Sie sicher, daß er in den Flammen umgekommen ist?«

»Das weiß man noch nicht.«

»Was ist mit Jay? Ist er auch…?«

»Wahrscheinlich.«

Sie legte die Hand an die Stirn und schloß die Augen. »Armer Mann. Ich werde für ihn beten.« Als sie die Hand fallen ließ, sah sie alt und müde aus, als hätte diese weitere Tragödie die Bürde, an der sie schleppte, untragbar gemacht.

Ich hätte ihr gern etwas Ermutigendes zum Fall ihres Sohnes gesagt, doch im Augenblick fiel mir nichts Vernünftiges ein. Zudem war mein Hauptverdächtiger wahrscheinlich tot, und ich hatte meine Zweifel, ob Kathy ihre Komplizenschaft jemals zugeben würde. Statt dessen tätschelte ich Leoras Arm, bedankte mich und sagte, ich würde später wieder anrufen und mich nach Kathy erkundigen. Doch auf halbem Weg zur Tür fiel mir etwas ein, das ich sie fragen mußte.

»Leora«, sagte ich, »hat sich Jay lange hier aufgehalten, bevor er neulich Tracy Kostakos' Zahnbefunde nach Napa County gebracht hat?«

Sie schüttelte den Kopf. »Überhaupt nicht. Er hat angerufen und mich gebeten, die Akte herauszusuchen und in einen Umschlag zu stecken. Als er vorbeikam, ließ er seinen Wagen in der weißen Zone stehen, kam hereingerannt und hat ihn sich geschnappt.«

Natürlich mußte das gar nichts bedeuten. Wahrscheinlich hatte er die Röntgenbilder längst vorher vertauscht, für den Fall, daß die Leiche eines Tages entdeckt würde. Und doch…

Ich sagte zu Leora: »Sie erwähnten, daß Kathy am Neujahrstag hier war und nach ihm gesucht hat.«

»Das stimmt.«

»Sagte sie, warum sie annahm, er sei hier?«

»Nein, sie wollte ihm nur die Neuigkeit über die kleine Kostakos persönlich überbringen.«

»Und Tracys zahnärztliche Unterlagen? Hat sie erwähnt, daß der Sheriff von Napa sie brauchte?«

Leora runzelte die Stirn. »Ja, stimmt. Wissen Sie, sie hat sogar angeboten, sie selbst hinzubringen, weil die Nachricht Jay wohl aus der Fassung bringen würde und er damit nichts würde zu tun haben wollen. Ich sagte ihr, ich könnte sie nur mit seiner Genehmigung herausgeben.«

»Was hat sie dann getan?«

»... Ich weiß nicht genau. Wir hatten einen Patienten mit einem Messerstich – Familienstreit, was sonst? –, und der blutete hier alles voll. Es gab auch noch andere Notfälle. Irgendwie habe ich sie aus den Augen verloren.«

»Ist es möglich, daß Kathy an die Patientenkartei kommen konnte, ohne daß Sie es bemerkt hätten?«

»Das ist möglich. Und sie hätte genug Zeit dazu gehabt, denn ich sah sie erst nach über einer Viertelstunde gehen. Doch warum sollte sie...?«

Ja, warum? Das machte, wie so viele Dinge in diesem Fall, überhaupt keinen Sinn.

25

Auf der Fahrt nach Bernal Heights schaltete ich wieder den KSUN ein, um zu hören, ob es Neues über den Brand gab. Der Sender brachte gerade Nachrichten. Das Feuer, sagte der Sprecher, sei jetzt unter Kontrolle. Wenigstens fünf Menschen seien ums Leben gekommen, und die Schäden gingen in die Millionen. Nach den Nachrichten war der Diskjockey für das Programm von Mitternacht bis sechs an der Reihe. Ich sah auf die Uhr und stellte überrascht fest, daß es zehn nach zwölf war.

Ich schaltete das Radio aus und fuhr still weiter, zutiefst entmutigt und traurig. Vor der Tragödie von heute abend verblaßte mein bisheriges Gefühl für die Dringlichkeit des Falles. Ich wußte, wenn Larkey tot war, war es durchaus möglich, daß ich nie genau erfahren würde, was in der Nacht passiert war, als Tracy starb. Aber irgendwie machte mir das auch nichts aus.

Um die Wahrheit zu sagen, war ich den Fall leid. Was als eine notwendige Erforschung der Vergangenheit begonnen hatte, war nun zu einem mühsamen Durchsieben von schmutzigen und bedrückenden Fakten geworden. Ich war es leid, im Leben einer jungen Frau herumzugraben, deren Hauptbeschäftigung gewesen war, sich das, was sie haben wollte, auf Kosten anderer zu nehmen. Ich war Leute wie Amy Barbour und Marc Emmons leid, die sich schäbig verhielten und sich dann zu rechtfertigen versuchten, sogar vor sich selbst. Leute, die alle Welt ausnutzten, hatten mich schon immer angewidert, aber noch nie so sehr wie heute nacht. Ich hatte für fast alle, die in meine Ermittlungen verwickelt waren, die Sympathie verloren.

Als ich in der Nähe unserer Kooperative einen Parkplatz suchte, fragte ich mich, wie es zu diesem Verlust an Mitgefühl gekommen war: Zeigte er möglicherweise noch Schlimmeres an? Sollte ich etwa mein Einfühlungsvermögen verlieren? Und damit jene mir oft bestätigte Fähigkeit, daß die Menschen sich mir bereitwillig öffneten, und die mich zu einer guten Detektivin machte? Sollte ich sogar – noch schlimmer – die Begeisterung für meine Arbeit selbst verlieren?

Ich dachte an Rae, an die Energie, mit der sie sich auf die niedrigsten Ermittlungsaufgaben stürzte, an ihren Stolz, wenn eine Spur sich als tragfähig erwies. Tag für Tag zeigte sie diesen Enthusiasmus, und dabei schuftete sie für einen Lohn, mit dem sie sich nicht einmal ein anständiges Apartment leisten konnte. Und erntete dazu noch wenig Anerkennung für ihre Mühen, abgesehen von meinem eigenen (oft mageren) Dankeschön. Wie schaffte sie das?

Also, zum einen hatte Rae noch nicht all das erlebt, was ich durchgemacht hatte. Sie hatte nicht Jahr um Jahr Erfahrungen angesammelt, die sich zu lebenden Alpträumen zusammenballten. Sie hatte noch nicht über ein Jahrzehnt damit verbracht, Geheimnisse aus dem Leben anderer Menschen aufzudecken, Geheimnisse, bei denen man buchstäblich eine Gänsehaut bekommen konnte. Sie hatte nicht immer wieder mit den Verwüstungen und Verheerungen zu tun gehabt, zu denen menschliche Gier, Sorglosigkeit und Dummheit führen konnten.

Was ich mich also in Wirklichkeit fragte, war, was mir zugestoßen war, daß ich meine Begeisterung nicht mehr bewahren konnte. Und so lautete meine Antwort.

Warte nur ein paar Jahre, Rae, dachte ich. Einfach warten.

Es war ein Schicksal, das ich ihr nicht wünschte, aber ich konnte sie auch nicht davor bewahren. Weil sie – wie Larkey es von Tracy gesagt hatte – nicht auf mich hören würde, nicht mehr, als auch ich es in ihrem Alter getan hätte.

Ich war zweimal um das Dreieck des Parks vor unserer Kooperative gekurvt und hatte noch immer keine Lücke gefunden. Auch beide Plätze in unserer Auffahrt waren besetzt. Einen Moment lang dachte ich daran, den MG vor einem Hydranten abzustellen, aber die noch frische Erfahrung und ein Blick auf die Häuser rechts und links der Straße, die mit einem einzigen Streichholz in Brand zu setzen waren, belehrten mich eines besseren. So zwängte ich den Wagen schließlich in eine nicht mehr ganz erlaubte Lücke an der Ecke und eilte den Hügel hinauf.

Weder im Empfangsraum noch in den Büros, die zum Flur im Erdgeschoß führten, brannte Licht. Nur hinten aus der Küche kam ein Schimmer. Ich ging hinein und sah Hank und Amy Barbour am Tisch sitzen. Er schien zur Abwechslung mal nüchtern. Sie aß eine Schüssel Getreideflocken.

Ich blieb in der Tür stehen. Amys Anwesenheit kam so unerwartet, und die Szene vor mir wirkte so heimelig und normal im Gegensatz zu dem, was ich in den letzten beiden Stunden erlebt hatte, daß ich nicht ein Wort hervorbrachte. Hank sah mich an und sagte: »Da bist du ja. Du hast Besuch. Sie ist vor ungefähr einer Stunde gekommen – hungrig.«

Heute sah Amy ganz wie das heimatlose Mädchen aus, das man aufnehmen und dem man zu essen geben mußte. Ihre Artischockenfrisur hing schlaff herunter. Ihr Gesicht war fahl und die Augen dunkel verschmiert. Sie trug ein fleckiges Garfield-T-Shirt, zerknautschte Jeans und matschige Gummistiefel. Ich hatte den Eindruck, daß sie ein Bad brauchen konnte. Kaum hatte sie mich gesehen, fing sie an zu zappeln. Sie legte den Löffel beiseite und leckte sich nervös einen Tropfen Milch aus dem Mundwinkel.

Ich nickte ihr zu und sagte zu Hank: »Hast du Jack oder Rae gesehen?«

»Heute abend nicht. Für dich war vor ein paar Minuten ein Anruf da. Von einem Mann, der fragte, ob du aus L. A. zurück seist. Als ich das verneinte, fragte er, ob Amy sich mit dir in Verbindung gesetzt habe. Ich sagte, sie sei hier, und er hat eingehängt.«

»Das ist seltsam.«

Hank zuckte mit den Schultern und stand auf. »Ich nehme an, du und Amy, ihr habt eine Menge zu besprechen. Ich gehe also.«

»Bleibst du heute nacht hier?«

»Nein.« Ohne weitere Erklärungen verließ er den Raum.

Ich sah ihm nach und fragte mich kurz, ob das bedeutete, daß er sich mit Anne-Marie versöhnt hatte, aber dann wandte ich mich Amy zu. »Essen Sie Ihre Flocken auf«, sagte ich und setzte mich.

Sie sah sich ein wenig verstohlen um. »Falls es Ihnen nichts ausmacht – ich glaube, ich schaffe es nicht mehr. Dieses Vollkornzeug ist ziemlich widerlich, und es gibt nicht einmal Zukker.«

»Normalerweise ist da eine Dose –«

»Nein, ist sie nicht. Hank sagte, einer von den anderen Anwälten hätte all das ungesunde Zeug gleich nach Neujahr weggeschüttet.«

Ich wußte, was sie meinte. Wir hatten so einen Gesundheitsapostel in unserer Mannschaft, der sich immer wieder mal den Kühlschrank vornahm und ihn einer Säuberung unterzog. Aber das hier ging zu weit. Ich nahm mir vor, ihm zu sagen, daß er sich seine Neujahrsvorsätze sonstwohin stecken könne.

Amy sagte: »Ich hätte nicht einmal das runtergekriegt, was ich gegessen habe, wenn ich nicht heute früh um elf bei Wendy's den letzten Bissen gegessen hätte.«

»Wo haben Sie gesteckt?«

»In... meiner Wohnung.«

»Seit wann?«

»Seit heute mittag. Kaum war ich in der Stadt, habe ich auch schon bei Ihnen angerufen. Sie waren nicht da. Also habe ich mich im Apartment verkrochen und es weiter versucht. Schließlich sagte mir Ihre Assistentin heute abend um zehn in Ihrem Auftrag, daß ich herkommen und auf Sie warten soll. Außer Hank war niemand hier. Er... ist nett.«

»Ja, das ist er«, sagte ich abwesend. Der erste mysteriöse Anruf war also von Amy gekommen. »Wo sind Sie seit Montag gewesen?«

»Im Cottage.«

»Oben am Fluß?«

Sie nickte. »Wir hielten es für den einzigen Ort, an dem niemand nach uns suchen würde. Wir haben das Haus erst ein paar Stunden lang beobachtet, um sicher zu sein, daß keine Cops da waren, dann sind wir reingeschlichen und haben uns versteckt.«

»Marc war bei Ihnen?«

»Hm.«

»Wo ist er jetzt?«

»Noch da. Ich bin mit seinem Wagen hergefahren, um mit Ihnen zu reden. Er dachte, wenn ich allein komme, fällt es weniger auf. Die Polizei sucht ja nach einem Pärchen.«

Ich dachte, Marc Emmons riskierte also lieber Amys Festnahme als seine eigene. »Woher wissen Sie, daß die Polizei Sie sucht?«

»Marcs Hausmeisterin hielt uns an, als wir am Montag ein paar Sachen von mir zu ihm brachten, und sagte, ein Cop habe nach ihm gefragt. Später tauchte bei mir einer auf, aber wir haben uns nicht gerührt. Am Nachmittag sind wir dann zum Fluß gefahren.«

»Und die ganze Zeit dort geblieben?«

»Hm. Anfangs war es auch gar nicht so schlecht, wie Camping. Marc grub irgendein altes Angelzeug von meinem Vater aus und versuchte, uns etwas fürs Dinner zu fangen. Aber dann wurde er deprimiert und nervös wegen... unserer Lage. Offensichtlich können wir ja nicht ewig dort bleiben, und deswegen sagte er, ich soll mit Ihnen reden und Sie fragen, ob Sie uns ein Geschäft machen helfen.«

»Ein Geschäft?«

»Genau. In Wirklichkeit wollen Sie doch wissen, wer Trace umgebracht hat, nicht? Ich meine, Sie wollen uns doch nicht wirklich den Cops ausliefern wegen... Wie nennt man das denn?«

»Behinderung der Justiz.«

»Genau. Wenn wir Ihnen also erzählen, was wir wissen, dann können Sie zu den Cops gehen und sich zusichern lassen, daß sie uns nicht einsperren, als Gegenleistung für die Information.«

»Sie meinen, sie wollen Immunität gegen gerichtliche Verfolgung garantiert bekommen.«

»So etwas.«

»Warum sind Sie dann nicht direkt zur Polizei gegangen? Oder haben sich einen Anwalt genommen?«

»Wir haben Angst vor der Polizei, und Anwälte kennen wir keine – oder haben kein Geld für einen. Marc hat von seinen Eltern immer einen Zuschuß bekommen, aber den haben sie Anfang dieses Jahres gestrichen. Das ist auch der Grund, warum ich zu ihm ziehen konnte. Es hilft Miete sparen.«

»Sie glauben also, ich arbeite umsonst.«

Sie ließ den Kopf hängen. »Bitte.«

»In Ordnung – sagen Sie mir, was Sie wissen.«

»Sind wir im Geschäft?«

»Ich weiß nicht, was die Polizei tun wird, aber wir beide machen den Handel.«

Sie zögerte.

»Amy, ich bin nicht in der Stimmung, Spielchen zu spielen! Ich komme gerade vom South Park. Im Club hat es eine Explosion gegeben. Mindestens fünf Tote –«

»Der *Club* ist explodiert?«

»Es hat eine Explosion und einen Brand gegeben, gegen zehn Uhr abends.«

Sie beugte sich vor, stützte die Ellbogen auf den Tisch und fuhr sich mit den Fingern durch das schlaffe Haar. »Oh, Gott, oh, Gott! Marc hat gesagt, daß irgend etwas Schreckliches passieren würde. Oh, Gott!«

Ich sah keinen Zusammenhang zwischen einer durch eine undichte Gasleitung verursachten Explosion und dem, was immer Marc Emmons wissen mochte – oder zu wissen behauptete. Aber da sie innerlich eine solche Verbindung hergestellt hatte, nutzte ich das zu meinem Vorteil. »Sie verstehen? Sie erzählen mir also besser alles.«

»Das würde ich, aber ich *weiß* gar nicht viel. Marc hat mir nur bestimmte Sachen erzählt. Er sagte, es sei zu gefährlich für mich, wenn ich alles wüßte.«

Ich holte tief Luft und versuchte, meinen Ärger nicht durchklingen zu lassen. »Okay, sagen Sie mir, was er Ihnen erzählt hat.«

Sie hob den Kopf und sah sich um. »Ob ich wohl einen Drink haben könnte? Vielleicht einen Schluck Wein?«

Ich unterdrückte den Wunsch, sie bei den Schultern zu pakken und durchzuschütteln und ging auf die Suche. Unter der Spüle stand ein Krug mit einem bedrohlich billigen Roten, den unser Gesundheitsapostel offenbar übersehen hatte. Ich betrachtete ihn zweifelnd, zuckte mit den Schultern und goß ein Glas ein. Als ich zum Tisch zurückkam, griff sie gierig danach.

»Okay«, sagte sie nach einem kräftigen Schluck, »ich erzähle Ihnen, was Marc mir erzählt hat. Ungefähr zwei Wochen vor ihrem Tod fand Tracy etwas wirklich Schlimmes über jemanden im Club heraus. Sie war ganz aufgeregt und wußte nicht, was sie tun sollte. Sie nannte es ein ›moralisches Dilemma‹. Sah Trace ähnlich, daß sie daraus eine große Geschichte machte. Mir hat sie jedenfalls nichts davon gesagt. Sie wollte nicht. Aber Marc hat sie es erzählt. Und er hat gesagt, sie soll es gleich vergessen.«

»Und Sie haben keine Vorstellung, worum es sich handelte? Oder wie sie es herausbekommen hat?«

»Nein. Nur, daß es schlimm war. Es ist ihr wirklich an die Nieren gegangen. Sie wurde es nicht los. Und Marc... Also, es klingt schrecklich, aber er sah darin einen Vorteil für sich.«

»Wie meinen Sie das?«

Sie senkte den Kopf und sagte mit leiser Stimme: »Er ging zu der Person, die damit zu tun hatte, und erzählte es ihr. Er versprach, Trace daran zu hindern, irgend etwas in dieser Sache zu unternehmen.«

»Im Tausch wogegen?«

Sie sah schnell auf. Ihre Augen waren feucht. Man sah, daß sie leugnen wollte, was auf der Hand lag, und wußte, daß es nicht ging. »Vielleicht Geld. Ich weiß nicht«, sagte sie kläglich.

»Und weiter?«

»Also, er hatte sie ziemlich überzeugt. Aber dann, in der Nacht, als Trace verschwand, ist sie zu Marc gefahren. Sie war sehr erregt. Im Club sei etwas Furchtbares passiert. Sie sagte, zuerst hätte sie zum Fluß hinausfahren wollen, um alles in Ruhe zu durchdenken. Aber dann sei ihr klargeworden, daß sie die Situation vielleicht retten könnte – ja, ›die Situation retten‹, das waren genau ihre Worte –, und zwar dadurch, daß sie ihre Information nutzte. Mehrere Stunden lang hat Marc versucht, es ihr auszureden, und sie hat ihm schließlich versprochen, einen Tag oder so am Fluß darüber nachzudenken, bevor sie etwas unternähme. Doch er wußte bereits, wozu sie sich entschlossen hatte. Dann ist sie gegangen, und er hat sie nie wieder gesehen.«

Und er hatte zugelassen, daß Bobby Foster zum Tode verurteilt wurde, hatte geschwiegen und seinen Profit eingestrichen. Fluch über alle Marc Emmons dieser Welt!

»Und das ist alles?« fragte ich scharf.

Amy leckte sich die trockenen Lippen und trank noch einen Schluck Wein. »Nicht ganz. Jetzt kommt der schlimme Teil. Deswegen fühlt sich Marc für ihren Tod verantwortlich. Nachdem sie seine Wohnung verlassen hatte, führte er ein Telefongespräch.«

»Mit wem?«

»Mit der Person, über die Trace etwas wußte.«

»Hat er dieser Person gesagt, wohin sie gefahren war?«

»Ich nehme an. Er hat es nicht gesagt.« Ihr Gesichtsausdruck bestätigte die Vermutung.

»Dieser Schweinehund hat Tracys Leben für Geld verkauft.«

Jetzt sah Amy mich angstvoll an. »Das hätte er nie getan!«

Stimmt, dachte ich. Ich bemühte mich, die Stimme nicht zu erheben, und fragte: »Haben Sie eine Idee, wer diese Person ist?«

»Nein.«

»Nicht einmal, ob es ein Mann war oder eine Frau?«

Sie schüttelte den Kopf.

Da hatte ich es also: das Motiv, stärker als jeder männliche Stolz oder Zorn. Das hatte ich gebraucht, damit mein Szenario stimmte und Jay Larkey der Mörder von Tracy war. Sie war auf etwas gestoßen, das ihn ruinieren würde – möglicherweise in der Ausgabe der *L. A. Times*, die Jane Stein am Flughafen bei sich hatte –, und hatte beschlossen, ihn damit zu erpressen.

Erpressung, dachte ich. Ein abscheuliches und dummes Verbrechen.

Tracy hatte schon früher schlimme Seiten gezeigt, aber das waren eher harmlose Varianten dazu, nichts, was man wirklich abscheulich nennen konnte. Und sie war auch nicht dumm. Dafür aber jung, und in dem Alter machte man dumme Sachen. Man hält sich für ungeheuer wichtig und für unbesiegbar. Man ist sicher, daß die eigene, großen Teils noch gar nicht ausprobierte Intelligenz es mit den verschlagensten Vertretern der älteren Generation aufnehmen kann. Und gerade diese Naivität macht einen zu einer so leichten Beute...

Ich sagte: »Ist das auch bestimmt alles, was Marc Ihnen erzählt hat?«

»Ja.«

»Und Sie haben mit niemandem sonst darüber gesprochen?«

»Also...« Sie rutschte auf dem Stuhl hin und her und zupfte an ihren schmutzigen, brüchigen Fingernägeln. »Ich habe heute nachmittag Jay angerufen.«

»Sie haben... Warum?«

»Ich hatte Angst um Marc. Comedy spielen, das bedeutet für ihn mehr als alles andere auf der Welt. Nur das wollte er sein Leben lang. Ich dachte, wenn ich Jay erkläre, daß die Cops hinter Marc her sind, dann verzeiht er ihm vielleicht, daß er sich nicht hat blicken lassen, und wirft ihn nicht raus. Aber ich habe ihm nicht alles erzählt, sondern nur, daß wir in dem Cottage sind und bald zurückkommen.«

»Was hat er gesagt?«

»Daß Marc die Sache mit den Cops klären soll, danach würden sie miteinander reden. Ich sagte, ich würde Sie holen und mit raufnehmen, damit wir den Handel abschließen können.«

»Wußte Marc, daß Sie planten, Jay anzurufen?«

»Ich habe gar nichts *geplant*. Es fiel mir einfach ein, als ich in meinem Apartment herumsaß und auf Ihre Rückkehr wartete.«

»Wann haben Sie ihn angerufen?«

»Ich glaube, irgendwann nach zwei.«

Wenn Larkey das, was Amy ihm erzählt hatte, so interpretierte, daß Marc gegen den Verzicht auf gerichtliche Verfolgung das, was er über Tracys Tod wußte, verkaufen wollte, dann könnte er ohne weiteres zum Fluß gefahren sein und versucht haben, ihn davon abzubringen, mit Worten oder mit Gewalt. Reichlich Zeit dazu wäre vorhanden gewesen zwischen ihrem Anruf und der Öffnung des Clubs. Ich unterdrückte meine aufkommende Unruhe und sagte: »Wie wäre es, wenn wir hinausführen und uns direkt mit Marc unterhielten?«

»Gut. Darf ich einmal Ihre Toilette benutzen?«

»Natürlich«, sagte ich und bemühte mich, nicht ungeduldig zu klingen. »Die Treppe hinauf und dann rechts.«

Während sie oben war, ging ich zu Teds Schreibtisch und sah auf der Wandtafel nach, ob Rae mir eine Nachricht hinterlassen hatte. Aber es war keine da. War sie noch immer hinter der Ausgabe der *L. A. Times* her?

Das Telefon auf dem Schreibtisch läutete und unterbrach die mitternächtliche Stille. Ich hob ab. »All Souls Legal Cooperative.«

»Sharon?« Es war Georges Stimme.

»Hallo. Ich habe schon versucht, dich zu Hause zu erreichen, aber du warst nicht da.«

»Tut mir leid – mein Fehler. Mit meiner Nachricht an dich, daß ich nach Hause führe, meinte ich Palo Alto, nicht die Stadt.«

Natürlich betrachtete er das Haus in Palo Alto noch als sein Zuhause, und doch... »Ist alles in Ordnung?«

»Nicht so recht.« Jetzt bemerkte ich den verzagten Unterton in seinen Worten. »Offensichtlich ist die Frau, deren vermeintliche Leiche du gefunden hast, noch am Leben. Das Sheriffbüro von Napa rief an und fragte, ob wir wüßten, wo Tracys frühere Zahnarztunterlagen zu finden sein könnten. Leider riefen sie bei Laura an und nicht bei mir.«

Ein kalter Schauer kroch mir die Schulterblätter hinauf. Ich hätte ihn von L. A. aus anrufen sollen, dachte ich, wenn es auch bedeutet hätte, daß ich ihm die neue Sachlage am Telefon hätte mitteilen müssen. Und ich hätte Gurski noch einmal vor Lauras psychischer Labilität warnen müssen, als ich ihm sagte, ich hätte Lisa McIntyre gefunden.

»Oh, George, das tut mir leid! Wie geht es ihr?«

»Nicht gut. Sie hatte vorher keine Ahnung, daß es überhaupt eine Leiche gibt. Ich hatte alles von ihr ferngehalten. Als ihr klar wurde... Also, es war eine Konfrontation mit der Realität, die sie zu diesem Zeitpunkt ganz bestimmt nicht brauchen konnte. Sie rief mich an, ich erreichte gleich ihren Therapeuten und fuhr heim. Sie wird wahrscheinlich zur Beobachtung stationär aufgenommen.«

»Es ist mein Fehler. Ich hätte Gurski noch einmal warnen müssen –«

»Du wußtest Bescheid?«

»Ich bin gestern nachmittag nach L. A. geflogen und glaubte,

Tracy aufgespürt zu haben. Aber in Wirklichkeit war es Lisa McIntyre. Das wollte ich dir persönlich sagen.«

Es folgte ein langes Schweigen.

In meinem Kopf jagte ein Gedanke wild den anderen: Was mußte er Schreckliches durchmachen... Wie schrecklich auch für Laura... Er wird mir die Schuld geben... *Ich* selbst gebe mir die Schuld... Das wird alles zerstören, was zwischen uns ist... Jedesmal, wenn er mich anschaut, sieht er die Frau, deren Nachlässigkeit das hier verursacht hat...

»Sharon? Es ist okay. Es ist nicht dein Fehler.«

»Ich fühle mich verantwortlich.«

»Das mußt du nicht.« Trotz seiner Trauer und Bedrückung spürte ich die Wärme in seiner matten Stimme. »Ich muß jetzt gehen, der Therapeut will mit mir reden. Aber ich rufe dich an, sobald ich kann.«

Die Verbindung brach ab, und ich saß da und umklammerte den stummen Hörer. Als ich Amy die Treppe herunterkommen hörte, dachte ich: Ich möchte dir so gern glauben, George, wirklich.

Aber warum, *warum* mußtest du Palo Alto dein »Zuhause« nennen?

26

Als Amy und ich aus der Haustür traten, entstieg Rae gerade ihrem alten Rambler American, den sie so geparkt hatte, daß er die Auffahrt blockierte. Sie winkte heftig, und ihr schäbiger brauner Mantel ging auf und bauschte sich. Das blaugoldene Halstuch schleifte auf einer Seite über den Boden.

»Ich hab sie!« rief sie.

»Die Zeitung?«

»Genau.« Sie sprang sichtlich aufgekratzt die Stufen herauf. »Von einem Freund von Hank. Er nennt sich Archivar. *Ich* sage, er hat einen Sammeltick. Hat das verrückteste Haus, das du je gesehen hast. Wohnt drüben in den Avenues, ziemlich groß. Im ersten Stock ist alles voll von Nachschlagewerken, und außerdem wohnen da zwei der fettesten und häßlichsten Hunde der

Schöpfung. Die stammen ganz bestimmt von Schweinen ab. Unten sieht es aus wie in den Katakomben, nur daß da die Räume voller Zeitungen sind und nicht voll Knochen. Bevor er mir das Exemplar hier gab, hat er mich praktisch beim Leben meiner ungeborenen Kinder schwören lassen, daß ich es in gutem Zustand wiederbringe. Also hüte es wie deinen Augapfel, sonst sitzen wir alle ganz schön in der Scheiße.«

Sie streckte mir die Zeitung entgegen. Ich nahm sie ihr ab und sagte: »Du bist ein Genie!«

Amy starrte Rae wie eine Erscheinung an. Ich machte sie miteinander bekannt und erklärte ihr, wohin wir unterwegs waren, unterdrückte dabei allerdings meine Sorge um Marc Emmons' Sicherheit.

»Willst du, daß ich mitkomme?« fragte Rae.

»Haben Sie genug Platz für drei in Ihrem Wagen?« fragte ich Amy.

»Ich hatte fast gehofft, wir könnten Ihren nehmen. Marcs ist nicht der verläßlichste. Er hat sich schon auf der Herfahrt aufgeführt.«

»Und meiner auch nicht«, sagte Rae. »Damit bin ich draußen.« Sie machte eine Pause und setzte dann hinzu: »Schrecklich, das mit dem Brand im Café Comédie, nicht? Ich habe davon im Radio gehört. Ist Jay Larkey ...?«

»Wahrscheinlich.« Aber mittlerweile war ich nicht mehr so sicher. Der Barkeeper hatte gesagt, die Explosion sei hinten in der Nähe von Larkeys Büro gewesen, aber er hatte seinen Boß zu der Zeit noch nicht zu Gesicht bekommen. Und dann war da noch die Sache mit dem Mann, der bei Hank angerufen und nach der Frage, ob ich aus Los Angeles zurück sei und ob Amy sich schon bei mir gemeldet habe, wieder aufgelegt hatte. Das waren zwei Dinge, die zusammen nur Larkey gewußt hatte. »Bleibst du noch eine Weile auf?« fragte ich Rae.

»Noch Stunden. Ich bin zu aufgekratzt, um zu schlafen.«

»Wenn mich jemand anruft, sagst du dann, ich sei noch in L. A.? Und wenn er nach Amy fragt, sag, daß sie noch da ist, aber schläft.«

»Klar.« Man sah die Neugier in ihren Augen.

Ich winkte Amy mitzukommen, und wir gingen den Hügel hinunter. Ich wollte, daß sie fuhr, damit ich die *Times* durchsehen konnte, aber sie sagte, sie könne mit einem Schaltgetriebe nicht umgehen. Ich überlegte, ob ich die Zeitung nicht gleich an Ort und Stelle durchsehen sollte, doch ich machte mir zu große Sorgen um Emmons. Ich wollte keine Zeit mehr verlieren und gleich zum Fluß fahren. Was immer Tracy in dem Blatt entdeckt hatte, konnte für mich ja auch ohne jede Bedeutung sein. Darum war es besser, zu warten und mir erst Emmons' Geschichte anzuhören – wenn er in der Lage war, sie zu erzählen.

Auf dem Freeway herrschte wenig Verkehr. Wir kamen gut voran, und um halb zwei passierten wir Richmond. Von einem entfernten Turm der Raffinerie an der Küste leuchtete eine Flamme herüber. Im fahlen Licht duckten sich Lagertanks an die dunklen Hügel. Amy war ungewohnt schweigsam. Sie hatte den Kopf von mir weggedreht und starrte aus dem Seitenfenster.

Am Ende der Brücke über die Carquinez Strait nahm der Kassierer gähnend meinen Dollar Maut entgegen. Leichter Nebel dämpfte die Neonreklamen der Läden drüben in der Geschäftsstraße von Vallejo. Amy machte eine Bewegung und zeigte auf einen Tag und Nacht geöffneten Coffee Shop. »Können wir mal anhalten? Ich muß auf die Toilette.«

Was hatte sie denn dauernd mit der Toilette? Es irritierte mich. Vielleicht war sie nervös oder brauchte eine Prise Koks. Mich überraschte jetzt nichts mehr.

Ich bog vom Freeway ab, fuhr zu dem Coffee Shop und hielt davor an. »Machen Sie nicht zu lange.«

»Kommen Sie nicht mit rein?«

»Ich warte hier.« Als sie ausstieg, nahm ich die Nummer der *Times* vom Rücksitz und schaltete die Innenbeleuchtung im Wagen an.

Die Unterhaltungsbeilage schlug ich zuerst auf. Der Artikel, den Tracy für die Demonstration ihrer neuen Comedykünste ausgesucht hatte – über die Frau, die den Zwanzigtausend-Dollar-Hundezwinger gebaut hatte –, war der Aufmacher. Die linke Spalte präsentierte die offenbar wiederkehrende Unterhaltungskolumne. Unten stand ein Artikel über Frühlingsmoden. Ich blätterte um: eine Skizze »Zur Person« über einen in New York arbeitenden Zeichner, auf der unteren Hälfte Anzeigen. Die gleiche Anordnung auf der gegenüberliegenden Seite mit einem Horoskop und der »Dear-Abby«-Serie.

Natürlich mußte Tracy das, was sie so aus der Fassung gebracht hatte, nicht unbedingt auf diesen Seiten entdeckt haben. Vielleicht war es auch ein Artikel im Nachrichtenteil.

Seite vier enthielt eine Fortsetzung der Unterhaltungskolumne und einen Comicstrip, aber auf Seite fünf wurde ich aufmerksam. Unter dem Titel ›Das ungelöste Verbrechen der Woche‹ brachte sie eine offenbar serienmäßig in mehreren Zeitungen erscheinende Reportage, in der es jeweils um einen ungelösten Fall aus den Polizeiakten ging. Die Leser wurden aufgefordert, sich mit der Zeitung in Verbindung zu setzen, wenn sie etwas über den Täter wußten. Das Verbrechen dieser Woche war ein fünf Jahre alter Mord mit Brandstiftung in Fort Myers an der Golfküste von Florida.

Ich überflog schnell den Artikel. Der Brand war im Einkaufs- und Amüsierzentrum einer Urlaubsgegend für die Wohlhabenderen ausgebrochen, und zwar um drei Uhr morgens. Der Wintertourismus war gerade auf dem Höhepunkt. Es handelte sich zweifellos um Brandstiftung: Man hatte Spuren von Benzintreibstoff in einem Kriechschacht für Versorgungsleitungen unterhalb des Brandherdes gefunden.

Wegen der späten Stunde war nur ein Mensch getötet worden. Seine verkohlten Überreste hatte man anfangs für die des Erbauers des Zentrums, Warren S. Howard, gehalten. Doch eine endgültige Identifizierung war nicht möglich gewesen. In den folgenden Wochen war dann eine Reihe von weniger bekannten Fakten über Howard ans Licht gekommen: Er hatte sich finanziell gefährlich übernommen und war hoch verschuldet. Mehrere Läden und Restaurants im Zentrum hatten ihre Miet- und Pachtverträge nicht erneuert. Er hatte versucht, durch den Verkauf eines Stücks Land in der Nähe des Flughafens von Fort Myers zu Geld zu kommen, aber der Wertzuwachs in der Gegend war nicht so hoch wie erwartet, und er hatte auch keinen Käufer gefunden. Sein Besitz war mehrfach gepfändet worden, auch waren Gerichtsverfahren gegen ihn anhängig gewesen.

Ein Immobilienhändler am Rande des Bankrotts. Ein Brand.

Die Polizei verdächtigte plötzlich Howard der Brandstiftung und des Vortäuschens seines eigenen Todes, um seinen Gläubigern zu entgehen. Die Leiche, die man in der Asche gefunden hatte, konnte nach ihrer Theorie ein Obdachloser oder sonst jemand gewesen sein, der nicht vermißt werden würde. Howard konnte ihn hereingelockt und bewußtlos geschlagen oder vielleicht unter Drogen gesetzt haben. Diese Theorie wurde noch durch Howards Frau Melinda bestärkt, die erfolglos versucht hatte, seine privaten und geschäftlichen Versicherungen zu kassieren, und plötzlich aus der Gegend verschwunden war. Und sie wurde auch bestätigt durch die Identifikation der verkohlten Überreste der Leiche. Sie gehörten zu einem alten Mann, der zuvor im Dezember aus einem Pflegeheim im nahen Cape Coral fortgelaufen war.

Ich gab einen tiefen Seufzer von mir, die Zeitung war an den Stellen, wo meine Finger sie hielten, feucht geworden.

Warren und Melinda Howard, das klang nach zwei Leuten, die ich kannte. Aber wie hatte Tracy sie nach diesem Artikel erkennen können? Ich hatte gerade den Brand des Café Comédie erlebt und konnte deshalb eine Verbindung herstellen. Woher hatte Tracy gewußt, daß...?

Und dann merkte ich, daß der Artikel auf der nächsten Seite weiterging. Ich blätterte um und entdeckte ein Foto der Howards und den Aufruf, eventuelle Hinweise zu melden.

Melinda Howard war wenigstens fünfzig: kurz gewachsen, pummelig, mit Brille und blonden Haaren mit krauser Dauerwelle. Warren Howard sah älter aus: Er hatte weiße Haare und dicke Tränensäcke unter den Augen. Er hätte gut und gern fünfzig oder sechzig Pfund weniger wiegen können.

Leute, die ich nie zuvor gesehen hatte.

Am liebsten hätte ich geschrien vor Enttäuschung. Es paßte zusammen: Ein Immobilienhändler und seine Frau, ein bevorstehender Bankrott, ein Brand. Es war perfekt.

Und doch stimmte alles nicht.

Im Coffee Shop sah ich Amy mit der Kassiererin plaudern. In der Hand hat sie etwas zum Mitnehmen. Mein Ärger erreichte den Siedepunkt. Wieso kaufte sie etwas zu trinken, wo ich ihr doch gesagt hatte, sie solle sich beeilen? Ich drückte auf die Hupe.

Amy sah zu mir herüber, wechselte mit der Kassiererin noch ein, zwei Scherzchen und kam zur Tür. Sie ging langsam, jonglierte mit Pappbecher und Handtasche und fischte darin herum. Bevor sie in den Wagen stieg, holte sie einen Streifen Kaugummi heraus, riß das Papier ab, stopfte den Gummi in den Mund und warf die Hülle auf den Boden.

»Tut mir leid, daß ich so lange gebraucht habe«, sagte sie.

Ich knirschte mit den Zähnen. Amy zog die Wagentür zu, blies den Gummi zu einer Blase auf und ließ sie mit einem Knall platzen.

»Was ist das?« fragte sie und zeigte mit dem Becher auf die Zeitung. Sie schüttete sich dabei Cola über die Hand.

Ich wollte die *Times* nehmen, zusammenknüllen und hinter den Sitz schleudern. Aber im Interesse von Raes ungeborenen Kindern hielt ich mich zurück.

Amy beugte sich zu mir, ließ den Gummi noch einmal platzen und hauchte mich mit Waldmeistergeruch an. Wenn sie auf der Fahrt zum Cottage weiterhin Geräusche wie ein Wiederkäuer machte, würde ich sie wahrscheinlich erdrosseln.

»He, das ist komisch«, sagte sie.

»Was ist komisch?« Ich schob sie mit dem Ellbogen auf ihren eigenen Sitz zurück.

»Der alte Kerl da.« Sie tippte mit dem Finger auf das Foto in der Zeitung. »So, wie er aussieht, könnte er Rob Sorianos Vater sein.«

Ich stieß ihre Hand weg und sah mir das Bild genau an. Jetzt sah ich, was Tracy – die viel Zeit damit zugebracht hatte, andere zu beobachten – sofort erkannt hatte. Das einzige, was mich überraschte, war allerdings, daß Amy es vor mir erfaßt hatte.

Die steife, militärische Haltung des Mannes war genau wie die von Soriano, und das galt auch für die tiefen Furchen, die den Mund umrahmten. Das wellige weiße Haar konnte leicht kurz geschnitten worden sein und einheitlich braun gefärbt. Die Tränensäcke unter den Augen sahen bei näherer Betrachtung eher aus, als wären sie erblich und nicht altersbedingt. Solche Dinge konnte man chirurgisch korrigieren, und irgendwelche Unebenheiten ließen sich durch eine Brille verdecken. Man konnte abnehmen und Muskeln trainieren. Und Melinda, die nun Kathy überhaupt nicht glich? Eine Frau, die gestorben oder abgelegt worden war.

Warren Howard *war* Rob Soriano.

Rob Soriano, nicht Jay Larkey, hatte Tracy ermordet.

Ich faltete die Zeitung zusammen und legte sie zurück auf den Rücksitz. Als ich die Innenbeleuchtung abschaltete und den Motor startete, sagte ich zu Amy: »Ich möchte, daß Sie auf Polizei achten, damit wir nicht gestoppt werden. Wir müssen uns beeilen, daß wir zum Cottage kommen.«

27

Vor dem Grundstück der Barbours oder in dem Wendekreis, in dem die Straße hier endete, parkte kein Wagen. Nur vor dem Haus, das am weitesten entfernt lag, duckte sich ein Auto unter die Bäume der Auffahrt. Dort brannte auch Licht, während das Cottage der Barbours im Dunkeln lag. Ich stellte den MG neben dem von Weinranken überwucherten Zaun ab und schaltete den Motor aus.

»Hat Marc ganz sicher gesagt, daß er auf uns wartet?«

»Wohin sollte er – ach, Sie meinen, weil kein Licht brennt? Die Läden sind ganz dicht. Wir waren zwar ziemlich sicher, daß die Polizei hier nicht aufkreuzen würde, aber für alle Fälle haben wir sie zu gelassen.«

Ich stieg aus dem Wagen und bedeutete ihr mit einer Handbewegung, dasselbe zu tun. Die Nacht war frisch. Vom Fluß blies ein scharfer Wind herauf. Im Licht des Vollmonds sah das weite Gelände des Salzbergwerks aus wie aus Eis. Einen Augenblick stand ich still und lauschte dem Rieseln des Wassers und dem Rauschen der Büsche. In der Ferne heulte traurig ein Hund.

Amy kam zu mir. Ich roch ihren Waldmeisterkaugummi. Sie sagte: »Ich habe Angst.«

»Wovor? Es gibt keinen Grund.« Doch ich wußte, warum: Irgend etwas stimmte hier nicht. Man spürte das Böse, das hier geschehen war. Auch mir rieselte es kalt den Rücken hinunter.

Sie nahm einen Schlüssel heraus, öffnete das Vorhängeschloß und zog es aus der Öse des Riegels. Sie stieß den einen Torflügel auf, der noch in den Angeln war. Er schwang herum und blieb an einem Feuerdornbusch hängen. Amy zog das Tor wieder zu und machte sich auf den Weg durch das Dickicht.

Das helle Mondlicht half uns, den Weg zu finden. Als wir die Büsche hinter uns hatten, sah ich auf der Veranda durch die Lücken der Fensterläden Lichtstreifen. Das durchhängende Dach zeichnete sich gegen den Himmel ab, der Kamin stand etwas schief. Im Schatten der Veranda standen die klapperigen Möbel aus Weidengeflecht. Der Schaukelstuhl schwang im Wind vor und zurück und stieß dabei gegen die Hauswand.

Hier war dieses Gefühl, daß etwas Böses geschehen war, noch deutlicher zu spüren. Aus einem Reflex heraus klopfte ich gegen meine Umhängetasche und wünschte mir, ich hätte eine Waffe dabei. Früher hatte ich zwei besessen, eine zu Hause, die andere im Handschuhfach des Wagens, mit einem Spezialschloß gesichert. Doch vor ein paar Monaten hatte jemand den MG aufgebrochen und das Fach geknackt. Danach hatte ich beschlossen, keinen Revolver mehr hineinzulegen. Jetzt fragte ich mich allerdings, ob das ein kluger Entschluß gewesen war.

Amy schien ihre Angst – wovor auch immer – überwunden zu haben. Sie eilte die ausgetretenen Stufen hinauf, steckte einen anderen Schlüssel in die Tür und stieß sie auf. Ich wollte sie zurückhalten und warnen, doch sie ging hinein.

Geradeaus sah ich einen dunklen Ziegelkamin. Darüber war ein riesiger, ausgestopfter Fisch, an einer Platte befestigt, der sicherlich nie im Wasser dieses Flusses geschwommen war. Eine Angelrute – so eine altmodische aus lackiertem Holz mit dicken Metallösen für die Leinenführung – lehnte an der Kaminschürze neben einer offenen Kiste mit Angelzubehör, die auf dem Boden stand. Das Zimmer hatte eine niedrige Balkendecke. Auf den Hartholzdielen des Fußbodens lagen Flickenteppiche. Um den Kamin stand eine Sitzgruppe aus knotigem Pinienholz mit Chintzkissen, wie man sie oft in Sommerhäusern findet. Zwei Stehlampen mit vergilbten Schirmen und schwachen Birnen erhellten den Halbkreis.

Marc Emmons saß rechts vom Kamin. Amy sagte: »Da sind wir!«, ging zu ihm hinüber und überließ es mir, die Tür zu schließen. Als ich in den Raum trat, stand sie in steifer Abwehrhaltung neben seinem Sessel, den Blick auf den Mann gerichtet, der Marc im Schatten gegenübersaß.

Es war Rob Soriano alias Warren S. Howard. Er hockte verkrampft auf der Kante der Kaminbank. In der Rechten hielt er einen .32er Revolver.

Zu spät wurde mir klar, daß der Wagen, den ich weiter unten zwischen den Bäumen hatte stehen sehen, ungewöhnlich weit von dem erleuchteten Haus, aber nicht annähernd so weit von diesem Cottage entfernt gestanden hatte.

Soriano nickte mir zu. Seine stahlgerahmten Brillengläser funkelten. Die Augen dahinter sahen nervös hin und her. Als er sagte: »Ms. McCone, ich dachte schon, Sie würden überhaupt nicht mehr kommen«, klang seine Stimme höher als gewohnt.

Ich stützte meine Hände auf die Rücklehne des Sessels vor mir. »Haben Sie lange gewartet?«

»Eine knappe Stunde. Marc hier versuchte mich davon zu überzeugen, daß Sie gar nicht kommen würden. Aber nachdem ich erfahren hatte, daß Amy bei All Souls auf Sie wartete, wußte ich, daß es nur noch eine Frage der Zeit war.«

Also war Soriano der Mann am Telefon gewesen. Ich hatte mir das richtige Motiv für den Anruf zusammengereimt, aber den falschen Anrufer.

Ich sah Emmons an. Sein Gesicht war käseweiß und glänzte vor Schweiß trotz der Kälte im Raum. Er leckte sich die trockenen Lippen und sagte schwerfällig: »Er hat von Jay erfahren, wo wir sind und daß sie Sie herbringt. Warum, zum Teufel, mußtest du ihn anrufen, Ame?«

Amy antwortete nicht. Sie starrte noch immer Soriano an.

Seltsamerweise hatte ich keine Angst, obwohl ich jetzt wußte, daß Soriano irgendwie mit der Explosion im Club zu tun hatte und wahrscheinlich auch uns alle umzubringen beabsichtigte. Tödliche Ruhe überkam mich. Ich ließ meine Umhängetasche in den Sessel fallen und dachte: Gehen wir's langsam an. Ganz langsam.

Emmons berichtete mir: »Rob war bei Jay im Büro, als Ihre Assistentin anrief und sagte, Sie seien nach L. A. geflogen, um nach Tracy zu suchen. Sie haben statt dessen Lisa gefunden, nicht wahr?«

»Die Spur in L. A. hat nichts gebracht«, log ich. Soriano mußte in Jays Büro auch mitbekommen haben, daß Larkey zu Rae gesagt hatte, mit Tracys zahnärztlichen Unterlagen sei etwas nicht in Ordnung. Einen vollbesetzten Nachtclub in die

Luft zu jagen, mochte ein recht extremes Mittel sein, um Jay daran zu hindern, seinen Verdacht der Polizei mitzuteilen. Aber Soriano hatte schon vorher gemordet und Brandstiftung begangen – vielleicht mehr als einmal. Er konnte zwar nicht wissen, daß ich über seine Vergangenheit Bescheid wußte, aber...

Ich fixierte die Waffe in Sorianos Hand und sagte: »Was soll das hier überhaupt? Ich bin hergekommen, weil ich Amy und Marc bei einem Handel mit dem Sheriff helfen soll, damit sie höchstens wegen geringfügiger Behinderung der Justiz angeklagt werden. Ich verstehe gar nicht, was Sie hier wollen.«

Soriano sagte: »Und ich wußte gar nicht, daß Sie Anwältin sind.«

»Das bin ich auch nicht. Scheint aber, die beiden haben zu wenig Geld für einen Anwalt.«

Er antwortete nicht. Ich sah Amy und Emmons an. Ob sie verstanden, wie ich das Spiel hier spielen wollte? In Emmons Augen dämmerte Verstehen. Amy warf mir nur einen vorwurfsvollen Blick zu.

Emmons sagte zu ihr: »Hast du ihr das erzählt, Ame? Ich habe ausdrücklich gesagt, daß ich gern bezahle. Warum hast du nicht einfach einen von den Anwälten mitgebracht, Süße?«

Nicht einmal jetzt kapierte sie. Sie sah auf ihn hinab. »So war das nicht geplant –«

»Doch, Süße, das gehörte auch dazu.« An mich gewandt, fügte er hinzu: »Es tut mir leid, daß sie Sie hierher geschleppt hat. Am besten fahren Sie einfach in die Stadt zurück. Wir regeln unser Problem hier mit Rob und setzen uns dann morgen früh mit einem der Anwälte in Verbindung.«

»Marc! Ich bleibe hier nicht allein mit ihm –«

»Dann fährst du mit Sharon, Süße. Es geht ja im Grunde genommen nur Rob und mich an.«

Soriano hörte mit grimmigem Vergnügen zu. »Nicht die Schlaueste, wie?« sagte er. Er durchschaute also unsere Scharade.

Amy wirbelte zu ihm herum, das Gesicht plötzlich wütend verkniffen. »*Ich* nicht die Schlaueste! Das sagen ausgerechnet Sie!«

Emmons griff ängstlich nach ihrem Arm, aber sie schlug

seine Hand weg. Mein Gott, dachte ich, jetzt erzählt sie ihm alles, während er da mit dem Revolver in der Hand sitzt!

Das Lächeln verschwand von Sorianos Lippen. »Was soll das heißen?«

»Na, gucken Sie sich doch nur selber an. Sie sind total pleite – oh, ja, Marc hat es mir genau erzählt –, und dann gehen Sie hin und brennen den Club ab mit all den Leuten darin, einschließlich Jay. Offenbar glauben Sie, Sie können die Versicherung kassieren.«

Soriano erhob sich halb von der Bank. Sein Gesicht war jetzt aschfahl, die Lippen verzerrt, als könnten sie kein Wort mehr hervorbringen. In dem Moment wußte ich, dieser Mann stand am Rande des Wahnsinns. Das Auslösen der Explosion war ein Akt des Irrsinns ohne Rücksicht auf Konsequenzen gewesen. Emmons zum Schweigen zu bringen – zweifellos sein nächstes Ziel – war schwieriger geworden und erforderte nun, auch Amy und mich am Reden zu hindern. Doch er konnte nicht wissen, was wir Dritten gesagt hatten und wer schon genug wußte, um den Verdacht auf ihn zu lenken. Für Soriano brach trotz verzweifelter Rettungsversuche die Welt zusammen.

»Sehen Sie also, wie dumm Sie gewesen sind?« sagte Amy triumphierend.

Halt den Mund, dachte ich. *Halt den Mund!*

»Wer ist hier also nicht der Schlaueste? Sie sollten es vom letztenmal wissen.«

Er gewann die Selbstbeherrschung zurück und sagte heiser: »Das letztemal?«

»Ja, in Florida.« Sie sah mich an. »Der Brandstifter auf dem Zeitungsfoto war der alte Rob, eindeutig. Ich hatte immer schon den Verdacht, daß er sich die Haare färbt. Damals war er nur fetter. Auch hat er sich das Gesicht liften lassen.« Soriano machte einen Schritt auf sie zu. Amy zog sich hinter Marcs Sessel zurück. Emmons saß ganz still und umklammerte mit weiß hervortretenden Fingerknöcheln die breiten Armlehnen seines Sessels.

Soriano sagte zu mir: »Sie haben den Zeitungsartikel gelesen.«

»Ich weiß nicht, wovon sie redet –«

»Kommen Sie mir nicht so! Hätten Sie ihn nicht gelesen, wären Sie als allererstes bei Ihrer Ankunft hier auf das Feuer im Club zu sprechen gekommen.«

Ich antwortete nicht. Dank Amy bestand keine Notwendigkeit mehr, sich zu verstellen.

»Und ich vermute«, fügte er hinzu, »Sie wollen Ihre Kenntnisse der Polizei weitergeben – genau wie Tracy Kostakos.«

»War das ihr Plan gewesen?«

»Sie haben Erpressung vermutet?«

»Sie hatte ihre Methoden, zu bekommen, was sie wollte.«

»Erpressung gehörte nicht dazu. Das Mädchen bekam einen ungeheueren Hang zur Moral, wenn es um Kriminelles ging. Vor ihrem Tod hat Marc über eine Woche lang versucht, sie zum Stillhalten zu überreden. Aber an diesem letzten Abend dachte sie, Jay hätte sich von ihr abgewandt. Ihren Gang zur Polizei betrachtete sie als noble Geste zu Jays Schutz – die ihn vielleicht dazu bewegen würde, ihr ihre zügellose Promiskuität zu verzeihen.«

Schweigend beobachtete ich Soriano. Seine Blicke schossen durch den Raum, fixierten zuerst mich, dann Emmons, dann Amy. In einer der Furchen an seinem Mundwinkel hatte es zu zucken angefangen. Es zuckte, setzte aus, zuckte wieder. Emmons wirkte wie erstarrt, als ich ihn ansah. Auch Amy hatte die Situation schließlich erfaßt. Ihre Augen waren angstgeweitet. Sie lehnte an einem alten Klavier an der Wand hinter Marcs Sessel.

Die seltsame Stille flößte mir sogar Mut ein. Ich sah Soriano mit Bedacht direkt in die Augen und versuchte, seinen nächsten Schritt zu erraten. Nur Panik war in ihnen zu erkennen, aber keine Spur von Reue oder Abscheu vor seinem eigenen Vorhaben.

Ich dachte: Das ist der widerlichste Mensch, dem ich je begegnet bin. Ich weigere mich, von der Hand dieses Mannes zu sterben.

Ich sagte: »Sie haben gar nicht nach Ihrer Frau gefragt. Ob sie zu denen zählt, die im Club ums Leben gekommen sind.«

»War sie dabei?« Er sagte es fast abwesend.

»Ja.«

Ich hatte gehofft, ihm mit dieser Lüge irgendeine Reaktion zu entlocken. Doch Soriano sagte bloß: »Zu dumm.«

Diese eiskalten Worte bewirkten, was seiner offensichtlichen geistigen Verwirrung und der darin liegenden Bedrohung meines Lebens nicht gelungen war – meine Ruhe zu erschüttern. Und so ergriff mich nun eine ebenso eiskalte Wut.

Ich wartete, bis ich mit täuschend ruhiger Stimme sagen konnte: »So wenig hat sie Ihnen bedeutet?«

»Die Frau war ein dummes Stück. Wie die da vorne.« Sein Kinn ruckte in Amys Richtung. »Und wie der Dummkopf da im Sessel. Einsame Spitze, dieser Marc. Ich bin froh, daß ich seine Schnitzer jetzt nicht mehr ausbügeln muß. Der Idiot konnte nicht einmal verhindern, daß Kathys Wagen überall mit Blut beschmiert wurde, als er die Leiche dieser Kostakos hineinpackte. Ich mußte einen verdammten Haufen Geld hinlegen, um meinen Assistenten zu überreden, ihn als gestohlen zu melden.«

Zuerst dachte ich, ich hätte ihn falsch verstanden. Aber das war nicht der Fall. Ich kniff die Augen zusammen, bis meine Vision verschwamm. Als ich sie wieder öffnete, war mir alles klar.

Ich sah Emmons an. »*Sie* haben sie umgebracht.«

Er saß einfach da, mit halboffenem Mund.

Soriano sagte: »Haben Sie gedacht, *ich* wäre es gewesen?«

»Jetzt nicht mehr.« Er wußte nicht, daß sie im Wagen erschossen worden war. Auch nicht, daß Emmons ihre Leiche nicht mit dem Auto zu dem Boot hätte bringen können, in dem er sie versteckt hatte. Soriano hatte keinen Grund, in diesem Punkt auch noch zu lügen – schon gar nicht in Anbetracht der anderen Toten, die er auf dem Gewissen hatte. »Wieviel hat er Ihnen über den Mord erzählt?« fragte ich.

»Er wirkte ziemlich verwirrt, als er danach zu uns kam. Vielleicht hat er mit Kathy über Einzelheiten gesprochen. Ich jedenfalls wollte nicht mehr wissen als nötig.«

Noch immer saß Emmons unbeweglich da. Er atmete leicht zischend durch die geöffneten Lippen. Amy stand reglos vor dem Klavier, die Hände vor den Mund gepreßt.

»Warum?« fragte ich ihn. »Warum?«

Nach einer Weile schüttelte er den Kopf, als erwache er aus einer Trance. Er sah auf mich, dann auf die Waffe in Sorianos Hand. Schließlich ließ er einen Seufzer hören, der fast wie ein

Wimmern klang. »Sie wollte, daß wir zu den Cops gingen. Als sie in der betreffenden Nacht meine Wohnung verlassen hatte, rief ich Rob im Club an. Er versprach mir sofort einen Platz im Programm, wenn ich sie zum Schweigen brächte. Also fuhr ich hierher und sprach noch einmal mit ihr, aber sie wollte nicht auf mich hören. Sie wollte mich im Stich lassen, und deswegen...«

»Woher hatten Sie die Waffe?«

»Die hatte ich zu Hause.«

»War es die aus dem Club?«

»Ja. Ich hatte sie eine oder zwei Wochen vorher mitgenommen.«

»Warum?«

Er zuckte mit den Schultern.

»Sie hatten vor, sie umzubringen, nicht?«

Er erhob sich unsicher aus dem Sessel, sein schwerer Körper schwankte. Er schüttelte wieder den Kopf. »Ich... Zuerst wollte ich mich selbst umbringen. Sie hatte mich wegen Jay verlassen, und ich hatte Gerüchte gehört über... andere. Aber als dann diese Geschichte mit Rob aufkam, da dachte ich, das wäre die Chance, auf die ich immer gewartet habe... Also, das einzige was noch zwischen mir und dieser Chance stand, war Tracy.«

Hinter ihm schloß Amy die Augen und schrie: »Du *Schwein*!«

Sein Clownsgesicht verzog sich. »Das verstehst du nicht, Ame«, sagte er. »Ich habe sie *gehaßt*. Gehaßt für das, was sie mir angetan hatte – und was sie mir noch antun würde. Es war mein Leben, und sie war dabei, einfach alles kaputtzumachen.«

Amy fing an zu schluchzen und sank auf die Tasten des Klaviers, von dissonanten Akkorden begleitet.

Emmons machte einen Schritt auf sie zu, stolperte und torkelte zurück in Richtung Soriano. Soriano hob die Waffe.

Emmons drehte sich um die eigene Achse, sah den Revolver, verlor den Kopf und sprang los. Ich stürzte nach vorn, in den Halbkreis, den die Sessel bildeten, um an den .32er zu kommen.

Soriano stieß Emmons weg. Sein schwerer Körper prallte

gegen meinen und stieß mich gegen den Kamin. Er fiel rückwärts gegen seinen Sessel.

Als er so dalag und nach Luft schnappte, schoß Soriano ihm in den Kopf.

28

Emmons' linkes Auge wurde zu einem schartigen, blutigen Loch. Er sackte mit zuckenden Gliedern in den Sessel zurück.

Amy schrie und rannte zur Tür.

Meine Wut schlug von Kälte in Weißglut um. Als Soriano den .32er auf die fliehende Gestalt von Amy richtete, griff ich nach der Angelrute, die am Kamin lehnte. Ich schwang sie hoch und ließ sie wie eine Peitsche auf seine Hand mit der Waffe herabsausen.

Er brüllte auf und ließ den Revolver fallen. Er wirbelte herum und sprang auf mich zu.

Wieder schwang ich die Rute. Der Schlag streifte seine Schläfe. Die metallene Leinenführung hinterließ eine blutende Spur auf der Wange.

Ich riß die Rute zurück und ließ sie auf seine Schulter niederpeitschen. Er stolperte, beugte sich vor und suchte nach seiner Waffe.

Ich traf ihn im Kreuz. Er stieß einen hellen Schrei aus. Dann machte er einen Satz zur Tür. Ich lief ihm nach. Bevor ich ihn erneut traf, konnte er sie öffnen und hinausrennen. Bis ich auf der Veranda war, war er im Feuerdorndickicht verschwunden.

Hinter mir schluchzte Amy hysterisch. Ich drehte mich um und sah sie in Embryohaltung auf dem Fußboden liegen, die Arme um die Knie geschlungen. Ich ließ die Angelrute fallen und eilte zur Sitzgruppe zurück, um nach Emmons zu sehen. Er war tot.

Ich spürte nichts von dem, was man angesichts eines gewaltsamen Todes eigentlich spüren sollte – nichts außer Wut, aber die kochte jetzt gefährlich in mir hoch. Ich ließ mich auf alle viere fallen und entdeckte den Revolver unter dem Sessel, in dem Soriano gesessen hatte. Dann rannte ich wieder hinaus.

Die Zweige der Feuerdornbüsche raschelten nicht mehr. Ich lauschte, hörte aber weder Schritte, noch Motorgeräusch. Vorsichtig machte ich mich auf den Weg zum Tor. Es war geschlossen, so wie Amy es zurückgelassen hatte. Ich sah die Straße hinunter. Der Wagen stand noch unter den Bäumen. Jetzt erkannte ich auch die Umrisse: Es schien der Jaguar zu sein, den ich am Tag zuvor mittags in Sorianos Auffahrt gesehen hatte.

Warum stand er noch da? Soriano hatte reichlich Zeit gehabt, ihn zu erreichen und wegzufahren. Dann dachte ich: Nein, er wird keine Zeugen des Mordes an Emmons zurücklassen wollen. Ich vermutete, daß er sich in der Nähe versteckt hatte. Sicher wollte er sich von den Schlägen, die ich ihm versetzt hatte, erholen und auf eine neue Gelegenheit warten, Amy und mich anzugreifen.

Zu gern hätte ich ihn gejagt, doch ich konnte Amy nicht allein lassen. Das wäre eine Aufforderung für ihn gewesen, sie zu töten oder als Geisel zu benutzen. Und ich konnte keine Hilfe herbeirufen. Das Cottage hatte kein Telefon. Doch es gab noch einen anderen Weg...

Ich rannte zurück zum Cottage. Amy lag noch immer am Boden. Aus ihrem Schluchzen war jetzt ein Wimmern geworden. Ich kniete nieder und legte ihr sanft die Hand auf die Schulter.

In einem plötzlichen Anfall von Panik schlug sie um sich, um mich abzuwehren. »Amy«, sagte ich, »ich bin's. Soriano ist weg.«

Nach ein paar Sekunden öffnete sie die Augen und sah mich unter den herunterhängenden Strähnen ihrer Artischockenfrisur an. »Weg?«

»Ja. Er kann Ihnen nichts tun.«

Sie löste die Arme von den Knien und rappelte sich mühsam auf.

»Und Marc?«

»Er ist –« Ich zögerte. »Wir müssen Hilfe holen.«

»Marc hat Trace umgebracht. Er hat sie *umgebracht*!«

»Denken Sie jetzt nicht daran.«

»Deswegen hat er mich zu Ihnen geschickt. Er wollte gestehen, nicht wahr?«

»Wahrscheinlich. Es ist alles über ihm zusammengebrochen.« Ich ging zu dem Sessel, in dem meine Tasche lag, wühlte darin, bis ich mein Schweizermesser fand, und steckte es in die Jackentasche. Dann half ich ihr auf die Füße und drehte sie dabei so, daß sie seine Leiche nicht sah. »Gehen wir.«

Sie sah auf meine Hand, entdeckte die Waffe und schauderte.

»Es ist okay. Er ist unbewaffnet. Ich sorge für unseren Schutz.«

Sie nickte langsam. Ich legte ihr den Arm um die Schultern und führte sie zur Tür. In der anderen Hand hatte ich den .32er.

Als wir zum Tor kamen, spähte ich hindurch. Der Jaguar stand immer noch da. Eine Minute lang verharrte ich und sah die Straße hinauf und hinunter. Ich überlegte, welchen Weg wir einschlagen sollten. In der Häuserreihe, die sich in Richtung Bahnbrücke zog, war kein Licht zu sehen. Aber die Lichter, die ich vorher schon durch die Bäume hinter dem Wendekreis gesehen hatte, waren noch an. Ich führte Amy durch das Tor, und wir gingen los. Wir hielten uns in der Mitte der Straße, so daß uns niemand vom Gebüsch her überfallen konnte.

Mondlicht fiel auf den abgefahrenen Straßenbelag und das Gelände des Salzbergwerks. Wieder erinnerte das Bild mich an eine Eisfläche im Ödland. Die Luft war eisig, und ein scharfer Wind peitschte die Zweige der Bäume. Gelegentlich begleitete Knacken und Knistern aus dem Unterholz ihr Rauschen. Verzerrte Phantomgestalten schossen durch den Schatten seitlich der Straße und verschwanden so schnell, wie sie kamen. Ich folgte den flüchtigen Bildern mit dem Blick, doch sie lösten sich in der Dunkelheit auf.

Ich hielt Amys Schultern fest mit meinem Arm umfaßt. Den Revolver schußbereit, führte ich sie weiter.

Wir hatten fast den Wendekreis erreicht, als wir ein lautes, ziehendes Geräusch hörten. Amy schrie auf, als ein abgesplitterter Ast wenige Zentimeter neben uns auf das Pflaster schlug. Ich wirbelte herum, den Revolver im Anschlag, und spähte ins Unterholz. Nichts als schwankende Linien und Schatten.

Ich streckte meinen Arm nach Amy aus, packte sie am Ellbogen und flüsterte: »Nur der Wind, weiter nichts.«

»Ich habe Angst.«

»Wir sind bald da.«

Wir gingen weiter in die Richtung, wo Sorianos Wagen stand. Jetzt stieg auch in mir die Spannung, und ich versuchte in der

Dunkelheit zu erkennen, ob er vielleicht in der Nähe seines Fluchtgefährts herumstrich. Ich sah niemanden und hörte nichts.

Hinter dem Wagen begann ein schmaler, unbefestigter Weg, der durch ein Gehölz zu dem erleuchteten Haus führte. Wir bogen dort ein. Das Unterholz reichte auf beiden Seiten unmittelbar an den Weg heran. Das Rauschen und Seufzen der windgepeitschten Äste überdeckte alles bis auf die allerlautesten Geräusche. Wenn ich mich umsah, tanzten und sprangen Phantomgestalten umher und narrten meine Augen.

Ich sagte zu Amy: »Machen wir schneller« und eilte voraus.

Als wir das Gehölz hinter uns hatten, schlängelte sich der Weg durch eine große, freie Fläche. Das Haus lag noch etwa fünfzig Meter entfernt. Ich wartete, bis wir weit genug draußen waren, dann hielt ich an und sondierte das Terrain rundherum. Niemand war zu sehen. Drüben beim Haus fing ein Hund an zu bellen. Er mußte an der Kette liegen, denn er kam nicht angerannt, um nachzusehen, wer sich näherte.

Amy stand schweigend und regungslos neben mir. Ich sah sie an und merkte, daß ihre Angst verflogen war. Ihr Mund hatte sich entspannt, und ihr träger Blick zeigte mir, daß sie jetzt nur noch automatisch reagierte. Jedes Gefühl schien erloschen. Sie fragte nicht, warum wir stehengeblieben waren, sondern wartete nur ruhig ab.

Ich sah ihr prüfend ins Gesicht. Es war blaß im Mondlicht. Ich fragte mich, ob sie sich der Dinge um sie herum genügend bewußt war, um das zu tun, was ich mit ihr vorhatte. Dann kam ich zu dem Schluß, daß ihr tranceartiger Zustand sich vielleicht sogar zu meinem Vorteil auswirken konnte.

»Amy, ich brauche jetzt Ihre Hilfe.«

Sie nickte.

»Er ist irgendwo hier draußen. Wenn ich ihn nicht finde, könnte er entkommen. Sie müssen also allein bis zu dem Haus dort weitergehen.«

Sie sah zum Licht hinüber, als messe sie die Entfernung.

»Ich bleibe hier«, setzte ich hinzu. »Mit dem Revolver. Er wird Sie ohnehin in Ruhe lassen, solange Leute in der Nähe sind.«

Nach einem Moment nickte sie wieder.

»Wenn Sie das Haus erreicht haben, sagen Sie den Leuten, sie sollen neun-elf anrufen.«

»Neun-elf.«

»Sagen Sie, daß ein Mord passiert ist und wir den Sheriff brauchen.«

»Mord. Den Sheriff.«

»Dann bleiben Sie einfach dort.«

Sie sah wieder zu dem Licht, holte tief Luft und schob die Schultern zurück.

»Schaffen Sie das?« fragte ich.

»Ich schaffe es.« Sie zögerte noch ein paar Sekunden, dann rannte sie los.

Mit erhobener Waffe sah ich ihr nach für den Fall, daß Soriano plötzlich auftauchte. Sie rannte unbeholfen mit rudernden Armen, aber sie stolperte nicht. Als sie das Haus erreicht hatte, hämmerte sie gegen die Tür. Die Tür ging auf, und Amy verschwand im Innern. Ich drehte mich um.

Dann machte ich mich auf die Suche nach ihm.

Ich kroch zum rechten Vorderreifen des Jaguars und stach mit der größten Klinge meines Schweizermessers hinein. Ich hatte noch nie einen Reifen aufgeschlitzt. Es war schwerer, als ich es mir vorgestellt hatte. Aber nach einer halben Minute Arbeit war mir ein Schnitt gelungen. Die Luft zischte heraus, und der Wagen senkte sich auf die Felge.

Jetzt konnte Soriano nicht mehr entkommen.

Ich stand auf und schob das Messer zurück in die Tasche. Er war hier noch ganz in der Nähe, dessen war ich sicher.

Aber wo?

Nicht auf der anderen Seite des Wendekreises. Wenn ja, dann hätte ich ihn entdeckt. Nicht auf dem Gelände des Salzbergwerks. Es war mit Stacheldraht eingezäunt und möglicherweise auch bewacht. Die Straße hinunter dürfte er ebenfalls nicht gegangen sein. Dort gab es zu viele, dicht beieinanderstehende Häuser.

Also mußte er irgendwo hinter dem Barbour-Cottage sein.

Ich nahm den Revolver fest in den Griff und ging los, um jeden Zentimeter Boden zwischen hier und dem Fluß abzusuchen.

Am Ende einer Gruppe von Pfefferbäumen hinter dem Cottage blieb ich stehen. Das Rauschen des Flusses war hier lauter zu hören. Ich lauschte angestrengt, ob andere Laute durch das Seufzen der Bäume drangen. Aber es waren nur die typischen Nachtgeräusche zu hören.

Das Land zwischen der Baumgruppe und dem Uferdamm lag öde und wie vom Mondlicht ausgewaschen da. Wenn Soriano sich dort irgendwo versteckt hielt, konnte er mich leicht entdecken, während ich es überquerte. Verließ er aber seine Dekkung und rannte los, war ich im Vorteil.

Ich rannte über das Gelände und den Damm hinauf.

Das Wasser glitzerte im Mondschein. Der Fluß hatte eine starke Strömung. Der Regen kürzlich hatte ihn anschwellen lassen. Die Anlegestelle zitterte im Sog des Wassers. Der Wind blies stetig und zerrte an den Zweigen der Weide, in deren Schutz das verrottete Fischerboot lag. Ich starrte es an. Sah eine Bewegung im Schatten. Eine andere Bewegung, als die der herabhängenden Zweige.

Soriano hatte Tracys Grab gefunden.

Ich blieb nahe an der Weide mit gespreizten Beinen stehen, den Revolver in beiden Händen. Ich hatte Minuten gebraucht, um im Schutz des Damms dorthin zu gelangen. Eine weitere Minute, um hinunterzurutschen. Jetzt wußte er, daß ich ihn gefunden hatte.

»Soriano!« rief ich. »Kommen Sie heraus.«

Schweigen. Dann ein ferner, undefinierbarer Laut aus dem Boot.

»Soriano!«

Er wartete auf meinen Versuch, ihn herauszuholen.

Ich blieb, wo ich war, und horchte auf das Heulen von Sirenen. Nichts. Vor über einer halben Stunde hatte ich Amy zurückgelassen. Wie lange würde es denn noch dauern?

Ein kratzendes Geräusch aus dem Boot. Ein dumpfer Schlag.

Wahrscheinlich ein Trick, um mich zum Boot und in seine Nähe zu locken. Vielleicht unterschätzte er mich und dachte, ich könnte nicht richtig mit der Waffe umgehen. Ein Fehler, dem man bei Männern wie Soriano häufig begegnet – andere zu unterschätzen, vor allem Frauen.

Langsam bewegte ich mich auf das Boot zu.

Abgesehen von ein paar Planken, die vom Erkennungsdienst, der Tracys Leiche zur Untersuchung weggeschafft hatte, auf den Boden geworfen worden waren, sah es so aus wie beim erstenmal. Ich kletterte vorsichtig auf die Bordwand.

»Soriano, ersparen Sie uns beiden eine Menge Ärger und geben Sie auf.«

Keine Antwort. Keine verräterischen Geräusche mehr.

Ich kroch auf das eingefallene Ruderhaus zu und prüfte bei jedem Schritt meinen Halt. Der Lukendeckel lag wieder über der Öffnung in den Planken. Ich war sicher, daß die Leute vom Erkennungsdienst ihn dort nicht wieder hingelegt hatten.

Ich trat näher heran. Sah ihn mir an. Ich streckte meinen rechten Fuß vor und stieß gegen den Deckel.

Er rührte sich nicht.

Ich hielt mich an einem der Stützpfosten des Ruderhauses fest, fuhr mit der Stiefelspitze unter den Rand des Deckels und ließ ihn hochschnellen.

Krachend fiel er zur Seite. Der modrige Geruch des Grabes stieg mir in die Nase.

Ich hielt den Revolver in die Öffnung und beugte mich vor. Ich sah auf Rob Soriano hinunter.

Wortlos sah er zu mir auf. Mit einem seiner Augen schien etwas nicht zu stimmen. Dann sah ich, daß ein Brillenglas zerbrochen war. Blut tropfte von der klaffenden Wunde auf seiner Wange. Er verzog heftig den Mund und wich zurück.

Ich hatte erwartet, daß Soriano schließlich zusammenbrechen würde. Jetzt war es soweit. Jetzt hatte er Angst.

Als ich zu ihm hinunterstarrte, spürte ich nichts als Wut – jetzt wieder kalte und nüchterne Wut.

Ich könnte ihn ohne weiteres erschießen, dachte ich. So, wie er Emmons erschossen hatte. Ich *sollte* ihn erschießen. Sinnlos, diesen abgrundbösen Menschen am Leben zu lassen. Sinnlos, durch alle Stationen zu gehen: Festnahme, Gerichtsverfahren, Freiheitsstrafe, schließlich Hinrichtung. Es würde keinen Unterschied machen.

Er bewegte sich den Bruchteil eines Zentimeters. Meine Hände spannten sich um den .32er. Ich würde Notwehr geltend machen.

Jetzt hörte ich die Sirenen, noch fern zwar, doch deutlich in der stillen Nacht. Hunde heulten, als wollten sie die Sirenen nachahmen.

Wieder bewegte sich Soriano. Er zog sich weiter in den Bauch des Bootes zurück. Das Mondlicht fiel durch die Weidenzweige, die sich im Wind bewegten, und seine Strahlen wurden kalt vom zerbrochenen Glas seiner Brille reflektiert.

Notwehr, dachte ich noch einmal.

Die Sirenen kamen näher.

Gib mir einen Grund, den Abzug hier zu ziehen. Irgendeinen Grund.

Die Sirenen waren jetzt auf Höhe der Eisenbahnbrücke. Sie heulten die Reihe der Cottages entlang. Mit vorgestreckter Waffe schob ich mich näher an die Öffnung in den Planken heran.

Drüben am Cottage der Barbours verstummten die Sirenen plötzlich. Man hörte Männerstimmen rufen.

Soriano machte eine hektische Bewegung. Er glitt auf den Bootsrippen aus.

Ich hob die Waffe und gab einen einzelnen Schuß ab.

In die Luft, damit sie wußten, wo wir waren.

29

Samstags kam mir der Besuchertrakt von San Quentin freundlicher vor als sonst. Vielleicht lag es an den vielen Kindern. Mit frisch geschrubbten Gesichtern und herausgeputzt für den Daddy-Besuch vermittelten sie eine Atmosphäre von Normalität und Hoffnung. Vielleicht hatte es auch damit zu tun, daß ich wußte: Dies ist meine letzte Fahrt hierher – für lange Zeit, wenn nicht für immer. Und sicher hatte es auch eine Menge mit der Freude zu tun, die Leora Whitsun im Gesicht stand, als wir auf Bobby warteten.

Ich hatte nicht herkommen wollen. Ich wollte keine Dankesreden hören und auch keine Fragen beantworten. Aber Leora hatte darauf bestanden, und nun war ich da.

Diesmal mußten wir nicht lange warten, und der Beamte am

Empfang lächelte uns richtiggehend an, als wir uns auswiesen. Der Wärter, der uns in den kleinen, kargen Besuchsraum führte, sagte zu mir: »Gut gelaufen.« Der Fall war in den lokalen und auch in den landesweiten Nachrichten ausgiebig behandelt worden. Anonymität würde in nächster Zeit eher Seltenheitswert bekommen.

Nachdem der Wärter uns eingeschlossen hatte, seufzte Leora und sah sich um. »Wie oft werde ich hier noch sitzen und diese vier Wände anstarren müssen?«

»Nicht mehr oft. Vielleicht nie mehr. Es bleiben noch ein paar Formalitäten zu erledigen, aber Jack hat schon alles in die Wege geleitet. Der Fall hat zu viel Aufmerksamkeit in den Medien gefunden, als daß ihn jemand zu verschleppen wagte.«

»Es wird gut sein, meinen Jungen wieder zu Hause zu haben.« Sie setzte sich und strich ihren Jeansrock glatt. »Und zu Hause – das wird nicht mehr in den Projects sein.«

»Nicht?«

»Nein. Ich habe eine Wohnung gefunden. In der Nähe der Klinik. Nicht sehr groß, aber es wird ein *Zuhause* sein.« Sie nickte nachdrücklich, und die goldenen Ohrringe klapperten bestärkend dazu.

Die Tür jenseits des Gitters öffnete sich. Bobby kam herein. Er hatte seine steife, abwehrende Haltung abgelegt und durch einen langen, lockeren Schritt ersetzt. Er war frei – beinahe.

»Sharon«, sagte er, »ich bin so glücklich, daß Mama Sie überredet hat, mitzukommen. Ich muß Ihnen für alles danken, was Sie für mich getan haben.« Er trat an den Tisch, der den Raum in zwei Teile teilte, und legte die Handflächen gegen das Gitter.

Ich beugte mich vor und legte meine Hände dagegen, so daß wir uns berührten. »Sie brauchen mir nicht zu danken.«

»Na gut, aber ich tu's trotzdem.«

Er setzte sich auf seinen Holzstuhl und ich auf meinen.

Einen Moment lang herrschte unbehagliches Schweigen. Bobbys Blick verdüsterte, und er sagte: »Dieser Scheißkerl Emmons hat sie umgebracht.«

Leora neben mir schnalzte mißbilligend mit der Zunge.

»Der einzige Name für ihn, Mama.«

»Vielleicht. Ich sollte dich nicht mehr zurechtweisen. Du

bist als Kind hier reingekommen, und als Mann kommst du wieder heraus.«

Er nickte ihr ein knappes Danke zu und bemühte sich, nicht zu zeigen, wie sehr ihm gefiel, was sie gesagt hatte.

Ich sagte: »Emmons hat sie umgebracht, glaube ich, weil er sie eine Zeitlang wirklich beneidet und gehaßt hat. Sie hatte alles, was er sich wünschte: Talent und die Fähigkeit, ihre Chancen zu ergreifen.«

»Nennen Sie das, was sie mir, Lisa und Jay angetan hat: ihre Chancen ergreifen?«

Ich hatte die letzten anderthalb Tage nicht wenig über Tracy nachgedacht. Jetzt sagte ich: »Sie war jung und voller Gier, und sie hatte sehr wenig Einsicht. Das ist eine Erklärung, Bobby, keine Entschuldigung.«

»Ist das nicht dasselbe?«

»Ich glaube, eigentlich nicht. Eine Entschuldigung hebt eine Anschuldigung auf. Es wird einem klar, ein Mensch ist nicht schuld an einer schlimmen Tat, und man verzeiht ihm. Ein Grund sagt dir nur, warum einer etwas getan hat. Danach kommt erst die Frage des Verzeihens.«

»So habe ich das noch nie gesehen.« Er starrte einen Augenblick auf die zerkratzte Tischplatte. »Glaube, ich kann ihr vergeben. Ich hatte viel Zeit hier, darüber nachzudenken.«

Wir schwiegen. Ich spürte, daß jeder von uns seinen eigenen Gedanken über Tracy Kostakos nachhing und über das, was verzeihlich war und was nicht. Schließlich sagte Leora: »Was ist mit Rob Soriano? Jack Stuart sagt, man kann ihm nicht nachweisen, daß er das Feuer gelegt und so Jay und all die anderen Menschen getötet hat.«

Die Zahl der Todesopfer durch den Brand war auf sieben gestiegen. Larkey gehörte zu ihnen. Die Brandpolizei hatte die Reste eines einfachen Zeitzünders gefunden, der an einer Stelle angebracht war, wo er das noch immer bestehende Leck in der Gasleitung nutzen konnte. Soriano hatte wahrscheinlich damit gerechnet, daß die Explosion diesen Zeitzünder vollständig zerstören würde, was ja auch beinahe der Fall gewesen war. Die Reste reichten nicht aus, um den Apparat zu rekonstruieren, und folglich gab es auch keine Beweise dafür, daß er jemals in Sorianos Besitz gewesen war. Wäre seine Vergangenheit in Florida nicht ans Tageslicht gekommen, wäre er möglicherweise gar nicht in Verdacht geraten. Zu viele Leute hatten von der undichten Gasleitung gewußt und von der offensichtlichen Unfähigkeit der Stadtwerke, sie fachgemäß zu reparieren.

Natürlich hatte Soriano nichts zugegeben.

Ich sagte: »Es bleibt bei einer vagen Vermutung. Und die Brandstiftung in Florida kann nicht als Beweis herangezogen werden, weil andere schwebende Verfahren nicht gegen einen Beklagten in Betracht gezogen werden dürfen. Man könnte ihn nach Florida überstellen, aber der dortige Fall ist wieder nicht so schwerwiegend wie der hier. Immerhin konnte man ihn hier wegen des Mordes an Marc Emmons festnehmen. Amy Barbour und ich sind Augenzeugen.«

»Was ist mit seiner Frau?« fragte Bobby. »Weiß sie etwas?«

»Eine ganze Menge. Kathy ist bereit zu bezeugen, daß er Beihilfe zum Mord an Tracy geleistet hat. Dafür wird die Strafverfolgung gegen sie ausgesetzt.«

Ich hatte Kathy am Morgen in der Klinik besucht, in die ihr Hausarzt sie hatte einliefern lassen – und zwar eher zur Befriedigung meiner Neugier auf bestimmte Fragen als aus Nächstenliebe. Sie hatte bereits mit dem Bezirksstaatsanwalt gesprochen und erzählte mir freimütig, wie Rob und sie Emmons geholfen hatten, die Entführung vorzutäuschen, als Gegenleistung für sein Schweigen.

Kathy sagte, zuerst hätten sie nur vorgehabt, Verwirrung um Tracys Verschwinden zu stiften. Deswegen hätten sie den Erpresserbrief nach der Vorlage von Bobbys Notizbuch zusammengestellt. Es hatte so aussehen sollen, als seien die Kidnapper aus der unteren Bildungsschicht. Die Idee, ihm die Sache selbst anzuhängen, war Rob die Woche darauf gekommen, als Kathy ihm berichtet hatte, was Lisa McIntyre über die Beziehung zwischen Tracy und Bobby wußte. Aber auch Lisas Wissen konnte zu allen möglichen Komplikationen führen, und daher beschlossen sie, ihr Geld zu geben und sie zum Verlassen der Stadt zu bewegen.

Kathy gab auch zu, daß sie Emmons geholfen hatte, den Volvo zwei Wochen nach dem Mord vom Cottage in die Berge zu schaffen. Das Vertauschen der zahnärztlichen Unterlagen am Neujahrstag, die falschen Anrufe bei Laura, das Buch mit den

Randbemerkungen, das Emmons in das Apartment geschmuggelt hatte – all diese Dinge waren verzweifelte Tricks gewesen, das Märchen von Tracys freiwilligem Verschwinden aufrechtzuerhalten.

Leora sagte: »Wie konnte die Frau nur so einen Abschaum heiraten? Sie muß genau so schlecht sein wie er.«

»Sie ist ein ziemlich übler Mensch. Aber sie behauptet, sie habe von seiner Vergangenheit nichts gewußt, bis Emmons nach dem Mord an Tracy aufgetaucht sei und sich über den Zeitungsartikel ausgelassen habe. Das möchte ich ihr fast glauben. Es hat sich inzwischen herausgestellt, daß sich Soriano eine ausgeklügelte Schwindelexistenz aufgebaut hatte. Dabei hatte er darauf geachtet, in keiner öffentlichen Funktion aufzutreten, und vermieden, daß sein Foto in der Zeitung erschien.«

»Dennoch muß sie ziemlich blöd oder ziemlich schlecht sein, wenn sie nicht zu den Cops gegangen ist, als sie alles erfahren hatte. Kam sie nicht auf die Idee, daß er möglicherweise noch jemanden umbringen konnte? Oder wieder einen Brand stiften?«

»Sie sagt, Rob habe ihr versprochen, daß so etwas nie wieder passieren würde.« Ich wußte nicht, ob sie damit die Wahrheit sagte, aber die Erinnerung an den wiederholten Ausruf »Er hat es versprochen« während ihrer hysterischen Reaktion auf das Feuer machte mich eher geneigt, ihrer Behauptung zu glauben.

»Also, meiner Meinung nach war es dämlich von ihr, dem Mann zu glauben. Und er – für jemanden, der als so smarter Überflieger gilt, hat er sich auch reichlich dämlich benommen.«

»Ich halte ihn schon für einen gerissenen Menschen, aber er war zu sehr von sich und seinen Fähigkeiten eingenommen. Leute seiner Art entwickeln oft grandiose Pläne, stolpern dann aber über Details. So ist es ihm in Florida ergangen. Aber diesmal kann er nicht mehr untertauchen und anderswo neu anfangen.«

Bobby entblößte seine Zähne, aber sicher nicht zu einem Lächeln. »Ich habe nie gedacht, daß ich das einmal sagen würde, aber ich bin froh, daß es in diesem Staat die Todesstrafe gibt.«

Mir fiel meine primitive, fast mörderische Wut ein, als ich in dem verfallenen Boot mit dem Revolver in der Hand über Soriano gestanden hatte. »Ich weiß, was Sie meinen«, sagte ich.

Später an jenem Nachmittag fuhr ich bei All Souls vorbei, um meinen Schreibtisch aufzuräumen. Eine ganze Schar von Leuten hockte im Wohnzimmer und aß Pizza: Rae, Jack, Ted, Hank und Anne-Marie. Sogar der Gesundheitsapostel war da. Das Fegefeuer, dem er die Küche unterzogen hatte, mußte wohl vorüber sein, denn er saß da und nuckelte an einem Bier. Sie hatten alle schmuddelige Arbeitskleidung an und schienen in Festtagsstimmung zu sein.

Rae winkte mir zu. »Komm, mach' mit bei unserer Umzugsparty!«

Ich ging nur bis zum Türbogen. »Wer ist umgezogen?«

»Also, zuerst Hank. Dann haben wir ein paar Möbel, die ich im Junk Emporium gekauft habe, in mein neues Zimmer hinaufgeschafft.«

Ich sah Hank verwirrt an. Er saß mit Anne-Marie auf der Couch und hatte den Arm um ihre Schultern gelegt.

Anne-Marie sagte: »Keine Angst. Es ist keine große Geschichte. Die Andersons sind schon drei Wochen vor Ablauf der Kündigungsfrist aus der Wohnung über uns ausgezogen. Hank und ich haben alles besprochen und sind zu dem Schluß gekommen, daß wir nicht zusammenleben können und nicht getrennt leben wollen. Also ist er nach oben gezogen, und ich bleibe unten. Selbstverständlich räumen wir uns gegenseitig großzügige Besuchsrechte ein.«

»Selbstverständlich.« Wenn es mir auf den ersten Blick auch etwas bizarr erschien, so konnte es doch ein vernünftiges Arrangement sein.

»Nimm doch etwas von der Pizza«, sagte Ted. »Es gibt jede Menge – sogar mit Anchovis.«

»Tut mir leid – ich bin zum Dinner verabredet, und ich hänge meinem Zeitplan schon hinterher.«

Rae lächelte wissend. Sie hatte längst den Verdacht, daß sich zwischen George und mir etwas anbahnte. Jack sah bedrückt aus und nahm sich noch ein Stück Pizza. Ich fummelte mir ein Bier aus dem Sechserpack auf dem Tisch und ging in mein Büro.

Zu Hause fand ich einen Zettel von meinem Bauunternehmer an der Eingangstür. Er sei mit seiner Arbeit an dem neuen

Schlafzimmer fertig geworden und habe abgeschlossen. Er werde am nächsten Tag mit den Extraschlüsseln vorbeikommen und sich das restliche Geld abholen.

Ich eilte hinein, um sein Werk zu begutachten. Es sah großartig aus. Jetzt mußte ich den Raum nur noch ausmalen, Teppichboden legen und Jalousien anbringen. Ich beschloß, anschließend die Umzugsmannschaft von All Souls einzuladen, damit sie mir beim Transport meiner Schlafzimmereinrichtung nach hinten half. Danach würde ich sie mit Spaghetti füttern oder vielleicht auch mit Lasagne.

Zunächst mußte ich mich aber fertigmachen für mein Rendezvous mit George. Ich wollte besonders gut aussehen. Ich hatte ein wenig Angst. Zu viele Dinge zwischen uns waren in den letzten Tagen ungesagt geblieben. Heute abend mußten wir sie alle aussprechen.

30

Es war eine regnerische Februarnacht, fast zwei Jahre nach Tracy Kostakos' Tod. Der South Park war in Nebel gehüllt. Der Nebel legte einen Schleier um die Straßenlampen und die zakkigen Ränder der ausgebrannten Ruine, die einmal das Café Comédie gewesen war. Ein zufälliger Passant, der sich nicht auskannte, hätte sie vielleicht nicht einmal bemerkt und erst recht nicht der Tragödie gedacht, die sich hier abgespielt hatte.

Ich war, wie schon öfter in den letzten Tagen, hergekommen, um im Park spazierenzugehen. Im Boden waren noch die Wunden zu sehen, die die Ambulanzen aufgerissen hatten, doch häufiger Regen hatte sie zu heilen begonnen und neue Grashalme sprießen lassen. Bald würden auch andere Spuren verschwinden, und schließlich würde nichts mehr zu erkennen sein.

Ich ging mit gesenktem Kopf, die Hände in die Taschen vergraben, und nahm die Nässe kaum wahr. Der Park war mir inzwischen ein vertrautes Gelände geworden. Ich kam so oft hierher, daß die alten schwarzen Männer, die sich an schönen Tagen hier auf den Bänken versammelten, mich langsam als jemanden betrachteten, der dazugehörte. Neulich hatte mir nachmittags einer zugewinkt.

Hätte man mich gefragt, warum ich immer wieder herkam, wäre mir eine Antwort schwergefallen. Es hatte mit dem Versuch zu tun, in all den Ereignissen einen Sinnzusammenhang zu finden. Aber ich erwartete nicht, daß das irgend jemand verstand – ich selbst verstand es ja nicht einmal richtig.

Einen Sinn zu finden in der Geschichte von Tracy Kostakos, deren Gier nach allem, was die Welt zu bieten hat, ihr Talent und ihr Leben zerstört hat.

Einen Sinn zu finden in der Geschichte von Marc Emmons, der sich benutzen ließ, bis seine Liebe in Haß umschlug und Haß in Gewalt.

Einen Sinn zu finden in dem Bösen in Rob Sorianos Wesen und in der primitiven Wut, die es in mir ausgelöst hatte.

Und es war auch einfach sinnlos, daß Bobby Foster trotz seiner Unschuld noch immer im Kerker saß und daß dies an der langsamen und schwerfälligen Maschinerie unseres Justizsystems lag.

Sinnlos schließlich auch, daß George nicht bei mir war.

An jenem Samstagabend hatte er im North Beach Restaurant mir gegenübergesessen, und im Kerzenschein hatte ich neue Gramfurchen in seinem kantigen Gesicht entdeckt. Er hatte meine Hand gehalten, als er mir erzählte, daß er wieder nach Palo Alto zöge, um während Lauras Aufenthalt in der psychiatrischen Klinik in ihrer Nähe zu sein. Später, nach ihrer Entlassung, müsse er ihr dann bei der ambulanten Therapie helfen.

»Es wird nicht für immer sein«, hatte er gesagt, »aber es ist etwas, das ich tun muß. Ich schulde es ihr. Mir selber. In gewisser Weise auch dir.«

Ich hatte den Kopf geschüttelt und konnte es nicht verstehen.

»Ich weiß, ich kann dich nicht bitten, auf mich zu warten«, hatte er hinzugefügt. »Ich weiß auch nicht, warum du das tun solltest. Aber wenn alles vorbei ist, wenn sie wieder auf den Beinen ist, dann komme ich zu dir und frage dich, ob du mich noch willst.«

»Wir könnten doch nur –«

»Ich weiß, was du sagen willst. Das kann ich weder dir noch mir zumuten. Du sollst nicht die Bürde mittragen, die allein meine ist. Ich könnte es nicht aushalten, mich dauernd von dir zu verabschieden in dem Bewußtsein, daß ich nach Hause zu einer anderen Frau gehe.«

»Was dann...?«

»Wenn das hier durchgestanden ist, werde ich dich fragen, ob du noch einmal anfangen willst. Daß ich es will, weiß ich.«

Er war ein Mann von Ehre, dieser George Kostakos. Doch in kalten, einsamen Nächten verfluchte ich ihn manchmal wegen dieser Ehrenhaftigkeit. Und wenn ich einmal ganz am Boden war, dann fragte ich mich, ob er diese Skrupel auch gehabt hätte, wenn nicht gerade ich es gewesen wäre, die ihm die traurige Wahrheit über das Leben und den Tod seiner Tochter überbringen mußte.

Aus dem Nieseln war inzwischen Regen geworden. Ich ignorierte ihn, schlug den Kragen hoch und ging weiter. Der South Park lag still und verlassen da. In den letzten Tagen hatte sich eine Dunstglocke über ihn gelegt, so dick wie die Rauchglocke nach dem Feuer. Ich fragte mich, ob er je wieder zum Leben erwachen würde. Und ich selbst?

Aus der Third Street bog ein Wagen ein. Seine Scheinwerfer blendeten mich. Ich hielt mir die Hand wie einen Schild über die Augen und wartete, daß er vorbeifuhr.

Ein paar Meter von mir entfernt hielt er am Bordstein an. »He, Lady, eine Fahrt gefällig?«

Rae, in ihrem alten Rambler American.

Ich ging hin, beugte mich hinunter und sah sie durch das Fenster an. »Was machst du hier?«

»Detektivarbeit. Ich bin dir gefolgt. Ein paarmal bin ich dir jetzt schon hierher gefolgt. Meinst du nicht, du solltest aufgeben?«

»Was aufgeben?«

Sie zeigte auf den Park. »All das hier. Die Vergangenheit. Mach weiter mit deinem Leben.«

Normalerweise wäre ich über eine derartige Einmischung wütend geworden. Doch plötzlich wußte ich, daß sie der einzige Mensch war, der verstand. Zumindest soviel, wie ich.

»Weißt du, was wir jetzt tun?« fuhr sie fort. »Wir gehen thailändisch essen. Ich habe ein tolles neues Restaurant entdeckt. Und billig dazu.«

»Rae –«

»Dann wäre da noch dieser kleine Club, draußen am Strand. Jazz. Ich bin mit dem Schlagzeuger befreundet. Der Pianist ist interessant. Er wird dir gefallen.«

»Rae, keine Abschleppereien.«

»Das sind sie nicht. Wir schauen nur auf ein paar Drinks hinein. Ich kriege sie normalerweise auf Kosten des Hauses. Wenn wir bis zum Schluß bleiben, führen sie uns auf einen Hamburger aus – Clown Alley ist rund um die Uhr geöffnet. Und Jim – das ist der Pianist – kennt diesen Fährdienst, der die ganze Nacht durch die Bucht kreuzt, sogar bei Regen.«

Ich wollte gerade nein sagen. Zögerte. Sah über meine Schulter zurück in den Park, der kalt und naß in der Dunkelheit lag. Richtete mich auf und sah über das Dach des Wagens hinweg auf die im tiefen Schatten liegenden Ruinen des Café Comédie.

»Warum, zum Teufel, eigentlich nicht?« sagte ich.

Rae hatte recht: Es war an der Zeit weiterzuleben.

Marcia Muller

Am Ende der Nacht

Roman

Aus dem Amerikanischen
von Cornelia Holfelder-von der Tann

Band 14352

Irgendetwas stimmt nicht, ahnt Sharon McCone, die eigenwillige Detektivin aus San Francisco, als ihre Freundin und frühere Fluglehrerin Matty sie Monate vor dem Fälligkeitstermin zur Überprüfung ihrer Fluglizenz bestellt. Und ihr Instinkt trügt nicht. Mattys Lebensgefährte ist unter mysteriösen Umständen verschwunden und hat seinen kleinen Sohn Zach in ihrer Obhut zurückgelassen. Als Matty dann während eines Schauflugs vor den Augen des entsetzten Publikums mit ihrer Maschine abstürzt, ist Sharon sicher, dass dies kein Unfall war und dass sie nun nicht nur den Vater des kleinen Zach, sondern auch einen Mörder suchen muss …

Fischer Taschenbuch Verlag

fi 14352 / 1

Marcia Muller

Das gebrochene Versprechen

Roman

Aus dem Amerikanischen
von Cornelia Holfelder-von der Tann

Band 14889

Sharon McCone, Ermittlerin im sonnigen San Francisco, erfährt dass ihr Schwager, der Countrysänger Rick Savage, seit einiger Zeit Drohbriefe erhält, die ihn zunehmend beunruhigen. Er möchte Sharon engagieren, um ihn auf einer Tournee zu schützen. Seine Ehe mit Sharons Schwester Charlene steht vor der Scheidung. Doch erst als auch die sechs Kinder der beiden von dem anonymen Briefschreiber bedroht werden, ist Sharon bereit, den Fall zu übernehmen. Eine gefährliche Familienangelegenheit …

»Für Fans des Hard-boiled-Krimis ein weiblicher Humphrey Bogart: Sharon McCone ist Amerikas erste weibliche Detektivin, die echte No. 1! Strandkorbfaktor: Pazifisch gut!«

Cosmopolitan

Fischer Taschenbuch Verlag

fi 14889 / 1

Marcia Muller

Gefährliche Stille

Roman

Band 15284

Während der fröhlichen Hochzeitsfeier ihrer Assistentin Rae Kelleher erhält Sharon McCone die Nachricht vom plötzlichen Tod ihres Vaters. Sofort macht sie sich auf den Weg nach San Diego, denn Sharons Vater hat bestimmt, dass von seinen fünf Kindern sie diejenige sein soll, die seine persönlichen Angelegenheiten ordnet. Sharon entdeckt schnell, warum. Sie stößt auf Adoptionspapiere, die ihren Namen enthalten. Ihre Ähnlichkeit mit der indianischen Urgroßmutter hat andere Gründe, als sie immer glaubte. Und sie begibt sich auf eine lange, gefahrvolle Reise zu ihren Wurzeln.

»Horch auf das Schweigen.« Diesem Ratschlag eines alten Mannes folgend, entdeckt Sharon die Gründe für ein lange gehütetes Familiengeheimnis: eine zerstörte Liebe und einen brutalen Mord.

Fischer Taschenbuch Verlag

fi 15284 / 1

Marcia Muller

Feinde kann man sich nicht aussuchen

Roman

Aus dem Amerikanischen von Cornelia Holfelder-von der Tann

Band 14714

Sharon McCone har sich nun selbständig gemacht, als Untermieterin ihres bisherigen Arbeitgebers, der Anwaltskanzlei All Souls in San Francisco. Noch vor der Einstandsfete kreuzt ihr erster Klient auf: Suits Gordon, genannt »Suitcase«, ein alter Bekannter aus Collegetagen, den Sharon nicht in allerbester Erinnerung hat. Seinerzeit betrieb er einen schwungvollen Handel aus dem Koffer mit allerlei Drogen und Seminarpapieren. Inzwischen hat er sich zu einem erfolgreichen »Turnaround-Man« entwickelt, einem jener Unternehmensberater, die Betriebe am Rande des Boykotts sanieren und ihre Visionen realisieren, indem sie die alte Belegschaft feuern. Klar, daß man sich dabei nicht nur Freunde macht. Doch kaum hat Gordon Sharon engagiert, fliegt sein Haus in die Luft und Gordon taucht unter. Im Wettlauf mit der Zeit versucht Sharon herauszufinden, wer dem berüchtigten »Turnaround-Man« nach dem Leben trachtet.

Fischer Taschenbuch Verlag

fi 789 / 7

Marcia Muller

Spiel mit dem Feuer

Roman

Aus dem Amerikanischen
von Cornelia Holfelder-von der Tann

Band 14775

Ein Ermittlungsjob auf Hawaii – das klingt nach einer idealen Möglichkeit, Arbeit und Vergnügen miteinander zu verbinden. Und in der Hoffnung auf ein kleines erotisches Intermezzo lässt Sharon McCone sich von ihrem langjährigen Freund Hy Ripinsky begleiten.

Doch vom Moment ihrer Ankunft auf Kauai an spürt Sharon die eigentümlich bedrohliche Atmosphäre der atemberaubend schönen Insel. Und was sie dann erlebt, entwickelt sich bald zu einem Albtraum: Bei ihren Nachforschungen an den heimnisvollen heiligen Stätten der Ureinwohner kommt sie einer mörderischen Familientragödie auf die Spur ...

Fischer Taschenbuch Verlag

fi 14775 / 1

Marcia Muller

Wenn alle anderen schlafen

Roman

Aus dem Amerikanischen
von Cornelia Holfelder-von der Tann

Band 14537

Wenn alle anderen schlafen, sucht Detektivin Sharon McCone auf den dunklen Straßen von San Francisco nach einer Doppelgängerin, die ihren guten Ruf gefährdet. Eine mysteriöse Unbekannte verteilt Sharons Geschäftskarten, berät in ihrem Namen Klienten, reißt Männer für eine Nacht auf und besitzt bei all dem offenbar eine unheimliche äußere Ähnlichkeit mit ihr. Und was die Sache noch gespenstischer macht: Sie scheint alles über Sharon McCones Leben zu wissen. Irgendwo dort draußen lauert eine Feindin mit finsteren Motiven und einem heimtückischen Plan – getrieben von einem Wahnsinn, der auch für eine erfahrene Ermittlerin unberechenbar ist.

Fischer Taschenbuch Verlag

fi 14537 / 1